U0947517

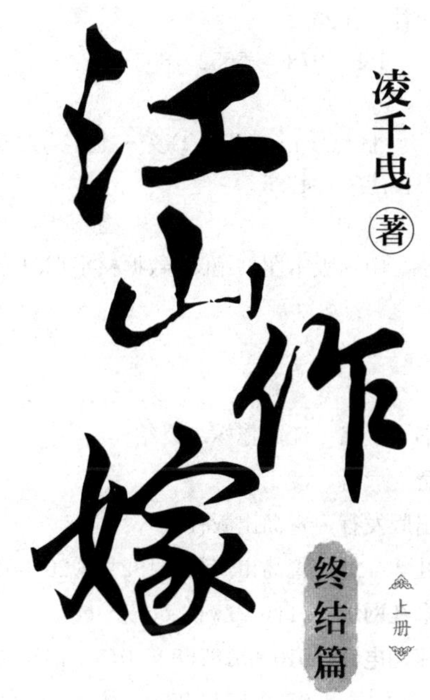

江山作嫁

终结篇

上册

凌千曳 著

青岛出版社
QINGDAO PUBLISHING HOUSE

图书在版编目（CIP）数据

江山作嫁. 终结篇 / 凌千叟著. — 青岛 : 青岛出版社，2020.4

ISBN 978-7-5552-7853-5

Ⅰ. ①江… Ⅱ. ①凌… Ⅲ. ①长篇小说－中国－当代 Ⅳ. ①I247.5

中国版本图书馆CIP数据核字(2019)第075373号

书　　名 江山作嫁. 终结篇
著　　者 凌千叟
出版发行 青岛出版社
社　　址 青岛市海尔路182号（266061）
本社网址 http://www.qdpub.com
邮购电话 010-85787680-8015　13335059110
0532-85814750（传真）　0532-68068026
责任编辑 李文峰
特约编辑 崔　悦　程钰云
校　　对 商芷宁
装帧设计 蒋　晴
照　　排 李红艳
印　　刷 三河市良远印务有限公司
出版日期 2020年4月第1版　2020年4月第1次印刷
开　　本 16开（700mm×980mm）
印　　张 36
字　　数 436 千
书　　号 ISBN 978-7-5552-7853-5
定　　价 59.80元（全二册）

编校印装质量、盗版监督服务电话　4006532017　0532-68068638
建议陈列类别：畅销·古代言情

目录

第三卷 崭露头角

江山作嫁 终结篇

凌千曳 著

目录

第四卷　问鼎天下

第一章 更生

宋翎犹如睡了一个极不安稳的长觉，梦见自己被强行催吐，还梦见有人撬开她紧咬的牙关，硬生生地灌进了苦涩的汤药。她喝不下去，又一口一口地吐了出来，五脏六腑疼得像是绞在了一起，整个人虚脱一般，说不出的难受，感觉过程漫长而煎熬。

是不是自己要死了？这是宋翎唯一的念头，她倒是希望自己能死得快一些，快一些结束这种折磨。意识渐渐涣散，她感觉自己宛如淡烟流云一般飘了起来，那一瞬间，肉身上的所有痛苦离她远去了。她似乎被分成了两半，一半越来越轻，朝着虚空中的某处飘去；另一半越来越重，不堪重负地朝下沉，不断地下沉，好像永远到不了尽头。

转醒时，宋翎甚是艰难地撑开了眼皮，眼前先是一线白光，有些刺目，待到眼

睛慢慢适应之后，周遭的景象才一点点地清晰起来。她发现自己躺在床榻上，并非在想象中的阴曹地府。

莫非自己没死？宋翎昏昏沉沉地想着，身边有人突然惊呼道：“昭仪娘娘醒了！”

这是宋翎醒来之后，听到的第一个声音。随后又有一人说话了，那是一个稍稍年长的女人的声音，她略带威严地低声训斥了一句：“娘娘刚醒，经不得吵嚷，别一惊一乍的。”

刚刚醒来的时候，宋翎脑子里一片空白，什么都想不起来，昭仪娘娘是谁？皇上又是谁？她越是用力去想，越是头痛欲裂，这样混混沌沌了好一会儿，她的神思才渐渐归位，头脑也恢复清明。她发现自己不仅没有死，而且还回到了祁国皇宫。

死里逃生？这四个字浮现在宋翎的脑海中，但是她没有一丝一毫的喜悦之情，反倒生出无限的失落和怅然。她当时明明是一心求死，为何偏偏天不遂人愿？

宋翎心情沮丧，身边的宫人们却一个个如蒙大赦。昭仪娘娘昏迷的时候，他们每时每刻都过得提心吊胆，万一娘娘救不回来，皇上盛怒，他们这些近身服侍的人必遭池鱼之殃，现在昭仪娘娘安然地醒来，他们算是能松一口气了。

在松了一口气之后，宫人们又想起一件重要的事，连声说道：“快！快去禀告皇上，昭仪娘娘醒了！”

听到这话，宋翎顿时一激灵，她已经想起玉柳容是谁了，此时此刻最不想见到的就是这个人。宋翎想要出声阻止，张嘴后却没有声音，只有微弱的气息，轻飘飘地溢出两个字：“别去……”

大家都没听清宋翎说什么，只是看着她嘴唇翕动。众人凭往常的经验判断，她应该是要喝水，久睡之人必然口渴。有两个宫女伶俐地上前伺候，一个宫女小心翼翼地从身后扶起宋翎，让宋翎靠在自己身上，另一个宫女用小银匙一勺一勺地将温水送到宋翎的嘴边。

宋翎欲阻止宫人去请玉柳容，但是温热的水一碰到干裂的嘴唇，她便犹如在沙漠中遇到了清冽的甘泉，就着送到嘴边的小银匙喝了两口水。她确实渴得要命，喝了水却咽不下去，没多久又全吐了出来。

原来之前宋翎被催吐得太厉害，她的肠胃被刺激过度，连两小口水也咽不下去了。

“娘娘……”那两个宫女急忙用绢子为宋翎擦拭嘴角。

梅姑姑在一旁忍不住了，亲自上前接过喂水的活计，转过头吩咐道：“娘娘这里交给我，你们去小厨房看看粥怎么样了，记着一定要熬得软糯才行。”

宋翎慢慢地平复了急促的呼吸，温水润喉之后，她似乎有了说话的力气，不过身子还是软软地靠在梅姑姑身上。她声音微弱地说道：“别去请皇上，我不想见……”

梅姑姑眼观鼻，鼻观心，只顾着喂水，装作没听见宋翎的话。

这几天玉柳容着实火大得不行，从早到晚阴沉着一张脸，看什么都不顺眼，随时要大发雷霆的样子。凡是随王伴驾的人，这几日在皇上跟前当差大气都不敢出，提着十二万分的精神，赔着十二万分的小心，唯恐犯一点儿错就撞在枪口上。

按理说自小被当成帝位继承人来培养的玉柳容，喜怒不形于色是最基本的涵养，但是这回玉柳容真的动了怒，作为人质的苏子修跑了是一个原因。

玉柳容何等骄矜好强，苏子修暗算了他，还在他的眼皮子底下跑了，这就是明目张胆的挑衅，这就是在打他堂堂祁帝的脸，玉柳容无论如何也咽不下这口气。

还有一个原因是宋翎。玉柳容自认除了宋翎之外，还没有一个女子能让他这般上心。他一再迁就她、容忍她，给了她足够的时间，没想到换来这么一个糟心的结果。宋翎不仅帮着苏子修暗算他，而且当着他的面服毒自尽。说来也是讽刺，那一壶毒酒是玉柳容特意为苏子修准备的，苏子修一滴未沾，宋翎却毫不犹豫地喝了下去。

皇家御赐的毒酒极其厉害，人一旦喝下去后必死无疑。说来可能是宋翎命不该绝，她当时只喝了小小的一口毒酒。玉柳容在情急之下顾不上自己手脚被缚，纵身一跃撞飞了宋翎手中的酒杯，又当机立断地给她催吐，逼着她及时地将喝下去的毒酒吐了出来。太医又用绿豆、金银花和甘草急煎成汤水，强行给她灌下去，尽可能地催出她体内的余毒，如此大费周章才勉强保住了宋翎的性命。

幸好宋翎只喝了一小口毒酒，中毒不深，如果当时她是将一整杯酒都喝了下去，哪怕大罗神仙也回天乏术了。

当宫人前来禀告昭仪已醒的消息时，玉柳容恰好跟几位公卿在御书房中议事，谈的是军国大事，一时脱不开身。得知宋翎已醒，玉柳容表面上淡淡的，漫不经心地说了一句“朕知道了”，实则已情绪起伏，难以自持。他甚至冒出一个念头，想要丢下议了一半的政事，丢下这几个大臣，不管什么事情先撂在一边，马上见到宋翎，亲眼确认她已安好。

尽管这个念头在玉柳容心中左冲右突，但是他身为帝王最起码的理智还在，让他不能这样做。

玉柳容也在暗自纳罕，为何自己这次的反应激烈得不同寻常？他不是那种不知轻重的人，前朝和后宫、国事和私事，他心里始终有一道泾渭分明的分界线，他不会为了后宫的人或事误了朝政。

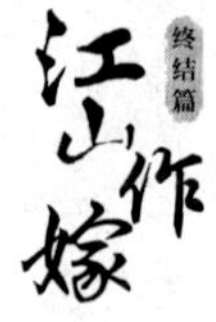

不过这一次玉柳容失常了。他明显感觉到了自己的魂不守舍，只是强撑着表面上的平静。跟大臣议事的时候，玉柳容难以集中精神，底下的大臣们说话，他只看得见他们嘴唇翕动，究竟说了什么内容，他一个字都没听进去。

当臣子的自然是眼明心亮，他们看出了皇上的心不在焉，在底下相互偷偷交换了一下眼神，皆十分识趣地主动告退。

玉柳容巴不得这样，这些人恰到好处地“体贴圣心”，他一挥手就准了。这几位能被单独召见的大臣都是玉柳容的心腹，退出去的时候虽一言不发，但心里都在嘀咕：皇上今天一反常态啊。

玉柳容从御书房出来就坐上了金龙步辇，匆匆朝着养心殿的方向行去。如今宋翎依旧被安置在养心殿的偏殿中，玉柳容觉得只有将宋翎放在自己的眼皮子底下才最为安心。

他进了偏殿，两旁立侍的宫人见到皇上亲临，纷纷姿态恭顺地跪倒行礼。玉柳容压根没工夫搭理旁人，潦草地说了一声“起身”。那些低头跪着的宫人只看见玄色的龙袍一旋，衣角带风，皇上已经进去了。

玉柳容进去之后，眼光径直锁住了床榻上的宋翎。

宋翎果然醒了，只是人仍然虚弱不堪，毕竟为了清除体内的余毒，她被反复催吐，极消耗元气。如今她正病恹恹地倚在床头，身下垫着几个柔软的鹅毛枕头，原本小小的下颌越发尖细，漆黑的眼珠还有堆在脸颊两边的乌发，衬得一张巴掌似的脸越发我见犹怜。

“妧妧，你醒了。”玉柳容如失神般喃喃自语。直到这一刻，他才真正放下心来，先前的担忧、恐惧还有患得患失，宛若退潮一般消失了，轻松的感觉漫上了心头。也许是紧绷太久之后骤然放松，他的头脑甚至有一刻全然空白，任何人、任何事在这一刻似乎都不重要了，能让他全心全意记挂的只有她一人的安危。

然而宋翎没有丝毫轻松的感觉，她看到玉柳容时整个人打了一个冷战，手指也不自主地抓紧了被面。她情愿自己已服毒死了，也不愿再次面对玉柳容，只是眼下他们四目相对，在小小的屋子里，她躲也躲不过去。

玉柳容心情甚好，上前几步在榻边驻足，欠着身凑近了些，像是要仔细看看宋翎的气色。

宋翎却别过头，留下一个后脑勺对着玉柳容。

宋翎浑身都透露出一种抵触的情绪，玉柳容从一进来就看出来了，他虽然一时没有说什么，眸子中那最初的热切却一点点冷了下去。

玉柳容在心里暗骂宋翎是一只喂不熟的白眼狼！她也不想想是谁救了她的性命，是谁为她提心吊胆、寝食不安。哪怕临朝听政的时候，他也是心不在焉的，到头来就换了她这么一张冷脸。不，连冷脸都没有，只有一个冷漠且固执的后脑勺。

宋翎越是不愿意看他，玉柳容就越是要让她看自己。他用手掌卡住宋翎的耳朵两侧，稍稍用力，将她的脑袋扳了过来，就这样面朝着自己。他似笑非笑地说道："你的脸色还是不太好，看来得好好养几日。"

宋翎的面孔如一张白纸，两边颧骨慢慢地出现一片潮红，她想要挣脱这两只卡住她脑袋的手掌，但是跟玉柳容相比，宋翎的那一点儿力气几乎微弱到可以忽略不计。

宋翎又惊又恼，叫嚷道："你放开！别碰我！"

玉柳容偏偏不放，从容不迫地将宋翎的面色端详了一番，才松开手。

宋翎气得心口一阵急促起伏，又反抗不得，只能怨气颇重地瞪了玉柳容一眼。

这时候，他预先吩咐小厨房备下的粥被送了上来，黑漆嵌螺钿的食盒里装着四样精致小粥，每一碗都熬得透透的，饭粒几乎化无。宋翎一连几日水米未进，肠胃虚弱，此时软糯的薄粥是最适宜她吃的。

玉柳容很自然地坐在了床边，又很自然地挑了其中一碗粥，这架势看着是要亲自喂宋翎。

"妧妧，朕命人给你准备了粥，你是想吃咸的还是甜的？"玉柳容看着宋翎，不咸不淡地问了一句。

宋翎明明看见他手中已经稳稳地端着一碗鸡丝口蘑小米粥了。随着瓷匙的搅动，粥升起薄薄的热气，那一句他只是随口一问，其实根本没给她选的机会。

玉柳容这一连串的举动，更像是在无声地宣告她已经落在他的手里，再也逃不出去了，唯一的选择就是认命。

玉柳容喂粥的动作温柔而轻缓，他甚至细心地吹了吹热气，才将粥送到宋翎的唇边。

宋翎不肯喝粥，蜷缩在床榻上的小小身子一动不动，只是直直地盯着玉柳容，剔透的眼珠看得人心里发毛。她轻轻地说了一句："你杀了我吧。"

她的声音极轻，奈何偏殿内极安静，这一句话清清楚楚地传入了每一个人耳中。

玉柳容拿着瓷匙的右手僵住了，就连脸上的微笑也凝在了嘴角。这一刻，他是想要发怒的，眼神已经冷了，心里也在连连冷笑。这是第几回了？她一次次地对他说"你杀了我吧"，她难道真的这么想死？她宁愿死也不愿跟他有任何关系？这世

上怎么会有这般冥顽不化的女子？

宋翎的眼神越发坚决，她知道自己逃不掉了，心甘情愿为苏子修牺牲。她此时此刻求的也是一死，这种对死的偏执，令她两颊微微烧红。她又重复了一遍：“你杀了我吧。”

玉柳容轻蹙眉头，宋翎好像知道了他的命门，他越是不愿意听什么，她越是要拼命地说。

玉柳容面沉如水，沉默不语。只有他自己知道，他的忍耐已经到极限了，只要宋翎再多说一句，他恐怕就控制不住自己了。

偏殿的气氛慢慢陷入了一种微妙的僵持状态，底下随侍的人也是大气都不敢出。那些熟知皇上性情的宫人，早就心惊肉跳了，认命地等着龙颜震怒的一刻。

结果却出乎众人的意料，玉柳容竟然没有任何要发火的迹象，反而表现出一种耐人寻味的平静。在这样的平静中，玉柳容一拂袍袖，起身离去，淡淡地扔下了一句话：“朕不会杀你，你给朕好好地活着吧。”

第二章 及笄

这次之后，玉柳容对宋翎的态度似乎冷淡了许多。他将宋翎一人晾在偏殿里，一连数日不闻不问，不再像以前那样，每日殷勤地问好几遍她的饮食起居，而是仿佛真的忘记了有这个人。

然而宋翎有太医的悉心调理和身边宫人的精心照顾，身体在一日日恢复，体内的余毒也已清理干净，只是人终日郁郁寡欢，甚至是消极待死。这些日子，她有时是失了三魂六魄的木偶娃娃，令她服药饮食都会安静地照做，木然而听话；有时却仿佛着了魔一般激烈抵抗，任谁都近不得身，不肯喝药，也不肯吃饭，几个姑姑只能轮番制住她，强行将食物喂下去，每次吃一顿饭都闹得人人精疲力竭。如此一来，宋翎身体虽无大碍，精神却一日不如一日。

玉柳容手执朱笔，端坐在御座之上，一言不发地听完宫人的禀告，默然地一挥手，

命人退下。直到那人小心翼翼地退出了门，他才搁下朱笔，背倚着五龙盘踞的镏金御座，若有似无地叹了一口气。

他早料到了宋翎的不驯服，为此无比头痛，然而另一件头痛的事，就是作为质子的苏子修不知去向。

在确认苏子修逃走之后，玉柳容亲自审问了看守质子府的守卫，根据守卫头领的证词，当日打着御赐毒酒的名义进入质子府的，确确实实有两拨人。第二拨人是祁帝玉柳容御驾亲临，那么第一拨人是谁？是谁在假传圣旨？玉柳容事后反思，觉得自己过于自信，甚至是草率了。

质子府外有严密的守卫，而苏子修只有自己和一个弱不禁风的侍女，所以玉柳容没有带贴身御卫，只是带了两个太监进去。但是世事往往就败在“万一”这两个字上，玉柳容无论如何也想不到，他就是在自己人的势力范围内被人偷袭，中了埋伏。

玉柳容想到了一定有人在暗中帮助苏子修，不然单凭他一人，哪怕有通天的本事，在这样的严防死守之下也不可能有机会独自逃出去。但是这人是谁，或者这方势力来自何方，玉柳容始终没有头绪，他最初怀疑此事是昭帝派来谈判的使者所为。

昭帝因顾惜幼子的性命，暗中派人来祁国，提出了用三座城池换七皇子苏子修归国的条件，但是玉柳容对这白白奉上的三座城池根本不屑一顾。不仅如此，他还开出了一个近乎苛刻的条件，将苏子修视为奇货，放话给昭国的使者，除非昭帝奉上三十座城池，不然归还质子之事免谈。

祁、昭两国第一次密谈以陷入僵局告终，如此看来，昭国使者完全有动机助苏子修出逃。但这也仅仅是主观动机而已，事实上他们没有能力或机会做成这件事。玉柳容早就想到此节，故而提前有所防备，昭国使者进入祁国之后一直被密不透风地监视着，毫不夸张地说，他们的一举一动都逃不过玉柳容的眼睛。还有一点可以佐证，在苏子修出逃之后，昭国使者还是跟没事人似的留在国宾馆，似乎一无所知的样子。如果说双方互相通气的话，应该是一起消失得无影无踪，怎么会一方跑了，另一方还傻乎乎地留在原地等着挨宰？

玉柳容推测一番之后，倒是有七八分相信昭国使者也被蒙在鼓里，但是出于谨慎考虑，他仍下令软禁了昭国使者。

到这里线索就断了，玉柳容暂时想不到别的值得怀疑的对象。其实玉柳容心里很清楚，要弄明白这件事，最简单直接的方法就是审问宋翎，因为宋翎是协助苏子修出逃的人之一，她一定清楚整件事的来龙去脉，包括帮助苏子修出逃的人是谁。

要问出这些事很容易，有的是让人开口的方法，但是玉柳容万分不愿意走到这一步，因为这个人是宋翎。而且宋翎的身体状况并不好，整个人近乎崩溃，若是他在这时再逼问她，不见得能问出什么，还有可能将人逼疯。

关于苏子修逃走之事，玉柳容下令不准走漏一丝风声，将追查的任务交给了身边的几个心腹。按照玉柳容的想法，最好是神不知鬼不觉地解决此事。可以这样说，祁国上下的人仍旧被蒙在鼓里，根本没人想到祁国手中的质子已经没了。

为何玉柳容不肯公开消息，正式命官府的人去缉拿苏子修？这番煞费苦心的安排，说到底还是为了宋翎。玉柳容知道一旦此事曝光，宋翎作为唯一留下来的同谋，自然会成为众矢之的。祁国上下，朝廷内外，谁都不会放过她，尤其是那位跟玉柳容不对盘的丞相大人都英。玉柳容想起丞相那一张固执刻板的脸就觉得心烦。谁不知都丞相是出了名地谨小慎微，宁可错杀不可放过。他到时候一定会上疏请奏，逼着玉柳容将宋翎投入大理寺，交给狱吏严加审问，哪怕用上种种酷刑，也要撬开宋翎的嘴，让她说出苏子修的下落。只要宋翎被送进大理寺那种地方，绝对没命再出来，就算能侥幸活着也不成人样了。

玉柳容是走一步看三步的人，早就想到了最坏的结果，哪怕那几位元老重臣一起对他施压，哪怕文武百官联合起来向他进谏，哪怕所有人都让他杀了宋翎，他也要保宋翎平安无事。他才不在乎她之前是什么人，才不管什么祁人、昭人，他为她新起了名字，她就是他认定了的宋妧妧。

想到这里，玉柳容惊觉就连他自己也没有想到，在不知不觉中他已将宋翎放在一个如此重要的位置。回头想想这段日子，他做了太多旁人看来不可理喻的事，包括将她从苏子修身边夺走，不顾任何人反对封她为昭仪，甚至在她胆大包天地犯下如此重罪之后，他想到的头一件事依然是为她遮掩，护她周全。

玉柳容不禁疑惑，莫非自己真的着魔了？他做了那么多事，只是为了将她好好地留在身边？

可是，哪怕他做到了这一步，又能怎么样呢？

玉柳容忍不住轻轻一哂，表情带着几分无奈和自嘲。此时他手中正把玩着一个小小的物件，看起来像是某种植物的块根，其貌不扬，不过玉柳容可不敢小看这个东西。他让太医看过了，几位太医断定此物是草乌，乃剧毒之物。除此之外，太医还说了，请皇上不要将此物带在身边，以免误食，人只要沾上一点点，必死无疑。

玉柳容无心多听，只是挥了挥手令人退下。这块草乌是宋翎昏迷的时候，他从她身上搜出的，这说明宋翎一直将剧毒之物带在身上，而且对身边之人隐瞒了此事。

玉柳容盯着那个黑褐色的小玩意儿，眉头紧锁。这个事实令他一阵阵心冷，这

说明宋翎一开始就抱着必死之心，只要苏子修能顺利脱身，她就会立刻吞下草乌，了断自己的性命。只是那日误打误撞地碰上了玉柳容给苏子修赐毒酒，所以她临时改成了喝毒酒自尽。

玉柳容冷哼了一声，面色阴沉地将草乌收回袖中，暗想：松子你要死，朕偏偏不让你死。

宋翎这边暂时不会有什么差错，玉柳容又思考着如何将苏子修抓回来。他在龙案前以手支额，俊美的眼眉隐在阴影之下。派去的追兵沿着去昭国的方向一路南下，玉柳容也想到了，苏子修为人聪颖多智，不会选择一条人人都想得到的逃路，但除了回昭国，苏子修哪里都去不了，所以玉柳容还是将追捕的主力放在南方。谁知道苏子修会不会反其道而行之？众人都以为他不会朝南走，他就偏偏要朝南走。

此外，那几个被扣留的昭国使臣也不能放，必要的时候干脆杀掉。南下昭国的路上，除了追捕的人，玉柳容另外派了一队人快马加鞭地去跟昭帝暗中安排的人接头，佯装同意三城换皇子的要求，试探昭国人的态度。如果昭国那边表示拒绝，这说明苏子修逃走一事就是昭国在搞鬼；如果昭国表示接受，说明昭国十有八九还不知情。

玉柳容给自己的使者下的命令是，如果是后者，必须先哄着昭国交出那三座城池，而且是就地交割，祁国要直接获得那三座城池的管辖权。

质子跑了是一件很丢脸的事，祁国在外交上从没有吃过亏，这次也必须在另一方面有所补偿，不然玉柳容咽不下这口气。

玉柳容也没有忘了另一件事，就是宋翎的及笄之日将近。玉柳容原本想给宋翎举办一场盛大的及笄礼，女子及笄是一生中的大事，但如今正好在风口浪尖上，他不能将宋翎推出去惹人注意。为了保护宋翎，玉柳容否决了之前的想法。其实他这也是考虑到宋翎的自身状况，仪式太复杂，她的身体也扛不住。

玉柳容已经为宋翎指定了礼部尚书宋衡之为义父，她顶着宋家四小姐的名头，在尚书府行及笄之礼也是顺理成章的事。在行礼当日，玉柳容会命人将宋翎送到尚书府上，四位姑姑随行陪同，自己也会到场，只是微服前往，不亮明身份，如此低调行事，在目前看来是最稳妥不过的。

宋翎这几日过得昏昏沉沉，怠懒饮食，头发披散着。她偶尔朝着镜子里一看，就见镜中人神色憔悴，面白如纸，双眸无神，蓬乱的黑发显得下颌尖尖的。这哪里是韶华初绽的少女，倒有几分人不像人、鬼不像鬼。不过这种时候，宋翎也顾不得自己变成什么样子了，苏子修顺利脱身了，她的使命也完成了，她只是一心求死，好结束在祁国的一切。

宋家世代为官，在昭国是数得着的名门望族。礼义廉耻，她懂；宋家的女儿不能失身于敌国的君主，她也懂。只是她现在从头到脚皆受制于人，不得半点儿自由，所谓的求死无门就是她如今的处境。

还有一件事，宋翎醒来之后发现贴身所藏的草乌不见了。这是她最后留的一手，原本打算万不得已的时候吞下草乌自尽，现在草乌被没收了，最后一条寻死的路也走不通了。

及笄那日，正好是暖阳融融的好天气。宋翎被四位姑姑陪着，一路到了尚书府。

宋大人携夫人及一家子女眷早在大门前毕恭毕敬地等候着，那隆重的阵仗，跟迎接皇妃没什么两样。这也难怪宋家上下如此重视，宋翎的身份着实不一般，皇上对她的上心程度远远超过对后宫中任何一位嫔妃。这位名义上的“宋四小姐”是注定要做宠妃的，有位得宠的娘娘在宫里，将来宋家得到的好处可不是一两句话能说完的。想到此事，宋大人和他的夫人自然是喜上眉梢，先前那一点儿忧虑早就无影无踪了。

尚书夫人年约四十，身段微微发福，一张白皙的脸圆如满月，唯有眼尾有浅淡的纹路，显得气质温和，笑起来一团和气，甚是可亲，一看就是一位保养得宜的官家太太。她倒是一点儿不见外，一上来就亲亲热热地握住了宋翎的手，跟丫鬟婆子一起簇拥着宋翎朝着内眷所居的后院去了。没说上几句话，她就已经是满口“儿啊”“肉啊”，不住地嘘寒问暖，俨然一副慈母的样子。若是不知情的人见了，定会认为眼前的是一对亲生母女，哪里想得到两人才头一次见面呢？

宋翎自从踏进尚书府，就一直处于被动状态，面对府上女眷们的殷切热情，还有眼前这位以她母亲自居的贵妇人，她始终保持沉默。这落在尚书夫人眼里，就成了小姑娘的温柔腼腆。女孩子家到底害羞些，不肯说话也没关系。

尚书夫人如今将宋翎看成一朵鲜花，左看右看都顺眼得不得了。她摩挲着宋翎的双手，又捏了捏宋翎的手腕，极是和蔼地说道：“娘的心肝儿，你呀，太瘦了，瞧这手腕细的，你那三个姐姐谁不比你粗一圈？”说着她又指了指自己身后的三个女儿，神情动作极是自然，仿佛宋翎原本就跟她们是一家人。

宋翎茫然地看着尚书夫人身后三个一字排开的丽服少女，她们就是宋大人的三位千金，也就是如今宋翎名义上的“姐姐”。

尚书千金们也打量着这位从天而降的“妹妹”，眼睛里满是好奇，也有一丝掩藏不住的艳羡。因为她们知道，她们跟这位“妹妹”只能做一日姐妹，今后的人生

就迥然不同了。官宦人家的女孩子对进宫成为嫔妃，而且是深得圣眷的嫔妃，多少是有些向往的。

今日行及笄礼，尚书夫人作为母亲，亲自为宋翎加笄。宋翎并不配合，处处显出抗拒，而且她的身体状况着实不佳，及笄礼上三加三拜的仪式只能是能简则简。尚书夫人也是一直赔着十二万分小心谨慎，唯恐宋翎有丝毫意外，只求能顺顺利利地完成这场及笄礼。

尚书夫人专门为宋翎准备了一间梳妆换衣的屋子，因为在此之前，宋大人已经悄悄地跟夫人透露过风声了，皇上会微服前来观礼，所以尚书夫人恨不得用心再用心。毕竟有皇上在一旁看着，她不敢有一丝掉以轻心。

宋翎多数时候是不声不响的，任由她们为她梳妆加衣。尚书夫人刻意在她的两颊上多涂了调匀的胭脂，又描了嫣红的一点樱桃唇，显出了好气色。宋翎甚是无聊地看着镜中人，只觉得一脸厚厚的脂粉，红的鲜红，白的雪白，仿佛一张假面，哭笑都是一个表情。头上重重的冠钗压得她一阵阵头晕，身上层层叠叠的大袖长裙礼服更像是一个密不透风的蚕茧，包裹得她浑身难受。

宋翎试着举了一下手臂，宽松的袖子随着她的动作扬起，又垂落下来，她感觉自己就像是个提线木偶。事实上，这几天她活得就跟提线木偶似的，而线的另一头掌控在玉柳容手中，他不在乎她的意愿，只会将自己的意愿施加给她。

尚书夫人看着镜中的人，十分满意，脸上的每一丝笑容都像浸满了春风。这时候，只听见外间一阵窸窣的响动，跑进来一个身着华服的七八岁的小男孩，稚声稚气地喊了一声“娘”，一头扎进了尚书夫人的怀里。

尚书夫人一副看见了心尖子的表情，极是怜爱地抱住了那个孩子，又抚了抚他的头顶和脸颊。看这情形不用说，来人自然就是尚书府上的小公子了。

虽说小公子尚是稚龄幼子，但是到底男女有别，这样贸然地闯进一个姑娘家的绣房，终归有点儿不合适。再者宋翎是有封号的妃嫔，哪怕是亲弟弟，也没有说见就见的道理。跟随宋翎前来的四位姑姑不约而同地轻轻蹙了蹙眉，她们显然已经觉得不妥了，只是暂时没说什么。

尚书夫人笑容中的谦恭和温和恰到好处，她拍了拍腻在自己身边的宋小公子，令他面朝着宋翎，又用慈爱的口吻佯装嗔怪地道：“这么大的人了，还朝着娘身上扑，当着别人面呢，越大越没个规矩了，你快来见过你的四姐姐。”

尚书夫人说着就将宋小公子朝着宋翎面前推了一把，以便让宋翎看得更清楚。宋小公子也许是不习惯见生人，显得有点儿忸怩。他觑了宋翎一眼，又不情不愿地扭回了自己母亲身边。

“你这孩子，怕生？这不是外人，是你的四姐姐。你平日里倒是伶俐，现在怎么连人都不会叫了？”尚书夫人一把扯过企图往她身后藏的小儿子，依旧将他推到宋翎面前。她看着宋翎，脸上挂着亲亲热热的笑容，似有说不尽的骨肉亲情，“婉婉，这是你弟弟，今年七岁，已经入学两年了，教他的师父都夸他机敏好学……”

宋翎木然地听着，眼前晃着的都是尚书夫人的笑容。

宋小公子不肯叫人，而且老是不安分地扭动身子，尚书夫人有些急了，忍不住轻责了儿子一句：“你这孩子，前儿个不是说想见四姐姐，今日见到了怎么反而害臊起来？你别光顾着害臊，姐姐是自己人，你过来好好地跟姐姐说说话，刚刚不是还说要背几段诗给姐姐听……”

宋翎还是没什么反应，但是她身后的四位姑姑是再也听不下去了。这尚书夫人的用意也太明显了，攀龙附凤的心藏也藏不住，只差没明着说出来，这是她家小儿子，请娘娘今后多多顾念他。

梅姑姑到底老到些，笑着说道：“时间差不多了，主子也该出去了，不可令宾客久等。”四位姑姑得到皇上的特许，可以对宋翎直呼“婉婉”，但考虑到是在宫外，还是尊卑有别地称宋翎为“主子”。

而且梅姑姑刻意在“宾客”二字上落了重音，相信尚书夫人能听出其中的轻重。

尚书夫人不敢再多言，笑容有点儿讪讪的。她原本想趁这个机会让儿子在宋翎面前混个脸熟，能留下一个好印象那是再好不过的了。毕竟儿子若能得到这位贵人的青眼，将来的好处大着呢，只是没想到，自己的儿子这别别扭扭的样子，根本上不了台面。

尚书夫人宽慰自己，好歹是露了面，宋翎多少会有些印象，只要维持好这门干亲，来日方长，有的是机会。

不过尚书夫人的脸色很快就黄了，而且是吓黄了。自己身边这位刚刚一言不发的小祖宗现在竟然指着宋翎，用尖细的童音脆生生地说道：“你才不是我姐姐，我也不会叫你姐姐的！”说着他用手指头一翻下眼皮，配合着吐出舌头，冲着宋翎做了一个淘气的鬼脸。

尚书夫人被吓得脸色黄了又白，想要一把捂住小孩子的嘴，叫他不要乱说，童言无忌也是要得罪人的。但是七八岁的小男孩正是最淘气的时候，像一条滑溜的小鱼，尚书夫人一个体态微丰的中年贵妇，哪里抓得住他？

宋小公子在做完鬼脸之后，又嚷嚷起来：“大家都说你来历不明，只是皇上下旨，

硬将你塞给我爹爹当女儿，想让我叫你姐姐，门都没有！哼哼！”

尚书夫人的脸色已经不能用“惨白”二字来形容了，儿子的口无遮拦不仅仅会得罪人，简直是要把全家都给害死。

尚书夫人一边朝着宋翎和她身边的姑姑们赔笑，一边气急败坏地斥责自己的儿子：“哪里听来的胡话？还不赶紧闭嘴，等我告诉你父亲，看不揭你一层皮！”

宋小公子显然是平日里被娇宠惯了的，并不将这威胁的话放在眼里，反而冲着宋翎一口一个“野丫头”地叫嚷开了。尚书夫人怒火攻心，反手就是一巴掌打在幼子的脸上。

宋小公子大约从未挨过打，一下子被这个巴掌打蒙了，这才达到了闭嘴的效果。不过也是短暂的，宋小公子回过神来，发现娘亲真的打了自己后，哭了出来。趁着这个当口，奶娘和丫鬟赶紧将自家的小少爷连拖带拽地弄走了。

尚书夫人尴尬地朝着宋翎笑了两声，一时之间不知道还能说些什么，完全没有先前的淡定自若。她原本想得好好的，用亲情将这位贵人给笼络住，将来这位贵人就是全家人的青云梯，没想到最后被自己的宝贝儿子搅黄了，功亏一篑。

尚书夫人都快要冒冷汗了，被小儿子气得差点儿昏死过去。人最忌讳被揭老底，儿子还是当众让贵人下不来台，这下施恩是不成了，别让人家记仇就谢天谢地了。

“这孩子被宠坏了，说话没轻没重的，这、这也是奇怪了，我平日见他是最知礼的，今儿个不知道怎么着了魔，许是没见过这么多人，一时昏了头。娖娖你大人有大量，莫要跟小孩子计较。”这解释尚书夫人自己听了都心虚，她不敢看宋翎的表情，只是用余光小心地瞟了瞟宋翎。

宋翎没有任何发怒的迹象，一副漠不关心的表情。但是尚书夫人心里还是七上八下的。她摸不透这位贵人是当真宽厚大度还是暗暗地将这一切记在了心里，如果是后者，估计以后整个尚书府都要倒霉了。

就在尚书夫人满心忐忑的时候，梅姑姑又适时地说话了，不过她不是对着尚书夫人说的，而是轻轻地扶着宋翎，说道：“走吧，咱们也该去前厅了。”

从绣房出来之后，尚书夫人一直强撑着笑脸。她也是见过世面的人，平日与一干官家夫人打交道也游刃有余，今天她却生出一种从未有过的局促感，不知道说什么合适，甚至不知道自己的手脚应该放在哪里。

虽然宋翎没有说什么，但是她身边那几位姑姑的脸色明显不好看了。正主好应付，难的是讨好正主身边的人，要是这几位姑姑回去在皇上面前随便说上一句半句尚书府上的人对娘娘无礼，那后果就严重了。

尚书夫人正想着说些什么来补救一番，不料又有一件意想不到的事发生了。走在跟前的宋翎突然吃痛地哎哟一声，随即用手捂住了额角，像是被什么东西打到了。

尚书夫人的心一下子提到了嗓子眼儿，她如今已是惊弓之鸟，太害怕宋翎有任何闪失，一点点风吹草动都能令她惊惶不安。

“这是怎么了？”尚书夫人心急地问道。

四位姑姑就在宋翎身边，因此看得十分清楚，是一个圆溜溜的类似弹丸的物什正好打中了宋翎的额角。宋翎没有防备，结结实实地挨了这一下。她一手按住被打中的位置，两道纤细的眉紧蹙着，忍不住轻轻地痛呼了一声。

兰姑姑最先发现宋翎摸过额头之后，手心有一点墨黑，再仔细一瞧，宋翎的额头也黑了一块，另外的人也看到了，而且一下子都明白过来。原来这枚弹丸事先浸过墨汁，被打中之人很疼不说，还会被墨弄脏脸，这种欺负人的点子可是阴损到家了。

四位姑姑的脸色一下子不好了，梅姑姑用绢子去擦拭宋翎脸上的墨迹，果然看到额角有一块微微鼓起的红肿，看宋翎的样子，应该疼得很。

在尚书府中，敢拿着弹弓到处打人的，想来也只有刚刚那一位顽劣淘气的宋家小公子了。

尚书夫人也想到了这一层，脸色越发惨白，大冬天里，后背竟然冒出了细汗。她心里念叨：完了完了，早知道自家儿子上不了台面，就该将他严严实实地藏起来，自己是猪油蒙了心才会把他带出来给贵人过眼，这下子讨好不成，反倒彻底将人给得罪了。

姑姑们也是满心不悦，心想这偌大的尚书府居然还不会管教儿子，任由自家的儿子无法无天。姑姑们是护主的，想着要不要拿出高位女官的范儿，申饬一下这位尚书夫人的教子无方，毕竟在太后跟前的时候，她们也曾替太后申饬过失仪的朝廷命妇。但是她们看眼前的情况，还是先完成笄礼要紧，故而暂时将此事按下不表，略略为宋翎整理了一番仪容，依旧朝着行礼的前庭行去。

及笄礼完成得很顺利，为宋翎加笄的尚书夫人几乎是胆战心惊地完成了全部仪式。她已经悄悄地给服侍小公子的奶娘并一干小厮们传话，要他们千万看好这位小祖宗，关起来也好，甚至绑起来也好，无论如何都不能再放他出来捣乱了。

但是就在刚才，奶娘慌慌张张地跑来，趁着无人在尚书夫人耳边说一不留神又让少爷溜了，这会儿他不知道藏在哪个犄角旮旮里。

尚书夫人听了后，感觉胸口一阵发闷，只能乞求这位小祖宗消停一些，千万不

要再惹事。

玉柳容一身月白常服，头戴玉冠，腰间佩两枚碧玉，普通世家公子的打扮。他尚不知内情，对今日的及笄礼极为满意，随口称赞了宋大人一句。因为事先说好了是微服出宫，宋大人不敢在人前行跪拜大礼，只是赶紧俯身低头，口中连称了几句“不敢”。

玉柳容示意将宋翎带到他身边来，宋翎如今完成了及笄之礼，也算是了结了他的一桩心事。宋翎也知道玉柳容在场，这一套流程下来，她都宛如木偶似的被人提着线走，但是现在要她到玉柳容身边，她内心依然充满了抗拒。

就在这时，又一枚弹丸破空出现，朝着宋翎的方向射去，这次是打中了宋翎的头顶，高梳的发髻一下子歪了，上面的两支玉簪也脱落坠地。紧接着又是两弹齐发，分别打在宋翎的袖子和裙摆上，弹丸滚过的地方都留下了乌黑的墨迹。

这事发生得太突然，众人还没反应过来，只见刚刚梳着高髻、身着礼服的少女一时间被弄乱了头发，华服也变得墨迹斑斑，显得格外狼狈。

玉柳容紧抿双唇，一掌拍在椅子的扶手上。他身边的大内侍卫得了命令，飞掠而起，快如闪电，朝着弹丸射来的方向去抓人了。

宋大人内心惶恐，隐隐不安起来，回头再看自己的夫人，她已经两眼一翻，晕死在身边婢女的怀里。

玉柳容这时根本顾不得旁人，三步并作两步地冲了上去，长臂一伸一把将宋翎揽在了怀中。宋翎自然要挣扎，玉柳容的眼睛够毒辣，他一眼就看到了宋翎额角上的红肿。尽管她已经小心地用脂粉遮盖过了，还有意将两鬓的头发打得略微蓬松，试图掩饰受伤的地方，但要是能这么轻易地被人蒙骗过去，玉柳容就不是玉柳容了。

玉柳容用指腹轻轻地触碰了下宋翎的额角，沉声问道：“这是怎么回事？”

四位姑姑互相看了一眼，正在斟酌着如何回答，只见之前派出去的大内侍卫已经回来了，一人手里拎着一个七八岁的小男孩，另一人手中拿着弹弓和满是墨汁的几枚弹丸。这下情况已经很明显了，犯人和犯案工具都被找到了。

宋大人定睛一看，果然是自己的宝贝儿子，恨不得当场像自己夫人一样晕死过去，但他是一家之主，怎么着也要强撑着。

玉柳容平日是不会为难小孩的，但是事关宋翎，他难免关心则乱，冷声问道：“是你在用弹弓射人？”

宋小公子不知道眼前之人是大祁的皇帝，又是天不怕地不怕的牛犊脾气，竟然硬邦邦地顶了一句回去："是我又怎么样？"

宋大人在一旁气得浑身发抖，指着儿子骂道："你这个孽子，还不赶紧住口！这里哪有你说话的份儿？！"

不知玉柳容是气过了头，还是真的有兴趣一探究竟，说道："那你说说原因吧，为何要用弹弓射她？"

宋小公子果然桀骜，梗着脖子把刚刚在绣房里说过的话原原本本地重复了一遍，包括"皇上要硬塞一个野丫头给爹爹当女儿"及"不屑跟一个来路不明的野丫头做姐弟"之类的话，通通被他口齿清楚地说了出来。

宋大人已经不是两眼翻白而是两眼沁血，恨不得一刀劈死眼前这个不知好歹的儿子，都怪自己和夫人平日里太过珍重溺爱这小子，竟养出了这么个害死全家的东西。

"孽子！孽子！"宋大人急怒攻心，高高地扬起手掌，正要打下去的时候却迟疑了一下，倒是给机会让儿子逃走了。

宋大人忍不住捶胸顿足，眼下又不好表明玉柳容的身份，只能眼睁睁地看着儿子在皇上面前拼命地作死，半晌才想起来要命家仆去捉住自己的儿子。

玉柳容护着宋翎，冷眼看了许久，唤了身边的侍卫。一转眼那名侍卫就将像活鱼般乱蹦的宋家小公子逮住了，一只手提住他的衣服后领将人悬在半空中。

宋大人冷汗直冒，一时间再也顾不上什么，跪了下去："皇上息怒，请恕微臣教子无方，微臣今后一定严加管教小犬。"

玉柳容并未说话，脸上冷峻的神情看得宋大人后背一阵阵发寒。宋大人惨白着一张脸，声音里甚至带了颤音，吩咐身边的家仆道："快些请家法上来，我今日就打死这个孽子！"

宋翎原本一直在漠然旁观，如今看见宋大人气急败坏地要请家法，怒得额头的青筋都暴了起来，想来是动了真格的，她心中略有触动，正要说话，但是才说了一句"我不碍事的"，就被玉柳容堵了回去，他示意她此刻不必出声。

"宋大人请起吧。"玉柳容斜睨了一眼依然战战兢兢的宋大人，笑了一声，说道，"看来宋大人似乎不善教子，令公子暂时交给朕好了，朕来替你好好管教一番。"

宋大人浑身一颤，如遭雷击，连连磕了好几个响头，神色惊恐地乞求道："请皇上宽恕小犬的过失！请皇上宽恕小犬的过失！"

刚刚还张牙舞爪的宋小公子，这时候已经吓得呆若木鸡了。虽说他尚是懵懂的年纪，不能完全理解皇帝至高无上的威严和生死予夺的权力，但从他父亲的反应，他看得出来眼前是位了不得的大人物。他娘已经晕了，他爹正匍匐在地上拼命磕头，他活这么大从没有见过这种阵仗，顿时吓得大哭起来。

玉柳容才不管孩子哭不哭，径自说道："宋大人请起吧！别磕头了，日落之前朕一定将令公子送回。"说完这句话，玉柳容已带着宋翎和宫中出来的一干人等起驾回宫去了。

第三章 太后

及笄礼之后，紧随其后的就是嫔妃的册封礼，宋翎的名分算是正式定了。

容不得任何人怀疑，她现在就是宋妧妧，是礼部尚书的义女，也是祁帝的新昭仪。玉柳容还赐了一个字给这位新晋的昭仪——毓，聪颖灵秀之意。

说起来，玉柳容一直懒得在嫔妃的封号上下功夫，从来只是在礼部拟定的一堆吉祥字眼里随意圈几个，有时干脆不给，仅以姓称之。由此可见，玉柳容对宋翎的重视，整个后宫无人出其右。

这日黄昏时分，又是翻牌子的时辰了。张公公从龙案的侧面小心翼翼地踱步上前，呈上了嫔妃们的绿头牌。

玉柳容正执笔疾书，也不看一眼，只是懒散地问道："毓昭仪的牌子做好了吗？"

张公公俨然是宫里的老人精了，有些事不用主子吩咐，做奴才的要提前心里有

数，他早就令人加急赶制了毓昭仪的牌子。因为他摸透了皇上的心思，此时此刻除了毓昭仪，皇上是不会想要见任何人的，翻牌子也是走个过程而已。

张公公心里这样想，嘴上还是恭谨地答道："回皇上，就在您的手边。"

玉柳容放下笔，淡淡勾唇，似笑非笑地道："还不摆驾？"

正当这时，从殿外进来一人，竟是太后身边的慧茹姑姑。

玉柳容当即收敛了笑意。慧茹姑姑是太后身边最得力的女官，常年陪伴在太后左右，轻易不会离开半步。她今日前来养心殿，定是太后的授意。难道太后有什么要紧的大事？不然她不会派自己最信任的姑姑前来。

慧茹姑姑请了安，没有旁的话，只说太后请皇上现在去颐宁宫说话。

太后亲自派人来请，玉柳容不敢怠慢，眼下顾不上去看宋翎，当即命人摆驾颐宁宫。

当今的祁太后是玉柳容的生母，她并非先帝的原配皇后，而是从一个普通的嫔妃一路晋升上来的，最后做了皇后。祁太后的人生经历能被所有的后宫女子奉为传奇。她本人固然是才貌并重、能力出众，深得先帝的宠幸，但最关键的是只有她为先帝诞下了一名皇子，也就是玉柳容。先帝没有别的儿子，对这个唯一的儿子自然异常喜爱。玉柳容毫无疑问地成了太子，而他的生母自然母凭子贵，当上了皇后，如今又成了太后。说到底，生了这个儿子，这才是祁太后被称为传奇的所在。

玉柳容到了颐宁宫，暖阁的地龙烧得很热。从寒气颇重的外头进来，热气扑面而来，人的四肢百骸浸在暖意中，似乎都舒展开了。

祁太后坐在一张搭着狐皮的软榻上，身子微微歪向一侧的靠枕，脚踏上跪着一名敛眉垂首的宫女，正在不轻不重地为太后捶着腿。太后微闭双眸，似在闭目养神，暖阁里静悄悄的。

玉柳容进去的时候，弄出了一点儿响动，这是他身上玉饰环佩相击的声音。太后闻声睁开了眼睛，正好瞧见玉柳容进来。做娘的看见儿子没有不欢喜的，贵为太后也不例外。太后吩咐了身边人给皇上看座，又命人端上来热热的茶驱除寒气，这般殷殷之情，倒像是世间一对普通的母子。

祁太后已是近五十岁的人了，但是保养得宜，望之如三十许，白腻丰润的鹅蛋脸，蛾眉纤细，尤其是一双眼尾微微上挑的桃花眼，水光潋滟，依稀可见当年冠绝六宫的美貌。玉柳容也是天生的桃花眼，眉眼的轮廓几乎跟自己的生母如出一辙，只是多了几分男子的英气。

不过祁太后如今也渐渐显出老态了，当年随王伴驾的时候，她没有一日松懈半分，无时无刻不妆容明艳，从头到脚一丝不苟。但是如今先帝驾崩了，她自己也当上了太后，作为一个女人能享有的尊荣到顶了，身体里绷了几十年的弦也就松弛了下来。人这一口气松了，多年来苦心孤诣维持的美貌自然一点点消逝了。

祁太后扬了扬手，示意那个正在捶腿的宫女停下，闲闲地起了一个话头："好几日没见着皇帝了。"

因为是亲生母子，相处着也随意，玉柳容懒洋洋地反问了一句："前儿个不是刚刚陪母后用了早膳？"

祁太后倒是先笑了："皇上也说是前儿个了。"

玉柳容收起方才懒洋洋的表情，半开玩笑半讨好地说："母后这话可是怪儿子没有天天来请安？儿子知错了，今后一定早晚都到母后这里问安，一日都不落下。若是漏了一次，母后就像小时候那样打儿子的手心。"

玉柳容尚不知太后请他来说话的用意，无论如何，先将自己的亲娘哄高兴了再说。其实先时看见慧茹姑姑亲自来请，玉柳容心里就隐隐感觉不对头了，太后让他过来不会仅仅是闲话家常。

自从当上太后之后，祁太后一直在颐宁宫过着深居简出、吃斋礼佛的生活，从不过问儿子的朝政，也不插手儿子后宫的大小事宜。与历史上那些热衷政治或是霸着后宫权柄不放的太后相比，这位安分守己又省事的祁太后，可谓皇太后当中的典范了。

但是玉柳容了解自己的亲娘，虽说祁太后行事低调，但不是闭目塞听、只求安稳的老糊涂，要不然先帝那么多妃子，其中也不乏绝色美人，为何偏偏是她坐上了皇后的凤座？

祁太后果然被逗笑了："说什么傻话？你都是堂堂一国之君了，哪里还能像小时候似的打你的手心？"

在哄自己的亲娘方面，玉柳容有点儿心得，顺着这话就接上来了："母后那时候教育儿子，也是为儿子好。"

祁太后微微颔首，似是感叹道："母后当年做的一切都是为了你好，今后做的一切也都是为了你好。"

玉柳容表面上还维持着笑容，内心却笑不出来了。祁太后明显是话中有话，前面的那些话只是铺垫，后头该来的还是要来。

祁太后令左右服侍之人全部退下，因为慧茹姑姑是心腹，所以不用回避，直到暖阁中只剩下三人，祁太后才缓缓地开口道："哀家听说皇上刚刚纳了一个新人。"

玉柳容虽早有预料，但太后明明白白地提起，他还是心中一震。

玉柳容神色坦然，不疾不徐地答道："回母后的话，是有这么回事，不过也称不上刚刚纳的，她在儿子身边有一段时间了。"

祁太后含着一丝浅笑道："照理说皇上登基之后还未举行过秀女大选，挑几个合心意的人充实后宫也是应该的，不然放眼看去都是当年东宫里的老人儿，皇上也没什么趣儿。不过……"说到这里，祁太后话锋一转道，"哀家听说这位新晋的毓昭仪似乎不大服管。"

玉柳容一挑眉，他就知道躲不过去。既然太后指出了是谁，玉柳容也不好再打马虎眼，但言语之中还是护着宋翎的："毓昭仪进宫的时日尚短，不熟悉宫里的规矩。但请母后放心，儿子已经指派了四个教引姑姑给她，想必假以时日，毓昭仪会懂得宫中的规矩的。"

祁太后沉默不语。她先前还不太相信，这才一试探，儿子就开始为那人开脱，唯恐她对那位昭仪有不好的印象，可见儿子有多么看重这位女子。

良久，祁太后目光灼灼地看向玉柳容，开口道："不懂规矩可以学，但是如果心都不在宫里，皇上能扭转一个人的心意吗？"

玉柳容有点儿心虚，果然什么都瞒不过太后，于是他耐心地解释道："毓昭仪的性子是有点儿倔，儿子也头痛，但是现在册封也下了，封号也给了，一切木已成舟，她就算再倔强下去又能如何？到头来还是要认命的，她现在只是一时想不通，等她想通就好了。"

玉柳容的口气甚是轻松，仿佛在说一件轻而易举的事。祁太后没有玉柳容这样乐观，不以为然地道："要是她一根筋拧到底怎么办？"

"儿子保证这种事不会发生。"玉柳容说得信誓旦旦，目的还是摆平太后，但他有些纳闷。太后一向不过问他的妻妾之事，这次为何一反常态，只盯住一个人不依不饶？

祁太后对玉柳容的回答并不意外，自己的儿子一贯自信，只是这一回她有几分说不清道不明的隐忧。她右手拿着一串珠子有龙眼大小的碧玉珠串，珠串下的墨色穗子静静地垂在衣角。

祁太后捻了两颗珠子，似是无心地说起了另一件事："哀家还听说皇上责罚了礼部尚书宋大人家的儿子。"

玉柳容闻言轻轻挑眉，不答反问道："这等小事怎么传到母后的耳朵里了？"随即他又从从容容地解释道，"宋家的儿子在朕跟前无礼，朕只是施以小惩，不过就是让上书房的师父打了他的手心几下，面壁思过之后，就将他送回去了，并没有为难他。”

玉柳容将此事全揽在了自己身上，因为他从太后的言谈和神色中判断，太后并不喜欢宋翎，他不能再加深太后对宋翎的不良印象。

祁太后正色道：“当君主的替臣下管教儿子，这原本就不太妥当。就算他真的得罪了你，你难道不能将其交给臣子，让臣子自己去管教？你非要越俎代庖，插手别人的家事。皇上是生怕宫里那么多双眼睛看不见，还是生怕外头的言官们看不见？”

玉柳容极少见太后这般说话，有点儿愣住了。

“哀家听说尚书府的小公子才七岁，皇上是九五之尊，为难一个黄口小儿，岂不是有损天子的威仪？哀家还听说了，那孩子被送回去之后，吓得当晚就发了高烧，病了好几日。这事要是传出去，岂不是折损皇上的名声？”

玉柳容颇为气闷，心里已在喊冤了。他当时是很生气，但并没有气昏头，真的只是让人打了几下那孩子的手心，没有再惩戒什么。未满十岁的孩子原本就多病，常常头疼脑热的，难不成都算在他头上？

但他也只能在心里想想，说是说不出口的。玉柳容想着要先稳住太后，于是顺势认错道：“母后，是儿子太莽撞了，这种事只此一次，今后儿子行事一定三思而后行。”

祁太后并不满意这种看似真诚、实则流于表面的认错.“皇上从前可不是这样的，这次又是为了什么人而鲁莽了？”

玉柳容感觉有些不妙，太后今天显然不是点到为止，而是要穷追不舍了。

祁太后长叹一声，说道:“皇上不必再为你的毓昭仪遮掩了，哀家都已经知道了。”

玉柳容闻言，有片刻的沉默，但是想着既然太后已经挑明了，老是绕弯子也不是办法，索性打开天窗说亮话。

玉柳容问道：“母后跟儿子说了这么多，到底想告诉儿子什么？但请母后明说吧。”

祁太后看着眼前的儿子，他不仅眉眼跟她相像，心性也有几分像她，只要进入正题，就十分干脆利落，跟这样的人说话最爽快。

“那哀家就明说了。”祁太后神色郑重地说道，“毓昭仪不能再留在皇上身边了。”

虽说玉柳容已经料到这个结果，但是听到太后说出来，心还是揪紧了，他惊愕地问道：“母后何出此言？”

祁太后持着玉珠的手扶着额角，珠串上的穗子附在鬓发上："皇上还要哀家解释吗？难道皇上心里还不清楚？"

玉柳容平日里强硬惯了，是说一不二的脾气，只是在太后面前还是免不得要稍稍收敛。他耐着性子说道："母后，儿子不过是收了一个看着顺眼的女人在身边，这也不是什么要紧的事。"

祁太后原本不想把话说得太僵，母子二人都是聪明人，话只说三分，大家就能明白里头的意思了。天家母子毕竟要给彼此留点余地，但是玉柳容显然是执迷不悟，逼着祁太后动气。

"别的也就罢了，但是这个女子能影响皇上的情绪，左右皇上的判断，难道还不是什么要紧的事？"祁太后这是真动了怒，"皇上将她带进宫也不是一天两天了，哀家一直冷眼旁观，从未说过什么。毕竟宫闱私事，皇上自己定夺就是了。但是皇上发觉没有，自从她到你身边之后，你为她做的事情一件比一件出格！"祁太后不给玉柳容解释的机会，继续说了下去，"最初皇上执意册封一个昭人女子，哀家没有说什么，毕竟只是女人而已。当初皇上还是太子的时候，要纳一个商贾之女当侧妃，先帝不答应，还是哀家为你说服了你的父皇。再说回这个毓昭仪，你考虑到她昭人的身份不好摆上台面，为她找了义父、改了名字，又给了昭仪的位分，哀家也没有说什么。"

祁太后略略缓了口气，又道："如果只是这样就罢了，后来皇上越来越离谱，破格令她住在养心殿的偏殿里，又给了她自由出入御书房的特许，为她冷落了所有嫔妃，就连柔妃有身孕了也不放在心上。"

祁太后久居深宫当中，通过种种反常的迹象敏锐地察觉到了大事不妙。君主可以滥情，但不可以专情，专情的君主等于有了弱点，这对他自身或者那个得到专情的女人来说，都是一件相当危险的事情。这个昭国女子刚刚进宫，玉柳容就能为她做到这一步，将来不是"三千宠爱在一身"就怪了。祁太后在后宫是个冷静的旁观者，虽说轻易不出手，但一出手必然要掐灭这个危险的苗头。

玉柳容沉默不语，因为太后说的是事实，他实在不好反驳。

祁太后今日是有备而来，想必这一番话她已经酝酿许久了："说了宫里的事，再说说宫外的事。皇上既然决心要了她，为何又准许她跟旧主见面？皇上是忘了嫔妃不准见外男的规矩，还是被她求得心软了？"

玉柳容不置可否。太后何等精明，将他的心思猜了个八九不离十。这还不是最令人吃惊的，因为太后之后说出来的话，才真是令他错愕万分。

“哀家已经知道了，昭国的质子逃走了。”明明是大事，从祁太后嘴里说出来却很是平淡，“其中好像也有这位毓昭仪的功劳吧？”

最关键的一件事被太后点破之后，玉柳容的脸色才变得不好看起来。

祁太后冷声问道：“昭国的质子逃了，皇上为何不公开发出追捕令？这样可比仅仅动用自己的几个心腹要有用多了。”

玉柳容是无论如何都要嘴硬一下的，镇定自若地说道：“跑了质子又不是什么光彩的事，堂而皇之地发出追捕令，岂不是让天下人都看咱们祁国的笑话？再说昭国前来请求以城换人的使者还在朕手上，朕暂时不公开此事，是想要试一试昭帝那边的虚实……”

“罢了罢了！”祁太后落在玉柳容身上的两道目光锐利而明亮，容不得他说一句假话，“皇上说的也是理由，但是皇上扪心自问，你头一件想到的是这个还是单纯想要保住你的毓昭仪？皇上很清楚，协助质子逃跑是重罪，一旦公开，毓昭仪必死无疑，到时候朝廷内外给你施压，你想要她平安无事就难了。”

话已经说到这里了，玉柳容觉得任何掩饰和辩解都是无用的，但是末了还不忘苦笑着恭维一句：“唉，看来什么都瞒不过母后的眼睛。”

祁太后要听的不是这一句可有可无的恭维，循循善诱道：“皇上适可而止吧。她在你身边的日子还不久，趁着心魔未深，你要赶紧拔除才是。”

玉柳容显然未被太后说动，当即反问：“母后为何这样说，她是儿子的心魔吗？”

祁太后看他这样子就知道，儿子又犯倔了，但她只能在心里发急，面上还是尽量平和地说道：“她一个小小的女子竟然能一次又一次地影响你，这难道还不是心魔？万事都要防微杜渐，你今日为她改了后宫的格局，明日就能为她去改朝廷的政令。你会为她乱了心神，被消磨意志，最终变成一个缺乏判断、没有大志的皇帝。”

要不是眼前的人是自己的亲娘，玉柳容或许早就呵斥出口了。玉柳容一向自诩胸怀宽广、抱负远大，许下心愿一定要创下不世的功业，在青史上留下赫赫威名。他最见不得别人将他跟酒色误国、庸碌无能等字眼联系在一起。

玉柳容心里不服极了。他不过是想把自己喜欢的一个女子留在身边，为何这事从太后嘴里说出来，就到了祸国殃民的地步？

知子莫若母，祁太后猜到了玉柳容的心思：“就说眼前的事吧，皇上罚了宋尚书的儿子。这说起来没什么大不了的，但是皇上可知道，这事传到外面就会变成皇上为了一个女子责打朝廷大臣的儿子。人人都长了嘴巴，人人都添油加醋，还不知道最后这事会被传成什么样子。他们才不管真相是什么，到最后还是不利于皇上的

声名。皇上初登大宝，最要紧的是笼络人心，培植死忠之臣，让他们在朝中占据重要的职位，令大多数大臣偏向你。这样皇上的帝位才能稳固，而不是弄出一件责打朝廷大臣之子的新闻，既寒了臣子们的心，又正好落了有心之人的口实。”祁太后说到最后，越发言辞恳切，“儿啊，娘是不会看错的，她就是这样一个祸根！”

此时玉柳容只能强忍着，半晌才说出一句话：“母后的意思儿子听懂了，但是这件事情还是交给儿子处理吧。”

祁太后气得几乎要背过气去。她说了这么多，玉柳容哪里是听懂了，分明就是委婉地告诉她，不要再插手他的事情。

“哀家知道在尚书府的那日你为何会生气，因为宋家小公子口无遮拦，当众说你的毓昭仪是‘来历不明的野丫头’。”祁太后气势不减，说道，“小孩子无心，但是不可否认，真的被他误打误撞地说中了。”

“母后……”玉柳容微蹙着眉心唤了一声，似是不愿意提起这事。

“皇上先前派了人去昭国调查她的身份背景，现在这些人早就回来了，皇上为何一个字都不提？如果她真的只是昭国皇子身边的人，倒也简单了，但事实证明她不是。那么她的真实身份到底是什么？她姓甚名谁？有什么家人？这些皇上都知道吗？将一个来历不明的女子留在身边，皇上真的放心吗？”

玉柳容感觉自己的眉心正在急跳，两边太阳穴似乎也有点儿胀痛。当初派出去的人的确已经回来了，带来的消息令他极为吃惊。昭国七皇子府上是有一个管家，但是他无儿无女，更奇怪的是府上根本没有一个名叫松子的随从或者侍女。除此之外，被派去的人也曾在郢梁城中多方打听，还是没能弄清楚松子的身份。

玉柳容依然试图说服祁太后：“母后，以前她是什么人不要紧，只要儿子知道以后她是谁不就行了？”

祁太后沉沉地呼出一口气，几乎是恨铁不成钢地斥责道：“你现在为了这个女子竟糊涂到这一步，万一她是昭国派来的细作怎么办？万一她别有居心怎么办？这种事一向只能宁可枉杀，不可放过，能留在你身边的人必须是知根知底的，不然天长日久，总有防不胜防的时候。”

玉柳容被太后的那一句“宁可枉杀，不可放过”说得心里发冷。从太后异常坚决的态度中，他灵敏地嗅到了一丝不好的意味。太后平日里吃斋念佛，跟一个普通人家深居简出的老太太没什么两样，给众人的印象多是慈祥和蔼、气质温润、心性沉稳的，这就是数十年打磨出来的涵养，她不会轻易让人看出自己的喜恶。

但是看似温和无害的太后同样有心思缜密、杀伐决断的一面，这恰恰也是玉柳容眼下最深的隐忧。如果太后决定出手……玉柳容越是细思下去，越是心惊肉跳。

“母后想对毓昭仪做什么？”玉柳容顿时警觉起来，索性开门见山地问道。

祁太后并未正面回答，而是情真意切地劝解道：“儿啊，你如今是大祁的皇帝，大祁国内公卿世家的千金，甚至昭国、卢国的公主，只要你愿意，都可以进宫和你相伴。你又何必非跟一个女子较劲，还是一个心不在你身上的女子。”

玉柳容一时心乱如麻，根本不愿意听太后的劝诫：“母后能告诉儿子吗？您想要怎么对毓昭仪？”

祁太后笑容淡淡地道：“不是哀家要对毓昭仪怎样，而且毓昭仪今后会怎样全然取决于皇上。”

玉柳容默然无声。

母子二人相对无言，暖阁之中一下又恢复到先时悄无人声的样子。祁太后身后的慧茹姑姑站得犹如一根木桩，仿佛不是一个有耳有嘴的活人，跟一个花瓶摆设没什么两样。

祁太后长长地叹了一口气，皇上到底还是太年轻，年轻人就容易在某些事情上执迷不悟。

思虑再三，祁太后还是开了口：“皇上，有些话如今哀家不得不说了。关于毓昭仪，哀家只能给皇上两个选择，一个是杀了她，另一个是放了她。”

玉柳容听了这话，内心惊慌地道：“母后，您为何一定要逼儿子？”

祁太后是玉柳容的生母，若不是别无他法，怎么会为难自己的孩子？她似是无奈地苦笑道：“皇上，不是母后要逼你，而是你迟早要面临这个选择。一时的逃避又有什么用？儿啊，母后已经知道了，那丫头一直心心念念着昭国的七皇子。皇上你问问自己，容得下自己的女人心里总是挂念着另一个男人吗？再者，据说她是不肯当你的昭仪的，自从你将她带进宫之后，她就不断寻死。上次她闹得差点儿没命，也是因为喝了御赐的毒酒。人最怕的就是抱了必死的决心，只要她寻死的心思一日不灭，皇上你确定留得住她？还有很重要的一点，她合谋放走昭国质子的事，迟早捂不住的，皇上你觉得到时候还保得住她吗？”

祁太后一句句毫不留情的发问，仿佛一枚枚带着寒光的锐利尖锥，狠狠地扎在玉柳容的心上。太后分析得在情在理，他无法反驳。他不是没想到这些问题，只是不愿去深想。他看待事情一向冷静、敏锐，但是事关宋翎，总能干扰他的思绪，令他不自觉地想要暂时逃避，只求能让她好好待在自己身边。

“朕也想她好好地活着，并不想伤她的性命，只是……”玉柳容喃喃自语道。

祁太后今日说了太多话，毕竟是上了年纪的人，情绪几番波动下来，渐渐觉得力不从心，口气透着疲惫，说道：“皇上，你既然这般斟酌，不如趁现在放了她吧。她在你身边始终是不会安宁的，如今她整日想着寻死，不肯饮食，不肯服药，身体日渐虚弱，精神也不太好，只怕没过多久就会彻底被逼疯。皇上愿意眼睁睁地看着她或是疯掉，或是自尽身亡，或是犯的事东窗事发，死在大理寺或者刑场上？皇上扪心自问，真的愿意看到那一幕吗？”

玉柳容深吸了一口气，紧闭双眸，太后的话一句比一句严厉，一句比一句切中要害，将他从自己幻想的安宁中拉扯了出来。这位年轻帝王的声音里难得透出一丝倦意，带着在最亲的人面前卸下了心防的惶恐和无助，他低声说道：“母后，朕只是想留一个喜欢的人在身边，为何如此之难……”他顿了顿，声音越发低沉，“朕长到二十多岁，从未这般喜欢过一个人……”

祁太后摇了摇头，说道：“既然说喜欢，皇上不妨拿出一点儿男子的胸襟和气概，放手吧，也是放她一条生路。如果皇上固执到底，那么她必定会死在皇上的固执之下。”

“真的是朕太固执？”玉柳容将信将疑地问道。

祁太后无时无刻不关注着玉柳容，他脸上每一处细微的神色变化都逃不过太后的一双利眼。她见玉柳容的态度似乎有所松动，攻城在望，自然不肯功亏一篑。她先是发动了一番亲情攻势，随后又娓娓道来一番道理：“世上哪有母亲不心疼自己孩子的？母后也不想为了一个女人的事为难你，但是母后不得不为你着想、为你考虑。除了亲娘，还有谁肯为你思虑到这个地步？主动做出选择，总好过被动选择，你现在放了她，不仅是为她好，也是为你自己好。”

玉柳容用手扶住了额头，虽说表面上勉强维持着镇定，但早已心乱如麻。

若是按祁太后的意思，要解决宋翎这个麻烦，直接杀掉是最为稳妥的，但是祁太后从最初的几次试探中敏锐地察觉到了玉柳容对宋翎超乎寻常的看重和深情。祁太后是个有决断的女子，当即退而求其次，只说让玉柳容放了宋翎，而且言语之间流露出的意思是为宋翎的性命着想，目的就是弱化儿子的戒心，令他不知不觉地将她的话听进去。

祁太后深知自家儿子是一头顺毛驴，只有以柔克刚的法子管用，要是过于强硬，不仅毫无胜算，而且极有可能激起玉柳容的逆反心理，这样一来事情反倒无法挽回了。更重要的是，祁太后也不想为此伤了母子的情分。

此时此刻，玉柳容在内心进行天人交战，祁太后则耐心地等待着。能说的她都已经说了，能劝的她也已经劝了，但是最终做决定的人还是玉柳容。

两人静默了许久，镶金镏银的鸱吻滴漏显示已是二更天了，玉柳容终于迟迟地开口道："儿子听母后的……"

说完这句话，玉柳容仿佛被抽尽了力气，再也不想多说一个字，片刻之后，他才缓缓地从座椅上直起身子，声音倦怠异常，告辞道："母后若没有什么事，儿子就先回去了。"

祁太后见玉柳容终于肯让步，当然松了一口气，但是看着儿子失魂落魄的样子，当娘的心里又有些不忍。

"皇上要怪就怪哀家好了，不过……"祁太后道，"今晚皇上就去看看毓昭仪吧，这也是她陪伴你的最后一晚了。"

玉柳容闻言显然有点儿惊诧，没弄明白太后话中的意思。就算太后不说，他也打算去看看宋翎，既然太后给了台阶，玉柳容自然是恭敬不如从命，告退之后就急匆匆地离开了。

第四章 松子

祁太后看着玉柳容匆匆离去的背影，一时间思绪翻涌，心底五味杂陈。人上了年纪之后，就容易追思往事，往往一不留神就陷入回忆之中。祁太后想到了她的夫君——先帝玉朗城。那是一个令人钦佩不已的厉害人物，当年的祁太后对自己的夫君始终保持着一种仰视的态度，想必后宫中的其他女子也一样，对这位天下霸主充满了仰慕和敬重，又免不了有几分深深的惧怕。

不同于玉柳容这一代的一根独苗，玉朗城有十多个兄弟，这些兄弟没一个是安分守己的，每个人对皇位都有想法，可想而知当年争夺皇位的激烈程度。玉朗城能从众多兄弟中杀出一条血路最终登基称帝，成为祁国的第一人，这一路走来披荆斩棘，不知闯过了多少难关，经历了多少险阻，手上更不知沾染了多少人的鲜血。

玉朗城能走到最后，做成大事，凭的是智谋、勇武、人脉，还有他那一股谁也没有的隐忍和狠绝。玉朗城忍的时候比谁都能忍，发狠的时候则遇神杀神，遇魔杀魔，直接死在他手里的兄弟就有六个，间接死在他手里的有三个。他们都是在被流放的路上命丧黄泉，还有两个被玉朗城终身监禁起来，除了有一口气在，跟死人也差不多了。玉朗城几乎将自己的同辈灭了个干净，侄子辈的就更不用说了，能杀的都杀了，只剩下几个不中用的，反正构不成任何威胁，留他们的一条性命在，省得别人说他赶尽杀绝。

当年有不少人跳出来，甚至公开指责玉朗城冷血、残暴，不是一个仁厚的君主。尤其是那些信奉孔孟之道的读书人，对玉朗城造下的杀孽更是口诛笔伐。不过这些敢于公开跳出来说话的，大多是昭国和卢国的读书人，因为在祁国，反对的声音很快就被打压下去了。

但是不得不说，玉朗城登基之初，承受着来自世人的沉重的舆论压力。不过玉朗城并不在意这些，在残酷的生存环境中，人要是死守着仁义道德不放，早就任人鱼肉了，只有杀伐决断的人才能成为政治斗争中的赢家。

虽说玉朗城当初的一些行径遭人诟病，但是看他一生的功业，不得不说他是一名雄才大略、勤政有为的君主。他继承了玉家几代先祖的遗志，对外开疆拓土，一步步侵吞蚕食中原的土地，一再将祁国的版图扩大；对内修明政治，鼓励耕种，兴隆商业，发展经济，积累了雄厚的国力，又为下一步的扩张奠定了基础。毫不夸张地说，在玉朗城手中，祁国的国力到达了一个顶峰。

只是精明强悍如玉朗城，还是有自己的苦恼。可能是当年造下的杀孽太重，折损了自己的子孙福，玉朗城膝下一直儿女稀少。尤其是儿子，过了不惑之年，他身边竟然还没有一个能活过五岁的儿子。当时有诸多纷乱的流言，传得最盛的就是冤魂索命、父债子偿，那些被玉朗城杀死的兄弟，因为含怨而死，不肯转世投胎，留在阳间找活人寻仇。玉朗城后宫的不少妃嫔在怀有身孕的时候小产，生下来的孩子也多数夭折。

据说玉朗城杀了九个兄弟，要让他的九个儿女的性命来填，宫里无端夭折了九个皇子皇女之后，后面的孩子才好好地存活下来。这不知是讹传还是确有其事，反正最后玉朗城成年的儿子就玉柳容一个。

有这般优秀的父亲在前，玉柳容自然也想做出一番属于自己的功绩，百年之后能与自己的父亲齐名，甚至超越父亲。

祁太后晓得儿子的心思，但是不得不承认，跟玉朗城相比，玉柳容终归差了一点儿火候。

玉柳容完全继承了玉朗城的聪明和英勇，同样雄心勃勃，同样以统一天下为目标，就连发威发狠的样子也与玉朗城如出一辙。这点火候到底差在哪里，祁太后也在反复琢磨，而她最终琢磨出来了，就是二人成长的环境太过悬殊。玉朗城是在一群恶狼之中夺食，皇位只有一个，不是你踩着我的鲜血走上去，就是我踩着你的鲜血走上去，险恶严峻的环境往往能激发人的斗志和潜能。但是反观玉柳容，他的前半生过得顺风顺水，没有亲兄弟，没有亲叔伯，有几个堂兄弟也是不成器的，连个像样的竞争对手都没有，人生顺遂得令人难以置信。

吃独食是好事，但是也少了磨砺和锻炼的机会，这也是祁太后最深切的隐忧。先帝在位时几乎把能做的都做了，给玉柳容留下了国泰民安的社稷、兵强马壮的军队、素质优良的内阁班底，还有雄厚充盈的国库。这是几辈玉家先祖的努力，一下子全交到了玉柳容手里。可以这样说，玉柳容轻而易举地得到了一切，只是看他能不能将其守住。都说创业容易守业难，让一个不曾创业的君主去守业岂不是难上加难？

祁太后不是一步登天，她的路是自己一步步走出来的，所以她懂得从低爬到高的艰辛，也懂得居安思危的道理。她看似过着吃斋念佛、不问旁事的生活，但内心还是时时警醒，常怀忧虑，不敢有所松懈。她为了自己的儿子思前想后，生怕他的路走错走偏。所以这次发觉玉柳容才冒出一点点“为美色误国”的苗头，祁太后就不能冷眼旁观了。

祁太后是个聪明女人，很清楚自己前半生的尊荣维系在丈夫身上，后半生的显贵维系在儿子身上。母子一体，一荣俱荣，一损俱损，所以玉柳容不能有丝毫差池，一定要牢牢地坐稳皇位，紧紧地把住皇权。而且，祁太后心里也有一个宏愿，就是希望自己的儿子能成为自己的夫君一般的帝王，稳稳妥妥地守住大祁的江山。

“太后。”一声呼唤将祁太后从沉思中拉了回来，祁太后知道说话的人是慧茹姑姑，于是示意她接着说。

慧茹姑姑说道：“按着太后的吩咐，皇上前脚一走，咱们派去的人就到了毓昭仪那里。”尽管暖阁中仅有她们主仆二人，慧茹姑姑还是有意收敛声息，低声禀告道，“有嬷嬷给昭仪检查过了，说她尚是完璧之身。”

祁太后略一思索，虽然在笑，语气却难辨喜怒：“哀家果然没看错，咱们这位皇帝果然动了真情。定是这丫头不肯侍寝，皇上居然这般好性情，这也任由了她。”她想到了另一件事，问道，“东西送过去了吗？”

慧茹姑姑答道：“奴才交给了昭仪身边的姑姑，她们自然晓得怎么做。”

祁太后终于露出一丝满意的神色，淡淡地吩咐了一句："慧茹，给哀家捏捏肩膀，这会儿酸痛得不行了。"

玉柳容从颐宁宫退出去后，几乎是一路飞奔。他也说不清自己此刻的心情，甚至说不清自己此刻是想见到宋翎还是不想见。他刚刚在太后面前允诺了，要放走宋翎，这一别大概一生都不会相见，如今可能是见最后一面。但是他又害怕，一旦见了面他会控制不住自己，忘了自己说过什么，只想不顾一切地将她留住。

这种患得患失的情绪最折磨人，玉柳容想得头昏脑涨，但最终还是决定去见宋翎。宋翎依然被安置在养心殿的偏殿里，玉柳容原本想着过完残冬，再挑一处合适的宫室给她，而且不能随随便便地给，一定要修葺一新，才能迎接新人入住。

玉柳容有些失神，思绪纷乱无比，人却已经不知不觉地走进了偏殿。

偏殿里暖洋洋的，地龙烧得甚至比太后那里还要热，荡漾的暖意中混着柑橘的清香，还有似有似无的甜香，那是殿中焚着的安神香料，人闻久了不由自主地就想松弛下来。

玉柳容进去的时候，里面的宫人纷纷向他请安，又一个个躬身退下。玉柳容没有多想，径直进了宋翎的寝居，里头居然空无一人，往常寸步不离地陪伴着宋翎的四位姑姑，如今一个都不在。

玉柳容一时心生恼火，正要发作，突然间觉察到床榻上有人。他走上去，缓缓地撩开湖蓝色织锦帐子，只见里面躺着的不是别人，正是宋翎。她侧身朝里躺着，看样子睡着了，身上搭着一条松花色葫芦回纹的锦被，被子齐胸，有一小半身子露在外头。要不是殿里的地龙烧得很热，她这么睡非着凉不可。

如果仅是这样，玉柳容还不会太惊讶，但是此时此刻，他简直不敢相信眼前看到的情景。宋翎未着寝衣，身上只有一件小小的鹅黄兜肚，肩膀、脖颈、后背、手臂，大片白皙的肌肤裸露着，仿佛谁都能来采撷。

玉柳容在震惊片刻之后，转即就想到了，这一定是太后的意思，不然谁敢如此对待天子的嫔妃?

"妧妧？"玉柳容尝试着唤了她一声。

宋翎没什么反应，玉柳容在床边坐下，凑近了看她才发现，她并未完全睡着，一双眼睛半睁着。要是换了平日，玉柳容敢在她的床榻上坐下，她早就激动地跳起来了，但是现在她一动不动，对玉柳容的靠近似乎不那么抗拒。

"妧妧，你听得到朕说话吗？"玉柳容将她的身子扳了过来，使她面朝着自己。

宋翎依旧没有任何过激的反应，不挣扎，不抵抗，安静温顺得简直不像话，脸色仍苍白得令人心疼，颧骨处却烧成一片绯红。

宋翎这情形十有八九是服用了暖情之物，玉柳容这才真正明白太后的用意。太后一定知道了宋翎还未侍寝，而且还知道宋翎不愿意侍寝，所以才会想出这个法子，目的就是要让玉柳容真正得到宋翎。既然他决定放手了，曾经得到总好过得不到。从某种程度上来说，太后此举也算是用心良苦了。

说实话，玉柳容对这种手段很是不屑。若是他要强取豪夺，宋翎早就是他的人了，还用等到今日？要得到女人的身体实在太容易了，玉柳容根本不缺这个，他是想得到一个人的心，令她心悦诚服地陪伴在他左右。

要是放在平时，以玉柳容的清高和自傲，他或许已经一甩帐子，头也不回地走了。今日他却犹如着了魔，双脚像是就地生了根，无论如何都说服不了自己狠心离去。这恐怕是他最后一次见到宋翎了，恐怕也是最后一次能得到宋翎的机会了。

他从前可以不强迫宋翎侍寝，是因为他笃定来日方长，不必急于一时，若是真的用强硬手段令她屈服，宋翎一定会一辈子记恨他。但是现在他们已经没有来日了，这次放了手，恐怕他就是永远失去她了。

玉柳容是个正常的男子，心里有个几乎克制不住的邪念。这时候了，难道他还要做什么君子？不如他就顺从自己的心意，她要记恨就让她记恨好了，正好能让她一辈子忘不了他。

面对一个女子，尤其是心爱的女子近乎光裸的胴体，世上有几人能做到坐怀不乱？索性该做什么就做什么，玉柳容恶狠狠地想着，自己才不当什么见鬼的圣人。

玉柳容一旦有了这种想法，就更加肆无忌惮地打量起宋翎来。不得不说，宋翎的肌肤生得极白，仿若最好的羊脂玉，有着少女独有的紧绷而健康的温润光泽，只是背上有淡淡的粉痕，那是之前被烫伤后留下的疤痕。疤痕的颜色已经很淡了，相信过不了多久，她的肌肤就会恢复成从前白皙光滑的样子。宋翎的骨架生得小，雪白娇小的身子原本应是骨肉匀停，如今瘦了许多，显得整个人越发纤细柔弱，小小的腰身简直不盈一握。最要命的是，她身上唯一的那件兜肚也是窄小的形状，几乎不能蔽体，随着她的呼吸，胸口绵软的起伏在薄薄的锦缎下勾勒出诱人的轮廓。亵裤的料子也轻薄得不像话，带子只是松松地挽了一个结，看得到她小巧而微微凹陷的肚脐，肚脐上有一颗红痣，是饱满的胭脂颜色，宛若一颗润泽的小小红豆。

“妧妧。”玉柳容又唤了一声，手掌轻轻地覆上了宋翎的脸颊。她蜷着身子，似是哆嗦了一下，这一下哆嗦基本算不上挣扎，却令玉柳容留意到她嘴唇翕合，好似在说什么。

玉柳容握住她两边的臂膀，支撑着她从床上坐起来，与自己的高度齐平，然后凑近了去听。宋翎其实毫无意识，她的头软绵绵地枕在玉柳容的肩膀上，还有几缕发丝散了下来。未经人事的少女气息清纯而甘甜，身上仿佛带着某种若有似无的馨香，犹如新鲜采摘的水果，极是鲜嫩诱人。

玉柳容几经分辨，终于弄明白宋翎反反复复在说的三个字是“修哥哥”。又是苏子修，玉柳容一想到苏子修，就忍不住肝火郁结，一时之间什么兴致都没有了。就这样得到一个心里根本没有自己的女人，真的那么有成就感？这简直就是对他的侮辱。

“妧妧，你醒醒，你睁开眼睛看看，知道朕是谁吗？”玉柳容似是发狠地摇了宋翎几下，试图令宋翎看清楚眼前的人是谁，但是这是徒劳的。因为药效未退，人是清醒不过来的，不过下药之人应该是拿捏好了分量，只是令她安静浅眠而已，不然以她的身体状况是承受不住的。

宋翎被人一阵猛摇，脑袋轻轻歪向了一侧。玉柳容目不转睛地盯着宋翎，有一绺头发正好横过她的脸颊，落在鼻梁的位置上，几缕发丝缠绵地覆在一双花瓣似的微张的唇上，光看着就能想象亲上去的柔软和娇嫩感觉。

玉柳容想起了当时在良囿的一幕，鬼使神差地吻了上去，含着那小巧的唇珠轻轻地温柔吮吸。一番浅尝辄止之后，玉柳容放开了她，这个吻，也算是自己最后的放纵了。

玉柳容想起了太后劝他的话：“既然说喜欢，皇上不妨拿出一点儿男子的胸襟和气概，放手吧，也是放她一条生路。”

如要催眠自己一般，玉柳容喃喃自语了几遍，放手吧，放手吧，既然决定放手了，就不要再做伤害她的事了。让她记恨他一辈子，这样的“牵挂”不是他想要的。或许将来，小松子还会记着他的一点好。

玉柳容小心翼翼地将宋翎放回了床榻上，又用被子严严实实地将她盖好。

松子？玉柳容一时间想到了什么，收回思绪，从贴身的荷包中取了一条纯金的链子。一看链子精巧的样式，就知道是女子的饰物，通常金链子上串着的小坠儿是花生、元宝、如意锁等，但是这链子上是一颗颗纯金的松子，精工细巧，跟真正的松子别无二致。

玉柳容将缀着金松子的手钏戴在了宋翎的手腕上，大小正合适。玉柳容早就命人做了这串手钏,还是他亲自画的手稿,花了不少心思,只是一直没有机会送给宋翎。不过他想，其实这种机会也不会有了，若是清醒的宋翎肯定不愿意收下手钏，说不定当着他的面就扔掉了，哪里会像现在这样，乖乖地任由他给她戴上?

玉柳容像是完成了一种仪式，吻了吻宋翎的手腕，连带着吻了一下那串手钏上的黄金松子，然后仔细地将她的手放回被子里，勉强使自己看起来潇洒一些，利落地转身离去。

第五章 戎狄

一个月后，北方广袤的草原上，在众多戎狄人聚集的鹿城之中多了一名来自中原的少女。她也跟戎狄部落的少女一样，身着对襟窄袖胡袍，衣长齐膝，腰束郭洛带，下面是同样紧窄的裤子和小羊皮软靴，长发只简单地结成两根乌黑油亮的辫子，脸颊上涂着一种名为栝楼的植物研磨而成的黄粉，这是戎狄女子在干燥严寒的冬日用来保养皮肤的秘法。

她从头到脚换了装束，让人猛地一瞧，还以为这就是一个土生土长的戎狄少女。

此人就是宋翎。她已经到了戎狄，确切地说是到了白狄人的地盘上。

白狄仿效中原的制度，将鹿城定为都城，在此建立了一个国家，国号为“显”。

不过这个显国，也只能在塞外自称显国，中原诸国是不会承认有这个国家的，认为他们不过是一群乌合之众。中原人天生有一种优越感，认为自己居于六合八荒

的中央，是上承天命、下顺人心的正统民族，其余分散在东西南北的异族都是不入流的，所以一概用戎、狄、胡、蛮等字眼称之，从这些字中就能看出中原人对非我族类的藐视。

但事实上，戎狄本身也分好几种，有犬戎、白狄、黑狄等之分，他们各自组建了部落，互相敌对，互相攻杀，争夺地盘、人口、财富。碰上草原物资紧缺的时候，他们还会联合起来进攻中原地带，烧杀抢掠一番，满载而归，留下一地狼藉。

中原人对戎狄素来十分厌恶。眼下中原力量强大，戎狄根本构不成威胁，只在边境上小打小闹，但这终归是一件烦恼事。烦恼归烦恼，每次中原也只能驱赶，想要将其全歼是不可能的，毕竟人家骑着快马，来无影去无踪。

除了不时骚扰边境一带，这一两百年来，戎狄算比较安分的。中原如今处于三国鼎立的态势，三国之间总是有打不完的仗，大仗三五年，小仗不间断，似乎没有休止的时候。

但是中原人并不担心戎狄会乘虚而入，一来他们的力量不够，只能在边境上捞一票，若要来分中原的肥肉，简直是痴心妄想；二来他们的内耗也十分严重，多个民族之间并不和睦，眼下虽然像模像样地建立了一个号称为“显”的国家，但是整个北方草原并没有实现真正的统一，白狄人建立的显国目前经营得甚是艰难，不知什么时候就会被其他的部落取代了。

苏子修顺利地从祁国脱身之后，按照原先的计划，逃亡北上。因为手中有通关的度牒和路引，还有一帮武功高强的能人护送，加上他的机敏谨慎，这一路上一行人总算是有惊无险，如今就在白狄的鹿城。

虽说跟苏子修会合已经一段时间了，宋翎还是觉得自己稀里糊涂的。关于在祁国的最后记忆，宋翎如今能想起来的十分有限，只记得有一晚她睡得很沉很沉，一觉醒来，发现自己离开了祁国皇宫，到了一个名为国宾馆的地方。四位姑姑中的一位送她出宫，并且告诉她，皇上最终决定放她回国，她即刻就能跟着昭国的使者一同上路。

宋翎听了姑姑的话，当时的震惊程度可想而知。玉柳容居然放了她，放得如此轻易，并且毫无预兆。这是她无论如何也没想到的，她一开始就抱定了宁为玉碎、不为瓦全的决心，认为自己要跟父兄亲人、故国家族还有苏子修今生永别，没想到还有峰回路转的一日。

当初苏子修离开雁阳城的时候，因为放不下宋翎，留下了最信任的贴身侍卫飞涯，令他随时关注祁国的状况，试图打探宋翎的消息。

飞涯藏身在雁阳城一带，尽职尽责地潜伏了大半个月，原本觉得希望渺茫，直到他打探到之前被囚的昭国使者被释放了，似乎还带了一人归国。就这样，飞涯找到了宋翎，并且一路保护着她，前往戎狄跟苏子修相见。

这一段经历对宋翎来说，就跟一场梦一样，大起大落，她从一心求死的绝望，到重燃希望，再到跟苏子修在异邦草原上重逢，这不是任何人都承受得住的，也不是任何人都能熬过去的。在跟苏子修重逢后的好长一段时间里，宋翎依然犹如惊弓之鸟，会无端感到害怕，身体倦怠，精神紧绷，食不下咽，寝不安席，哪怕是小小的风吹草动，都能惊吓到她。

那些日子，苏子修索性什么都不做，整天陪伴着宋翎，跟她说话，柔声细语地安慰她、疏导她，就算外出也一定将她带在身边，几乎是寸步不离。所幸宋翎的状况一日日地好转，不久她就又恢复成从前活泼开朗的样子，喜欢笑，喜欢说话，食欲也好了许多。

宋翎发现自己身上唯一多出来的东西，就是腕上的一条纯金手钏，上面有一颗颗精雕细琢的小坠子，仔细一看，竟是一颗颗极为逼真的松子。

宋翎苦思冥想了好久，也想不起来这条松子手钏是如何戴到自己的手腕上的，而且手钏上的坠子打制成松子的式样，这是见所未见的，恐怕这世间也只此一条了。宋翎在祁国的化名就是松子，手钏又恰好戴在她的手上，天下哪里有这么巧的事？这条松子手钏十有八九是给她的。

其实当时在国宾馆醒来，宋翎就发现了手腕上的异物。她问姑姑此物从何而来，姑姑却未回答。在跟随昭国使者启程之际，宋翎将手钏摘下，说这贵重之物就留在祁国，她不愿带走。这时姑姑才微微动容，劝宋翎收下，说无论如何，终归是留一个念想。

宋翎原本就满腹狐疑，那时看姑姑那般态度，已经猜到了七八分。这手钏一定是玉柳容所赠，至于怎么戴上了她的手腕的，宋翎就不知道了。

宋翎不愿意再跟玉柳容有任何牵扯，也不肯带走这条手钏。最后是姑姑急了，再三劝宋翎一定要收下，祁帝已经遂了她的心愿，她难道就不能遂了祁帝一个小小的心愿？要说起来这两人还真是彼此的克星，同样倔强，只是这样的固执最终必有一人深受伤害，必须有一方让步或者放弃。

姑姑的意思很明显，是想宋翎看在玉柳容做出让步的分上，她也能让一步，容下这一条小小的手钏。

到了戎狄之后，宋翎看着掌心中托着的那一串松子手钏，默不作声地将其放进

一个小匣子，压在了最底层。手钏她是不会戴的，她能做到的就是不丢弃它罢了。对祁国和玉柳容，还有那段不得自由的日子，她拼命忘记还来不及，怎么可能想要留着什么念想？

白狄的大王给了苏子修一处宅院，令他在鹿城能有一个安身立命的地方。中原各国历来有政治避难的制度，就是其他国家的皇室公族若是落魄了来投靠，该国要接纳并且给予对方比在自己国家时低一等级的待遇。戎狄根本不讲究中原的这些规矩，不管来的人是什么皇子皇孙、亲王公侯，他们一概不放在眼里。其实，戎狄人的想法十分简单，就是“老子为何要养一帮吃白食的废物，去他的中原规矩”。

苏子修来戎狄这段短短的时间，不仅见到了白狄的大王，还让白狄大王对他另眼相待，赐予屋宅、钱财和珍宝。要不是苏子修一再推辞，大王还想要再赏几个戎狄美女给苏子修当妾室，而且成天派人来请苏子修，不是要他到跟前去说话，就是要他一起饮酒狩猎。

一个异邦人，竟能得到一个蛮族首领的看重，不得不说是一件奇事。

苏子修确实知道其中的原因，归根结底，还要说到祁皇后白绮梦。当初白绮梦给了宋翎两根玉簪，嘱咐她一定要完好无损地将其交到苏子修的手上，将来到了戎狄会派上大用场。

苏子修原本猜想玉簪大概是信物一类的东西，在戎狄应该有白绮梦的相识之人，到时候凭借玉簪就能得到那人的帮助。苏子修猜对了七八成，只是没想到真正的玄机在玉簪里。玉簪被打碎之后，里头藏着一张字条，纸张极薄，上面的字工整秀丽，只有黄豆大小，意思是让他去找一个人，并且这个人会给予苏子修想要的帮助。

苏子修依言而行，白绮梦让他去找的那个人，其实就是白狄大王颇为倚重的一位谋士——赵光吾。他本是中原人氏，来到这塞外北地为戎狄效力的原因不得而知，只知道他如今在戎狄混得如鱼得水，白狄大王对他几乎是言听计从，封他当自己的国师。每当白狄大王发布政令时，都要找国师商量，可以这样说，赵光吾在白狄的地位基本上相当于宰相了。

当赵光吾知道苏子修因白绮梦的指点前来时，不疑有他，立刻将苏子修引荐给了白狄大王。白狄大王一向崇尚中原文化，对人才来者不拒，对来自中原的人才更是求贤若渴。

苏子修面容俊美，身形颀长，是一个翩翩公子似的人物。眼缘决定了第一印象，苏子修出众的相貌，令白狄大王一看就先有了几分喜欢。白狄大王又提了几个问题，苏子修思路清晰，对答如流，就连说话的声音也十分中听，沉稳内敛，不疾不徐。

白狄大王越发满意，觉得眼前这个少年是个货真价实的人才，不是光有一张漂亮脸蛋的草包。

相处越久，白狄大王就越欣赏和喜欢苏子修。他看得出来，这个年轻人是有真才实学的。苏子修满腹经纶，熟悉典籍，治国安邦的才能不在国师之下，甚至隐隐有盖过国师的势头，只是他似乎有意低调，并不锋芒外露，安分守己得近乎过分，抢风头更是不可能。

白狄大王看苏子修哪里都顺眼得很，唯一不太满意的就是苏子修不肯将自己的本事全部显露出来。但是每次白狄大王试探，苏子修都气定神闲地来一招春风化雨，使得白狄大王根本拿他没办法，所以这一点令白狄大王很是郁闷。

这一两百年来，中原的战争主要是三个大国互相征伐，而北方塞外的广袤草原上，分散着大大小小几十个戎狄的部落，他们最早是一脉所出，部落与部落之间有血缘和姻亲关系，又分成了好几个民族，譬如犬戎、白狄、黑狄等。正是这种复杂多变的环境，还有塞外民族好勇斗狠的天性，使得草原上的杀伐征战比中原来得更为激烈和残酷。

直到后来，白狄中出现了一位强势人物，用了十余年时间吞并了绝大多数部落，建立了统一的政权，从那以后，戎狄才算是真正迎来了和平的时代。但这和平也是短暂的，第一代白狄王死后，那些曾经被收服的部落就开始蠢蠢欲动了，企图另起炉灶，恢复自己部落的地位。

想当年第一代白狄王为了稳固政权，将中原的国家体制给原封不动地搬了过来，拟定国号，选址建造都城，又在都城之中建造宫室以供王族居住，设置了官府及办事机构，又委任了一批官员，目的就是按着中原的制度来治理戎狄。第一代白狄王要做的是一件前无古人的事，没有任何经验可循，加上白狄王本身对中原的体制并不了解，看到了形，学不到神，只是生硬地照搬照用，自然容易出现很多问题。

严格来说，要在草原上实现大一统是相当困难的。戎狄是游牧民族，生来就过着逐水草而居、四处迁徙的生活。这不同于中原的农耕文化，老百姓安土重迁，首先就具备了统一的条件。种种先天不足、后天失调的状况，使得草原上的统一结束得很快，但是白狄依然是实力最强大的存在，他们还是将鹿城当作都城，世代占据着塞外最肥沃的一块领土。

当今的白狄大王名为穆若，在草原上实现第一次统一的英雄正是他的先祖。穆若不求自己能有祖宗的功绩，只求能守住自己的领土。随着时间推移，白狄的实力一代不如一代，旁边的那些小部落今天你来打，明天我来犯，不能咬你一块肉，扯掉你一块皮也是好的。

树大招风，谁让白狄占据了最肥沃的土地，怪不得别人虎视眈眈，恨不得分了这块肥肉。穆若不堪其扰，不能眼睁睁地看着自家的地盘被人一点点蚕食，可在他身边勇武的莽夫居多，出谋划策的人没有一个，所以他才会如此渴求中原的人才。他当初得了一个赵光吾，简直如获至宝，恨不得把国师、宰相的头衔都封给赵光吾，现在又得了一个苏子修，穆若更是喜不自胜。老天爷给了他两个人才，岂不是注定要他光复大显，重新确立白狄在草原上的威名?

想到这里，穆若已暗暗下定决心，一定要好好地笼络住苏子修，令他死心塌地地给自己效命。

第六章 奇货

苏子修早就隐约猜到了白狄王的心思，但是每次对上白狄王那志在必得的眼神，还是忍不住在心里打一个哆嗦。蛮族之人果然很直接，什么都不藏着掖着。

苏子修从祁国脱身之后，没有回昭国，而是孤注一掷地来到了戎狄，不仅仅是为了避难。苏子修有自己的一番计较和考量，越是荒蛮之地，说不定越是藏着许多意想不到的机会。

初到戎狄，苏子修在行事上表现得相当谨慎和低调。幼年时期的经历，令他懂得了一个道理：人不能锋芒毕露，更不能恃才傲物，尤其是刚刚进入一个完全陌生的环境当中，安分守己、藏拙守愚是最好的办法。如果盲目地在人前展现自己，这种行径不是在找死，就是离死不远了。

赵国师将他引荐给白狄王之后，他还是秉持一贯多看少言的原则。话可以不多

说，但是眼睛要落在实处，要在不动声色中将对方的底子摸透。

苏子修越是表现得谦逊谨慎，白狄王穆若就越是欣赏这个性格沉稳的年轻人，越觉得苏子修是个人才。如今难得能有这般稳健的年轻人了，再说了，高人不都是不显山露水，但是只要一出手就能一鸣惊人？白狄王本身就对苏子修颇有好感，多番接触之后，对他更为欣赏，给予上宾的待遇。若不是担心赵国师会有想法，白狄王还真想将苏子修也尊为国师。

说起来白狄王的初衷也很简单，心想着自己给足了面子，苏子修总要感念一下他的知遇之恩，再不尽心竭力地辅佐自己就说不过去了。

其实就算穆若要给，苏子修也不会接受国师的身份，他的当务之急是在这里站稳脚跟。经过一段时间的观察，苏子修对白狄已经有了一定的了解，不再是初来乍到时的一无所知。

在苏子修看来，目前白狄人建立的显国可谓问题多多，制度来上说就是一团混乱。戎狄是游牧民族，部落首领就是拥有最高权力的人，通常身边会有一些人协助首领一同处理本部落的诸多事宜。简单来说，这些人就是部落首领的行政班底，但只是有一个雏形，因为缺乏明确的分工，更缺乏明确的官阶划分，这些人职责不明，文武不分。这样不成熟的行政班底，若是管理一个部落，可能也能胜任，但是要管理一个大点儿的国家，肯定会出乱子。

第一任的白狄王也看到了这个问题，故而主张推行汉化，参照中原的国家体制设立了朝廷和官府，任命了首辅、六卿及以下的官员，将文武分家，令其各司其职，进行了一系列大刀阔斧的改革。但是戎狄的情况与中原相去甚远，这种类似于空白中摸索的改革并不顺利，第一任白狄王学习中原也只是学了个半吊子，画虎不成反类犬，如今传到穆若这一代，这套所谓的中原治理制度越发四不像起来。

苏子修还发现目前白狄最重要的问题就是战事过繁，内耗严重。也许是戎狄人天生好斗，几乎一年到头都在打仗，不是去抢夺其他部落的资源，就是抵御来自其他部落的入侵。就拿白狄人举例，他们只要一闲下来，头一件事就是商量打仗，有时是为了吞并某个部落，有时仅仅是为了捞一票，挑一个倒霉蛋占点儿便宜回来。同样，其他部落也会来攻打白狄，占领一块土地或者抢掠人口、牛羊等。白狄看似强大，实则四处扩张又四处挨打，一年年过去了，国力不见增长，反而消耗不少。

在摸清这些情况之后，苏子修心里也渐渐有底了，但他还是不能轻举妄动。因为眼下有个人他不得不顾忌，那就是被白狄王穆若尊为国师的赵光吾。

说起赵国师就不得不提到白绮梦，苏子修目前能确定的就是白绮梦不会加害自己，至少暂时不会。否则她又何必冒着暴露自己实力的危险救他逃出祁国？赵国师跟白绮梦之间一定有千丝万缕的关系，但是对赵国师本人，苏子修还是没有太多了解。另外，赵国师的身份成谜，苏子修只知道他是中原人氏，籍贯、身世、背景皆不得而知。

就在这时，苏子修在鹿城的宅院迎来了一位稀客，来人正是国师赵光吾。赵国师只身前来，给他应门的正是宋翎。赵国师看到这个小丫头，年纪尚小，不是十分美貌，却给人一种清秀甜美、纯良无害的感觉。她身形娇小，只到他的胸口。

如今离开了祁国那个让人时刻如履薄冰的地方，宋翎不再扮成小厮，而是恢复了姑娘家的装束。她依旧装成苏子修身边的丫鬟，对外自称“松子”。

宋翎认得这人就是白狄有名的赵国师，但是她并未多言，安安静静地领着赵国师进去，到了苏子修用于待客的房间。而苏子修按照中原的规矩，沏了一壶茶，在正厅郑重其事地等待着贵客。

赵国师年约三十，不算十分年轻，但也绝对不老，可以说是正值男人鼎盛的年华。或许是长期居于戎狄，赵国师在五官和体魄上，显现出了北地汉子粗犷雄壮的风格。他面相英武，方腮阔口，两道浓密的剑眉衬得一双眼睛犹如猎鹰般雪亮，人也生得异常高大魁梧，身量娇小的宋翎站在他身边，和他形成了强烈的反差。他的鬓角、上唇和下巴都蓄着胡须，跟一般的戎狄男子无异。

宋翎在完成领路的任务之后，悄无声息地移步到了苏子修的身后，因为她不想跟这位赵国师站得太近。苏子修看出了她的小心思，目光不经意地在她身上瞥过。

其实宋翎也在纳闷，既然是国师，那么就是专门出谋划策之人，为何眼前这人长得更像是一名冲锋陷阵的武将？

苏子修和赵国师少不了礼节性地问候一番，然后各自落座。苏子修对赵国师的来意猜到了几分，但是并无十足把握。这时，他转头去看宋翎，只见宋翎还在出神，脸上依然留着几分没有掩饰好的疑惑。

“松子。”苏子修轻轻唤了一声，待到宋翎回神，他才说道，“松子，说起来国师还是你的恩人，你可有亲自谢过国师？”

苏子修的声音如他的长相一般温润清朗，宋翎听见苏子修唤自己，定了定神，随即乖巧听话地走上前，朝着赵国师盈盈一拜，行了一个标准的中原女子的拜谢礼，嗓音带着少女独有的脆甜：“松子多谢国师救命之恩。”

赵国师先是迷惑，随即恍然大悟，道：“哦，原来是你啊……”

当初飞涯带着宋翎北上前往戎狄跟苏子修会合，长途跋涉、风餐露宿的艰辛自不必说，还要时刻提防祁人的盘查，一路过来提心吊胆、精疲力竭。宋翎原本就在病中，疲病交加，心神的损耗到了极限。当他们千辛万苦地找到白狄的鹿城时，守城的卫兵一看是两个衣衫褴褛、灰头土脸的中原人，立马就要放箭射杀他们。戎狄对中原人一向缺乏好感，而且在中原边境一带烧杀掠夺的时候，不知杀了多少中原人，再杀两个送上门来的中原人自然眼睛都不眨一下。

说起来也是宋翎和飞涯命不该绝，正好碰上国师巡防。赵国师想到了苏子修托付于他的一件事，说自己还有两个要紧的同伴可能会来鹿城。因此，赵国师下令卫兵不准放箭，先查问清楚这两人的来历再说。

飞涯见到有一线生机，思路敏捷，口齿清楚，当即自报家门，表明他们是苏子修的家仆。而在那时，宋翎早就体力不支地昏迷过去，发生了何事她一无所知。

事后飞涯还开玩笑地说，松子当时就算死在乱箭之下也是一无所知的，因为她已经昏过去了，若是这样死了，那可真成一个糊涂鬼了。

赵国师又打量了一回眼前的少女，明眸皓齿，仪态得体，他一时无法跟当日在城墙下那个像小叫花子一样的人关联在一起，只是又感叹地重复了一遍：“原来是你啊。”

行拜谢礼，对方不承礼，行礼这一方就要保持之前的姿势。宋翎刚刚行礼姿势标准，只是为了在人前给苏子修长脸，然而这时对面的赵国师居然婆婆妈妈的，一点儿都不爽快，自己的腿和膝盖都发酸了。

赵国师终于想起来了，讪讪地笑道：“哈哈，松子姑娘，不必多礼，不必多礼！”

宋翎完成了任务，不再多言，又温顺听话地退回了苏子修身后。赵国师看着她，水灵灵的少女，从始至终不多说一句话，宛如装饰在主人身后的一个盆景或者一个瓷器花瓶，如果是后者的话，那可真是赏心悦目的花瓶。

苏子修则是淡淡一笑，此时他的一言一行颇有大家长的风范，落落大方。他对着赵国师说话，余光却不经意地落在宋翎身上：“国师大人，松子对子修来说是极为重要之人。国师对松子的救命之恩，子修铭记于心。”

赵国师也回了几句客套话。他十分清楚，这其实是一种跟人打交道的手法，不得不说，赵国师对此依然受用，没有人会不喜欢这样被人捧高的感觉。

但是赵国师没有忘记今日的目的。他是身负白狄王穆若之托，前来打探苏子修的口风的，于是开门见山地问道：“七公子，你觉得现在鹿城治理得如何？”

苏子修想不到赵国师会如此直接，表面上保持微笑，心里已在盘算如何回答他了。

离开昭国之后，皇子的身份反而成了包袱，苏子修自言排行第七，白狄这里的人也就以“七公子”称之。赵国师刚刚只说鹿城，却不说显国，他自己也有点儿不好意思说出口。白狄人定都建国，对外号称大显，其实只有鹿城一座城池，其余那些分散的领土虽说也在白狄手中，但是今天别人来抢，明天我又抢回来，得得失失没有一个定数。说起来，正儿八经的大本营就是鹿城了。

苏子修轻松一笑，未曾说话，亲自为客人添了点儿茶水。从壶嘴出来的是乳白色的马奶子茶。在戎狄，茶叶是稀罕物，戎狄人平时常喝奶茶或是奶碗子，苏子修也就拿这个待客了。

赵国师看着热腾腾的奶茶，心里似是一动。

“国师大人是想听真话还是假话？”苏子修问道。

“当然是真话。”赵国师挑了挑浓眉，知道苏子修有顾虑，切入正题之前，必然要有一番铺陈，所以赵国师又补充道，“我今日这一问就是受大王所托，大王还有一句话，请七公子但说无妨。”

赵国师是一个脾气和长相如一的人，豪爽中带着三分火暴。他已经给了苏子修一颗定心丸，苏子修还是避而不答，居然又把皮球踢给了他。要是放在平日，赵国师早就发作了，但是眼下他不会。苏子修之前的谦恭尊敬和温文尔雅，还是让赵国师觉得受用的，并且当着一个小美人的面，他的确不好发火。

赵国师是聪明人，一想就明白了。苏子修是不愿得罪自己，毕竟自己在国师的位置上好几年，实际是执行丞相的职责。若是苏子修说治理得不好，岂不是不给他赵国师面子？尽管已经得了白狄王的“特许”，但是在苏子修对他赵国师的肚量没有把握之前，还是宁愿缄口不言的。

赵国师暗自叹道：果真是一个谨慎到一丝不苟的人。其实也是自己疏忽，在戎狄太久，不知不觉就习惯了狄人那一套直来直去的说话方式，居然忘记中原是“嘴上说一句，腹中打千句”的谈话规矩。

赵国师想到这一层，立即也给了“特许”：“七公子不必在意我，也不必有任何顾虑。”为了使自己的话更为诚恳，他又道，“鄙人不才，承蒙大王看重，忝居国师之位，鄙人日夜忧虑，唯恐己身不足以担当大任。说实话，我那点儿不足道的才干，于治国安邦上实在有限，多年来愧对大王的礼遇和厚爱，能回报大王的，唯独就是将七公子引荐给大王，所以请七公子今日一定要知无不言，言无不尽。这是鄙人的心愿，也是大王的心愿。”

赵国师在言辞上的功夫不弱，而且他也学聪明了，干脆直接将退路都封住，由不得苏子修再慢悠悠地打太极。

“国师大人过谦了。”苏子修轻轻勾唇，面带微笑，火候已经差不多了。宋翎在一旁听得无聊，但还是默默地站在苏子修身后，不时地为面前的二人斟茶，轻手轻脚，没有多余的响动。

苏子修提到了白狄的频繁征战：“据我所知，白狄没有一年不对外用兵，到处去攻打其他的部落，往往以抢夺牲畜、人口、财物为首要目标，抢来的领土守不住，不知道何时又会被谁抢去。虽说白狄的骑兵在草原上声威赫赫，但是自己的原有领土甚至是大本营，也是一年到头遭受其他部落的攻击，总而言之，白狄是四处扩张又四处挨打……”

赵国师渐渐蹙起眉头。苏子修说的情况他也看出来了，毕竟他在戎狄待了这么多年，只会比苏子修发觉得更早。只是戎狄人的好勇斗狠仿佛扎根在骨子里，融合在血液里，不安分是他们的天性，要是不打仗，三天太平无事的日子过下来，估计那些草原壮汉就会手痒难耐了。

但是赵国师没有出声打断苏子修，他想听听苏子修的看法。

“白狄若是想要强大，成为真正被所有人承认的显国，首先要停止这种无意义的战事消耗。据我观察，白狄的骑兵虽然强大，但是管理十分混乱，缺乏严明的纪律和自上而下、分工明确、绝对服从的等级。虽然最上面有几位将军也给各军小分队任命了统领，但是管理十分松散，视军纪如无物，只要有人振臂一呼，就能召唤几个兄弟，任意行事，根本不会管自己的统领是否下过命令。”

赵国师不置可否，示意苏子修接着说。

“我刚刚来白狄不久就听说了一件事。有个士兵纠集了几个兄弟，擅自脱离大部队偷袭了一个小部落，带回来不少珍宝。他非但没有被处置，反而得到了嘉奖。容我说句冒犯的话，不服指挥，擅自行动，这种事放在中原任何一个国家，都是要按照军法处死的，杀一儆百，哪怕功劳再大也没有用。因为这种先例不能开，成功一次是偶然，失败才是必然的后果，要是下面的兵卒每个人都有自己的想法，那要指挥的将军做什么？军队也就成了一盘各自为政的散沙。所以，整顿军队，严明军纪，势在必行。还有一点，恐是后话了，那就是请大王考虑裁军……”

“这个……”赵国师前面听得连连点头，“裁军”两个字却令他坐不住了。他这么多年的国师不是白当的，摸清了白狄王的性格。这些年白狄王的确有心改革，只是很多政策是中途不了了之，只有一件事白狄王一直热衷，那就是扩军。他每年都要向国内发出征兵令，为军队增补人员。

白狄目前带甲兵卒约五万，白狄王对自己的军队的规模有着近乎偏执的在意，在军队人数上简直是韩信点兵，多多益善。只要有一年数量低于五万，白狄王就日夜琢磨着还能从哪里抽一些兵源。

所以赵国师听到“裁军”二字后，才会如此坐不住，但是转念想想，这位七公子是聪明绝顶之人，只是他在白狄的时日尚短，看得清情势却未必就能摸清人心，尤其是白狄王的心思。

苏子修没有过多理会赵国师，自顾自地往下说道：“虽说这是后话，但是未雨绸缪，也要尽早考虑。我查过了府衙里的典籍，白狄目前的人口十万有余，军队就有五万，占了半数，竟然达到一个平民要供养一个士卒的地步，可想而知百姓的负担之重。说是裁军，其实不如说是精兵，精简军队中的老弱残兵，只保留核心的战斗力。小国寡民最适宜推行的是精兵政策，而不是盲目的全民皆兵。”

赵国师紧锁眉头，晓得苏子修说得有道理。从长远来看，白狄就得走精兵这条路，要是按着白狄王一个劲儿增兵的想法来，老祖宗留下的家底就算不在他手上败光，也会在他的儿孙手上败光。

其实赵国师也有点儿无奈，这个苏子修也是个不鸣则已，一鸣惊人的主儿，要不然怎么一开口就拿最犀利的问题开刀？赵国师讲这些话还要思量一番，只能讪讪地赔笑道：“那么，七公子，除了军事，其他方面还有什么见解吗？”

苏子修一边说话，一边观察着赵国师的神色变化，看到他是这个反应，心里已经有七八分把握了。接着他又从三公六卿、将相侯史的官场人事结构，讲到了行政体制、经济民生、开设蒙学、推行教化等。

赵国师钻研政治多年，是个内行人，这些话他一听就知道有几成实货，几成虚货。对苏子修此人，他确实是由衷钦佩，这世上有才的年轻人不少，但是有才又谦逊低调的年轻人凤毛麟角，恃才傲物的人反倒多了去了。毕竟年轻人容易沉不住气，但是苏子修则不然，他身上透露出的是一种跟年龄不相符的成熟和稳重，甚至还有三分老辣。

赵国师觉得，这或许跟苏子修当过质子有关。

宋翎圆睁着眼睛，努力使自己保持笔直的站姿。她想若是这二位再不讲完，她就要昏昏欲睡了，她对国事不感兴趣。

赵国师又连连点头。他今日来这一趟似是收获颇丰，至少在白狄王跟前能有所交代了。

赵国师似是思索着道：“七公子，在民生经济上可否说得细一些？”

“细一些又是一大篇内容，今日不可详说了，不然子修先为大王献上一计如何？”苏子修不动声色地将谈话的方向把握在自己手中。

“此言甚妙！”赵国师立即赞同。

苏子修说道：“请大王下令，前往各个部落收购各种皮货，尤其是上等狐皮、貂皮，若是能寻到，价钱高点儿也是可以的。”

“这是为何？”赵国师隐约也能猜到一些，“难道要囤货，借此抬高皮货的价钱？”

苏子修接着说道：“白狄目前有这个财力将市面上流通的皮货尽数收入囊中，然后去边境一带高价售出。在北上的时候，子修发现祁国国内皮货行情紧俏，那些皮货贩子一定会冒险来边境买货。其他部落的皮货已被全部被收购了，我们就是唯一的卖主，价钱自然是好说的。”

赵国师忍不住点头，但苏子修后面还有一招：“将皮货卖出之后，随即在边境买入大量粮食。听说今年草原受灾严重，入冬以来已出现好几场暴风雪，粮食紧缺的问题迟早会冒头，咱们购入的粮食不仅能满足国内的需求，当其他部落存粮不足时，咱们还能高价卖出。这时候就不必客气了，价钱自然有多高就说多高，你要价越狠，他们明年春天就越老实。”

赵国师理清了这些弯弯绕绕，不由得赞叹这个主意高明，不用动一兵一卒，就能将手伸向别人家的库房，他忍不住说道：“这个比舞刀弄枪地去抢可要高明多了。”

苏子修喝了一口茶，并未说话。

赵国师留意到苏子修的奶茶，这时才奉上两罐白瓷罐装的茶叶，说道：“这是大王命我专程带给七公子的，说是七公子可能不习惯奶茶的腥膻，所以特地从宫里的库房拿出了两罐茶叶给七公子，以解七公子的思乡之情。”

茶叶要到边境上交换才能得到，好茶更是价值不菲，每个部落唯有首领才能享用，平民百姓连见都未必见过。白狄王一出手就送来两罐茶叶，称得上是一份厚礼了。

苏子修收下茶叶，不卑不亢地谢过了。至此，赵国师也要回去了，但他似乎又不急于离开，视线越过苏子修的肩膀，总是若有若无地看向苏子修身后的人。

苏子修心细如发，不会留意不到这个细节。赵国师是在看宋翎。

宋翎也发觉了，被这有意无意扫过来的目光盯得很不舒服。因为她站在苏子修身后，下半截身子被苏子修挡住，所以她趁着无人看见，偷偷地用手指戳了一下苏子修的后背。

就算宋翎不用“一阳指”暗中示意，苏子修也有心送客。他神色如常，从容地笑道：

“国师大人，我家松子是否有失礼之处？若是有招呼不周的地方，还请国师大人不吝指教。”

赵国师瞬间反应过来失礼的人是自己，苏子修这句玩笑话是为了给自己留面子。他一半出于豪爽，一半也是有些鬼使神差，朗声说道：“七公子，这位松子姑娘长得有点儿像鄙人已过世的……”赵国师原本想说“发妻”，但是顾及自己的颜面，临到嘴边又改了，“小妾。”

宋翎刚刚经历过玉柳容一事，尚心有余悸，听到此言脸色已然变了，心里警铃大作。她凭着女子敏锐的直觉猜到了，后面肯定不是什么中听的话，无非“公子可否愿意割爱于我”等。

苏子修依然镇定自若，眼中的笑意更浓，仿佛只是一句事不关己的话落进了耳朵里。他先是略为惊诧地哦了一声，然后又不疾不徐地说道：“这是我家松子的福气，要不然那日怎么偏偏就是国师大人救了她？国师大人没了心爱的妾室，在子修这里碰见一个长得相似的；若是子修没了松子，可不知道能否有国师大人的好运气，也碰见一个跟松子长得相似的人。”

苏子修这番话没有直接挑破，但是意思非常明显，他是不会将松子让给别人的。

赵国师之前的话多半是有感而发，并非为了要人，而且这样直白地要人是极其失礼的。

“我只是随口一提，怎么可能动横刀夺爱的心思？”赵国师也是见惯大场面的人，不轻不重地打趣了自己一句，算是给自己解了围，随即告辞道，“叨扰七公子半日，我也该回去了。”

赵国师这次是真心告辞，因为他还要给白狄王回话。苏子修跟他是开头讲军事，最后讲到的财政，但是他理了理思路，决定在白狄王面前要从后往前讲。他若一开始就跟白狄王说什么“裁军精兵”，这位戎狄首领八成听不进去。打人前一定要给一颗甜枣，那就是苏子修最后说的炒卖皮货和粮食的法子。

根据赵国师对白狄王的了解，白狄王的心头好有两件事，一件是增兵，另一件就是敛财。现在赵国师就打算用这一招敛财先将白狄王给稳住，然后徐徐图之。

第七章 故旧

赵国师离开之后，宋翎总算是松了一口气。虽然她晓得苏子修是不会将她拱手让人的，但是这种对人像物件似的要来要去的感觉，终归令人心生不适。身为奴仆，最无奈的就是半点儿由不得自己做主。

苏子修仿佛看穿了宋翎的心思，笃定地说道："你放心，就算赵国师开口说了，我也不会将你让给他。"

宋翎故作轻松地说道："我知道的。"

苏子修故作讶然地问："那刚刚是谁在背后用力地戳我？"

宋翎冲着他吐舌一笑，为了掩饰自己的不好意思，将目光转向了赵国师留下的两罐茶叶，说道："修哥哥，我能打开看看吗？这里头是什么茶，值得他如此郑重地送过来？而且一进门还不给，非要等到临走才送，难道修哥哥不跟他讲那番话，他就不拿出来了吗？”

苏子修笑得甚是包容，解释道：“在戎狄，茶叶确实是稀罕东西，尤其好茶叶是金换斤的。”

听了苏子修口中的“金换斤”，宋翎不由得咂舌，但是她接下来的咂舌，就是嫌弃了。这两罐茶叶品相不佳，都是龙井绿茶，不过不是上等，勉强算是中等。

苏子修看着宋翎一脸认真地品鉴茶叶，表面上笑意淡然，但是内心并不轻松，甚至有几分沉重。

他始终忘不了在祁国的质子府中，宋翎为了保全他，将自己留在了狼窝虎穴。当自己假装成“尸体”被抬出去的时候，他多次想要一跃而起，想要不计后果地冲动一把。他不能撇下宋翎，更不能容忍宋翎这种自我牺牲。

但是他最后还是被人安安静静地抬了出去。玥儿死死地压在了他身上，宋翎为了他，拿自己的命在赌，其他所有的人也是为了他拿自己的命在赌，他不能轻举妄动，不然会害死所有人，包括宋翎。

回忆那一幕，对苏子修来说异常痛苦，也是他现有的人生中最痛苦的记忆之一。如今宋翎重新回到他身边，无异于最珍贵的失而复得。他心中默默地藏着一个未曾说出口的誓言，就是他苏子修此生此世，不会让宋翎再离开自己。

想到这里，苏子修忍不住澎湃的心潮，张开双臂将正在研究茶叶的宋翎一把揽入了自己怀中，紧紧地抱住了她。

宋翎起先有些惊愕，她跟苏子修之间的亲密一向是点到为止，这个主动的拥抱是她始料未及的。苏子修从未这样抱过她，这使得她一瞬间有些无所适从。她手里还拿着那两罐茶叶，脸上开始发烫，脑子不争气地发蒙。她不知道应该将茶叶放在哪里，人家送的珍贵礼物，打翻了也不太好，而且就算空出双手了，她也不知道自己的手应该放在哪里，所以伸直两条手臂举着两罐茶叶。

苏子修察觉到宋翎的窘迫，暂时松开宋翎，将她手中的茶叶取下，然后引导似的将她的手臂环在自己的腰间，动作极其温柔体贴。宋翎任由自己软软地倚在苏子修怀中，感觉脸上的热度慢慢退了下去，不然她真不敢正面朝着苏子修，不用看也知道自己现在满面绯红。

苏子修的手掌抚过宋翎的后背，又轻轻地托住她的后脑，他如愿以偿地看到了她白皙晶莹的小脸上那双圆圆的黑亮眸子，还有桃花瓣一般柔嫩的嘴唇。苏子修似是要吻下来，宋翎羞赧至极，在关键时刻稍稍偏过了头。苏子修也不强求她，只是顺势吻了吻她额角的碎发。

这是苏子修第一次吻她，尽管只是吻了额角，宋翎依然冒出战栗感，仿佛有一种由衷的快乐一点点浸润到了心田，一时间她心里充满了甜蜜和懊悔。自己刚刚为何要躲？突然之间不知从哪里来的勇气，宋翎朝着苏子修的方向，将自己的小脑袋微微仰起，嘟起的嫣红双唇犹如等待采撷一般。当然，做这一切的时候，宋翎一直是紧紧地闭着眼睛的，不敢睁眼去看苏子修。

苏子修原本打算放开宋翎，男女之间的相处不可操之过急，而宋翎忽然仰头的姿势，分明是默许自己吻她。

宋翎的内心似激流涌动，摇摆不定，从苏子修的角度看来，就是她一时试探地仰起头，一时又将脸埋回他怀中，如此反复几次。

苏子修被她的幼稚之举给逗乐了，一个想要大胆又有些羞涩的稚嫩少女，还有什么比这更能引发男人的怜惜和爱护？苏子修不再犹豫，双手捧住她的脑袋，朝着少女欲迎还拒的嘴唇吻了下去。

从那日之后，宋翎就是一人独坐，笑意也会时不时地攀上她的嘴角。每当这时，她就忍不住按住嘴唇。她越是不去想那日的事，脑袋里越是有许多细节控制不住地跑出来。尽管是冬日，但是她仿佛身处暖暖的春阳之下，浑身松软成了一朵蓬松的棉花。

渐渐临近中原的农历新年，戎狄不讲究这个，他们只在每年的初春举行盛大的开春祭祀，祈求一年牧草茂盛、六畜兴旺。而此时，苏子修的生母淑贵妃的生忌也临近了。

近一年的时间里，苏子修流落在外，从在祁国为质又到戎狄旅居，生活漂泊不定。因为戎狄物资紧俏，能得到的东西十分有限，所以祭祀只能一切从简。在生母生忌那日，苏子修在宅院里寻了一处僻静之地摆开祭礼，郑重地祭拜了亡母。

苏子修给人的印象是温润如玉、文雅谦逊的，鲜少有大喜大悲的情绪波动，但是一年之中唯有两日例外，一日是他母亲的生忌，另一日是母亲的死忌。

也只有在那两天，苏子修会喜怒形于色，悲乐现于情。他会放任自己的情绪自由一日，不掩藏什么，悲伤就是悲伤，沉郁就是沉郁，一切都是原原本本的样子。

从前在昭国郢梁，宋翎也见过苏子修追思亡母的样子。那几年他会喝酒，甚至会喝醉，但是现在他越发安静，或者说是越发平和起来。如今她看着他在祭礼之后依然一动不动地站在原处，她不敢打扰，只是远远地找个地方待着。只要苏子修知道她在，也算是一种陪伴了。

“翎儿。”苏子修知道宋翎在，唤了一声。

宋翎蹑手蹑脚地过去，像只轻巧的小猫悄无声息地在他身边坐下。

“翎儿，我的母妃已经过世十年了。唯有今年我不在郢梁，也不知道郢梁城中是否有人会记得祭祀她。”苏子修的口气中透出一种落寞。

宋翎知道苏子修的生母是淑贵妃，在昭国的后宫之中也显贵荣耀过一时，只可惜芳华早逝，留下几个尚且年幼的子女，早早地撒手人寰。人走了，茶就凉，哪怕她曾经冠绝六宫，深得帝王宠爱。从前惠帝跟前有苏子修在，因子思母，总能想起淑贵妃生前的一点儿好处，如今苏子修不在郢梁，不知惠帝是否还会将一个已故嫔妃的生忌放在心上。

宋翎晓得苏子修难过，轻声安慰道：“有瑶妃娘娘在，别人不记得，瑶妃娘娘总会关照的。”

如今惠帝上了年纪，最宠爱的妃子就是瑶妃，而瑶妃未发迹之前是淑贵妃身边的侍女。瑶妃念旧，对旧主和上官家始终有几分感念。

苏子修心里似是松快一些，他喃喃地道：“你说得对，还有瑶妃，真难为她还一直记着母妃当年对她的好……”

关于淑贵妃，宋翎在京中听过不少传闻。这是堪称传奇一般的人物，她原本是一个小小的宫嫔，却得到惠帝十余年不衰的宠爱，从嫔到了贵嫔，封妃后又封贵妃。承宠期间，淑贵妃为惠帝诞下了两儿两女，分别是四皇子和七皇子以及五公主和六公主，只有四皇子不幸早殇，没能长大成人。

因为爱屋及乌，惠帝对淑贵妃所生的几个孩子十分疼爱，尤其是七皇子苏子修，是最得惠帝欢心的。坊间有这样的传闻，要不是因为淑贵妃生八皇子的时候难产离世，她迟早会坐上皇贵妃的宝座。除了她，论资历、子嗣、宠爱，再也找不出第二个合适的人选。甚至还有一种传言，在惠帝得知爱妃五度怀孕之后，连皇贵妃的金宝和册书都命人赶制出来了，只等淑贵妃生产之后，就赐予她皇贵妃的殊荣。

但是天算不如人算，曾经四次顺利生产的淑贵妃竟然就死在了这一道门槛上，而人死后，生前的荣耀和宠爱也渐渐不复存在。

“记得当年我年纪尚小，跟着母妃住在宫中。我并不太懂母妃跟其他宫里的娘娘有何不同，只知道我常常能见到父皇，还总有各种各样的赏赐送进母妃的宫里。记得有一段时间，身边的乳娘总是小心翼翼地看着我，最怕的就是我冲撞到母妃的肚子。乳娘们告诉我，母妃很快会给我生下一个小弟弟，还说母妃很快就会是皇贵妃了，是后宫中除了皇后最尊贵的女人。那时我对‘皇贵妃’之类的话不感兴趣，只记着自己快要有一个小弟弟了……”

提及往事，苏子修神色平静，说得很慢。隔着时光，任何回忆都会宛若墨迹被清水洇湿一般呈现出雾里看花的朦胧，尽管苏子修记忆力惊人，也要一边回忆一边慢慢地说。

宋翎则保持着安静倾听的模样，呼吸都尽量放轻。

“但是有一天什么都变了。从那天之后，我再也没有见过母妃，宫人将我领到了太后那里，姐姐们分别被交给了不同的嫔妃。那些日子，我在皇祖母的宫里一直等，最后等来了母妃薨逝的消息，就连刚生下的小弟弟也没能保住……”

苏子修想到母亲以及那个从未谋面的弟弟，原本以为不会起波澜的心，依旧隐隐作痛。哪怕他已经不是当年茫然无知的幼童，但是那种惊悸、伤痛的感觉还烙印在心里。

宋翎似乎能感觉到他的情绪，紧紧地攥住了苏子修的手。尽管她知道自己力量微薄，好歹她愿意在背后支撑他。

苏子修从来没有一日像今日这般有强烈的倾吐意愿，只想不停地说话，将在胸中郁积多年的情感一吐为快。即使是这样，苏子修还是保持着适当的清醒，知道有些话不能说，哪怕是跟宋翎也不能说。

譬如他怀疑生母的死因并非表面上看起来那么简单。当年为淑贵妃保胎的太医，在生产之前一再保证贵妃这一胎的胎位很好，加上有生过四胎的经验，贵妃这一胎不会有任何风险。但是到了生产之日，在接生的稳婆口中，淑贵妃的胎位就变成了凶险的倒生，也就是俗话说的“头冲上，脚冲下”，而且据说小皇子生出来的时候，已是一个死胎了。

苏子修曾经也暗中多方打探，找过淑贵妃身边服侍的宫人、参与保胎的太医，还有当日那些接生的稳婆。但时日久远，当中的很多人已经不知所终了，就算他能侥幸找到一两个，对方对那一段往事也是讳莫如深，有愿意说的，也是那几句翻来覆去的老话，说“淑贵妃的确是难产而死”以及“小皇子生下来就没有呼吸了”。

苏子修多年来近乎偏执的努力还是让他发现了一些有价值的线索。据说淑贵妃生产当日，产房中只有几名稳婆，身边的侍女、亲信被一个不留地支开了。还有一种说法是小皇子生下来时是有哭声的，抱出去给皇上过目的时候却成了一个死胎，浑身青紫。

因为没有确凿的证据，苏子修不敢下定论，只隐隐约约地猜测母妃可能是被人害死的。女人生产就是一脚踏进了阎王殿，要在那个时候动手脚实在是太容易了，事后也难以查证，况且宫中有的是见不得人的腌臜手段。

苏子修想到这里，身上的冷汗就一层接一层地冒。如果这是真的，他不敢想象当时孤身一人在产房之中的母妃是何等惊恐。没有人知道那些稳婆对她做了什么，也没有人知道她走的时候是否充满了痛苦。

然而，对外公开的消息只能是淑贵妃难产而死，除此之外不允许再出现任何质疑的声音。

生母不明不白地去世，始终是苏子修心头的一根刺，无论过去多少年，依然能尖锐地刺痛他的神经。他没有放弃过挖掘证据，也没有放弃找出母妃真正的死因。其实他心里十分清楚，在这宫中除了皇后，再也找不出第二个人能做出这样的事。

皇后忌惮这位宠妃几乎是宫中公开的秘密，尤其淑贵妃的地位一升再升，一步步逼近皇后。皇后早就入不得惠帝的眼了，惠帝的心思也不在凤仪宫。皇后膝下所出唯有一子，就是当今太子，太子是她唯一的倚傍。淑贵妃却生了一个又一个孩子，两位皇子、两位公主，这一对“好”字送给惠帝，惠帝笑得合不拢嘴，心不免向淑贵妃和她的儿女们倾斜。

就在这时候，淑贵妃又怀了身孕，而且是宜男之相，这令皇后更加不安。淑贵妃扶摇直上之际，正是皇后的病势最为沉重的时候。皇后心知命不久矣，原本临死之人万事都应该看开了，她却有一件事放不下来，那就是她死后太子就成了没娘的孩子，虽有储君之尊，没有生母帮衬着，在他父皇跟前到底要吃亏一些。

皇后最怕自己撒手人寰后，惠帝经不住淑贵妃的诱惑废了自己的儿子，改立淑贵妃的儿子当太子。历史上废嫡立幼之事数不胜数，而且惠帝十分钟爱淑贵妃所出的七皇子，到时候子凭母宠，争取到朝中几位重臣的支持，淑贵妃再吹一吹枕边风，太子的地位就岌岌可危了。

淑贵妃得宠十数年，皇后觉得自己没有一日不活在她的阴影之下。惠帝将一腔柔情蜜意尽数给了淑贵妃，留给皇后的只有一张冷淡刻板的面孔。帝后二人一板一眼地相处，守着彼此应守的礼节和规矩，看似相敬如宾，却藏不住背后的离心离德。

皇后对淑贵妃恨得牙痒，恨这个女人夺走了丈夫的宠爱，也恨她生的儿子。当淑贵妃五度有孕的时候，这种恨累积到了极限。因为太医都说了，淑贵妃这一胎十之八九又是一位皇子。皇后什么都能忍，就是不能容忍淑贵妃的儿子取代自己儿子的太子之位。当娘的狐媚惑主，把中宫架空成一个壳子，当儿子的又要觊觎储君的宝座，这世上的好事哪儿能都让他们占了？

那时的皇后已病得离不开床榻了，但是这并不妨碍一个女人的心智和决心。她做了一个疯狂又狠绝的决定，她要死也要拖着淑贵妃这个女人一起去阴曹地府。只要淑

贵妃一死，她的儿子就失去了母亲的庇护，仅凭一个小小幼童又成得了什么气候？

熙和十九年，在昭国后宫，一后一妃相继离世。先是淑贵妃香消玉殒，皇后不久之后也因病离世。

此时的宋翎安静而温顺，一副认真倾听的模样。她从未听苏子修说过这些话，苏子修也从未对她说过这么多话，令她抑制不住心潮翻涌。在认真聆听的同时，她也在绞尽脑汁地思索着，是否这意味着她朝着苏子修的内心又近了一步？

苏子修提及淑贵妃时固然伤感，但是过去种种也不乏温柔的回忆，只听他懒洋洋地说道："当年母妃还在的时候，父皇对我们姐弟几人非常疼爱，常常将我带在身边，在御书房召见臣子、外出游猎、接见藩国的使者也不用我回避。宫人都说，没有一个皇子或公主能像我一样被父皇好好抱过。年幼的我被父皇宠得十分任性，胆子也比别人大。记得我四五岁的时候，父皇将我抱在手中，笑着让我去拽丞相的胡子，我当时就攥住丞相的山羊胡子，使劲地扯了一把，疼得丞相大人大叫一声，害得他差点儿在御前失仪……"

宋翎没想到如今稳重的苏子修还有这般使坏的时候，果然是人不可貌相，但是宋翎转念又想，这位倒霉的丞相大人莫非是……

苏子修看穿了宋翎的想法，补充了一句："当年你的父亲还不是丞相……"

宋翎这才松了一口气。

苏子修知道她的小心思，忍不住戳了她的额头一下："想想那几年，我的日子太过顺遂了，有母妃的疼爱、父皇的宠爱，众人恨不得把数不尽的好东西送到我跟前，可以说能有的我都有了，我被宠得有点儿不知天高地厚。父皇从不在课业上对我过分苛求，觉得我能舒心顺意就好。那时的我却是争强好胜的性子，喜欢出风头，拔头筹，文武功课上，只求样样出色，在父皇跟前将一众兄弟都比了过去。"他话锋一转道，"不过后来我明白了，这是极不明智的行为，除了让人嫉恨，没有任何用处。人越是高调，路也就越难走，因为你不知道会有多少人在路上掘好陷阱，只等着你一脚踩进去。"

淑贵妃过世之后，苏子修人生中最顺遂的日子也就不知不觉地结束了。作为贵妃的儿子，宫中除了皇后无人有资格接手，但是皇后病重，只能暂时将他托付给了太后。而他的两个姐姐五公主和六公主，分别被送到了贤妃和懿妃的宫里。三人即使同在宫中，但见面的机会甚是寥寥。二位公主出嫁之后，苏子修再不曾见过她们一面。

也是从那时起，苏子修的性子一天天沉静下来，人也慢慢变得平庸，诵读经书不再倒背如流，作诗填词不再才思敏捷，骑射功夫也不行了。跟小时候的惊采绝艳相比，少年期间的苏子修不进反退，逐渐长成了一名庸庸碌碌的普通皇子。

母妃去了，外祖家上官氏也走了下坡路。苏子修凭着生存的本能，学会了隐忍和收敛。当时太子的羽翼已成，实力强大，而苏子修只是顶着一个皇子的身份，没有实职，没有实权，没有靠山，有的仅仅是惠帝对他的宠爱，这也是他得以安身立命的唯一倚仗。在这种形势下，苏子修适时地选择了韬光养晦，将自己活成一个无所事事的庸人。

在惠帝的儿子当中，只有苏子修没有在朝中任职。惠帝认为不能亏待小儿子，所以有意将中书舍人的职位给他，苏子修没有接受；惠帝又想让他去西三营历练，苏子修仍然没有接受。

尽管苏子修拒绝了两次，但还是引起了太子的警觉。太子为人精明而狠辣，尤其在打压潜在对手的时候更是不遗余力，不留后患。所以那个时期对苏子修来说，只是韬光养晦、安分守己已经不管用了。他开始有意败坏自己的名声，脾气变得阴晴不定，性格也傲慢无礼，跟兄弟不和，待下人刻薄，短时间内，几乎就把能得罪的人得罪了个遍，最后落得一个不贤德的风评。

后来几年，苏子修以清修礼佛的名义住在寺庙里，跟政治没有一丝一毫联系。

苏子修抿起的嘴角凝聚着一抹晦涩不明的笑意。只不过太子对他素有积怨，即使他退到了这个地步，太子还是放不下戒心，所以想尽办法把他赶出郢梁。对太子来说，将苏子修弄去别国当质子，是皆大欢喜之事。

如今回头去想，就算太子不动这心思，苏子修自己也想离开郢梁。在郢梁城中，太子的势力无处不在，苏子修每一日都活在太子的高压之下。他知道太子一定会对自己下手，只是在等一个合适的时机。苏子修不愿意坐以待毙，选择了置之死地而后生，留在郢梁迟早会落到太子手里，去祁国当质子或许还有一线生机。

说起这位昭国的太子殿下，实在称不上宅心仁厚。他的确有治国理政的才能，但是心胸狭隘，嫉贤妒能，不能容人。他讨厌苏子修，对其余兄弟的好感也有限，只是其他几人依附于太子，唯太子之命是从，所以太子要清理卧榻之侧，暂时没有波及他们。不过以太子的性格，等他腾出手来，说不定就会一个个收拾剩下的兄弟。

太子看似温良恭俭让，实则心性凉薄，哪怕跟自己没有任何利益纠葛的皇妹们也不肯稍稍施恩。太子对淑贵妃留下的两位公主尤其不待见，五公主和六公主均是及笄之后就早早地被打发远嫁。公主远嫁离宫之后，这辈子都不会回郢梁了。

苏子修想到已经远嫁的姐姐们，眼底泛起一层黯淡的阴郁之色。他尽量用平和的声音说道："五姐是我们姐弟中最年长的，性格最温柔坚韧。只是六姐自小柔弱爱哭，胆子又小，看见什么都怕，突然间让她离家千里到一个举目无亲的地方，面对一个完全陌生的夫婿，也不知道她会不会哭？会不会无所适从？六姐走的时候刚刚过了十五。”苏子修一时有些愣怔，目光落在身边的宋翎身上，“翎儿，当时她跟你差不多大。”

被苏子修的情绪感染，宋翎也心情低落。两位公主嫁去的地方天南地北，而他们姐弟三人今生恐怕不会再有相逢之日了。

宋翎将苏子修的手掌贴在自己的脸上。她的脸颊热热的，呼出的鼻息也是热热的，她柔声安慰道：“修哥哥，只要保全自己，身体安康，你和五公主、六公主肯定会有团聚的一日的，到时候你们就可以一起祭奠淑贵妃娘娘了。”

“谢谢你，翎儿。”苏子修知道这是宋翎的安慰之语，但也心生动容。时至今日，他身边的人只有宋翎了，两人彼此信任，彼此依靠。宋翎对他有一种傻傻的执着，而他也越来越放不下宋翎，她在他心里的分量越来越重。

有些话太过软弱颓丧，平时只能藏在心底，就算是跟亲如兄弟的宋璟，苏子修也不愿轻易展示内心最柔软的地方，那里有他的生母、他早夭的四哥、他远嫁的两个姐姐，还有一落地就没了呼吸的小弟弟。在宋翎面前，他能将心里的郁结轻松地说出来，没有任何顾虑。

世人都说生在皇家是何等尊贵，何等快乐，但是龙子凤孙何尝没有自己的苦闷和无奈？譬如苏子修，他放不下母亲的死，又心念着两个千里之外的姐姐是否平安喜乐，而他自己的处境也是危机四伏，他必须保持谨慎，提高警惕，常怀忧患之心，还要时刻隐忍，因为他手中没有筹码，一步走错就满盘皆输，万劫不复。

宋翎不知道苏子修在转瞬间又想了这么多，她只是单纯地被苏子修的一声“谢谢”弄得有些赧然。她明明没有做什么，难道是因为……她转念一想，又抓起苏子修的另一只手，也贴在自己脸上，这样就相当于苏子修的双手捧住了她的脸蛋。

苏子修不明宋翎是何意，掌心和指腹贴着少女温热柔嫩的面颊，感觉到她的肌肤触感极其细腻软滑，颇有弹性。

苏子修突然生出一点儿使坏的心，捏了捏宋翎的小脸，圆圆的小脸上果然肉多好捏。宋翎忍不住尖叫了一声，就像当年那位被苏子修扯了胡子的倒霉老丞相。

宋翎捂住自己的脸，眼神清亮无辜，又带着一点点怨气和不服气，娇嗔道：“修哥哥，你别趁机欺负我呀！”

第八章 谋略

得到赵国师带回的消息之后，白狄王甚是满意。他有心在自己在位期间做出一番功绩，苏子修是老天给他送来的人才，他当然要牢牢把握，让苏子修能全心全意地为他的大显国效力。苏子修提出的种种建议，白狄王大多数痛快地应承了，几乎到了言听计从的地步。白狄王知道想要手下进言献策，自己必须先做到从善如流。

白狄王头一件要办的事情就是命人前往各个部落收购大量的皮货，等他差不多将草原上能流通的皮货都收集到白狄，然后就是在边境上高价卖给来自各国的皮货贩子。

对这个炒买皮货和粮食的计划，白狄王表现出超乎寻常的浓厚兴趣，亲自督办这件事，令手下人直接向他汇报计划的进展。

赵国师对此有一点儿无奈，白狄王这辈子最热衷的两件事，一件是扩军，另一件是敛财。苏子修的计划恰好挠中了白狄王心里那一块痒痒肉，简直太受用了。

只是精兵的事，白狄王一时还不肯松口。这是他唯一不肯听苏子修的一件事，苏子修早料到了白狄王的反应，所以提出裁军的时候说了这是“后话”。他知道眼下只能做到这一步。要扭转一个人的心意是非常困难的，苏子修明白不可操之过急。

苏子修没有说错，今冬的气候比往年更寒冷，皮货在中原地区走俏，苏子修囤积居奇的主意，得到了极大的成功。白狄王派出去的人已经回来了，并且带回了充足的粮食和一笔可观的财富。白狄王看着小山似的粮堆和满满当当的银子，更是乐不可支。

白狄王听从苏子修的建议，停止了盲目对外用兵，整顿军队，严明纪律，一连数次枪打出头鸟，灭了一帮不服管教的士卒的威风，最终达到了杀一儆百的效果。原本捏合在一起的军队分为上、中、下三军，将最精锐的部队留在鹿城，其余交给各自的大将带领。

鹿城是一座孤城，因此容易遭受攻击，苏子修提出在鹿城周围建立四座小城，形成保护圈，拱卫鹿城，这样就算敌军来犯，中间有缓冲地带，鹿城不会一开打就直面攻击。

此外，关于完善行政体制，理清职责分工，发展经济民生，包括采取一种步步为营的方式蚕食周边的小部落，循序渐进地扩大领土等方面，白狄王都听取了苏子修的建议。

他未必是真心认同苏子修，只是觉得这位年轻的七公子是一个高明的人，给他出的主意一定也是高明的，而且赵国师也是这样认为的。

其实撇开上述种种不谈，白狄王最感兴趣的依然是敛财。他常常将苏子修召到身边，问得最多的问题就是如何生财，什么时候能像炒买皮货和粮食那样再狠狠地赚上一笔。这种不费一兵一卒就能从对方手里抢夺大把财富的法子，白狄王求之不得，多多益善。

苏子修知道戎狄到底是落后中原太多了，白狄建立的显国虽然有一些文明的雏形，那也仅仅是雏形而已。要改变一个尚未开化的民族，不是一代人手里能完成的事，甚至往后好几代人都不一定能做到。

苏子修眼下力求务实，有些事情非人力可及，他不会固执地在上面浪费时间。譬如他就不会对白狄王说什么修身、齐家、治国、平天下的孔孟之道，推行仁政、导之以德、齐之以礼、修明典籍、推行教化这些说了也是废话，白狄王听不懂，也不爱听。

如今苏子修摸准了白狄王的脾气，投其所好，给他讲述计然之策，比如前面用过的贵出如粪土，贱取如珠玉，知斗则修备，时用则知物等，并且向白狄王提议在每年年初，牧民手中牲畜紧缺之时，由官府将牛羊马匹放贷给牧民，牧民只能使用这些牲畜，到年底归还官府，每半年收取二分或者三分利息，一年之内生下的幼崽一律充公。为了避免牧民因在幼崽上得不到好处而产生惰性，另有规定，根据幼崽的数目和健康程度，可以适当下调来年的利息，若是牲畜中途死亡等情况另当别论。

白狄王听了这个主意，一边啧啧称赞，一边飞快地在心里算了一笔账。苏子修的主意绝了，将牲畜放贷给牧民，利息上能赚一笔，上缴的幼崽又是一笔，自己牧养牲畜的开支又省了一笔，开源又节流，这是稳赚不赔的买卖。白狄王想明白这一层，激动又欢喜，仿佛有一座金山堆在跟前，满眼都是金子的光泽。

苏子修这时候再将精兵政策娓娓道来，提议将军队从原本庞杂的五万人一步步精简，剔除老弱残兵，只保留最精锐强悍的三万人马，这样一来，白狄中能有更多青壮年从事劳作，也减轻了百姓庞大军费的压力。

从前要是提到裁军，白狄王的表情就像从自己身上一刀刀地割肉一样痛苦。但是这一次，白狄王居然很爽快地答应了，因为在苏子修那里，他敛财的欲望得到了极大满足，这时候割肉似乎也没那么疼了。

白狄王打算赐给苏子修一个职衔，事先还找赵国师商量了一下。赵国师大度地表示自己早有避位让贤的想法，他要主动把国师的位置让给苏子修。白狄王想了又想，决定还是将两人一并尊为国师，以免别人说自己是一个喜新厌旧的人。

事实证明，苏子修的一系列策略是行之有效的。在之后的半年时间里，白狄的国力大大增加，同时也聚敛了大量财富，虽说只有三万精兵，但是放眼草原已无敌手，白狄铁骑所到之处无坚不摧。

在鹿城周边新建的四座小城，也呈现出拱卫都城的态势。如今的白狄依然保持着打仗的习惯，但不像从前，只是为了捞一票。苏子修作为国师，制定的战略核心就是占领土地，全歼敌军，百姓内迁，将对方彻底并入自己的版图，纳入自己的势力范围。

自开春之后，白狄先后吞并了犬戎、赤狄、长狄等几个小部落，又将一直虎视眈眈的黑狄打得元气大伤。短时间内，塞北草原上没有人敢跟白狄作对了。

军事上大捷之后，白狄以鹿城为中心，朝着周边拓展，修建城池，设防戍兵，发展到后来，白狄已拥有十余座城池，这时才有了一个小国家的规模，对外终于能理直气壮地自称显国了。

苏子修在戎狄的名声渐渐大了起来，不仅在白狄闻名，他的名声还传到了草原上的其他部落。人人都晓得白狄有一位极为厉害的国师，就是他辅佐白狄王，使得白狄日复一日地变强，隐隐有重新成为草原霸主的势头。

关于苏子修的传闻还有很多。有人说他智谋出众，也有人说他容貌更出众，而且相当年轻，是当之无愧的青年才俊。当然，也有人在背地里骂他心狠手辣，因为他下令的全歼政策让不少部落吃尽了苦头。草原上从没有这样打仗的，只有那些生性阴损的中原人才会如此。

宋翎听了很多类似的传闻，是真是假，她都当成耳旁风，听过便罢。她知道有一种人宛如金玉宝石，天生就要散发灼灼光芒，苏子修就是这样的人。当初在祁国，他在悦蒙书院当夫子也引来无数祁国少女的仰慕。如今在戎狄，他是因为自身的才学和谋略被人关注。

但是宋翎也绝对不敢忘了，苏子修的长相天生就是招蜂引蝶的，在昭国、祁国都是如此，在戎狄岂能例外？

有一日，白狄王做了一个决定，准备嫁一个女儿给苏子修。白狄王不是要送几名白狄少女给苏子修，而是要苏子修给自己当女婿。

白狄王如今已越来越离不开苏子修了，每做一件事，不找苏子修问一问他就会觉得心里不踏实。尽管以前的赵国师也很好，但苏子修能帮他敛财，这是谁都比不上的优点。白狄王在苦思冥想之后，认为还是姻亲关系最靠得住，只要苏子修娶了他的女儿，不怕苏子修不死心塌地地留在白狄一辈子。

白狄王挑中的女儿小名朗月，年方十七，生得明艳动人，眉眼甚是妩媚勾魂，是草原上一朵娇艳无比的鲜花，从各方面看都是最好的人选。朗月最初并不同意，介意苏子修汉人的身份，嫁一个非我族类的夫君，定会遭到姐妹们的耻笑。

白狄王一点儿都不担心，只是在下次召见苏子修之时，默许朗月在幕后偷偷地看上一眼。就是那一眼改变了朗月的主意，当白狄王再次问她时，朗月娇羞地一笑，捂着脸跑开了。

白狄王看着女儿窈窕的背影，忍不住发出一声得意的笑。他早料到这个结果了。白狄王清楚自家女儿的心思，却猜不到苏子修的想法。他相信自己，也相信女儿的美貌，苏子修一定会欢欢喜喜地接受这桩婚事。

白狄王万万没有料到，苏子修居然拒绝了，而且拒绝得很干脆，毫无转圜的余地。

其实早在之前苏子修已在心里暗暗起誓，此生的妻子只能是宋翎，若是能顺利回到昭国，他一定要昭告天下，明媒正娶，让宋翎成为他的正妃，成为他身边名正言顺的女人。

既然抱定了这个决心，苏子修也就无心跟戎狄的公主有任何瓜葛。

白狄王有些讪讪的，面子上很是挂不住，但他又不能冲着苏子修发火。他赐婚的本意就是要进一步拉拢苏子修，赐婚不成，就维持原状，要是把关系弄僵就得不偿失了。

这事在白狄王那里就算过去了，他还是像往日一般对待苏子修。但是在朗月公主那里，这事无论如何也过不去。她欢天喜地地准备嫁给苏子修，没想到当头一瓢冷水泼来，这桩婚事说黄就黄了。更可气的是，当初巴不得使劲儿撮合他们的父亲，在这种关键时刻居然不肯帮自己争取。

朗月不甘心，人最伤心的不是得不到，而是眼看着将要得到又硬生生地失去。从此，苏子修就成了朗月的心结。如果是寻常女子，藏在深闺之中自怨自艾就完了，但朗月是北地公主，生性热辣又豪爽，有一股豁得出去的勇气。她决定不靠父亲，自己追求自己的幸福。

正是朗月公主的固执和任性，使得在之后的很长一段日子里，苏子修和宋翎都感到十分头痛。

戎狄的民风原始而开放，在男女之事上很是宽容。朗月去找苏子修的时候，一直大大方方地出现，从不避人耳目。朗月公主就是故意如此，想借着这个高调的举动告诉所有人，国师苏子修是她看中的人。

从前宋翎总是热衷于帮苏子修驱赶狂蜂浪蝶，嘴上说是为苏子修排忧解难，其实她是担心，担心苏子修终有一日会被某个女子打动。这样的话，她的修哥哥将不再属于她了。但是现在宋翎已经知道了苏子修对自己的心意，心安定了下来，不会再有当初那种患得患失的心情了。

所以面对来势汹汹的朗月公主，宋翎没有了当初一人单挑群女的昂扬斗志，睁一只眼闭一只眼地把人放了进去。宋翎笑得十分促狭，就让苏子修去对付朗月吧，自己辛辛苦苦那么久也该偷个懒了。

朗月一开始抱有极大的信心，十七岁的她有着娇媚可人的容颜、凹凸有致的身段，美貌就是她最有力的武器。她认定假以时日，苏子修一定会为她神魂颠倒，然后主动而热烈地向她求婚。

但是朗月料错了，苏子修对她始终是不冷不热的态度，神魂颠倒的反倒是她自己。她对这个年轻的中原男子越来越着迷，像是着了魔一般。

朗月爱慕苏子修的风仪和才华，又恼恨苏子修的油盐不进，根本不将活色生香的美人放在眼里。这些日子里，朗月用尽了手段，各种撩拨挑逗，各种暗示明示，苏子修就是不为所动，跟个石头心的菩萨似的。

苏子修的智谋用在男女之事上依然十分管用。不管朗月是撒娇弄痴还是撒泼生气，苏子修都能游刃有余地对付过去，既不得罪朗月，又避免了正面冲突。朗月常常是窝了一肚子火，却没有地方发，因为苏子修没有错，他温文尔雅的态度、谦和有礼的言辞，都挑不出错来。

那时候，白狄的扩张兼并战略正好推行到一个关键点，苏子修忙着帮助白狄王收服最后一个戎狄部落——黑狄。只要啃下黑狄这块硬骨头，白狄就是当之无愧的草原霸主了。当自家的后院全部打扫干净，白狄的目光就要按照计划投向南方了。

苏子修没空搭理朗月，每天的大部分时间用在跟白狄王、赵国师等人一起分析情势、调整策略，力争打赢这场仗。在议事的时候，白狄王看见苏子修的神色有几分倦怠，这是连日操劳辛苦所致。

白狄王非常感动，问苏子修有何要求，他一定满足。谁料苏子修只淡淡地说了一句：“子修别无所求，只请大王这几日能管住朗月公主。”苏子修说的是实话，因为他实在没精力再去应付朗月了。

白狄王尴尬了，干笑几声，只当自己前面的话没说过。

朗月在苏子修那里碰了一个又一个软钉子，非但得不到苏子修的人，反而将他越推越远。朗月因此深受刺激，越发敏感易怒。女子的直觉是相当可怕的，朗月将怒火和妒火烧到了宋翎身上。她并不知道苏子修和宋翎真正的关系，只是单纯看这个眉清目秀的小侍女不顺眼。苏子修身边只有两个侍女，一个叫玥儿，一个叫松子，要是让朗月挑一个当假想敌，她会毫不犹豫地选择后者。

朗月的蛮不讲理，使得宋翎在戎狄的平静生活被打破了。朗月像是找到了一个出气筒，每天想方设法地刁难和捉弄宋翎，以此报复苏子修前段日子对自己的不理不睬。

宋翎苦不堪言。她不去招惹朗月，没想到朗月反过来招惹她。莫非真的是人善被人欺？宋翎也不是任人拿捏的，当年她“欺负”了不知多少名门闺秀，所以她不怕朗月，最好能在不得罪人的前提下，稍稍给朗月一点厉害尝尝，让朗月晓得她宋翎可不是软柿子。

第九章 南征

时光匆匆，不知不觉，苏子修和宋翎在戎狄已有一年时间了。

这一年中发生了太多事，迅速壮大起来的白狄以迅雷不及掩耳之势横扫了整个塞北草原。如今的塞北草原上，只有白狄一家独大，野心勃勃，不断征服、吞并、扩张，风卷残云一般消灭了原先大大小小的十几个部落。那些愿意归顺的部落被并入版图，顽抗到底的部落一律赶尽杀绝，白狄结束了草原上一盘散沙、各自为政的局面，迎来了自从第一任白狄王之后，第二次真正意义上的一统草原。同时，那个曾经偏居一隅、无人问津的小小显国，终于可以彻彻底底地扬眉吐气一回了。

白狄的迅速崛起，招来了中原各国震惊和恐慌的目光。他们万万没有想到，当中原三国混战的时候，北方的夷族正悄悄地成为一股不容忽视的新生力量。中原分裂已久，几百年中打打和和，但是不管怎么样，关起门来都是中原人自己的事，谁

都不想见到戎狄强大。

非我族类，其心必异。

这八个字就是中原对戎狄的一贯看法。戎狄人就是一只北方狼，有着凶悍残忍、贪婪不足的狼性，等这只狼磨尖了牙齿，擦亮了利爪，可能就要进犯中原，在中原混乱的战局中分一杯羹。

若是在从前，戎狄根本不会有任何坐大的机会，因为身边是强邻祁国，只要戎狄的势力一抬头，祁国一定会毫不犹豫地予以打压。

整个中原的北方都是祁国的领土，昭国、卢国与戎狄根本不接壤，不可能去教训戎狄，所以打压戎狄的使命一向是在祁国身上。

这一回白狄整出了天大的动静，紧邻的祁国不可能不知道，但是祁国一改常态，始终没有插手干预。这不是祁国撒手不管，而是他们心有余而力不足，后院起火，自家的事情已焦头烂额，哪有空去理会戎狄？

同是这一年，祁国发生了惊天动地的大事，一场宫廷政变将祁帝玉柳容逐下了皇位，龙座无主，大权旁落，各方势力暗流涌动，祁国局势动荡，人心不安，整个国家的内政和外交也出现混乱。

戎狄的崛起固然引人关注，但天下人的目光更多地汇聚在祁国的那场政变上。众所周知，玉柳容在弱冠之年继承皇位，成为祁国至高无上的第一人，大权在握，何等意气风发，天之骄子也不过如此。如今登基不到两年，玉柳容就失去了皇位，狼狈退场，其原因令人费解，但是细细想来，似乎又有蛛丝马迹。

在大国的君主中，玉柳容是最年轻的，作为一名年轻的君主，锐意进取、雄心勃勃是好事，但是一旦把握不好度，就容易走上心浮气躁、急于求成的岔路。按照常理，一个国家在发生皇位更替的时候是不会轻易对外用兵的。因为新君刚刚登基，头等大事是把位子坐稳，军队也要牢牢地握在自己手中。

玉柳容不管这个，登基之后第一件事就是向前线增兵，祁国军队势如猛虎，加紧了进攻卢国的步伐。

当时朝中就有人阻止玉柳容增兵，甚至还有人提议撤军，玉柳容态度坚决，一概予以驳回，非要继续攻打卢国。

其实，玉柳容的这个决定并不完全是一时冲动。他冷静地分析过，这场仗打了大半年，卢国人疲马乏，估计已是强弩之末，在这种决胜负的关键阶段，祁国必须一鼓作气拿下卢国，不能给卢国喘息的机会。

玉柳容是一个极有主见的人，性格又十分强势，不受任何人摆布，一旦做了决定，底下的臣子很难改变他的想法。朝中有不少元老级别的大臣认为新君太过固执，甚至有点儿刚愎自用。殊不知玉柳容也正好看不惯这些老臣仗着元老的身份对他指手画脚，简直是一帮老顽固。他要的是建立自己的功业，而不是凭借父荫，一辈子碌碌无为当太平皇帝。

玉柳容确有治国的才干，却不太善于收服人心，这跟他孤傲的脾气也有关系。祁国的君臣之间从开始小小的龃龉到越来越深的矛盾，最后达到了一个触发点，就是玉柳容要都英主动罢相。

都英是祁国丞相，也是朝中保守派的首脑，玉柳容原本没想这么快对他下手，只是实在不能忍了。在玉柳容看来，都英这个丞相非但不能帮自己解忧，反而处处给自己添堵，除掉了都英，正好把自己的心腹冯长儒提拔上来当丞相。

玉柳容风风火火地要罢相，却遭到保守派的一致抵抗，大臣们联名上书，称都英丞相不应被罢免，请皇上三思而后行。这事闹得很大，就连深居简出的太后都被惊动了，赶紧派人把玉柳容叫到颐宁宫，母子二人又是一番密谈。最后的结果是玉柳容让步了，放弃了罢相的想法。

这是祁国朝廷上保守派和激进派的第一次正面冲突，显然玉柳容没有得到任何好处，只是让他看清楚一点，就是保守派的势力比他想象中的更为强大。

虽说事情有惊无险地过去了，但是玉柳容几乎把满朝臣子得罪了个干净，不得不说，祸根就此埋下了。祁国内部矛盾重重，外头的战事也不顺利，从前打卢国得心应手，现在昭、卢两国联手了，祁国以一敌二不免有些吃力。战事已经持续了一年，从闪电战变成了拉锯战，光是军费、粮草就是一笔庞大的支出，祁国又是悬军远征，在人力、物力上的耗费是惊人的。

在这种情况下，又有人提出了撤兵，既然再打下去也是互相消耗，不如大家都撤兵好了。祁国刚刚遭受了天灾，国内粮食吃紧，没必要将大把大把的银子和粮草扔到战场上去，国本再雄厚也经不起折腾。

玉柳容没同意，还严厉斥责了上疏的人。此时他已经骑虎难下了，祁国可以撤兵，难道昭、卢两国就不打过来了？如今大家都是最疲惫的时候，狭路相逢勇者胜，谁能死扛到最后谁就是赢家，贸然撤兵的话，不仅影响己方的士气，而且会功亏一篑。

君臣失和、国内的天灾还有对外战事的毫无进展，种种表面上的不和谐一点点形成了底下的汹涌暗流。最后的政变就是保守势力的一次猛烈反扑，发动政变的是一位玉姓藩王，不过是旁系藩王，由他为带头人物，联合了朝中重臣，争取了几个大家族的支持，以迅猛之势攻占了皇宫。

政变发生之后，玉柳容及祁太后、皇后还有后宫嫔妃一并被软禁了起来。没过多久，玉柳容被自己的心腹救走，下落不明，这是后话。

玉柳容失踪了，但是国君的位置不能空着。那位藩王自恃是头功，所以觊觎皇位，但是他很快就放弃了这个念头，因为没有人能容忍旁系取代直系的事情发生。

皇位的继承人只能是玉柳容的子侄、兄弟、叔伯，但是玉柳容没有儿子，没有亲兄弟，没有叔伯，甚至连适合的堂兄弟都没有，最后只能挑中玉柳容的一个堂侄。说是堂侄，其实此人的年纪比玉柳容还要大，但从血缘上讲，他好歹是皇室直系。

众人经过商议之后，先把此人过继到玉柳容名下，这样他就成了玉柳容的“儿子”，也就名正言顺多了。如此一来，原先的太后、皇后还有天子嫔妃们全部往上提一级，顺理成章地当上了太皇太后、太后和太妃。

这位新帝挑得也是绝了，他原本就是一个极为荒唐的人，吃喝嫖赌俱全，稀里糊涂地当上的皇帝。他进了后宫就像是老鼠钻进了米缸，简直是乐不可支。他顶了一个玉柳容“儿子”的名头，不仅继承了“父皇”的皇位，干脆把“父皇”留下的嫔妃们也全部继承了。

新帝用一双色眯眯的眼睛扫来扫去，后宫里都是闭月羞花的美人，怎么可以从此守空寡呢？他冒着烝母的骂名，将一干太妃淫了个遍，只有太后那里，他是有色心没色胆，尚不敢下手。那些嫔妃大多是名门闺秀，礼义廉耻是刻在骨子里的，哪里受得了这种屈辱，没多久就上吊死了三个。更荒唐的是几个月后，有两位太妃被诊出怀了身孕，那两人也是哭哭啼啼地上吊了，死的时候用绢帕蒙着脸。她们当嫔妃的时候没有怀上龙子，成了太妃后居然怀孕了，还有什么脸面活在世上？

现在祁国的朝政被几个大家族把持着，大家不是不知道新帝的荒淫无耻，都是默契地装聋作哑。大家原本扶立此人当皇帝也不是为了叫他励精图治，只是当一个易于操控的傀儡罢了。最好他一头钻进后宫永远不出来，他们才不会管他在后宫里怎么胡闹。

天下人都盯着祁国，祁国经此内乱，已经不是原先的祁国了，失去了一个强势人物把控全局，祁国已经慢慢走偏了。那几个瓜分政权的大家族各怀鬼胎，彼此算计，互相倾轧，激烈的政治斗争在一步步冒头，祁国不可避免地陷入了党争的泥沼，难以自拔。

祁国不行了，昭、卢两国自然乐见其成。从前总是挨打，现在终于轮到两国联军主动出击了。昭、卢两国难得碰上祁国后院失火，怎么能放过这个趁火打劫的机会？

祁国料到了昭、卢两国的不怀好意。尽管联军士气大振、来势汹汹，祁国也早有准备，毕竟打这两个国家祁国可是积累了上百年的经验，真正打得祁国措手不及的是北方的戎狄。

一直没有任何动作的戎狄突然发难，出兵南下，进攻祁国。南方有昭、卢联军，北方有戎狄，祁国一时之间陷入了腹背受敌的困境。应该这样说，南边的压力不大，战局总体还在可控范围里，但北边已是火烧眉毛了。

当初玉柳容为了一鼓作气拿下卢国，不断地往前线增兵，甚至不惜动用了北方的戍边部队。这支军队是专门防范戎狄的，人数约有十万，常年跟骑在马上的蛮族周旋，个个精悍无比，这是每一代祁帝压箱底的本钱，轻易不能动用，这是玉家人的规矩。但玉柳容偏偏要打破规矩，力排众议地将这支戍边军调去了南边攻城。

祁国的北方没了这十万戍边军，基本上是没了屏障。戎狄来犯，但是精兵都在南边，被昭、卢两国的军队死死地牵制着，根本无法调动。祁国只能把国内所有机动部队先派去应急，但也阻挡不住北边防线被戎狄撕开一个口子，而且这个豁口越撕越大。

这次攻打祁国，白狄王亲自领兵，尊苏子修为军师，赵光吾压阵，负责粮草辎重的押运。白狄王这一路打下来，差点儿乐开了花。他从来没有打过这么顺利的仗，几乎没有遇上什么像样的抵抗，就把祁国人打得丢盔弃甲，每到一城就攻下一城，顺利得简直让人难以置信。

这次的仗白狄能打得如此得心应手，跟军师苏子修密不可分。所谓“知己知彼，百战不殆”，苏子修能够“知己”，更能“知彼”，对祁国的地形地貌、山川湖泊了然于心，甚至当地人都未必知道的小山坡或者小河，他也能准确地说出具体位置，简直是活生生的地图向导，省去了中间很多瞎摸索的工夫。白狄王对此极是纳罕。

苏子修十分清楚，这是因为一个人，卢国的韩静言。当初韩静言走后，曾经送了一封熟牛皮的信过来，那时候苏子修不解其意，但是熟牛皮泡水后，显出了一些弯弯曲曲、奇奇怪怪的线条。这引起了苏子修的注意，他后来才发现，原来这是一张祁国北方的地形图。

想到这里，苏子修不由得陷入沉思，嘴角带着一缕若有若无的笑意，这个韩静言也是一个不简单的人物。韩静言为何偏偏把地图给他，是猜到了今后会发生的事，还是仅仅是巧合？当初在祁国的第一交锋，他们选择隐藏各自的身份，或许将来有一天，他们会以彼此真实的身份相见。

这一路势如破竹，白狄王刚开始还有所顾忌，记着祁国有十万边防军。这次顺

利无比的出征，也许是祁国的陷阱，他担心祁国想要诱敌深入，然后一举将自己的军队歼灭。

白狄王疑神疑鬼，是因为从前在祁国手上吃过太多亏，始终心有余悸。但是当他打下祁国四分之一的领土还是不见半个边防军的影子后，白狄王的那一点儿忧虑一扫而光了。

白狄王无不得意地想：边防军是不会出现了，而且这绝对不是祁国的计策。诱敌深入也要有个限度，不至于如此牺牲去给对方布一个口袋阵，祁国不可能蠢到这种地步，唯一的解释就是祁国真的不行了。

照这个速度打下去，戎狄军队抵达祁国的都城——雁阳城就指日可待了。白狄王有一种飘飘然的感觉。他在戎狄贵为首领，但是从没见过中原国家的都城是什么样子。富丽堂皇的宫殿、堆积如山的珍宝、巧笑倩兮的美女，走马灯似的在他眼前闪现。想到这里，白狄王望着南方，冲地上狠狠地吐了一口唾沫。

叫你们这些中原人总是看不起咱们，本王这次要打到你们的都城去！

祁国在两面夹击之下苦不堪言。打仗最怕露出败势，这样会一直摧枯拉朽地败下去，祁国如今就是这样危险的处境。祁国毕竟是强国的底子，瘦死的骆驼比马大，现在好比是狮子被群狼撕咬，但是狮子终究是狮子，要是单挑，狼绝对不是狮子的对手。

祁国现在唯一的出路就是杀出一条血路，但是正当祁国要绝地反击的时候，北边的戎狄突然停止了进攻的势头。

白狄王一心想着要打到雁阳城，是苏子修劝他及时收兵。白狄王不肯放弃大好的攻势，铆足了劲儿要继续打下去，哪怕来劝的人是苏子修，他一样瞪着眼睛骂了回去。

苏子修早就摸透了白狄王的脾气，不怕白狄王发火，先是说了几句软话，稳住白狄王的情绪，然后不疾不徐地将眼前的形势给白狄王分析了一遍。

苏子修道："大王此次出征屡获大捷，自然是值得恭贺的喜事。但请恕子修直言，这并不全是因为我军战力强悍或祁国不堪一击。若不是昭国和卢国在南边牵制住了祁国的大部分兵力令祁国分身乏术，腾不出手来料理北方，咱们根本不能一路打到这里，恐怕队伍刚刚靠近边境就会跟戍边的军队正面碰上了。如果是这样，大王又有多少把握能打败十万戍边军？"

基本上这个问题抛出来，白狄王的底气就没了大半，但是他仍嘴硬地说道："以前咱们是怕戍边军，但是现在还怕什么？戍边军都让前头那个祁人皇帝调去打卢国了，这是天神给咱们的好机会。你们有句话怎么说来着？天神给的不接受，会惹来天神的震怒的。”

苏子修轻轻咳了一声，猜到了白狄王想要说的是“天予弗取，必受其咎”。看来白狄王虽是蛮族，但很聪明，苏子修只是随口提过一次，白狄王就记住了大概的意思，现在拿出来活学活用。

苏子修说道：“大王所言是有道理，但是凡事欲速则不达。大王自问，眼下取得的成功，几成是凭的实力，几成又是凭的侥幸？若是正面对抗，白狄绝不是祁国的对手，想要一战拿下祁国是根本不可能的，白狄没有那么大的肚子，吞不下祁国这么大一块地方。与其等祁国打过来，倒不如咱们见好就收，保存实力以待来日，大王不必急于一时。”

白狄王知道苏子修说的句句是实话，白狄这次绝对是侥幸的成分居多，南边那两个国家分担了大部分压力，白狄这边甚至谈不上什么战事大捷，更确切地说这是一次成功的偷袭，自己不就是偷袭了祁国的后背吗？苏子修说的见好就收是最稳妥的办法，这样既得到了好处，又不用跟祁国正面为敌。

“大王胃口甚好，但是一餐也吃不下一只烤全羊。”苏子修紧接着又补了一句。

“这个……这个……”白狄王还是不甘心，半晌才憋出一句，“如果羊肉太好吃，本王也会忍不住吃掉一只羊的。”

“但是祁国比一只羊要大多了，难道大王真的要仿效巴蛇吞象吗？”苏子修把能讲的道理都讲完了，现在只能顺着吃羊的话题往下说。

“蛇吞象当然是不行的，只是嘛……只是……”白狄王知道其实苏子修已经说服自己，但是那一点点不甘心始终让他不愿意松口，因为他眼前又出现了富丽堂皇的宫殿、堆积如山的珍宝和婀娜多姿的美人。白狄王心里怄死了，都快吃到嘴里的肉，真是宁愿撑死都不想吐出来。

“大王，咱们不过是以退为进罢了，大王想要的一切迟早能得到。”苏子修似乎能看穿对方的心思，颇有深意地笑问道，“大王还记得裁军的事吗？”

白狄王默然点头。当初苏子修要他裁军，他一开始也是不肯的。他没有祖宗的能耐，唯一引以为傲的就是拥有跟祖宗一样规模的军队。但是后来他还是听从了苏子修的建议，将原本庞杂的五万大军精简到了三万，只保留核心的战斗力。在征服其他部落的过程中，白狄不断地收编那些被打散的队伍，又从归顺的部落之中抽取兵源，现在已经有了十万大军，达到了白狄历史上军队规模的巅峰。

白狄王从苏子修那里学到了一个道理，总结起来话糙理不糙，就是别老盯着自家的羊薅羊毛，别人家还有羊。从前他老是对自己的百姓征兵，现在把别的部落打下来了，就能理直气壮地从他们那里征兵了。

白狄王又犹豫了，裁军之事他听了苏子修的话，事后也证明苏子修具有远见卓识。这次停战他是否也应该听苏子修的？

当晚，赵国师见到白狄王的时候甚是惊愕。早上白狄王是双眼发红地看着苏子修，一副“神挡杀神，佛挡杀佛”的骇人气概，好像恨不得下一刻就砍了苏子修。但是现在，白狄王对苏子修的态度又恢复了一贯的和煦，其态度转变之快着实令人震惊。

同时，赵国师也暗暗思量，看来苏子修确实有能耐，不仅智谋出众，而且善于把控人心。这样的人太聪明了，聪明得强大而可怕。

第十章 冰嬉

朗月是宋翎和苏子修二人共同的噩梦，整整一年过去了，她还是不肯放弃苏子修。苏子修能说服白狄王，令白狄王认可他的想法，但是他拿白狄王的女儿没有一点儿办法。从性格上来说，这父女俩是极其相像的，只是这位白狄公主比她的父亲要固执一百倍。

朗月是一个敢爱敢恨的人，对苏子修爱到生了恨，又把这恨牵连到了宋翎身上。在戎狄，宋翎最逃不开的就是朗月。

朗月总是想法子捉弄和刁难宋翎，有时她又会觉得自己的举动相当可笑，也许是出于愧疚，她又会和宋翎好一阵子，只是每次都好景不长，指不定哪天她就故技重施，说翻脸就翻脸了。所以一年之中，她们有时敌对，有时又很友好。朗月似乎乐在其中，宋翎却有苦难言。她私下跟玥儿吐苦水，谁会喜欢跟一个喜怒不定的人相处？真是令人心神疲惫。

宋翎在苏子修身边耳濡目染，慢慢也学会了苏子修那一套“化煞于无形”的本事，从不跟朗月正面冲突，只是给她碰了一个又一个软钉子。宋翎既不得罪朗月，也不放任朗月欺负自己。

苏子修随白狄王远征祁国了，朗月见不到苏子修，觉得宋翎似乎也没那么讨厌了。她还常常去苏子修在鹿城的宅院，跟宋翎说说话，有时也会问一问宋翎的家乡的情况。聊得开心时，两人就跟一般的闺中好友无异，但是宋翎对这位白狄公主一直有三分戒心，因为这人已经反复无常好几回了。

戎狄处于严寒地带，每到冬季，湖面和沼泽上会结上厚厚的冰层，那时候最适宜冰嬉。所谓冰嬉，是穿着冰鞋在冰面上滑行，乃戎狄的民俗，不管男女老少，几乎人人都会冰嬉。

这一日朗月兴冲冲地来了，二话不说先将一双冰鞋塞给宋翎。宋翎还没弄明白怎么回事，已经被朗月拉走了。

朗月今日穿了一身女子劲装，对襟窄袖，短小的外袍只齐膝，明艳的朱红色袍子上是月白色镶边，衣襟和领口处是细细的风毛，腰间是墨色束带，外面披着一件大红羽纱披风，长发结成辫子，在头顶盘了一个圆圆的发髻，除了与衣裳同色的两朵绢花，其余发饰皆无，耳垂上坠着两粒洁白晶莹的珍珠耳珰。朗月原本就是一个草原美人，如今劲装打扮，越发显出她姣好如明月的容颜，更有三分中原女子没有的英姿飒爽。尤其是她穿着冰鞋，在冰面上滑行的时候，身上的披风宛如翅膀般被吹开，整个人就像是一只朱红色的小鸟，动作娴熟而敏捷，灵活无比，美得令人挪不开视线。

宋翎还没弄明白是怎么一回事，朗月的随行侍女珠珠已经不由分说地给她穿上了冰鞋，并且不顾她的抗拒，硬是带着她一起到了冰面上。这里原本是一个大湖泊，结冰之后就成了天然的冰嬉场所。湖泊占地宽广，冰又结得十分均匀平整，可以令冰嬉之人尽情施展。

宋翎是头一次接触冰嬉，又是新奇又是害怕，因为不得要领，别说像朗月那般灵敏地滑行了，站都站不稳。在被带到冰面上之后，宋翎一直紧紧地抓着珠珠的手，生怕珠珠一放开自己，自己就要摔个仰面朝天。

“珠珠，你可千万别松手啊。”宋翎还是紧张，浑身的肌肉绷得紧紧的。因为常常见到朗月，她跟朗月身边的侍女也熟了，这个名叫珠珠的侍女今年才十四岁，但是服侍朗月已经五六年了。

珠珠年纪小，却比宋翎高了半个头，是个肤色略深、眼睛细长的姑娘。此时她微微噘着嘴，抬起下巴，用一种近似骄傲的口气说道："咱们这里的姑娘都会冰嬉，没有人不会的。"

宋翎暗想，我可不是你们这里的姑娘，但是她的脸上还漾着甜丝丝的笑，抓着珠珠的手一刻也不肯放松。宋翎看着一望无际的冰面，这偌大的地方只有她、朗月和珠珠三人，知道自己是上贼船了。要是珠珠突然放开她，她恐怕连怎么回到岸上都不知道。

珠珠扶着宋翎在冰面上滑行了一段距离，朝着宋翎说道："你瞧，这一点儿都不难吧？你只要站稳身子，就不会摔倒了。"

"难！谁说不难了？"宋翎立即反驳道，对冰嬉她还是一个门外汉。

当她发现珠珠有松手的意思时，急忙抓紧了珠珠的手，连声道："千万别放手，我还站不住！"

珠珠看宋翎这害怕不是装出来的，噘了噘嘴，又带着宋翎在冰上滑行起来。看珠珠得心应手的样子，她的冰嬉功夫应该不在朗月之下。

宋翎要提防朗月主仆"暗算"她，又要防着自己摔倒，过了不久，她的背后已微微发汗，额角也有了些微汗意，只是被冷风一吹就冻住了。这时候的宋翎才仿佛摸到一点门道，不依靠珠珠也能自己站稳了。

珠珠见状马上松了手，又告诉宋翎怎么在冰上滑行，无须蛮力，只要脚轻轻一点就能滑出去好远。宋翎依言照做，逐渐可以像朗月和珠珠那样在冰上自如地滑行了。

朗月见珠珠教会了宋翎，提议三人去远一点儿的地方，别老待在一处。珠珠自然是听主子的，而当宋翎想说话的时候，已经没机会了，因为珠珠走的时候顺手拉了她一把，直接带着她一起滑过去了。

"松子，你说苏国师什么时候能回来？"朗月问道。

宋翎一听朗月提到苏子修，心里就警铃大作。这不是什么好兆头，但宋翎表面上还是若无其事地答道："松子也不知道，应该等大王回来的时候，公子也就回来了。"

宋翎四两拨千斤地回了一句："废话。"

朗月的神色不见任何异常，她又说道："我昨儿碰见了赵国师，他正好从打仗的地方回来，不过赵国师是为了运送粮草，时常要在两地间来回，我问他，他什么都不告诉我。"朗月对赵国师好像有几分不满。

行军打仗的下一步计划是绝对机密，赵国师是不会告诉这位冒冒失失的公主的。

宋翎眨了眨眼睛，换了一个解释道：“也许赵国师真的不知道，他眼下不在前线，战事总是千变万化的，可能今天的计划明天就不用了。赵国师大概是出于谨慎考虑，所以不敢随意在公主面前说什么。”

朗月似乎能接受宋翎的这番解释，但是她更多的注意力被吸引到了前方不远处的一丛枯草上。明明是空无一物的湖泊，这里却竖着一丛枯草，底下被冰冻住了，上面一截立在冰面上。

“走，去看看。”朗月说道。

宋翎一时没有动，珠珠从后面出现，适时地在她的后腰上推了一把。宋翎感觉自己就像一个冰球似的向前滑去。

“湖面上哪里来的枯草？”朗月颇有兴趣的模样，还试着伸手拔了一下，不过底下冻得太牢，她只是扯断了上面的半截。

这时候，宋翎其实已经觉得不对劲了。在朗月拔草的瞬间，宋翎清清楚楚地听到了一声轻微的脆响。

宋翎一直紧绷着神经，这下更是心生警惕，足尖一动，先是退后了四五尺的距离，随即冲着朗月喊道：“公主，我刚刚听到冰裂的声音，您别站在那里了。”

朗月双眼圆瞪着宋翎，脸上写满了不相信，反驳宋翎道：“哪里来的冰裂声？我就没有听到。”她转头指着珠珠，趾高气扬地发问，“珠珠，你听到了吗？”

珠珠当然摇头，恭敬地回答道：“回公主，奴婢没听见。”

朗月得了珠珠的回答，更是得意，又朝着宋翎道：“你看我和珠珠都没听见，肯定是你听错了。”

宋翎一时无语。

朗月却越发来劲儿了，说道：“你以前没在冰上玩过，别动不动就大惊小怪的。要我说，你们中原女子就是胆子太小，什么都怕，所以事事躲在男人后面，不像咱们这里的女子，可是样样不输给男人的。”

宋翎心想：少在我面前用激将法！但她表面上还是如朗月所愿地露出几分害怕、担忧的神色，弱弱地重复了一句：“我真的听到了，公主您还是快过来吧。”

湖面上的冷风吹得朗月发髻上的朱红绢花一卷一展，仿佛真的是春日里一朵鲜活的花儿，映衬着朗月透着淡淡绯色的脸蛋。

朗月还在试图说服宋翎：“我跟你说，这湖面的冰可厚了，你就是在上面使劲儿跺脚，冰也不会裂开的。”大概是为了验证自己说的话，朗月果真使劲儿跺了跺脚，还蹦蹦跳跳了几下。

宋翎的脸色微微变了，这下她更加确定自己没有听错。偌大的湖面上如此安静，只要没人说话，三人彼此之间的呼吸声都能听见，而那轻微又清晰的声音真的是有冰层正在慢慢开裂，而且就是此时朗月所站的地方。

宋翎想退后，但是珠珠没给她机会，推着她朝朗月的方向滑去。宋翎想要挣脱珠珠，但是她这新手怎么敌得过老手？自然是被珠珠带了过去。

到了朗月身边后，她们主仆二人一人握住宋翎的一只手，三人环成一个圆圈，开始在冰面上自如地旋转。

朗月又用力地跺了一脚，这下子根本不用听声音了，眼睛就能看见冰上有一处裂痕延伸开无数细小的白色纹路，那里的冰层比别处的薄，只怕再有一道外力，就会完全裂出一个冰窟窿。

宋翎被她们带着转圈转得有点儿晕，但思绪十分清晰。折腾了大半天，朗月主仆设下的圈套原来在这里，不过这未免太……宋翎在脑子里搜刮了半天，只想到“直白粗暴”这四个字。敢情她不肯中招，朗月和珠珠就要直接把她塞进冰窟窿里去。这世上原来还有这种计谋，宋翎不得不汗颜，戎狄女子跟中原女子果然不一样。

朗月似乎朝着珠珠眨了眨眼睛，珠珠心领神会，三人围成的圆圈朝着龟裂的那一点靠近。宋翎的脸色白了。她对这位公主的分寸没有任何信心，如果自己真的掉进冰窟窿了，万一没有及时被救上来，那后果简直不堪设想。

朗月知道宋翎看穿了她的计策，但是这位戎狄公主一点儿都不心虚，反而高傲地冲着宋翎仰了仰下巴。朗月特意挑了一处可以冰嬉的湖泊，拿热水在冰面上融化出了一个窟窿，然后任由它再冻上，第二次结冰的地方会比较薄。为了辨认地方，她又用枯草做了记号。

朗月并不是要害死宋翎，因为那个窟窿很小，不会整个人掉下去，只能陷进去一只脚，就好像陆地上那些让人一脚踩空的陷阱，朗月只是想捉弄一下宋翎。在宋翎一脚陷在冰水里后，她稍稍乐一乐，就会帮宋翎脱身，所以朗月没有什么愧疚感。

宋翎明知前头是什么，怎么肯任人摆布？她尝试着挣脱这主仆二人的钳制，却收效甚微，眼看着离陷阱越来越近，三人依然在手拉着手转圈，此时的冰面上还只是裂纹，她们三人交替着站到将要裂开的那一处地方上。

宋翎渐渐看明白了，冰上的阻力很小，朗月和珠珠能带着她转圈，同样，她也能带着她们转圈，这样一来就变成三个人暗暗较劲，仿佛是在赌运气，看谁刚好在冰面裂开的时候掉下去。

或许是害人之心不可有，偏偏轮到朗月当了那个倒霉蛋。只听朗月尖叫一声，她的一只脚已经踩进了冰水之中。

世事难料，正在朗月心里大呼不妙的时候，更不妙的事情发生了。虽然只是用热水融化了一个小洞，但是冰层开裂塌陷后形成的窟窿显然大了很多，已经足够一个人掉下去了。

“啊！救命！啊！”朗月连连惨叫，没想到一时的顽劣会造成如此严重的后果。在双脚踩空之后，她下沉的速度很快，冰冷的湖水瞬间漫过她的膝盖、腰身，又到了胸口。

这一突如其来的变故，使得宋翎和珠珠傻了眼。宋翎还握着朗月的手，当即反应过来，紧紧地拽住了朗月，冲着珠珠大喊道：“珠珠！快抓住她！”

“公主！公主！”珠珠心急救主，死死地拖住了朗月的另一只胳膊。

宋翎和珠珠虽抓住了朗月的胳膊，但是根本阻挡不住她下坠的势头，冰面上又那么滑，没有任何可以借力的地方，眼看着冰水已经淹到朗月的脖子，非但救不上来朗月，宋翎和珠珠再不放手的话，十有八九也要被朗月一道拖进冰窟窿之中。

朗月已经吓得哭不出来了，水已经淹到她的脖子的位置，她只能拼命地仰着头，让自己的口鼻露出水面。

千钧一发之际，宋翎只觉得自己的心被揪紧，仿佛要从喉咙里跳出来。难道她们三人今天真的难逃此劫？

正在这时，一个魁梧高大的人倏然出现，他两只孔武有力的巨掌一只抓住了冰水中的朗月，一只抓住了宋翎，两只手已腾不出空，他又飞起一脚，钩住了同样下坠的珠珠，然后手脚齐齐发力，将这三人一同带离了冰窟窿。

脱离危险之后，宋翎惊魂未定，若不是那人正好捉住了她的衣裳后领，恐怕她就要一下瘫软在地了。她蓦然回头，只见刚刚出手救她们三人的不是别人，正是赵国师。

“赵国师？”宋翎迟疑着道了一句，她和珠珠都是有惊无险，但是朗月已经浑身湿透了。这种寒冬腊月的天气，朗月从冰水里出来，又被冷风一吹，从头到脚都在战栗，发髻散乱，双眼无神，脸庞和嘴唇都呈现骇人的苍白色，仿佛下一刻就会昏迷过去。

“公主！”珠珠急得要哭出来了，扑上前一把抱住朗月，想都不想就要解下自己的披风为朗月盖上。但是有一人动作更快，那就是赵国师。男子所用的披风十分宽大，将朗月整个人严严实实地包裹住了。这也只是暂时挡住了外头的冷风，他们必须赶紧将朗月带回去，换下这一身湿衣服。

事急从权，赵国师横抱起朗月便朝着岸边飞奔而去。朗月大概是受惊吓过度，顺从地任由赵国师抱着。朗月生得高挑，但是在格外魁梧高大的赵国师跟前，仍有小鸟依人之感，所以赵国师抱着她并不吃力。

珠珠不敢怠慢，拉住宋翎就急急忙忙地追了上去。

第十一章 朗月

在落水之后，朗月感染了严重的风寒，病了十余日才渐渐痊愈。她身体底子强健，不多久又恢复了从前的样子，没落下什么病根。然而就在朗月抱恙期间，白狄的军队凯旋。白狄王回来了，朗月心心念念的苏子修也回来了。

白狄王对远征的胜利相当满意，这是他当上王以来最拿得出手的一次战绩。从前老是被中原人看不起，说他们是蛮夷，根本不把他们建立的显国当一回事，现在他们总算可以扬眉吐气一回，看今后谁还敢小看他们。

除此之外，军队还拉回来一车又一车的黄白之物、奇珍异宝，眼看着这些都搬进了自己的库房，白狄王喜上眉梢。这趟出去真是太值了，他们不仅宣扬了白狄的威名，更重要的是满载而归。

白狄王知道，这次的首功绝对当推苏子修。他的这位国师兼军师苏子修不但能为他出谋划策，更是能对战况进行精准判断。当白狄王听从苏子修的话撤军之后，果然在一两日内，祁国的军队就掩杀而至。原来他们南边的压力稍减，终于打算腾出手来收拾北方的残局了。白狄的大军撤得很及时，避免了一场恶战发生。祁国没有穷追，看着被洗劫一空的城池，祁国的士卒除了恨恨骂几句娘，毫无办法。

白狄王如今是打心眼里认同苏子修，而且他认为是时候论功行赏了。在此后的三天三夜，白狄举行了盛大的欢庆宴会。夜幕降临，那细细的蛾眉月几乎淡得看不见，夜空布满了璀璨的星子，跟天上的星辉相交映的是草原上的烈烈篝火，中间是最大的一个火堆，四周围着一圈略小的火堆，有数十个，形成众星拱月的格局。艳红金黄的火焰仿佛一位曼妙少女，跳动的火焰就是她因飞快旋舞而时卷时舒的裙裾。随着篝火燃烧，空气中渐渐弥漫开一种松树的清新气息，混合着惹人馋涎的烤肉香和令人欲醉的美酒香。白狄的子民们围绕着篝火，双手相挽着踏足而舞，齐声而歌，白狄的祭师正在大声念着祷祝的颂词，一杯一杯地将美酒抛洒向天空，又一杯一杯地抛洒进了篝火里。因为天上有天神，火中也有火焰之神。

白狄王看着眼前欢腾的场景，心里有说不出的喜悦和得意，只有在无比英明的首领统治之下，方能有这般盛况。

苏子修的位置就在白狄王的右下首，正好能看见白狄王手执美酒，微合双目，红光满面，不知是酒劲儿上了头，还是此时此刻的氛围令他十分受用。

就跟上次在祁国一样，苏子修不碰烤肉，酒也喝得很少，只有白狄王指名道姓地敬他的时候，他才端起酒杯一饮而尽，其余时候他始终安安静静地独自坐着，仿佛周遭的热闹与他无关。

宋翎跟随在苏子修身边，众人对此早就习惯了，苏子修总是带着一个名叫松子的小丫头。大家其实是有几分疑惑的。这个松子，说是苏子修的侍妾吧，看着又不像。苏子修明明不喜烤肉的气味，还要皱着眉头将肉切好放在她的碟子里；若说是兄妹吧，看着还是不像，松子明明自称苏子修身边的丫鬟。总之大家一直猜不准，只有一点可以确定，这个松子对苏子修来说十分重要。

宋翎已经吃得打嗝了，看了一眼四周，用只有两个人听见的声音说道："偏偏少了一个朗月，这可真奇怪。"

若是从前，朗月不会放过任何见苏子修的机会，而且她天生丽质，又出了名地能歌善舞，这样万民欢庆的场面，最适合她展现曼妙婀娜的舞姿，将所有人的目光都牢牢地锁在她身上，因为美丽的事物生来就是会被人关注、让人着迷的。她为何一反常态，一连三天缺席？

朗月不在，并不意味着苏子修的桃花劫没了。因为除了朗月之外，白狄王还有好几个女儿，她们跟朗月一样心仪苏子修，想将这位才貌兼备的年轻国师招为自己的夫婿。之前白狄王挑中的人选是朗月，她们没话好说，只能接受父亲的安排。但是苏子修已经拒绝了赐婚，这说明苏子修现在不属于任何人，既然如此，大家各凭本事，谁能首先攻占国师的心，谁就能当国师的妻子。

白狄公主们的目标都是苏子修，所以苏子修落座之后没有一刻安宁，总是有巧笑倩兮的美女围在他身边，或是暗送秋波，或是殷勤地斟酒切肉。当最热闹欢乐的万民群舞开始时，白狄公主们更是齐心协力地将苏子修拉起，一路簇拥到了人群当中，一起踏歌起舞。公主们的笑声银铃般清脆，她们才不会管苏子修的连连拒绝。

宋翎在旁边看得目瞪口呆，苏子修是当真不会跳舞，几次想要离场，但是公主们扭动着纤细的腰肢，手拉着手围成一圈，一面踏着节奏舞动，一面将意欲离场的苏子修围得无路可逃。苏子修的脸上有三分尴尬和七分无奈，他是真的拿这几位刁蛮公主没办法，对方是女流之辈，使用武力强行挣脱，总归是不太好的。

音乐的节拍越来越欢快，万民群舞的场面几乎沸腾，女子的舞姿阴柔曼妙，男人的则阳刚硬朗，力与美融合在一起，令人想到夏夜一朵莲花绽开时的柔美和清艳以及深秋之时骏马飞驰草原的劲朗和飒爽。草原民族尤擅歌舞，大家不仅跳得极为尽兴，而且十分默契，唯一不和谐的地方就是苏子修，只有他一人始终格格不入。公主们环绕在苏子修身边，争相要教他跳舞。当下一支舞曲开始的时候，公主们又抢夺起了苏子修左右两边的位置，因为只有这样才能跟苏子修手挽着手起舞。

苏子修也是一脸震惊和窘迫，他这辈子第一次碰见这种混乱的场面。素来处变不惊的他，可以从容不迫地指挥十万大军，行军布阵，运筹帷幄，但要解决女人之间的混战，还是束手无策，只想走为上策。

宋翎看着这种情景，心底的酸意泛滥得一塌糊涂。她原本以为朗月是女人中的异类了，没想到她的姐妹们更是有过之而无不及。

除了宋翎，还有一人气得想要拍桌子发火，那人就是白狄王。白狄王原本的如意算盘是舍出一个女儿，用翁婿的关系将苏子修给牢牢拴住，叫苏子修一辈子留在白狄为自己效力，没想到现在不仅如意算盘落空了，自己还赔了好几个女儿进去。看着自家女儿们一个个神魂颠倒的样子，白狄王在暗地里好不痛心。

白狄王脑子里闪过了一句中原人的话，也是从苏子修那里听来的，叫“赔了夫人又折兵”，他现在大概就是“赔了女儿又折兵”。

白狄王正懊恼着，再看过去，发现簇拥着苏子修的姑娘又多了一个。他摇了摇头，颇为哀怨地叹了口气，看来又是自己哪个不争气的女儿，当着群臣的面，太不给自己这个父亲长脸了。

白狄王定睛一看，发现那人不是自己的女儿，好像是苏子修常常带着的那个小丫鬟。她怎么也钻进去凑热闹了？

宋翎最终还是没忍住，不管不顾地挤进了那一团乱局当中，贸然闯入载歌载舞的人群，左突右冲，好几次险些撞上别人。不长的一段距离，她却走得磕磕绊绊。

这时又有一名牧民男子在音乐的节奏中飞旋而至，眼看着就要撞上宋翎，宋翎生得十分娇小，对方却是黑塔山似的高壮身子。

那人忘情地踏着舞步，浑然不知身后有人，宋翎心道不好，正要躲避，斜前方忽然伸出一只修长的手，捉住宋翎的胳膊使劲拽了一下。那一下的力道不轻，只听宋翎轻呼一声，撞上了一人坚实的胸膛。

适才出手的人正是苏子修，若是平时，宋翎一得救早就羞红着脸躲开了，但是现在她偏偏要趴在苏子修的胸口一动不动。不仅如此，她的手指还紧紧地攥住了苏子修的衣襟。

宋翎在吃饱烤肉之后，还喝了三大杯美酒，刚好三分酒劲儿上了头。看着白狄公主们肆意大胆地接近苏子修，她早就忍不住了，喝进去的酒全酿成了酸溜溜的醋，这会儿她正好借酒壮胆，别的什么都顾不上了。

周遭是嘈杂的欢呼及歌唱声，沉浸在歌舞中的白狄子民越发情绪激昂，其中有不少年轻男女手挽着手一起欢快起舞，没有太多人留意到苏子修和宋翎，因为在欢腾的人群中，他们的相拥并不是那么显眼。

“借过，借过。”苏子修用一双臂膀轻轻地圈住几乎站不稳的宋翎，经历一番磨难，极是艰难地突破了美人阵。等到离开人群，到了稍稍安静的地方，他才算是松了一口气。

这时苏子修的鼻尖轻轻擦过宋翎头顶的发丝，闻到了一股酒气，他低声道：“才一会儿没看着，你就喝酒了。”

宋翎被苏子修护在怀里，不服气地反问：“真的是一会儿吗？”

苏子修漆黑的眼底泛出浓浓的笑意，这小丫头分明是在吃醋，他随意地问道：“喝了多少？”

“一、二、三、四……”宋翎眨了眨眼睛，煞有介事地数了起来。

苏子修的眉头越蹙越紧，后来则换成了哭笑不得的神色，因为他顺着宋翎的视线看去，发现宋翎不是在数她喝了几杯酒，而是在数跟他一起跳舞的白狄公主有几个。

当宋翎数到“六”的时候，苏子修再也忍不住了，这个素来镇定的人难得有一种想要解释的冲动，口气中带着三分急切：“哪有你数的那么多？”

宋翎则是一脸无辜地反问道：“我数人了吗？你不是在问我喝了多少酒？”

苏子修彻底拿宋翎没办法了。

这时候，欢歌曼舞的人群莫名地安静下来，紧接着就是一阵惊天动地的躁动和欢呼，原本围聚在一起的人群犹如被快刀劈开的水面，纷纷朝着两边后退，在中间分出一条道路，仿佛专门为了让一个重要人物从中间走过。

苏子修和宋翎对视一眼，彼此脸上也是好奇之色。究竟是何人出现，竟能在人群中引起这么大的躁动？

来人是多日未曾现身的朗月，她已病愈，一如从前那般明艳动人，姣好的面容，英气中带着三分野性的气质，熊熊燃烧的篝火更为她添了一种令人痴迷的魅力。此时此刻的朗月不知吸引了多少白狄男子的目光，是当之无愧的草原之花，是最美丽的白狄公主。

众人惊愕是因为朗月居然穿了一身白狄民族的嫁衣！

白狄崇尚白色，所以女子的嫁衣是纯白色的，跟平日所穿的衣服一样是翻领窄袖，略显宽大的下摆及地，纤腰上束着五彩丝线的蹀躞带，长发盘成低垂髻，脑后一把细细的小辫子，头上戴着一顶白色貂毛的发冠，有黄金和红蓝宝石做装饰，显得十分华丽。朗月没有一处不美，最美的还是她的面孔，眉目含情，丹唇微启，仿佛一朵嫣然初绽的玫瑰花正在等待着情人的采撷。

朗月的嫁衣为谁而穿？这是每个人心里最大的疑惑。朗月没理会任何人。她有自己的目标，哪里管得了那些不相干的男人是否心碎？

不远处的白狄王将这一切看得清清楚楚，目瞪口呆之下，连手中的酒杯打翻了都没回过神来。

宋翎看着朗月婀娜的倩影由远及近，心底生出一种不好的预感，难道……

在众人的注视下，朗月若无其事地款款走到了苏子修面前，轻轻抬眸，微扬嘴角，那妩媚而娇柔的笑容，简直勾魂摄魄。

苏子修不为所动，宋翎却感到头顶一声巨响，几乎震得她脑子一片空白。谁说朗月不出现，果然该来的还是来了。

原本应是喧闹非凡的庆典之夜，在这一刻鸦雀无声，众人都等待着接下来发生的事情。

众人注视着朗月，朗月只目光眷恋地凝视着苏子修一人。她在心里默念了一遍这个名字，这三个字滑过舌尖和喉咙，犹如吞下了一枚炽热的火种，使她浑身的血肉和经脉都燃烧了起来，就连她此时说出来的话语，都带着灼热的温度："苏子修，我朗月今日向你求婚，你可愿意当我的夫君？"

此言一出，全场沸腾，像是烈酒泼进了火焰当中。戎狄女子素来大胆泼辣，不同于中原女子的温柔含蓄，她们热情奔放，敢爱敢恨，但是有胆量穿着嫁衣向男人求婚的女子，只有朗月一个。

朗月身后跟着她的贴身侍女珠珠，珠珠手里高举着一个托盘，托盘里是一套叠得整整齐齐的男子婚服，用脚指头想都知道这是给苏子修准备的。看这架势，只要苏子修一点头，他跟朗月公主当晚就能成亲了。

"国师娶公主！国师娶公主！"仿佛被朗月的勇敢感染，人群中的呼声一阵高过一阵，如排山倒海，声势迫人。

白狄王已经不是目瞪口呆了，简直要晕过去了，幸好一个近随手疾眼快地扶住了他。

朗月望着苏子修，眼波流转，眼中是令人心折的情意，仿佛漫天的星光都映在这一双眼眸之中。她在等待苏子修的回答，坚信自己身着嫁衣的样子，能令世间任何一个男人心动。

苏子修声音温润，冷静地道："请公主原谅，子修不能娶你为妻。"

这短短的一句话瞬间将热烈的气氛冻结。

朗月的神色猛然一僵，脸上是来不及退去的笑意，她没想到苏子修竟会如此干脆利落地拒绝她。她心头有千言万语，到嘴边的却只有三个字："为什么？"

在众人混杂着艳羡、嫉恨、质疑和难以置信的目光中，苏子修泰然自若地说道："因为子修心有所属。"

"是谁？"朗月的声音已经在颤抖了。她虽然问出了口，目光却不自觉地落在一旁的宋翎身上。

"松子就是子修的心有所属。"苏子修极认真，一字一顿地说道。

朗月还是高傲地仰着头，但眼底已经有晶莹泪滴凝聚，她问道："为什么？"

"不为什么。"苏子修简短地答道。

朗月不甘心，忍不住尖叫出声："苏子修，我长得比她美！你为什么喜欢她而不喜欢我？"

"无关美貌。"

朗月依然穷追不舍：“松子好在哪里？”

“彼此心知即可，不足为外人道。”

朗月的两行眼泪终于不受控制地流了下来，好一个“外人”，如此干脆利落而决绝，到这一步两人已无话可说了。若是换了其他女子，早就知难而退了，但是朗月偏不，她非要撞一个头破血流。

朗月恨声喊道：“苏子修！我非要你说！凭什么是松子？你居然选她而不选我！”

“公主，自重。”苏子修的回答言简意赅。

苏子修不肯多说，是为了顾全朗月的颜面。他知道自己的当众拒绝会令朗月难堪。多数男人在这种情况下，哪怕是为了照顾女人的情绪也会心软不忍拒绝，但苏子修不是这样的人，他不会违心地接受朗月。今天他若是一时动摇让步了，就是给了朗月一个虚无的希望，日后定会遗祸无穷。

“好了好了，朗月你不要闹了，也不要再为难国师了。”人群中响起男子浑厚的嗓音，白狄王知道自己不得不出面了。一个是他心爱的女儿，一个是他倚重的国师，两人要是在大庭广众之下闹翻了，不仅不好收场，将来也有的是让他头疼的时候。

白狄王之前一直没说话，现在必须出面解围了，对朗月说道：“朗月，草原女子应该拿得起放得下，不属于自己的就不必强求了。”

朗月半个字都听不进去，被悲伤和愤怒的情绪笼罩着，冲着自己的父亲大喊道：“我不要！”

白狄王是真心疼爱这个女儿的，看着朗月的眼神越发慈爱，劝道：“朗月，父王的女儿，天神会庇佑你的。你回去好好睡一觉，醒来又是新的一天了。”

朗月的执拗远远超出了白狄王的想象。尚在流泪的她居然毫无征兆地笑了，笑容带有三分凄然：“父王，我没有明天了，我也回不去了。因为我穿着嫁衣来见自己心爱的男子，他不娶我，我已无路可退了。”

朗月面朝着苏子修，眼中爱恨交织，却仍然保留着骄傲，字字有力地道：“这嫁衣我穿上了就不会轻易脱下，我要嫁的人不娶我，我就不见明天的太阳！”

朗月的话中分明有轻生之意，白狄王一下子慌了神，但表面上还是强作镇定地道：“朗月，你别说傻话！你现在太冲动了，说的话都是没有理智的。听父王的，赶紧回去休息，到了明天你就想明白了！”

朗月已经流干了泪水，眼中只余一抹决绝之意：“我没有明天了！”

在场众人听到这句话，皆骇然不已。

朗月穿着嫁衣逼婚，实为破釜沉舟之举，在她逼迫苏子修之前，已先把自己逼上了绝路。她已经抛下身份、名声、颜面，今夜求婚被拒，她不可能当成什么都没有发生过，若无其事地做回之前的朗月公主。

与其在流言蜚语中苟活，她不如在人生最美丽的时刻死去。

朗月此时抱的就是这种决心。她从衣袖中取出早已准备好的匕首，褪去刀鞘，将那锋利雪亮的刃口对准了自己的咽喉。

“朗月！别做傻事！”白狄王大惊失色，撕心裂肺地大喊道。

此刻白狄王简直恨死了苏子修，朗月都把匕首架在自己的脖子上了，苏子修还是无动于衷，一副冷眼旁观的样子，仿佛自己是一个局外人。

白狄王早已在心里开骂了：这个可恶的苏子修，这时候居然装哑巴，他就不能先哄住朗月，其他的事慢慢再说？

苏子修并没有如白狄王所愿，面对逼婚，哪怕朗月以死相逼，他依然不肯就范。他身边的宋翎想要说话，也被他一个眼神挡了回去。

事到如今，朗月骑虎难下，眸中含怨，最后深深地剜了苏子修一眼，决心将那把匕首扎进自己纤长而洁白的脖颈。

正在朗月要血溅三尺之际，有个人迅疾地袭向了她，从背后死死地扣住了她握着匕首的手。

“是谁？放开我！”朗月吓得花容失色。

来人正是赵国师，众目睽睽之下，他只稍稍用力，两根手指　掐朗月的手腕，那把匕首已然落地。

白狄王顿时松了一口气，神色也转忧为喜。

朗月还在拼命挣扎，赵国师就是不松手，惹得朗月对他又踢又打：“赵光吾，要你多管闲事！”气急败坏的朗月把赵国师的名字都喊了出来，“脸都丢光了，我还活着干什么？你放开我，让我去死好了！”

在大家难以置信的目光中，赵国师竟然松开了朗月，然后身形魁梧高大的赵国师毫不犹豫地单膝跪地，神色郑重地道：“赵某不才，今日斗胆求娶公主为妻！”

这一字一句，铿锵有力。

万民哗然。朗月公主被一位国师当众拒婚之后，又被另一位国师当众求婚。

朗月盯着赵国师，眼底有复杂的光芒，不屑地呸了一声：“我不稀罕！”

这一刻，白狄王几乎要捶胸顿足了。他在心里狠狠地斥骂着朗月，这个不知好歹的朗月，有了台阶还不知道下来！赵国师的相貌和才干皆是一流的，在白狄和苏子修一样享国师之尊。东边不亮西边亮，朗月何必非要在苏子修这棵树上吊死？而且眼下也只有赵国师的求婚才能化解朗月的困局。

赵国师丝毫未被朗月的态度打退，反而更加诚恳地说道："我是真心求娶公主！"

朗月冷哼一声，看着单膝跪在自己跟前的赵国师，居高临下的站位令她的话一出口就带着傲气和似有似无的轻蔑之意："我们戎狄的男儿从来不兴这么跪来跪去的，你们中原人不是也有一句话叫'男儿膝下有黄金'吗？"

朗月语带羞辱，赵国师却不以为意，他大胆地直视朗月的双眼，从容地说道："此生除了跪天地君亲师，再多一跪自己心爱的女人又何妨？"

此言一出，振聋发聩，围观的白狄子民惊诧不已，随即人群中发出此起彼伏的喊声。

"公主嫁国师！公主嫁国师！"

之前喊的是娶，如今喊的是嫁，孰是主动，孰是被动，一清二楚。

朗月已经在躲避赵国师的视线，但是赵国师依旧将眼神牢牢地锁在朗月身上："公主可要我双膝跪下，才肯相信我求娶的诚意？"

赵国师说到做到，话音刚落，就要将另一只膝盖放下去。

这时朗月突然尖叫了一声："谁叫你跪我了，堂堂大男人也不知羞！"朗月瞪着赵国师，几乎是咬牙切齿地说完这句话，然后捂着脸转身跑了。

大家还没搞清楚是怎么一回事，白狄王已哈哈大笑起来。他太了解自家的女儿了，反正今晚他是一定会多一个女婿的。

"哈哈！"白狄王又大笑两声，看着还在犹豫不决的赵国师，怂恿道，"还不快去追？哈哈！"

赵国师被这句话点醒，朝着朗月的方向追了过去。

第十二章 双喜

当赵国师和朗月重新出现在众人面前的时候，朗月已不再是刚刚寻死觅活的样子，娇媚可人的她站在高大威武的赵国师身边，有了几分小鸟依人的小女人娇态。

朗月今夜求婚苏子修被拒，又被赵光吾求婚，事情的发展一波三折，现在她决定接受赵国师的求婚。不得不说，这是皆大欢喜的结果，白狄的子民们发出一阵震天的欢呼，看来今夜赵国师要抱得美人归了。

这时的白狄王又喜又叹，赵国师也是一个不错的女婿人选，再说朗月对苏子修非君不嫁的执念也是他长久以来的心病。

朗月正好穿着嫁衣，白狄王趁热打铁，打算今夜就让朗月出嫁。赵国师自然是求之不得，朗月则含羞带怯地啐了一口，低下头不再说话。

“成亲！就在今晚成亲好了！”白狄王红光满面，兴致勃勃地提议道，今天不

知怎么回事，女儿们约好似的一个个来气他，现在总算是畅快一回了。

“既然赵国师成亲了，让苏国师和松子姑娘也一起成亲好了，好事成双！好事成双！”人群中有人率先喊了一声，紧接着众人仿佛被点醒，轰轰烈烈地跟着起哄，连连高呼“好事成双”。

白狄王顺从民意，大手一挥，指着苏子修和宋翎说道：“苏国师、松子姑娘，你们也一起成亲！这样才不显得本王厚此薄彼，哈哈——”

白狄王对这个主意很是满意，说罢自己先高声大笑了起来。

苏子修难得蒙了一下。不得不说，这位白狄王还真是想起一出是一出，苏子修斟酌着措辞：“大王，子修认为……”

“认为什么？”白狄王当即打断苏子修的话，双目含威地扫了苏子修一眼，咄咄逼问道，“难道你不愿意娶松子姑娘为妻？难道她只是你拿来拒绝朗月的借口吗？”

“不是。”苏子修不假思索地道。

“那不就行了！”白狄王的态度称得上蛮横，他根本不给苏子修解释的机会，简短有力地说道，“娶她！今夜就娶她！”

苏子修有种哭笑不得之感，刚刚朗月对他逼婚，现在白狄王又来对他“逼婚”，这可真是父女俩。苏子修并非不想娶宋翎，他预想的婚礼是要敬告天地，禀明父母，要有三媒六证、三书六聘，将所有的规矩和礼仪一丝不苟地做足，然后鸾凤花轿，明媒正娶，让世人都晓得宋翎是他的妻子。出嫁是女子一生最为盛大之事，他不想委屈宋翎，更不想在这种情况下随随便便地娶了宋翎。

只是这些事情，他的确很难跟这位戎狄首领解释清楚，因为白狄王根本不能理解中原嫁娶上那一套繁复的规矩和礼节。他的想法很简单，喜欢人家就娶了人家，其他的都是废话。

“子修一定会娶松子为妻，只是不是今晚……”苏子修的神色中似有无奈。

“本王说今夜就是今晚！除非你不想娶，否则早晚又有什么关系？”白狄王依旧固执己见。

“是否过于仓促……”苏子修试图继续跟白狄王沟通。

白狄王不耐烦了，没好气地问道：“苏国师是不是嫌弃咱们草原上的婚礼太简陋，没你们家乡那些乱七八糟的花样？”

“并非如此……”苏子修只能违心地否认。

白狄王懒得再理会苏子修，转而对不发一言的宋翎道：“你！你是叫松子吧？”

白狄王颇有王者气概地指着宋翎，问，“本王问你，你愿不愿意嫁给苏国师？”

宋翎到底是个小姑娘家，哪里遇到过这种事？刚刚众人起哄，她已羞得满脸通红，恨不得找个地洞转进去。但是眼下这情形，地洞是找不到的，她唯一能做的只有一言不发地装哑巴，把自己伪装成透明人。

这下被白狄王当众点名，装哑巴也不成了，宋翎不由得傻眼了。

苏子修觉察到宋翎的窘迫，不经意地前行一步，不着痕迹地将宋翎掩在身边，为她挡住了白狄王的逼视。

苏子修从容地对白狄王解释道：“松子年幼，经不住大王的威严，望大王不要逼迫她。”

“苏国师做事一向果敢有决断，今天怎么这样婆婆妈妈？”白狄王也是执拗的脾气，那股子九头牛也拉不回的劲头已经上来了。

白狄王非要促成这桩亲事其实也有赌气的成分在。他已经忍苏子修很久了，自己的女儿们纷纷效仿朗月，苏子修也没有接受任何一位白狄公主。为了这个，白狄王嘴上不说，心里怨气很重。所以苏子修今夜一定要成亲，哪怕是绑白狄王也要把他绑起来成亲。

正在这时，苏子修听见有个轻微的女声悠悠地从身后传来，分明是宋翎的声音：“我愿意的。”

“好！好！”白狄王十分快活地击了几下掌，看着宋翎的眼神中有着赞叹，“你再说一遍，叫你的王子听听清楚！”

苏子修蓦然回首，正好对上了宋翎一双清亮的眼睛，黑白分明，欲说还休，原本那只是属于少女单纯稚气的眼神，这一刻却有无限的情意随着波光流转。她的声音轻轻的，却咬字清晰：“我愿意嫁给苏子修为妻。”

苏子修看着宋翎，唇边扬起的那一抹温柔笑意越发浓烈，他再没有任何反对的理由。

白狄的婚礼十分简单，没有那么多繁文缛节，三拜的内容大同小异，一拜九天之神，二拜山川土地，三拜君主首领。宋翎穿着跟朗月几乎一样的纯白嫁衣，头上戴着高高的白貂毛帽子。因为宋翎的身量格外娇小，临时找来的衣服和帽子并不合身，在宋翎身上略显宽松，尤其是帽子太大，害得宋翎总要扶着帽子，不然一不留神帽子就歪了。

婚礼举行得十分仓促，但是并不影响宋翎的兴奋心情。她那一张圆圆的小脸犹如桃花初绽，世上最好的胭脂都涂不出这样的好气色，眼睛也晶莹透亮，灵动无比。

她在三拜之后，悄悄地朝着苏子修使眼色，苏子修误认宋翎要跟他说话，于是凑过头去，想不到宋翎也正低下头，两人的头毫无防备地磕在一起。不知道的人会认为他们是在夫妻对拜，宋翎却知道，那一下着实磕得她脑袋生疼。

在被送入洞房之后，宋翎依然有种晕晕乎乎的感觉。今晚发生的一切都让她感到晕晕乎乎的，梦境一般不真实，她仿佛每一步都踩在了软软的棉花上。不可否认，她兴奋极了，心中好像揣着好几只活蹦乱跳的小兔子，但是兴奋到极致，她又不禁生出一丝害怕，只怕这是一场大梦，说醒就醒了。

宋翎盘腿坐在床上，长长的裙裾工工整整地向着四周铺展，她对面是同样盘腿而坐的苏子修。宋翎看着苏子修，翻来覆去只有一句话："修哥哥，我真的不是做梦吗？我现在真的是你的妻子了？"

苏子修被宋翎天真的模样打动，一遍遍地回答："不是做梦，我们的确成亲了。"

宋翎嫣然一笑。她不是没有想过这一天，只是没有想到这一天会来得这么快，这么毫无预兆。她终于嫁给了心中所爱的男子，终于成了苏子修的妻子。

只能说命运的馈赠太过慷慨，令她幸福得晕头转向。现在当着苏子修的面，她都不知道该说什么，只怕自己开口也会语无伦次。

从前他们在一起无拘无束，第一次以夫妻的名义相处，倒是有一种相对无言之感。

苏子修发觉了宋翎的不自在，其实他自己也不自在。两人被送入洞房后，就一直保持着这种相对而坐的姿势，中间隔着一尺有余的距离，两人的腰身挺得笔直，双手规规矩矩地交叠着置于身前。此时两人的架势不像是洞房花烛夜的夫妻，更像是一对正襟危坐的师徒。

两人大眼瞪小眼地静坐了片刻，苏子修故意咳了一声，有心打破沉默地问道："为何不说话？"

宋翎低下头，轻语道："我不知道该说什么，我今天一开口就犯傻，老是问你'是不是做梦'一类的傻话。修哥哥你不说我傻吗？我都觉得自己太傻了。"

苏子修的眉梢眼角尽是笑意："我喜欢你的傻话。"

宋翎笑了，认真地说道："可是我平时一点儿都不傻，我是很机灵的。"

"我也喜欢你不傻的样子。"

"我只是因为你才会犯傻。"

"我会珍惜你的犯傻。"

这样的对话，倒是有几分互相抬杠的意思。当两人反应过来时，都忍不住笑了，适才拘束紧张的气氛被冲淡了许多。

宋翎一手挽着裙裾，朝着苏子修的方向挪了挪，直到两人之间缩小成一个拳头的距离，她才又坐下来问道："修哥哥，朗月要自尽的时候，你一点儿都不急，是不是当时已经知道了有人会救她？"

"我不知道。"苏子修稍稍停顿，又道，"我只知道朗月不会自尽。"

宋翎一脸疑惑地问道："为什么？"

苏子修答道："朗月没那么傻，那么多优秀出色的戎狄男子为她倾心，她嫁给谁都是好结局，能当一辈子安乐享福的白狄公主。何必为了我这样一个人，放弃大好年华，白白搭进自己的一条性命？"

苏子修说是这样说，其实真正的原因是在朗月扬言要自尽的时候，在场众人的目光都牢牢地锁在朗月身上，苏子修看到白狄王飞快地朝着朗月的侍女珠珠做了一个手势。尽管那只是一瞬间的事情，也没能逃过苏子修那一双敏锐的眼睛。

当时朗月情绪激动，不允许任何人靠近，她身边只有侍女珠珠一人。因为珠珠手上捧着那一套原本准备给苏子修的新郎礼服，所以一直紧紧地跟着她。白狄王暗中对侍女珠珠做手势，估计是要珠珠及时出手阻拦或是干脆将朗月敲晕。

而且苏子修也看出来了，白狄王也存着一点儿小心思。当朗月穿着嫁衣在万民庆典上现身时，白狄王应该就知道朗月要做什么了，但是白狄王没有阻止，甚至当朗月开口向苏子修求婚的时候，白狄王仍没有阻止，直到事态发展渐渐失控，白狄王才出来打圆场。这说明白狄王一开始就是乐见其成的态度，他未必赞同朗月的鲁莽之举，但始终心存一丝侥幸，假如苏子修愿意娶朗月，那就是再好不过的结局了。

毕竟要拒绝一个娇滴滴的美人，还是当众不留情面地拒绝，恐怕这世上没几个男人做得到。

这其中的曲折苏子修想到了，但是没有告诉宋翎，而是避重就轻地换了一种说法。毕竟白狄王那一个手势之后的深意只是苏子修的猜测。

宋翎点了点头，瞬间想到了什么，问道："朗月真的长得比我好看吗？"

苏子修不由得愕然，心想宋翎怎么没头没脑地冒出了这么一句话？

宋翎故意绷着一张小脸，开始正儿八经地翻旧账："当朗月对你说'我长得比松子美，你为何喜欢她而不喜欢我'时，你是怎么答她的？"

苏子修犹豫了一下，凭他那惊人的记忆力，不至于忘记刚刚说过的话，他只是在回答宋翎之前先思量了一番自己的话错在何处，值得宋翎用一种兴师问罪的口气来问他。

“我答的是‘无关美貌’。”苏子修不觉得这四个字有错，但是看着宋翎略带不满的表情，再联系她那一句没头没脑的问话，苏子修终于反应过来，在内心叹了口气，这下犯女人的大忌了。

宋翎果然要冲苏子修“发难”，说是发难，她的神情却流露出了三分娇憨之色：“修哥哥，为什么你回她的是‘无关美貌’？这不就是连你也承认了，我不如朗月好看？”

苏子修哭笑不得，以攻为守地说道：“那你教教我，应该如何回答？”

宋翎清了清嗓子，抛出一句非常理直气壮的话：“你就应该对朗月说‘你就是不如我的松子好看’。”

看着宋翎一脸正经的模样，苏子修忍住了没笑，赶紧连连点头道：“好、好，我记住了。”

宋翎犹不满意，撒娇道：“那先说给我听一遍。”

苏子修看着与他一拳之隔的宋翎：“你把耳朵靠近一些，我再说给你听。”

宋翎不疑有他，将身子前倾，侧着耳朵靠近了苏子修。

苏子修低笑一声，突然出手偷袭，双手握住宋翎纤细的腰身朝自己这边一带，宋翎惊讶了一下，然后整个人伏在了苏子修的怀里。她先是静静地在苏子修的胸口趴了一会儿，想听对方的心跳声，却发觉自己的心跳得更快。

苏子修低头将嘴唇凑近宋翎的耳朵，呢喃道：“不管世上的谁，都不如我的翎儿生得好看。”他说着，顺势亲吻了下她白嫩若花苞一般的耳垂。

宋翎的耳朵被温热的气息一吹，好像刚刚眩晕的感觉又回来了，她之前拼命找回的一点儿理智和清醒又无影无踪了。宋翎不安分地扭起来，从苏子修怀中仰起头，而苏子修的手依然扣在她的后腰上。

“修哥哥，我们真的成亲了……”

宋翎还未说完，苏子修已朝着她的樱唇亲了下去，将她后面的话与唇舌间温热交织的气息一起吞了下去。苏子修太了解宋翎了，如果此时不封住她的嘴，她估计能翻来覆去地把这句话问到天亮。这样的傻丫头，还偏偏说自己不傻。

在戎狄的新婚之夜，苏子修是拥着宋翎入眠的。夜深时分，苏子修怀中的宋翎已熟睡，她的呼吸轻缓而均匀，苏子修依然清醒，久久地凝视着近在咫尺的宋翎。怀中少女的睡颜有一种说不出的甜美感觉，令人不忍心惊动。苏子修在她的额上落下轻轻一吻，他们如今是夫妻了，只是没有夫妻之实。

重返昭国的计划已经渐渐在苏子修心里生成，而且时机也越来越成熟。苏子修此时暗下决心，只要一回到昭国，他就马上请求父皇赐婚，他苏子修——昭国皇帝第七子，将会正式迎娶丞相长女宋翎成为自己的正妃。此时缺少的，彼时他都会为宋翎补足。

在这之前，他只能跟宋翎做有名无实的夫妻。因为昭国是中原诸国中最看重礼教的国家，用塞外的礼节成亲，跟无媒苟合没什么区别。苏子修还考虑到了最坏的情况，就是在归国成亲之前，万一宋翎有了身孕，将令她的名声受损，难以见容于自己的父亲和家族。事关宋翎的一生，苏子修必须为了她长远谋虑。

原本分床各自安寝是最简单的法子，但是夫妻为何不共枕眠，这个问题苏子修很难跟宋翎解释清楚，所以就变成了眼下这种局面——两人虽同床共枕，但是不越雷池一步。反正宋翎也不太懂什么男女闺房之事，成亲之后的一段日子里，她还是天真地认为只要睡在一张床上就是行了夫妻之事。

当宋翎懵懵懂懂地沉浸在“初为人妇”的喜悦之中时，归国之日已一天天近了。

第十三章 江临

在戎狄的这段时间，苏子修不仅仅扬名于塞北，他的名声也渐渐传到了中原诸国。当时中原百姓对苏子修的事津津乐道，他传奇的人生经历是百姓在茶余饭后从不厌倦的谈资。他出身昭国皇室，被送去祁国当质子，又九死一生地逃出祁国，最后成了戎狄首领最为倚重的国师。从一个默默无闻的皇子到名满天下的戎狄国师，这其中的因果曲折，原本就令人惊叹，更何况还有不少对苏子修容貌、风仪之类捕风捉影的猜测，使得人们对这位传说中的浊世佳公子更加心存向往。

苏子修决定回昭国，白狄王自然是万分不舍。他很清楚如果不是苏子修，他能守住祖宗的基业已经不错了，根本不可能建立如今这番功业，对内成了真正的草原霸土，对外狠狠打击了祁国这个宿敌，彰显了显国的国威。

白狄王也格外优待苏子修，赐予他五千户食邑，除此之外，宅院、金银、奴仆也都给得毫不吝啬，只差没嫁一个女儿给苏子修当夫人。说实话，白狄王心底还是存着一丝让苏子修永远留在白狄的希望的。

不舍归不舍，白狄王也知道，苏子修天生不凡，这塞外之地是注定留不住他的，他迟早要回到属于他的化龙池，也就是中原三国鼎立之一的昭国。

而此时的苏子修也是满怀壮志、逸兴遄飞，暌违故土两年有余，如今他终于要回去了。

临别之际，白狄王很够意思，不仅钦点了一支精兵，打着显国的旗号护送苏子修等人归国，而且承诺将一直保留着赐给苏子修的食邑、宅院和仆从，那五千户人家的赋税不入国库，原封不动地归到苏子修名下。

苏子修感谢了这位异族首领的厚待之后就上路了。离开昭国的这两年，苏子修能够得知关于昭国的信息是因为两个人，一个是丞相之子、宋翎之兄宋璟，另一个则是在宫中随王伴驾的瑶妃。这两人是苏子修的忠实支持者，哪怕苏子修流落在外，他们依然是坚定的七皇子党。当初苏子修在祁国处处被人监视，稍有异动就会被人得知，后来到了戎狄，白狄王给了他充分的自由，他渐渐便能从宋璟和瑶妃那里得到昭国的消息了。

瑶妃是惠帝的宠妃，宫里的情形没有人比她更清楚。如今瑶妃传来的消息一次比一次急切，惠帝龙体欠安，尤其是上一次中风以来病情时好时坏，据说太子苏子清已经准备登基了，只等惠帝熬过人生的最后一段光阴，太子就可以顺理成章地成为下一任昭帝。

眼下的情况一目了然，如果苏子修能在惠帝驾崩之前归国，或许还有翻盘的机会；如果他不能及时回去，倒不如一辈子都不回去，因为太子正等着对他斩草除根，他回国就是自寻死路。

对苏子修目前的处境，宋翎隐约能猜到一些，但是并不十分清楚。她甚至不知道一直暗中跟苏子修保持联系的人是自己的亲哥哥宋璟。她只知道，当苏子修看完最后一封来自昭国的密信后，陷入了沉思。但是他很快就做出一个决定，他们兵分两路，他必须快马加鞭地赶回昭国。

苏子修在拿定主意之后，果断地将护送的人马一分为二，多数留给宋翎，另外十几个顶尖高手跟着自己。他选择留下宋翎，是因为笃定宋翎不会有危险。他们一行持有显国的旄节，换言之就是显国的使者。国与国之间，使者可以畅通往来，这是不成文的规定。在借道经过祁国的时候，只要将旄节插在车上，祁国定会秋毫不犯，况且祁国现在也不敢招惹戎狄。上次北方沦陷的伤疤还没好全，祁国怎么可能挑起

争端，招惹戎狄再来攻打自己？

宋翎知道苏子修这一趟回去定是日夜兼程，累垮一匹马换一匹，人是不换的，体力上会有极大的消耗。想到这里，她不由得一阵心疼，但是又不能阻止。

临走之前，苏子修反复嘱咐宋翎照顾好自己，小心赶路，切莫旁生枝节，见到宋翎一一答应了，苏子修才放心离去。

前往昭国一定要借道祁国，祁国的都城雁阳城又是南下的必经之路。一行人此次途经雁阳城，正好遇上全城戒严，重兵把守了各道城门，任何出入之人都会被守兵严加盘问，确认身份方可放行。此等高压之下，百姓多是闭门不出，恐招祸患，整座雁阳城中处处透着紧张凝重气氛。稍稍一打听，他们才知道祁国刚刚发生过一场内乱，据说作乱之人已迅速被镇压下去，现在是为了斩草除根，肃清城中残余的党羽。

现在的祁国也是令人唏嘘，从前的中原第一强国，如今落到内忧外患的地步，在外战事不顺，内部又动乱不断，真是多事之秋。

当插着旄节的马车出现在雁阳城城门口时，尽管那里的守军已经看到代表显国来使的旄节，依然勒令车队停下。

双方简单交涉一番之后，马车的门被打开，守军朝着车里一瞧，发现是男女两人，跟他们刚刚的自述相符。那男子是一位俊秀而年轻的公子，看着面嫩，但是上唇的胡须令他有了几分成熟气质，只见他端端正正地坐着，并不介意被人盘查，反而朝着守军礼节性地颔首致意。而他身边的女子不知是怕羞还是身体不适，稍稍侧身而坐，头上的兜帽也没有摘下，让人看不清她的相貌。

这是白狄王派来护送国师苏子修回国的车队，想必车中的年轻公子就是苏子修本人了。原本使节的车队是有豁免权的，不在搜查的范围内，但是上头严令，这次的逃犯非同一般，身份极其重要，哪怕是得罪戎狄也要照查不误，确保没有任何漏网之鱼。

所幸这位苏国师态度谦和，平易近人，十分配合不说，还多次制止了自己的手下，令手下不得无礼。

守军正要放行之际，有个守军头目直勾勾地盯着苏国师身边的女子，忽然发问：“这位姑娘是谁？”

“苏某的一位妾室而已，不足挂齿。”

“可否转过身来？”

“女子怕羞，不肯见外人，望军爷不要为难。”

“她为何戴着帽子，还用手帕挡着脸，难道是不能见人吗？”

“军爷此言差矣，我的小妾刚刚生产，尚在月中，不能见风，所以包裹得严实了些。”

“让她把帽子摘下来。”

听到这话，苏国师将脸上的笑容一收，面色沉了几分，口气仍带着客气：“这位军爷，你问的苏某都已一一回答，我家小妾现在身子弱，受不得风，可以把车门关上了吗？”

这个守军头目原本还想多问几句，但是一触及苏国师眼眸里的寒光，心里已有些发怵了，再看见旁边一个个满脸凶相的戎狄人，立马将这心思给灭了。他的脑子里闪过的是“适可而止”四个字。他暗自思忖着，反正上头大张旗鼓要找的又不是一个女人，干脆给他们放行好了。苏国师看似温和无害，谁不知道他是一个笑面虎一般的狠角儿？而且祁国刚刚吃过戎狄的大亏，如今祁国境内说起这位苏国师，无人不带着几分忌惮。自己只是个小人物，得罪了苏国师终归不是什么好事。

守军头目没话说了，态度也软了下来：“国师大人请，适才小人得罪了。”

马车的门重新关上，通过城门之后继续前行，那些负责此行护送任务的戎狄人脸上皆是得意的神色。从前都是祁人在他们面前耍横，这回祁人终于横不起来了，还恭恭敬敬的，果然还是用拳头最好说话。

苏子修已先行一步赶去昭国，如今车队中的苏国师又是谁？这人只能是女扮男装的宋翎了。宋翎摸了摸上唇的小胡子，双手托腮，目不转睛地看着身边的那一位“小妾”。

“小妾”瓮声瓮气地说话了，分明是一个男子的嗓音：“看什么看，没见过我穿女装吗？”

宋翎无缘无故地被吼了一通，当即回敬了一句：“吼什么吼，是没见过这么快过河拆桥的。”

“小妾”似乎还要说话，但脸色突然变得十分痛苦，因为他身上有伤，而且伤得不轻。他仰起头，强忍住身上传来的阵阵剧痛，头上的兜帽掉了下来，露出一张苍白而俊秀的男人面孔。

这人是玉柳容。

宋翎看着玉柳容，心情变得复杂起来。

宋翎是在雁阳城郊遇上玉柳容的，除了他之外，还有他的几个亲随，几乎人人身上都带了伤，有的尚能支撑，有的已奄奄一息，显然是刚刚经历过一场殊死搏斗。

或许是他们注定了会再次相遇，玉柳容和他的最后一批死士在穷途末路之际，发现了持有戎狄旄节的车队。他们想到了一个瞒天过海之计，在荒无人烟的城郊一带将这伙戎狄人尽数斩杀，然后他们神不知鬼不觉地伪装成戎狄持有旄节的使臣。因为使节拥有外交豁免权，他们借此脱身不失为一个好主意。

虽然计划极为凶险，但这是最后的机会了，前无去路，后有追兵，反正横竖都是死，他们趁着这时候拼死一搏，说不定还有一线生机。

不过他们还是低估了戎狄人的战斗力，这次担任护送之责的都是戎狄一等一的勇士，强悍无比，玉柳容这一方又甚是疲惫，导致围歼对方不成，反而被对方围歼，最后只剩下玉柳容一人。

宋翎原本躲在马车里，听得外面的声音渐弱，忍不住出去一探究竟，恰巧看见了玉柳容。当时的宋翎脑子里转过很多念头，她是装作什么都不知道，放任戎狄人杀掉玉柳容呢？还是令玉柳容自行离去，死活由他？或者救下玉柳容，保住他的性命？

当时宋翎脑子里乱糟糟的，想了又想，她还是选择了救人，不仅因为她狠不下心，也因为当初玉柳容放过她一次。有仇报仇，有恩报恩，两人之前的恩怨自不必再提，宋翎认为这次救了玉柳容后，他们算是两不相欠了。

玉柳容身上有两处刀伤，一处在肩膀上，一处在小腹上，刀口都不深，但是一日没有离开祁国，就是一日处在危险之中，所以不能停下来治伤。宋翎草草为玉柳容包扎之后，只能凭着他自己的意志，硬扛着熬过去。

到了祁、昭两国的交界，宋翎并没有按照原来的计划前往都城郢梁，而是改道朝着江临的方向行去。这一路南行，玉柳容的伤情一天比一天严重，宋翎知道不能再拖延下去了。到了江临之后，宋翎就主动提出让此次护送的人先行返回白狄复命，只留下了她和玉柳容两人。

江临是宋翎的祖籍所在，宋家在当地算是名门望族。宋翎一个弱女子拖着一个身受重伤的人，不管怎么看都十分艰难，若是宋翎求助本家，宋家的人一定不会袖手旁观，但是宋翎并不打算去找自己的本家族亲，她甚至没有进入江临城，只是在城外找了一个偏僻的小村庄，又在村里找了一户当地的村民，就在这户村民家里借住了下来。

宋翎舍易求难，宁可借住在一户老百姓家中也不去找宋家的族人帮忙，这其中有宋翎的顾虑。玉柳容毕竟当过祁帝，身份特殊，然而搭救他是宋翎一人的主意，她不想把自己的族人牵连进来。她考虑到万一将来这事被人知道了，也是她宋翎一人担责，宋家与此事无关。

宋翎借住的人家姓黄，家里的男人都外出做工了，只剩下一对婆媳和几个尚未成年的孩子。屋子是小小的四合院，两间大屋、两间小屋，房前屋后散养着不少鸡鸭，院子里满满地晾晒着笋干、香菇一类的山货，大概在本村也算是家境殷实了。

宋翎挑这户人家落脚有两个理由，一是这户家里没有男人，只有女人和孩子，免去了很多不必要的麻烦；二则是看中了这满院的鸡鸭和山货，至少吃得不会太差。

这户人家的当家人黄大娘十分爽快地收留了宋翎和玉柳容，当然也有宋翎悄悄塞到她手里那一小块银子的作用。宋翎称他们二人是兄妹，黄大娘一听就露出一个颇有深意的笑容。她打心眼里不相信他们是什么兄妹，这么一对年轻漂亮的男女，男的俊，女的俏，十有八九是一对，铁定是从哪个大户人家私奔出来的，只因为家里反对他们在一起，所以奔逃在外，做一双落难鸳鸯。那些戏文里多的是这样的故事。

黄大娘是个心直口快的村妇，用一种过来人的眼神上下打量着宋翎，说道："我说这位姑娘，你也别说什么兄妹不兄妹的话，老婆子我这双眼睛看得出来。"

宋翎被这种眼神盯得发毛，知道这位黄大娘肯定是往"情哥哥爱妹妹"的方向联想了。在解释无果之后，宋翎打算先不管这个，给玉柳容找大夫治伤才是当务之急。

这个小村庄里没有正经的医馆，宋翎便到附近的镇子上去找，在花费了一笔钱财和一番口舌之后，大夫终于答应出外诊。

大夫原本认为也就是普通的外伤，但是当他看见玉柳容的伤情后，吓了一跳。玉柳容身上的两处刀伤，肩膀的刀伤要深一些。若是他受伤之后及时处理，说不定这会儿伤口已经愈合了，但之前只是潦草地包扎了一下，现在伤口已经开始生脓水和溃烂，他因此高烧不退，意识也模糊不清。

不过虽然伤势看着吓人，但是还有救，大夫给玉柳容处理了伤口的脓血和腐肉，用上好的金创药敷上，然后再用绷带小心地包扎了起来。大夫留下了一个药方，说是煎了给伤者服下。大夫临走的时候，还说这几日是最要紧的，玉柳容能不能活命就看这几日了，一定要有人日夜看顾着，尤其要防着高烧不退的情况，因为这是最危险的。只要玉柳容熬过这几天，以后就没有大碍了。

在送走大夫之后，宋翎给黄大娘和她的媳妇每人许了一天三十文的工钱，将玉柳容托付给这婆媳二人照料。黄大娘自然没有异议，她的男人和儿子在外头辛苦做工，一人一天也不见得能赚三十文钱，现在她跟媳妇两个人一天加起来能赚六十文，怎么想都是划算的。再说，照顾一个病人，能是多大的难事？

黄大娘看着宋翎，越发肯定了之前的猜测。这姑娘十有八九是大户人家的小姐，平日里享福惯了，受不住劳苦，花钱倒是不心疼。但是黄大娘很快又觉得自己想多了，人跟人是不一样的，这些钱在人家眼里估计根本不算什么。

接下来的几天，黄大娘和黄家媳妇轮流照料玉柳容，宋翎只是一日去看玉柳容一趟，其他的事一点儿都不插手。玉柳容被安置在东边的厢房里，宋翎则在西厢房里跟黄家媳妇一起住。宋翎一日三餐饭量不减，晚上则早早地睡下。总之，她每一日都是吃好喝好睡好，好像根本忘了有玉柳容这个人。

黄大娘自认活了大半辈子，也算见多识广，宋翎的反常之举却是她见所未见的。按理说自己的男人都病得要死不活的了，做媳妇的怎么可能还吃得下饭，睡得着觉，跟个没事人一样？

玉柳容的病情最为凶险的一夜，大夫也说了，阎王如果叫这人去，也就是这一晚了，最好所有的亲人都能彻夜守着，万一人真的不行了，还能见上最后一面。黄大娘牢记着大夫的话，也顾不上宋翎是给自己发工钱的大东家了，非要宋翎来陪夜。

黄大娘劝宋翎的时候，绝对是苦口婆心的："姑娘啊，老婆子多嘴说你一句，你呀也不能太娇气了，就是一个晚上不睡觉，辛苦不到哪里去的。你想想，万一你家相公不行了，你都见不上最后一面，将来岂不是要后悔死？"

宋翎仰头望天，在心里叹了一口气。这些日子她解释了没有一千遍也有八百遍了，但是黄大娘就是不相信她的话，一口咬定他们两人是小夫妻。

"黄大娘，他真不是我相公。"尽管这句话像甘蔗渣似的被嚼烂了，但是宋翎依然重复了一遍。

黄大娘只当没听见，她这次是抱定了决心，无论如何也要让宋翎一起陪着。年轻人不知轻重，将来肯定要后悔的。

宋翎一开始没当回事，吃了晚饭照样逗着黄家的几个小孙子玩了一会儿，就想去西厢房睡觉。黄大娘则用她干了半辈子农活的蛮力，拽着宋翎去了东厢房。宋翎是极其不愿意的，如果阎王真的要玉柳容的命，多少人守着他都没有用。再说了，宋翎对这最后一面并不在意，于她而言，出手搭救玉柳容已是仁至义尽，别的只能是听天由命了。

宋翎最终仍被迫熬了个通宵。说起来也奇怪，玉柳容在半死不活的时候都要跟宋翎作对。每当宋翎抵挡不住睡意时，玉柳容那边总能弄出一点儿异动，黄大娘就警觉地将昏昏欲睡的宋翎一把推醒，急切地连声道："别睡！别睡！你快去看看你家相公，是不是回光返照了？"

这一晚玉柳容“回光返照”了好几次，折腾得宋翎睡不了觉。第二日清晨，玉柳容迷迷糊糊地醒来的时候，一眼就看见了神色疲惫的宋翎。在那一刻，玉柳容内心大为震动，原来松子这般关心他，守了他一整夜。

可能是命不该绝，玉柳容最终有惊无险地熬过了最凶险的一夜。过了这一道鬼门关之后，玉柳容的伤势慢慢有了好转的迹象。大夫从之前的日日看诊变成了三日一次或者五日一次，因为玉柳容的伤势已经基本稳定，只要继续静养，不要做任何剧烈活动，免得让伤口再次崩裂就可慢慢恢复。

玉柳容在伤重之时昏睡了几日，如今清醒过来，回想起在祁国的种种，再想到现在自己竟然在昭国的一个小村庄里，命运令人感慨，也让他有一种劫后余生的快感。

黄大娘端来了一盆清水，玉柳容正要洗脸，就被自己的倒影惊呆了。他简直不敢相信这是自己，眼窝和脸颊明显凹陷了，头发乱蓬蓬的，胡须也凌乱丛生。尽管只是水里的倒影，但是明明白白地映照出了他此时的憔悴和落魄，他哪还有当初的半分神采和风仪？简直就是三分像人，七分像鬼。

玉柳容委实看不下去了。他一向在意自己的容貌，一点瑕疵都容不下。这时他猛然惊觉，难道这几天松子看到的自己都是这副尊容？念及此，玉柳容当真有种被打蒙了的感觉。

黄大娘在照顾玉柳容上尽心尽力，为玉柳容弄了点儿小米粥，粥熬得浓稠软糯，吃下去最是养人。黄大娘还知道他身体虚弱，受不住大补，所以宰了家里一只三年的老母鸡，用半日的工夫在文火上慢慢地吊出了上好的鸡汤，给他滋补养身。

黄大娘进入东厢房没一会儿又出来了，直奔媳妇的西厢房去。黄大娘来去匆匆，心里嘀咕着：这位公子也是个怪人，醒来之后不想着吃东西，只关心自己的容貌，问她的头一句话居然是“哪里有镜子”。黄大娘嘀咕归嘀咕，还是从自家媳妇那里拿来了镜子、梳子，还有刮胡子的剃刀。

玉柳容见了这些东西，二话不说先整理自己的仪容。黄大娘一脸惊讶，这人几天来水米不进了，难道不是先填饱肚子最重要吗？

“公子，喝点儿小米粥吧，再搁着就凉了。”黄大娘刚盛了一碗粥，就发觉有人进来了，抬头一看，居然是宋翎。

宋翎以为玉柳容还睡着，一脚跨进门就问黄大娘：“黄大娘，我早上明明看见厨房里炖着鸡，再去看怎么就没了？”

黄大娘无奈地一笑，亏得她还以为那一晚之后，这丫头学会主动关心相公了，没想到一张嘴就是关心鸡在哪里。

自打宋翎在黄大娘家住下，几乎没有一日断了小灶。宋翎也额外地给了人家一些银子，就当是买的。黄大娘对这位大方的财主小姐当然是有求必应。宋翎来这里第一眼就看中了黄家的走地鸡，黄大娘每隔两三日就会宰一只鸡，煎炒炖煮地做给宋翎吃，另外还有诸如红烧的野猪肉、清蒸的河鱼，或者桂花糖酿鸡蛋、油炸豆腐泡以及各种梅子、杏脯等女孩家喜欢的零嘴。所以宋翎一看见厨房里炖着鸡，理所当然地认为这是黄大娘做给自己吃的。

黄大娘朝着那只砂锅努了努嘴，说道："你家相公现在身体太虚，只能喝点儿鸡汤，鸡肉还是给你留着的。"

宋翎这时候已经看见玉柳容了，而且她发现玉柳容是醒着的，一时有几分尴尬，后面的一只脚就钉在门外不动了。已经跨进来的一只脚，她正在犹豫要不要收回去。说实话，她并不想面对玉柳容。

玉柳容也看见宋翎了，宋翎想要躲他，玉柳容何尝不想躲着宋翎？只见玉柳容急着用衣袖覆面，将刚刚打理了一半的脸遮了起来。

黄大娘夹在中间，看着这二位的反应，越发摸不清情况，只能说这两位都是怪人。黄大娘一把拉住想走的宋翎，亲亲热热地把她按在了桌子前面："别走了，就在这里吃吧，碗筷都是现成的，正好你家相公也要吃饭。"

黄大娘一口一个"你家相公"，说得极为顺溜。宋翎一开始听到必要反驳，如今已听得耳朵起茧了。宋翎依言坐了下来，她在这边的小桌边，而玉柳容坐在床上由黄大娘给他喂粥，两个人隔得很远，倒也互不相扰。

黄大娘这个年纪的人最爱做的事就是保媒，黄大娘自然也有这个爱好，就是想把眼前这一对年轻人撮合在一起，毕竟他们看起来那么般配。尤其是这位年轻公子都病得跟蓬头鬼没什么两样了，依然遮掩不住他清秀俊雅的本质。

宋翎落落大方地开始吃东西，先是吃了点塞在鸡肚子里的笋干，又将一只肥大的鸡腿夹进碗里。相比之下，玉柳容就扭捏多了，挡着脸的衣袖始终不肯拿下，就连喝粥的时候也是如此。

玉柳容慢吞吞地喝着粥，原本入口即化的粥，他恨不得每一口都当成饭来反复咀嚼。他这里小米粥才下去半碗，宋翎已经将小半只鸡吃下去了，桌上码了一堆整齐的鸡骨头。

黄大娘虽见怪不怪了，但看着宋翎意犹未尽的样子，还是忍不住叮嘱了一句："姑娘，别一时吃太多，当心肚子难受，今天的这只鸡可足足有三四斤呢。"

宋翎只是应了一声，还是不耽误吃的。当她吃完另一半的鸡翅膀之后，似乎觉得有点儿不对劲儿，胃里顶得难受，好似有什么东西要涌上来，下意识地捂住了自己的嘴巴。

黄大娘正想问宋翎怎么了，只见宋翎跑去外面，终于忍不住将鸡肉全吐了出来。黄大娘赶紧出去，轻抚着宋翎的后背。宋翎吐了好一会儿，差不多将胃里的东西给吐干净了，才慢慢地平息下来。

看到宋翎跑出去，玉柳容自然是担忧的，片刻后见黄大娘扶着脸色微微发白的宋翎回来，玉柳容也顾不上遮面了，张嘴就问："你是怎么了？怎么吐了起来？"

黄大娘却笑吟吟地朝着玉柳容说道："年轻人就是心里没谱儿。"

玉柳容此时一心系在宋翎身上，没顾得上理会黄大娘的哑谜。

黄大娘见这两位都不靠谱，索性直接挑明了道："你也太不晓事了，你家娘子多半是有喜了呀。"

那一瞬间，玉柳容好似又挨了当头一棒，耳边隆隆作响不说，更是眼神发直，舌尖发涩，只因为黄大娘的那一句"你家娘子多半是有喜了"。

宋翎有喜了？

玉柳容难以置信，一着急，说话竟有些语无伦次："大娘你不要乱说，什么有喜，怎么可能？这不可能的……"

"为什么不可能？"黄大娘反问了一句，被玉柳容的反应弄得莫名其妙。小夫妻两个有孩子再正常不过，有什么值得大惊小怪的？

玉柳容激动异常，几乎是扯着嗓子喊了好几遍"不可能"，吼得有点儿声嘶力竭了，又牢牢盯住再次进来后就一言不发的宋翎。对了！任凭黄大娘说什么，只有宋翎是最关键的，她说没有就是没有。

玉柳容犹如抓住了最后一根稻草，期待又紧张地盯着宋翎，径直说道："你倒是说话啊，就说这是不可能的，你说呀！说话呀！"

玉柳容一开始是诱导的口气，到后来越说越急，竟含着隐隐的威逼之意。

黄大娘瞧着两人之间的气氛不对，这架势像是要吵起来，赶紧出来打圆场："官人您可是乐昏头了？哪能冲着你家娘子吼来吼去的？要是你家娘子真的有喜，难道不是好事吗？"

玉柳容压根不理会黄大娘，只盯着宋翎一个人。

此时的宋翎也是思绪纷乱，根本没空理会玉柳容。她只是稍稍定了定神，细声细语地对黄大娘说道："大娘，我们出去说吧。"

宋翎脸上似有淡淡的红晕，她说完这话，不等黄大娘，自己先跑了出去。

玉柳容被彻底击溃了，宋翎的反应分明是有鬼，十之八九确有其事。他在惊愕和震撼中回不过神来，原本挺直的身体朝着后面一倒，这下不经意地扯到了伤口，传来一阵钻心的疼痛。但是身上再痛也比不上玉柳容这一刻的心痛。

第十四章 疑珠

玉柳容恶狠狠地想着，如果宋翎当真有了身孕，除了是苏子修的，恐怕再也找不出第二个答案。苏子修，又是苏子修！玉柳容心里默念了几遍这个名字，越想越气闷，自己哪一点不如苏子修，凭什么感情上占尽先机的人永远是苏子修？他想到宋翎以毓昭仪的身份留在祁国的最后一夜，只要当时他能坏一点点，完全可以得到宋翎，但是他没有那么做。他克制自己是不想伤害宋翎，只是没想到最后成全了苏子修。

一时之间，后悔、怨恨、嫉妒、失落、伤心……种种复杂难言的情绪在玉柳容心中翻搅，简直要把他胸腔里的一颗心搅得鲜血淋漓。这位曾经的祁国皇帝、梦想成为天下霸主的玉柳容，说是赌气也好，说是受刺激太深也好，在这时做出了一个极其幼稚的决定，他要绝食！

反观宋翎这边，心情从最初的惊诧，到渐渐生出了无限的喜悦。如果黄大娘的话没有错，如果自己真的有了和苏子修的孩子，这是多么令人欢喜的事！

黄大娘笑得眉眼弯弯，仿佛一下子想明白了为何宋翎这段日子胃口出奇好，为何宋翎不肯为玉柳容守夜，多半就是有了身孕的缘故。黄大娘仗着自己有生养过的经验，一口咬定宋翎这就是害喜的症状，并且唠叨了好多自己当年的症状。

宋翎将信将疑，反正大夫隔几日就会来一次，到时候让大夫摸一摸有无喜脉就什么都清楚了。

玉柳容不肯吃东西，宋翎和黄大娘原本都当他是胃口不佳，一天半之后，才发现这家伙是在绝食。

他从鬼门关走了一趟回来，伤势刚刚有了好转的迹象，这时候闹绝食，岂不是作践自己的身体？这段日子相处下来，黄大娘发现这两人的关系处处透着古怪，但是有一点黄大娘是不会看错的，就是玉柳容十分在乎宋翎，这种感情是藏不住的。黄大娘暗中劝宋翎去开解玉柳容，解铃还须系铃人，这时候也只有宋翎出面管用了。

宋翎自从晓得“孩子”的存在后，感觉心胸一下子开阔了，待人也多了几分温柔和宽容。她爽快地答应了黄大娘，救人一命胜造七级浮屠，就当是给“孩子”积福了。

黄大娘本是好意，谁承想玉柳容一见宋翎，没有解气只有更气。

玉柳容浑然看不见送到自己面前的粥，只是指着宋翎质问道：“这究竟是什么时候的事？你是不是一直跟苏子修在一起？苏子修是不是对你做了什么？呵呵，无名无分的，苏子修怎么能这样对你？”

宋翎被他吼得极无奈，伸出去的一勺子粥不知道是该进还是该退，半晌只是扔出去一句话：“我们在戎狄已经成亲了。”

玉柳容被“成亲”这两个字怄得几欲吐血，他冷笑一声道：“呵呵，在戎狄那种地方成亲岂能作数？谁不知道那些北方的蛮夷是不讲人伦的，男女之事上作风更是随便。你要是说你在戎狄成亲，我敢肯定每一个听见的中原人都会笑掉大牙，因为没有人会承认的。你们还不是无名无分？要是说得难听点儿，你们就是无媒……”玉柳容硬生生地忍住了后面的话，稍稍停顿之后，先是狠狠地叹了口气，接着说，“你不懂事，难道苏子修也不懂事吗？还是他根本不想跟你认真，只是想暂时哄住你罢了？”

“你别胡说八道！”宋翎终于忍不住了，这个玉柳容真是越说越过分，居然连挑拨离间都用上了。

“哼！”玉柳容不以为然，冷哼了一声，气势不减地反问道，“我说错了吗？苏子修这样对你，简直是枉为师表！”玉柳容没忘记当初苏子修在悦蒙书院执教之事，骂了几句还不过瘾，紧接着又是一阵大骂，“简直是无耻！下流！卑鄙！淫荡！”

“你闭嘴！”宋翎彻底忍无可忍了。她从未见过能把无理取闹当成理直气壮的人，恐怕除了玉柳容再也找不出第二个这样的人了。

“我偏偏要说，苏子修就是无耻！下流……”

宋翎毫不客气地回敬了一句：“我心甘情愿！”

“苏子修当然把你哄得心甘情愿，可见他更加无耻！下流……”

“……”

两人吵到最后，粥已经凉透了，但是玉柳容依然一口不吃，固执得很。

宋翎无奈地端着冷掉的粥走了出去。她想黄大娘让自己来劝玉柳容或许是个错误，也许不见她，玉柳容还能多活几日，因为玉柳容见了她就激动，激动了两人就吵架，吵得严重了他还要又吼又骂，这对体力和心神是极大的消耗。

玉柳容不肯进食，但宋翎为了养身子，吃得比平时更多了。这一日黄大娘又宰了一只肥肥的老母鸡，花上半天工夫，将肉炖得香气扑鼻，极是诱人。

宋翎进了玉柳容养伤的东厢房，一句话不多说，只是自顾自地在小桌前坐下，慢条斯理地吃起了鸡肉。鸡肉的味道极鲜美，因为火候很足，炖得透透的，就连鸡皮也是软嫩得不像话，轻轻一啜，就跟嫩豆腐似的被她吸进了嘴里，鸡肚子里填满了板栗、香菇和红枣，浸透了浓浓的鸡汤，吃起来也美味无比，香菇尤其嫩滑，板栗则软糯香甜。

宋翎慢慢地品尝着，时而还会说几句：“大娘说我太瘦了，这样对孩子不好，得趁着现在多吃些，好让身上多长点儿肉。

“鸡肉能补身子，女人的话还是吃乌鸡最好，大娘家里没有，但是村里有人家养着，我跟大娘说了，烦她出面为我买几只乌鸡来。

“枣子能补血，板栗补肾，都是滋养的好东西，我还要多吃点儿鸡皮，将来孩子生出来不仅身体茁壮，而且皮肤也会又白又嫩。”

宋翎虽是自说自话，但是知道旁边的玉柳容一定是竖起耳朵听着的，而且他一定听得怒火、妒火一并在胸腔里熊熊燃烧。宋翎的眼睛笑成两弯新月的形状，她就是故意要在玉柳容面前将“孩子”两个字挂在嘴上。

玉柳容果然如宋翎所料，急怒攻心。宋翎真是欺人太甚了，昨儿在他面前吃一只酱肘子，也是一刻不停地说为了孩子好，摆明了就是存心刺激他，不让他好过。

宋翎刚刚吃干净一只鸡腿，正要说“多吃鸡腿，孩子将来跑得快”，只见自己身侧有一团人影欺来。

玉柳容二话不说，直接将她面前的整锅鸡挪到了他自己面前。

宋翎微微一愣，玉柳容已经毫不犹豫地撕了一大块鸡胸肉放进嘴里恶狠狠地咀嚼着，然后梗着脖子冲着宋翎嚷嚷道：“松子，我忍你很久了！今后你吃什么我就抢什么，看你拿什么补身体！”

“你还给我！”宋翎作势要扑上去抢回那一锅鸡，已经到嘴边的肉怎能让人抢走？

“不给！”玉柳容将鸡肉护得密不透风，就连锅边都不让她碰到。

“你不绝食了？”宋翎气鼓鼓地瞪着他。

玉柳容声势十足地哼了一声，从牙缝里挤出四个字：“改主意了！”

自从那天之后，玉柳容就将绝食的念头彻底放下了，而且他说到做到，宋翎吃什么他就抢什么，抢食的态度还十分霸道，甚至连一口余粮都不肯给宋翎剩下。

玉柳容判若两人的转变，使得黄大娘这位质朴的村妇震惊不已。不久前他还别别扭扭地闹绝食，这会儿居然说想通就想通了，而且吃起来就跟猛虎扑食似的。

玉柳容之前半天都喝不下一碗小米粥，如今胃口大开，吃完一小锅粥也只片刻的工夫。男人的食量到底比女人大，比起宋翎，玉柳容有过之而无不及。黄大娘算是开眼界了，幸好这两人在她家的吃住每一样都会折算成银子给她，不然她这小家小业的村野人家，真的供不起这两位能吃能喝的主儿。

玉柳容心里憋了一口气，只想着早日康复。人若是有这种念头，身体自然好得要快一些，而且玉柳容底子好，那些滋补的东西不是白吃的，他的脸色很快就不再苍白得骇人，精神也明显好了许多。

终于等到大夫复诊这一日，大夫一看见玉柳容的气色就忍不住点头了。果然是年轻人，不仅挺过了险关，恢复得也快。大夫心里还有两分自矜，这当然也有自己妙手回春的功劳。

大夫为玉柳容检查了伤口，亲手为他换了药，又用洁净的绷带小心绑好，顺便再重复叮嘱了几句。等到玉柳容这里解决得差不多了，黄大娘又请大夫再辛苦一下，去西厢房走一趟。

玉柳容听得这话，心猛然一沉。他知道大夫这定是要去为宋翎诊脉，尽管已经过去多日，但是他一想到这事内心依旧五味杂陈。宋翎是他喜欢的女子，而她如今可能正怀着别人的孩子。这几天玉柳容过得相当忐忑，既盼着大夫来，又盼着大夫不要来。当这一刻不可避免地来临时，玉柳容承认自己是紧张的，紧张到五脏六腑都揪紧了。

在黄家的西厢房里，同样紧张的还有宋翎。大夫隔着棉布摸了她右手的脉搏，片刻后又摸了她左手的脉搏，才缓缓地开口道："这位夫人并无身孕。"

宋翎大吃一惊。刚刚大夫说了什么，她并无身孕？！

黄大娘也急了，插嘴道："可是她前两天明明吐了，而且她胃口特别好，也格外爱吃酸的东西，再说月事也推迟一月有余了。"

大夫不紧不慢地回答道："呕吐不一定是孕吐，胃口好或爱吃酸的东西也不是一定有了身孕。再说了，年轻女子月事不准是常见的事。"

"大夫您要不再看看？"黄家媳妇也帮腔道。

大夫为了稳妥，又摸了宋翎双手的脉搏，依然摇头道："真的摸不出喜脉，我虽然不专攻妇科，但是鉴定喜脉还是不会出错的。"

大夫已经下了定论，众人只得接受事实。因为劳烦人家出来一趟，照规矩要留着大夫一起吃午饭的，黄大娘先送大夫去主屋稍作休息，西厢房里只剩下宋翎和黄家媳妇两人。

黄家媳妇看着宋翎郁郁寡欢的样子，有几分不忍，免不得要开解宋翎几句。

"你还年轻，想要孩子以后有的是机会，到时候你别生怕了就行。"黄家媳妇说这话的时候想到了自己，差不多是两年生一个孩子。

说实话，宋翎是希望越大失望越大，但她很快就想通了。为了不曾有过的东西而难过和伤心，她宋翎也不是这般矫情的人。她恢复了一贯的开朗，冲着黄家媳妇笑道："黄嫂子，你不必劝我了，我已经没事了。"

黄家媳妇也笑了，对人美嘴甜的宋翎颇有好感。两人笑过一阵之后，黄家媳妇自认有责任将自己多年的生养经验传授给宋翎，于是有意拉近了自己与宋翎的距离，附在宋翎的耳边窃窃私语。

宋翎弄不懂黄家媳妇为何要神神秘秘的，而且她在自己耳边的一番密语，宋翎也是听得一知半解，口无遮拦地问了出来："同床的时候为什么要把腰垫高一些？"

"要死了！要死了！"黄家媳妇小声地念了两句，伸手就去捂宋翎的嘴，埋怨道，"姑娘的胆子也太大了，这种事怎么能说出来？"

宋翎眨了眨眼睛，居然又追问了一句："怎么就不能说了？"

黄家媳妇的脸已经红透了，面对眼前不晓得是天真还是大胆的宋翎，她只能红

着脸不说话了。

这一幕正好被折返的黄大娘看到。黄大娘跟她媳妇不同，姜是老的辣，决定点拨一下宋翎。黄大娘仔细地将房门关好，凑近了些，将声音压低，悄悄地问宋翎："你跟你家相公上一次行房是什么时候？"

宋翎将目光斜过去，看了旁边的黄家媳妇一眼，只见黄嫂子冲着她点头，示意她直说无妨。

宋翎看着婆媳二人严肃的表情，半晌才吞吞吐吐地道："大概一个月之前吧。"

"还有……"黄大娘后头还有话，说着说着就发觉不对头了，宋翎的反应多数时候像是根本没听懂她的话。黄大娘极其纳闷，照理说不应该，凡是开了脸的小媳妇，对夫妻间的那事儿是一点就通的。

到最后，黄大娘终于忍不住了，脸上露出几分古怪的神情，挑着眉毛问道："我说姑娘，你知道圆房是怎么一回事吗？"

"就是两人睡在一张床上……"宋翎一脸理所当然地道。

黄大娘和她儿媳妇听完宋翎后面的话，两人默默地相视了一眼，都笑出声来。黄家媳妇笑得还算矜持，黄大娘甚至笑得眼角都沁出了泪花。

宋翎不知道这婆媳二人在笑什么，难道她说错了什么？黄大娘抹了一把眼角笑出来的泪水，扯过宋翎，在宋翎耳边嘀嘀咕咕了一阵。宋翎一开始神色如常，并不见异样，越往后越不自在，一张白皙的小脸逐渐嫣红如血。最后她低头趴在桌子上，说什么都不肯将脑袋抬起来了。

这怨不得宋翎不知道，当初在祁国，宋翎不慎翻看的那本书上画的就是男女密戏图。不过宋翎才翻了几页，刚看到一对男女躺在榻上，就被玉柳容粗暴地将书夺走了，所以使得宋翎一直认为只要两人睡在一张床上就是行了周公之礼。

看到这番情景，黄大娘更笃定了，这些日子为了避免麻烦，她一直称呼宋翎为"姑娘"，没想到宋翎还真是个姑娘。这夫妻二人未曾圆房，又哪里来的孩子呢？

黄大娘也是活了大半辈子的人了，第一次听闻这种令人哭笑不得的事。黄大娘从西厢房出来，碰见了因等着吃饭而在院子里闲逛的大夫，她藏不住事，当即揪住大夫，把刚刚的奇事说了一遍，大夫也是目瞪口呆。黄大娘说完就痛快了，转身去厨房弄今天的午饭。

这下轮到大夫藏不住事了，在院子里又晃悠了一阵，最后一拍脑袋，拐进了玉柳容正在养伤的东厢房。

玉柳容尚且不知发生了何事，正在满心纠结烦闷之际，忽然看见那大夫又进来了。玉柳容当时说的第一句话就是:“大夫,你刚刚去诊脉,那女子当真怀有身孕了？”

玉柳容满脸急切的表情，明明白白地落在了大夫眼里，大夫不由得叹了一口气，看来这位小相公是求子心切啊。

玉柳容见状越发着急，不由得腹诽：大夫怎么都有故作深沉的臭毛病？有就是有，没有就没有，他叹什么气?

大夫仍旧不说话，反而上下打量起玉柳容来，一边打量一边在心里感叹：多么俊秀的一个年轻人啊。

玉柳容被大夫的眼神看得发毛，但眼下不是发火的时候，他强压着火气，尽量用平静的声音又重述了一遍：“那女子究竟有没有怀孕？大夫你倒是说话啊！”

大夫眼皮都不抬一下，心想这个小相公心焦易怒，过怒则伤肝，血不归经，肾气不足……赶在玉柳容变得暴躁之前，大夫终于慢悠悠地开口了：“小相公这话问得真好笑，你们都不曾圆房，哪里来的孩子？想是想不出孩子的。”

这句话犹如一张法力强大的定字诀，玉柳容瞬间跟中了法术似的被定住了，甚至连眼珠都忘记转动。

玉柳容只是脾气火暴，头脑是相当灵活的。凭大夫的那一句话，他不仅明白了宋翎的怀孕只是虚惊一场，还推断出苏子修和宋翎的关系并不是自己之前想象的那样。

玉柳容顿觉豁然开朗，连日来郁积在心底的闷气也终于消失殆尽。这时候玉柳容不禁又觉得对不住苏子修了，毕竟当自己无所事事地躺在床上养伤的时候，一天到晚都在咒骂苏子修无耻下流，以此来打发时间。

大夫看不懂玉柳容的反应，只是更加笃定了自己的猜测，那一位小娘子看着没什么问题，估计症结在她的相公身上。大夫脸上露出一丝隐秘的笑容，故意凑近了些，斟酌着言辞说道：“咱们都是男人，我能理解你的心情，只是有些事情很难说，有心无力的情况也是很多的。”

大夫一边说着，一边在心里暗叹：刚刚那位小娘子长得多漂亮，她的相公只要是个正常男人，没理由冷落佳人，唯一的解释就是她的相公有问题，在闺房之中有心无力。

玉柳容一开始没理会大夫的话，只知道宋翎没有身孕就足够了，但是到后来，玉柳容发现不理会不行了，因为这大夫居然当着他的面信口开河，还越说越离谱了。

“你少胡说八道。”玉柳容皱了皱眉，面有不满之色。

大夫摇了摇头，心想这小相公还嘴硬，索性挑明了说：“我是大夫，医者父母心，当着我的面你没必要再藏着。虽说这种病不好说出口，但是终归有病治病，治好了就没事了。我给你打个比方，譬如你今天摔断了胳膊或者腿，放任着不管肯定是不行的，弄不好胳膊腿就残废了，但是大夫会给你接好骨头，你再休养一阵子，等骨头完全长好了，你的胳膊腿不就能用了？

“我现在虽然是打个比方，但道理是共通的。无论身体的哪个地方出了问题，治好了不就正常了？”大夫自认为这个比方打得极妙，既把道理说清楚了，又不至于太过直白令病人感觉尴尬。

大夫没有理会玉柳容那震惊到几乎扭曲的表情，觉得这是把话说到人家心坎里才能达到的效果。

玉柳容刚出了一口闷气，又有一口老血涌上心头。这大夫啰里啰唆了一大堆话，暗示和明示都用上了，其实归结起来只有一句话：本人已经知道你有雄风不振的病。

“我很正常，没病。”玉柳容言简意赅，冷冷地说道。

“年轻人，讳疾忌医要不得的。我刚才给你家娘子把脉的时候，你家小娘子眼巴巴地看着我，我都不忍心告诉她实话。别的不说，你也要为你家娘子着想，她也很可怜。”

大夫看着眼前的男子，此人长得真是清俊好看，他治过的那些病人，就连这位小相公的一个小手指都比不上。但是好看又有什么用？不过幸好遇上了他。大夫终于说到了重点：“我这里有一味补肾的良药，是我家祖传的秘方，百试百灵，你先试试吃上几剂，应该很快就能见效。”

玉柳容的脸色越发阴沉，他到底是当过祁帝的人，若是当真生气了，眼底那慑人的威压和凌厉的气势不是常人扛得住的。

到底只是镇上的大夫，平日里见的世面是有限的，他被玉柳容盯得打了一个冷战，不敢说话了。他在心里犯着嘀咕，自己好像没说错什么吧？他悬壶济世，治病救人，就连祖传的秘方都说出来了，为何这位主儿偏偏就是不领情？

“这个……这个……我先告辞了。”大夫选择了走为上策。

“不送了。”玉柳容寒着脸说了一声，没有继续为难大夫的意思，毕竟这位大夫为他治过伤。

大夫一脚已经跨出门槛，听见玉柳容那一声“不送了”，感觉对方的口气有所缓和，又转过身，大着胆子说道：“这位小相公，你再听我一言，我家祖传的肾药真的是百试百灵……”

“滚！”玉柳容终于被惹毛了，怒吼一声之后，全然忘了前面大夫叮嘱的莫要剧烈运动，一把抓起床边的凳子朝着门上砸去。

大夫见事情不妙，落荒而逃，只听得身后传来震天的响声。

在黄家人的院子里，不仅仅是大夫，包括在厨房忙活的黄大娘以及在西厢房里的宋翎和黄家媳妇都被这巨响吓了一跳。

第十五章 兄妹

两人在黄大娘家里一住二十余日，玉柳容的刀伤渐渐痊愈了，他已能下床自如地走动，若是再小心些，很难看出他有伤在身。

玉柳容养伤的那段日子，宋翎独自去了几趟江临。她是为了见她的亲哥哥宋璟。说来也是机缘巧合，宋翎无意中听说宋璟如今也在江临。

兄妹甫一见面，欢喜和激动之情自然不必说，两人内心都百感交集。

宋璟是男子，比较克制。宋翎就没那么克制了，一看见哥哥，还没说上几句话，眼圈先红了。她想要忍着不哭，却忍不住了，眼泪成串地往下流，最终还是当着哥哥的面哭了出来。将近两年半的时间，她去了祁国，没有一个亲人在身边，委屈、艰险、甜酸苦辣一一尝遍，这一切都化作这场酣畅淋漓的大哭。

宋璟也想念自己的妹妹，两年多不见，宋翎又长高了一些，五官似乎也长开了，比从前更加俊俏秀气，不再是当初稚气未脱的模样。

宋璟一直耐心地等着宋翎哭够了，才说道：“你当初一时冲动，跟着七殿下去了祁国，这次是真的吃到苦头了吧？”

宋翎慢慢收住了眼泪，哭完之后，整个人舒畅许多。这两年多以来，她心里积压了太多东西，犹如负重前行，浑身一直紧绷着无法放松。如今在哥哥面前，她才真正感觉到了安心，好似将一切都放下来了。

“哥哥，这个以后我再慢慢跟你说。”宋翎只一语带过，并不深谈。因为此时此刻的她更在乎一个人，一个对她和宋璟都极为重要的人。

只是宋翎尚有些迟疑，小心翼翼地斟酌了半天，却怎么都开不了口。

宋璟对自家妹妹何其了解，主动提起道：“你想问的人是不是爹爹？”

宋翎硬着头皮点了一下头：“爹爹是不是很生气？”

宋璟没有绕弯子，直截了当地说道：“爹爹何止是生气，简直是怒不可遏。爹爹从前也发过火，但我也是第一次见到他发这么大的火。”

宋翎听后长叹了一口气。这个答案在她的意料之中，她反省了一番，说道：“唉，其实怨不得爹爹生气，就连我也想不出该用什么理由来原谅自己。毕竟这次是我做得太出格了，跟从前那些小打小闹不是一回事。爹爹如果不生气，那才是一桩怪事。”

宋璟说道：“你这话倒是说对了。”

话是这么说，但宋翎心里还是怀着小小的希望的，她问宋璟：“可是两年多过去了，爹爹的气是不是消一点点了？”

“依哥哥我的看法……”宋璟尽量想把话说得委婉一些，“你还是放弃这个念头吧。”

宋翎闻言，最后的一点儿希望也被浇灭了。她是回到昭国了，但是想要回到丞相府，如何过亲爹那一关还是一件让人头疼的事情。

宋璟有种淡淡的“同病相怜”之感，安慰宋翎道：“你也别难过，你看哥哥我还不是被爹爹赶出来了，有家归不得？”

宋翎很是不以为然，噘着嘴道：“哥哥，你当我不知道吗？你是被朝廷放了外任，现在是临州防御使，论品秩比你之前的四品侍郎还高了半级。”

宋璟听了这话，非但没有感到安慰，反而露出一丝苦笑，一边摇头一边说道：“什么高不高半级，你当我是自愿离京的吗？”

“难道不是你自己想来江临？那又是什么缘故？”宋翎追问道。

宋璟不答反问：“你说朝中谁有那么大的权力，能够干预官员的调配？”

宋翎一时难以置信地瞪大了眼睛。她其实已经想到了，犹犹豫豫地说道：“爹爹？”

宋璟点了点头。他之前的京官当得好好的，突然就被放了外任，一大半是宋丞相的意思。换言之，宋丞相不希望自己的儿子继续留在都城郢梁。

说起宋璟和宋翎的父亲，也就是昭国现任的丞相——宋渊贞，他的人生有两件头疼的事，一件是管不住女儿宋翎，另一件是管不住儿子宋璟。这一双儿女相继成了宋丞相的心病。

宋翎的事暂且不提，宋丞相近几年最大的烦恼是宋璟，宋璟是他唯一的儿子。

宋丞相一直对儿子引以为傲，因为宋璟确实优秀，在世家官宦的同辈子弟当中出类拔萃，继承了父亲的相貌和才智，天生好风仪，品行端正又颇有才干。宋璟不靠父荫，年纪轻轻就到了四品侍郎的位置，应该说是前途无量的。

只是有一点，宋璟一直跟七皇子苏子修走得很近，在苏子修离开郢梁之后，宋璟仍旧不改初衷，多次拒绝了太子党的拉拢。宋丞相是何等敏锐之人，彼时已经觉察出不对劲儿了，直到抓住宋璟跟七皇子私下通信的确凿证据，宋丞相半点儿没犹豫，找了个由头把儿子弄出都城，撵回了江临老家。

宋丞相的此举是防患于未然。如今是太子党独大，苏子清的太子之位稳若磐石，惠帝久病缠身，已时日无多，太子正当壮年，羽翼早已丰满，太子即位基本是板上钉钉的事。看清这种形势后，朝臣们几乎是一边倒地支持太子，从前保持中立的大臣们也纷纷投诚了，因为没有人会傻到跟下一任国君作对。

宋丞相却发现真的有这种傻瓜，而且这个傻瓜还是自己的儿子。知子莫若父，宋丞相知道自己的儿子聪明是聪明，但是在某些事情上容易认死理，比如现在他要一根筋地追随七皇子。

宋丞相知道宋璟跟七皇子交好，也从不干涉，因为那个时候宋丞相自己就是中立派，从不参与皇子之间的明争暗斗。但是今时不同往日，太子的地位已无人能撼动，宋丞相为官多年，在一番审时度势之后，决定接受太子的示好。

通常情况下，父亲选择了站队，儿子跟着老子就行了，但是宋璟偏偏不这样，他依旧坚定地站在七皇子苏子修这一边。宋丞相差点儿没被自己的儿子气晕过去，没有想到宋璟跟七皇子的关系好到了这种程度。

宋丞相知道宋璟是不听劝的，宋璟认定了什么就是什么，缺乏官场中人必要的圆滑和变通。宋璟继续留在郢梁迟早会惹出麻烦，说不定什么时候就得罪太子了。

宋丞相想过了，最稳妥的办法就是让宋璟远离郢梁，远离政治核心，避免在政权更替的时候被卷入复杂的权力斗争之中。宋丞相也为宋璟想好了去处，就是宋氏祖籍江临。宋家在江临一带颇有名望，根基深厚，宋璟去了也能得到本家族人的照看。

宋丞相为此付出了一片苦心，只是可惜宋璟并不领情，宋璟一心想的仍旧是回到郢梁。

宋璟沉思片刻之后，对宋翎说道："妹妹，我不能一直留在江临。尤其是现在，七殿下已经归国了，我在江临就更待不住了。七殿下回来后，身边不能没有帮衬的人。"

宋翎默然不语。说起来她跟苏子修也有一个多月不曾相见了，心中自是无限思念。她在犹豫着要不要把她和苏子修在戎狄成亲一事告诉宋璟，但是一有这个念头，她耳边就会回响起玉柳容的那一句冷嘲热讽："你要是说你在戎狄成亲，我敢肯定每一个听见的中原人都会笑掉大牙，因为没有人会承认的。"

想到这里，宋翎也赌了一口气。玉柳容说没人会承认，她偏偏要告诉宋璟，看看宋璟是什么反应。

宋翎正要开口，宋璟却抢先出声问道："妹妹，你还记得下个月十七是什么日子吗？"

"娘亲的忌日。"宋翎脱口而出道，尽管她不解宋璟为何如此问。

"妹妹。"宋璟挑了挑眉，冲宋翎使了个眼色。

"哥哥，我明白了。"宋翎恍然大悟，不用多说，她已然晓得宋璟这个眼色的意思了。

宋翎没有隐瞒自己救了玉柳容一事。宋璟听了之后，脸色遽变。他不是没见过世面的人，但是宋翎此举太过任性妄为，甚至可以说是胆大包天，让他好久都没有回神。当宋翎告诉哥哥她和苏子修已在戎狄成亲时，宋璟也只是淡淡地应了一声，因为他还处于震惊之中。

宋璟用一种难以置信的眼神盯着自家妹妹，一边摇头一边叹气："翎儿啊翎儿，哥哥我只是政治立场跟爹爹不一致，就被爹爹撵出家门了，你这事要是被爹爹知道了，直接被逐出家族都有可能。"

昭、卢两国正跟祁国交战，如今的祁国对昭国而言，不是盟友而是敌人，私自救了敌国的君主，尽管是已经失了权势的君主，那也是一件相当严重的事情。若是走漏一点儿风声，弄不好宋翎会被扣上一顶通敌卖国的大帽子。

宋璟思索片刻，严肃地问道："你把人藏在何处？"

宋翎如实说了，那是一个距江临城较远的小村庄：“哥哥，你也不必太过担心。那人的伤差不多快养好了，到时候他会自行离去，今后跟我就一点儿都不相干了。这事只要我们绝口不提，不会有人知道的。”

宋翎没想到宋璟会主动提出要见一见玉柳容。宋璟前一刻还在教训她的冲动和不理智，既然跟敌国君主的接触是不理智的，为何他要明知故犯？

这次轮到宋翎愣住了，她当即反对道：“哥哥，你知道我初到江临为何不找家族人求助？我就是不想把任何人牵连进来。我已经蹚了浑水，不想让其他人跟我一起担责任。”

“我是你亲大哥，怎么能不管你？再说了，我只是见一见他，其他的什么都不做，事情又能严重到哪里去？”宋璟不以为然，一来他是关心妹妹，二来他也好奇。他不得不承认自己对玉柳容有着极大的兴趣。

宋翎没好气地回了宋璟一句：“你是想看看那人有多貌美，心有多毒吗？”

宋璟哈哈一笑，没有接话。

玉柳容也称得上是名满天下的人物了，不仅因为他当过祁帝，也不仅是他在位一年就被赶下皇位。

世上关于他的传言很多，譬如他容貌美艳犹胜女子，行事狠辣，得罪他的人没一个有好下场。这些传言归结起来大概就是四个字——貌美心毒。

玉柳容这个人毁誉参半，但他作为帝王的名声是贬斥多多，褒扬缺缺的，盛传他刚愎自用，恣意妄为，在很多事情上一意孤行，从不肯听旁人的劝告，最后落得一个被迫退位的下场。这样一个传奇之人近在咫尺，宋璟好奇也在情理之中。

当宋翎领着哥哥去城外那个小村庄时，在黄大娘家里的玉柳容正坐立难安。他已经整整三天没有见到宋翎了，问黄大娘她们也都说不知道。

黄大娘瞧着玉柳容越发焦躁的神色，赶紧解释道：“你家娘子是自己出去的，没说去哪里，也没说啥时候回来，老婆子当时就没多嘴问，谁想她就不回来了。我还以为你们小夫妻是说好了的。”

玉柳容早就想过了，当自己的伤势痊愈后，宋翎肯定会离他而去。不同道的两人，分别是早晚的事情，他只是没想到宋翎选择了不辞而别。

玉柳容只能怨自己大意了，竟然没有及时察觉。同时他在心里长叹：松子啊松子，你明明不是冷心冷性的人，为何偏偏对我如此绝情，就连道别都不愿意？我玉柳容就这么让你避之唯恐不及？

念及此，玉柳容不由得生出几分心灰意懒的情绪。在他养伤期间，自己的几个心腹已经一路循着踪迹找到了他，这帮人中脑子最为灵活的冯长儒在后方压阵，贺知年和林涧则是冒险潜入昭国边境，亲自迎接玉柳容回国，到时候再图谋大事，伺机东山再起。

玉柳容已经见过这两人，但是他没有听从手下立即启程的提议，想要多拖延几日。

玉柳容的做法令贺知年和林涧大为不解。昭国不是久留之地，更何况玉柳容回到祁国还有诸多大事要处理，为何不着急走？他们想不到的是，玉柳容是在等宋翎，想最后再见宋翎一面，亲自跟她道别。毕竟这一去之后，山长水远，相隔两国，玉柳容再要见宋翎一面是难上加难了。

黄大娘也在叹气，突然一拍大腿，好像想到了什么要紧的事，冲着玉柳容嚷了起来："我想到了！莫不是你娘子的家里人找来了？唉唉，八成是这样！"黄大娘又补了一句，"铁定是她家里的人把她带回去了。"

黄大娘是大字不识一个的村妇，情急之下想不到太多，想到的是戏文的故事里，私奔的男女最后都会被家里的人抓回去，落得一个棒打鸳鸯的结局。

黄大娘悲从中来，大声嚷嚷着，浑然不觉自己身后已多了两个人。

那就是刚到黄家的宋璟和宋翎，兄妹二人此时的表情出奇一致——哭笑不得。

说实话，他们倒是希望爹爹能派人抓他们回去，这样就不用头疼怎么回家了。

黄大娘一回头看见宋翎，冲上来紧紧攥住了她的手，情真意切地问道："姑娘啊，您这两天去哪里了？急死我这个老婆子了，也急死你家相公了！"

宋翎被这位农村大婶的关心弄得感动又尴尬。黄大娘的担心是实实在在的，但黄大娘一开口也确确实实把宋翎给坑惨了。

旁边的宋璟刚刚还保持着恰到好处的微笑，既不亲近也不疏离，一看就是世家公子的风度，但是听得黄大娘嘴里清清楚楚地说出"相公"两个字，宋璟的脸色已经变了。他难以置信地朝着宋翎看去。这是怎么回事？宋翎嫁的人不是苏子修吗？怎么又跑出一个相公？

宋璟憋了一肚子疑问，但是眼下不好直说，于是皱着眉头给宋翎使了个眼色。

宋翎赶紧摇头，用眼神示意，让宋璟千万不要乱想。

在宋翎现身之前，玉柳容是急躁得不行，如今倒是安静下来了。他也在打量那个跟宋翎一同出现的男子，猜测此人的身份。

宋翎为了防止黄大娘越说越多，反握住对方的手道："大娘，让您担心了。我这不是回来了吗？再说了，我们在您家里吃住这么多天，饭钱都没结清呢，我怎么

可能跑呢？”

宋翎说着看了一眼这家人的院子。他们刚来的时候，房前屋后都是散养着的土鸡，这会儿数目少了近一半。

黄大娘听了这话，原本堆笑的脸一下子耷拉下来，忙不迭地解释道：“姑娘你别想岔了，老婆子是真的担心你，怕你出事，怕你被家里人带走，可不是为了那几个饭钱……”

宋翎晓得庄稼人的淳朴，笑着说道：“大娘，我只是开个玩笑罢了，你别想岔了。”

黄大娘又眉开眼笑起来，指着宋翎身边的年轻公子问道：“姑娘，这是……”

她早就看见宋翎身边的年轻男子了，只见那人衣着华贵，面容俊朗，身段挺拔，好一个玉树临风的贵公子。而且此人神色平和，不骄不躁，没有凌人的气势，跟黄大娘想象中五大三粗的凶狠形象相去甚远。

宋璟已经沉默半天了，正要说话，宋翎却抢在前头道：“这是我的表……表叔。”

宋翎话到嘴边又改了主意，故而中间停顿了一下。

宋璟听了之后，也诧异了一下，但是两人当了多年的兄妹，相当默契，一个眼神就能明白彼此的意思了。

宋璟立刻摆出一副长辈模样，坦然地承认了：“对，我是她的表叔。”

“表叔啊？”黄大娘露出一丝惊讶的表情。她原本以为这两人年纪相差不大，看着长相有三分相似，应该是兄妹才对。

有了宋璟的配合，宋翎说话就流利多了：“是的是的，他就是我表叔，是家里人让表叔来找我的。”

说实话，宋翎也想过不辞而别，毕竟她自认跟玉柳容没什么好说的，不辞而别才是最好的告别方式。眼下他们回来，不单为了满足宋璟的好奇心，也是因为宋翎想到了饭钱尚未结清。

庄稼人生活不容易，他们白吃白喝的话太不地道了。

“表叔，你替我给钱吧。”宋翎很是自然地对宋璟说道，“然后咱们也该回去了。”

“好。”宋璟爽快地应了，替自家妹妹给钱天经地义。他掏出一大锭银子放在了黄大娘的手上。

黄大娘捧着那一锭足足有十两的银子时，双手都颤抖了，急忙推辞不要，说道：“这么多银子……哪里用得了这么多？这个老婆子不能收，说什么都不能收……”

宋璟不肯收回，再二劝道：“您收下吧，小小心意而已。”

正当宋璟和黄大娘互相推让之际，突然有男子的声音慵懒地插了进来：“表叔的一番心意，大娘您就收下吧。”

宋翎瞪圆了眼睛，说话的人正是之前一直保持沉默的玉柳容。

宋璟也愣住了，因为他被玉柳容的那一句“表叔”噎得不轻。其实一进来宋璟就留意到了院子中那名年轻男子，就算没有人告诉他，他也知道此人必是玉柳容无疑，只是对方比他想象中的少了几分凌厉和狂傲的气势，添了几分重伤初愈的清瘦和羸弱。虽说一时跌落谷底，但是玉柳容并不见颓丧之气，还隐隐流露出皇室中人的风仪和气魄。

宋璟绝对没有想到，自己居然被曾经的祁帝叫了一声“表叔”。宋璟搞不懂玉柳容这是要做什么，朝着宋翎看去，发现宋翎也朝着他看来。

说话间，玉柳容已慢悠悠地朝着兄妹二人走去。宋翎对玉柳容心存芥蒂，看着玉柳容一步步靠近，她不自觉地朝后退了一步，又朝右挪了一步，躲到了宋璟背后。宋璟也做了一个回护的手势。

出人意料的是，玉柳容没有任何过激之举，居然谦恭有礼地说道：“表叔，我知道你是来接松子回去的，可否让我跟松子说最后几句话？”

宋璟表面上一脸淡定，内心却被“表叔”二字震了一下。这位玉柳容也没有传言中那么桀骜无礼，对方若是态度蛮横，他可以直接拒绝，但是对方以礼相待，倒让宋璟一时拿不准主意了。

宋翎已经悄悄在宋璟的后背上写了一个“不”字，示意宋璟赶紧替她拒绝，她跟玉柳容没话说。

黄大娘捧着银子在旁边看着，宋翎和玉柳容在两边，中间是一个摆开架势的宋璟，这情形怎么看怎么像是棒打鸳鸯。黄大娘也看得心焦，还是认定宋翎和玉柳容是从家里私奔出来的一对苦情人，如今被家长找到了，要将其中一个捉回去。

黄大娘有心帮忙，小跑上前一把抓住了宋璟的胳膊。

宋璟被这村妇突如其来的举动吓了一跳，正要发问，眼前忽然闪过一团白花花的东西。宋璟下意识地将头后仰，堪堪躲过之后定睛一看，那竟是一锭银子。此刻黄大娘手中高高地举着那银子，她想要拿着银子跟宋璟说话，一时心急，差点儿将那一锭银子直接戳到宋璟的脸上。

宋璟看着自己被攥住的胳膊，有些哭笑不得，问道：“大娘，为何抓着我不放？”

“老婆子做人不贪，不能收你这么多银子。”黄大娘坚定地说道。

宋璟原本以为付了钱就结了，想不到黄大娘会这样说，只能无奈地道：“那大娘要如何？”

“我不多收你的银子，只拿应得的。”黄大娘想好了，说道，“你家侄女在我家里吃的用的我都记下来了，咱们进去把账目算一算，让他们在这里说会儿话。”

“啊？”宋璟想不到还有这一出，但是黄大娘不容他多想，拽着他的胳膊就朝屋里走去。

其实凭宋璟的力气想要挣脱一个妇人并不难，只是对一名妇人使用蛮力似乎不太好。宋璟回头看了宋翎一眼，喊了声：“侄女儿，表叔就在屋里，你有事喊我就行了。”

“表……叔？”宋翎这一声还没喊完，宋璟已被黄大娘拖进里屋了，如此一来，黄家的院子里只剩下了宋翎和玉柳容两个人。宋翎原先是避着玉柳容的，但是她想到如今是在昭国的地界上，哥哥还在，自然多了几分底气。

“你要说什么？”宋翎直截了当地发问，想速战速决，早点说完早点了事。

玉柳容却一副不疾不徐的样子，他环顾四周，伸了一个懒腰，说道：“来了之后一直卧床养伤，倒是没好好看过这里。”

“乡下地方，有什么好看的。”宋翎没有心情跟玉柳容东拉西扯，“我表叔来找我了，我要走了，你的伤也好得差不多了，咱们就此别……”

“从前没有留意，虽是乡野之地，但风光也有独特之处。”玉柳容打断了宋翎的话，指了指不远处的一片农田，也不知哪里来的兴致，提议道，“咱们去那里看看。”

宋翎简直佩服玉柳容这自说自话的功力，只听自己想听的，只做自己想做的，难怪世人对他的评价是一意孤行，果然贴切得很。

宋翎站在原地不肯动，始终跟玉柳容保持一段距离。尽管这次是她救了玉柳容，但并不意味着他们成了朋友，更不意味着她对玉柳容放下了戒心。

宋翎毫不掩饰自己的警惕，玉柳容明明白白地看在了眼里。他早就猜到会是这样，但是此时依然不免自嘲。说来也是讽刺，他活了二十多年，头一回想要真真切切地对一个人好，虽付出诸多努力，却适得其反，将自己想要留着的人越推越远。如今她只会用戒备的眼神看着他，他想要像朋友一般轻松地和她说说话都成了一种奢望。

良久，玉柳容似有似无地叹了一口气，声音甚是寂寥：“松子，我也要回去了。我只是想最后跟你说说话而已，你放心，除了说话，我什么都不做。”

第十六章 玉牌

从黄家院子出去就是一处农田，因为大半地方位置不佳，晒不到太阳，主人平日里也疏于打理，原本长庄稼的地方生出了杂草，但是依然可见清晰的田埂。如今早过了秋收时节，往后的日子只会一天冷过一天。

宋翎和玉柳容一前一后沿着田埂走着，两人之间始终保持着一段距离。宋翎再三警告玉柳容，不要离她太近。

宋翎从路边捡了一根树枝，只要玉柳容稍稍靠近，她就用树枝戳一戳，示意他自行后退到树枝碰不到的地方。

短短不到百步，玉柳容就被树枝戳了七八下，有几次他是故意试探宋翎，但有几次确实是无心。玉柳容被那根树枝戳得甚是恼火，若是换了别人，他哪会忍耐到现在?

从来只有他支使别人，没有别人敢这样对他。只是眼前之人是松子，玉柳容才再三容忍。

玉柳容再次被树枝戳中之后，终于开口了，恳切地说：“松子，这一次是你救了我，我玉柳容无论如何都会记得你的救命之恩。”

玉柳容回想起他在祁国被人围剿，危在旦夕，若不是宋翎出手相助，他恐怕早落在那帮人手里了。

“顺手而已，你别想这么多，也别给我扣什么救命恩人的大帽子。”宋翎的口气甚是轻松随意，她接着说道，“这边护送我的白狄人几乎将你的人杀光了，虽说是你们主动攻击，但是赶尽杀绝总归不太好。当时那种情形下，救你也算是补偿你了。毕竟杀你的人的是白狄人，你能脱险也是因为白狄人，这样一来你们就算扯平了。”

“什么扯平了？我说的是咱们之间的事，你别老是扯进来别的人。”玉柳容有些恼。他何尝不明白宋翎的意思？他将宋翎放在恩人的位置，然而宋翎只是想跟他撇清关系。

玉柳容不让宋翎提起白狄人，宋翎偏要提。她说道：“你还真绕不开白狄人，毕竟你能脱险也是因为他们。这一路上不少关卡有重兵把守，每一个出入之人都会被严加盘查，但凡发现可疑之处，守卫宁可抓错也不会放过。我们能轻松过关，没有人敢过分刁难，是因为我们所在的车队持有象征白狄使臣身份的旄节，那些官兵才不敢轻举妄动。”

“被你这样一说，我这条命倒成白狄人救的了。”玉柳容略含自嘲地说道。

宋翎没理会玉柳容的自嘲，自顾自地说道：“帮你逃脱追捕的是白狄人，为你治伤的是大夫，日夜照料你的是黄家大娘和她儿媳妇，我没有为你做过什么，你也不要把那么大的恩情算给我。”

宋翎要撇清，他偏偏要宋翎撇不清。玉柳容说道：“松子你还说没有为我做什么。在我连续高烧那几日，为何醒来的时候都看见了你？你明明是彻夜守着我的。”

宋翎看着玉柳容，坦白道：“那是因为大夫说了那晚是险关，你如果熬不过去就会死，所以黄大娘死活拉着我一道守着，说什么万一人不行了还能见上最后一面。”

玉柳容之前笃定的神色微微一僵。

宋翎明白这时候不能心软，必须狠心到底，不能给他留下任何绮思旖念。

“我只是守了那一晚，而且还是被逼无奈的，前面都是黄大娘她们在照顾你。我只顾好自己，吃好喝好早早睡觉，哪怕是你的伤势最为严重的几日，我也没有吃不下饭睡不着觉，每一天该怎么过就怎么过。你若能熬过来是你的运气，你若死了是你的命，跟我无关。”

宋翎的态度在他的意料之中，但是清清楚楚地听到这一刻，玉柳容依然感觉到一种意料之外的心寒，那是再多的理智和冷静也无法控制的。

宋翎一边说一边察言观色，因为她对玉柳容的自制力一向没有信心，怕药效太猛，令他对自己做出什么过激之举。

玉柳容沉默了片刻，然后朝着宋翎靠近了一大步。宋翎下意识地用树枝一挡，既隔开两人的距离，又提醒玉柳容遵守承诺。他明明说好了不越雷池一步的。

玉柳容哪里还管这些，一把将那根碍事的树枝抢过来，折断了扔在地上。他早想这样做了。

这一连串的动作，看得宋翎瞠目结舌。她瞬间紧张起来，正想着要不要大喊一声“表叔救命”，只见玉柳容停了下来，除了刚刚蛮横地折断树枝之外，他似乎并没有更进一步的举动。

“你是不是……恨我？”玉柳容直直地看着宋翎的双眸，很简单的一句话，玉柳容在心里酝酿再三，说出来的时候还停顿了一下，尾音似乎带着微微的颤抖。

宋翎站直了身子，尽管近在咫尺的玉柳容比她高许多，但是只要玉柳容不对她使用蛮力，她是不怕的。

“恨是没有。”宋翎回答得很利落，随即又接上一句，“讨厌倒是真的。”

听到这个回答，玉柳容一时哑然。

赶在玉柳容说话之前，宋翎神情不改地说道：“那种情况下，除非是深仇大恨，没有人能做到眼睁睁地看着一个人去死。我是很讨厌你，但是还不到见死不救的地步。然而我也坦白告诉你，当时如果没有白狄使者的身份让我狐假虎威，我多半会选择不救你，毕竟救人也要量力而行。”

玉柳容感觉胸口一阵气闷，宋翎说的每一句话都不留一点儿情面，明明白白地告诉他，她不想跟他扯上任何关系，哪怕是当他的恩人。

玉柳容的执拗脾气被激了起来，他赌气一般冲着宋翎喊道：“反正我就是要领你的情！我认定了就是你救了我的命！”

“我不承你的情。”宋翎深感无奈，差不多已经把狠话说完了，玉柳容依然胡搅蛮缠。

“那行！”宋翎居然转变了态度，“要不这样好了，你把这人情算给我家公子好了。你此次回到祁国后，若是东山再起，将来不管遇上什么事，你承诺放过他一次。”

玉柳容刚刚是气闷，这会儿是气滞了，又是苏子修，她说来说去总是绕不开苏子修。

“你犯不着故意刺激我，上次我绝食的时候，你说的那些话不也是故意的吗？”玉柳容冷声说道。

宋翎并未否认，也没回避他逼视的目光。

两人沉默了一会儿，玉柳容将视线从宋翎的脸上下移到了手腕上，问道：“我之前送你的那条手钏呢？”

宋翎知道玉柳容问的是那条纯金的松子手钏，毫不掩饰地说道：“我留在戎狄了。”

也许是先前承受的打击太多，玉柳容这次非常平静，嘴边露出了笑意。他想了想，自己一共送过宋翎两回东西。

第一回他送的是那幅《孔雀牡丹图》，尽管只是一幅画，但是上面盖了他的太子印信，被她留在了祁国；第二回是松子手钏，他亲自设计的手稿，在临别之际亲手为她戴上，又被她留在了戎狄。

“我的东西你就一样都不愿意留在身边？”玉柳容怔怔地问道。

在针锋相对的时候，宋翎能做到寸步不让，但是看到对方的失神和落寞，“是”字已经到嘴边，但宋翎还是犹豫了一下。

就在宋翎犹豫之时，玉柳容已取出一块白玉。这块白玉比常见的玉佩稍大，但比玉牌稍小，呈规则的圆形，通体洁白，质地细腻，莹润有光，上端穿孔，系着一条鲜红的络子。单单看这玉就知道是有来头的好东西，更何况正面还有盘旋的龙纹，昭示了此乃御用之物，反面则是镌刻着篆书字迹，正是玉柳容的名字。想必这玉是象征身份的一件极为要紧的东西。

宋翎看着这玉，有种不祥的预感。

果然玉柳容说道：“以前的就算了，今天我把这个给你，希望你不要再随便将其一丢了事。今后你若是有什么事，拿着它来见我，我玉柳容一定竭尽全力为你达成心愿。”

“不用了。”宋翎哪里肯要，自然是拒绝的。

玉柳容哪里管这个，一把捉住了宋翎的手腕。玉牌上系着络子，络子上又有一个扣结，没等宋翎反应过来，玉柳容就手疾眼快地给她扣上了。

那种络子的打法很复杂，至于如何解开扣结，宋翎一时不得要领，那块玉牌现在戴在了她的手腕上，任凭她又扯又抓，怎么都解不开。

玉柳容看着宋翎一脸着急的样子，觉得终于有一件合他心意的事情了。

“松子。”玉柳容念着这两个字，心情舒畅后想到了一件事，“松子一定不是你的本名，既然认识了这么久，你也应该告诉我你姓甚名谁。”

“休想！”宋翎从牙齿缝里挤出了两个字。她还在纠结怎么解开扣结，自然没什么好语气和他说话。这玉就这样挂在她的手腕上，被人看见也太可笑了。

玉柳容则进一步诱导道：“你告诉我你的姓名，我就帮你解开。”

宋翎哼了一声。她对玉柳容的人品不放心，肯定不会给他机会：“有什么了不起的，我回去就把绳子剪了。”

玉柳容并不在意，灵光一闪，突然又自说自话起来：“妧妧？对了，我不是给你起了一个名字叫宋妧妧吗？从今往后，我就叫你宋妧妧。这个称呼是我一人所有，这天下叫你宋妧妧的也就只有我一人。”

宋翎此时此刻的心情是哭笑不得的，跟眼前这个人根本说不通道理，她索性扭头就走，任由玉柳容在身后越发起劲儿地喊了几声：“妧妧！妧妧！”

宋翎走了没多远，迎面就碰上了赶来的宋璟。宋璟也是隐约听到了喊声，颇为惊讶，问宋翎：“谁是妧妧？”

宋翎摇头，再转身一瞧，玉柳容已经不在原地了，可能是自己走了，也可能是和来接他的人一道走了。宋翎摸索了半天，终于解开扣结，将拴在她手腕上的玉取了下来。

宋璟也看见了，尚未瞧个仔细，只见自家妹妹将这玉高高举起，要扔进旁边的一条小河里。宋璟赶紧出手拦了下来：“干吗扔了人家给你的东西？”

玉就这样到了宋璟手里，看到上面刻的名字，让他确认了此物就是玉柳容赠予宋翎的。

宋璟还在辨认上面的篆字，只见宋翎又把它抢了回去，宋翎果断地道：“不必留着的东西，自然是扔了为好。”

“你先别扔！”宋璟眼看着宋翎又要将玉朝着小河里扔，心急之下不由得喊了起来。

不知是不是宋璟的话起了作用，宋翎将手收了回来。

宋璟欣慰地点了点头：“妹妹这样才对，毕竟有哥哥在，你还是要听哥哥的。”

宋翎全然不顾宋璟所说的话，自顾自地说道：“要扔我也要换个地方，这河浅得跟个小水沟似的，万一被人捞了上来，岂不是更麻烦？”

宋璟瞬间有些无语，生怕宋翎说到做到，迅速出手将玉抢了过来，说道：“行了行了，你不要的话，先收在我这里好了。”

宋翎只能作罢，想起刚刚宋璟被黄大娘强行拽进屋的情况，忍不住笑道：“你是对完账了吗？”

宋璟笑了一声，带着几分戏谑道：“侄女儿，算了算账，钱的确不多，只是……”宋璟说到这里，顿了一下又道，“只是被吃掉的鸡，数目倒是挺多的。”

宋翎晓得哥哥是在借机调侃她，不服气地嘟囔了一句：“又不是我一个人吃的。”

宋翎像是想到了什么，露出一脸狡黠的笑，盯着宋璟，不动声色地说道：“再说了，哥哥你叫谁侄女儿呢？你这是在占我的便宜？还是占爹的便宜？”

第十七章 归巢

江临这边的事情解决之后，宋翎同哥哥宋璟一道启程返回了郢梁。

昭国的都城郢梁在一个月之前，因为一个人的归来，原本四平八稳的局势悄悄地发生了变化。那个人就是苏子修。

两年前被送去祁国当人质的七皇子不仅没有命丧祁国，而且成了戎狄的国师。据说白狄王对他极为信任，几乎到了言听计从的地步，这不得不说是一个奇迹。众所周知，如果不是苏子修指挥着戎狄军队从北线进攻祁国，同南线作战的昭、卢两国形成夹击之势，祁国怎么可能输掉这一场仗？正是两线战事同时进行，才让祁国陷入被动的局面，从主动出击一点点沦为被动挨打。最后祁国不得已提出议和，表示愿意撤军，并且无条件退还在战争中侵占的他国土地。

祁国认输了，曾经称雄中原百年之久的祁国认输了！这意味着祁国中原霸主的

地位已岌岌可危，也意味着一直被祁国压制的昭国和卢国从此摆脱了祁国的强权阴影，说不定中原国家的排位将会面临一次洗牌。

苏子修无疑在这其中起到了关键作用，这也是他名扬天下的原因。如今七皇子回来了，他的贤名和在民间的声望与当今的昭国太子相比有过之而无不及。而且在他归国之后不久，惠帝就赐予他亲王的尊荣，封号为襄，对外称为襄王。在惠帝的众多儿子中，七子苏子修是头一个被封王的。这是一个很重要的信号，使得不少人猜测除了中原国家的排位，昭国皇子们的地位或许也面临着一次洗牌。

苏子修的风光归来，令一个人恨得牙痒，此人就是昭国的太子苏子清。自从苏子修走了之后，太子开始腾出手来对付其他弟弟，如今几个弟弟都被太子收拾得服服帖帖，再也掀不起任何风浪。太子还没高枕无忧几天，苏子修又回来了。说实话，太子如今也后悔，后悔当初不该把苏子修推出去当质子。原本太子是为了一脚把苏子修踢出局，到头来才发现，这样反而保全了苏子修。现在其他皇子都不行了，苏子修却硕果仅存，太子若是不为此生恨就是怪事了。

宋璟和宋翎二人一道抵达了郢梁城，到了丞相府却兵分两路。宋璟是光明正大地从丞相府的正门进去的。宋家大少爷告假回家祭祀亡母，可以高调。宋翎则从后门悄悄地溜了进去。她之所以如此低调，是因为她不知去向的那段时间，宋府一直对外宣称大小姐抱病闺中，不便见客。

宋翎的闺房是个独门独院的小跨院，她生母早逝，所以她一个人住，不像其他小姐们跟着各自的母亲居住。宋翎一走进自己的小跨院，就看到她的奶娘姚氏早就等候在那里了。

奶娘一看见宋翎，急切地三步并作两步迎出来，还不等宋翎说话，奶娘已经一把将这个两年多未见的宋家大小姐搂在了怀里，口里还连唤着“儿啊”“肉啊”，就跟见着亲生女儿一般。

宋翎被奶娘紧紧地搂着，心头热烘烘的。她对早逝的亲娘没有什么印象了，记忆中一直是奶娘照料她的起居，一手将她带大。从小到大，她见着父亲的时候不多，倒是一天到晚由奶娘陪伴着。从感情上来说，奶娘在她心中的地位几乎等同于娘亲了。

宋翎也知道奶娘是真的疼她，当初在祁国那位尚书夫人对她也是满口“儿啊”“肉啊”的，但是其中孰是真情孰是假意，明眼人一眼就能看出来。

“奶娘。”宋翎也是动情地喊了一声。

姚氏听到这一声，险些落下泪来。这么多年，大小姐就是她心尖尖上的肉，就是她的心肝宝贝肉疙瘩，如今看着大小姐站在自己面前，她又是欢喜又是激动，分明是在笑，但是眼角又沁出了泪花。

“回来就好，回来就好！”姚氏重复着这句话，一时抚摸着宋翎的头脸，一时摩挲着宋翎的双手，那般珍重疼爱的神态仿佛是害怕宋翎下一刻又会不见。

宋璟从后面探出脑袋，慢悠悠地冒出了一句话：“奶娘，我也离家半年了。”

“走，咱们到屋里去。”姚氏像是根本没听见宋璟说什么，眼下她的心思全在宋翎身上。她一手搂着宋翎的身子，一手紧攥着宋翎的手，两个人名分上是主仆，实则更像母女，就这样亲亲热热地相携着走了进去。

只留下宋璟一人在原地愣愣地又说了一遍：“奶娘，我也回来了。”

自打一看见宋翎，姚氏的眼睛就没从宋翎身上移开过，她要仔仔细细地看个够：“两年多不见，小姐的个头倒是长了。”

姚氏前一句还在欣慰感慨，但是摸到宋翎的脸蛋和双手，她又不由得心疼起来，道：“小脸却瘦了，从前那嘟嘟的小脸儿那么圆润，如今竟瘦得都没肉了，在外头一定吃了不少苦头。想想也知道了，外头哪里比得了家里，想必是吃也吃不好，睡也睡不香……”

宋璟正在喝茶，听了这话，一口茶水让他小小地呛了一下。也难怪他没忍住，毕竟他想起了黄大娘家里那几乎少了一半的走地鸡。

宋璟自从进来之后就被晾在一边，对此也早就见怪不怪了，但是这时，他颇有兴致地等着看宋翎的反应。

宋翎睁着一双明亮无辜的眼睛，朝着奶娘认真地点了点头：“是的，外头哪有家里好，我吃也吃不好，睡也睡不好……”

在旁边的宋璟又被茶水呛了，咳了一声。自家妹妹的脸蛋瘦没瘦他是看不出来，但是脸皮一定比从前厚多了。

姚氏则是满脸疼惜，带着几分嗔怪的口气说道：“皮肤比从前黑了，手摸着也比从前粗糙了，哪家的千金小姐弄得自己又黑又糙的？这哪里还像是养尊处优的样子？也不知道得花多少日子才能保养回来，真是愁死人了……”

这下轮到宋翎愣眼了，恨不得立刻拿一面镜子对着自己左照右照。她将信将疑地问奶娘道：“奶娘，我真的比从前黑了吗？”

宋翎自认不是什么绝色美人，但是胜在娇俏甜美。她最引以为傲的就是肤白，用“欺霜赛雪”四个字来形容都不为过。郢梁城中不少名门世家千金，要比宋翎貌美的不难找，但是在肤白这一点上能跟宋翎比肩的几乎找不到。

所以当宋翎听奶娘说自己黑了，自然一下子紧张起来。

“不碍事不碍事，奶娘多给你弄点珍珠和牛乳，过一段日子兴许就养回来了。”姚氏安慰宋翎道，目光从宋翎的脸蛋下移到了双手上，眉头皱得更紧，埋怨道，“你的指甲呢？这剪得光秃秃的，多难看，跟个男人似的。”

“奶娘，不就是指甲吗？养养就又有了，我还要奶娘给我用凤仙花汁染颜色呢。”宋翎调皮地冲着姚氏吐吐舌头，想着：幸好幸好，背上的伤疤已经淡得看不出来了，不然依着奶娘的脾气，一定会反反复复地唠叨这件事。

姚氏上上下下地看过宋翎，确认自己日夜悬心的宝贝疙瘩终于回来了，又免不得爱之深责之切。宋翎尚在襁褓的时候就跟着姚氏，姚氏打心眼里将宋翎当成自己的孩子。如今见宋翎回来，姚氏欢喜得不行，巴不得搂在怀里不松手，但是一想到宋翎的不懂事，又让姚氏气得牙痒，恨不得打她两下。

姚氏将心疼怜爱的神色一收，对着宋翎的额头重重地戳了一记，责怪道：“你这不听话的孩子，怎么舍得离开家这么久？你自己说说，是两天吗？还是两个月？那是两年多。”

“奶娘，我这不是回来了？您就别骂我了。”宋翎了解姚氏的性格，不过嘴上说几句罢了，她软声软气地撒个娇，姚氏就是再大的脾气也没了。宋翎眼巴巴地看着自己的奶娘，软绵绵地说道：“等会儿在爹爹面前，我不知要被骂成什么样呢，奶娘您怎么舍得再骂我？”

“只是挨骂就好了。”宋璟突然插了一句话进来，自己喝了茶又吃了糕点，反正这里没人理他。

宋璟和宋翎回府之后，得到的第一个消息就是宋丞相外出访客，不知何时归来。虽说该来的终归要来，但是对这兄妹二人来说，好歹能暂时松一口气。

姚氏一听，不忍再苛责宋翎，果然又换回了之前满满疼惜的表情。

两人说了小半日话，有个小丫鬟来回话了，说她们按姚氏的吩咐都准备妥当了，大小姐可以随时进去沐浴。与此同时，有人端上来一大盅东西，说是姚氏特意吩咐厨房准备的甜汤。

宋翎当然是要先吃完再沐浴的，姚氏无不听从。她已经两年多没有见过宋翎，如今终于得见，关切之情藏也藏不住。姚氏亲自盛了一碗汤，用瓷匙一点点搅着，不是将碗递到宋翎手里，而是自然地舀了一匙要送到宋翎嘴边。

宋璟看呆了，宋翎不觉得有任何异样，乖巧地张开了嘴等着喝汤。

姚氏这时才反应过来自己一时忘情了，若不是两只手都占着，她肯定要去刮一刮宋翎的脸皮，嗔怪道："不知羞，又不是小娃娃，还等着奶娘来喂你？"

宋翎朝着姚氏一噘嘴，自己将汤端了过来。

姚氏这才将目光落在旁边的宋璟身上。说起来宋璟也是她奶大的，她问道："大少爷，这个时间离晚饭还早，先喝点儿汤吧，奶娘也给你盛上一碗。"

"奶娘，我饱了，这会儿喝不下了。"宋璟摆摆手说不要了，眼神示意姚氏去看桌案上几乎被他吃光了的糕点。刚刚宋璟闲着无事，就一直在吃桌上的糕点，这会儿是真的喝不下汤了。

姚氏嘀咕了一句："不说我还真没发现，才一会儿工夫这糕点怎么没了？"她嘀咕了这一句，转头又亲亲热热地去关心宋翎，"翎儿，奶娘跟厨房说了晚上多做几个你喜欢的菜，给你炖了红烧酱肘子，再搁上蜂蜜，一定炖得皮色红亮，还有酒酿鸭子、鸡汤煮干丝、鹌鹑脍……对了，还有一道牛乳杏仁给你当甜点吃。"姚氏脸上笑意满满，又说道，"还有一道你爱吃的绣球虾，奶娘亲自下厨做，不让别人插手。"

宋翎原本圆溜溜的眼睛笑成了弯月，声音软糯地说道："奶娘对我真好。"

"奶娘，这个也太……"宋璟则露出有些惊讶的神色，忍不住插嘴道，"她一个久病之人吃什么肥鸡大鸭子？"

宋璟的顾虑不无道理，宋家大小姐正在养病，突然吩咐厨房做那么多油腻的菜，不怕惹来别人的怀疑吗？

奶娘觑了宋璟一眼，说道："你们奶娘哪儿有那么笨？我跟厨房说的时候，只说这些菜是大少爷要吃的。"

宋璟一时无语，瞥了一眼宋翎。这丫头一进门就被奶娘捧在手心里哄着，被哄得晕头转向的，估计已经忘记眼下还有一道最大的难关没过。

宋璟少不得要敲一记警钟，说道："奶娘，那你也用不着准备那么多菜，万一爹罚她不准吃饭呢？"

此言一出，震慑力惊人。宋翎的神色一下就变了，整个人跟霜打的小茄子似的。

她朝着宋璟看了一眼，宋璟连连摇头，道："妹妹别看我，哥哥现在也是泥菩萨过江，自身难保。"

宋翎又看向奶娘，奶娘姚氏也摇头。在老爷跟前，换了寻常的事情她还能劝一劝，这事是压根说不上话的。姚氏又是心疼又是叹气，说道："那你现在多吃点儿吧。"

为了避开宋翎可怜巴巴的眼神，姚氏转头去跟刚才的小丫鬟说话："怎么只拿了汤来？不是说了还有蟹黄包、饺子跟松瓤豆卷儿……"

宋翎刚刚被宋璟泼了一瓢冷水，心情急转直下，表示没有胃口了。

姚氏催她赶紧进去沐浴，说道："得了得了，先去里头洗澡，换身衣服重新梳头上妆，把自己收拾得清清爽爽的，老爷说不准什么时候就回来了。哎哟，我的大小姐，您别坐着不动了。"姚氏一把将赖在椅子上的宋翎拉了起来，同时也没忘了撵宋璟，说道，"大少爷您也赶紧回自己那边去吧，老在妹妹的屋子里像什么话？走吧走吧。"

"行，我先走了。"宋璟利落地起身，倒是乐观得很，朝着宋翎喊了一声，"妹妹，你先好好拾掇拾掇自己，咱们等会儿爹爹那里见。"

宋翎却乐观不起来，冲着宋璟回了一个龇牙咧嘴的鬼脸。

就在这时，只见一个家仆模样的人跑了进来，没旁的话，直接说道："老爷在抱石山房，请大少爷和大小姐即刻过去。"

第十八章 抱石

抱石山房是宋渊贞在府上的书房，乃平日晏居读书之所。书房里不设隔断，自成一体，故而显得视野开阔，底下是细料青砖铺地，里头摆设不多，却排布得不紧不疏、恰到好处，甫一进去就是一张花梨木大案，案上有笔墨纸砚一类的文具，尤其是大大小小的笔，数目之多令人咋舌。其余三面同是花梨木的书橱，整整齐齐地归置着经书子集。

父亲的书房，宋璟和宋翎是再熟悉不过了，他们犯了错，都是在书房里领罚的。这次也不例外。此时此刻，兄妹两个一并跪在青砖地上，等候着父亲发落。宋丞相却一言不发，面色阴沉，眼神锐肃地打量着跪在地上的一双儿女。

宋璟和宋翎跪得笔直，只当自己是一根绷得紧紧的琴弦，在父亲的逼视之下，大气都不敢出。他们垂着头，双眼向下看，牢牢地盯着自己膝盖前的一方地面，也

不知道父亲这种无声的威压要持续多久。

宋丞相终于说话了，一开口就含着怒气，先是用手一指宋璟，肃然问道：“你回来做什么？”

听见父亲点了自己，宋璟稍稍抬起头，因为不能直视父亲，只能看着父亲的鞋子或脚边的地面。宋璟十分恭谨地答道：“儿子向刺史张大人告了假，特意回家祭奠母亲。”

“哼！”宋丞相冷冷地哼了一声，斥责道，“你若是真的只存了这个心思，为父倒是放心了。”

话音刚落，一个耳光已猝不及防地落在了宋璟的脸上，皮肉相击的声音在寂静安宁的书房内显得尤其清脆，不啻一记响雷。

宋璟神色不改，硬生生地挨了这一巴掌，依旧保持跪着的姿势一动不动。宋翎却被这突如其来的掌掴声吓得一激灵，肩膀明显战栗了一下。

“你！你又回来做什么？”宋丞相打了儿子一个耳光，又将视线挪到一边的女儿身上。

宋翎被刚刚那一个耳光吓住了。在她的印象中父亲虽严厉，但是鲜有动手的时候，只能说这一回父亲是真的大动肝火了。原本宋翎还抱着企图蒙混过关的侥幸心理，现在感觉希望渺茫。

宋翎索性把心一横，死马当成活马医。她跪地膝行几步，到了父亲跟前，先是一把将父亲的双腿牢牢抱住，随后娇娇怯怯地哭诉起来：“呜呜，爹爹，翎儿知道错了，翎儿真的知道错了。您原谅翎儿吧，翎儿今后再也不敢了，呜呜……”

宋丞相没想到女儿会来这一出，狗皮膏药似的贴在自己身上，令人头疼得很。若是换了平时，宋丞相兴许就心软了，但是这一次宋丞相依旧铁青着脸，厉声喝道：“回去！跪回去！”

宋翎抱着父亲的双腿的手臂软了下来，她这下算是真正傻眼了，撒手锏都不灵了，这次恐怕过不了关了。

但是更让宋翎傻眼的事还在后头，宋丞相是心硬到底了，就像刚刚打宋璟一个耳光时那样，又高高举起了一只手。

宋翎心下一紧，她下意识地一缩脖子，闭上了眼睛。然而那个意料之中的耳光迟迟没有打下来，莫非父亲心软了？宋翎试探着一点点睁开了眼睛，父亲的手掌已近在咫尺，旁边伸出的两只手挡住了它下落的势头，出手阻拦的人正是宋璟。

宋璟为了妹妹甘愿挺身而出，低声哀求道：“爹爹，咱们家不兴打女儿的，你要打的话就打我吧。”

“好、好、好！”宋丞相被气得不轻，几乎是从牙缝里挤出了那三个“好”字。他着实没客气，反手就打在了宋璟的脸上，紧接着又响起清脆的耳光声。

宋翎彻底被吓蒙了，宋丞相这两个耳光虽不是打在她身上，但是足以将她吓得说不出话来。那些“爹爹翎儿错了，爹爹原谅翎儿”之类的话，跟鱼刺似的卡在了她的喉咙里，一句也喊不出来了。不仅说不了话，她还抑制不住地发起抖来。

宋丞相看着跪在地上瑟瑟发抖的女儿，一瞬间有些心软，但又不得不逼着自己硬下心肠。

抱石山房似乎又恢复了平静，三人无一人再出声。宋璟是被打蒙了，宋翎是被吓蒙了，而宋丞相大概是因为什么事情烦躁得很，变回了之前一言不发的样子，眉心蹙成一个小小的“川”字，在书房之中来回地踱步。

正当宋翎跪得膝盖生疼的时候，宋丞相终于结束沉默，一双锐利的眼眸盯着宋翎，问道：“这两年多你在外头，跟襄王殿下之间可发生了什么？”

宋丞相口中的“襄王殿下”指的正是已经封王的苏子修，曾经的七皇子殿下。

宋翎被父亲探寻的目光盯得悚然一惊，在回答之前，稍稍瞥了下宋璟。宋璟冲着她拼命地眨眼睛、递暗号。宋璟这是在示意宋翎，千万别脑子一热把在戎狄成亲的事情说出来，父亲正在气头上，这时候坦白无异于火上浇油。

宋翎不敢说话，摇了摇头。

宋丞相眼中精光不减，紧接着他又逼问道：“要是这样的话，襄王殿下在归国之后为何会主动求皇上赐婚，并且点名要宋家的大小姐你当他的正妃？”

此言一出，宋璟和宋翎皆是一震，一时之间他们也猜不准父亲的弦外之音。对襄王苏子修有意求婚一事，宋丞相的态度究竟为何？是默许还是不许？

宋翎正万分紧张地等着父亲后面的话，宋璟的神色却一点点地凝重起来。

“翎儿，从今儿起你就好好待在家里养病，为父会让人对外面说，宋家大小姐的病情越发严重了，需要静养。”宋丞相说这话的时候极为冷静，显然这个主意在他心里酝酿已久。

“爹爹，为什么？”宋翎听了此言，宛如当头棒喝。父亲是在明明白白地告诉她，他不赞成宋翎嫁与襄王苏子修为妻，所以要赶在惠帝正式下旨赐婚之前先将宋翎重病难愈的消息放出去。这样的话，哪怕宋丞相自己不说，惠帝也不会将一名久病的女子赐婚给皇子。

“从前说我病了是因为我不在，如今我明明回来了，为何还要说我病重了？”

宋翎目瞪口呆，根本接受不了这个结果。

“你还敢顶嘴！”宋丞相瞪了宋翎一眼，冷声扔下了一句话，“也是从今儿起，为父命你每日在祠堂跪一个时辰以示惩戒。你现在晓得要怎么养病了吗？”

“爹爹！”宋翎满面委屈地喊了一声。

“回去吧！”宋丞相转过身，生气地一甩衣袖将双手负在身后，任凭宋翎如何哭喊哀求，一概不予理会。

宋璟听得父亲的一句“回去吧”，如得了纶音佛语，心想第一关总算是熬过去了，趁着父亲还未改变心意，赶紧离开抱石山房才是正理。他起身后，又手疾眼快地扶起宋翎，道了一声：“爹爹，儿子带着妹妹一起告退了。”

宋璟刚刚说完，就带着不服气的宋翎退了出去。

两人从抱石山房出来，没有去别处，而是径直回了宋翎的小跨院。奶娘姚氏正一脸焦急地等在那里，直到见两人好端端地回来，她心头的一块大石才落地。

姚氏自然一眼看见了失魂落魄的宋翎，她轻轻地将宋翎搂在怀里安慰着：“别怕别怕，回来就没事了。”

宋翎已经憋了一路，如今倚靠在奶娘熟悉又温柔的怀抱里，心神放松之后，鼻子一酸，眼泪紧接着就一颗颗地落了下来。

姚氏瞧见宋翎哭了，就跟有只大手在自己的心上用力搓揉似的，心疼得不行：“别哭别哭，看这委屈的样子，老爷怎么罚你了？”

宋璟看着此时珠泪滚滚的宋翎，颇为无奈地一拍脑门，淡淡地埋怨道：“这时候倒哭出来了，刚刚抱着爹的腿只会干号，唉！”

宋翎正哭得伤心，从奶娘怀里稍稍抬起了头，一边哽咽一边嘟囔：“我哪里想得到爹爹真的会动手打我？长这么大，爹爹从没打过我。”

宋璟脸上的无奈之色更浓了，他不由得拔高了声音道：“那是因为每次都是我——你哥哥我宋璟为你挨了家法。你自己想想，从小到大哪一回你闯祸，最后挨打的人不是我？”

宋翎此时止住了哭声，认真地想了想才说道：“好像真是这样。”

宋璟摇头：“就是因为从小到大都是这样，看看都把你惯成什么样了，关键时候连哭都不会了。”

姚氏没顾上听兄妹俩后面的话，宋翎刚刚那一句“哪里想得到爹爹真的会动手打我”就令她万分揪心。她捧着宋翎的脸蛋，上下左右地仔细端详了一番，紧张地问道：“怎么？老爷真的打你了？”

宋翎正要说话，宋璟又插话进来了，这次他是直接将自己的整张脸凑到了姚氏跟前：“别在她脸上找了，巴掌印都在我脸上，刚好一左一右。”

姚氏看着宋璟的脸，果然两边各一个清晰的五指印，红红地微肿着，想必老爷打下去的时候力道不小。姚氏看着也心疼，但表面上还是没好气地啐了一口，嗔怪道：“这么大的哥儿了，别老耍贫嘴。”

嗔怪是嗔怪，姚氏依然取来清凉消肿的药膏，给宋璟抹在了红肿的地方，一边涂抹一边叮嘱道：“今儿就躲家里好了，堂堂的公子哥儿带着巴掌印出门，也忒不好看了。”

“我脸上的这点儿小伤明天就好了，只是翎儿就……”宋璟看着宋翎，欲言又止。

宋翎一想到从今天起自己就要“病重不愈”了，难免闷闷不乐。她跟苏子修之间不存在任何身份地位上的差距，苏子修是皇子，她是丞相千金，苏子修娶她正合适，她嫁苏子修也般配。所以一直到现在，她依旧想不明白为何父亲一定要反对这门亲事，而且是不留一点儿余地地反对。莫非这其中还有什么隐情？

若不是顾忌男女有别，宋璟也想一指头戳在宋翎的脑门上，说道：“妹妹你呀，一回来就给爹爹出了一个大难题。”

宋翎游离的心思瞬间被收了回来，看向宋璟的眼神里满是探求之意：“哥哥为何这么说？”

宋璟也不卖关子，开门见山地说道：“你刚刚回来，所以有件事还不知道。咱家的二妹妹宋栩如今已是太子身边的侧妃了。”

“什么？栩栩成了当今太子的人？”宋翎闻言，一下子瞪圆了眼睛，令她想不明白的症结原来在这里。

“这是什么时候的事？”

“大概半年前。”宋璟答道。

“为什么？为什么栩栩会……”宋翎觉得难以置信。在她的印象中，父亲一直是中立的态度，不偏不倚，但是从眼下的情况看来，父亲改变了当初的立场，已明显偏向太子。

宋璟不紧不慢地回答道：“原本的人选是你，但你不是正好‘卧病在床’吗？所以只好把人选换成了栩栩。”

宋翎越发惊讶，可能是她离家太久了，很多事她竟一点儿都不知道，直到现在才听宋璟说起。

根据宋璟的推断，因为宋家二小姐宋栩当了太子的侧妃，这桩姻亲同时意味着

他们的父亲已经决定要支持太子，所以不可能再将另一个女儿嫁给同太子为敌的襄王苏子修。

宋翎对政事懂得不多，但是能听懂几分轻重，心情更为黯然。在回到郢梁之前，她始终觉得只要她和苏子修两情相悦，想要结成夫妻是一件相当容易的事。但是现在看来不然，前路还有意想不到的重重阻碍。

姚氏也听了宋璟的分析，很是不以为然，说道："这有什么好为难的？难道妹妹嫁了太子，姐姐就不能嫁给王爷了？这其实是一件好事啊，姐妹二人嫁给兄弟二人，从今往后又是姐妹又是妯娌。"姚氏越说越觉得自己有道理，接着道，"又不是只有一个女儿，许不了两家做媳妇，真不晓得老爷在为难什么。"

听了奶娘这一番话，宋璟只是摸着鼻子，选择缄口不言。

此时宋翎正陷于纷杂的思绪之中，她不知道应该听谁的话。从理智上说，哥哥的分析不无道理，但是在内心深处，她更希望奶娘的话才是对的。

这三人之中，相比其他两人的心事重重，姚氏最为乐观，同时又有一番淡淡的感慨。想不到自己一手带大的小姐转眼就到了待嫁的年纪，袅娜少女羞，岁月无忧愁，这是女子最为美好的花嫁之年。当初抱在怀里吃奶的小小婴孩，如今一点点长成了娇俏可人的妙龄少女，姚氏甚是欣慰，但是一想到自己捧在手心里、放在心口上的小姐终有一日要嫁为人妇，她依然打心眼里舍不得，那种感觉如同被割去了心尖上的肉。

姚氏看着宋翎的目光极为慈爱，她说道："等到翎儿出嫁，奶娘陪着你一起去，到了夫家那里，还跟在相府的时候一样照料你，不仅是你，将来还照顾你的儿女们。"姚氏的脑海里不由得浮现将来的画面，她想得也越来越远。宋翎要从一个娇生惯养、不知俗务的千金小姐成为一个当家管事、贤淑能干的主母，要学的东西太多了，除了相夫教子，还要治家理财、管制仆从，将一家子上上下下、大大小小的事务打理得井井有条。姚氏看着眼前尚稚嫩的宋翎，感觉自己任重而道远。

宋璟听得这话，顿时淡定不了了，忍不住嚷嚷道："奶娘，您也是我的奶娘啊。您就这样跟着翎儿走了，从此不管我了吗？"

"你也不知羞，都是定了亲的人了。"姚氏先是目含薄责地横了宋璟一眼，又耐心解释道，"将来你的夫人自然会照顾好你，翎儿到底是女孩子，到了夫家之后，身边哪能没有一个可靠之人帮衬她？"

宋翎甫听到"定亲"两字，一下子来了精神，着急地问道："什么？哥哥定亲了？"

相比宋翎的好奇，宋璟倒是出奇平静，跟个局外人似的，任凭宋翎喊了好几声"哥哥”，他仍毫无反应。

姚氏见状，索性替宋璟回答：“你哥哥的亲事早在半年前就定了，说的是贺太傅家的三小姐。”

贺太傅家的三小姐？宋翎先是一愣，随即大笑起来，甚至笑得前仰后合，惹得姚氏频频皱眉，着急忙慌地用手绢去挡住宋翎笑得咧开了的嘴：“别笑了，这都成什么样子了？笑不露齿，我的大小姐啊！”

姚氏又在心里叹气了，这位任性的大小姐在外头待了那么久回来，真是把什么规矩都抛在脑后了，不仅皮肤有待养白，仪态也有待矫正。

“不好不好，我可不认这个嫂子。”宋翎几次三番推开奶娘的手，险些要笑晕过去。她记得这位贺家的三小姐，对方在京城的世家小姐之中也小有名气，人称三辣子。当初七殿下苏子修在法源寺清修小住，贺家三小姐也是被宋翎驱赶过的狂蜂浪蝶之一。宋翎至今还清楚地记得，那时她将贺家三小姐气得七窍生烟、掩面泣归的场景。

现在这个人居然要当她的嫂子，宋翎无论如何也难以接受。认真说起来，她跟贺家三小姐是有些许过节儿的，日后姑嫂相见，说不定又会勾起当年结的怨。贺家三小姐是泼辣胆大的人物，宋翎也不是任人拿捏的主儿，这样的姑嫂二人碰在一起，还不知会惹出什么是非来。

姚氏拍了一下宋翎的手心，轻责道：“胡说什么？那是三书六聘定下来的，那轮得到你这个小姑子嚷嚷着说不要？”

宋翎一吐舌头，听话地闭上了嘴，但她背过奶娘，又朝着宋璟挤眉弄眼。当着奶娘的面，她恢复了一本正经的样子，满脸恳切地说道：“哥哥，奶娘就陪着我了，将来的嫂子会好好照顾你的。”

“多谢妹妹了。”宋璟牵动着两边的嘴角微微向上扬起，挤出了一个看得过去的笑容。

看着这“兄友妹恭”的场景，姚氏作为奶娘自然是心满意足的。她是夫人从娘家带来的人，夫人一直待她甚好，她对夫人也忠心耿耿，只是可惜夫人早逝，留下了一双儿女。那时的宋璟只有五岁，宋翎才两岁，尚不记事。一晃眼十多年过去了，当年的小儿女如今已各自长大成人，宋璟定了亲事，宋翎的终身大事虽然一时尚未落定，不过也有些眉目了。姚氏满怀欣慰，心想她对夫人也算是有个交代了，只是念及此，她又免不得伤感起来。要是夫人能活着看见这一天，那该有多好？她不由得叹息一声，夫人去得实在太早了。

宋翎看着奶娘一会儿欢喜，一会儿又要流泪了，就知道奶娘又想起他们的娘亲了。说实话，宋翎怎么都想不起娘亲的样子，残存的一些记忆还是女人面目模糊的影子。她为了让奶娘分神无暇伤心，故意缠着奶娘问道：“奶娘，您再跟我说说，娘亲到底长什么模样？”

奶娘将怜爱的目光投在宋翎脸上，追忆道：“夫人当年是个美人，性情极好，人也聪慧，人品相貌样样没的挑。你现在的模样就跟当年的夫人很像，你想知道娘亲长什么样，不必问奶娘，自己去照照镜子就行了。”

“真的吗？”宋翎眨了眨眼睛问道，喜出望外的样子。

姚氏点头说道：“夫人当年皮肤尤为白皙，别人再是厚涂妆粉，也比不过夫人一张素面脂粉不沾。正是因为肤白如雪，所以夫人才有了‘雪卿’这个小字。如今翎儿就承袭了夫人的长处，尤其是肤色之白跟夫人那会儿不相上下。”

宋翎果然心情大好，直说要找镜子来照照。姚氏趁机哄着她赶紧进去沐浴，毕竟热水已经换过两次了。姚氏拉着宋翎一道进去，说道：“先去洗澡吧，等洗了澡梳妆的时候你再慢慢看。”

宋璟听了姚氏前面的话，出神许久，才将视线从宋翎那里收回来，双手扶住额角，看着姚氏又出来了，他瓮声瓮气地说道：“奶娘，娘亲去世的时候，我已经五岁了。”

“奶娘知道那时你五岁了。”姚氏不以为然地说道。

“可是我那时已经记事了。”宋璟接着道。

“五岁的孩子能记事了又不稀奇。”姚氏还是老样子，不知是听不明白还是装糊涂。

“我的意思是说我记得娘亲的模样。”宋璟这下终于憋不住了，趁着宋翎没回来，直接挑明了说道，“奶娘，您这样哄她真的好吗？”

第十九章 稔知

抱石山房。

在宋璟和宋翎走后，宋丞相独自留在书房中，只是静静地坐着，面前就是那一张花梨木大案，风从南边敞开的窗户吹进来，桌案上有一沓被青玉镇纸压住的上好宣纸，没有压住的一边被风吹得作响，这是寂静的书房内唯一的声音。抱石山房是宋丞相修身养性的读书之地，平日有再多烦心事，只要进了书房，他就暂且抛开俗务，只做一个清风朗月的文人。今日他虽然人在书房，心却静不下来了。

宋丞相一早就收到了消息，这一对儿女从江临归来，将于今日回府。这日又正好轮到宋丞相十旬休假，不必当值，所以宋丞相原本打算一直留在府上，只等着他们回来。但是他中途应邀去见了一个人，一个他不得不见之人——昭国太子苏子清。

太子派人来请，宋丞相当然不敢推拒，只是心里难免有几分诧异。太子为何突

然要见自己？苏子清在都城西郊有一处产业，四周清幽安静，没有一个闲杂人等，那也是太子在宫外见客会友的地方。

见面之后，太子在客气礼让一番之后，闲闲地起了一个头：“孤听说丞相的长女这一病两年多了，眼下如何了？”

“多谢太子殿下挂念微臣的家事，小女不是重症，只是老是不见好罢了。”宋丞相的口气谦恭而不失分寸，他虽然一时猜不透太子私下找他所为何事，但是能肯定一点，太子不会仅仅为了说几句无关痛痒的闲话。

“丞相大人，你那长女的病要好的话，或许明天就能好了；不能好的话，恐怕永远都好不了。”太子说了这样一句似是而非的话。

宋丞相不是笨人，已经隐隐约约想到了什么，只是又不敢确定，于是顺着太子的话说道：“殿下的话，微臣不是很明白。”

太子笑了一声，不再绕弯子，说道：“丞相大人无须再隐瞒，孤已全知道了。这两年多以来，丞相的长女不在丞相府，甚至不在郢梁，对外宣称抱病只是一个托词罢了。”太子觑着宋丞相的神色变化，进一步将话挑明，“郢梁的丞相府上少了一位大小姐，孤那七弟身边却多了一个名叫松子的小随从。”

“太子殿下，请恕微臣教女无方。”宋丞相没有一句辩解，直截了当地请罪道。他不担心宋翎装病之事被太子知道，只怕太子要说的不仅仅是这个。

“丞相言重了。”太子不冷不热地说道，“皇上已经封孤的七弟为襄王，他也是兄弟几个当中头一个封王的。皇上龙心大悦，赏了老七很多东西，老七却只求皇上为他和丞相的大小姐赐婚。”

宋丞相听到此言，脸色已经变了，急切地道：“太子殿下，微臣也是刚刚得知此事。”

太子示意宋丞相不必解释，直接说道：“皇上有所顾虑。传言宋家大小姐常年抱病，所以一时并未应允，然后皇上找孤商量了此事……”

太子的眼中流露出几分探寻的深意，他笑吟吟地看着宋丞相，眼底却带着寒气。

宋丞相是何等机敏之人，当即用笃定的口气说道：“小女的病情突然加重，一时好不了，怕是只能辜负襄王殿下的美意了。”

太子不置可否，进一步试探道：“若是丞相大人的女儿非要嫁给孤的七弟呢？”

太子想着，这位宋家大小姐敢孤身一人陪着苏子修去虎狼之地的祁国，又跟随着苏子修几经辗转到了蛮夷之地的戎狄，想必是有几分胆识的，不是普通的闺阁弱质女流。

宋丞相则笃定地答道："只要赐婚的旨意不下来，不是皇命难违，微臣还是能管住自己的女儿的，大不了将她许配给他人。这样的话就算皇上出面也不好说什么，总不能毁了别人的婚约来成全襄王殿下。"

太子听了这回答，神色终于有所缓和，他的试探已经得到想要的结果。

太子是放心了，宋丞相却心潮翻涌。他不是没想过这种可能，他的女儿宋翎甘愿追随着七殿下在外流亡漂泊，不可能没有一丝一毫男女情愫，他只是没想到七殿下刚回国就向皇上提出了赐婚的请求。

这原本称得上是一件好事，彼此身份相称、地位相配、年龄品貌相仿，再得到赐婚，可谓皆大欢喜。但是太子和襄王之间的对立，使得这件简单的事变得尤为复杂。

宋丞相的二女儿宋栩早在半年前就成了太子的侧妃，这一姻亲关系将太子和丞相的利益牢牢地绑在了一起。

一家之中的女儿不可能嫁到两个不同的阵营。宋家已经有一个女儿嫁给太子，除非跟太子翻脸，否则不能将另一个女儿嫁给太子眼下最大的对手——襄王。

宋丞相从政多年，深谙这个道理。联姻这种事不能狡兔三窟，而是一开始就要跟对人，站好队，万万不可存着观望之心，企图脚踩两条船。这是极其危险的做法，到头来会落得一个两边不讨好的结局。

宋丞相从太子那里出来的时候，听到太子最后说了一番话："栩栩在孤这里很好，只是她毕竟来得晚，名分上有所委屈了，这个孤是知道的。他日进宫之后，孤知道应该怎么补偿她。"

太子口中的栩栩，也就是宋丞相的次女宋栩，只是比宋翎晚了几个月出生，其实姐妹二人年纪相仿。

宋丞相的思绪渐渐收了回来，当七殿下苏子修披着满身荣耀归国的时候，宋丞相不是没有动摇过。他在想自己选择太子是否太过武断？或许七殿下能后来居上，成为昭国真正的天命之人？但是这样的动摇也就片刻而已，凭借宋丞相从政多年的经验以及对情势的谨慎研判，他得出的结论就是七殿下来得太迟了，这时候再想翻盘，胜算已小之又小，除非七殿下得神助，不然太子登基一事已成定局。

宋丞相想到了宋翎，这个总是给他惹是生非的女儿，但是顾惜她幼年丧母，宋丞相很多时候不忍过分苛责她。只是这一次关系到整个宋家的前途和运数，宋丞相不能再让宋翎由着性子胡来，哪怕让宋翎受点儿委屈，宋丞相这次也只能狠心到底了。

宋翎的事情还好说，认真论起来，此时宋丞相心底最大的担忧是宋璟。知子莫

若父，他何尝不清楚宋璟突然从江临回来是为了什么？祭奠亡母只是原因之一，甚至只是一个堂而皇之的借口，最关键的还是曾经的七殿下，如今的襄王殿下归国了。宋丞相知道宋璟一直跟襄王苏子修交好，从前他不反对是因为情势不明朗，后来他想办法将宋璟调离都城郢梁，就是看准了宋璟那种不懂变通的耿直性格迟早会得罪以太子为首的利益集团。

如今苏子修从戎狄回来了，宋璟紧随其后也从江临回来了。宋丞相一直担心的事情还是发生了。对女儿宋翎，宋丞相有的是辖制她的办法，但是对儿子宋璟，宋丞相却有些无计可施。这个已经成年又有官职的儿子，宋丞相不可能像对付女儿宋翎那样直接将他关起来，对外宣称大少爷也卧病不起。看着宋璟回来之后跟襄王殿下越走越近，宋丞相哪怕有再多政治智慧，对这个不跟自己一条心的儿子也是一筹莫展。

想着想着，宋丞相又想到了自己的亡妻。她走了也有十多年了，眼下又临近她的忌日，宋丞相忍不住喟然长叹，在心里默念：雪卿啊雪卿，看看你给我留下的这一双不省心的儿女。

到了第二日，丞相府上大夫出入的次数突然频繁起来。有好事之人一打听，据说是那位宋家长年卧病的大小姐这几日病势越发严重起来，丞相府为了大小姐正在四处延医问药。

当宋翎得知自己“病情加重”的消息，气得几乎一天都吃不下饭。她原本心存侥幸，想着父亲只是一时生气，等到气性一过就会像往常那样原谅自己，万万没想到父亲这次是动真格的了。除此之外，宋翎也被拘在自己的小跨院之中，身边添了许多丫鬟婆子，还有外头巡逻的护院，就是为了将宋翎的小跨院严严实实地看守起来，不准宋翎踏出闺房一步。

当初旅居祁国和戎狄的时候，宋翎时常想着要回家，如今真的回了家，她却失了自由，过上被迫“养病”的日子，这使得宋翎一连好多天闷闷不乐的。虽说是养病，但宋翎每日还有一样雷打不动的功课，就是罚跪，宋丞相原本说了要去祠堂，现在宋翎既然已经被禁足，罚跪的地方只能改成了她的闺房。宋丞相令宋翎每天跪上一个时辰面壁思过，而且指派了自己身边的人专门去监督宋翎罚跪。

宋翎原本就为失去自由而苦闷，这样一来她更为苦不堪言，甚至有些后悔，不回家可能就不必遭这份罪。

自从宋翎回来之后，姚氏就像找回了主心骨，将心思都扑在照顾宋翎的生活起居上。姚氏每天都会吩咐厨房做宋翎喜欢的菜，怕宋翎吃腻了，还让厨房天天换着花样做，而且每天早上必有一碗牛乳燕窝，让宋翎一起床就空腹喝下去，说这具有养颜美白的功效。每天晚上宋翎沐浴之后，姚氏则会给她浑身扑满上好的珍珠粉，还用热毛巾将手包住，反复三次，再厚厚地涂上滋润的油膏。做完这些保养之后，宋翎方可去睡觉。她如此天天坚持，就是为了让宋翎早日恢复从前雪白的肌肤。

宋翎的指甲也不准剪了，姚氏每隔几天就看一次，用小锉子矫正形状，磨除边角毛刺，染上色泽鲜艳的凤仙花汁，再涂一层护色的明矾。这样一双手伸出去肌肤白皙莹洁，蔻丹嫣红润泽，十指纤纤若水葱，方像千金小姐的手。

在宋翎“抱恙”期间，另几房的夫人和小姐也会前来看望她。平日里大家都是独门独院地住着，并不常常来往。宋翎跟她们也不亲近，人来了也不过说上几句无关痛痒的话，客气之中带着几分生疏。

宋丞相一共纳了五房侧室，原配夫人过世之后，他无心从外头再娶，就将二夫人扶正了。宋丞相膝下有一子四女，其中宋璟和宋翎是原配夫人所生，另外三个女儿是侧室所出。值得一提的是二小姐，她娘原本是二房，如今被扶为正室，二小姐便也是丞相府上嫡出的小姐了。但是不管怎么说，原配所生跟继室所生还是有差别的。

太子那时要从宋家的女儿当中挑一个当侧妃，最佳人选就是宋翎。因为宋翎是正正经经的嫡出大小姐，外祖家也是昭国的望族，但是当初宋翎还是下落不明的状态，太子只能将侧妃人选换成了二小姐。

这一日，宋翎依旧被勒令待在闺房里养病。她半倚在一张紫檀木长榻上，脸上糊了一张白白的面具，只露出眼睛、嘴巴和两个鼻孔。那是姚氏挖空心思寻来的秘方，用珍珠粉、茯苓粉、鸡蛋清、蜂蜜等物加上新鲜的牛乳，调成浓稠的糊状，厚厚地敷一层在脸上，据说有美白养肤的奇效。宋翎脸上糊了一层，手上也没闲着，姚氏端来了一盆兑了玫瑰花汁的温水，热度稍稍烫手，让宋翎将双手伸进去浸泡着。

“烫！有点儿烫！”宋翎突然叫了起来。她一说话，脸上的面具就不服帖了，眼看着嘴边的一块鼓了起来。

“别说话，脸上敷着东西。”姚氏不管宋翎嘴里喊烫，仍旧抓住她的双手浸泡到花汁水里，还在她的手心、手背和指头关节的位置揉搓和按摩，念叨着，“翎儿你别乱动，这水已经放凉了，能有多烫？再说了，要稍稍烫手才有效果的。”

“哎哟，奶娘您轻点儿，疼疼疼。”宋翎又忍不住叫了一声。

姚氏顺势打了下她的手心，佯装薄怒地道：“你这孩子，都说了叫你别说话。”

姚氏正忙着给宋翎保养她的脸和手，有个小丫鬟忽然进来说：“大小姐，三小姐来看您了。”

宋翎这回牢记奶娘的话，不开口说话，姚氏代替宋翎回答道：“请三小姐在外头坐一坐，大小姐这里弄完了就过去。”

宋翎索性不浸手了，又三两下扒掉脸上糊着的面具，就着清水匆匆地洗了一把脸，说道：“得了得了，去请三小姐进来吧。”

宋翎有三个妹妹，二妹妹跟她年纪相仿，三妹妹比她小两岁，四妹妹更小，尚是八岁的女童。若是论手足之情，宋翎自然是跟一母同胞的哥哥宋璟最为亲厚，跟二妹宋栩也相处得来，三妹那里交情只是淡淡的。四妹太小，平时一直在她母亲的院子里，只是偶尔才见上一面，宋翎跟她亲密不到哪里去。

三小姐进来之后，照例问了一句：“姐姐的身体这几日如何？”

“这几日倒好，劳三妹妹挂念了。”宋翎一边就着奶娘递来的毛巾擦脸，一边闲闲地问道，“怎么不见四姨娘陪着你，她倒是放心你一个人过来。”

“我自己来的，没告诉我娘。”三小姐坦白地说道，瞧着宋翎脸色白里透红，眼眸水灵灵的，怎么看都不像是有病在身的样子。为何爹爹一定要说她病了呢？三小姐对此十分疑惑。她已经两年多不曾见过宋翎了，就连除夕夜最要紧的团圆饭，宋翎照样缺席，爹爹和各房姨娘都说宋翎是病了，而且各房也不准女儿去小跨院看望宋翎。直到几天前，这道禁令似乎消失了，三小姐忍不住好奇，所以自己偷偷跑来了。

“姐姐，我看你的气色不像是有病。”三小姐盯着宋翎说道。

宋翎在心里默道：我本来就没有病。她想是这样想，但嘴上还是说道：“也许是我脸上刚刚敷过东西，所以气色看起来好些。”说着，宋翎指了指梳妆台的位置，那里有一个柳叶纹的八角白瓷罐子，“就是装在白瓷罐子里的东西，里面好像有珍珠粉、茯苓粉什么的，据说调匀了敷在脸上，能美容养颜，妹妹喜欢的话可以拿去。”

三小姐拿起那个白瓷罐子，先在鼻子底下闻了闻，也不跟宋翎客气，说道：“既然姐姐这么说，妹妹就拿去用了。”

三小姐一直喜欢宋翎的东西，总觉得宋翎能有一身雪白细腻的好肌肤肯定是她的奶娘背地里给她用了什么秘方。现在宋翎肯大方地将东西给她，她当然不会推辞。

宋翎此时才算彻底洗净了脸，毕竟那满脸的面糊不好洗。她一眼看去，发现三小姐正好站在她的梳妆台边上，宋翎心里顿时冒出一种不好的预感。

果然不出宋翎所料，当三小姐看见梳妆台上的织锦多格首饰盒和描金彩绘匣子时，也不问问宋翎，顺手就将其一个个打开了。这里头是女孩家的各种首饰，钗环簪佩，材质或金银或珠玉，或玛瑙宝石，或宫绸绢花，无不样式精巧，做工考究，都是上好的物件。

宋翎见到三小姐擅自开了自己的首饰盒，已隐隐有些不悦，还没来得及说话，就见三小姐从其中挑出了一支八尾金凤钗。那是簪戴在发髻正中的钗子，凤嘴衔着的一串细小的红南珠正好垂落在额心的位置。

三小姐大大方方地朝着宋翎问道："姐姐，这凤钗借我几日可好？"

宋翎忍不住惊讶地道："你自己也有一模一样的，再把我的借去，难不成你要插两支凤钗在头上？"

宋翎看透了自家这位三妹妹，虽然嘴上说是借，但是一借不还也是常事。

三小姐脸上毫无异色，解释道："我那支钗子凤嘴里衔着的小珠子断了，还没找人修好。这两天恰好有其他府上的小姐来咱们家做客，姐姐病着不出门，这凤钗暂时也用不着，不如借给我好了。"

宋翎不禁腹诽：两年多不见，她这三妹果然一点儿都没变，从小到大就是这样，但凡看见她的东西都认为是好的。其实说起来，这也怪宋翎自己，刚刚只顾着岔开气色好坏的话题，不小心就将三小姐引到梳妆台那边去了。这岂不是"引狼入室"？

宋丞相不看重嫡庶，一视同仁地对待四个女儿，女儿们是一样的吃穿用度。譬如每季的新衣裳，如果宋翎做了三十身，她底下的妹妹们也是每人三十身；譬如钗环首饰之类，若有新的添置，不会少了任何一人。所以宋翎才会说三小姐也有那样的凤钗。

"那你拿去好了。"宋翎先是爽快地答应了，后面还有转折，"不过你的那支得先放在我这里。"

三小姐闻言愣了一下，宋翎朝她递了一个眼色过去，又暗暗地指了指在外头的姚氏，低声说道："妹妹知道的，姐姐那位奶娘管得严，你把你的换给我，大不了我说自己的弄坏了，也算有个说法。不然的话，姐姐就要被奶娘说嘴了。"

宋翎这是搬出奶娘给自己做挡箭牌，不过三小姐显然没听进去，她又看中了一支赤金八宝攒珠钗，这个就不是丞相府的小姐们都有的东西了。她没有一点儿不好意思，开口说道："不如姐姐把这支珠钗一并借给我吧。"

"慢着慢着，这个可不行。"宋翎终于淡定不了了，从紫檀长榻上爬了下来。她要是再跟没事人似的躺着，她的首饰盒就要被三小姐翻个底朝天了。

宋翎这会儿懒得委婉了，走上前直接从三小姐手里将珠钗拿了回来。这是她外祖家有一年送来的生辰礼。三小姐总是觉得宋翎的东西好，缠着宋翎借东借西也是

有原因的。宋翎的妆奁确实要丰厚一些，毕竟她的外祖家是世代簪缨的名门望族，每隔一段时间就会派人来看丞相府中的外孙和外孙女，每年他们的生辰时也会送来诸多礼物。除此之外，宋家不看重嫡庶，不代表别人也不看重，京中各府的官家女眷们给丞相府上四位小姐的见面礼，宋翎的东西总会好一些。

三小姐一直当宋翎是面软好说话的主儿，至少从前是这样子的，没想到两年不见宋翎就转了性。三小姐拖着长长的尾音说道："姐姐，你现在养病不出门，这些东西平白放着也是浪费，不如借给妹妹戴两天，很快就给姐姐送回来。"

宋翎脸上笑意不减，手上也不闲着，一个个将打开的首饰盒给关上了，最后将手撑在最大的一个描金彩绘匣子上，好像是防着三小姐再去打开。做完这一切，她笑眯眯地对着三小姐说道："三妹此言差矣。谁说我用不着？我就算病了也要天天梳妆，坐在镜子前面将钗环首饰一样样试过来的。你想想养病的日子多无聊，我只能靠这个来打发时光。"

三小姐一时讪讪的，没想到宋翎的态度如此强硬，直接就让她碰了钉子。

宋翎平时就不大喜欢这个三妹妹，尤其是三妹妹这不知眉高眼低的性子，每次到宋翎房里总是随意地翻看东西。但是宋翎多少要照顾她的面子，所以从梳妆台的小抽屉里拿出一个不到半尺的小巧缎面锦盒，里面是两支同一式样的錾梅银簪，顶端镶着一颗光泽温润的珍珠，拇指大小，流苏装饰是两条细细的小银叶子。

宋翎笑意盈盈地道："妆台上的都是旧东西了，这个我从未戴过，正好这里有两支簪子，你跟四妹妹一人一支。至于二妹妹就不管她了，她现在是东宫的人，想必好东西用都用不过来，一定对这些瞧不上眼了。"

宋翎的语气自然，言下之意是在提醒她的三妹，有空多去看看你那位当了太子侧妃的二姐姐，别总惦记着你这养病在家的长姐了。

"多谢姐姐，这梅花簪好漂亮，上头的珍珠也好看。"三小姐接过锦盒一看，果然喜欢上了。

宋翎看着三小姐收下簪子，这才放心地躺回原先小憩的长榻上。但是宋翎想错了，三小姐并没有要走的意思，随意得就跟在自己房里似的。

宋翎懒得管她，躺在长榻上闭目养神，不再跟三小姐说话，想着她无趣了就会回去。

"姐姐，我告诉你一件事好了。"三小姐走到宋翎的长榻边，在长榻上坐了下来。

宋翎本在闭目养神，听见响动睁开了眼睛，结果就看见自己的三妹妹跟她凑得很近，一脸神秘兮兮的。

“那好，你说吧。”宋翎说道。

“我有一次听见我娘和大娘一起说悄悄话。”三小姐有意压低了声音，她口中的娘是四姨娘，大娘就是扶正了的二夫人，只听她接着说道，“她们说爹爹要给姐姐你定下一门亲事，好像是什么田侍郎家的儿子。对了！就是侍郎家的儿子，我记得我娘当时还说‘这样的门楣也忒低了，太委屈了咱们家的大小姐’。”

“什么？”宋翎瞬间来了精神，刚刚的懒散一扫而光，神色认真了几分，“你当真听到二娘她们这样说的？”

三小姐笃定地点头，说道：“我没听错，我倒是怀疑她们说错了。咱们是什么人家？二姐嫁给了太子，凭姐姐的出身，不嫁到宫里或者王府，也要嫁到跟咱们门当户对的人家，不可能委屈下嫁到一个侍郎家里，我想肯定是娘和大娘说错了。”

宋翎只是勉强挤出一点微笑，那也是流于表面的。她没有自家三妹乐观，若是放在从前，她能一笑了之，但是眼下情况特殊，父亲为了不让她和苏子修在一起，也许真的动了将她嫁给别人的念头。

毕竟称病仅仅是一时的缓兵之计，只有她嫁了人，木已成舟，才能彻底断掉她跟苏子修在一起的可能。

“我也觉得是二娘她们说错了，也许在说别人家的事呢。”宋翎此时稍稍镇定了下来，将一时翻涌而起的思绪全部压了下去。这事是经过两道人的耳朵和嘴巴才传到宋翎这里的，真实与否有待确认，她不能为了捕风捉影的事而自乱阵脚。

三小姐赶紧点头，说道：“妹妹我也是这样想的。”

宋翎又淡淡微笑，不过这次笑得比刚才自然多了。这时候姚氏从外头进来了，朝着三小姐说道：“三小姐，四夫人身边的人找你来了。”

三小姐应了一声，又说了两句话就出去了。

三小姐走了之后，宋翎不再强撑，神色沉重了几分，默然片刻后长长地叹了一口气。

姚氏深觉诧异，问道：“好好的叹气作甚？”

宋翎抱膝而坐，小巧的下颌搁在自己的膝盖上。她侧过脸看着奶娘，瓮声瓮气地问道：“奶娘，您说爹爹会把我随便许给一户人家吗？”

“当然不会。”姚氏说得极其肯定，“老爷那么疼你，肯定舍不得委屈你，也舍不得不顾你的心意。”

姚氏始终持相当乐观的态度，哪怕宋翎眼下被迫“因病”禁足，姚氏也认为这是老爷为了宋翎离家两年的事在生气，故而对她略施惩戒罢了。至于老爷不让她“痊愈”，让她接着“病重”，也不过是为了限制宋翎的行动，省得她一回来就又乱跑。姚氏认为这些都是暂时的，等到老爷消了气，宋翎就能“大病痊愈”了。宋翎有意嫁给襄王，襄王又是真心求娶，到时候再得到皇上的赐婚，一切都是水到渠成的事。想着想着，姚氏又想到了他日宋翎出嫁的场景，还有宋翎今后操持家业、养儿育女的情景……

宋翎一时无语，知道奶娘是一心一意为她好，只是有些事她很难跟奶娘解释清楚。宋翎忽然冒出了一句话：“奶娘，我想见哥哥。”

“不行。”姚氏干脆利落地拒绝了，“都这么大了，亲兄妹也要避嫌的。”

“可是……”宋翎还想再说话，才冒出两个字就一下子止住了声音，因为宋翎看见父亲那里专门监督她罚跪的人来了。

第二十章 帝心

昭国皇宫之中，进进出出的太医有增无减。有一件事大家心知肚明，只是个个缄口不提，就是惠帝可能熬不过这个冬天了。

惠帝已经两次中风，前一次被救了回来，转醒之际，他的右半边身子不能动弹，精心调养之后恢复得跟常人无异。然而就在两个多月前，惠帝第二次中风了，这次的情况要凶险得多，惠帝不省人事地躺了四五天，醒来的时候跟上次一样，右边身子抬不起来。但是这次没有上次那么幸运，惠帝的右边身子一直没有恢复知觉，不仅如此，左手、左脚也渐渐不听使唤了，说话也一日比一日吃力。因为行动不便，惠帝只能天天躺在养心殿的龙床上，偶尔露面也是坐在轮椅上由人推着出去，吃喝拉撒都离不开人伺候。

正是因为惠帝病情这般严重，瑶妃才会如此心急，一连数次对当时还在戎狄的

苏子修发出密信，催他一定要尽快归国。因为谁都不知道惠帝的身体还能撑多久，就像是风中的微弱烛火，不知道什么时候会熄灭。

惠帝已经不上朝了，并且以惠帝眼下的身体状况来看，也根本上不了朝。惠帝只能令太子监国，将政事交给太子处理，每日挑几件要紧的事过问一下，其余小事就放手了。但若是遇上军国大事，惠帝还是会把太子和内阁大臣们召到养心殿，在他的龙床前共同商议，最后由惠帝予以裁夺。

惠帝心知自己阳寿无多，不担心身后事，因为太子在储位上坐了三十年，多年参政议政的经验，使得太子已谙熟如何处理朝政，顺利接班不是问题。惠帝驾崩之后，太子就会成为昭国新一任的君主，他们苏氏的江山也将一代一代地传下去。

若说惠帝还有什么心愿未了，恐怕就是放不下幼子苏子修。惠帝对这个小儿子多有愧疚，当初惠帝私下派去祁国赎人的使者无功而返，他就猜到了苏子修一定凶多吉少，心情不可谓不悲痛。后来得知苏子修在戎狄，惠帝大喜过望。他的小儿子不仅在险境中活了下来，而且凭着自身的才干和谋略成了戎狄的国师，借助戎狄的力量大大削弱了强敌祁国，扭转了原先的战况，昭、卢联军从此占据了有利形势。惠帝对此深感欣慰，他没有看错自己的小儿子，昭国皇室之中注定要出一个奇才。

惠帝不是没想过，用一纸国书将苏子修从戎狄召回国，或者用一纸家书让自己的儿子回来。他的身体已经不行了，他也想见苏子修最后一面。但是惠帝很快打消了这个念头。他亲身经历过夺位斗争，也清楚这里面的残酷。若他这种时候叫苏子修回来，等于叫他回来送死，太子肯定会想方设法地置他于死地。认真说起来，这也不能完全怪太子绝情，因为自古争夺皇位的时候谁也不会讲手足亲情。

历史上凡是聪明有远见的帝王都会提前考虑身后之事，尤其是一定要妥善安排好诸多儿子的去处，留下一个即位，其他的尽量早早地打发出去，目的就是避免手足相残。

这些年太子常常明里暗里打压几个兄弟，惠帝并非不知情，只是选择睁一只眼闭一只眼罢了。

如今苏子修人在戎狄，又获得了显赫的声望和地位。惠帝认为知道这些就足够了。他是一个思念幼子的父亲，但他更是一个必须时刻保持理智的皇帝。在这种时候，他只有把儿子都远远地打发走的，没有把已在国外的儿子召回来的道理。他何必为了自己想见幼子最后一面，让苏子修放弃已有的一切而冒险回国？

惠帝万万想不到的是，苏子修居然自己回来了。惠帝虽然心底欢喜，但更多的是担忧，一则担忧苏子修的性命安全，二则担忧原本稳定的局势要再起波澜，恐怕一场围绕着皇位的争夺战已经无法避免了。

在苏子修和太子之间，惠帝感情上更偏向于苏子修，不仅仅是因为淑贵妃而爱屋及乌，而是惠帝打从心底认为自己所有的儿子当中，只有幼子苏子修一人是帝王之才。但是出于理智考虑，惠帝不能不支持自己的太子，因为临终换储是一件相当危险之事，弄不好会将整个昭国拖进万劫不复的动乱之中。

惠帝对太子总体是满意的，因为太子确实不错，而且多年来勤勉努力，从未松懈。但是太子的资质注定了他只能当一名守成之君，守住列祖列宗留下的基业就差不多了，若是要他开疆拓土，建功立业，令昭国成为中原的霸主甚至是一统中原，这对太子来说几乎是不可能的事。

除此之外，惠帝对太子也有不满的地方。天下君王对权柄看得很重，惠帝也不例外，太子就是犯了越权的忌讳。头一次是两年前的卢国求援，惠帝尚犹豫不决，太子却趁着他中风昏迷，擅自做出了出兵援卢的决定。还有现在，惠帝躺在床上形同废人，虽然军国大事的裁决仍需要他点头，但是惠帝明显感觉到了力不从心。从前太子对他唯命是从，不敢有异议，现在太子越来越有主见了，尤其是遇上意见不统一的时候，太子也会跟惠帝力争到底，不再轻易让步了。

惠帝的心情相当复杂，瘫痪在床等死的滋味不好受，他作为一个皇帝眼睁睁地看着手中的权势一点点被人分去，哪怕这个分权的人是自己择定的接班人，那种滋味也不好受。惠帝本来就放不下权势，要不是身体差到上不了朝，他不会令太子当朝执政。如今他还没有正式退位，太子就已经藏不住勃勃的野心了。

惠帝很清楚太子的心思。如今太子是眼巴巴地只等着他死，好让自己能真正当上昭帝。惠帝原本也想睁一只眼闭一只眼就过去，但是这个时候苏子修的突然归国，使得惠帝陷入了矛盾当中。

惠帝更倾向于让苏子修即位，但是太子的错不至于到被废的地步，再说太子羽翼已成，要废了太子几乎是不可能的事。惠帝要为大局考虑，让太子即位是最好的结果，不然一场内乱不可避免。祁国就是因为频繁爆发内乱而被严重削弱了实力。

惠帝的目光在两个儿子之间来回游移，这好比是一场赌局，惠帝本人就是赌徒，一个是稳赢的小胜，另一个险之又险，却可能是前所未有的大胜。惠帝犹豫过，但是没有犹豫太久。在苏子修回国之后，短短几日内宫中相继传出了好几道旨意，皇七子苏子修率先被封了襄王，紧接着其他的皇子也被一一封王。

封王是一个极为重要的信号，这让很多人放下心来。说到底，惠帝还是不敢大赌，最后依旧选择了稳妥的方案。

昭国皇宫的养心殿内，这一日早晨，惠帝的精神尚好，他身着明黄平金绣金龙的寝衣正倚坐在龙榻上，后背垫着三四个鹅羽软枕，下半身则严严实实地盖着一条锦被。一名宫装丽服的美人坐在榻边，正是长乐宫的瑶妃娘娘。她一双纤纤玉手端着一碗绿莹莹的碧粳粥，勺子不在她手中，而是被惠帝的左手颤颤巍巍地拿着。惠帝不许别人喂他，非要自己动手。皇上发了话，身边服侍的人只好从命。

瑶妃双手平稳地端着碗，看似一动不动，实则时不时地调整着自己的姿势，尽可能地配合惠帝舀粥的动作。瑶妃一瞥，旁边桌案上的早膳几乎原封不动。看着惠帝如此吃力地喝粥，估计折腾一早上也就只能喝下这一碗粥。

“皇上。”瑶妃柔柔地唤了一声，伸手软绵绵地握住了惠帝的左手，然后慢慢将勺子转移到了自己手中。

只见瑶妃拿过勺子，用一双剪水明眸凝视惠帝，口气中带着三分娇三分嗔：“皇上还是让臣妾来吧，如果皇上再不答应，臣妾这就告退，省得在这里看着也是心疼。”

面对这样娇滴滴的爱妃，惠帝没有任何火气，任由瑶妃夺去了勺子，温声道：“好、好、好，朕都依爱妃的。”

瑶妃莞尔一笑，先伺候着惠帝喝了粥，又用了水晶虾仁包、如意卷、肉末烧饼等吃食，再用热热的茶水漱了口，将这一餐早膳对付过去。

惠帝感到了淡淡的感伤，自己当真是废人一个了，右边身子不能动，左边身子也越来越不灵活，连个勺子都拿不稳，恐怕人生最后的日子就要躺在床上度过了。

“爱妃，朕如今真是废人了。”惠帝长长地叹了一口气，语气甚是悲凉。

瑶妃服侍惠帝用完了早膳，又服侍他服药。她睇了惠帝一眼，说道：“臣妾不许皇上这么说。皇上是天子，有龙气护体，又有太医悉心调治，相信很快皇上就能痊愈，恢复如常。”

“恢复如常是不行了，朕也只能求老天爷多给朕留点儿时间。”惠帝握一握瑶妃的手，晓得瑶妃这是安慰之语，但仍旧感到略为宽心。

“皇上，您现在只管安心养着身子，何必想这些？”瑶妃抽出一条茜红明花手绢，一点点地为惠帝擦拭着嘴角，一举一动之间尽是温柔之意。

惠帝看着爱妃一张娇美的脸庞。自他中风之后，瑶妃在身边伺候得一向勤谨殷切，此时她正按照太医的嘱咐，按摩着惠帝手上的关节，这样可以保持血脉畅通。尽管这些事情原本是养心殿中的宫人的职责，但是瑶妃做这一切的时候极为自然。

人都有发奋求生的意志，惠帝也不例外，这种意志在他身上尤其强烈。这几日来，惠帝之所以尝试着自己喝粥和执笔写字，就是为了锻炼自己的左手。他害怕如果一直躺着不动，就会变成一个毫无自理能力的废人，这样子的话哪怕没有死，也是一具行尸走肉罢了。惠帝内心深处依然渴望老天能多给他一些寿元。

“皇上，臣妾这力道可合适？”瑶妃问了一声，惠帝的右边身子不能动弹，但痛觉还是存在的。

惠帝心不在焉地应了，对着自己的宠妃说起了另一件事：“老七年有二十，要不是之前在外头耽误了两年，他这个年纪就该跟他的皇兄们一样有妻室了。”

瑶妃并未多嘴，只是维持着侧耳倾听的姿态，等着惠帝后面的话。

“朕早就有意让老七早日成婚，本来还担心他不肯，没想到这孩子竟主动提了此事。”惠帝顿了顿，突然朝着瑶妃问道，“爱妃你猜一猜，老七看中的是谁家的千金？”

瑶妃颔首一笑道：“臣妾哪里知道？皇上就会卖关子。”

惠帝说道：“老七主动求娶的是丞相家的长女，而且朕看他的态度十分坚决，不像是一时兴起。”

“丞相的千金跟襄王殿下倒也般配。”瑶妃无心地接了一句。

惠帝却摇了摇头，缓缓地吐出一句话：“朕不这么看。”

瑶妃听了这句话，试探着问道：“外头传言丞相府的大小姐常年卧病在床，皇上可是为了这个原因才这样看？”

惠帝脸色有些沉重，说道：“倒不全是为了这个，就算这位丞相千金身体康健，她也未必适合当老七的王妃。”

瑶妃一双凤眸中含了几分疑惑，她忍不住说道：“臣妾不明白。”

“爱妃不明白也没关系。”惠帝温和地笑着，没有继续解释的意思。

瑶妃觑着惠帝的神色，聪明地不再多问，双手攀上了惠帝的手臂，开始按摩他手臂上紧绷的皮肉。

惠帝则反手捉住了瑶妃的手，掌心里是美人玉手带来的温软细腻的触感，他说道：“爱妃不必操劳了，这些事交给宫人去做即可。”

瑶妃乖巧地依了，只将自己的双手与惠帝的手掌交叠着握在一起，帝妃二人就这般安静地对坐着。

淑贵妃过身之后，瑶妃成了惠帝身边最可心的人。惠帝喜欢的就是瑶妃的温驯和柔婉，偶尔一点点的任性和小脾气是调味剂，瑶妃很懂得其中的分寸，不会因为太过头而惹恼惠帝，反而令惠帝对她越发宠爱。尤其是这两年，惠帝渐入暮年，身体每况愈下，故而无心流连新人，只有一个相伴多年的旧人瑶妃最能体贴惠帝的心

意，惠帝几乎是日日召她在侧，片刻不离。

“朕问过太子，太子也说这门亲事不配老七。”惠帝突然间提了一句，正是因为他不赞成，所以去问太子的意见，惠帝知道太子一定会反对。

惠帝已经决定让太子即位，就要安排好其他儿子的去处。惠帝并不担心老二他们几个，因为他们在太子眼里已构不成威胁。当初太子打压兄弟，惠帝从不过问就是这个原因，现在太子不打压，以后也要打压，那还不如趁着自己在位的时候让太子去做，这样太子总归有所顾忌，不好做得太过分。

二皇子、三皇子他们经常在背后埋怨惠帝偏心，从前偏心老七，现在偏心太子，不把其他儿子放在眼里，殊不知惠帝的装聋作哑也是出于一番深谋远虑。

如今惠帝最放不下的就是老七苏子修。太子一向不能容人，尤其不喜欢这个七弟，惠帝担心将来苏子修失了倚仗，日子只怕不会好过。惠帝为了心爱的小儿子，不得不为他筹谋后路，一则得让老七赶紧去就藩，离开郢梁就是离开了是非之地；二则给老七挑一个出身权贵世家的女子当王妃，算是给老七找一个强有力的靠山，将来他去了封地，又有显赫的妻族在一边帮衬，想必太子不会轻易动他。

这个靠山有一点儿临终托孤的意思，惠帝挑选的时候颇为谨慎，第一是受封在外，握有实权；第二是跟东宫没有任何利益牵扯。宋丞相一开始就被惠帝排除在外了，最重要的原因是丞相亲近东宫，势必要跟太子坐在一条船上，让宋丞相的女儿当襄王妃，对苏子修不仅毫无裨益，弄不好还会让苏子修受到连累。

放眼整个昭国，惠帝挑来挑去，发现只有曹家和林家最为合适。这两家的祖上都有军功，如今在外分掌兵权，等同于封疆大吏。无论苏子修娶了哪一家的女儿当王妃，都能得到妻族的荫庇。真到了那时，太子多多少少会有所忌惮，不会为了私心而轻举妄动，如此老七便可长保无虞了，这也是惠帝目前想到的最好办法。

这时，惠帝拍了拍瑶妃的手背，略一思索，说道：“爱妃，你挑个日子在长乐宫摆个小宴，邀请曹家和林家的小姐们进宫玩一日。”

“臣妾明白了。”瑶妃是个一点就透的人，心领神会地提议道，“单单请这两家的小姐未免太显眼了，不如趁这个机会多邀请几家的千金，何况九公主成日喊闷，正好多几个人给她做伴，也好热闹一番。”

“好，就依爱妃所说。”惠帝会心一笑，眼底泛着几分满意的神色，瑶妃果然懂他的心意。惠帝听瑶妃提起九公主，心中微微一动，于是说道：“说起来，小九那孩子到爱妃宫里也有五六年了，有爱妃照顾她，朕很是放心。”

“那是皇上信任臣妾，才让臣妾代为抚育九公主。”瑶妃的回答很是谦恭，一副不敢居功的样子。

瑶妃在后宫圣眷正隆，唯有一件失意之事，就是没有子嗣。她承宠多年，偏偏没能生下一儿半女，不免有人在背后嚼舌头，说瑶妃以卑微之身得宠，故而折了子孙福。

惠帝怜惜这位宠妃多年无所出，怕她一人寂寞，也怕自己百年之后瑶妃无人可以倚傍，所以将丧母的九公主交给瑶妃抚养，也算是聊解膝下荒芜之忧。

惠帝看着眼前尚是绮年玉貌的宠妃，不由得感伤自己老了，长叹一声之后，没来由地冒出了一句话："你的眼睛跟淑贵妃生得最像。"

瑶妃闻言一怔，垂下头，露出一截白嫩的脖颈，双颊已渐次晕红。琢磨着要不要接上惠帝的话，譬如说"能长得像娘娘是臣妾的福气"云云。

惠帝倒是先她一步开口了，追忆道："只可惜你的子嗣福不如她，淑贵妃当年可是为朕生下了四个孩子，差一点儿就是五个了……"

话说到这里，惠帝如梦初醒一般，停顿了一下，不再往下说，只是叹道："罢、罢、罢，陈年往事不提也罢。"

第二十一章 媒妁

郢梁城的丞相府内，宋翎已经被关在闺房里大半个月了。除了她娘的忌辰时，她出来了一日祭奠亡母，其余时候她都不得离开小跨院。宋翎在她父亲跟前撒娇弄痴、撒泼哭闹，十八般武艺都用上了，宋丞相仍不为所动，只让宋翎本本分分地待在闺房里，旁的心思一概不许有。

姚氏倒是喜欢这样，女儿家就该有女儿家的样子，在闺阁之中宋翎可以安安静静地写字画画，或是做针线，老是往外跑总不成体统。从前的宋翎像是一条溜滑的小鱼，姚氏总是逮不住她，如今宋翎在老父的威压之下，只能老老实实地待在闺房里，正好姚氏能抓住宋翎悉心调教一番。

宋翎终日被锁在家里，但她并非无所事事。在奶娘的督促之下，宋翎每日的功课除了精心保养自己的容貌和皮肤外，还要绣花、裁衣、做香囊。奶娘说了女工是四德之一，不得怠慢。宋翎还要学习协理家事，奶娘让管家送来了厚厚的几摞账簿给宋翎翻阅，让她明白理家是怎么一回事。宋翎将来是要给人当正室的，作为女主人不能对协理家事一无所知。此外，宋翎还要洗手做羹汤，宋家大小姐是锦衣玉食的富贵命，虽然不必亲自下厨房，但是学几道简单可口的小菜，将来能做给自己的夫君吃，也算是增进夫妻的闺房之乐了。

宋翎的反应是懒懒的，她没有心思去做这些事，一个香囊绣绣停停，七八日过去都完不了工；账簿上密密麻麻的小字看得她头昏；做菜就更不用说了，宋翎一进厨房就皱着眉头要出去。

姚氏有办法治她，跟宋翎说，在事情未有定论之前，大把的时间空耗着，让宋翎不如趁现在多学点儿东西，若是真有一日嫁给心仪之人，不是正好有了施展今日所学的机会？

正是姚氏的这一句话，把宋翎的心给说活了。宋翎乖乖听从了奶娘的话，不再像先前那般懒散了。宋翎心底也有小小的希冀，如果能嫁给苏子修，她要学着照顾他，为他分担责任，而不是当一个事事要他照顾的傻丫头。

过了宋家先夫人的忌日，再过一月有余又是宋翎的生辰。宋翎的外祖家照例会提前派人入京，为外孙女送来丰厚的生辰贺礼。今年来的人是宋璟和宋翎的四舅舅，而且他会携妻同往。宋翎一共四个舅舅，这是最小的一个，说是舅舅，其实只比宋璟大了不到十岁。

宋丞相见到内弟，自是十分欢喜，两人不免要叙上一叙。宋丞相命人将东南角的阁楼收拾出来，暂且作为这夫妻二人的落脚处，而且东南阁楼有门户连通外面，便宜客人出入，这样住着既亲近又不拘束。

宋翎正托腮坐着，看着对面那张红木嵌螺钿云纹的圆桌，上面堆满了大大小小的锦盒，外面缠着各种颜色的绸子，还有或绯红或粉红的笺子，其上无一例外写着某某恭祝丞相长女宋翎芳诞之类的话。宋翎母家的亲戚都在一处，托她的四舅舅将礼物一并带来了。姚氏逐一将礼物收拾了，又把盒子里的东西一样样拿给宋翎看，留下几样别致有趣的，其余的都收了起来。

宋翎只是开心了一小会儿，就兴致寡淡了。姚氏见惯了她这样子，明明前一刻还是高兴的样子，转瞬间又闷闷不乐起来。姚氏怀疑老爷再把宋翎关下去，迟早把她关出毛病来。

这时候，有个小丫鬟带了一句话过来，说道："老爷请大小姐过去前庭，舅奶奶要跟大小姐说说话。"

宋翎听了这话，心里莫名一动，还未想到什么，姚氏已经将她按坐在梳妆台前，重新为她紧了紧头发，又补了一些脂粉。虽说宋翎是见自家舅母，家常的样子即可，但是到底不可太过随意。

梳妆已毕的宋翎由奶娘领着到了会客的前厅，厅堂之中是她的父亲和四舅母，四舅舅却不知哪里去了。宋翎进去的时候，发现父亲和四舅母正在说话，两人时而还笑着点点头。看见宋翎来了，两人止住话头，皆笑吟吟地朝着宋翎看来。

宋翎一眼就认出了那位浓妆丽服的美人就是她的四舅母，恭恭敬敬地向堂上的两位长辈请安问好。

四舅母一看宋翎就喜欢上了，牵着宋翎的手跟她同坐，笑吟吟地打量着眼前亭亭玉立的少女。

只见宋翎穿着一身鹅黄色高腰月华裙，衣衫的颜色柔嫩又清新，头上梳着垂鬟髻，发丝间只埋着小巧的碧玉为饰，唯有那一支赤金八宝攒珠钗透露出几分待客的隆重。她的妆容也是清清爽爽的，两抹淡淡的蛾眉越发突显出一双水灵灵的明眸，颊面只用一点点胭脂调理出自然的好颜色，嘴唇也粉嫩润泽，是少女独有的健康光泽。宋翎的模样落在四舅母眼里，显得家常自在又不随意失礼。

四舅母越看宋翎越喜欢，眼中的慈爱之色加深了几分，她亲亲热热地握着宋翎的手，由衷地赞道："外甥女出落得越发好看了，真有几分已故姑姐的样子。"

四舅母说的是宋翎的娘亲，宋翎一听，表面上平静，心里已乐了。她娘出阁的时候，四舅母还没进门，可见四舅母也是随口一夸，说人家女儿长得像娘是不会有错的。

宋翎很快发现自己乐得早了，四舅母的话还没说完，只见她从从容容地说道："这也是听她的舅舅们说起的，我来得晚没见过姑姐。"

宋翎从一进来就被四舅母拉着一起坐下，四舅母的手一直握着她的双手，还不住地摩挲。宋翎是不怕四舅母摸她的手的，奶娘的心思没有白费，经过一阵子浸热花汁和敷珍珠粉之后，宋翎的一双手被保养得白嫩无比，触感滑腻，指甲也稍稍蓄长了，染色后宛若小巧玲珑的桃花瓣，任是再挑剔的人，也挑不出这一双手上的错处。

四舅母抚了抚宋翎的鬓角和侧脸，温柔地笑道："外甥女前两年总病着，如今看着气色倒还好，可是大愈了？"

宋翎不敢吱声，眼睛却瞥向了自家爹爹，心里默默地想着，我的病只有爹爹点头了才能好，我可不敢说自己大愈了。

宋丞相一笑，面不改色地说道："小孩子家身子弱，前两年老是闹毛病，临近她娘的忌辰又大病了一场，如今总算是调理了过来。”

宋翎听了这一句，就跟得了圣旨似的，赶紧捣蒜般点头，说道：“回四舅母的话，如今翎儿的身子是调理过来了……”

四舅母的手沿着她鬓边结成的细长小辫子一路下来，又在她的手背上拍了拍，说出了一句令宋翎万分错愕的话：“姐夫，如今我这四舅母做媒，给外甥女保一门亲事可好？”

宋翎听了这话，犹如头顶一个惊雷炸响，表情一下子变得僵硬。

四舅母没有过多留意宋翎的异样神色，只当是姑娘家论及亲事之时的羞赧。四舅母越过了宋翎，直接笑着问她父亲：“姐夫，您的意思呢？”

宋丞相一时不置可否，问道：“弟妹要保媒的是哪一户人家。”

四舅母显然是有备而来，不紧不慢地说道：“姐夫可晓得同安州的靖南王府？弟妹要保媒的就是他们家的大公子，年方十九，人品相貌没的说，如今他是王府的世子，将来要袭老王爷的爵位。几位叔叔都见过，说是一个极为稳重知礼的年轻人……”

宋翎在一旁听得脑袋发胀，她的外祖家就在同安州。

四舅母还没说完，接着道：“靖南王妃跟我说了好几次，要为世子求一良配。靖南王妃这么一托付，真是为难死我了，咱们家里都是光头小子，没有一房生了闺女，在同安州挑来挑去，也总挑不中合适的。正好这次外子进京办事，又逢着外甥女的生辰，我就想到了咱们家没有女儿，这不还有郢梁都城的姑奶奶家吗？但是我不敢自作主张，先将这事跟公婆说了说，两位老人家都点头说好，所以弟妹这次也是奉了公婆的命令，问一问姐夫对跟靖南王府结亲一事意下如何？”

“靖南王府？”宋丞相没有即刻表态，慢悠悠地说道，“早年我跟靖南王也有过数面之缘，他们家的世子倒是没见过，听说是一个十分出色的年轻人，大有他父亲当年的风范。”

四舅母一听这话，就明白宋丞相有点儿意向，怕是心里已经准了五六分。她将目光落回了宋翎身上，柔声说道：“外甥女正好十七，模样长得好，又是丞相千金，跟这位世子无论年纪、长相、身份、地位都般配，可谓难得的好姻缘，只是……”

突然间，四舅母将话锋一转。

“只是什么？”宋丞相紧接着问道。

四舅母见姐夫问了，径直说道：“只是同安州的路远了些，姐夫怕是舍不得宝贝女儿嫁这么远。唉，说起来都城中的名门子弟多得很，我私心猜测姐夫的意思，

大概是想外甥女嫁一户京中人家，这样回娘家也便宜。”

“弟妹此言差矣。”宋丞相伸手一捋三绺山羊胡，神情间流露出几分青衣文士的儒雅和淡泊，“只要儿郎好，何愁路途远。当年雪卿嫁我之时，岳丈没有因此不允这门亲事，我如今的心自然也跟岳丈当年一样，只要确实是一段好姻缘，怎会因为舍不得女儿所以不肯放她远嫁？再说了，同安州是内子的娘家，就是翎儿的外祖家，翎儿去了之后一切有人照应，跟在自己家没什么两样，我这个当父亲的没什么可不放心的？”

说罢宋丞相先笑了，四舅母也陪着一起笑了。她晓得这事有眉目了，索性趁热打铁，说道：“姐夫既然这样说，弟妹就当姐夫是肯了，回头就让靖安王府来下问名帖。”四舅母是个爱说笑的女子，末了还追了一句俏皮话，打趣道，“姐夫如今点头了，见了王府来的人可别后悔了。”

“弟妹多虑了。”宋丞相笑着摇头，他一向严肃自持，不苟言笑，也许是心情轻松的缘故，半开玩笑地接了一句，“弟妹虽是一人来做媒，背后却是两位老人家的意思，做人女婿的哪有不依从泰山、泰水的道理？”宋丞相说着一指宋翎，“翎儿也是我的一桩心事，说实话，天底下也就三个地方我才放心让她去，一个是宋氏的祖籍江临，一个是郢梁，就放在我的眼皮底下，另一个就是同安州了，那里有她的外祖一家……”

“好、好、好，那就先这么说定了。”四舅母一口将这事定了下来，心里乐陶陶的，想不到事情竟这般顺利。她今日是以媒人的身份前来，得到女方长辈的应允，就算完成了纳采这一步，后面还有问名、纳吉、纳征……

四舅母正在想着，一道鹅黄色的人影从自己身侧直挺挺地站了起来，清脆的少女声音清晰无比地传进了每一个人的耳朵：“我不想嫁给什么世子！”

宋丞相一看见女儿，眉头就皱了起来，一脸严正地斥责道：“翎儿！为父正跟你的舅母说话，作为小辈哪能胡乱插嘴，真是越大越不知道规矩了。”

宋翎挨了呵斥，正想说话，胳膊就被人紧紧抓住了，抓她胳膊的是她四舅母，四舅母令她重新坐下，开始出面打圆场：“姐夫不必责备翎儿，女孩家脸皮薄，听得要嫁人，一下子难免接受不了。”

四舅母这是给宋翎一个台阶下，宋翎只要聪明识趣一点儿，这时候就应该跟父亲认错，然后大事化小、小事化了就过去了。但是当宋翎听到要让自己嫁人，早就心神大乱了，哪里还顾得上这些？她一张娇俏的小脸上满是倔强和抗拒，没有一丝一毫的羞怯之色。

“爹爹、四舅母，翎儿不想嫁给世子。”宋翎在两个长辈震惊的眼神中，将这句话重复了一遍。

宋丞相有点儿压不住心头的火气了，但是当着亲戚的面，不得不强忍着，用低沉的口气说道:“翎儿,婚姻大事只能听从父母之命,媒妁之言,轮不到你自己做主。”

宋丞相也没客气，这一句大道理搬出来，瞬间把宋翎的反抗和抵触给打压了下去。

四舅母一看气氛不对头，当即决定速速告退。这父女俩在背后如何争执都不要紧，要是当着她这个媒人的面吵闹开了，这事也就说死了，今后很难有转圜的余地，她趁早离开才是正理。

四舅母找了个由头：“姐夫，我先回去了。不然衡清回来怕是找不见人，说起来也不知道衡清和璟儿这舅甥两人到哪里去了。”

衡清就是宋璟和宋翎的四舅舅的表字，四舅母说完这一句就回去了。丞相府的前厅，只留下了宋丞相和宋翎父女二人。

现在她四舅母不在,宋翎说话也就少了避忌,径直上前几步走到父亲身边,问道:“爹爹，你真的要允了这门亲事吗？”

宋丞相气定神闲地回答道：“既然是一门好亲事，为父怎有不允的道理？翎儿你也到了出阁的年纪，为父当然要为你好好地挑一个称心的夫婿……”

宋翎一时着急，打断了宋丞相的话：“爹爹你挑谁我都不会称心！”

宋丞相的眼底似有寒芒一跳，随即又被压了下去，他耐心地解释道：“翎儿，你四舅母说得不错，靖南王世子的确是一个不可多得的年轻人。你外祖家与他家知根知底，你那几个舅舅都见过世子本人，对其人品才学皆赞不绝口。这是外祖家为你相中的好姻缘，难道还会害你吗？”

“你们自然不会害我。”宋翎盯着父亲，幽幽地说道，“你们只是设个套子给我套上。四舅母今儿来说这事不是临时起意，而是你们一早就商量好了的。”

两个长辈在唱双簧，宋翎在旁边看得清清楚楚。宋丞相刚刚点头，靖南王府的问名帖就要送过来了，说是没有预谋恐怕无人相信。

“翎儿。”宋丞相唤了一声，皱了皱眉，但还是温言好语地说道，“不管怎么说，爹爹跟你的外祖家都是一心为了你好……”

“爹爹不是打算把我嫁给什么田侍郎的儿子？这下怎么又变成了王世子？”宋翎反问道。

宋丞相闻言后，险些笑出声，无不惊讶地道：“你从哪里听来的？爹爹是打算

叫你嫁人，但是不会乱点姻缘，毕竟这关系到你下半生的幸福和安乐。翎儿，你是爹爹的长女，爹爹为你选的夫婿一定品貌兼备，家世也要出众……”

“爹爹！”宋翎又一次将父亲的话打断了，她的眼眸深处仿佛有两团小小的焰光在跳跃，千分不甘愿、万分不甘心地说道，“任他再好的品貌，再好的家世，我终是不愿意的，爹爹您明明知道……”

宋丞相看着眼前女儿一张倔强的小脸上写满了固执，说道：“翎儿，从小到大爹爹什么都能依你，唯有这一件事不能依你。”

宋翎回视着自己的父亲，声音中隐约有痛楚之意，毫不让步地说道：“可是翎儿唯一所求的也是这一件事！”

“翎儿，你何必这般固执？嫁去同安州不好吗？嫁给世子不好吗？”宋丞相有些耐心耗尽，已经隐约感觉太阳穴的位置在不断跳动，那是怒气上涌的征兆。

他一向拿这个女儿没办法，以前如此，现在更是如此。宋翎自始至终只想嫁给襄王苏子修，作为父亲他何尝不知道？但是他偏偏不能让女儿嫁的就是襄王苏子修！这是自从宋翎回来之后，父女二人全部矛盾的根源所在。在之前的日子里，两人或多或少避免着正面冲突，今日随着议亲之事的提出，所有粉饰太平的假象就盖不住了，

“爹爹！”宋翎唤了一声，毫无征兆地冲着父亲跪了下来。父女二人站得很近，宋翎一跪，鼻尖和发丝几乎贴在了宋丞相的衣袍上。

宋丞相看着女儿跪下，下意识地朝后退了一步。往常出现这般情景，宋翎一定会抱住他的双腿不住地哭闹耍赖，这是令宋丞相最为头痛的事。

但是出乎宋丞相意料的是，宋翎这回只是好端端地跪着，仰起脸，一时管不了太多，直截了当地道：“爹爹，您之所以坚决反对我和襄王，难道真的是因为二妹妹嫁了太子吗？”

宋丞相神色一变，犹如被风扑到的烛火，口气已冷了几分，只是抛出简短的一句话：“翎儿，你不要管这些事。”

宋翎是天生反骨之人，宋丞相的这个态度，更是激起了她的逆反之心，她不管不顾地将憋在心里多日的话全说了出来：“爹爹支持太子，所以把二妹妹送进了东宫。爹爹怕太子疑心，所以故意让我‘重病不愈’，哪怕皇上有心赐婚也能借病推托。爹爹为官一向正直，最厌弃党争，所以一直保持中立，从不涉足皇位争夺的乱局，但是爹爹现在一改常态，竟旗帜鲜明地支持太子，难道不是违反了自己一贯的准则？容翎儿说句大胆的话，爹爹是看清了太子必然即位，所以要在新君身上多下功夫，

省得将来保不住自己的丞相之位。”

“翎儿！”宋丞相怒喝一声，重重一掌拍在紫檀木的桌案之上，震得上面的杯盏一跳。他是真的气极了，从刚刚开始，他始终压抑着火气，对着女儿千般万般地好言相劝，但是女儿显然不领情，反而得寸进尺，一再挑战他的底线。尤其是最后说的几句话，句句尖锐，字字锋利，简直要让他的最后一点儿冷静在怒火之中燃尽。

“翎儿，你知道你在说什么吗？为了襄王，你居然这样跟为父说话！你真是太让为父失望了！”宋丞相直直地盯着宋翎，目光甚是严厉和冷峻。

宋翎依然保持着仰头的姿势，跟父亲的目光相对，明明是温顺甜美的一张脸，表情却如此倔强。她问道：“爹爹，如果娘还在世，您还会这样对我们？”

宋丞相如被重重一击，瞬间默然下来。

宋翎的声音中分明含着凄楚之意，又隐隐带着哭腔：“我和哥哥难道就这般不招爹爹待见吗？爹爹要把我们一个赶去江临城的祖父家，一个撵去同安州的外祖家。”

宋丞相一时忍无可忍。他一颗心恨不得为儿女操碎了，换来的是什么？是这个不懂事的女儿在他操碎的心上一把把地撒盐！

巴掌声响起，宋翎的脸上挨了一巴掌。她被彻底打蒙了，连头带脖子顺着那一巴掌的力道偏过去，久久保持着这个姿势，一直没有转过来。这次没有宋璟，宋翎是自己实实在在地挨了父亲一个耳光。

“爹爹？”宋翎低低地唤了一声，难以置信。

宋丞相也是一脸震惊，这是他第一次掌掴自己的女儿。其实那一巴掌的力道不重，跟打宋璟的力道完全不能相比，只是落在宋翎那一张年轻而细嫩的脸上，使得那一声响动尤其清脆。

看着女儿失神的样子，宋丞相一阵心疼，若是换了平日，他早就一把扶起女儿搂在怀里，好好哄着温言相劝了。但是今天，他必须将心肠一狠再狠，于是一甩衣袖别过头去不看她。

宋翎此时愣愣地仰着脸看向父亲，清泪已抑制不住地流淌下来。

姚氏将这一幕幕都看在眼里，甚是心焦，但是碍于下人的身份，无法横插进去管主子们的事。

正在这时，外头传来通报的声音：“四舅老爷和大少爷回来了！”

听得这一声通传，原本僵持着的父女俩一下子有了反应，宋丞相换回了一贯淡泊疏远又温良有礼的神情，宋翎则从地上爬了起来。她眼下的样子不能见人，趁着

四舅舅和哥哥进来之前，她毫不犹豫，压低声音朝父亲道了一句“女儿告退”，随后头也不回地朝着后院跑去。

宋璟和他的四舅舅进来的时候，只看见一个鹅黄色的背影在堂后一闪而过，看身形依稀像是一名妙龄少女。

四舅舅衡清率先开口了，朝着宋丞相问道：“刚刚跑过去的可是我那外甥女？奇怪奇怪，见了舅舅怎么不请安？”

宋丞相对着小舅子，从容解释道：“刚刚那不是翎儿，而是我的三女儿，她听见舅爷来了，一时害臊就跑进去了。”

第二十二章 分歧

是夜，宋翎所居的小跨院里头的灯烛渐次明亮起来。如今已是秋暮冬初，夜风沁染了寒意，闺房内却弥漫着融融的暖香。宋翎依旧蜷坐在那一张紫檀木折枝梅花长榻上，将头朝着里面。她的奶娘坐在一把红漆雕纹的四足圆凳上，似乎对着宋翎在不停地说话，但是宋翎保持着蜷坐的姿势，仿佛根本不为所动。

这时，房中那一架乌木雕琢翠竹蝙蝠的折角屏风之上，被烛火亮光映上了一个高瘦的身影。来人的脚步极其轻微，只是挥了挥手，令房内的所有人退下，他则施施然地坐在奶娘刚刚坐着的红漆圆凳上。

宋翎已经知道来人是谁，依然固执地不肯回头。

“翎儿，爹爹来了。”宋丞相的声音低沉而稳健，他试探着问道，“你还在生爹爹的气吗？”

对面的女儿一点儿反应也无，宋丞相口气温和地说道：“爹爹听说你一天没有吃饭，特意过来看看你。”

今日在前厅大闹一场，宋翎回去之后就不肯吃东西。宋丞相原本是不担心的，按照以往的经验，宋翎闹绝食的话，饿不了两顿就会开始吃东西。但是这一次，宋丞相始终心神不安，也许是自己那一巴掌的缘故，他明明是决意要硬下心肠，终究抵不过下人前来通传的一句话：小姐已经不吃不喝不动地呆坐了一整天。

宋丞相在抱石山房里坐立不宁，圣贤书都平复不了他的心潮，在一番思来想去之后，他还是决定亲自看一看宋翎。

宋翎将脸转了过来，却依旧不说话。

宋丞相看着女儿光洁白皙的一张脸，上面没有留下任何红肿和指印，他这才稍稍放下了心，柔声哄着女儿道：“翎儿，爹爹是气急了才会打你，爹爹保证以后再也不会了。爹爹看看，打在哪里了？”宋丞相尝试着伸手去碰女儿的左脸，要为她揉一揉被打疼的地方。

宋翎却并不领情，一扭头避开了。

宋丞相看着女儿赌气的样子，任他宦海沉浮多年，见惯了大风大浪，还是拿自己这个小小的女儿没有一点儿办法。

宋丞相换了一种方式，缓缓开口道：“翎儿，你是不是想知道爹爹为何不想你嫁给襄王？爹爹现在好好地跟你说一说，你愿意听吗？”

宋翎的眼底果然绽出了一点儿不寻常的神采。她原本认为父亲来了只是哄哄她，说几句无关痛痒的软话，没想到父亲竟摆出了开诚布公的态度。

看着女儿毫不犹豫地点了头，宋丞相开始说话了，而且一起头就痛痛快快地承认了一件事：“翎儿，你今天说爹爹因为你的妹妹栩栩嫁给了太子，所以不准你再嫁襄王，你说得没错，这的确是很重要的一个原因。”

宋翎心中一动，正想要出声，宋丞相如同看透了她的心思，将她几乎要脱口而出的话压了回去：“你别说话，先听爹爹说完。”

见到女儿并不反对，宋丞相接着说道：“太子即位之事已是板上钉钉，皇上虽然喜欢七殿下，但是不会因此动易储的念头，封王就是一个重要的信号，所以七殿下这辈子只能是襄王。”

宋翎默然点头，表示她听进去了。

宋丞相又问道：“你看太子和襄王的关系如何？”

宋翎摇头，简单地说道：“不好。”随即她又补充了一句，“太子很不喜欢襄王，甚至……有一点儿恨之入骨的意思。”

宋丞相露出一个“你明白就好”的表情，又说道：“明眼人都看得出来，太子对襄王大为不喜，甚至是厌恶难当。他日太子登基为帝，必然不会善待襄王。容爹爹说句不大好的话，襄王将来有的是难挨的时候，别说什么前途出路了，就算是身家性命能不能得以保全还是未知数。每一日每一年都要担惊受怕地度过，生死予夺的大权完全被别人掌握在手心里，那种滋味你晓得吗？你受得了那种日子吗？你会过得不快乐、不开心，因为头顶上永远有一块乌云罩着，只要你们还在昭国境内，就无处可逃。”说到后来，宋丞相的神情越发动容，他情真意切地道，“翎儿，爹爹把你当作心肝一般，爹爹是不想看着自己的心肝跟着襄王一起吃苦。”

宋翎嗫嚅道：“翎儿不怕吃苦。”

“你这痴心的傻孩子，你若是吃苦受罪，爹爹心里怎么舍得？”宋丞相的眼中闪过一丝痛惜之色，他苦口婆心地说道，“爹爹知道下面的话你一定不爱听，但是爹爹还是要说。你四舅母来保媒的那一位世子，确实是成为你夫婿的好人选，而且靖南王家风正派，也当真是一户极好的人家。靖南王府和你外祖家同在一地，你将来若是嫁进王府，你的外祖父和舅舅们都会照应你，你不必害怕远嫁之后举目无亲。”

“我不嫁那个世子。”宋翎一双圆圆的眸子漆黑得如清水里浸着的墨色卵石，她盯着自己父亲，依然不改白天的坚决态度。

“爹爹今日跟你四舅舅也谈过了，你四舅舅对这位世子赞誉有加。你要相信你的外祖父和舅舅们的眼光，此人性情敦厚，为人处世颇有大家风范。你嫁过去之后，记住要收敛任性的脾气，做事切勿急躁，敬爱夫君，侍奉翁姑。相信以世子的人品和风度，他一定会好好地待你、爱护你。”

“不！我不要！”宋翎心底蓦然生出了前所未有的恐慌，父亲的口气和谆谆嘱托，分明就是打定了主意要将她嫁去靖南王府。

宋丞相一把按住了几欲站起身的宋翎，令她坐回了紫檀长榻之上。

他依然是低沉而温柔的口气，一字一句仿佛是从肺腑间掏出来的：“翎儿，你从小长在锦绣堆里，没有真正吃过苦头，爹爹希望你这辈子都不要吃苦，得到夫君和公婆的疼爱，一直过着锦衣玉食、无忧无虑的生活，当一辈子安乐享福的人，难道这样不好吗？”

宋翎感觉自己的一颗心仿佛在钉板上滚过，又浸在了盐水里，那是一种难以言喻的疼痛和苦楚。

她知道爹爹是为了她好，但她就是放不下那份执着，眼角已莹莹有泪了。她声

音绵软地开了口，其中却又含着一丝坚决的意味："爹爹，您让翎儿嫁一个自己不喜欢的人，就算锦衣玉食地过上一辈子又如何？我心里不安乐，便不能无忧无虑，又何来的享福？"

"翎儿！"宋丞相看着女儿固执到底的模样，心中一阵痛楚。他轻轻环握住女儿两边的肩膀，"你的脾气为何这么倔？爹爹对你哥哥一向严厉，是因为你哥哥将来要撑起咱们宋家，承担延续家族荣光的重任。但你不同，你是女孩家，不用像你哥哥那样肩负家族的使命，爹爹对你也没什么苛求，只盼着你一辈子好好地过。"

宋翎的肩膀在父亲手中轻微地颤抖着，她仍是一边流泪一边摇头。

宋丞相叹了一口气，说道："襄王殿下好比一个泥潭，你执意踩进去，那就永远都洗脱不了干系了。襄王跟太子积怨太深了，除非他逃亡国外，否则很难有一个好结果。"

"那我就跟着襄王逃亡国外，反正也不是第一次了。"宋翎梗着脖子顶了一句。

"胡闹！"宋丞相强压着怒气低喝了一声，女儿几乎逼着他把好话说尽了，"爹爹不想翻你的旧账，你竟然还主动说了出来。为了襄王，你父兄也不要了，姓氏也不要了，家族也不要了，这种事难道还要有第二次？"

宋丞相是真的恼火极了。他的儿子宋璟为了襄王跟他闹脾气，女儿宋翎照样为了襄王跟他闹脾气，真不知道这苏子修有什么魔力，居然让自己的一对儿女双双折服在他那里，儿子非他不从，女儿非他不嫁，宋丞相自己则是铁了心要把整个宋家的利益和前途都绑在太子身上。

一户人家出了南辕北辙的三个人，父子、父女站位立场截然不同，宋丞相在心里哀叹：这不得不说是冤孽啊。

"可是爹爹，我和襄王已经……"宋翎终于打算坦白此事。

"你想说你跟襄王已经成亲了？"宋丞相干脆利落地截断了宋翎的话，口气冷静之中又有重重的威压，"爹爹听你哥哥说过了。那种荒唐的婚事，没有人会承认的，你就当是在戎狄的一场梦好了，过去了也就忘记了。"

宋翎还是不肯放弃，执拗地道："我们拜过了天地，难道也不作数吗？"

宋丞相伸出一只手，示意宋翎不必再说。他有意结束这个话题，于是收了刚刚的疾言厉色，缓了口气说道："翎儿，有件事爹爹可以直接告诉你。"

宋翎闻言，抬眸看向了父亲。

"爹爹故意说你病了，的确是为了逃避皇上的赐婚，但是请求皇上赐婚仅仅是襄王的意思，皇上未必有这个心思。"宋丞相颇有把握地说道。

宋翎果然露出狐疑的神色，问道："爹爹为何这么说？"

"皇上毕竟是皇上，不可能料不到自己的身后事。皇上心知今后太子一定会为难襄王，所以趁着尚在人世，一定会为襄王谋划好后路。爹爹猜测皇上会指一门背景深厚的家族跟襄王结为姻亲，有了岳家的荫庇，襄王在昭国的日子不至于太过艰难。"说到这里，宋丞相刻意加重了语气，几乎是想一字一顿地灌进宋翎的耳朵里去，"皇上选中给襄王当靠山的家族不是咱们宋家。"

宋翎怔住了，满脸的惊疑之色。她只想到了宋家出于政治上的需要，不能将两个女儿嫁到敌对的阵营里去，但是想不到里头还有这一层复杂的关系。

一旦惠帝驾崩，苏子修就会完完全全处于弱势，如今苏子修最需要的是一个靠山，一个强大的靠山。

果然姜还是老的辣，宋翎绞尽脑汁只想到了自身的处境，宋丞相却看透了全局，准确地猜到了圣心。

宋翎怔怔地不说话，宋丞相也静坐着陪伴她。还有一人守在门外，警惕地关注着屋子里的动静，那人就是宋翎的奶娘姚氏。她知道自家的大小姐是个一根筋的主儿，跟老爷斗气的时候宁折不弯，一句软话也不会说。奶娘生怕她又惹怒老爷，再挨一巴掌就不得了了。今天宋翎挨了一个耳光就闹着要绝食，要是老爷又打了她，万一她脑子一热，闹着要跳湖、上吊、割腕子就糟了，毕竟如今的大小姐情绪很不稳定。

姚氏听着里头久久没有动静，以为父女俩和解了，于是打算将厨房刚刚送来的粥给拿进去，怎么说都得让宋翎用点儿粥才行。等到姚氏进去之后，里面的情景却将她吓了一跳，老爷和大小姐静静地对坐着，大眼瞪小眼，气氛凝重而沉闷。

"老爷，粥送来了。"姚氏尽量平稳着声音道。

"给我吧。"宋丞相很自然地接过托盘，里面是一碗热气腾腾的鸡丝口蘑粥，宋翎不爱吃葱，就撒了一层切成小粒的芹菜作为点缀。

姚氏送了粥后就静静地退了出去，临走还忧心忡忡地看了他们一眼。

"翎儿，喝点儿粥吧，爹爹亲自喂给你吃，你听话好不好？"宋丞相脸上扬起了笑容，他轻轻地搅动着手中的瓷匙，那娇哄的口气仿佛眼前的女儿还只是四五岁的女童。

"爹爹。"宋翎的一双眼睛被清泪浸润得晶莹剔透，那句话令她开口甚是艰难，犹如利刃在一点点磋磨她的舌尖，但是她依然一字不漏地说了出来，"我不介意名分，也不是非要当正室不可。襄王可以娶其他家族的女儿当王妃，我在他身边当个侧妃、

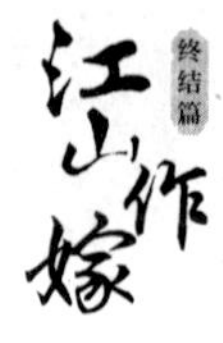

侍妾就够了。”

宋丞相脸上所有的笑意瞬间冰冻凝结，那种感觉就像是被人当头敲了一棒又一棒，打得他眼前一阵阵发黑。还有比这更可笑、更令人锥心刺骨的事吗？他的掌上明珠，心肝宝贝疙瘩一样的女儿，金尊玉贵的宋家嫡女，居然主动提出要给一个落魄王爷当妾！

此时此刻的宋丞相，若不是靠着多年的涵养和修为，恐怕早被女儿的惊世之语给气得晕过去了。

“翎儿，你刚刚的话，爹爹就当你没说过，但是后面那句话你要记住。”宋丞相的神情严肃而沉重，“你将来出嫁一定是给人当正室，什么侧室、侍妾绝无可能！”

宋翎之前是在冲动之下说出了那句话，一旦说出去之后，她心头反而轻松了，好似山重水复之后，又让她瞧见了柳暗花明的微光。她简直无法控制自己，一时之间语无伦次起来。

“爹爹，我想到了，我终于想到了一个两全之策，既不会拖累我们宋家，也不会连累襄王，又能遂了我嫁给襄王的心愿，就是我给襄王做妾。做妾就什么都行了，太子不会因此而迁怒爹爹，襄王也能娶可以给他荫庇的女子，而我就能留在襄王身边了……”

宋丞相面上笼着一层寒气和黑雾，双手不住地颤抖。这么不争气的话竟然是从他女儿嘴里说出来的。她满嘴里说的什么？妾！妾！妾！自己这个女儿当真是疯魔了，难道给靖王世子当堂堂正正的妻子，还比不上给襄王当一个卑微的妾？

要不是双手端着粥碗，宋丞相还真有一种想要一个巴掌狠狠地打在宋翎的脸上的冲动，好叫她断了这个执念，彻底清醒过来。好好一个丞相千金，何苦要这般作践自己！

“够了！够了！”宋丞相的额角已隐隐浮出青筋，他显然暴怒到了极限。能把一个性本温良儒雅的文人逼成这样也不容易。

宋丞相的熊熊怒火燃进了眼睛，眼底透着赤红，他怒骂道：“翎儿！你醒醒吧！你疯了不成？放着好好的日子不过，放着爹爹为你铺好的路不走，你非要一门心思地糟蹋自己？”

宋翎原本止住的眼泪又流了下来，仿佛那一双圆眸中藏着偌大的湖泊一般，她原本是坐在榻上的，现在竟又跟白天似的冲着父亲跪了下来，双手紧紧抓住父亲的一只臂膀，低声哀求道：“爹爹，你成全我吧。我没有其他法子了。我不想害了家里，也不想襄王为难，但我又割舍不了……”

宋丞相双目怒瞪，简直被女儿逼到了墙角。他一使劲儿甩开了女儿攀着他胳膊的手，宋翎一时失了重心，重重地朝后跌在了长榻上。

宋丞相怒火攻心，想不到自己这使劲儿一甩，将手里满满的一碗粥全泼了出去，一小半泼在宋翎身上，一大半泼在自己身上。

“翎儿！”宋丞相见状心神大乱，哪里还管得上别的，赶紧拿起旁边的绢帕手忙脚乱地给宋翎擦拭着泼在身上的粥，浑然不顾其实自己身上的情况更为严重。他只是盯着宋翎，反反复复地问：“烫着没有？”

奶娘在外面端着粥踌躇了半晌，宋丞相又端着它说了好一会儿话，这粥其实已经不烫了。宋丞相犹如捧着珍宝似的，将宋翎的一双小手捧在自己的手掌上仔细察看，直到确定皮肤上没有任何烫红的痕迹，这才将她的手放了下来。

宋丞相这下又忍不住后悔了，自己好不容易硬下心肠，在宋翎面前当一个严父，如今横插进来这一杠子，一下子暴露了自己的心软和不忍。宋翎这丫头从前就是看准了这一点，所以每次闯祸总是有恃无恐。宋丞相想要叹气，现在倒好了，这丫头仗着自己的不忍心，更能撒娇了。

宋丞相站直身子，故意板起脸，眼神也冷了几分，想要把刚刚丢掉的严父形象重塑回来：“翎儿，为父再跟你说一遍，你将来一定是要……”

话还未说完，宋丞相就感觉有一张湿漉漉、热乎乎的脸贴在了他的衣袍下摆上，他不用看，就知道宋翎又用老招数，抱住了他的双腿。

宋翎此时正是最伤心的时候，父亲的话一句都听不进去。她念及父亲对她的疼爱，念及前途凶险的苏子修，又念及情路漫漫、难关重重，泪水越发滂沱。宋翎这一哭，又把宋丞相的怜女之心哭了出来。他没有办法，只能蹲下身子温柔地搂着女儿任她流泪。宋翎也毫不客气，将脸贴在父亲的怀里哭了个痛快。

第二十三章 赐婚

宋丞相这两日很是发愁，靖南王府的问名帖已经送来了，他却陷入了前所未有的为难之中。这是一门好亲事，机会稍纵即逝，宋丞相原本打算用那一次长谈彻底说服宋翎，但是没想到说服不成，宋翎最后的一场痛哭，狠狠地哭乱了他的心神。

宋丞相是看明白了，宋翎不愿意，哪怕世子再好、再出众，宋翎依旧不愿意。要促成这桩婚事不难，的确只需父母之命、媒妁之言就够了，但日后真正生活在一起的是两个年轻人，宋翎不是心甘情愿地嫁过去的，两人勉强在一起也是一对貌合神离的夫妻。靖南王府的花轿迎亲之日，以宋翎的性子一定不肯屈服。难道他真的要把女儿绑上花轿？就算将她绑上了花轿又如何，他还能绑着她一辈子？想到这里，宋丞相不免有些心灰意懒。他在官场上春风得意，呼风唤雨，到头来竟被一个小小的女孩子给辖制住了。

宋丞相不是轻易服输之人，看着问名帖，决心一定要想出个主意，非得让宋翎回心转意，心甘情愿地接受这一门亲事。

这时候，他突然听到外头有响动，像是一阵纷杂的脚步声。宋丞相问身边之人："外头什么声音？你出去瞧瞧。"

被点名的下人出去看了看，很快就回来复命了："回老爷的话，是宫里的瑶妃娘娘邀请各家千金前去赴宴，咱们家的三小姐和四小姐也在受邀之列。"

宋丞相漫不经心地应了一声，又将目光移到了问名帖上。

各府进宫的马车都是青色的油壁车，由两匹马拉着，四角挂着青绿琉璃的小灯盏，垂下四条飘飘悠悠的穗子。宋家的马车之中是三小姐和四小姐，三小姐端端正正地坐着，四小姐年幼，头一次进宫，看什么都新鲜，瞧见这个要问，瞧见那个也要问，一张小嘴叽叽喳喳没有停过。

此时，四小姐又发现了一个新鲜玩意儿，兴奋地喊道："长姐！长姐！你快看那是什么？"

"三小姐"一手拍在四小姐覆着薄发的额头上，纠正道："从出门到现在，嘱咐了多少遍了，你要叫我三姐。"

"三姐……"四小姐故意拖长声音喊了一声，调皮地冲着"三姐"吐了吐舌头，转头又被另一个新鲜的事物吸引了注意力。

宋翎，也就是现在的三小姐。她假借宋家三小姐的名头进宫，而真正的三小姐正代替她在府中禁足。这是唯一能出府的办法了，宋翎无论如何也要试一试。只要她混在各府闺秀的队伍中顺利进了宫，从她哥哥那里提前得知消息的苏子修自然会来找她见上一面。

宋翎在脸上蒙了面纱，谎称伤风感冒，蒙面纱是为了不将病气过人。这样旁人就看不到宋三小姐的真容，省去了在日后引起麻烦。

在长乐宫入席之后，宋翎始终一言不发，理由也是现成的，生病喉咙哑了。不过也没有太多的人关注她，因为今日小宴的主角是曹、林两家的女儿，其他人家的小姐只是陪衬。瑶妃更多的是跟这两家的千金说话，在一旁陪席的九公主也是如此。

小宴到了半场，瑶妃脸上笑意不减，谈兴正浓，神情间却有几分隐约的着急之色。她频频派人出去问话："襄王殿下怎么还不来？"

瑶妃没有看到的是，在一个不起眼的角落里，有一个席位也是空的，不知是哪一户人家的小姐不见了。

宋翎被一名陌生的小太监领着，在皇城迷宫般的走道里七拐八绕，到最后她也不知道自己是在哪里。她的心像在打鼓，但她仍旧紧紧跟着前面小太监的脚步。直到走进一条狭小的巷子，看着窄得仅容两人并排而行的甬道，这种逼仄的感觉使得宋翎的心跳更快了。

就在此时，旁边的一扇门开了，从里面伸出一只修长的手臂，直接抓住了宋翎的胳膊。还没等宋翎喊出声，那只手臂就像是一个鱼钩似的，把她这条偶尔游过甬道的小鱼给又快又准地钓进了一间屋子。在房门关上的刹那，宋翎看见那个领路的小太监还是自顾自地前进着，仿佛压根没有发觉自己身后少了一个人。

宋翎的胳膊还被牢牢地抓着，她惊魂未定地回头看去，果然是苏子修。她那一刻的心情简直难以言喻，欢喜、忧愁、悲伤、委屈，种种情绪顷刻间涌了出来。自从在祁国境内一别，她已经两个月不曾见过苏子修了，此刻骤然相见，又是在这番场景之下，岂会没有万般滋味在心头的道理？

苏子修根本无从抑制自己的感情，将宋翎揽入怀中，温润的嘴唇抵着她的额角，轻轻地问道：“翎儿，你这些日子过得如何？你……还好吗？”

“我很好。”宋翎伏在苏子修的胸口，那种温柔而熟悉的感觉令她一瞬间有些愣怔，良久才说出三个字。她的样子落在苏子修眼中，倒是没有辜负“我很好”三个字。经过奶娘的精心调理，宋翎比刚刚回来的时候胖了点儿，也白了点儿，两颊也显得有肉了。

“修哥哥，你过得好吗？”宋翎问道，言罢不好意思地将头埋回了苏子修的怀里，因为她很快发觉自己问了也是白问，在太子的高压之下，苏子修怎么可能过得好。

苏子修似是懂得宋翎的心思，疼惜地摸了摸宋翎的头发，叹气道：“好与不好又能怎样？父皇待我好，我却过得不好，父皇又要加倍待我好。今天长乐宫中的小宴就是为我准备的。”

苏子修说这话的时候口气甚是寥落。他无意跟那些世家千金相亲，没想到自己活成了这个样子，在父皇眼中，他竟要靠裙带关系活下去。

宋翎在席间见到曹、林两家的小姐时，已经猜到了几分，但是听得苏子修亲口说出事实，她的心依然不由得一沉。如今的她和苏子修，都是身不由己的人。

苏子修被要求从曹、林两家的小姐当中挑一个王妃，而她身上也被人安排了一桩恼人的亲事。

“修哥哥，我想跟你在一起，这个愿望一直就有，我也不知道从什么时候开始的。或许是当年哥哥被选中当你的伴读时开始的，那时你的名声可不太好，我就想看看传闻中嚣张跋扈、性情恶劣的七皇子究竟是什么样。我打扮成小书童的样子，假装是哥哥的跟班，跟着哥哥一起混进了皇子读书的上书房，趴在窗户上，然后一眼就看到了你……”在追忆往事的时候，宋翎暂时忘记了眼下的愁虑，脸上重新绽开了甜美的笑容。

苏子修看着宋翎，那种无忧无虑的笑容也是他想要留住的。他接过宋翎的话道：“我也一眼看到了你，那个趴在窗棂上乌发雪肤、明眸皓齿的小丫头。”

宋翎惊讶地咦了一声，不服气地道：“我当初明明打扮成了童子的模样。”

苏子修笑而不语。他的确一眼就识破了宋翎的女扮男装，那时在窗子外探头探脑、好奇心重的小书童，明明是个小丫头假扮的。那一幕如此清晰，以至于很多年之后，苏子修想起当年的场景，脑海中最先出现的就是七岁的宋翎那一张粉嫩嫩、白嘟嘟的小圆脸，还有一双黑鹅卵石般的圆眼睛。

“我就是认出来了。”苏子修仍是这样说。

宋翎轻轻地呼出一口气，比蝴蝶振翅还要轻，说道：“修哥哥，后来哥哥成了你的伴读和好友，我也就有更多机会见着你了。我一直缠着哥哥，其实也是想要多点让她机会见你。我一直想要靠近你，你却一直离我那么远。那个时候，你什么都不在乎，对谁都是客气而漠然的，我不知道你喜欢什么，不知道你对我的一点点好，是因为你待人原本就如此，还是你干脆把我当成了朋友或者一个小妹妹。当年你们老是笑话我，一个小丫头不跟其他千金小姐一起玩，反而总黏着你们，还有我大言不惭地自称是七皇子党，更是让你们笑得肚子疼。其实我是害怕，害怕一旦走远了，我就永远跟不上你的脚步了。我永远不知道你在想什么，但是我不想这样，哪怕你去祁国当人质，我也跟着去了，因为有你在，我甚至不晓得什么是怕……”

宋翎说了长长的一番话，苏子修的神色从震撼渐渐变成了沉思，这些话是他从未听到过的。他早就知道宋翎喜欢自己，但是当时的他一直认为那是情窦初开的小女孩一点点懵懂的情愫，从未深想过，也从不知道自己所认为的一点点情愫，在宋翎心中已是日积月累的情根深种。

苏子修双臂使力，紧紧地抱住了宋翎。宋翎感觉到了男子的双臂加在自己身上的力量，还没说完：“修哥哥，你知道吗？当初在戎狄成亲的时候，我心里不知有多欢喜，尽管一切都十分仓促，别说大红花轿了，就连嫁衣也是不合身的。修哥哥你记得吗？那顶貂皮帽子在我头上老是往下滑，我一边扶着，一边跟你拜天地……”宋翎说着自己都笑了起来，那时的场面又浮现在她的眼前，“但是我真的很开心，那也是我最开心的一个晚上，哪怕什么都没有，穹庐为顶，草地为铺，就拜堂成了亲，

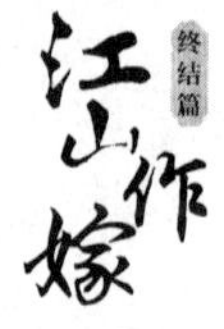

不过因为是嫁给你，我只认准了我嫁的人是你，其他的一切都不重要了……”

宋翎已经不能再说下去了，她的双唇已经被苏子修火热的嘴唇封住。苏子修捧着她的脸，在她娇嫩的唇瓣上轻轻地吮吸，舌尖描摹着她的唇形，又慢慢地加重了力道，越吻越深，在宋翎双唇微启的时候，唇舌长驱直入，舔着她小巧如贝壳的牙齿，又席卷上了芬芳柔软的丁香小舌，纠葛缠绵。

片刻之后，苏子修依然留恋着她的唇舌，宋翎却感觉自己渐渐喘不过气来，用手掌轻轻推着苏子修的胸口。

苏子修明白她的意思，在她的鼻尖上落下一吻后，结束了两人相识以来最为狂热而情不自禁的一次亲吻。

宋翎不敢抬头，将脑袋缩在苏子修的怀里，不用看她也知道自己的脸颊一定红得犹如三春的潋滟桃花。这样若无其事地藏了一会儿，她又忍不住仰起小脑袋。

这一抬头她就笑了出来，原来刚刚一番忘我的激吻，她唇上的胭脂抹到了苏子修的脸上，尤其是嘴唇旁边的一圈皮肤，有淡红色的斑驳痕迹。

宋翎举起一只手，用指腹为苏子修擦拭着胭脂留下的凌乱痕迹，一边擦还一边笑，眉梢眼角尽是促狭之意。

苏子修捉住宋翎的手，这小丫头用手指头在他脸上乱戳，他用手指刮着宋翎的鼻梁。

随后苏子修又用双手捧住宋翎的脸，将她小巧圆润的下颌置于自己的手掌心里，用两个大拇指擦拭着她唇边的胭脂印，动作极尽温柔。他说道：“你还笑我，自己嘴上的就看不见吗？”

如此擦着擦着，苏子修的手指又流连在宋翎微微噘起的嘴唇上，紧接着那张清俊的脸突然靠近，让宋翎有了喘不过气的感觉，无奈自己的脸被捧在苏子修的掌心之中，她只能赶紧摇头。

苏子修这回不是深吻，而是蜻蜓点水般浅尝辄止。男子的唇瓣擦过她一侧的脸颊，若有似无地停在了她的耳垂的位置，一句沉稳有力的话送进了她的耳朵里：“翎儿，我带你去见我的父皇。”

昭国皇宫的养心殿中，惠帝倚坐在龙榻上，手中执着一卷看了一半的书，身后垫着两个厚实的鹅羽枕。他看着跪在自己榻前的一双年轻男女，一个是自己的幼子苏子修，另一个是苏子修带来的陌生少女，两人进来之后，未说一句话就双双跪了下来。

惠帝虽诧异，但脸上没有一丝一毫的表情，只是挥了挥手，屏退了左右的宫人。惠帝知道今日瑶妃在长乐宫设宴，这是为了让苏子修和曹、林两家的小姐见上一面，若是能生出些许好感就再好不过了，然后他下旨赐婚，一切水到渠成。

但是现在，惠帝有些搞不清状况了。苏子修带来的陌生少女是谁？难道是那两家中的一位千金？惠帝随即否定了这个显然过于乐观的想法。苏子修要是肯乖乖听自己的话，惠帝又何至于都瘫痪在床上还要事事为他操心？

宋翎是第一次如此近距离地见到惠帝，从前都是远远地看一眼，如今她就跪在惠帝的龙榻前，不过她不敢抬头，头低低地垂着，直到一个低沉而威严的声音擦着她的头顶和脊背落了下来。

“这位姑娘是谁？”惠帝看似闲散地问了一句，心头已隐隐有了几分不好的预感。

苏子修朗声说道：“丞相之女宋翎。”

惠帝目光一沉，原先不好的预感果然成了现实，他淡淡地问道：“你带她来做什么？”

苏子修坦然地面朝着惠帝，毫无退缩之色，言辞恳切地说道：“求父皇为儿臣和宋翎赐婚。”

惠帝没有任何反应，手执一卷书，不动声色地问道：“老七，你可曾去过长乐宫？”

苏子修简单地答了两个字：“不曾。”

“那就赶紧去吧，你瑶母妃刚刚还在派人四处找你。”惠帝并不像生气的样子，反倒和颜悦色地说道，“至于丞相家的这个丫头，朕会派人送她回去的。”

惠帝分明是回绝的态度，但他又不想跟儿子争执，故而用一种云淡风轻的方式将此事翻了过去。

但苏子修没那么容易被劝退，依旧说道：“父皇，儿臣知道您的意思，您要儿臣在曹、林两家的女儿之中选一个当王妃，但是儿臣无意如此。儿臣一回来就向父皇表明了心迹，一直未曾变过。”苏子修顿了顿，在这一句上刻意加重了语气，带着一种永不回头的决然，“儿臣的王妃只能是宋翎——丞相长女宋翎！”

惠帝手中的书卷抵住了额角，同时也遮住了眼底的光芒，他叹了一声道：“老七啊……”

正当这时，有一人进来了，是闻讯匆匆赶来的瑶妃。

她显然来得很急，一袭银丝金线的鸾凤衔瑞花云纹的长裙拂过殿内金砖细料的地面，高髻上赤金嵌朱红玛瑙步摇的穗子还在微微颤动。

瑶妃进来之后，看着殿中还算风平浪静的场面，暗自松了一口气。幸好她来得及时，这里不像是爆发了冲突的样子。她盈盈一扭身，以温柔婉约的姿态坐在了惠帝的榻边，从背后轻轻扶住了惠帝的身子。

惠帝将书卷扔了，然后拍了拍爱妃搭在自己肩膀上的手，问道：“你怎么来了？”

瑶妃柔声答道：“九公主正陪在那里，故而臣妾偷个闲来看看皇上。”

惠帝不再言语，又将目光投回了苏子修身上。自始至终，惠帝保持着一种出人意料的平静，他不急不怒，温和的声音却毫无商榷的余地：“老七，朕晓得你的意思，但是朕也不止一次告诉过你，朕不允。”

那简洁有力的“朕不允”三个字，使跪在下面的苏子修和宋翎心神一震。宋翎依然没有抬头，纤小的手掌紧贴在地砖上，给予她支撑身子的微弱力量。一切都让她爹爹说对了。整个郢梁城中，没有人希望他们二人成婚，包括他们各自的父亲，一个是昭国的宰辅，一个是昭国的君王，态度都是反对和不允。眼下只有他们自己不改初衷，执意要在一起。

惠帝朝着瑶妃发问，语气轻描淡写：“曹公家的长孙女今年几岁？叫什么？”

瑶妃似乎踌躇了一下，还是答道：“回皇上，曹公的长孙女年方十五，闺名曹茉语。”

惠帝在顷刻间做出了决定，声音利落地道：“好！就是她了，曹茉语就是将来的襄王妃。”

宋翎听得傻眼了。她不知道跪在旁边的苏子修傻眼了没有，好像天底下的父亲，都有自说自话的本事，不管儿女是否心甘情愿，当爹的几句话就把一门亲事给敲定了。她的爹爹给她定下了一个世子，而苏子修又牵扯上了一个曹千金。相比之下，惠帝作为九五之尊，更是雷厉风行，容不得他人质疑。

苏子修良久不言，一开口就是反问惠帝：“这就是父皇为儿臣铺好的后路吗？”

惠帝无动于衷，转而答道：“曹家很好。”

“如果父皇仅仅是为了给儿臣找一个靠山的话，那么儿臣恳请父皇收回刚刚的旨意。”苏子修定了定心神，不疾不徐地说道，“儿臣不需要靠山，也不需要任何家族的庇护。在儿臣心中，妻子的位置只留给儿臣心爱之人，儿臣不会用这个位置去换取除了感情之外的一切。”苏子修又甚是坚决地补充了一句，“所以儿臣不会娶曹家的女儿，也恳请父皇收回成命。”

惠帝依然表情平静，语气听不出任何喜怒地叹道：“老七啊老七，朕这些日子思来想去都是为了你，你倒是不领情。”

惠帝的最后一句话已有了淡淡的伤感之意，苏子修闻之，心底触痛："儿臣知道父皇是为了儿臣着想。"他说完这句话，后面话锋一转，谦恭的声音中有着藏不住的一丝自嘲意味。他说道："难道父皇觉得儿子只能在妻族的荫庇之下生活，只能倚仗裙带姻亲，不然儿臣就一定活不下去吗？"

此言一出，在场之人皆震惊不已，没人敢如此直白和尖锐地跟惠帝说话。

瑶妃一张俏脸微微发白，她用紧张的眼神觑着惠帝的表情，不敢放过每一个细微的变化，生怕惠帝会龙颜大怒。

惠帝不会轻易动怒，但是一旦真正动怒了，这个后果谁都不敢想象。瑶妃之所以急急忙忙地赶到养心殿，就是为了在适当的时候出面调和，及时平息惠帝的火气。

然而惠帝不怒反笑，朝着苏子修问道："你不走朕给你铺的路，那你自己说说要如何？"

苏子修的目光湛然而坚定，他吐字清晰地说道："父皇护得住儿臣一时，难道护得住儿臣一世？儿臣一世为人，终究还是要靠自己，将来的命数如何，是生是死，是得意还是失意，不过是看儿臣自己的本事罢了。大不了……"苏子修说这句话的时候停顿了一下，他知道下面的话会触怒惠帝，但是也仅犹豫了片刻，到了这一步，他不得不说了，"大不了儿臣就离开昭国，一辈子流亡在外，永不归国。"

瑶妃感觉自己怀中的身躯分明剧烈地颤抖了一下，她心念一动，开口劝阻："皇上……"

她才说出两个字，就被惠帝制止了。这种时候，惠帝容不得一个女人插嘴，哪怕这个女人一向得他的欢心。

惠帝只盯着自己的儿子发问："老七，你还没过够流亡的日子吗？你还想去哪里？或者说哪里还可以让你去？在中原排得上号的只有三个大国，其余的都是不入流的小国家。你离开昭国，去祁国？祁国的玉柳容重新夺回了皇位，你让他几乎失去三分之一的领土，他肯定恨你入骨，你去祁国只是自寻死路。去卢国？虽说眼下昭、卢两国是友好邻邦，但是这种友好又能维持多久？你这时候去了卢国，难道还想再当一回质子？"

如今的惠帝虽然是一个躺在床上不能动弹的老人，但是他的思路仍异常清晰，他坏的是身体，而不是头脑。在将中原国家轮数过一遍之后，惠帝的语气一寒，他想到了另一种可能，问道："莫非你想回戎狄？"

苏子修一时不置可否。

这种样子落在惠帝眼里，跟默认没什么两样。惠帝斥骂道："荒唐！你堂堂一

个大国的皇子，怎么能一直在蛮荒之地，跟那些没有礼义廉耻、心智尚未开化的夷人为伍？你当时从祁国逃脱去戎狄只是权宜之计，蛮夷终归是让人看不起的，你要是一心一意投奔他们，天下人都会戳着你的脊梁骨笑话你。再说了，难道你真的甘心在那种地方待上一辈子？”

“父皇……”苏子修唤了一声。

惠帝似是心事重重，说道：“当初让你去祁国当质子，朕已十分后悔了，如今怎么忍心再让你一辈子流亡在外？老七啊，父皇为你想好了，你娶曹公的孙女做你的王妃，成婚之后你立刻启程前往封地……”

苏子修神色愣怔，问道：“父皇是不让儿臣尽一尽为人子最后的孝道？”

惠帝瞬间默然无言。他的确是这个意思，其他的儿子还好说，可以缓一缓再去就藩，但是苏子修必须在惠帝活着的时候离开郢梁，去自己的封地。如果苏子修等到惠帝寿终正寝，守孝送终之后再走，走不走得成就很难说了。

“你尽快成亲，带着你的王妃早些去封地也是好的。”惠帝只能这样说道。

“儿臣会尽快成亲，也会听从父皇的话早些去封地，但是……”苏子修笃定地说道，“儿臣今日只求父皇一件事，儿臣要娶的人是宋翎。”

惠帝乏了，刚刚那一大段话说完，已令他心神疲惫，余光瞥过底下那个跪着的娇小身影。从进来到现在，她除了默默地跟着苏子修一道跪着，并未发出一点儿声音。

惠帝并未看她，口气寡淡地问道：“你可是叫宋翎？”

宋翎听得皇上点自己的名字，悚然一惊，收敛起全副心神回道：“回皇上，臣女的名字正是宋翎。”

“听说你这两年一直病着，前段时间还突然大病了一场，是吗？”惠帝是久病之人，疲乏之下说话难免有气无力，但是这种有气无力经过帝王气势的加持，显得高深莫测。

宋翎在思考要不要说实话。她暗暗怨怪苏子修，两人一时冲动就跪在了惠帝面前，事先都没有通过气，所以她不清楚苏子修向惠帝坦白了没有。惠帝是否知道她这两年多并不是在丞相府养病，而是跟随在苏子修身边？

宋翎脑子里转过几个念头，不说实话就是欺君；说了实话，有可能令自己的爹爹欺君。

宋翎还在想着，苏子修已抢先一步说道：“父皇何必明知故问？儿臣明明跟父皇说过了，宋翎这两年一直陪伴在儿臣身边，跟儿臣同历艰辛，共经生死，这也是儿臣执意非她不娶的原因！”苏子修说到后面，越发铿锵有力，尤其是“非她不娶”

这四个字，几乎是掷地有声。

宋翎感动之余，没有忘记自家的爹爹，当即向惠帝解释道："一切都因为臣女顽劣而起，家父也是迫不得已，只能对外说臣女病了。"

惠帝的目光终于有一瞬间落在了宋翎身上，刚刚就算点名问话，惠帝也不曾正眼看过她。惠帝嘴角勾起了一丝笑："你倒是懂得护着自己的父亲。不过你放心，丞相只是对外宣称你病了，并没有在朕面前如此说过，不算是欺君。"

宋翎闻言，心里松了一口气。

"朕可以让你们成婚。"惠帝轻飘飘地吐出了一句话，毫无预兆地让步了，这是一扬，后面跟着一挫，"但是宋翎只能当侧妃，正妃的位置依然是曹公的孙女曹茉语。"

宋翎猛然愣住了，惠帝终于肯松口，这是谁也想不到的，她虽说欢喜，情绪却带着一种难言的沉重。

苏子修率先反对了："父皇，儿臣是让宋翎当正妃。"

"朕已经让步了，老七你也让一步。"惠帝的语气隐约有压迫之意，他不再对着苏子修，而是转向宋翎道，"丞相家的丫头，朕现在告诉你这句话，你嫁给襄王只能是侧妃。至于要不要嫁，你自己选吧。"

"臣女……"宋翎一时间有种不知所措的感觉。天威难犯，没有多少人经得住皇帝如此逼问，内阁大臣都很难保持冷静，更何况宋翎一个小女子。

苏子修察觉到了这一点，握住了宋翎的一只手，紧紧地将其攥在了自己的掌心里。

苏子修道："父皇，请不要为难她。正妃侧妃都是儿臣的人，这个问题您应该问儿臣。"

惠帝表面上不动声色，心中已在叹气。苏子修回护的意味太过明显了，分明是担心他吓到那个小丫头。惠帝稍稍停顿之后，调整了语气问道："朕不为难她，朕现在再问你一遍，你真的认定她了？无论如何都改不了了？"

苏子修毫不犹豫，干干脆脆地答道："儿臣认定了宋翎，无论如何都不改此心此意！"

惠帝听得这一句，长叹了一声，陷入了久久的沉默之中。

惠帝不说话，龙榻之前的所有人也不敢吭声，屏气凝神地等待着结果。

"你们两个起来吧。"惠帝似是真的乏力极了，说话时越发中气不足，仿佛每说一句话都相当吃力。

苏子修和宋翎面面相觑，揣摩不透惠帝究竟是何意，但还是依言站了起来。苏子修在宋翎的手肘上轻轻托了一下，毕竟他们跪了许多，他担心她突然起身站不稳。

瑶妃脸上的紧张担忧之色一点儿不比他们少，在这之前她好几次想要插话进去，都被惠帝阻止。这么多年来，瑶妃在惠帝跟前得宠，她的温言软语让惠帝很是受用，凡事只要她开口撒一撒娇，或是似嗔非嗔地说上两句，惠帝一般会依她。但是今天瑶妃发现自己的撒娇居然没有一点儿用处。

惠帝似乎养了养精神，终于又开口说话了："爱妃，你让你宫里的各府千金都回去吧。"

第二十四章 嫁啼

惠帝下旨为襄王和丞相长女宋翎赐婚的消息，一夜之间传遍了整座郢梁城。婚期有些仓促，就在半个月之后。

一般赐婚之后，要有数月或者半年的准备时间，然后再正式成婚。不过惠帝的意思是越快越好，他知道自己时日无多，可以亲眼看到自己的幼子成家，也算了却一桩心事了。再者婚礼所需一切都是现成的，只是时间紧了一些，其他大大小小的规矩礼仪都一应做足了。

宋丞相得知了这件事，顿时胸闷气滞，眼前阵阵发黑，失手将一只青瓷莲花缠枝笔洗摔得粉碎。

宋丞相没想到是这个结果，对宋翎，他苦口婆心地劝过了，疾言厉色地骂过了，甚至让宋翎挨了这辈子的第一个耳光，但仍然拦不住这个固执的女儿一心一意要撞

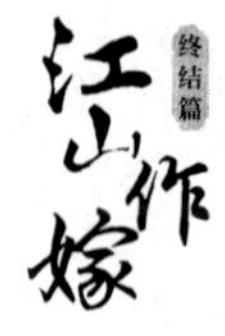

在襄王这面南墙上。

如今宋翎嫁给襄王已是板上钉钉的事了，皇上赐婚的圣旨传了下来，再没有任何回旋的余地。宋丞相哪怕气得眼冒金星，将书房里的笔洗全部摔碎，也无法改变这个事实。

还有一件事令宋丞相头痛无比，那就是他该如何跟靖南王府交代。宋氏乃世世代代的书香门第，家风清正，居然差点儿闹出一女许两家的乌龙事，可谓有辱门楣，有辱祖宗。他跟靖南王府不好交代，跟宋氏的族人们也不好交代。

就在宋丞相头大如斗的时候，他的内弟衡清，也就是宋翎的四舅舅出现了。衡清让宋丞相将此事交给他，他自会向靖南王府解释清楚。宋丞相的心刚宽了一些，他却接到下人来报，说是舅老爷和舅奶奶搬走了。他们家在郢梁原本有宅院，是顾念亲戚情分才住在宋家，如今搬回自己的宅子了。宋丞相知道之后，免不得叹了口气，这下连夫人娘家的亲戚也得罪了。

宋丞相对宋翎这个女儿是彻底失望了，不过他也有欣慰的地方，就是儿子宋璟从江临回来不久，不再跟从前似的一根筋地追随襄王，而是也站在了太子这边。

不过宋璟也该开窍了，他的父亲和他未来的岳父都支持太子，他总不能同时跟两个爹对着干。宋丞相原本以为宋璟比宋翎倔得多，现在看来，宋翎才是最倔的那一个。

眼下宋翎的禁足已经解了，之前奉命看守她的婆子、丫鬟和护卫也都被撤走了。宋翎在家中的日子也就十来日了，这是她待字闺中的最后光阴。待嫁的女子应是满心欢喜和憧憬，那种美好的心情犹如天上的满月，然而宋翎心里像是缺了一块。至亲和至爱并不是非此即彼的矛盾，在她这里却成了鱼与熊掌不可兼得，她的愉悦和幸福也因此变得不圆满了。

这一道赐婚的旨意，同时也是宋家父女之间一道深不见底的裂痕。从此之后，宋丞相对宋翎避而不见，哪怕见了面他也是寒着一张脸，一句话也不跟宋翎说，只当没有这个人。

宋翎明显感觉到了父亲对她的疏远。她也尝试着补救父女之情，但是这一次，宋丞相对宋翎失望透了，他下定了决心要跟宋翎划清界限，无论宋翎说什么、做什么，他都充耳不闻，视而不见，永远是一副冷冷淡淡的样子。

宋翎甚至有一种天道轮回的感觉，当初爹爹逼她嫁给别人的时候，爹爹劝着她、求着她、哄着她，苦口婆心地把一肚子好话都说尽了，宋翎一直无动于衷。现在父女二人的处境调了个个儿，宋翎变成了苦苦哀求的人，宋丞相却无动于衷。

宋翎终于争到了自己想要的结果，她心里的愧疚却越来越强烈。她想到了针锋相对的时候，她一再反抗父亲，激怒父亲，无论如何都不肯让步。然而现在，她最渴望的是得到父亲的谅解。她即将嫁为人妇，不想带着这种遗憾走出宋氏的家门。

在出阁前的最后几天，宋翎为了挽回父女之间的感情，几乎把讨好人的法子试了个遍。奶娘之前教过宋翎几道简单的小菜和羹汤的做法，本来是打算让宋翎今后做给夫君吃。现在宋翎将这一手提前用在了父亲那里，但是宋丞相一口都没有动，东西原样送去，原样退回来。

这使得宋翎很是伤心。她从未被父亲这般冷待过。试嫁衣的时候，任凭房中的婆子和丫鬟如何夸赞，她也心不在焉。这是襄王府送来的嫁衣，按着宋翎的身量尺寸，短短几日赶工出来的，剪裁样式、做工绣工均为上乘，找不出一处粗糙敷衍的地方。

宋翎想起了那日在宫中，她仅一语带过，没想到苏子修记在了心里。宋翎生得玲珑娇小，尤其是腰身格外纤细，衣裳不是量身定做，难免有不合身的地方。但是眼下婚期将近，根本不够时间赶制出一身全新的嫁衣，权宜之策是拿一套成衣改一改尺寸，这样才不会耽误婚期。

宋翎对此并不计较，嫁衣再好也是锦上添花，能嫁给自己喜欢的人才最重要。

但苏子修并不这样想，当初在戎狄，让宋翎穿着不合身的嫁衣跟自己拜天地已经委屈她一次了，如今回到昭国，二人终于可以正式结为夫妻，他不能委屈她第二次。苏子修费了不少心思，令人赶在婚期前将嫁衣做了出来。宋翎愿意将就，但他不愿意让宋翎留下任何遗憾。

转眼到了宋翎出阁的日子，姚氏按着新嫁娘的规矩为宋翎梳妆打扮好，换上了那身正红色妆花缂金广袖的婚服，外罩一件边缘绣鸳鸯图案的大红流纱轻衣，桃红彩缎描金绣银的挽臂长长地垂落三尺。绞面之后，宋翎的额发尽数绾起，梳成高髻，正中簪戴着一支八尾赤金嵌红宝石的凤钗，并伴着累累珍珠和珊瑚流苏的坠角，极为光彩夺目。

此时宋翎梳妆已毕，姚氏看着一个原本稚嫩的小丫头在丽服浓妆之后明艳照人，有了几分嫁为人妇的成熟样子，生出吾家有女初长成的心情。姚氏百感交集，欢喜激动之余又藏着万般不舍，觉得跟自己嫁女儿没什么两样，好似心肝被人摘走了。姚氏在为宋翎梳头的时候，眼圈红了好几次，每次都是拼命把眼泪逼了回去。

宋翎在镜子里看见，觉得奶娘是不是大喜大悲过了头，一时忘记了她是要作为娘家人一道陪嫁过去的。

宋翎的小跨院洋溢着喜气，整个丞相府却冷冷清清的，仿佛这只是寻常得不能

再寻常的一天罢了。

姚氏暗地里叹了好几回气，不过不敢当着宋翎的面说起。不仅是姚氏，整个丞相府的下人都纳闷不已，在背后悄悄地议论，莫非老爷和大小姐之间当真决裂了？大小姐要出嫁了，老爷不闻不问，就当没这个人；到了出嫁之日，府里也不操不办，就当没这事发生。现在哪里有嫁女儿的样子？唯一的解释就是，老爷这次是铁了心要跟大小姐划清界限了。

近两天，下人们议论得最多的就是大小姐出阁的事，议论之余，也不由得同情起大小姐。当初二小姐被选进东宫的时候，府上还摆酒席、贴红字，喜气洋洋了一阵子，热热闹闹地将二小姐送出了门。要知道二小姐只是一顶花轿抬进东宫的，还是从侧门进入，因为二小姐是给太子当侧妃，说白了是做妾，并没有正式的仪式。

如今大小姐是正正经经地出阁，嫁入襄王府当王妃，但是到出嫁之日，还比不上二小姐当初的排场。别说二小姐了，就是府上有头有脸的一个奴才外嫁，看在主仆一场的情分上，府上也要准备一番，以示主人家的宽厚怜下。

但是轮到大小姐时，府上不操不办就算了，老爷也躲着不见人，好歹是金尊玉贵的大小姐，竟然连个正经送她的人都没有。

想当初老爷对大小姐的疼爱是众人有目共睹的，四个女儿中，老爷最疼的还是大小姐，对比现在的冷淡和漠视，怎能不令人感到唏嘘？

上花轿之前，按理说女儿是要拜别父母的。宋翎的生母不在了，只能拜一拜父亲，感念父母的生养之恩。但是这一日宋丞相自始至终没露面，宋翎端坐在闺房里等着，姚氏很是心焦，找了好些下人来问，他们不是说不知道，就是说老爷出去了。

宋翎坐在屏风后，外面的话一字不落地传进了她的耳朵里。她知道父亲今日没有出门，就是狠心不肯见她罢了。

姚氏正在外头着急，一扭头看见自家大小姐从屏风后面出来了。宋翎扯掉了头上凤穿牡丹的锦绢彩帕，双臂挽起身上的嫁衣，居然一声不吭地从闺房里跑了出去。

“我的姑奶奶，您这是要去哪里？”姚氏一看就急了。

“爹爹肯定在书房，他不来见我，我就去见他！”宋翎一边跑着，一边回答了奶娘。她这一身嫁衣穿在身上极是华丽好看，但是行动着实不便。

姚氏一听就头大了，劝道：“姑奶奶，你好好在房里待着，这时候就别想一出是一出了。”劝是这么劝，无奈宋翎不肯听，姚氏只能叫上两个丫鬟一起追上去。她们帮宋翎捧着衣衫裙子，扶着发髻，省得这样一跑，天没亮起来花在梳妆上的工夫就白费了。

宋翎到了抱石山房，对着门户紧闭的书房先是喊了几声“爹爹”，但是无人回应。于是她上前两步，伸手去敲房门：“爹爹，我是翎儿！您开开门，见女儿一面吧！”

宋翎敲门的时候，先是一只手，然后成了两只手，随着心里越来越急，力道也越来越重。她手腕上的玉镯叩着房门，碰撞出清脆的响声，但是她这样敲了好一会儿，里面还是静悄悄的，仿佛根本没有人在。

“爹爹！爹爹！”宋翎依然不肯放弃，朝着房里高声喊着。

姚氏在一旁看得不忍，上前抓住了宋翎的两只手，劝她道：“小姐别敲了，也别喊了，也许老爷真的不在，咱们回去吧，上轿的时辰快到了。”

“我不！”宋翎眼神清亮地看着奶娘，显然是一副不见到父亲不罢休的执拗模样。

“小姐别耽搁了，咱们走吧。”姚氏一只手握住宋翎的胳膊，另一只手从宋翎背后绕过去揽住了宋翎的肩头，准备拖着宋翎离开抱石山房。

“我今天一定要见到爹爹。”宋翎不甘心这样离开，戳在原地一动不动，又冲着书房一声声喊了起来，“爹爹，女儿今日离家嫁人，您当真忍心不见我？爹爹，您真的忍心让我孤零零地走出家门，都不愿意送一送我？”

姚氏在这一刻头痛无比，这父女俩还真是一样，一个躲着不见，另一个非要见。原本是欢欢喜喜的好日子，两个人偏偏在这种时候对上了，也不知道是谁在给谁添堵。

“我的大小姐哟，您别喊了，再耽搁就误了上轿的时辰了。”姚氏算了算时辰，急得汗都要出来了，苦劝道，“您的心意老爷都明白的，来日方长，要解释也不急于一时，咱们先去前厅那里吧。”

宋翎不再喊了，只是眼睛盯着紧闭的门户，黑亮的眸子显得异常剔透，眼底慢慢有水汽凝聚，眼看就要落泪了。

原本嫁娶之日哭一哭也是好的，民间有哭嫁的风俗，女儿上花轿之前都要哭一哭。但是姚氏觑着宋翎的神色明显是要大哭的架势，小哭添喜气，要是大哭起来就不得了了。

“别哭！别哭！”姚氏忙不迭地劝阻着宋翎，说道，“千万忍着别哭，出嫁的好日子，哭花了妆就不好看了。”

宋翎这回倒是听话，胸口起伏，使劲儿吸了几口气，硬生生地把几欲夺眶而出的眼泪给逼了回去。

“我说怎么找不到人，原来你在这里。”一个男声陡然插了进来，宋翎和奶娘回头一瞧，来人正是大少爷宋璟。

宋璟朝着妹妹一挑眉毛，说道："翎儿，别戳在这里，王府的花轿到了，赶紧跟着哥哥去前面吧。"

宋翎一言不发，姚氏看宋翎的表情，晓得她是默许了，忙让身边的小丫鬟重新为宋翎盖上红盖头。

宋翎看着那块帕子，用手轻轻一挡，端正容色，敛衽朝着书房的方位跪下，深深地一拜到底，如此三次之后，她才缓缓起身，哑着嗓子说："不肖女宋翎今日拜别爹爹，愿爹爹岁常康健，珍重己身。"

姚氏在旁边听得心碎，宋璟也有些动容。见到宋翎跪拜完毕，姚氏忙用那一方红盖头遮住了宋翎的容颜，带着她往前厅行去。

盖上红盖头之后，宋翎的眼泪再也忍不住了，但是她死咬着嘴唇，不肯哭出一点儿声音，只是掩饰不住身子的轻微颤抖。

宋璟扶着宋翎一侧的手臂，不可能毫无知觉。他在宋翎身边轻轻说道："妹妹别难过，今日哥哥兄代父职，送你上花轿。"

过了一会儿，宋璟听见红盖头下传来一声带着些许哽咽的"多谢哥哥"，不禁会心一笑，又朝着宋翎凑近了些，小声地说道："再跟你说件开心的事，四舅舅也来了，特意来送你出门。四舅舅说他不生你的气，只要你嫁得好，外祖父和舅舅们也就放心了。"

宋翎一时凝噎，说不出话来，只能重重地点了点头。她想她大概是要辜负奶娘的一番辛苦了，因为她的泪水正止不住地滚滚而下。

是夜，苏子修掀开红盖头，映着龙凤花烛的光，看见的是哭花了妆容的宋翎，胭脂水粉被眼泪一浇，显得一塌糊涂，两只眼睛宛如两个粉红的小桃子，眼皮微微浮肿，倒像是将胭脂抹在了眼皮上。宋翎原本就是一副稚嫩的长相，哭过之后，眼皮发红，眼角微垂，脂粉被冲刷掉，露出了细腻洁白的肌肤，似乎显得更小了，给人一种无辜又可怜的感觉。

"为何子修感觉自己像一个逼婚之人？"苏子修故意问了一句，这是为了逗宋翎开怀，"翎儿，你可是自愿嫁给我的？"

宋翎闻言，认真地点了点头。她哭得有点儿乏力了，甚至没力气思考苏子修刚刚说的是不是一句玩笑话。她盖着盖头，没人看得见她的脸，她只需要听身边人的提示按规矩行礼即可，故而一个人神游天外，想到开心处落泪，想到伤心处也落泪。

哭嫁无可厚非，也无人劝阻她，所以宋翎断断续续地哭了一天。

苏子修有种哭笑不得之感。宋翎机灵，但也有犯傻的时候，性格坚强执着又不妨碍她哭功了得，就是这样一个矛盾又十分可爱的小女子，不知不觉之中一点点占据了他的心，直到如今，他再也割舍不下她。

“今日好好哭这一场也罢。”苏子修的声音轻轻柔柔的，恍若飞燕落羽，又含着磐石不可移的坚定，他极是郑重地说道，“翎儿你记住，所有的眼泪到今日为止就算流尽了，子修日后不会再让你多流一滴眼泪。”

宋翎点头，也觉得自己应该说些什么。眼前这人是她的归宿，她的人生从此就交到了他的手中，作为宋家女儿的前半生已经结束了，后半生她将以他的妻子的名义重新开始。明明这是人生之中如此重要的一个晚上，宋翎却想不到自己要说什么。在戎狄成亲的那个晚上，她明明还说了很多话。

还没等宋翎想好要说什么，苏子修的吻已落在了她的唇上，轻轻触碰，只温存了一会儿，成婚的仪式还没有全部结束。

但是这个洞房花烛夜终究不太顺利，两人刚要喝合卺酒的时候，被宫中来使给匆匆打断了。

皇宫里出了大事，惠帝骤然昏迷，故而传召众皇子进宫侍疾。皇命来得很急，不得有片刻耽搁，苏子修当即脱了婚服，几乎连话都来不及跟宋翎说上几句，就赶着进宫去了。

惠帝这一昏迷就是数日，众皇子一概不能离开皇宫，新婚宴尔的襄王也不例外。宋翎无所事事地过了两日，三朝回门也是一人去的。

宋翎有了之前的经验，到了府里先问丞相在何处，下人告诉她，老爷外出了，而且不知何时回来。宋翎早料到了这个结果，但心里不免还是有几分落寞。出嫁之日不见爹爹，回门之日也不见，爹爹这是铁了心要疏远她了。

宋璟作为兄长，接待了作为新妇回娘家的妹妹。宋翎嫁人之后，不再像从前在闺中时那样梳双丫髻，而是换成了稍显年纪的元宝髻，露出光洁的额头和纤细的脖子，衣衫的款式和颜色也要成熟一些，今日回门她穿了一件湖蓝色织锦缂花长衣，下面系着银红撒花石榴裙。

宋璟看了一眼，好看是好看，似乎也有几分少妇的风韵了，只是一时间看不习惯，于是嘀咕了一句“老气横秋”。

宋翎不以为然，一笑了之。

姚氏却不服气了，说道：“大少爷这话说的，当女儿和当新妇时的装扮当然不

一样，将来大少爷的夫人进了门，难道大少爷也嫌她打扮得老气横秋不成？”

如此一来，大家都笑了，宋翎也笑了，但是很快收了笑意。她如今换成了少妇的打扮，也学会了少妇的做派，知道能跟哥哥相处的时光不多了，甚至跟宋家人相处的时光也不多了。宋璟即将返回江临，而她很快也要跟着苏子修去封地了。

宋璟本是为了亡母的忌日从江临告假回来，休假的日子早满了，宋璟却一拖再拖，后来正好遇上宋翎出嫁，他用这个理由又多留了些日子。如今拖延不过去了，要是宋璟再延宕不返，他的上级就要参他玩忽职守了。

宋翎自从那日在养心殿听了惠帝和苏子修的对话，就知道苏子修不会在都城久留。惠帝的意思也是让苏子修尽快离京就藩。宋翎如今是苏子修的妻子，他去就藩，宋翎没有不跟去的道理。只是她去了封地之后，就不知道要到何年何月才能重返都城，或许一辈子都回不来了。

宋翎想到今后跟家人恐怕再难相见，心中不由得涌出千言万语。虽说出嫁从夫，她从头到脚都成了夫家的人，但是娘家的根又不是说断就能断的，人心都是肉长的，对生活了十几年的地方，她怎么可能无一丝留恋？

“哥哥何时启程？”宋翎问道。

“就在这四五日。”宋璟笑道，“到时候妹妹千万别来送，这送来送去、悲悲切切的没什么意思，徒惹伤心罢了，还不如不要送了。”

宋翎眼眸中含着薄薄的一层忧色，她说道：“哥哥，我知道爹爹不想见我，但我真的很想见爹爹。我怕我离开郢梁之后就再也回不来，再也见不到爹爹了。”

宋璟叹了一口气，语气中有淡淡的同病相怜之感：“爹爹是不想见你，可是哥哥我在爹爹那里也不受待见……”

宋璟看到宋翎巴巴的眼神，又有不忍，于是说道：“罢罢罢，我会帮你劝劝爹爹，不过妹妹别抱太大希望，以爹爹的脾气，旁人轻易是劝不回头的。”

这下轮到宋翎叹气了，不过这结果也是她想得到的。

宋璟不忍心看着妹妹叹气，原本三朝回门应是家人团聚欢欢喜喜的日子，他开解道：“妹妹，你既然嫁给了襄王殿下，就好好地跟着襄王过，别的别想太多，一心一意过好自己的日子要紧。”

宋翎点了点头，至少还有哥哥是体谅她的。跟哥哥宋璟谈过之后，宋翎又到几位姨娘的院子里逐一拜访。虽说平时宋翎和她们并不亲近，坐在一起也只是说几句嘘寒问暖的话，但这终归是礼数，姨娘们都是长辈，就算点个卯她也要到各处坐一坐，叙一叙闲话家常。如此一遍走下来，一日也就尽了，宋翎在娘家用了晚饭。因新嫁妇不许在娘家过夜，晚饭之后，宋翎就在自己奶娘和几个婆子、丫鬟的陪同下，回了襄王府。

宋翎原本以为苏子修今晚还会留在宫里侍疾，没想到刚下马车，就有下人上前回禀，说是王爷回来了。

宋翎赶紧进去，到了饮绿轩，发现苏子修正等着自己。他面前摆了一桌家常饭菜，大概时间久了，已热气稀无，却是一筷子都没动过的样子。宋翎一看这情景，就知道苏子修在等自己。她略带愧疚地说：“修哥哥，你怎么不先吃，何必等我回来？”

苏子修握住宋翎的手，让她在自己身侧的位置坐下，简短地回答道：“等了不久。”

“怎么不派人传个话？我要是知道你出宫了，一定尽早回来。”宋翎说道。

苏子修笑意温然地道：“娘子回门一趟不容易，为夫怎么忍心催你回来？”

宋翎微微一赧，笑道：“可是我已吃过晚饭了。”

苏子修依然含笑道：“那你陪着我坐一坐。”

“我可以陪着你再吃一吃。”宋翎一脸认真地说道。在苏子修稍带惊讶的注视之下，她站了起来，微微欠身，桌子正中是一只五彩团花纹白瓷大汤碗，她掀开盖子后，里头是菌菇火腿紫鸽汤，犹带热气。

宋翎盛了两碗汤，第一碗用双手捧着端端正正地送到苏子修跟前，另一碗则是给自己的。随后她对着桌上指了指，吩咐身边的人道：“王爷先喝着汤，你们将这几道菜撤了，热好再端上来。”

宋翎做这一切的时候，表情和语气极为自然，不像是刚刚出阁的腼腆小姐，倒像是当家主母，这一切当然要归功于奶娘姚氏的教导。

苏子修笑吟吟地看着宋翎：“翎儿，士别三日，当刮目相看。”

宋翎正在为夫君布菜，为他面前的小碟子里夹了一筷子水晶鹌鹑皮冻，又夹了一筷子淋了玫瑰酱的盐腌酱瓜，两样都是凉菜，不必拿下去加热。

她正想要夹第三样菜的时候，苏子修突然握住了她的手，有力又不失温柔地按着她重新坐下，眼底的笑意更深，他对着宋翎说道：“不必忙了，翎儿你好好坐着陪我就行了。”

宋翎依言坐了下来，看着苏子修道：“修哥哥，这是我们成亲之后第一次一起吃饭。”

“还真是。”苏子修想了想，恍然大悟，说道，“我无论如何都要等你回来，原来是因为这个！”

宋翎一笑，知道修哥哥又在故意逗她了，哪怕她不说，他也是记着的。从前她

要从苏子修嘴里听到一两句玩笑话，是千难万难的，但是如今苏子修和她相处时越来越放松，两人既是多年好友，又有共患难的情意，眼下成了夫妻，自然比别的夫妻更加心投意合一些。

两人各喝了一碗汤，又用了一些凉菜，刚刚撤下去的菜已热好端了上来。苏子修看宋翎没有停筷子的意思，于是阻拦道："你用了晚饭回来的，如今又陪着我用饭，略吃一些就行了，当心吃多了又喊肚子难受。"

宋翎歪着头冲着苏子修调皮一笑，说道："修哥哥，如果我喊肚子难受，你给不给我山楂丸吃？"

苏子修闻言笑了，在宋翎已无额发覆盖着的小脑门上弹了一下。从前只要宋翎吃撑了，就问苏子修讨消食的山楂丸吃。苏子修怕她吃坏肚子故而不许她贪吃，常常将"再没有山楂丸给你"这一句话挂在嘴边，现在宋翎是故意旧事重提了。

苏子修也故意板起脸，一本正经地说道："从前管不了你，但是从今以后，为夫管你就名正言顺了。翎儿听话，晚上吃多了易积食，快别吃了。"

宋翎盯着苏子修看，学着他的口气说道："从前你不给我山楂丸吃，但是从今以后，我问夫君讨山楂丸就名正言顺了，因为你的就是我的。"

"越来越调皮了。"苏子修忍俊不禁，修长的手指又要向她光溜溜的脑门上弹去，宋翎早有防备，一下躲开了。

"好了好了，我跟你说一件正事。"苏子修收敛了适才玩闹的神色，说道，"我已经命人给你收拾衣物行李了，明早咱们一起出都城，我陪着你到杏山那边的庄子上住几天，就当是散散心。"

宋翎甚是惊讶，问道："修哥哥，可是宫里……"

"皇上这两日身子已经好转，太医也说了是虚惊一场，所以免了众人进宫侍疾。"苏子修答道。

宋翎十分乖巧地点头，依旧有些不放心，追问道："明日就去吗？会不会太急了？你刚刚侍疾回来，又陪着我去杏山的庄子上，这样会不会太过劳神了？还有皇上不是说过让你成亲之后就去封地……"

宋翎一开始还雀跃了一下，但越想越不妥。惠帝的身子一日比一日差了，又急病一场，苏子修若是听从惠帝的安排，就该即刻启程前往封地。这时候离京，他还能有一个冠冕堂皇的理由，只要说是奉皇命就好了，如果惠帝驾崩之后再走，他就会被人扣上一个不为父守孝的罪名。

所以宋翎大为不解，偏偏在这种时候，苏子修居然提出要去杏山那里散心。

“修哥哥……”宋翎知道苏子修比她聪明多了，她能想到的，苏子修不可能想不到。身为妻子，夫唱妇随是刻在骨子里的准则，但宋翎暗自思忖，还是忍不住要说出自己的疑惑。

“翎儿。”苏子修极尽温柔地唤了一声，看她的眼神也宠溺非常，又带着一点点男子强势的意味，“我之前忘说了，从今往后，这些事都交给夫君来操心。你是我的妻子，你从前拥有的，我不会让你失去，而你今后拥有的只会越来越多。一切事情都有我，你只要无忧无虑地一辈子安乐享福就行了。”

宋翎听完这话，心头猛然一震，竟一时回不了神。

“翎儿，你怎么了？”苏子修察觉到了宋翎的失神。

“我爹也说过……”宋翎有些吞吞吐吐，想到了之前她负气绝食的一晚，她爹爹苦劝她嫁给靖王世子的时候，好像也是这么说的。她清楚地记得爹爹脸上带着痛惜之色，对她说，希望她永远过着无忧无虑的生活，当一辈子安乐享福的人。

“没什么，不说了。”宋翎不再往下说，看着眼前已是她夫君的苏子修，认定她找到能带给她平安喜乐的那个人了。

苏子修不再往下问，烛光映照出他侧脸分明的线条，比平日多了几分俊美和疏朗，他开口说道：“你嫁来之后，我从未好好陪过你，洞房花烛夜撇下了你一个人，三朝回门也是让你一个人回去的，我很是愧疚和不忍，这就当是我给娘子的补偿了。”

宋翎听见苏子修有意在“补偿”二字上加重了语气，白皙如玉的脸颊倏然红了，扭过头不再去看苏子修。

第二十五章 闲月

苏子修果然说到做到，第二日就带着自己的王妃宋翎，并服侍的随从一道启程去了杏山。

杏山在都城之北，距离郢梁城大约六十里的脚程。杏山素有贵族后院之称，那一带最出名的就是大片大片的良田，许多都城里的皇亲国戚、达官贵人在杏山附近有自己的产业和田地。皇家在此也有一大片上好的良田，每年的产出不经国库，直接充入内帑。

早年间，惠帝赐了好几个田庄给皇七子苏子修，作为苏子修的私产。杏山那里就是其中一处，当时惹来了不少眼红之人。惠帝得知其他儿子有微词了，就给了每个皇子一个杏山附近的庄子。但是依然有人抱怨，苏子修把唯一自带温泉的一个庄子给占走了。

庄子名为闲月山庄，是一个极为别致的名字，因是皇子在外的别院，修建得颇有皇家气派，又有几分乡野之地的自然和野趣。大致上看，比王府的规格小一些，但是从屋宇院落的形制到房中的陈列摆设，都是按着王府的规矩建造的。后院还有一处天然的温泉，据说是当年打井的时候无意间发现，故而把原本预备打井的位置挖成了一个池子，四面和池底用和田白玉砌了，依着温泉专门建了一个沐浴之处，此后又修缮了好几次，比之前更为奢华富丽，直到数年之前，跟着这庄子一起被赐给了苏子修。

宋翎对温泉颇感兴趣，用过午饭之后，就带着一群随侍之人往后院的温泉去了。走之前，宋翎问了苏子修是否一道去。

苏子修突然转了性一般，从前多么稳重的一个人，这两天老是厚着脸皮在宋翎这里讨嘴皮子上的便宜，有意拖长声音道："去，如果娘子邀请为夫共浴的话。"

宋翎听了之后，脸上不见任何羞恼之意，而是思忖片刻，认真地朝着苏子修点了点头。

宋翎这一点头，苏子修就被动了。他原本是调戏人的人，一下子变成了被人调戏。苏子修咳了一声，说道："翎儿你自己先去，我今天有事就不陪着你了。"

闲月山庄的温泉被前任主人起了一个风雅之名，叫露华池，大概是因"温泉降绡乍试，露华侵，透肌兰泚"而来。宋翎此时褪尽了衣物，一步一步赤足踩入池中，浸在温热柔滑的池水里，浑身上下熨帖舒适，感觉每一处肌理经络、每一个毛孔都彻底放松了，好像一闭上眼，她就会变成一尾鱼儿，随着水流的起伏，自己的身子也仿佛惬意地浮浮荡荡起来。

宋翎沐浴的时候，身边服侍的都是熟人，就是瑶玥琪瑞这四位侍女。

这其中还有一段曲折，当初在祁国，玉柳容因昭国弃盟一事对苏子修起了杀心，下令封锁了质子府，仅给苏子修留下一位贴身侍女，其余的奴仆随从被关在另一处地方。后来玥儿跟随苏子修一起去了戎狄，又从戎狄回了昭国。而其余的人都是祁国吃了败仗之后，为了表示诚意，将国内扣押的昭人统一放回国时回来的。

瑶儿、琪儿、瑞儿，还有榛子和其他在祁国质子府中的奴仆随从，原本就是苏子修的人，现在回到昭国，当然还是回到旧主人身边当值。

在故国重逢之后，他们少不得要唏嘘一番。更令他们惊异的是，当初的松子不再是那个假扮成小厮的丞相千金了，她如今已是襄王苏子修明媒正娶的王妃。

瑶儿和玥儿负责服侍宋翎洗浴，她们将红白两色的花瓣撒在温泉池子里，甜甜

的花香被翻腾氤氲的水汽温温热热地一蒸，越发浓郁醉人。

宋翎泡在温泉里，闲来无事，双臂将红白交错的花瓣拢了过来，将那丝绸般细腻柔软的花瓣抓了一把在手中揉搓，又一时兴起，抬起手臂的时候将几点温泉水溅在了瑶儿身上。

瑶儿笑着躲了过去，说道："您都是当王妃的人了，怎么还是像从前似的顽皮？"

因为在祁国的一段经历，宋翎跟四侍女的关系一向融洽，她们一起患难过，所以比寻常的主仆更多了亲厚的情意。宋翎在私下还会叫她们姐姐，这四人是当年百里挑一选到苏子修身边服侍的，个个是出类拔尖的人。她们恪守本分，不肯受宋翎这一声"姐姐"，说是尊卑有别，王妃也不可轻易逾越。

"瑶儿，真是想不到，咱们还能在郢梁见面。"宋翎一开始叫得拗口，因为在祁国的时候她叫习惯了，后面总是要带出"姐姐"两个字，被四侍女和自己的奶娘多番指正之下，她总算是改了口。

瑶儿点头，不由得感慨道："当时我以为命都要丢在祁国了，哪里知道竟然还能有活着回来的一日。"

玥儿半跪在地上，拿着小竹筒往宋翎的后背上浇水。泉水落下，晶莹剔透的水光映衬下，宋翎背上的肌肤尤为细腻白皙，如上好的羊脂白玉，完美得不见任何瑕疵。

玥儿也在感叹："当初好大的一个疤，如今一点儿痕迹都看不出来，幸好幸好，不然留了疤在身上多不好看。"

宋翎回之一笑，知道这是苏子修的功劳。这时候，帷帐上显出了一道熟悉的人影，宋翎晓得是奶娘来了，定是来劝她出浴的。

姚氏果然开口道："王妃差不多该出来了，这温泉虽好，但是泡得太久容易头晕。"

姚氏是王妃的奶娘，身份不同于一般陪嫁之人，在下人当中称得上是有头有脸的了。她如今在宋翎身边服侍，琐碎之事一概交给丫鬟们去做，她只是在旁边提点而已。

宋翎扶着玥儿的手，一步步从池底走了上来，又有瑶儿为她包裹上一件素罗锦衣，紧接着外头侍立之人便捧着洁净衣衫和梳妆之物鱼贯而入。

宋翎舒舒服服地泡了温泉，重新整理梳妆了一番，感觉神清气爽，通体舒泰。

瑶儿将最后一支簪子插正了位置，又理了理宋翎鬓角轻纱堆的绢花，提议道："王妃，玉雪斋收拾出来了，不如去那里稍作休息，用些茶果点心？"

宋翎正是精力充沛的时候，可不想待在屋子里："我不累，不如四处走走，来了这闲月山庄还没好好看过。"

看着宋翎兴致勃勃的样子，瑶儿朝着玥儿递了一个眼色，玥儿劝道：“王妃，说实话，也没什么好看的，不过都是生了灰的房子而已。这庄子之前空着，直到您跟王爷决定要来，才临时收拾几间屋子出来。好多地方还没收拾过，大概过了明日就打扫得差不多了。王妃您不如多等两天，等都收拾好了，您再四处逛岂不是更好？省得现在看来看去都是落了尘的屋子，多没意思啊。”

玥儿这一番话十分有道理，宋翎点了点头，不再坚持。

瑶儿又适时地说道：“之前吩咐厨房做了点心，让人摆在玉雪斋了。这里的厨子做东西都是就地取材，有不少新鲜玩意儿是郢梁城里吃不到的。”

宋翎心领神会地一笑，爽快地由她们领路往玉雪斋的方向去。落满灰尘的房子没什么好看的，她还不如去瞧瞧瑶儿口中就地取材的新鲜点心。

宋翎在玉雪斋中消磨了半日，苏子修却不知去何处了，晚饭时分才见到人。苏子修进来的时候，一眼就看见宋翎穿着一身樱桃红银罗妆花织锦长衣，比嫁娶之时穿的正红色浅一些，也是十分俏艳明丽的颜色。目光在宋翎身上打量了一阵，他用温柔的声音说道：“很好看。”

苏子修一本正经地夸人，宋翎听得有些不好意思，用丝绢遮了半边脸。两人虽不是举案齐眉，但也谦恭礼让地用完了晚饭，相携着一道往夫妻二人歇息的住处去了。

正房也有匾额，上书“善岚馆”三个字。宋翎一看就笑了。山庄的前主人一定是个风雅之人，闲月山庄里头就没有无名之物，一个小池、一块落石都是有名字的，改天得了空，她定要将整个庄子都逛上一遍。

苏子修不晓得宋翎在笑什么，跟随的仆人侍从不知何时走了个干干净净，只余下他们夫妻二人并肩站在房门前。苏子修没有推门而入，似乎是等着宋翎。

宋翎这几日很是自觉，牢记了“夫为妻纲”四个字，二话不说就去开门，好将她的夫君迎进屋子里去。

宋翎毫无防备地推开房门，看到屋内的景象就愣住了。里面铺天盖地地装饰着红绸和喜字，紫檀雕花洞门的架子床是茜红色彩绣鸳鸯石榴的销金帐，一双金钩将两边的帐子挽起，又垂落下长长的连珠穗子，上面是一床叠得整整齐齐的百童子戏耍的茜红锦被，甚至还有一对描金画银的龙凤花烛，正燃着明亮的烛光。

目之所及，无不是喜气洋洋的红色，大红双喜字贴在窗纸上、放在床铺上、贴在家具上、盖在盛得跟小山似的瓜果和糕点上……几乎屋内所有的器物都贴上了双喜字，就连窗边一对美人觚也在瓶颈上扎了红绸。这不像是寻常的卧房，倒像是洞

房花烛夜的新房。

宋翎还愣在房门前，苏子修将她的手放在自己的掌心里，带着她走了进去，房门也在他们身后轻轻掩上了。

“修哥哥，这是怎么回事？”宋翎极为惊诧，好一会儿才适应这满眼的红色，忍不住问道，“难道我们还要成第三回亲吗？”

苏子修看着表情天真的宋翎，怜爱地摇了摇头，口中缓缓地吐出了两个字：“补偿。”发现宋翎依然不解，他解释道，“新婚之夜让你一个人度过，我说过要补偿你的。翎儿，我让他们把这里的卧房装饰成了婚房的样子，你看着还喜欢吗？”

宋翎笑了起来，今天所有的怪事都说得通了。为何一个下午都不见苏子修，为何瑶儿、玥儿好说歹说地要她待在玉雪斋，原来都是为了今晚的惊喜。

“喜欢，当然喜欢。”宋翎认真地说道。苏子修能这般用心地待她，除了“喜欢”二字，她再也说不出其他答案。

她知道，苏子修生怕她留下遗憾，所以但凡少了一点点，都要想尽办法补偿给她，嫁衣是如此，洞房花烛夜也是如此。对宋翎而言，苏子修的心意就足以令她感动万分了。这是她拼了命也要嫁的人，哪怕拒绝了外祖父一家为她选好的亲事，哪怕跟父亲闹到决裂的地步，哪怕从此不被娘家接纳，在这一刻都值得了。心有所求，心无所怨，万事万般，红尘种种，唯一人足矣。

苏子修看着宋翎的神色渐渐不对，怕她想起关于娘家的伤心事，为了分散她的注意力，便带她走到了桌案边。丝绒垫子上是一个圆肚细颈的赤金酒壶，还有一对用红绸绑在一起的高脚小金杯，苏子修斟了满满两杯酒，一杯执于手中，另一杯给了宋翎，眼中的温情更深，说道：“我们还没有喝过合卺酒。”

宋翎接过酒之后，同苏子修一碰杯，两人一饮而尽。

宋翎放下杯子的时候，耳后已嫣红一片，不是酒劲上来得快，而是因为女子的娇羞。她发现今日自己穿的衣裳也是樱桃红的，跟屋子里喜气洋洋的大红色很是相称，仿佛周围铺展开层层叠叠的红色花瓣，而她是花中柔软的蕊。

这个自然也是苏子修的刻意安排，宋翎眨了眨眼睛问道：“为何不给我穿一件大红色的衣服，那样岂不是跟这个洞房更为相称？”

“正红乃嫁娶所穿，平日很少有人穿一身这种颜色。”苏子修先是煞有介事地解释，看到宋翎听得认真，又刮了一下她的鼻梁，道，“如果直接给你一身大红色的衣服，你这个鬼精灵岂不是什么都猜到了？”

宋翎笑了起来，刚刚喝了合卺酒，苏子修又拿出一碗点心似的东西，宋翎看到碗里是一个个白白胖胖的大饺子。苏子修目中含笑，将这碗饺子推到宋翎面前，说道：“你饿不饿？先吃点儿饺子吧。”

宋翎刚刚才吃过晚饭，盯着那一碗饺子看了一下，然后眼神对上了苏子修的目光：“我不吃，肯定是生的。”

苏子修假装诧异地反问道：“你说什么？”

宋翎摆出一副不上当的样子，笃定地重复了一遍：“肯定生的。”

苏子修则泰然自若地说道：“你数数里面有几个。”

宋翎狐疑了一下，还是数了数，答道：“七个。”

“肯定生——七个！”苏子修一本正经地将宋翎刚刚说的两句话连了起来。

宋翎愣了一下，随即反应过来。她自认精明地躲开了套路，到底还是栽在了苏子修的手上。

“我不依，修哥哥你欺负我。”宋翎不依不饶，被苏子修那一句生七个弄得脸上发烧，面皮涨红。

“好、好、好，怪我错了，怪我错了，怪我太贪心。”苏子修赶紧好脾气地认错，转头又补了一句，“不生七个也没关系。”

宋翎的脸烧得更红了，连带着脖子也成了粉色的。平常不轻易玩笑的人，捉弄起人来反而是最坏的那一个。明明是在打趣别人，但是他说话的口气偏偏又那么认真，仿佛他一如往常，什么都没有说错，别人恼了那也是因为别人克制不住自己。

“翎儿，过来这里。”最后苏子修将宋翎带到了那一张紫檀雕花洞门的架子床前，榻上铺着百童子戏耍的茜红锦被，“你仔细看看。”

宋翎听话地将锦被掀了起来，果然这里也藏着玄机，被子下面满是光芒灿灿的金银小锞子，还有花生、红枣、莲子、桂圆、栗子等干果。这是民间常有的撒帐风俗，有早生贵子、后嗣蕃盛的寓意。宋翎甚是欢喜，抓了一把干果朝着半空抛洒，又看着它们雨点似的落了下来。

“修哥哥，我喜欢极了。”宋翎的眉梢眼角尽是笑意，她又朝着床榻上撒了两把，看着那些金银锞子和干果抛起又落下。

“我做的一切也是为了你的喜欢。”苏子修说道。这时候等待在外面的丫鬟进来将撒帐的东西收拾好撤了下去，那些干果她们分了沾沾喜气，金银锞子就是主子给的赏钱了。收拾好之后她们悄无声息地退了出去，轻轻地将房门关上，这回是真正关严实了，不像之前是虚掩着。

“修哥哥，还有别的吗？”宋翎坐在床榻的一头，双手托着腮看向苏子修，饶有兴趣地问道。

“没有了。”苏子修答道，看着宋翎，眼底的温情蜜意越来越浓，仿佛旋涡一般将人深深地吸了进去，他声音低沉地说道：“还有就是欠你一个洞房花烛夜。”

宋翎惊讶地咦了一声，刚刚抬起头，苏子修的吻已落了下来。

他捧着宋翎的脸庞，轻轻地吻着她的额头、眉眼、鼻梁，又落在嘴唇上，缠绵温存一番，沿着脖子的弧度慢慢向下。宋翎的腰带被解开，他的手探入了她的层层衣衫之中，然后将她身上的衣物一件件褪尽，外衫、中衣、贴身的小衣，直到两人之间再无任何隔阂和阻碍。少女的肌肤白皙无瑕，触手细腻温润，有着不可思议的柔嫩光滑的质感，如此娇小洁白的身体，仿佛是一枚小巧玲珑的玉坠儿，让人能轻易地握在掌心里。

宋翎始终紧张不已，脊背也紧绷着，身体前所未有地敏感，每一处被亲吻过的地方，仿佛都埋下了炽热的火种，从肌肤深处燃起一种热辣辣的感觉。这种感觉是宋翎从未经历过的，即使从前两人也亲近，但从不曾像今日这样亲密。

宋翎莫名有些害怕起来，身体微微颤抖，有过打退堂鼓的念头。她想让苏子修停下来，却又舍不得他离开，这种新鲜的感觉并不难受，甚至有一点点令人沉迷，使得她整个人陷在一种混沌的矛盾之中。苏子修感受到了宋翎的紧张和畏惧，一直在观察着宋翎的反应。他要尽量安抚她的情绪，温热的手掌贴在她光滑的脊背上，仿佛给予支撑一般，在她耳边反复呢喃着：“别怕，别怕。”

宋翎闭着眼睛点头，当初在江临有人给她讲解过，出嫁之前奶娘也跟她说过，她已经知道行夫妻之事是怎么一回事，也知道了接下来会发生什么。

但是当这一刻真正来临的时候，她还是忍不住小声问了一句：“疼不疼？”

伏在她身上的人先是脱口而出：“不疼。”随后又认真地补充了一句，“尽量不疼。”

宋翎听后笑了起来，这一笑倒是歪打正着地驱散了她的紧张，人轻松了许多。她感觉到对方的唇舌正纠缠着她的耳垂，轻轻地啮噬着，又反复说着“别怕”。

直到她的身体深处传来一阵清晰的尖锐疼痛，她一声不吭地咬着下唇忍着。

在这时候，苏子修的嘴唇又覆上了她的双唇，令她松开紧咬住的牙关，两人的唇重新炽热地贴合在一起。在这种极致的缠绵之中，她的意识越来越模糊，好像整个身子还浸泡在白天的温泉池子里，温软柔腻的水流抚着每一寸肌肤，周身没有一处不舒坦，只是双脚再也踩不到池底。她仿佛慢慢地沉了下去，慢慢地沉沦在越来越深的迷梦之中。

第二十六章 主事

这或许是宋翎最开心的一段日子，她和苏子修日夜相守，几乎一刻都不分离。白天在庄子里，苏子修作画写字，宋翎则研墨铺纸，充当红袖添香的角色。两人也会下几盘棋，宋翎琴诗书画之中最擅长的就是棋艺，但是在苏子修手下，永远是败多胜少，侥幸得胜的那几局多半也是靠着耍赖。谁让宋翎的棋艺是苏子修指点的，而宋翎暂时不具备青出于蓝的能力。

苏子修也会指点一下宋翎的书法和画技，一如当初在祁国的质子府上那样的情形。

现在他就在让宋翎誊写《灵飞经》。

当他有正事要处理的时候，给这小女子找点儿事，可以避免她在自己身边聒噪。宋翎跟苏子修提起过，当年她的父亲宋丞相也常常命她抄书，这是为了让她老老实

实地待在闺房。每张手书宋丞相都要亲自过目，容不得她潦草了事。

苏子修听后，若有所思地一笑，对宋翎说道："小婿决定效仿岳丈，今后将会继续督促你抄书，时日一长，你的书法也就能进益了。"此言一出，宋翎果然颇为不满地噘起了嘴，随即两人打闹嬉笑成一团。

在闲月山庄小住时，宋翎几乎天天去露华池消磨时光，每次要在温泉池子里泡上半个时辰。温泉水有延年益寿、调养皮肤之功效，苏子修每次与她共浴，一道享用温泉池水，两人一开始都是规规矩矩的，只是说说话，或是各自小憩，但是宋翎很快就发觉不对劲儿了，苏子修的手先是轻抚她的脸颊和耳垂，指尖滑过她光裸的肩颈和脊背，然后越摸越不对。每到这时，随侍的婢女都会自觉地悄然退到重重帷帐后，听到传唤再进去服侍。而这时两位主子通常是神情慵懒，尤其是小王妃脸上红得跟彤云一般，被水汽一蒸，眼眸里透着水色，似是委屈又似是羞赧，恨不得在对面那位气定神闲的襄王身上咬一口。

有时他们在庄子里待腻了，就一道出去。有时是两人坐在马车里，有时是两人各骑一马，信马由缰，只为闲逛，自在地看看周边的景色，领略乡野的自然意趣。

杏山一带多的是良田，好似望不到头，入冬之后，田地上的庄稼被收割了，光秃秃的地面上阡陌纵横，一眼看去好似蔚为壮观，但是多看几眼，就发现没什么看头了。

苏子修告诉宋翎，杏山这一带春夏时节的景致最好，到了冬天，看来看去都是成堆的麦秸柴垛。这会儿都城来人，多数是为了盘点这一年庄子上的租子以及年供之物，以备府邸的过年之需，顺便散散心，住上几日，远离都城之中的尘嚣喧哗。

惠帝把闲月山庄赐给苏子修时，连带着一大片产业，苏子修却一次都没有到庄子上住过。每年盘算佃租的时候，他也只是吩咐管家过去。管家自然不敢耽搁，办完了事就回去复命了。

宋翎认为苏子修是平白浪费了好地方，庄子的名字叫闲月，但是落到苏子修手里，被他闲置了。她歪着脑袋明知故问道："今年怎么想到过来？"

两人出来的时候是各骑一马，苏子修早将宋翎捞到了自己的马背上，另一匹马在后面跟着。宋翎穿着浅紫色蚕丝团花缎织锦衣，衣领袖口处滚着银白风毛，不过此时拂过她耳边的不是毛茸茸的风毛，而是身后之人酥酥暖暖的呼吸："今年有了女主人，还用得着让管家来？"

宋翎故意一扭头避开了那气息的缠绕，不过"女主人"这三个字结结实实地打在了她的心坎上，令她一时之间心花怒放，无比受用。

所以这一天他们回到庄子之后，几乎所有人都看出来了，王妃看王爷的眼神似乎都变了，情意绵绵，藏都藏不住。虽说以前王妃看向王爷的眼神也是装着满满的爱慕，但是爱慕之中又带着几分崇拜和景仰，如今多了一分说不明的感觉。若是硬要打个比方，就好像是王府上藩国进贡的那只雪白波斯猫，平时温驯又安静，一到喂食的时候，两颗异色的玻璃眼珠就盯着面前的鱼，一副想要独占的模样，任谁靠近都要被它挠一爪子。下人们只敢暗暗想着，王妃此时的眼神跟波斯雪猫有一点儿神似，谁都想不到这些都是从“女主人”三个字上引出来的。

姚氏一直以规范大小姐的言行举止为己任，有意提醒宋翎，在下人面前不可跟夫君太过亲密，否则不利于今后立威。但是奶娘想想又算了，小夫妻正是新婚宴尔，感情自然是蜜里调油的，世人都是这么过来的，自己何必不识趣地凑上去？再说了，宋翎从前总是爱往外面跑，如今宜室宜家，再好不过了。

如果当真有神仙眷侣，宋翎觉得自己眼下就过着神仙眷侣一般的日子，而且是带着红尘烟火气息的神仙。只是这样的好日子不过四五日，苏子修说有事要先回郢梁，宋翎则可以在庄子上多住一些日子。

宋翎自是万分不舍。她是时刻都不想跟苏子修分开的，立刻说要一起回去。苏子修一听就笑了，慢慢地跟她解释：“傻丫头，我不过是回去一趟，很快又要回来，翎儿好好在庄子上住着，不必跟着我车马劳顿了。”

宋翎迟疑了一下，但是要跟着苏子修一起去的意愿还是很强烈。

苏子修又说道：“不是刚刚才说你是王府的女主人？年节将近，盘算一年佃租岁供正是最忙的时候。作为女主人，难道你也要学为夫从前的样子，当一个甩手掌柜，不打算为自己的夫君协理家事吗？”

宋翎的固执一下子松动了，苏子修看似不经意的一句话，算是说到了关键处。姚氏也跟着帮腔，劝宋翎留下。协理家事是为人妻子的本分，宋翎作为王府的正妃，迟早要学会当家主事。

宋翎答应得十分勉强，但总算是点了头。

虽只是小别几日，但是他们的离别之苦一分都不少。

是夜，苏子修揽着宋翎共枕而眠，感觉到了怀中的小丫头跟前几晚有所不同，总是不安分，翻来覆去就是不肯入睡，搅得苏子修也睡意全无。到最后，苏子修手臂稍稍用力，将怀中正在乱动的小人儿给卡住，懒洋洋地问道：“为何不睡？”

宋翎这下动不了了，侧脸贴在苏子修的肩膀的位置，抬头就能看见对方挺秀的鼻梁和紧抿的薄唇。

“修哥哥，你跟我说说话吧。”宋翎蹭来蹭去不肯睡觉，突然兴致勃勃地说道，“要不这样好了，咱们一直聊到天亮？”

苏子修没有回应，宋翎以为苏子修又睡着了，从锦被下伸出一只手，淘气地去揪他的鼻尖，不料偷袭没有成功，半道就被苏子修的手截获了。

苏子修将宋翎的手塞回被子下面放好，顺势又给她掖了掖被角，跟哄小孩似的说道：“翎儿听话，现在好生安睡吧，有什么话留到下次再说。”

“不好。”宋翎嘴里冒出了两个字，随即又换上软绵绵的语调说道，“修哥哥，你明天就要走了，最后几个时辰我如何舍得睡过去？咱们还是说说话吧，我可以多看看你，多听听你的声音。”

宋翎说这话的时候一脸天真的模样，苏子修却有一点点不妙的预感。

果然身边的宋翎对着帘帐外面高声喊了两句：“掌灯！掌灯！”

听到王妃的吩咐，在外间守夜的侍女悄无声息地进来，将卧房中的灯烛一一点燃，又悄无声息地退下了，只留下一室仿佛从未被打扰的静谧。

帘帐之中原本有一盏灯，里面不是明火，而是一颗夜明珠，在暗夜中散发着淡淡的光芒。这只是为了起夜时不黑灯瞎火的，不过只能看清事物的轮廓罢了。如今宋翎喊了掌灯，使得室内一时光明大亮，犹如白昼。

苏子修被这亮光刺得微微闭上了双目，为了躲避光线而翻身朝里，顺手换了个姿势抱着宋翎，依然用哄小孩的口气说道：“翎儿乖，你让为夫睡一会儿，明早天不亮就要坐马车回郢梁了。”

宋翎想了想，又认真地提议道：“修哥哥，你明天在马车上眯一觉打个盹，现在就少睡一会儿好不好？”

苏子修拿宋翎没办法，晚饭的时候，这丫头还在信誓旦旦地说着一定要成为他的贤内助，这会儿又告诉他马车上睡去，宁可浪费此刻的高床软枕，也不许他睡觉。

苏子修躺平了身子，闭目假寐。夜已深了，宋翎不可能不困乏，让她一人说会儿话，自觉无聊就能睡着了。但他耳后忽然吹来一阵令人酥麻的暖风，他不用看就知道是宋翎在捣鬼。

“修哥哥，你跟我说说话，别不理我嘛！你这一走，我就是想跟你说话都见不到人了。”宋翎稍稍撑起上半身，看着微闭双目的苏子修说道。

苏子修闭着眼睛一伸手，就将宋翎连头带身子地一把压回了被子里，慵懒地开了口：“我不是很快就会回来？再说了，我不是给你留了抄写一百遍《灵飞经》的功课？你就每天抄写二十遍，抄经的时候去净室，再让瑶儿给你点一炷香，静心地写字，别敷衍了事，我回来之后每张都要过目一遍……”

宋翎听着苏子修的声音似要睡着了，她忍不住稍稍提高声音问道：“一百遍？每天二十遍，难道你要去五天？”

还没等宋翎抱怨分别太久，苏子修睁开了眼睛，主动解释道：“不一定是五天，也许两三天就能回来了。都说了不准你敷衍了事，每天抄经不用太多，适量即可，以静心养性为上。”

“那我一天抄完，修哥哥你能不能一天就回来？”

“不能。”

“为何？”

“一天抄完一百遍，字迹定是潦草得不能看了，而且一百遍抄下来，你的手也受不了。”

“可是……”

宋翎发现这才说了没几句，苏子修又把眼睛闭上了。宋翎不是没有办法，丹唇微启，又开始向苏子修的耳后和脖颈处轻轻吐气。经过几日的夫妻相处，宋翎不再是不知人事的小姑娘，也无师自通了撩拨人的一套，晓得苏子修也有喜欢被触碰的地方，正如她一样。

宋翎的脑袋搁在苏子修的肩窝处，抬着头哈气半天，见身边的男人没反应，索性撑起上半身，先用手指夹着自己的一缕头发在苏子修的鼻尖上拨了拨，随后将脸凑上去，接着哈气，酥暖的气息扫过男了的眉眼、鼻梁和嘴唇，她又在他嘴角的位置落了轻如蝶翼的一吻。

“修哥哥，你别睡好不好？我跟你商量一下，要不这样好了，不用非聊到天亮，你陪我说一会儿话就好了，我保证说完马上就睡觉。”

宋翎见对方迟迟没有回应，不由得焦急了几分。她到底是功力尚浅，从最初温柔酥麻的吐气如兰，慢慢走样成了直接噘着嘴吹气。

苏子修感觉脸上吹来一阵阵冷风，虽说这房内供着炭火，一室温暖如春，但是被人对着脸吹冷风，还是令人受不了。

苏子修将身子朝外侧了侧，并非不想理会宋翎，只是明日回郢梁确实有棘手的事，他必须好好养一养精神。宋翎见苏子修不仅不理他，还把身子侧了过去，咕哝一声，越发不依不饶了。

她又将身子撑高了一些，一只手伸过去落在了苏子修的另一侧，苏子修刚刚是微侧身，现在是整个人侧了过去。宋翎脑子一热，将一只脚也从苏子修身子跨了过去。

这般手一撑，脚一跨，可是不得了，这姿势像是宋翎坐在了苏子修身上，宋翎浑然不觉危险渐近，仍不解风情地冲着人脸上吹冷风。

苏子修就是睡意再浓，这一刻也淡定不了了。他倏然睁开双目，迅猛地翻身而起，把宋翎压到了身下。宋翎被吓了一跳，天旋地转之后，发现自己的身体被人压制住，而眼前正是苏子修俊美的面孔。

“翎儿，你还朝着我的脸上吹风吗？”苏子修用撑起的两只手肘将宋翎拘于其中，说话的口气甚是平淡，表情不见喜怒。

宋翎刚才被吓了一跳，双臂下意识地挡在胸前，现在被苏子修轻轻地拨开，将她的手臂伸直了放在头顶上方。

宋翎赶紧摇头，乖乖地说道：“不吹了。”

苏子修眼底的笑意渐浓，他一俯身衔住了宋翎的双唇，这次吻得有点儿重，宋翎微微吃痛，想用手推开他，但是双手很快又被霸道而不失温柔地按回了头顶。

她蔷薇粉的细绸寝衣被人从肩头挑开，又一点点褪到了腰间，露出一大片雪白的肌肤，烛光之下，犹如上了一层细腻包浆的美玉，那是玉在人手中经久盘玩才有的珍贵光泽。

在樱子红雁纱帘帐隔断出的小小空间内，气氛一下子变得暧昧而缱绻。

这般近的距离，宋翎分明看见有两个缩小的自己映在苏子修的瞳孔里，他眼中糅合着几分看似平静实则汹涌的情动。

他没头没脑地问了一句：“今晚有何不同？”

宋翎愣了一下，才慢吞吞地回答道：“有光。”

前几晚他们都是熄灭了房内的灯烛，借着夜明珠的淡淡光辉，在黑暗之中感知彼此，能看到的只是不甚清晰的轮廓，哪里像今日灯火大亮，彻底驱逐了黑暗，可以将彼此看得清清楚楚。

宋翎一时大窘，又不能不让苏子修看自己，毕竟他们都成了夫妻，有什么不能看的？但是从他的眼神里，宋翎已经判断出接下来要发生的事，着实感觉别扭，于是试探着小声提议道：“等等，先叫人进来吹灭烛火好不好？”

“如此就甚好。”苏子修笑道，“守夜的侍女们也不容易，何必叫她们起夜两次，不得安睡，王妃不是一向有宽待下人之心？”

宋翎被堵得没话说，也知道这是自找的，因为叫人掌灯的就是她，如今栽了的也是她。宋翎还在别扭，苏子修的吻已缠绵地落了下来，炽热的唇舌所到之处，带来酥麻以及微微的战栗感。正在宋翎心猿意马之际，一句话悠悠地传了过来：“翎儿，我们换一种方式相伴到天亮好了。”

一夜之后，有近侍来催王爷起身。在侍女的伺候之下，襄王洗漱更衣，又用了早饭，一切都是昨日提前准备好的，所以不多时，襄王就坐上马车启程去了郢梁。

瑶儿她们几个大侍女一路将主子送到门口，看到襄王神采奕奕地上了马车，一路扬尘而去，她们才恭恭敬敬地退回去。

原本这种事应是王妃领头，如今的送别队伍中却找不到王妃的身影。因为王妃这会儿还没起身，王爷临走时也说了，不可叫醒王妃，她爱睡到几时是几时。大家很是奇怪，但是无人敢议论，毕竟主子发话，只要听从就行了。

而那日，原本打算要一清早送别夫君的襄王妃，睡到日上三竿才起身。

第二十七章 萧墙

在接下来的几日，陆续有附近的田庄来报今年的收成，并送上这一年的岁供，譬如某某庄子献大鹿几只、汤猪几只、狍子几只、山羊几只、各色粱谷几斛等，宋翎一看就头晕。从前在丞相府上，她没碰过这些事，这些都是她的二娘在打理，她当好自己的大小姐就行了。但是今时不同往日，宋翎已经出嫁，除非她想把管家权扔给别人，否则就绕不开协理家事。

她身边有王府的管家协助，又有自己的奶娘提点，故而料理这些事情并不困难，她又用心肯学，慢慢就摸出了门道，不再像刚接手的时候那般手忙脚乱了。

三日之后，苏子修回来了，但只留了一晚就又回都城去了。第二次去了五日，这次回来后停留的时间更短，只有一顿饭的工夫。两人成婚还不满一个月，宋翎自然不愿过聚少离多的日子，但是手头的事情让她一时离不开，只好继续留在闲月山庄，时不时地跟苏子修见一面。

这边的庄子有二三十个，宋翎很快发现了一件事，这些庄子的人来的时候都是三三两两的，今儿来两个，明儿再来三个，后儿干脆一个都不来，她空等一天。宋翎在心里盘算，如果这些庄子的人能不间断地过来保年成、上岁供，五六天就能完事了，如今就是因为大家来得不齐，所以一天天拖了下去。

宋翎问过王府管家，往年是否也是这种情况。王府管家是个五十多岁的矮胖老头，告诉宋翎，这些庄子有近有远，有些人在路上走着走着碰上变天，耽误几天也是常事，只要心性仁厚些的主家都不会计较，毕竟庄稼人也不容易。再说了，主人家在杏山修建别院，也是为了多消遣一段时日。

管家的一番话说得宋翎心服口服。其实宋翎原本还想着是否催一催那些没来的人，但是听管家这么一说，她立马打消了这个念头。她不能才当家就背上一个不仁厚的名声，算了算了，也就是多住一些日子罢了，总不会在这里留到过年。

宋翎在闲月山庄一住就是二十多天，等到料理完最后一个庄子的事情，宋翎就动了回去找苏子修的念头。而且她这一次已是整整十天没有见过苏子修了，也不知道苏子修在忙什么。难道真的将她忘了？

但是整个闲月山庄从老管家到瑶儿她们，包括她的奶娘，都不赞成宋翎在不知会襄王的情况下擅自回去。其他人因为顾虑宋翎王妃的身份不敢劝得太过，但是姚氏陪嫁过来就是为了督促宋翎的举止言行的。

她劝宋翎："大小姐您就安安生生地住着，只等着王爷来接您就好了，千万不要一个人跑回去。王爷是男人，自然有男人的正事，不是成日儿女情长就够了的。您是正室，理应为夫君分忧，而不是由着性子胡来，不然跟那帮不懂事的侧室有什么区别？"

奶娘这话虽是规劝，但是软中带硬，尤其是最后一句话，不是一般下人敢说的，大概整个王府只有姚氏敢这么劝说王妃。

宋翎听了奶娘的话，又拿"贤内助"这三个字激励了自己几日，但是仍旧挡不住相思之苦。每隔两日就有一个送消息的人从都城来此地，苏子修却一直没有亲自露面。

两人已有十多日没有相见了，宋翎再也等不了了，不懂事就不懂事，贤内助暂时不当也罢，她无论如何都要见到苏子修。

除了放心不下苏子修，她也惦记着相府。哥哥肯定是不打一声招呼就走了。她跟爹爹这么多天不见，也不知道爹爹的气消了没有。在闲月山庄的时候，她也常常问奶娘这个问题，奶娘总是安抚她，说一些老爷的苦衷。奶娘还说，虽然出嫁当日

府上没有摆酒席，但是她的嫁妆极其丰厚，可见老爷真心疼她。

宋翎闻言啐了一口，说自己才不看重嫁妆，爹爹不肯亲自送她出门，就是陪送了整个相府的资产给她又有什么意思？

一重是相思，一重是思亲，宋翎是再也待不住了，哪怕闲月山庄里有绳子捆着她也不行。

宋翎一旦拿定了主意是谁也劝不住的。她令管家为她准备好车马，她第二日就要返回郢梁。

管家只能干瞪眼，因为现在连姚氏的话也不管用了。

宋翎想着很快就能见到苏子修了，原本心情舒畅，但是管家很快给她带来了坏消息，说是车拔了缝没法用了。接着，宋翎又听到马拉肚子或者车夫病了之类的理由，总之就是走不了。

宋翎觉得很奇怪，本来都好好的，为何她一说要回都城就接二连三地出问题？

管家长了一张老实巴交的脸，一本正经地对王妃解释，车是久未修理，车夫和马是水土不服。明明都是站不住脚的理由，但是看着管家一脸憨厚的样子，宋翎愣是发不了火，她又没有证据说这些是故意拖延。

管家是能拖一日是一日，宋翎是一日比一日心急。

她不是没有一点儿办法，有一天她找了个机会，从马厩里牵走一匹马，偷偷地从闲月山庄溜了出去。这马拉肚子拉得无精打采，跑不了多远就累了，幸好宋翎找到一家佃户，用病马从佃户手里换了一匹健康的马。佃户常跟牲畜打交道，一看就知道对方手里的是一匹良种马，只是病了而已。自己家的马是一匹普通马，所以他答应得很爽快，生怕说得晚了，这位小相公反悔。

宋翎此时又换了一身男装，打扮成小相公的模样，骑着从佃户那里换来的马，一刻不停地朝着郢梁都城的方向奔去。

临近城门的时候，宋翎察觉到郢梁城的气氛似乎不对头，城门那里凭空多出了不少守卫，出入之人都要被盘问身份。当初路过祁国雁阳城的时候，宋翎也见过这样的场面，那时雁阳城中刚刚发生动乱，如今相似的场面重现眼前，宋翎心里莫名一紧。难道郢梁城也出事了？

宋翎更加不敢耽搁，决定马上进城。她手中持有襄王府的令牌，城门守军只当她是王府的人，所以没有多问，轻易地放行了。宋翎进城之后，那种不对劲儿的感觉更为强烈，城中处处透着一种紧张和压迫感，街市上行人稀少，商铺也都歇业了，但是执戟带刀的巡逻卫士随处可见。

肯定出事了。难道是苏子修出事了？宋翎想到了苏子修跟太子之间的明争暗斗，不由得头皮发麻，但是那个报信的小使者昨天还说襄王在城中一切安好，请王妃安心。如果苏子修真的出事了，必然是一府遭殃，一个小仆人哪能幸免？但是事事也有万一……

宋翎思来想去，最后决定还是先去丞相府。她有些担心娘家的安危，如果襄王府真的出事了，她此时去了也无益，倒不如去娘家打探消息。宋翎拿定主意，就朝着丞相府去了。她在丞相府住了十多年，闭着眼睛都能找到回家的路。

宋翎在路上想了一下，如果见到爹爹她该怎么说。哥哥宋璟也是不靠谱的，答应了要帮她劝劝爹爹，成与不成连一个回音都没有。大概这会儿他已经回江临了，宋翎就算想怪哥哥对自己不上心，也找不到人了。

正想着，宋翎已临近丞相府，没有记忆当中的门庭若市，丞相府的两扇朱红色镏金铆钉大门上赫然贴着两张交叉的封条。

宋翎的脑子里轰然作响，这究竟是怎么回事？她几乎不能思考，失魂落魄地朝着大门走去，似乎想要看清楚上面的封条是不是自己的错觉。

“什么人？”这时一声断喝在她身后凭空炸响。

宋翎还来不及反应，就被人擒住了肩膀。这是一队士兵服色的带刀走卒，想来在相府附近守了许久，终于发现有一个主动送上门来的人。

“你是什么人？跟这户人家是什么关系？”擒住宋翎的那人凶神恶煞地问道。他奉命守在这里好些日子了，早就闲得发慌了，好不容易逮到一个人，可要好好盘问一下。

这个男人瘦弱是瘦弱，但是衣着不俗，肯定不是仆人，自己逮住这样的漏网之鱼，岂不是功劳一件？

“我是……”宋翎脑袋里乱哄哄的，她还未从刚刚的震惊中回过神来，所以一时之间连句搪塞的话都想不出来。

“你是宋府的本家人吧？”那士卒喝了一声，“鬼鬼祟祟的，肯定不是良民，八成跟宋家有牵扯，来人啊！将这人送去牢里，到牢里接着盘问！”

“你们为何不分青红皂白地抓人？”宋翎顿时急了。她还没弄清楚宋家发生了什么事，不能莫名其妙地被人关进牢里。她想起了自己身上带着襄王府的令牌，城门守兵没有拦她，说明襄王府威信尚存，还是可以将这个名头搬出来用一用的。

“你们放肆，我是……”宋翎攒足了力气，正要说话。

“尔等放肆！那是襄王府上的人！”没想到有人先将这话说了出来。

宋翎扭头看去，发现来人居然是曾经的二皇子，如今被封作晋王的苏子阳。他施施然地走了过来，颇有皇家不怒自威的风范，声音不高地说了一句：“还不放人？”

那士卒听了“襄王府”三个字，辖制在宋翎肩膀上的力道已经松了，再听到晋王这句话，立刻将手从宋翎身上移开，恭恭敬敬地道了一声“参见晋王殿下”。他看到晋王没有追究的意思，赶紧带着其余几个兄弟撤得远远的。

宋翎认得这位是晋王苏子阳，但是二人从未有过交集，她一时拿捏不准晋王为她解围的目的。在她的印象中，二皇子一直是老谋深算的角色，当年太子对付苏子修，或多或少有二皇子在推波助澜。若要论笑面虎，二皇子肯定位列其中，此人脸上挂笑，心里蔫坏，所以宋翎对其没有好感。

“七弟妹。”苏子阳亲亲热热地唤了一声，好似浑然不觉宋翎的防备。

“晋王殿下好。”宋翎硬着头皮回了一句，脸上尽量也挂着笑，毕竟对方在笑，自己绷着脸也不像话。

“咱们都是一家人，叫二伯就行了。”苏子阳有意拉近两人的距离。

“二伯？”宋翎很干脆地改了口。她此时没有心思在这等小事上计较，有更要紧的事要问苏子阳，于是追问道：“我家发生了何事？为何被贴了封条？”

“这个……”苏子阳犹豫了一下，又说道，“七弟妹，这个说来话长，咱们这样站在大街上说话也不好，不如你跟我去一处便宜地方，我再慢慢跟你解释。”

宋翎上下打量着苏子阳，人却钉在原地一动不动。苏子阳一看这情景就知道宋翎不肯轻易跟着自己走，一拍额头，随即从袖口掏出一个纸卷，递给宋翎道：“七弟妹不相信我，那也应该相信七弟吧，这是七弟亲笔写的字条，你看过就明白了。”

宋翎将信将疑地接过字条，打开一看，果然是苏子修的字迹。她反复确认，字条不是出自他人之手。

“七弟妹，现在能信我了吧？”苏子阳靠近些小声说道，“街上巡逻的士兵太多，咱们再站着就会有麻烦了，还是赶紧跟二伯走吧。”

“城里出了什么事？”宋翎虽然被字条打消了疑虑，但还是没有放松警惕。

“我的七弟妹啊，都说了不是三言两语说得清的。”苏子阳露出一点儿无奈的神色，“二伯我看着就这么像坏人吗？”

宋翎腹诽：我从没把你当好人。她嘴上还是爽快地答应了，说道：“好，我跟你走。”

苏子阳带着宋翎到了一处僻静的宅院，应是他王府之外的下榻之处。他领着宋翎在书房坐下，在一张黄杨木的小案之前，开始净手、煮水、烫杯温壶，将一撮茶叶乌龙入宫，又洗茶……

宋翎看得双眸圆瞪，敢情这位晋王殿下要在她面前表演一整套茶艺？她早就晓得晋王好风雅，但是风雅也要看时候，她早已经心急如焚了。

“七弟妹难得来一趟，一定要尝尝二伯府上的茶，雀舌银毫，还入得七弟妹的眼吗？”苏子阳神色悠闲地说道。

“不必劳烦二伯了，我喝口清水就好。”宋翎暗怪晋王磨蹭，没有那闲情逸致，索性开门见山道，“二伯，我宋家到底发生了何事？为何被人贴了封条？”

“嘘！”苏子阳放下洗了一半的茶，用食指压在唇上做了一个噤声的动作，站起身，在书房里走了一圈，将每一扇窗户都打开，查看窗外是否有人。

“二伯，我们开着窗说话，有人靠近也能立刻发觉。”宋翎为了挖出真相，不得已一口一个“二伯”地叫。要是放在往日，她心里早就怄死了，但是如今只能强装笑脸。

“二伯，您别卖关子了，出了什么事直接告诉我就好了。”宋翎看着苏子阳坐回那张黄杨小桌前，不由得又催了一句。

“七弟妹啊，先喝茶。”苏子阳将一个比铜钱大不了多少的茶盅递给宋翎，“你也坐下，我慢慢跟你说。”

宋翎依言坐下，又将那只有一口的热茶喝了。

苏子阳露出满意的笑容，宋翎赶在苏子阳说话之前，抢先一步出声道：“二伯的手艺甚好，弟妹我于茶道不通，只能说出齿颊留香、绝非凡品这类俗气的赞语。我们二人有叔嫂的名分，若是被人看见恐招非议，弟妹现在心中有小小的疑惑，望二伯告之，弟妹得知之后自将离去，也省得带累二伯的名声。”

宋翎将苏子阳顾左右而言他的后路封死了，就是想要他直入正题。

“难怪七弟一定要娶你，七弟妹果然是个有趣的人。”苏子阳夸了一句，又站起身，将打开的窗户关上，“七弟妹说得对，你我是叔嫂，被人看见共处一室，少不得招惹闲言闲语，不如将窗子都关上。”苏子阳看出宋翎的疑惑，又补充了一句，“七弟妹放心，二伯这地方安静得很，而且下人们也忠心听话。”

宋翎使劲儿将那个小茶盅捏在手里，心想苏子阳又是开窗又是关窗，又说自己的仆从很忠心，那他弄这些无用的事出来，莫非在有意浪费时间？

“七弟妹，你别怪二伯磨蹭，二伯也是担心突然说了，你会受不住，所以先拉着你说了半天闲话。”苏子阳终于不磨蹭了，神色也认真了几分，说道，“你们宋家因为叛国罪而被抄家了。”

“叛国罪？”宋翎猛然一惊，站直了身反问道，“怎么可能？我爹对大昭赤胆

忠心，天地可鉴，何来的叛国一说？”

“七弟妹，你别急，先坐下。”苏子阳有着一种身为局外人的镇定自若，根本不管宋翎的心急如焚。他不紧不慢地说道：“源头倒不是你爹，而是你哥哥宋璟。”

“我哥哥宋璟？”宋翎更是疑惑。

苏子阳像是下了很大的决心，说道：“你爹的事尚未定论，但是你哥宋璟在暗中勾结祁国，甚至跟祁帝有不浅的私交，这都是有铁证的，莫非还算不上叛国罪？”

宋翎觉得这简直荒谬，问道：“有何铁证？”

“一面玉牌。”苏子阳冷静地回答道，“玉牌上有祁帝玉柳容的名讳，确定是祁国皇室之物。宋璟手里有这种东西，他说自己跟祁国没有关系谁都不信。”

宋翎的头顶犹如有一个惊雷炸响，震得她双目呆滞，浑身僵直。玉牌？有玉柳容名讳的玉牌？那只会是当初在江临之时，玉柳容送给她的那一面玉牌。

这玉牌是玉柳容给她的，不是给宋璟的，她当时有扔掉的念头，但是宋璟抢夺了下来，让宋翎交给他处理，后来回了郢梁，宋翎也就忘记了这事。

没想到就是这险些被丢掉的玉牌，竟然成了指认宋家叛国的证据。

“七弟妹，你还受得住吗？”苏子阳看着宋翎没有一丝血色的苍白面孔，出于关心，自然要问一句。

宋翎回过神，强装镇定地说道：“单一面玉牌，如何能证明一定是祁帝所赠？又如何证明宋璟一定跟祁国暗中来往？”

苏子阳露出意味深长的笑，反问道：“玉牌上的龙纹是祁国皇室独有，而且这是冰种髓玉，天下只有祁国的玉矿才产出。综上两点，若硬说此玉不是出自祁国皇室，恐怕也没人相信。再说了，宋璟如何证明此玉不是祁帝所赠？又如何证明他跟祁国无私下来往？”

苏子阳将宋翎的质疑一句句打了回来。

宋璟一个都解释不了，也证明不了。

宋翎容色惨白，看清了眼下情势对宋璟大为不利。宋璟是宋家独子，他出了事，作为父亲的宋丞相也逃不了干系，只会被人怀疑父子合谋。叛国罪又是何等厉害，一旦沾染上嫌疑，跳进黄河也洗不清，历朝历代的皇帝对此均是宁可错杀，不可放过，哪怕再位高权重的人也是一样的下场。

“那玉牌……”宋翎口舌干燥，很多话在心里左冲右突，她想说如果要论祸首，她才是头一个，宋璟是无辜受了牵累，宋家满门毫不知情，更是无辜。

但是面对眼前的苏子阳，宋翎始终存了警惕之心。这个人敌友不明，为了谨慎起见，她不能在此人面前说太多。

宋翎深深吸了几口气，定了定心神，方开口说道："请二伯立刻带我去见襄王。"苏子修是她的夫君，这些足以杀头的话，除了苏子修，宋翎想不到还能和谁说。

"这个……"苏子阳露出一丝为难的神色，"七弟妹，这时候七弟可能不太方便见你。皇上的旨意是关押宋氏满门，你是宋家的女儿之一，原本应该一起被投入大牢，但是七弟为了你，嘿嘿……"苏子阳笑了两声，语焉不详地一语带过，"所以七弟妹就不要为难七弟了。七弟这会儿也是焦头烂额，不过七弟妹你放心，七弟是你们宋家的女婿，不用你开口，七弟也一定会尽心尽力地帮助宋家。七弟妹觉得二伯说得可有道理？"

宋翎勉强一笑，逼迫自己理出一点头绪道："叨扰了二伯半日，实在抱歉得很，我也该走了。"

"且慢，七弟妹。"苏子阳拦在宋翎面前，大有不准她走出书房之意。

宋翎心里莫名有种不祥的预感，嘴上道："二伯好客，但是弟妹不敢多留，在此谢过二伯的招待。"她说完就要绕开苏子阳离开。

苏子阳这一次阻拦的意思更加明显，移换脚步，伸手在她身前一挡，不过出于礼节跟宋翎保持着一定距离，手不曾触碰到宋翎的身体。

"七弟妹，暂且还是留在二伯这里好了，此处虽简陋，但还是招待得了七弟妹的。"苏子阳知道宋翎没那么容易被人摆布，索性挑明了说，"实话告诉你吧，让你留下也是七弟的意思。眼下情况特殊，都城之中又有不少见过你的人，万一你出去被人认出，可是要立即被投入天牢的。到时候七弟就算有心保你，恐怕也保不住啊。"苏子阳苦口婆心地劝说道。

宋翎一言不发地盯着他，直到将对方盯得发毛，才不动声色地发问道："二伯要留我在这里多久？"

"不久不久，想必过不了多久，七弟会亲自来接你。"苏子阳一笑，"毕竟你们刚刚成亲，他哪里舍得将你一人撇下太久。"

宋翎将目光从苏子阳的脸上挪开，心知自己硬闯肯定不是办法，于是走到之前的座位坐了下来，如同被苏子阳的话说服了一般。

苏子阳原本以为宋翎会跟他闹，他早听过这个小女子不寻常，不能用寻常的办法对付她，宋翎温顺安静的反应令他大大松了一口气。再好看的女人一旦闹起来，也是令人头痛不已的。

苏子阳完成了一个任务，朝着宋翎拱了拱手："七弟妹在这书房里坐着，二伯

我先出去了，大概弟妹也不喜欢二伯在跟前。”

苏子阳说完就走了，留下宋翎一个人安安静静地坐着。苏子阳去了另一间净室，那是他日常闲居的地方。他重新净手、煮水、烫杯、温壶，雀舌银毫是极品好茶，那位七弟妹却一饮而尽，真是不懂得欣赏。

苏子阳正沉浸在悠远茶香之中，忽然有个小侍从来报：“跟王爷一起来的年轻公子走了，小的们不敢拦着。”

苏子阳皱了皱眉，似乎因自己被打搅而不悦：“走就走了，有什么大惊小怪的，本王叫你们拦着了吗？”

第二十八章 汲祸

宋翎顺利地走出了晋王的别院，人是出来了，但她依然像个无头苍蝇似的，不知道自己该往哪里去。

从晋王那里听来的话，犹如惊雷般萦绕在她耳边，她的心静不下来，脑子不断闪现着叛国、抄家、玉牌等字眼，令她头痛欲裂，太阳穴微微发胀。

她想要回丞相府，但是那里有人把守，再去自投罗网一次，不见得能碰上第二个晋王。去襄王府，她又想到了晋王说过苏子修眼下不方便见她，贸然去找他也许会拖累他。

宋翎站在街市上，都城的街道四通八达，她却有一种无路可走的感觉，想不出自己到底能去哪里。

“喂，前面那个穿蓝衣的，你是什么人？”有人冲着宋翎喝了一声。如今是非

常时期，都城之中任何一个可疑之人都会被严加盘问。

宋翎年轻，面貌清秀，衣饰不俗，又是一副失魂落魄的模样戳在大街之上，很容易成为巡逻士卒的盘查对象。

宋翎抬起头，冬日的阳光竟然有些刺目，她怔怔地看着那一队气势汹汹冲着她而来的士卒，晋王说过的话又在耳边响起。

你知道皇上的旨意是关押宋氏满门，你是宋家的女儿之一，原本应该一起被投入天牢……

眼下情况特殊，都城之中又有不少见过你的人，万一你出去被人认出，可是要立即被投入天牢的……

天牢？宋翎灵光乍现，她还有一个地方可去，那就是天牢，跟关押在那里的宋家老小团聚。至于她如何去，晋王都已经明明白白地说给她听了。

“你是什么人？速速报上姓名！”喊话的士卒见宋翎没反应，又厉喝一声。

宋翎不跑不躲，也不害怕，只是坦然地站在原地，神色从容，缓缓道：“我是宋丞相的长女宋翎。”

宋翎如愿以偿地被关进了天牢。作为宋家最要紧的女眷之一，她跟宋家的诸位夫人和小姐被关在了一起。

关押她们的地方通常用来关押重犯的家眷，宋翎被天牢阴冷凝重的气息一扑，觉得寒气逼人，但她还是尽量令自己保持平静。所幸，押送她的狱卒还算斯文，没有对她又推又搡地动粗，在她乖乖地进去之后，利落地再次将铁链锁上了。

借着牢房昏暗的光线，宋翎看清了里面的人正是她的几位姨娘和两个妹妹。女眷们脱簪待罪，华衣丽服被尽数剥去了，每人只剩下身上灰扑扑的棉衣。

此时几人依偎着坐在一起，神情憔悴，脸色灰暗，一眼看去甚是悲切。

牢房中的其他人刚刚听到开门落锁的声音，就见从外面进来一个长发披散又身着男装的人。二娘最为眼尖，尽管宋翎站在背光的地方，但她一声“翎儿”已脱口而出。

“是我，二娘。”宋翎朝前走了几步，好让里面的人能更清楚地看见自己。其实她口中的“二娘”已被扶为正室，但是宋翎没有改口，宋丞相也没说什么，宋夫人就更加无话可说了。

“翎儿，你怎么也到牢里来了？”宋夫人惊呼。宋翎是宋家大小姐，但是她已经嫁给襄王为妻，女子出嫁就是夫家的人，娘家犯事一般不会牵连到已出阁的女儿。莫非这次宋家的罪名太大，凡是宋家的人一个都逃不掉？

宋夫人的脸色一下子变得很难看，她想到了自己的女儿宋栩。宋栩是太子的侧妃，如果襄王护不住他的王妃，是不是太子也护不住他的侧妃？

宋夫人虽然满心挂念女儿，但是一想到女儿有可能也要跟自己在牢中相见，面色瞬间苍白得可怕，痛呼出声：“栩栩啊……”

宋翎知道二娘在担心什么。二娘能平静地看着她走进牢房，但是想到外头状况不明的亲生女儿，则是实打实地心如刀绞，这就是亲生和非亲生的区别。

在这种节骨眼上，宋翎自然不会再计较这些。她们到底是一家人，共患难使她们的关系更近了一层。

宋翎握住了二娘发抖的手，安慰道：“二娘放心，栩栩暂时没事，我进来之前打听过了。”

宋翎不是临时撒一个谎来稳住宋夫人，确实问过了晋王苏子阳。

“那你怎么进来了？”宋夫人仍狐疑地道，“襄王难道就没有……”

“先不说这个了。”宋翎打断了宋夫人的话，没空在旁枝末节上耗费太多时间，便挑着要紧的事问，“二娘，咱们宋家到底犯了什么事？为何会落得抄家封府的地步？”

宋夫人拭了一下眼角的泪珠，连声叹道：“我一个妇道人家哪里知道？只是有一天宫里来旨，同时宣了你爹和你哥哥进宫，然后他们就一去不返了。再后来府上一下子拥进好多凶神恶煞的官差，问他们也不说话，只是一间屋子一间屋子地搜查，翻箱倒柜的，将能查封的一概查封了，能没收的一概没收了，然后将我们主子、奴才分成两拨人，分别押送到牢里关了起来，一直关到现在。你问我宋家犯了什么事，我也是一头雾水啊，怎么忽然就祸从天降了？”宋夫人说着哭了起来。她这一哭，其他的姨娘和小姐也被悲伤感染，一起抽抽噎噎地抹眼泪。

宋翎被这些女人高低起伏的哭声搅得头疼。她没有从二娘口中得到任何有价值的线索，不过二娘当家理事多年，也是见过大场面的人了，能思路清晰、口齿灵便地说这一大段话之后再哭，实属不易。如果换了三娘、四娘，宋翎估计问到天黑也问不出什么来。

“二娘，我爹和哥哥现在被关在哪里？”宋翎虽不抱希望，但还是试探着问道。

宋夫人略略止住哭声，平复了一下情绪说道：“我原先也不知道，后来听到送饭的狱卒说，好像就在里头不远的地方。”

宋翎若有所思地点头，又问道：“可有人来提审你们？你们进来之后可见过爹和哥哥？”

宋夫人道：“没有，都没有，打从进来之后，咱们一直就这么不见天日地被关着，也不知道明天会怎样……”

说着宋夫人悲上心头，又痛哭起来。她一头扑在宋翎怀里，其他姨娘则是抱着宋夫人，两位小姐抱着各自的亲娘，从外头看进来，好一副悲悲切切、愁断心肠的场景，一群女人抱头哭成了一团。

这时牢门又被推开来，进来一个狱卒，面无表情地问道："谁是宋家大小姐宋翎？"

宋翎听得对方点到自己的名字，虽然满心疑惑，还是主动出来应声道："我就是。"

"宋大小姐是吧，那跟小的走吧。"狱卒上下打量了宋翎一眼，依然面无表情地抛出了一句话。

宋夫人顿时不哭了，以一种女人对危险独有的敏锐度，紧紧地攥住了宋翎的双手："翎儿，别去！"

"大老爷问话，你等罪妇还敢拦着！"这位狱卒冷哼一声，他没有押送宋翎进来的那人那样好脾气，光看面相就知道凶悍得很，眼看着就要一脚朝着宋夫人的胸口踢去。

"慢着，我这就跟你们去。"宋翎挣脱宋夫人的手，立即站了起来。她从狱卒粗暴的口气和举动之中，判断出宋家女眷在牢里的日子并不好过。

宋翎没有十足把握，但也要试一试，于是蓄起几分气势，斥责道："休得无礼，这位是太子侧妃的母亲。"

"哦？"狱卒不再动手动脚，但口气仍很轻慢，"太子这会儿还不知道怎么样呢，侧妃又如何？侧妃的母亲又如何？"

听到这话，宋夫人不用人踹，双眼呆滞，重重地跌坐在了地上。

宋翎已顾不上她了，因为那个狱卒阴阳怪气地说道："宋大小姐，咱们走吧。"

宋翎出了牢房，被带到了一间类似刑讯室的屋子，进去之后感到一阵阴森森的寒气，像是进了阎王殿。狱卒口中的"大老爷"正阎王似的坐在正中一张桌案后面，两旁分列着七八个狱卒，都生得黑铁塔一般，满脸横肉，凶相毕露。房间四周摆放着各种刑具，譬如浸水的皮鞭、铁尺、夹棍、搁在炭盆里烧红的烙铁，还有种种叫不出名字的刑具，看一眼就令人头皮发麻。

宋翎不知道为何自己成了第一个被提审的人，满心茫然和恐惧，但还是强撑起精神走了进去。她还未在堂前站定，小腿就被人踢了一脚，然后毫无防备地跪在了地上，膝盖骨发出一声闷响。

两个膝盖传来钻心的疼痛，宋翎咬牙忍了好一阵，才算是缓了过来。

"你可是宋家大小姐宋翎？"此刻审问宋翎的狱吏是一名四十开外的男子，身材干瘦，脸颊无肉，一看就是不好惹的主儿。他的五官微微凹陷，唯有一双眼睛精光四射，令人胆寒。

“是。”事到如今，宋翎只能硬着头皮应了一声。

狱吏一点儿没绕圈子，直奔主题，先是说了一段例行公事的话：“你的兄长宋璟勾结祁国一事，你可知情？速速将你所知内情招来，免得皮肉受苦。”

宋翎料到了提审一定绕不开此事，坦然答道：“我兄长宋璟并未勾结祁国，我也不知道大人所说的内情是什么。”

狱吏冷哼了一声。他是刑讯老手，猜到犯人一定会狡辩，威吓道：“你不必狡辩了，本官已经知道了，你们宋家不仅勾结敌国，而且接头人的来头不小，就是祁国的皇帝玉柳容。你兄长宋璟擅自救了祁帝玉柳容，并将人藏在江临某处。祁帝伤愈之后，将贴身信物赠予你兄长宋璟，如今那信物就是铁证。”

宋翎听得瞠目结舌，一切明明是她做的，人是她救的，玉牌也是给她的，为何现在一切都算在了宋璟头上？

狱吏骤然提高声音，隐含着几分威迫之意：“你当初是跟宋璟一起从江临返回都城的，一定知道宋璟在江临做下的事，你还不打算招认吗？”

宋翎此时已镇定下来，说道：“大人，我要见家兄宋璟。”

狱吏就跟听了一个笑话似的，原本没肉的两颊笑起来凹陷得更厉害，鼻子和嘴角处随着笑容拉出一道道深痕。他对宋翎说道：“你按照本官说的，乖乖指认了你的兄长，至于人嘛，日后自然会让你见到。”

宋翎一下子明白了今日她被提审的目的，因为她是唯一跟宋璟从江临回来的人，也意味着她是唯一知情的人。只要她也指认宋璟，那么人证物证俱全，宋璟的罪名就是铁证如山了。不知这位狱吏从哪里得来的消息，此人立功心切，想要尽快搞到宋翎的证词，这样他在叛国案上就算是立首功了。

“呈上来！”狱吏拔高嗓音喊了一声，当即有人将一张供状放在了宋翎眼前，上面密密麻麻地写满了字，大致意思跟狱吏刚刚说的差不多。

“宋家大小姐，签字画押吧。”狱吏皮笑肉不笑地盯着宋翎，根本没把面前的弱女子放在眼里。这种高官人家的女眷都是不禁吓的，自己也是走个过场，将前后因由陈述了一遍，然后令她签字画押就行了。

但是狱吏没有想到宋翎不肯签字，她毫无惧色地抬起头，口齿清晰地说道：“救祁帝的人是我，而不是我哥哥宋璟。那块有祁帝名讳的玉牌也是祁帝给我的，不是给我哥哥的。”

狱吏想不到这个看似柔弱的小女子居然一开口就将罪名往自己身上揽，在暗中琢磨：根本没人提过信物到底是什么，她怎么知道信物是玉牌，还知道玉牌上有祁

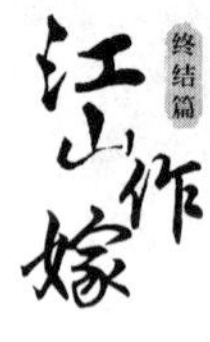

帝的名讳？但是狱吏很快就想通了，既然这兄妹是一起回来的，也许她在路上见过，这就更说明宋璟跟祁国勾结是事实。

“你不要为了搭救兄长而把罪责都揽在自己身上。”狱吏依然不放弃令宋翎成为人证一事，冷哼一声道，“况且你抢着认罪也没用，你兄长的事翻不了案的，你识相点儿赶紧签字画押。”

狱吏原本就是暴虐之人，说到这里已相当不耐烦了。但宋翎还是没有松口的意思，一口咬定都是自己做的，跟宋璟和整个宋家毫无关系。

狱吏朝着身边的卒子使了个眼色，咬牙说出了两个字：“用刑！”

那些狱卒手脚麻利，顷刻间已有两个八尺壮汉一左一右地架住了宋翎。牢里给女犯一般是上夹刑，他们没有太多表情，只是麻木地将宋翎的十指插进了夹棍之中。

宋翎从前只从书上看到有夹棍这个东西，从未亲眼见过，遑论现在夹棍牢牢地戴在自己手上了。据说因为十指连心，夹棍之邢令人痛不欲生。

狱吏眼中透着狠光，说道：“本官再给你一次机会，签字画押吧，不然等一会儿你就是想拿笔也拿不起来，只能用手上的血画押了。”

宋翎苍白着一张脸，仍旧摇头。

狱吏做了一个手势，两个狱卒得令，分别向着两边拉起夹棍上的绳子。

宋翎顿时惨叫了一声，痛不欲生的感觉比想象当中要厉害得多。

狱吏又做了一个手势，两个狱卒停了下来。狱吏神色阴郁地盯着一头虚汗的宋翎，说道：“宋家大小姐，你是养尊处优的人，最是受不住疼的，本官还没让他们用力，你就疼成这模样。如果再用点儿力气，你的十指会不会被夹断也难说。你既然尝过苦头了，就认罪吧，趁着这时候还没伤筋动骨，你拿笔写下还来得及。”

宋翎死死咬着下唇，拼命忍受着手指上传来的阵阵疼痛。她说不出话来，只是摇着头。她不能画押，只要画押了，就是亲手把宋璟推向了万劫不复之地。做错事的人是她，而不是宋璟。

“你这个小女子倒是硬气。”狱吏嘴上这么说，但并不怜香惜玉，摆了摆手，让那两个狱卒继续用刑。

“啊！”刑讯室中一声凄厉无比的尖叫响起，那种撕心裂肺的声音传了老远。

宋翎最后是被人拖着送回去的，她已是半昏迷的状态，被人一把推进牢房之后，是宋夫人接住了她。

宋翎身上没有其他伤痕，只是一双手上血迹斑斑，十指高高肿起，看着甚是吓人，也不知道伤到里头的筋骨没有。

宋夫人一看眼泪就下来了，宋翎虽不是她生的，但是她们名义上还是母女。宋夫人看着这情形怎有不心疼的道理？宋家的女儿自小娇生惯养，那是刚绽开的花苞，才抽出条的柳枝，雪为肌肤，花为肚肠，哪里经得起这种摧残和折磨？

宋夫人掉着眼泪，又想到了自己的女儿宋栩。都是一根藤上的果子，宋家长女宋翎被弄成了这个样子，宋家次女能有好日子过吗？

宋翎仰面躺在宋夫人怀中，感觉有温热的泪珠滴落在脸上，但她没有多余的力气睁眼了，回来之后一直苦苦支撑的心神也散了，整个人彻底陷入了昏迷之中。

第二十九章 踽踽

当宋翎再次醒来的时候，发觉自己已不在牢房里，身边也不见了她的姨娘和妹妹们。她环视四周，房内的布局摆设都有一种似曾相识的感觉，这里不是别处，正是她在襄王府上的卧房，难怪如此眼熟。

这一刻，宋翎甚至有种错觉，好像她从来没有离开过王府，至于闲月山庄、天牢都是幻梦一场。但是手上传来的剧痛和缠着白色绷带的手指分明在提醒她，这一切不是梦，都是事实。

宋翎看不到自己的手伤得如何，只看见十指包扎成了十根臃肿的白萝卜，跟她本身小巧纤薄的手掌极不相称，显得十分怪异。宋翎想要坐起身，只是稍稍用手撑了一下身体，就牵扯到了手上的伤，疼得她脸色发白，额头也冒出了虚汗。

“翎儿，你手上有伤，千万别乱动。”这时传来一个清朗稳重的男声。

这声音宋翎听过无数遍，他也无数遍唤过宋翎的名字。往日也就罢了，在如今突然听到，宋翎怔住了，心头涌动的情绪混沌而强烈。来人不是别人，正是她这十多天来一直心心念念的苏子修。

说话之间，苏子修已到了她的榻边，一手握着她的肩膀，一手托着她的后颈，小心地将她从榻上扶了起来，待她坐稳之后，又在她身后塞了两个软枕，尽量令她靠得舒服一些。

苏子修做这一切的时候格外耐心细致，神色自然而宁静，恰到好处地安抚了宋翎此刻的惊魂未定。他说道："翎儿，你别怕，已经没事了。"

宋翎只是怔怔地看着苏子修，一言不发。

苏子修当她是遭受的打击太重，一时缓不过来，看着宋翎失神的样子，他眼底又多了几分疼惜之情："翎儿，你的手还疼吗？"

苏子修将宋翎的一双伤手小心地捧在自己的手掌里，尽量控制着力道不弄疼她，说道："大夫已经看过了，说是没有伤到筋骨，都是皮外伤，好好养一阵子就会痊愈。"

这一天一夜，宋翎的人生发生了天翻地覆的变化。这是她十七年的人生之中面临的最大灾难，她无法承受，甚至想逃避。她在心底仍然抱着一丝不切实际的幻想，只盼着这一切都不是真的。

如今宋翎终于见到苏子修，有太多疑问涌上心头，但是大起大落的情绪震荡，又让她说不出话来。她动了半天嘴唇，对眼前的人问出一句："究竟发生了什么？"

苏子修轻轻地将宋翎的手放在锦被上，以确认这样不会碰到她，并没有正面回答，而是说道："我让二皇兄去找你，你从他那里应该都知道了。"

"晋王说的都是真的？"宋翎的声音中透着难言的痛苦，她依然接受不了这事实，"宋家真的因为叛国罪而被抄家了？"

苏子修一时未答，俨然是默认了。

宋翎心中好似受到沉重一击，那虚无的幻想也彻底被打碎了。

苏子修叹了一声，目光又落回宋翎缠满绷带的双手和苍白失神的脸庞上，语气中有疼惜，也有几分责备："翎儿，你也太鲁莽了，竟然不提前知会一声就一个人回来。你回来也就罢了，为何要在官差面前自报身份，故意把自己弄进天牢？我明明托付了二皇兄让他看住你，唉，不说这个也罢……

"翎儿，你晓得你当时处境有多危险吗？幸好我及时找到了你，不然后果不堪设想……"苏子修现在想想都后怕。提审宋翎的人应是有所顾虑，用刑的时候没有下死手，她只是伤及皮肉，没有动到筋骨，不然的话，她的十指肯定是要废了。饶

是这样，苏子修在找到宋翎的时候，还是惊出了一身冷汗。

宋翎只看到苏子修的嘴唇在翕动，却一句话都听不进去，急切地说道：“修哥哥，我哥是被冤枉的。”

苏子修闻言，眉心似有似无地蹙了一下。

宋翎什么都顾不上了，只想解释一切：“人是我救的，玉牌也是给我的，所有事情跟我哥哥无关，都是我一个人做的……”

宋翎将前因后果讲了一遍，包括她怎么遇到玉柳容，怎么狐假虎威地借用戎狄的名头，将玉柳容从祁国救走，又怎么在江临附近找了一户人家给玉柳容养伤。她虽心急如焚，但是思路清晰，几乎没有说什么废话。

听她将整件事的来龙去脉讲完，苏子修就基本弄明白是怎么一回事了。

“这么说，是你将玉柳容藏在戎狄的护送车队中，蒙混过关地将他带出了祁国？”苏子修问道。他已然听明白了，但还是惊诧于宋翎的胆量。明明是一个小丫头，她居然敢一个人拿这么大的主意，救人倒没什么大不了的，最要命的是她救的人是敌国的君主。

宋翎艰难地点头，觑着苏子修的表情，心中不免生出了怀疑和悔意。当初她是不是做错了？是不是根本就不该救玉柳容？但是人都有怜弱之心，在当时那种情形之下，除非是心肠格外冷硬之人，多数人还是会选择力所能及地帮人一把。

宋翎觉得她就是被“力所能及”四个字害死了，白狄王给了他们那样的排场，以使臣的身份，用白狄的国威，派了一队顶尖的高手送人归国。宋翎清楚地知道自己有救人的实力，如果不救人会良心不安。如果当时她的能力只够自保，她会选择不救人。她是有怜弱之心，但不是同情心泛滥。玉柳容对她来说连朋友都称不上，甚至还结有仇怨，在能力范围内施以援手已是仁至义尽，若是将自身赔进去，宋翎就是再善良天真也做不出这等傻事。

“修哥哥，我错了，你当初走的时候嘱咐我赶路莫要旁生枝节，只怪我没有听你的话。”宋翎说道，眼中悔意更深。她万万没想到就是一个莽撞之举，会害了宋璟，也间接害了父亲和整个宋家。如今宋家被扣上了叛国的罪名，这件事追根溯源，最大的祸首就是她，是她连累了自己的家人。

苏子修叹息道：“翎儿你别怪自己，我也有责任。我不该留下你独自赶路，这样你也不会一个人面对这种棘手的事。”

宋翎遇上玉柳容之前，苏子修收到了郢梁传来的密信，他得知惠帝二次中风且昏迷不醒，此事的严重程度可想而知。惠帝或许能醒过来，或许就在昏睡中溘然长逝了。权衡之后，苏子修最终决定先行一步，快马加鞭地奔回郢梁。

宋翎遇到重伤的玉柳容，就是在他走后的第二日。

宋翎自责得很，看到苏子修将责任往自己身上揽，她没得到宽慰，只是倍感愧疚，但她知道现在不是自怨自艾的时候。她的家人还在天牢里，尤其是她的父兄，作为此案的重要犯人，随时有人头落地的危险。

她已心神大乱了，只能求助于眼前之人，也就是她的夫君襄王苏子修。

“修哥哥，你带我去领罪吧！一人做事一人当，我不能连累哥哥，更不能连累整个宋府。”在万分情急之下，宋翎坦白道，“他们提审我的时候，我已经坦白过了，但是没人相信我。他们认定我是替兄长顶罪，但事实不是这样，是哥哥替我担了罪名。如果他们还不信，可以派人去戎狄，找到当时那些护送的人探查情况，一定可以证明救人的就是我……”

“翎儿。”苏子修唤了一声，手掌箍住了宋翎的肩膀，给予她安抚的力量，使得她激动的情绪稍稍平静了下来。苏子修又略微加重了口气道：“翎儿你糊涂了，叛国是重罪，就算证明是你做的又能怎样？你们宋家一样要跟着遭殃。这件事不被人知道也就罢了，一旦捅了出去，不管是你做的还是宋璟做的，对宋家来说都是灭顶之灾……”

宋翎慌得没了主意，顾不上手疼，主动抓住了苏子修的手：“修哥哥，那你告诉我应该怎么办？”

宋翎浑然忘记了手上的伤势，苏子修却不能不管。他双手虚合，看似将宋翎的手拢在了掌心里，却没有加上一丝力量：“翎儿你别乱动，当心手上的伤。”

“好，我不乱动。”宋翎已六神无主，本能地听从了苏子修的话，“修哥哥你有办法救我父兄他们吗？”

苏子修知道眼下的首要任务是稳住宋翎的情绪，但是他又不能随意夸下海口，只能委婉地安慰道：“翎儿你先好生养伤，外头的事有我……”

宋翎依然冷静不了，她要的不是这个结果：“修哥哥，我……”

“翎儿。”苏子修坚决又不失温柔地截断了宋翎的话，“宋家是你的娘家，丞相是我的岳丈，宋璟又是我的好友兼外兄，我知道应该怎么做。就算你不说，有些事也是我义不容辞的。”

听到苏子修这么说，宋翎似乎安心了一些。她是带伤的人，情绪又几番起落，此时已乏力透了，眉梢眼角都透着掩饰不住的倦意，身子已不由自主地歪在了背后的软枕上面。

苏子修为宋翎调整了软枕的位置，使她尽量靠得舒服一些，像哄小孩一般柔声问道："翎儿，你一天一夜没有吃过东西，我让人准备了几个清淡的菜，你先用一些好不好？"

宋翎心神疲惫，点了点头。

苏子修早有准备，击了两下掌之后，从门外进来一个低眉垂首提着食盒的侍女。她恭恭敬敬地对着二人行了礼。

"花镜，你过来吧。"苏子修对着那个侍女唤了一声，说道，"从今儿起，你贴身伺候王妃，看管王妃的饮食起居。"

宋翎心里一动，她见过这个叫作花镜的侍女，不过仅仅是见过而已，她还是在当初管家捧着王府的花名册过来，对着底下的下人点名介绍的时候见的。花镜是个妥帖人，也是大侍女之一，不过比不上瑶儿她们四个，因为瑶儿她们四个曾经跟随主子前往祁国，跟主子有一段共患难的情谊，这份护主之功谁也比不上。

花镜果然不辜负"妥帖"二字的评价，自打进来问安之后，就不曾说一句多余的话。她将食盒中的饭食一字排开，放在宋翎跟前的小桌案上，其间没有发出任何磕碰之声，完事之后，十分识趣地告退，又轻手轻脚地出去了。

"翎儿，你现在手不方便，我来喂你。"苏子修对宋翎说道，极为自然地担起了喂饭的职责。

"这些事让侍女做就行了。"宋翎不经意地躲了一下，有些不好意思，又隐隐约约察觉苏子修今日似乎殷勤得过分了。他往日也是细心之人，但是无微不至到这种地步，还是令宋翎感觉有些不习惯。

苏子修喂了宋翎一口汤，眼底漾着柔情道："翎儿，你是我的妻子，作为夫君无论怎样照顾你都不为过，而且我是心甘情愿的。"

此情此景若是放在平时，宋翎定会喜上眉梢，一颗心也如浸润在蜜糖里一样甜。但是眼下她没了那种心情，家人身陷囹圄，宋家遭此劫难，这些事犹如一块巨石沉沉地压在她心上，那种强烈的压迫感，逼得她难以喘息。

就在此时，她脑中仿佛闪过一线灵光。

宋翎目光灼灼地盯着苏子修说道："我要见哥哥，而且要尽快见到他。"

苏子修收住了喂食的动作，不知宋翎为何冒出这种大胆的想法："翎儿，你晓得自己在说什么吗？宋璟人在天牢，哪里是你说见就见的？"

宋翎眼中的灵光不减，她说道："我救了玉柳容的事按说只有三个人知道，就算走漏了一些风声，但是玉柳容赠我玉牌一事绝对只有我、哥哥和玉柳容知道，我自己从未对人提过，玉柳容那日之后就回了祁国，也不会说出去，这样只剩下哥哥了。我一定要见到哥哥，见了哥哥也许所有的事就有答案了。”

“可是眼下宋璟正被当成重犯看押……”苏子修说道。

宋翎不愿意放弃，说道：“修哥哥，你想想办法吧！你能把我从天牢里救出来，说不定也能让我见我哥哥一面。”

“好，我会尽力为你做到。”思忖片刻，苏子修如是说道。他虽没有十成把握，但是他的语气令人心安。

“现在可以好好吃饭了吗？”苏子修问道。

他看到宋翎点了点头，又变回了温顺听话的样子，眼神越发怜爱：“翎儿，你好好养伤，外头的事你放心，有我在。”

自此后宋翎就在王府里养伤，同时也等待着见宋璟的机会。她从闲月山庄回到了襄王府，但是见着苏子修的次数并不比在闲月山庄的时候多。苏子修似乎一直很忙，或是被什么事给牵绊住了，宋翎一连数日见不到人也是常事。

在养伤的日子，贴身陪伴宋翎的是那名叫花镜的侍女。花镜是一个极安静的人，虽是贴身大侍女，但她跟宋翎一天说的话不会超过十句。如果宋翎不主动问她话，她不会轻易出声。不过她心细、眼灵、手活，很多事情不需要主子吩咐就会提前做得妥妥帖帖的。

宋翎手上的伤渐渐好了，七八日后解了绷带，十根手指已经消肿了，只是斑驳的疤痕犹在。

眼下正值腊月，伤不容易好，大概到第二年开春就会淡下去。宋翎心想：要是奶娘姚氏见了，又会心疼得捶胸顿足了。奶娘既会心疼自己的小姐受罪了，也会心疼自己千辛万苦为宋翎保养出来的一双纤纤玉手在天牢里被糟蹋成了烂猪蹄。

纤纤玉手还是烂猪蹄，宋翎如今一点儿也不在乎了，只是想快些见到宋璟。

但是日子一天天过去，不仅见宋璟的事毫无消息，甚至连苏子修都音信全无了。

现在宋翎在王府内走动，逮住一个人就问：“你可知道王爷去哪里了？”

王府的下人们回答她的话无一例外都是：“夫人，小人不知道。”

花镜不爱说话，但是跟人的功力是一流的，无论宋翎到哪里，她都像影子似的跟着，而且每当宋翎想要出府时，她就会想方设法地令宋翎打消念头。

如果花镜不是苏子修的人，宋翎大概早就翻脸了。花镜的种种行径，跟监视没有什么两样，只因为花镜是苏子修亲自指派的人，所以宋翎不愿意往坏处想。

尽管她不想往坏处想，但随着时间推移，疑惑在心里越积越多。

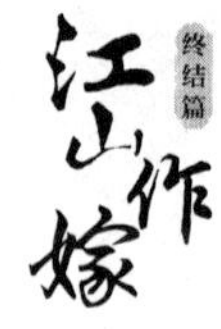

又是百无聊赖坐等消息的一日，宋翎漫无目的地走在王府中，苏子修的书房就去了七次。她想要知道苏子修究竟回来了没有，尽管多数时候是扑空，但是她在房里也是坐立不安，宁可无头苍蝇似的四处瞎走，反正她也出不了王府。

“夫人，您的伤还没好全，别走来走去了，不如回屋好好歇息养伤。”花镜一路跟着过来，劝了一路，这也是花镜难得肯多说话的时候。

“我伤的是手，又不是脚，只是走动走动，又不碍事。”宋翎对花镜说道。

苏子修的书房里只有两三个扫尘的下人，并不见苏子修的身影。

在多日等待无果之后，宋翎又盘算着想要出府，但她知道花镜一定会拦着她。

“七弟妹。”就在这时，有人在宋翎身后叫了一声。

来人宋翎不久前刚见过，正是苏子修的二哥——晋王苏子阳。

“二伯好。”宋翎不冷不热地回了一句。她对这位二皇子印象不佳，只是礼节性地回礼，并不想多寒暄。

宋翎的回应淡淡的，苏子阳倒是谈兴正浓，一口一个“七弟妹”地关心起她来：“七弟妹，你那日可是吓死我那七弟了，我还从没见过七弟冷静不了的样子。七弟妹，容二伯说你一句，你也太胡来了！那天我可是对你千叮咛万嘱咐，留在别院里，千万不要到处乱走，都城的情况正乱着，到处都是巡逻的官差。这种时候，稍不留神就会被官差盯上，但凡发现可疑之人就会将其扔进大牢……

“七弟妹，听人说你是主动表明身份，让官差把你抓进去的。唉，七弟妹，你这又是唱的哪一出？自己讨了一场牢狱之灾！天牢可不是什么好地方，这下你也算是吃到苦头了。话说那个小官真不长眼，什么人都敢审问，更可气的是还敢对你用刑，简直是吃了熊心豹子胆！不过七弟妹你放心，老七一定为你出这口气……”

苏子阳说了一连串的话，宋翎一言不发地听着，忽然问了一句：“那么晋王殿下可知道，襄王殿下打算如何为我出这口气？”

苏子阳刚刚是说顺了嘴，没想到宋翎会突然发问。他干笑了两声，随即神色恢复如常，试图混过去。他理直气壮地反问道：“至于怎么出气，那也应该是七弟跟弟妹说，你们夫妻的事，为何反倒来问我这个二伯？”

宋翎闻言也笑了，落落大方地做了一个“请”的手势，说道：“二伯来了，请里边坐一坐喝杯茶。我家王爷不在，我替我家王爷招待二伯。”

宋翎原本想在外头站着，只当是偶遇，回个礼就走，但是突然改变主意了，她要陪着这位二伯到里面坐一坐。花镜在一旁不经意地皱了皱眉。

昭国重礼教，嫁为人妇的女子跟丈夫的兄弟们相处，尤其要注意分寸。除非自己的夫君在场，不然为了避嫌，还是要尽量避开跟叔伯们的单独接触。

花镜是护主之人，现在宋翎张口就要请晋王喝茶，难怪她会皱眉头。虽然他们光明正大，不怕别人瞎说，但还是容易招来一些莫名其妙的闲话。

宋翎和苏子阳就近在一间花厅里坐下了，宋翎坐在朝南的主位，苏子阳隔着两把椅子远远地坐在朝东的位置上。随侍的婢女端上了待客的茶水，苏子阳掀开杯盖，顿时茶香扑鼻，碧莹莹的茶水被白瓷映衬成了一汪流动的翡翠，小小的芽儿展开两瓣叶子，嫩生生地舒展着。这是上好的雨前龙井。苏子阳是精于茶道之人，尚未入口品鉴，单凭着色香就鉴别出来了。

苏子阳赞了一声："不错，是好茶……"

宋翎没有喝茶，一双手笼在袖子里，手上的伤是长好了，但疤痕犹在，不便露于人前。

婢女们又端上精致的茶点，宋翎又让了一回，闲闲地起了个话头，似是叹息道："那天在天牢里，我那二娘一见着我眼泪就止不住地往下流。"

苏子阳不解宋翎为何突然提起这话，但是晓得一些宋府的情况，于是顺着她的话说道："宋夫人对弟妹有养育之恩，平日里定然也是对你视如己出，骤然在牢里相见，情难自禁，悲伤不已。"

"二伯说错了，我不是二娘带大的。"宋翎摇头，解释道，"二娘看见我就想到了我那二妹宋栩，生怕她也被家里的事连累，触景生情，故而伤心起来。"

"原来是这样。"苏子阳恍然大悟，"可怜天下父母心，可见父母的心总是系在儿女身上的。"

宋翎感慨，语气中又有几分淡淡的感伤，说道："当年在闺阁里，我跟我家二妹倒是投契，姐妹常常处在一块儿，各自婚嫁之后，再也没见过一面。哪怕出阁前再亲，嫁了人终归疏远了，我那妹妹别说见面了，连句话都不曾捎给我。"

苏子阳嘴上不说，心里忍不住嘀咕：那是你们姐妹正好嫁了互相斗法的兄弟，只要那两位主儿还是死对头，你们姐妹俩就没有亲近的时候。

但苏子阳少不得要不痛不痒地安慰几句："出嫁从夫，女子嫁了人自然一切以夫家为重。这也怪不得你们疏远了。眼下正是多事之秋，说不准过了这阵子就好了。"

苏子阳话音刚落，宋翎的话已追着他的尾音上来了："什么叫'过了这阵子'？二伯可否说得明白些？"

宋翎想起在天牢时，她表明宋夫人的身份的时候，那狱卒阴阳怪气的话，似有暗指太子落难的意思。当时她被人押着去问话，姨娘妹妹们又哭成一团，场面闹哄

哄的，她没有多想，以为是狱卒有意作践她二娘。

养伤的这段日子，宋翎的情绪慢慢平复下来，她冷静地想了想这几日发生的事情，包括一些细节，再联系前因后果，总觉得有古怪，不过如今只是一些捕风捉影的猜测罢了。

苏子阳一贯油滑，不可能轻易被人套出话来：“过了这阵子，当然是指昭国的头等大事尘埃落定了。至于这头等大事是哪一件，大街上随便一个小孩都说得出来，七弟妹想必也是知道的。”

宋翎落寞地说道：“我也管不了其他事了，我自己还是罪臣之女，若不是靠着王府的庇护，这时候应该在天牢里跟宋家的女眷被关在一起。”

“七弟妹何出此言？你既然嫁了人，娘家的事便与你不相干了。再说了，我家老七岂有不全力护着你的道理？”苏子阳说道。

“说什么不相干？我还不是在天牢里走了一趟，他们审问我的时候难道不知道我是谁？”宋翎问道，觉得苏子阳怕是忘了自己之前说过的话了。

苏子阳咳了一声，解释道：“七弟妹，之前那事已经查清楚了，是那个狱吏自作主张，想从弟妹这里弄到一份口供，急于立功罢了。”

“二伯，我宋家的案子查得怎么样了？如今我在府上，外头的事一概不知。”宋翎说道。

苏子阳甚是惊讶：“这事你不是应该去问七弟？”

宋翎叹了一声：“别说问了，我现在都见不着人，问身边的人也不知道，说来说去就是让我专心养伤。”

苏子阳说道：“七弟不告诉你，大概是不想让你烦心。不过七弟妹你心里总归也要有些准备。叛国罪一向极难洗脱，一旦定罪，你兄长是头一个，你爹则是第二个……”他顿了顿，尽量把话说得委婉一些，“七弟能做的也就是尽量保全你们宋家的女眷，当然这是最坏的情况，眼下还没到这一步。”

宋翎心中一痛。她不是没想到最坏的结果，宋府已被抄家了，接下来等着宋府的会是什么，她一直不敢深想，只是期待着有转圜的余地。

宋翎淡淡地说道：“我爹一直支持太子殿下，也不知道太子殿下会不会顾着旧情帮宋家一把。”

“这个……”苏子阳笑而不语，没有接这句话，转移话题去夸茶好，随后扯了几句无关痛痒的闲话后就走了。

宋翎一个人坐着，宋家前途未卜，她的父兄随时有可能丧命，她却什么都做不了。

她心里堵得慌，又想到了自首，承担本该属于自己的罪名。她知道自己这么做也救不了整个宋家，但是好歹能救宋璟，因为如果定罪的话，宋璟的罪名是最重的……

宋翎满心烦乱，没听到花镜在她身边唤了好几声。

“夫人？夫人？咱们回房去吧，夫人？”花镜又试探着说道。

宋翎以前还嫌花镜话少，现在觉得她聒噪得很，尤其是在她心烦意乱的时候，耳边这一声声的“夫人”，更是令她心生烦躁之意。

宋翎伸出手打落了面前的茶盏，茶盏一落地就摔得粉碎，茶水四溅。

这还不算完，只见宋翎脸上带着怒意，对着花镜不留情面地斥责道：“我越是忍你，你越是不晓得规矩了！你这一声声‘夫人’喊的是谁，又有哪家王府的下人对王妃叫‘夫人’的？”

花镜吓得脸色发白，赶紧跪了下来。宋翎从未发过火，别说当着下人的面摔杯子了，就是大声斥责也不曾有过，今日算是一反常态了。

宋翎见花镜跪下了，依然怒在心头，冷冷地扔下了一句话：“去廊下跪着。”

花镜再一次愣住了，通常被主子罚去廊下跪着的都是不入流的小厮、丫鬟，对花镜这样有头有脸的侍女，为了避免伤了体面，主子要罚也是关起门来罚，不会让众人看着。

但是宋翎偏偏不给花镜留脸面，一开口就让她出去跪着。

花镜的面色白了又白，若今儿这么一跪，她作为大侍女的脸面就丢光了。但是宋翎根本不像要改主意的样子，反而转过身，只留下一个漠然的背影。花镜咬了咬牙，快步走了出去，在人来人往的廊下跪了下来。

第三十章 离析

今日的襄王府上传得最热闹的新闻就是花镜受辱之事了。大家当成一件大事来议论，好事之人又少不得添油加醋，也有好些人暗地里为花镜鸣不平，只是不敢说出来罢了。

花镜这一天都躲着旁人。谁也受不了指指点点，她倒不如清清净净地躲一阵子，等大家说腻了，这事也就过去了。但有一件事她躲不掉，就是去厨房照看主子的饭食，这是苏子修特意吩咐的，令她在宋翎的饮食上多留心。

花镜到了厨房，果然被几个厨娘围了起来。因为花镜来的次数多了，大家彼此也熟悉，先说话的是管红案的祝妈，说道："姑娘今日受委屈了。"

"在主子身边服侍，说什么委屈不委屈的。"花镜答道。

另一位管白案的李妈也说话了，惊奇地道："据说那位发了好大的火，真是奇了怪了。那位进了王府以来，跟下人没说过一句重话，大家都当她是个性子好的主子。我是厨房里的人，照理说没机会跟那位说上话，但是几次远远地看上过一眼，也觉得她是温柔可亲的面相，不像是刻薄的样子。”

花镜没说话。

祝妈接过话茬，撇了撇嘴道：“咱们府上待下一向仁厚，从不作践下人，那位也是大家闺秀出身，怎么行起小家子的做派来了？”

李妈说道：“也许是娘家出了大事，她一时心烦气闷想不开，就把气撒在花镜姑娘身上了。”

祝妈跟花镜的关系更好一些，她也是为花镜鸣不平的人之一，说道：“拿底下人撒气，那也得有分寸。那位今日给了花镜姑娘好大的难堪。就算是最不入流的小丫鬟，主家也不会轻易叫她去廊下跪着，好歹要留几分体面不是？花镜姑娘也是王爷身边的老人了，论资历跟瑶儿姑娘她们不相上下，偏偏受了这等委屈，我是头一个替姑娘不服的……”

祝妈平日也是豪爽的人，这会儿正为花镜感到不值，说话也忘了分寸：“要说什么是日久见人心，那位刚来的时候自然事事温柔得体，时间一长就说不准了……”

“祝妈快别说了。”花镜忙不迭地打断了祝妈的话，原本想着她们说烦了就罢了，但是祝妈越说越不像话，使得她不得不开口打断道，“鸽仔汤炖得如何了？祝妈先去看看吧。这是王爷吩咐的，说是要用足火候。”

祝妈应了一声：“在炉子上煨着，大概已经好了。”

李妈也说道：“我也弄好了，今日做了八样点心，甜咸各半，尤其是银丝牛乳糕是夫人平日爱吃的。”

祝妈听了那一句“夫人”，又勾起了前头的事，问花镜道：“听说姑娘被罚跪就是因为称她是‘夫人’？”

花镜并未说话。

祝妈喃喃道：“咱们下人也难做，不叫夫人还能叫什么？这时候叫王妃也不合适了。真是弄不懂王爷，看着比谁都在乎，一饮一食都照顾得体贴入微，但是谁能想到，王爷早就休妻……”

花镜吓得脸色发白，伸手就去捂祝妈的嘴：“您真是我的亲娘，这话是能乱说的？别红口白牙地给我添乱了。”

祝妈也晓得自己说错了，又被花镜瞪了一眼，乖觉地噤了声，钻进厨房里忙去了。

花镜警惕地环顾四周，在确认左右无人之后，才慢慢松了一口气。

是夜，苏子修回了王府，因府上来人禀报，说宋翎不慎跌了一跤，着地时用手撑了一下，牵扯到了旧伤。大夫看过后并无大碍。苏子修原本放心了，不过思来想去，还是挂念着，决定亲自去看一眼宋翎。

苏子修回到王府的时候，已过了二更，接应的侍女为他解下了防寒的大氅。苏子修想着宋翎已经睡了，不料侍女回话说她还在房里等着，尚未就寝。

苏子修一进屋子，炭火的暖意就扑面而来，缓解了外头的寒气。他熟门熟路地拐进里面，只见宋翎果然醒着，锦被叠得整整齐齐地摞在一边，而她抱膝坐在榻上，身上换了一身素锦云雁绸寝衣，外面胡乱披着一件狐毛坎肩。

因是夜间，她卸了妆饰，素白着一张小脸，长发尽数披散着，顶心挑了一个松松的髻，别着一枚小小的烧蓝银簪。

苏子修也是数日不曾见到宋翎，此时相见，眼中不觉已漾起了柔情蜜意。他缓步走至榻前，挨着宋翎坐下，用手臂一伸一揽，动作极自然，将床榻上蜷坐成一团的小人儿捞进了怀里，温润的呼吸就停驻在她的耳畔："听说你摔了一跤，可是摔疼哪里了？"

宋翎默然，依旧保持着抱膝而坐的姿势。

苏子修猜到宋翎是在闹脾气，毕竟自己又将她一人撇在王府好几天，加上闲月山庄的几笔旧账，宋翎恼了也不奇怪。说起来两人成婚也一月有余了，他们聚少离多，真正相伴的日子寥寥无几。

"翎儿，你不说的话，我就自行查看了。"苏子修说道。他本就是大夫，想知道宋翎摔伤了哪里，自己为她检查一遍就结了，"是压到了手指，还是扭伤了手腕？"苏子修先看了看宋翎的一双手，将手上的每个关节都仔细捏了一遍，确认指骨没有受伤之后，又摸了宋翎的手腕、手肘、足踝、小腿和膝盖，这都是容易磕碰扭伤的地方。

苏子修检查的时候，每碰到一处地方，宋翎总是控制不住身体的微微颤抖，人也越来越僵硬。她蜷缩在苏子修双臂圈出的一小片地方里，明明是往日那个温暖而熟悉的怀抱，她的脊背却透着阵阵寒意，再怎么贴近也熨帖不了这寒意。

苏子修并非察觉不到宋翎的异样，他松开了宋翎的足踝，做出略带吃惊的样子，问道："你摔倒的时候不会是仰面坐在地上的吧？"

宋翎仍旧什么都没说，苏子修对宋翎一向有办法，从没有过束手无策的情况。他有心让宋翎开口，故意带了一分戏谑的口气，似真似假地说道："翎儿你不会真的摔到尾巴骨了吧？但是也不妨碍，我来替你看看。"

苏子修的手掌原本就贴着宋翎凹陷的后腰，此时作势要沿着脊柱一路顺溜下去。

宋翎用手肘轻轻地撞了一下身后之人，制止了他进一步的检查。她开口是开口了，不过声音带着怒气："我没事，我一点事都没有。"

苏子修本来也是逗一逗宋翎，将手收了回来，恢复成之前双臂环抱着宋翎的姿势。宋翎抱膝而坐，苏子修则是叠着她的胳膊将她整个人围了一圈，在她身前将自己的十指扣住，两只手掌就叠放在她的手背上，极为亲密无间的样子。他落在宋翎耳畔的声音低沉，似乎又透着一丝不易察觉的倦意。夜已深，他原本可以免了这一趟奔波的辛苦，因为放不下她，还是来了。

他问道："怎么好端端地摔了一跤？"

苏子修的脸窝在宋翎肩颈的位置，宋翎身上没有用熏香，帘帐之中的香气也很淡，他埋首其中，侧脸贴着宋翎脖颈的弧度，只觉得细腻温润，鼻间的气息是她身上独有的淡淡馨香。

这些日子他着实倦了，回到王府之后，紧绷的心弦稍稍得以放松。尤其是现在，只有他和宋翎两人，温香软玉在怀的感觉最能销蚀一个人的意识。到这时，苏子修感到倦意正一重重袭来，若不是立刻要走，他甚至想维持着这个姿势，趴在宋翎的肩窝里小憩一会儿。

宋翎尝试着动了一下肩膀，却动不了，因为整个人被紧紧地抱住了，两人严丝合缝地贴在一起。

她说道："过门槛的时候绊了一下。"

"哦。"苏子修应了一声，随口道，"怎么这般不小心？"

"我平常在那里走惯了，以为再熟悉不过了，闭着眼睛也能跨过去，没想到偏偏就在自己熟悉不过的地方摔了一跤。"宋翎淡淡地说着。

苏子修心念一动。他是何等敏锐之人，不可能听不出宋翎话中有话。他倏然想到了什么，但是不敢深想下去，况且时辰也差不多了，他是匆匆回来一趟，并不打算在王府过夜。

"哪有人走路是闭着眼睛的？这次幸好没有摔出个好歹，以后当心一些。"苏子修先是细心嘱咐了一番，又带着几分歉疚地说，"翎儿，夜已深了，你早些睡下，我那里还有些事，恐怕不能陪着你了。"

"我走路就是闭着眼睛的，尤其是跟你在一起的时候。"宋翎突然笑了，说出了这样一句话。

"翎儿？"苏子修神情一变。

宋翎没有给他说话的机会，第二句话已如薄薄的利刃，刹那间脱鞘而出，划过

人心：“你要去忙什么？忙着将宋家的叛国罪坐实，借此扳倒太子？”

苏子修素来镇定，但是听到宋翎的这句话，脸上还是闪过一丝难以掩饰的错愕。他想不到这一刻来得如此之快，也想不到宋翎会如此直截了当地挑明真相。

“是不是这样？”宋翎追问道。

这下轮到苏子修沉默了，他环抱着宋翎的手臂也松了下来。宋翎感觉加在身上的力道卸了，稍稍用力，从苏子修的怀里挣脱出来，连连后退，直到后背紧紧地抵住了墙壁。

两人从相拥变成了对视。

再次发问的时候，宋翎也感觉一阵齿冷：“如此说来，这些都是真的？”

“翎儿，你别这样。”苏子修试图重新将宋翎揽回怀中。

宋翎这次却不如他的愿，摆出十分抵触的样子，冷冷地说：“莫非襄王殿下忘记了，你已经休了这个名叫宋翎的妻子？”

苏子修伸出的手一下子僵在半空，进退不得，事情远远比他想象的更糟。

宋翎的目光清明雪亮，她直直看向苏子修的眼睛，令他不得不看着她，说道：“早在闲月山庄的时候我就觉得不对劲儿了，带我去闲月山庄应该也是殿下的刻意安排吧。殿下当时提出去杏山散心，不是一时兴起，而是早有预谋，想让我离开都城，这样才方便你把我蒙在鼓里，让我当一个傻瓜。”

宋翎的声音渐渐颤抖起来，她想起了在闲月山庄的日子，尤其是最初那几日，是她婚后最甜蜜的时光。两人好得仿佛分不开，用如胶似漆形容一点儿都不为过。后来分开了几日，她感觉尝尽了相思之苦，但因为满心恋慕，心底总是藏着一抹甘甜。

如今回想起来，宋翎发现当初的甜蜜恩爱背后竟是别有企图。苏子修编织了一个柔情蜜意的牢笼将她困在闲月山庄里，宋翎内心扯出了一丝丝疼痛，胃里也沉沉的，像是吊着一块冷冷的铅。她有种想吐的感觉，但是咬着下唇忍住了，她还有话没有说完。

“料理家事也是殿下特意给我下的套，想方设法地拖住我，不让我回来。”宋翎当时怎么都弄不明白的事，如今一件件都想明白了，“我回到都城之后，用襄王府的令牌进了城。令牌既然还能用，就说明襄王府一切如常，并没有遭受劫难。但是官差依然抓了我，甚至对我用刑。一般来说，女子出嫁就是夫家的人，娘家犯事不会牵累已出嫁的女儿。他们是知道那时的我跟襄王府没有任何关系，我不再是襄王妃，唯一的身份就是宋家的女儿，而且他们理所当然地认为襄王不会理睬一个已被休弃的女子，所以才敢肆无忌惮地审问我，想从我身上得到一份供词来指认哥哥叛国。”

苏子修听宋翎一口一个“殿下”地称呼自己，宛如刀片在耳膜上剜过。他知道宋翎早晚会知道所有事，他没有办法阻止，只能拖延时间，至少要挨过眼下这段时间。

现在彻底摊牌，是最不合适的时机。他原本打算瞒宋翎一段日子，没想到她会提前将一切事情挑明。

“当初殿下把我救出了天牢。”宋翎像是想到好笑的事情，突然笑出了声，“我居然还求你，求你让我见一见哥哥，因为我要弄清楚哥哥将江临的事告诉了谁。说来也是讽刺，没有别人，只有殿下。而殿下就是拿着这一点当作筹码，给宋家扣上了一个叛国的罪名，同时也将太子拖进了泥潭。”

宋家是支持太子即位的中坚力量，牵一发而动全身，宋家倒了，必然会影响太子。

私通敌国是何等严重的罪名，株连是少不了的，矛头或多或少会指向太子。就算太子不怕这件事，但是也怕随之而来的清查。他这么多年坐在储位上，只要查的人有心，终归能查到一些不干净的东西。

苏子修没有否认，在宋翎看来就是默认了。半晌，他终于说话了：“翎儿，这些事我一时很难跟你解释，以后我会慢慢跟你说。”

“你还想哄我？”宋翎的情绪突然激动起来，她最恨听见这句话，从前苏子修最常用这话来安抚她。她虽在笑，笑容却很是凄惨：“你还想把我当成傻瓜？”宋翎失神地喃喃自语，“我喜欢你，所以什么都愿意相信你，我蒙住了眼睛，情愿跟着你走，任由你将我带走。你不就是仗着我喜欢你，所以一直当我是傻瓜来哄骗？”

苏子修听来字字锥心，说道：“翎儿，是我对不住你。”

“你自然对不住我，但是再让你选一次，你还是会选择对不住我。”宋翎语意更冷，“我在你心里也不是什么重要的人，能哄的时候哄一哄，要牺牲的时候也不觉得可惜。”

苏子修感觉胸口像是挨了一记猛击：“翎儿，并非你想的那样。”情急之下，他顾不上宋翎的反抗，想要再次将她拥入怀中。

宋翎拼命挣扎起来，如今她厌恶极了他的靠近：“我们已不是夫妻了，也请你别再碰我。”

苏子修这次没有听宋翎的，用了些力气制服了她。宋翎的身子被紧紧地扣住，她顿觉气恼不已。这也是因为苏子修的一反常态，他一向尊重她的意愿，尤其不会利用男子天生的优势对她用强。

“放开我。”宋翎又挣扎了几下，苏子修刚刚一时心急，此时又有些不忍，故

而松了手上力道。宋翎奋力脱身，苏子修怀中只剩下了一件白狐坎肩。

宋翎滑下床，未着鞋袜地踩在了软毯上，但她似乎并不满足，作势要往外走。苏子修大惊失色："翎儿，你要去哪里？"

宋翎没有理会他，赤足走到了砖地上。尽管屋子里的炭火烧得很热，但是这样站着人也受不住，苏子修快步上前，一把拽住了宋翎的手腕，不让她再前进一步。

"殿下请放手，既然殿下休了我，我就不该再留在王府里。如此无名无分，算什么？"宋翎语含讥诮，每一个字都刻意刺痛苏子修，"我如今的本分就是跟家人在一起，他们承担什么，我也跟着一起承担什么。"

"翎儿，你不要胡闹。"苏子修的眉心蹙了起来。

"对，我要承担的干系更多一些，我要自首，坦白一切都是我做的。"宋翎看着苏子修难以置信的表情道，"我知道殿下会怎么说，就算我认了罪，宋家依然会被连坐，我横竖救不了一家人，但我还能帮一帮哥哥。首恶不是要被千刀万剐？我去替哥哥领这份罪。"

"翎儿！你知道自己在说什么吗？"苏子修的脸色终于不好看了，他之所以留下宋翎，是因为他知道宋翎出去之后，一定不会安分，她会尝试用各种法子解救宋家人，哪怕用自己的性命去换宋璟一个好死的结果。

宋翎不再言语，只想甩开苏子修的手，但是苏子修箍在她手腕上的力量并未放松，他没有其他办法，只好将宋翎横抱了起来。

宋翎惊呼一声，在她开始踢打之前，苏子修已经跨了几步，将宋翎放回床榻上。

宋翎犹不甘心，但是她又不是苏子修的对手，只能硬邦邦地说道："放我走。"她头脑还是清醒的，想到天色已晚，又补充了一句，"今晚一过，明早就放我走。"

苏子修说道："不行。"

宋翎瞪大了眼睛，不敢相信两人算是撕破脸了，苏子修竟然当真要关着她！她顿时气结："殿下有什么资格不让我走？难道殿下也要关着我吗？"

"我不会让你走，至少眼下不会。"苏子修回答的时候表情异常平静，"至于我有什么资格，我只能说既然你已经当我是恶人，我不妨再作恶一次。"

第三十一章 惊变

苏子修说到做到，果然不准宋翎离开王府。

宋翎发现从前花镜对她的阻拦还遮遮掩掩的，如今一下子变得明目张胆起来，只让她安安分分地待在府上，哪里都不能去。

在祁国，宋翎被玉柳容关过；回到郢梁，宋翎又被自己的父亲关过。她万万没想到，第三个将她禁足的人竟然是苏子修。宋翎想到这里，感到有些讽刺，这如今也算不上什么，要知道苏子修更过分的事情也做了，还会在意关人这点儿小事吗？

如今宋翎在王府里出不去，对外头发生的任何事一概不知。王府的下人们应该又被敲打了一遍，不管宋翎如何打探，他们在宋翎面前不会吐露有关外面的一个字。

宋翎原本就心忧如焚，这下陷入了彻底的绝望和苦恼之中。照这么下去，哪怕有一日他们宋家被满门抄斩了，只要苏子修决心不让她知道，她也是一无所知。

宋翎如此混混沌沌地又过了十天。那日晚间，宋翎睡下了，突然一阵吵闹声将她吵醒了，她一睁眼就看见花镜正立于自己榻前。

“什么声音？难道外头着火了？”宋翎听见无数来来回回的脚步声以及杂乱的人声，本能地觉得这是着火了，不然怎么能闹成这样？

花镜摇了摇头，一件件地为宋翎穿上衣服。为她穿上最后一件外袍之后，花镜才提高嗓音朝着外面喊了一声：“进来吧！”

话音刚落，从外面进来十个士卒打扮的男子，皆是精干强悍的样子，每个人都是全副盔甲，又带着兵器，身上一股肃杀之气。宋翎没有任何防备，看见十个披坚执锐的士卒冲进自己的卧房，哪有不大惊失色的道理？但当她看清领头的人是飞涯时，又安心了两分。

“花镜，这是怎么回事？”宋翎问道。

花镜答道：“今夜情况特殊，王爷下令要保护好夫人，而且是寸步不离地贴身保护。请夫人放心，这里的十人都是一等一的高手，而且王爷将自己身边最信任的飞涯侍卫都留给了夫人。”

“莫非今晚会有什么事情发生？”宋翎看这阵势，就知道今晚的事情非同小可。

花镜避而不答，说道：“王爷还说了，如果情况不利，就让我们护送着夫人安全离开王府。”

“到底是什么事？”宋翎急躁起来。每个人都知道眼下发生着什么，只有她一人被蒙在鼓里，这种感觉着实不好受。

但是从花镜嘴里是问不出话的，宋翎问了几次只能悻悻地作罢。

宋翎侧耳听了一会儿，发现还真不是着火，听起来似乎比着火严重得多，最初是脚步声和人声，到后来渐渐多了一些兵戈相击和震天喊杀之声，但是隔得远了，并不能听得十分真切，她只觉得大概会是惊心动魄的场面。

今夜是注定不能安睡了，但是宋翎枯坐久了，又挡不住疲乏感阵阵袭来。宋翎感觉有些支撑不住了，索性靠着床榻闭目养神。花镜坐在床榻边陪着她，连个瞌睡都不敢打，始终保持警惕。

以飞涯为首的十个高手更不敢掉以轻心，仔细地辨认着外头的声音。若是情况有变，他们要立即带着宋翎离开。

花镜和十个高手守了宋翎一夜，这一夜总算是有惊无险地过去了，花镜和其他十个高手精神紧绷了一整晚，如今不约而同地露出了轻松的神色，甚至还有一些掩藏不住的喜色。

宋翎不动声色，却将一切看在眼里。她知道，不管她怎么问，这些人依旧不会对她吐露一个字。

这时，花镜对宋翎说道："夫人昨晚不曾安眠，不如再好好睡上一觉吧。"

"昨晚的打斗声是襄王和太子的人马？"宋翎突然问了一句。

花镜眼皮都没有抬一下，好像没听见似的，上来就为宋翎宽衣，想要快些打发宋翎睡一觉。

"是太子赢了还是襄王赢了？"宋翎又问道。

花镜还是不理她，帮着她脱了外衫，又要为她解里面的衣服。

宋翎避开了花镜的手，说道："我还不困，你先帮我打点儿水洗脸。"

花镜应了一声就出去了，宋翎看着花镜的身影远去，手慢慢地探到头顶，拔下了那一枚烧蓝银簪握在手心里。

当花镜端着盛了水的黄铜脸盆进来的时候，看到了令她魂飞魄散的一幕。

宋翎手里握着一样东西，只露出尖锐的一端，尖头正好抵住了她自己的咽喉。

"夫人，您这是做什么？"花镜脸色惨白，险些端不住手中的黄铜脸盆。

"你别过来，也别拦着我，不然我就将它扎进脖子里。"宋翎神色凝重，斩钉截铁地说了这么一句。

宋翎一步步走出房间，花镜只是瞪大眼睛看着她，不敢有任何动作。宋翎用银簪抵喉，不仅震慑了花镜，还震慑了整个王府的下人。

哪怕是武功高强的飞涯等人，对此也束手无策。有几人欲在宋翎身后偷袭，趁其不备夺下她手中的簪子，但是被飞涯坚决地制止了。

他们在祁国也算相处了一段日子，飞涯多少了解一些宋翎的性格，也清楚宋翎在苏子修心中的位置，所以不敢轻举妄动，更不敢逼迫宋翎，就这样眼睁睁地看着她穿过后院和前厅，到了王府的大门口，最后头也不回地走了。

待宋翎离开王府后，才有人嚷嚷起来："快！快去禀告王爷。"但是这会儿就算苏子修赶到，也找不到人了。

宋翎刻意挑了一支短小的簪子，暗地里将一头磨尖，这样握在手里，只露出一点尖头，其余部分都被手掌包住了。到了外面之后，只要她刻意藏好，别人不容易发现，看到了也当她是将一只手握拳按在脖子上。虽说这个动作奇怪了点儿，但是总好过拿着一根长长的簪子架在脖子上。

宋翎到了外面几乎是如鱼得水。她专门朝着人多的地方钻，在人群里一会儿往东一会儿往西，一会儿又不知躲在了哪个犄角旮旮里。宋翎费了好大的力气，终于

确定没有人跟着她了。

这时她才有一种松一口气的感觉，将抵在喉间的簪子收了起来。寒冬腊月的天气，她的背上却被冷汗浸湿了一大片。

过了半日，苏子修才匆匆地赶回王府，此时早就没了宋翎的人影。花镜第一个跪下来请罪，随后飞涯等侍卫还有服侍宋翎的仆从都跪在了地上。苏子修并没有责怪这些人，只是淡淡地说了一句：“不是你们的过失，都起来吧。”

苏子修知道宋翎是不会安分的，他想要留着她，就要用上一些强硬的手段，不然她迟早会逃走。宋翎就是清楚王府上下对她的性命十分看重，所以才敢以自身的性命相要挟。

她是料定了那些人不敢轻举妄动，也料定了昨夜有大事发生，苏子修此时一定诸事缠身，就算有人火速去回禀了他，他一时也赶不回来。

苏子修在心里叹气，翎儿啊翎儿。在叹息之后，他冷静地做出了判断，宋翎一定就在城中，为了宋家的人，她不会出城。再说没有印信，她也出不了城。当务之急就是派人将她找回来，苏子修没有忘记，宋翎曾经说过要去替宋璟认罪，他也相信宋翎有胆量这么做，所以必须赶在她有所行动之前找到她。

事不宜迟，苏子修在书房画了一张宋翎的画像，因为熟悉，他提笔一气呵成，动作飞快地完成了画像。画中的宋翎是女装，苏子修想了想，又画了一幅她着男装的模样，而且蘸了少许颜料将脸涂成了黄黄的颜色。他记得宋翎以前喜欢将黄粉抹在脸上，省得因为肤色过白而引人注意。

画完之后，苏子修又审视了一遍，将画卷好扔给了旁边的小侍从，吩咐道：“去尹正府上跑一趟，告诉简大人，说本王要找这个人。”

小侍从机灵地应声去了，苏子修这才坐回椅子上。他原本黑白分明的眼眸浮着浅淡的血丝，他失了力气一般将头朝后靠，半晌沉沉地叹了一声。

正如苏子修所料，宋翎到了外面之后，头一件事就是找地方换下了女装，改成男子的装束，又抹黑了自己的头脸和双手，乍一看去，她还真像一个不起眼的瘦弱男人。

宋翎出来的时候揣了一点儿碎银子，银票对她来说不实用，因为王府出来的每张银票都有印记，容易被人追踪，还是用碎银子最为稳妥。

市井之地鱼龙混杂，最利于收集各种消息。宋翎故意进了一家闹哄哄的茶馆落脚。

她想弄清楚宋家获罪一事的来龙去脉，还有昨夜都城究竟发生了什么大事。对打听消息一事，宋翎并不陌生，甚至可以说是驾轻就熟，她从前也经常这样做。

眼下对宋翎来说，最难的不是打听消息，而是如何不被人找到。宋翎好几次撞见了拿着画像的人，有些是官差，有些是普通百姓，他们的目的不是喝茶，分明是在按照画像找人。

宋翎早就猜到了，这些人十有八九是冲着她来的。宋翎不得不时时刻刻保持警觉，一旦发现茶馆中有这类形迹可疑之人，就会毫不犹豫地开溜。幸好宋翎足够机敏，每次都躲了过去，这也使得她不能在一处待太久，总是要不停地换地方，以免被人找到。

宋翎知道这些人是苏子修派来的，而且他们专挑茶馆、酒肆下手，也定是出自苏子修的授意。两人相识了十年，宋翎未必了解苏子修，苏子修却十分了解宋翎，包括她的脾气性格、行事风格。他猜到宋翎肯定会去一些人多嘴杂的地方，所以派出的人就专门挑着这些地方去找。

这种被围追堵截的滋味，让宋翎感觉自己就像是猎场上的猎物，被人一点点赶到了死胡同里。

宋翎觉得自己还不如那些猎物，至少打猎的时候只是三面围攻，还要网开一面，但是苏子修已经顾不上其他了，一心只想尽快将人找到。

宋翎一次次躲避，内心的焦躁也在一点点地扩大。她知道这样下去自己迟早会被抓住。苏子修比她高明不知多少倍，要论斗心眼，十个宋翎都不是苏子修的对手。但是宋翎也并非一无所获，还是打探到了一些有价值的消息。

原来她去了闲月山庄不久，突然有人匿名上报，说宋家有私通敌国的嫌疑。

此事隐秘，先前没有透出一点儿风声，毫不知情的宋家父子被匆匆传召。他们前脚刚走，官府派来抄家的人后脚就到了丞相府，将整个宋府搜查了一遍。

据说他们在宋家大公子的住处搜到了一件关键证物，虽不知道具体是什么，但一定是铁证如山。

惠帝得知此事后大为震怒，当即下令将宋家上上下下的人投入天牢。宋家父子二人作为要紧的政治嫌犯，必须严加看守。

之前宋丞相旗帜鲜明地支持太子，因为其位高权重，又跟太子结了一门儿女姻亲，毫无争议地成了太子派系之中的头等人物。如今丞相骤然倒台，势必影响到太子，要是宋家的叛国罪名坐实了，太子也一定难逃干系。在宋家被抄家封府之后，很快就有流言传出，说宋家不过是冰山一角，真正的幕后主使之人是太子。

惠帝当时已病得下不来床了，但是哪怕只能躺在龙榻上倒气，他还是昭国的最

高掌权者。

惠帝不改雷厉风行的作风，下令彻查此事，绝不姑息，借着宋家的这件事，顺藤摸瓜地查下去。因为太子确实没勾结祁国，所以不怕在此事上追查下去，他怕的是惠帝用这个由头翻他的老账。

太子在储位上一待就将近三十年，别人当皇帝的时间也未必有这么长。若说太子没有一丁点儿想法，那是不可能的，尤其是这两年惠帝的身体状况江河日下，太子的心思更加活络了，一心想早日即位，彻底结束这一段看似风光却处处受掣肘的储君生涯。

因此太子在暗地里搞了不少小动作，如果惠帝有心要查，肯定能查到一些见不得光的东西，到时候要怎么发落，就看惠帝的决断了。太子已隐隐感觉不妙，太子党也是人心惶惶。

原本太子即位是板上钉钉的事，只要等着惠帝驾崩，一切事情就水到渠成，但是没想到中途横插了一杠子宋家的事。随着宋氏一门入狱，惠帝的态度似乎又变得暧昧了，太子被有意无意地疏远了，襄王却常常被惠帝传召到身边。这对太子而言，是一个极为危险的信号。

太子是否私通祁国，目前为止尚没有实质性的证据，但是太子之前做过的许多事情被挖掘了出来。

譬如太子不顾手足之情，多次设计构陷同胞兄弟；譬如太子在朝中排除异己，培植自己人安插在各个要职上；譬如两年前卢国向昭国求援，太子曾私下接见卢国使臣，又收了大量贿赂，所以擅自发布军令，出兵驰援卢国；甚至还有太子暗中蓄养死士，又派人到各地采买兵器、意图不轨的证据……

太子不由得恐慌起来，如果再这样下去，自己别说登基了，就是太子之位也坐不住了。与其等着被人宰割，倒不如放手一搏，太子也是被逼急了，选择起兵把控皇宫。

太子手中握有东三营的兵力，计划趁夜偷袭皇宫。

没想到皇宫里早有防备，惠帝病得下不了床榻，依然命人用轮椅推着他亲自出面督战。面对动乱，惠帝命人一层层喊话下去，告知东三营的将士，只要立刻放下武器，弃暗投明，他们犯上作乱之罪，一概既往不咎。

东三营虽然在太子的管辖之下，但并非个个都是死忠于太子的，他们本来就有怠战的心思，更何况对面是西三营的兄弟，说穿了都是自己人。原先太子告诉他们惠帝快死了，但是惠帝好好地出来了。现在又有惠帝的口谕，还未开战，东三营内部已经分裂了，好多将士选择了临阵倒戈。

太子想不到会是这种情况，在一干心腹的保护之下，杀出一条路，连夜逃出了都城，到了锦城才站稳脚跟。锦城距离郢梁不远，乃拱卫都城的两座北方门户之一。

太子起兵夺位失败了，宋翎总算弄清楚了昨夜发生的事情。不过她大概也猜到了，昨夜花镜和飞涯等十个高手守了她一夜，就是做好了最坏的打算，万一失败的是襄王，他们就会立即护送宋翎逃走。因为一旦太子得势，头一个要对付的就是襄王府。

第三十二章 决袂

自从出了王府，宋翎一整天都在东躲西藏。苏子修也着实厉害，总是能猜对她去的地方。宋翎不敢再待在茶馆酒肆这种地方了，藏身在一家小客栈里。

过不了多久，客栈也将面临一次盘查。因为宋家获罪，宋翎在城中无人可投奔，只有住客栈一条路。但是宋翎不担心这家客栈将她供出去，客栈的老板跟她哥哥宋璟相识，更准确地说是曾经受过宋璟的恩惠，所以现在收留宋翎几日是不成问题的。

打理小客栈的是一对四十多岁的夫妻，二人朴实厚道，男人姓徐，宋翎叫他徐大哥。宋翎那时躲在二楼，亲眼看着几个人进来，明显不是住店的样子，径直走到柜台前，拿出一张画像给人辨认。徐大哥看了摇了摇头，那几人也没多说什么就出去了。

宋翎稍稍松了一口气，至少今天是安全了。宋翎在客栈里过了一夜，因为前一夜几乎不曾睡过，所以宋翎睡得比平时沉些，起得也晚些。宋翎还在犯迷糊的时候，只见客栈的老板娘徐嫂子在外面拍了两下门，急匆匆地跑了进来。

“徐嫂子，出什么事了？”宋翎看着徐嫂子一脸焦急的样子，知道一定出事了。

“那些找你的人昨天被打发走了之后，现在又来了，他们要一间间地查房，这下不好糊弄了。你赶紧穿好衣服，我领着你从后门走。”徐嫂子一口气将话说完了。

宋翎不敢耽误，飞快地穿衣下床，用布条胡乱将头发一裹，就跟着徐嫂子从后门出去了。

徐嫂子看着宋翎出去，不放心地嘱咐道：“先出去避一避风头，等晚点儿估摸着他们走了再回来，我照样在后门接应你，记着别走远。”

宋翎心里生出一股暖意，使劲儿地点了点头。

徐嫂子知道宋翎是女扮男装，也知道宋翎的真实身份。看着她娇小的身躯裹在宽松的男子棉服里面，显得越发瘦弱伶仃，徐嫂子也是女人，想到宋翎的遭遇，不由得生出几分同情，忽然叹道：“男人有时候真不是个东西。”

宋翎听得一愣，随后反应过来徐嫂子那一句是在骂苏子修。襄王苏子修娶妃又休妃的事，在郢梁城不是秘密。碍于襄王的身份，没人敢在明面上议论，但是背地里说的人依旧不少，襄王薄情寡性，为了跟宋家撇清关系，就连新婚不到一个月的王妃也给休了。

“好歹是夫妻一场，也不留点儿情面，这样派人到处找你，难不成是要抓你回去，跟大牢里的宋家人关在一起？唉！”徐嫂子越说越不忿。

宋翎很难跟一个外人解释这些事，只是匆忙谢过徐嫂了，赶紧找地方躲着了。那些人昨天只是拿着画像去每家客栈探问，发现一无所获，今天就进客栈一间间搜查。由此可见苏子修要找到宋翎的决心。

离开了客栈，宋翎其实无处可去。按照这种情况，她大概连今天都撑不过去，说不定晚上又要回到襄王府。她出逃的一天一夜，只是一次自不量力的反抗。到这时宋翎终于感觉到了这个男人强势而心思缜密的一面。从前苏子修一直清雅柔和，像是温暾的水、温润的玉，宋翎自以为了解他，其实根本不甚了解。

宋翎胡思乱想地走着，离客栈越来越远了。不知客栈里头搜查的人走了没有，她正想要回去看看时，突然发现远处有几个人东张西望着过来了。宋翎这两天一直处于高度警惕状态，对危险有超乎常人的敏锐反应，转身就走。

她是仓促出门，脸上没有任何遮掩，可恨苏子修又将她画得尤其传神，画像和真人所差无几。只要看过画像的人，就能轻易地一眼认出她来，所以宋翎不敢冒这种风险。

那几人未必看见了宋翎，但确实有一人跟在宋翎身后，又悄悄地绕到了前面。

宋翎用袖子挡着脸走路，又要时刻警觉周围的人，一个不留神就撞上了前面的一人。

“对不住，对不住。”宋翎低着头忙道歉。尽管没有抬头看，但是宋翎感觉到自己撞到的是一名身材高大的男子，因为她撞到的是对方硬邦邦的胸脯，估计对方比她足足高了一个头。

宋翎道了歉，对方没什么反应，宋翎正要绕过他，突然发觉自己一侧的胳膊被人捉住了，显然对方用的力气不小，好像是打算拽着她去一个地方。

宋翎悚然一惊，低声道：“你干什么？”

“才两年就不认识了？啧啧。”那人说了一句，手上力道不减，低声道，“你是在躲避刚刚那几个人吗？跟我过来。”

宋翎这时已看清了对方的面容，不再挣扎，只是对着那只依旧抓着她胳膊的手皱了皱眉。

对方讪讪一笑，马上松了手，礼貌地退开了一步，表示自己可不是什么轻佻之人。

两人一前一后地走着，离开了人流密集的街市，又在几条小巷里拐来拐去，最后到了一处看似客栈的地方，进去之后被跑堂领到了一个安静的雅间里。

“松子，咱们又见面了。”那人的声音轻松而爽朗，又带着几分故友重逢的喜悦。

宋翎此时没心思叙旧，直截了当地道：“卢帝陛下，您不在您的卢国待着，又跑到昭国来做什么？”

宋翎遇到的故友不是别人，正是卢帝韩静言。两人相识于祁国，当时隐瞒了各自的身份，误打误撞地凑在了一起，成了朋友，还是比较聊得来的朋友。

韩静言做了一个噤声的手势，略略正色说道：“我是看在朋友一场的分上，才冒险现身来见你，你可别把我的老底给嚷嚷出去。”

宋翎一眼就看穿韩静言示意噤声的那个动作是故意为之，以韩静言的谨慎，若不是确认此地安全，不会带她到这里来。

宋翎没好气地回了一句：“您还没有玩够白龙鱼服的游戏吗？”

韩静言说道：“松子你可记着，我现在是卢国的使臣，你别泄露了我的身份。”

宋翎撇了撇嘴，心想又是老把戏。当初玉柳容就这么做过，现在韩静言也照方抓药，伪装成使臣果然是用不烂的招数。中原诸国一向讲究礼仪和规矩，所以作为使臣，通常来说是安全的。

宋翎有点不相信，问道：“卢国这时候派使臣来做什么？”

昭、卢两国是盟友不假，尤其在联手打败祁国之后，这种互惠互利的关系更近了一步。但是天下人皆知，昭国如今即将皇位更替，在这种时候，卢国使臣偏偏出现在昭国的都城郢梁，难免不会令人多想。

韩静言倒是坦白，直接说道："虽然咱们是朋友，但是有些事我也不能告诉你。"

伐祁战争结束了，祁国也投降了。仗是打完了，但是后续的事情还有很多。攻占下来的土地如何分配就是一个牵扯到国家根本利益的大问题，还有人口、财富、矿产资源等的分配问题。昭、卢两国在战后就开始了谈判，使臣换了一拨又一拨，不过双方始终谈不拢。原因很简单，祁、卢两国打仗都打疲了，剩下的昭国实力保存相对完好，昭国就动了多吞多得的心思，想要趁着这个机会，从千年老二一跃成为中原霸主。

卢国不是傻瓜，哪有心甘情愿给别人当垫脚石的道理？卢国不肯吃这种眼前亏。因此，两国的谈判一直不顺利。

而现在，惠帝眼看着就要退位了，谈判还是没有实质性的进展。韩静言不无郁闷地想：如今太子倒了台，下一任昭帝十有八九是襄王苏子修，相比惠帝的悭吝，襄王苏子修只会更难缠。

宋翎十分识趣，果然不再多嘴，况且这时候她也没心情去问其他不相干的事情。

韩静言看着宋翎，忽然冒出了一句前言不搭后语的话，说道："松子，我知道你是谁。"

宋翎听闻此言，变得警觉起来，维持着表面的平静，既不否认也不承认。韩静言刚刚那一句没准儿是故意在诈她，若是她贸然做出反应，不就正好中了韩静言设下的套？

韩静言人精一般，一眼就看出了宋翎的防备之心。他心中感叹，这一回宋翎是真的冤枉他了，他没有一丝丝套话的意思："你姓宋单名一个翎字，你的父亲正是昭国的丞相宋渊贞，你还有一个叫宋璟的兄长……"

宋翎震惊道："你调查过我？"

"还用得着调查吗？"韩静言反问了一句，慢悠悠地接着道，"早在祁国的时候，我就已经知道你是谁了。你自己漏洞百出，我想不知道都难，你可别怪我调查过你。"

"你……"宋翎的话说了一半，似有不服。

"你想不想知道我是怎么发现你的真实身份的？你若是想知道我倒是可以分析给你听，不过……"韩静言话锋一转道，"不过我估计你现在也没心情听我分析。"

宋翎没有接话，两人相顾无言了片刻，还是韩静言打破了沉默，先一步开口道："你的事我都知道了。"韩静言没有详说，只是一语带过，但后面的一句发问是认真的，"城中到处是找你的人，你现在有什么打算吗？"

宋翎摇了摇头，一片茫然，落寞地说道："我不知道，我如今无处可去，大概也躲不了太久了。"

韩静言点了点头，带着三分玩笑地说道："你也不必躲来躲去，其实说白了，满城找你的人是你夫君，你就算让他找到也没什么……"

宋翎一听就受不了了，情绪也激动起来，反驳道："那不是我夫君，我跟他没有任何关系。"

"好、好、好。"韩静言好声好气地应了，并不想惹这位故友生气。韩静言闲来也喜欢在市井之中闲逛，昨天他就发现了，城中的茶馆酒肆里突然多了一批奇怪的人，拿着画像四处问人，像是极为急切的样子。

韩静言好奇心重，自然要去探一探，原本也是一时好奇，但是没想到画像中的人竟然是传言中被休弃的襄王妃宋翎。韩静言何等聪明，联系了最近郢梁城中发生的几件大事，就把前因后果猜了个七七八八。

从昨天到今天，韩静言也在特意寻找宋翎，其实这就是瞎碰运气，没想到他的运气奇佳，居然真的让他碰见了宋翎。

韩静言说道："不过说实话，我看襄王对你也没有恶意，他的目的只是要找到你罢了，不然的话他直接让官府发一张通缉令，岂不是省力得多？"

宋翎没有说话，露出了一个不屑的表情。

韩静言不晓得宋翎和苏子修之间究竟发生了何事，根据他的猜测，肯定跟宋家突然获罪有关，走到休妻这一步，估计他们是恩断义绝了。

"你这样毕竟不是长久之计，襄王又是不找到你不罢休的样子。"韩静言试探着给了一个建议，"如果你想离开郢梁城，我倒是不介意帮你这个忙。"

这不是他托大，而是他的确有送宋翎出城的能力。他眼下是卢使，身上带着使臣专用的通关符，至少在这段时间能够自由地出入郢梁城。

"不用。"宋翎很干脆地拒绝了。她不会走，她的家人都在城中，她不可能在这种时候选择一走了之。

"你不会是想要救你的家人吧？"韩静言露出古怪的神色，看着宋翎没有反应，更像是默认了，他的口气不免急了几分，"松子，你想清楚了，你现在能做的就是自保，你救不了那么多人的。"

韩静言的话说得很直接，宋翎心里何尝不明白？凭她一人之力想要挽救宋家比登天还难，她情绪低落地道："我知道，但是你叫我一走了之，我真的做不到。"

韩静言说道："况且你也没有时间了，惠帝已经下旨了，后天就是行刑之日。"

宋翎呆愣住了："昨天还没有这事。"

"今早放出来的皇榜。"韩静言笃定地说道。

宋翎今日起得晚，又因为有人来客栈搜查房间，徐嫂子将睡得迷迷糊糊的她一把拉了起来，又匆匆忙忙地将她送出门，随后宋翎就遇到了韩静言，所以她不知道这消息也在情理之中。尽管宋翎猜到终有这一日，但是这一日真正到来时还是令人承受不住。她脸色煞白，双腿绵软，整个人站不住，竟朝后栽去。

韩静言手疾眼快，在宋翎的手肘上扶了一把，待她站稳之后又立即松开，表示自己没有一分一毫占人便宜的心思。

宋翎一副失魂落魄的样子，踉跄着朝后退了两步，后背终于抵住墙壁，她才靠着墙缓缓地蹲了下来。

韩静言也半蹲下来，视线与宋翎齐平，略带愧疚地道："松子，你别怪我太过直接。我不告诉你，你也迟早会知道。"

宋翎尚不能回神，看着眼前之人似乎在跟自己说话，只是木讷地点了点头。

看着宋翎这副模样，韩静言心底难免生出几分不忍和同情。他是旁观者，自然也看得清楚一些，宋家这次是在劫难逃了，怪只怪他们成了皇储斗争之中的牺牲品。太子逼宫不成，反而成了犯上作乱的逆臣贼子，惠帝肯定要弃太子，转而扶立襄王。惠帝当了那么久的皇帝，深谙帝王之道，宋家是否冤枉，对惠帝来说并不重要。

惠帝要的只是一个借口，将被处决的不仅是宋家，还有另外十几名官员，这是要将太子在朝中的残余势力一并消灭。就算太子逃到了锦城又如何？没有人跟他里应外合，自然不足为患。惠帝知道自己大限将至，必须在这之前帮苏子修铺好路，将路上的荆棘一概拔除。

"松子。"韩静言早知道宋翎的真名了，但他更喜欢用这个名字来叫她，问道，"你想好怎么办了吗？救人是肯定不成了，眼下你就两条路，等着襄王来找你，或者我带着你出郢梁城。"

宋翎的脑子一团乱，她根本理不出一个头绪。

韩静言知道这时候再问她就是逼她了，索性不再多问，站了起来，看着宋翎还是缩成小小的一团贴着墙壁，心里莫名涌起一丝丝疼痛，想要安慰几句却不知如何开口。他脑中忽然灵光一现，想到了一件事："松子，我记得当初在祁国的时候，你说很想看一看易容用的人皮面具，我也答应了找机会一定送你。现在我身上就带着一张，你要瞧瞧吗？"

宋翎胡乱地点了一下头。

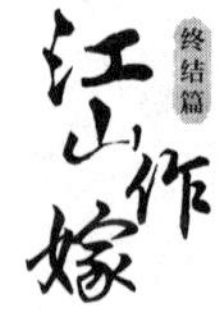

韩静言见宋翎点头了，立刻取了一个小匣子过来，打开之后里面是一张薄薄的面具："我的建议你再好好想想吧，如果你暂时不想被襄王的人找到，戴上这个可要比将脸抹黑管用多了。"

宋翎知道韩静言是在帮自己，所以在这种时候送一张人皮面具给她，这样她可以多拖上一段时间，免得被苏子修的人找到。

宋翎根据韩静言的指点，将那一张比纸还薄的面具覆盖在了脸上，一照镜子，发现面前是一张全然陌生的男子面孔，长相平平无奇，没什么让人记住的地方，非说有什么特殊之处，就是脸颊上点满了黑褐色的麻子，乍一看跟一个芝麻烧饼似的。

"为何有这么多麻子？"

韩静言脸上露出一抹奸计得逞的笑容，他可没忘记两年前在祁国，宋翎给他脸上留下的杰作，在他回到卢国之后，还会不时想起这件事，每次都觉得哭笑不得。他想起当初说过的话，特意命人制作了一张人皮面具，大小尺寸正好是宋翎合用的，想着有朝一日重逢了能送给宋翎。小小的报复心作祟，他又命人在面具上点满了麻子，这才感觉出了一口气。

韩静言想是这么想，在宋翎面前当然不能这么说，只说道："有麻子不也挺好的吗？"

宋翎并不在这上面计较。她一直担心被人发现，现在大大方方地出去也不怕被人认出来了。

韩静言道："我暂时不会离开郢梁，你再想想吧，若是改变主意想要出城，可以回来找我。"

宋翎没有吭声，心却越发沉重起来。她有离去的念头，毕竟在韩静言这里待了不少时间，必须回去了。她走了几步，又突然回过头来。

韩静言没有看习惯那一张满是麻子的男人面孔，宋翎猛然回头，他被吓了一跳，但口气依然镇定地道："莫非你这么快就拿定主意了？"

宋翎不答反问："韩大哥，如果你是我，你现在会怎么做？"

宋翎从前都叫他"瓜子"这个当初信口胡诌的名字，如今听得这一声"韩大哥"，韩静言心里不免一热。他很想说"当然是跟着我出城喽"，但是转念一想又把这句话咽了回去。宋翎是真心实意地在问他，他自然也要认真回答。

"如果我是你，我就回去找襄王。"韩静言如是说道。

听得这句话，宋翎果然瞠目结舌。

韩静言就知道会是这样，有时候还真的是关心则乱，她需要他这个冷静的旁观者来指点迷津：“不管怎么说，襄王至少能在行刑之前让你见家人最后一面。不然的话，你恐怕连刑台都上不去，更别说是跟家人说上最后几句话了。”

宋翎怔怔地听完后，却没有什么反应。

韩静言看着宋翎，不知道宋翎是否听进去了。他看着宋翎缓缓地抬起一只手，又一点点探到耳后，指尖搓着将一片薄薄的东西撕了下来，正是先前她戴上的面具。

看着宋翎的这个举动，韩静言就知道她拿定主意了。

第三十三章 仇心

行刑之日，斩首的名册之中不仅有宋家，还有另外十几个官员。以宋家的通敌卖国罪名为源头，拔出萝卜带出泥，其他几家也被查了出来。

时值隆冬，天上日色淡薄，冷风刀子一般刮得人脸面生疼。现在离午时三刻尚早，官差个个神色冷肃，将受刑的人驱赶到了刑台之上，令他们排好队依次跪下。

这些人里头有丞相、御史、太傅等，哪一个不是位高权重、有头有脸的人物？但是如今没人管这个，每个人都被几个小卒当成牲畜一般呼来喝去。

这些人都穿着灰白的囚衣，根据罪状的轻重和官阶高低依次排下来。跪在最前面的清瘦男子自然是宋渊贞，他如今被罢黜了昭国丞相的官职，始终低着头，不发一言，头发和胡须乱糟糟地纠结在一起，好像刻意挡住了面容。

在宋渊贞身边，有一人跪了下来，此人之前是太傅。他侧首看了看曾经的丞相，想到大家都是这样一副落魄的样子，居然笑了出来，问道：“贵公子何在？”

“小犬昨夜已服毒身亡。”在乱发和胡须的遮挡之下，宋渊贞淡淡的声音传了出来。

太傅不以为然地哼了一声，似是感慨道：“在这件事上，我不得不佩服丞相大人，唉……蝼蚁且偷生啊。”

宋渊贞懒得再搭理身边之人，漠然地别过了头。

这时候，远处有一辆马车驶了过来，停下之后，先是下来一名男子，后来又有一名女子探出了身子。她甩开了男子想去扶她的手，自行跳下马车，从一个侍女模样的人那里接过一个食盒，径直朝着刑台走去。

有重重官兵在刑台四周把守，但是没有一人上前拦住她，任由她一步步走到了那个跪在最前排的死囚身边。

来人不是别人，正是宋翎。她一眼就看见了自己的爹爹，走过来的每一步心里都像热锅滚油似的煎熬。她只有死死地捏住食盒的手柄，才能勉强控制住情绪。如今到了父亲跟前，她将食盒放下，再也承受不住，重重地跪在地上，甚是悲戚地喊了一声：“爹爹！”

宋渊贞冷着一张脸，当作没听见。

一旁的太傅朝着宋翎看去，这个突然出现的女子穿了一身白衣，扎眼得很，明眼人一看就知道她是专门来送行的。原本他也在纳闷这人是谁，听得一声“爹爹”，基本可以断定这就是宋家的长女。

说起这个宋家的大小姐，也算是小有名气了，哪怕他没见过人也听过她的传闻，成婚不到一个月就被夫家休弃了，这样的人古今没几个，想不出名都难。她当初为了嫁给襄王，几乎跟老父闹到决裂，眼下落到这种地步，真不知是可怜还是可叹。

“爹爹，不肖女宋翎来了。”宋翎颤抖着说完了这句话，差点儿咬到自己的舌头，不仅是寒风刺骨，也是因为她内心正剧烈翻涌着愧疚和不安的情绪。

宋渊贞还是没有搭理宋翎，仿佛眼前的女子不是他曾经疼爱十多年的女儿，而是一个彻头彻尾的陌生人。

宋翎心如刀绞，从成婚那日一直到现在，宋翎终于又见到父亲，但是没想到见面是在刑台之上。她那个曾经风姿卓然的父亲竟然成了如今这副模样，鬓发散乱，胡须丛生，双目凹陷，嘴唇干燥起皮，额头和嘴角是深深的纹路，整个人好似苍老了十岁。

“哥哥呢？”宋翎的目光在刑台上来回搜索，唯独不见哥哥宋璟的身影，也许是兄妹连心，宋翎隐隐觉得有些不对劲儿。

宋渊贞的视线越过宋翎的头顶，远远地落在刚才载着宋翎来的马车上，虽然隔得远，但是宋渊贞的目力一向不错，他早认出来了，那里还站着一位老熟人。

“难道襄王没有告诉你？”宋渊贞沉默到现在，终于说出了第一句话。

宋翎听得一头雾水，说道：“女儿并不知道。”

旁边的太傅叹了一口气，心想这个老宋也是死脑筋，诀别的时候了，难道不应该抓紧时间好好跟女儿说几句话？这样子别别扭扭的算什么？

“你哥哥昨夜服毒死了。”太傅忍不住插嘴道。

宋翎骤然听闻宋璟的死讯，大惊失色，表情骇然地转向了自己的父亲，鼓起勇气问道：“爹爹，这是真的？”

“宋璟是畏罪自杀。”宋渊贞还是一副淡淡的口气，仿佛是麻木之后的平静。

宋翎感觉心口遭了重重一击，五脏六腑都疼得移位了。她原本是跪着的，这一下颓然跌坐在了地上。哥哥！她口中已发不出声音了，唯有在心里凄厉地喊了一声。她不敢相信，她的哥哥就这样死了，她记忆中英俊挺拔又温良谦和的哥哥，偶尔抱怨爹爹和奶娘偏心却又常常护着她的哥哥，难道真的死了？

“爹爹！”宋翎颤抖着支起身子，跪着朝前爬了几步，颤抖着双手抓住了父亲一侧的臂膀，眼泪已抑制不住地流了下来，“我不相信哥哥死了，为什么？为什么会这样？”

宋渊贞此时直挺挺地跪在地上，木桩似的任由女儿抓着。

太傅又忍不住了。他对宋家的一双儿女没有任何好感，在他看来，老宋要不是被这一双儿女拖累，这时候还是高高在上的丞相，怎会沦落到凄凄惨惨、任人宰割的境地？枉费老宋一辈子聪明决断，照样有还不完的儿女债。

对宋翎，太傅不想多说什么，这丫头遇人不淑，自己也落难遭罪了，但是对宋璟，那位险些成为自己的女婿的人，太傅恨得牙根发痒。

“宋璟也是活该，自作孽，不可活，他一个人清清静静地死了也好，不然的话，他哪里来的颜面见我们？我要是他，愧都愧死了。”太傅冷冷地说了一句。

“你胡说！”宋翎听到旁人诋毁宋璟，顿时气血上涌，额头青筋直跳，“你怪我哥哥牵累了你们，可是指我哥哥暗中跟祁人接触的事？我告诉你，其实我才是……”

“宋翎！”宋渊贞陡然怒喝了一声。

宋翎从未被父亲这样吼过，不禁愣住了，后面的话也硬生生地被吓了回去。

太傅瞪了宋翎一眼，十分不满这个小丫头的无礼，嘴上越说越来劲儿了："自古内鬼比贼还可恨，宋璟从江临回来之后，突然变了一个人似的，我早该发现里头有古怪。你当这些指认咱们的罪证是怎么来的？宋大小姐也不是笨人，自己琢磨琢磨吧。"

宋翎感觉自己的唇舌犹如被冰雪牢牢地冻住，分毫转动不得，好似每说一个字都有撕皮扯肉的疼痛。这时候，一个可怕的念头渐渐清晰起来。宋璟改变了从前的立场，不是他打算服从父亲，而是以内应的身份打入太子党内部，以此收集证据。至于宋璟此举为了何人，除了襄王再无别人。

宋翎咬了咬舌尖，胸口一阵滞痛。可怜哥哥苦心孤诣，如今却两面不是人。

"爹爹？"宋翎对着父亲喊道，其实她也听得出来自己的声音毫无底气。

"你回去吧。"宋渊贞面色冷静，不带一丝一毫暖意亲情，"从你出嫁那日起，我就不再把你当成女儿了。"

"爹爹。"宋翎难以置信地道。

宋渊贞似是无奈地叹了一声，说了一段长长的话："你的姨娘和妹妹们这会儿大概已经上路了，栩栩恐怕也是凶多吉少，从此只有你一个人了。你当初自己选了要跟着襄王，只愿襄王不要太过亏待你。咎由自取，与人无尤，你回去吧。"

宋翎神色一震，这分明是临终之言。此时已是午时三刻，薄薄的日光下，人的影子缩到了最短，几乎只有脚下的一团。宋翎晓得这意味着跟父亲永别的时刻终于避无可避地来临了。

宋渊贞狠了狠心，转过头去，不再看宋翎。他是今日第一个受刑之人。

宋翎抓着父亲的袖子不肯离开，当值的官差见惯了这种场面，立刻有两人上来，一人一边将宋翎架了起来，跟抓一只小鸡似的将她强行拖下了刑台。宋翎一个站不稳，正要朝后跌倒的时候，有人在身后一把扶住了她。

宋翎不用回头就知道那人是苏子修。她很是嫌恶地挣脱了他的扶持，依然朝着刑台冲去。此时监斩官的令牌已下，行刑即将开始，断不可再让闲杂人等靠近。那两个官差抽出大刀，明晃晃的刀刃交叉着挡住了宋翎的去路。

"爹爹！"宋翎连声高喊，父亲是铁了心不理会她，只留下一个孤绝冷漠的背影。

"翎儿，别去了。"苏子修握住宋翎的肩膀，欲带着宋翎转过身去，他不想她亲眼看见斩首的时候那种血腥而残酷的场面。

"你放开我。"宋翎对苏子修的靠近有种本能的厌弃，她被逼到极限了，那被激发出来的力道让苏子修一时也抓不住她。

宋翎又一次挣脱了苏子修的拉扯，不管不顾地朝着那两把大刀撞了上去。她连生死都置之度外了，当着襄王的面，那两个官差不敢妄动，也怕宋翎死在自己的刀下。但是宋翎冲过来的势头太快，眼下收刀已来不及了，于是两人只好反手用刀背相对，正好撞到宋翎的小腹。

宋翎觉得肚子被撞得生疼，但是强烈的恐慌感紧紧地笼罩住了她，使她根本无暇分心。她眼睛里只看到一个人，就是她的父亲。而行刑的刽子手已经立定，手中高举着系着红绸的三尺大刀。

“不要！”宋翎几乎是撕心裂肺地喊了一声，拼尽全力冲到了父亲跟前，跪地前倾，紧紧地抱住了父亲。

“宋翎！”苏子修惊声高喊，但是已经来不及了，只能眼睁睁地看着大刀落了下来，而刀下是那一对生死相依的父女。

刀落的一刻天地间仿佛无声，直到一颗头颅滚落刑台上。

宋翎感受到了凌厉的刀风，下意识地闭紧了眼睛。她像是失聪了一般，但是触觉还在，感觉自己的后背涌上一片湿腻腻的温热，而且这种感觉慢慢地延伸开去。

宋翎松开了抱着父亲的双臂，而她怀中的躯体也在这一瞬轰然倒地。宋翎看到了一生之中最为可怕的场面，这也是她从今往后摆脱不掉的梦魇。

“啊！啊！”宋翎抱紧了脑袋，眼前是淋漓的血，哪怕闭上眼也是一片鲜红。那是父亲的血，跟自己一样的血，她终于撑不住，发了疯似的尖叫起来。她什么都不知道了，什么都感觉不到了，天崩地裂也不过这般。她甚至察觉不到有人到了她身后，突然伸出一只手挡住了她的眼睛，随后脖颈处一阵痛麻，紧接着她陷入了昏迷。

宋翎再次醒来已是两日之后，心神的损耗到了极限，她也不知道自己为何能睡这么久。她好似做了一个长长的梦，梦里面一切回到了原点，她见到了父亲、哥哥，他们都好好地陪在她身边，就连苏子修也是从前宁静淡泊、温润儒雅的模样。

既然是梦，终有醒来的时候。宋翎低头看了看身上换上的洁净寝衣，素净的颜色没有一丝一毫鲜血的痕迹，但她依然忘不了从父亲喉颈处喷洒而出的血黏在她后背上那种炽热的灼痛感，当年她被灯油烫伤的时候，都没有疼到这种地步。

在外面兜兜转转了一圈，宋翎还是回到了襄王府中。她上一次被苏子修从天牢里救出也是这般情景，在她身边服侍的人依旧是花镜。

宋翎虽然醒了，但她在床榻上浑浑噩噩地躺了一整天，不哭不笑，也不说一句话。花镜喂她吃饭，她就咽下去，神色麻木，也分辨不出饥饱。直到晚上，房门被推开，一个人缓缓走到了她的床榻前。

宋翎是面朝里侧躺着的，她不回头看也知道来的人是谁。她的口气淡淡的，又含着一丝若有若无的嘲讽："你来了，看来也不用我装摔倒了。"

"翎儿。"苏子修尝试着唤了一声。

原本亲昵的称呼，在宋翎听来无疑是用锋利的刀刃在剜她的耳膜。事到如今，她对眼前这个人彻底心冷了、绝望了、恨极了。她想起从前柔情缱绻的时光，美好的感觉已经烟消云散，直让她感到一种说不出的厌恶，甚至是克制不住的反胃。

她自以为是地爱了他这么多年，可笑的是她从来没有真正看透过这个人。那个让她甘愿舍了父兄、舍了家族、舍了姓氏，乃至不惜当妾做小也要一生相随的人，到头来给了她什么？还有她的哥哥宋璟，到头来又得到了什么？哪怕死了也是一个糊涂又冤屈的鬼。

她和哥哥宋璟，可悲的是他们两个，但可恨的也是他们两个。是他们盲目地相信一个人，是他们的一意孤行拖累了父亲，将整个宋家拖进了被抄家灭门的泥淖之中。想不到宋氏满门竟然成了皇储斗争之中最大的牺牲品。

宋翎从榻上坐了起来，转过身直愣愣地看着苏子修，眼神空洞涣散。她不无悲哀地想着，这就是自己选的夫君，就是自己不惜违背父意也要嫁的人，就是曾经跟自己同榻而眠的男人。年少的她傻傻地奉上了一颗真心，到头来一颗心彻底被碾碎了，还被一把把地撒满了盐。

宋翎就这样看着那明明熟悉至极的面孔，她闭着眼睛都能描摹出的五官轮廓，为何现在完全不认得他了？

良久之后，宋翎兀自失神笑了，把头别了过去。她就是将这张脸看穿了，恐怕也看不出任何结果。她的声音毫无起伏，带着归于死寂的平静："放我走吧，不要再留着我了。"

苏子修神色一紧："翎儿，你别这样……"

"我还能怎么样呢？"宋翎打断了苏子修的话，转而尖锐地反问道，"当初也是在这里，你对我说，日后自会向我解释，但是现在我的父兄、家人都已不在了，你还拿什么跟我解释？"

宋翎没有说错，人都死了，还有什么好说的？只有人活着，一切才有解释和转圜的余地。事情到了眼下的地步，苏子修也是始料未及的。当初宋翎要走，他拦住她，信誓旦旦地说日后自有交代，然而现在，他实在想不出自己还能给宋翎一个怎样的交代。

苏子修说道：“你现在这个样子，我不可能放心让你离开。”

“那你要怎么样？”宋翎尖叫了一声，发现一旦对眼前这人没有了爱，自己竟然能如此憎恨他，口气带着满满的讽刺，“既然休了妻，襄王殿下还留下我做什么？难道襄王殿下是舍不得我，要我给你当一个无名无分的侍妾吗？”

苏子修看着宋翎，她仰起脸大笑的样子，似乎有一种天真的刻薄。她将一双手臂软绵绵地搭上了苏子修的脖颈，说道：“襄王殿下上次将我强行留下的时候，说过不妨做一回恶人，如今是不是打算做一辈子的恶人了？”

苏子修想要握住宋翎搭在他脖子上的手臂，那一双手臂似灵蛇一般攀了上来，又似灵蛇一般收了回去，苏子修伸出去触碰的手僵在半空中，指尖掠过一片柔软的袖角。

宋翎咬着牙，一字一顿地说道：“可是你知道我现在想的是什么吗？我想要远远地离开你，一辈子都见不到你。”

“翎儿。”苏子修将手放在宋翎的肩膀上，不料宋翎却挣扎起来。她双眼渐渐泛红，已恨得没了理智，连连尖叫道：“我不会忘记是你害死了我的父兄，也不会忘记是你害得我家破人亡。我恨你！我恨你！我恨不得咒你死，咒你不得好死！”

苏子修皱了皱眉。他不怪宋翎，毕竟他对宋翎做的事，够她咒他一百遍不得好死了。宋翎越是挣扎，他越是想要将她紧紧地抱在怀里。宋翎自然不肯，趁着苏子修一下松了力道，她翻身下了床榻，躺着几天的身子在落地的那一刻，脚下软得厉害。宋翎跌跌撞撞地走了几步，猛然撞上桐木梳妆台。看着苏子修朝自己走过来，宋翎慌不择路，抓起妆台上的东西就朝苏子修砸了过去，有脂粉盒子，也有盛着头面首饰的乌木匣子，一时间黄金、宝石、翠玉落了一地。

宋翎这种没头没脑的砸法，自然伤不了苏子修，但宋翎这种形似泼妇的疯态，却令他十分头痛。他三步并作两步到了她跟前，想去捉住宋翎的两只手腕。

宋翎手边没了可扔的东西，她抓起那一把象牙梳，狠狠地冲着苏子修的面门戳去。苏子修早一步捉住了宋翎的两只手腕，只是在她腕间某处轻轻一捏，原本来势汹汹的象牙梳应声落地。

两人近在咫尺，宋翎盯着苏子修的眼神几乎要沁出鲜血。苏子修一时心头火起，竟鬼使神差地低头吻了下去。宋翎眼下是恨极了苏子修，哪里肯依从，尽力地躲避着他的唇舌。

这种事既然开了头，没有轻易收场的时候。苏子修一把托起宋翎，宋翎感觉脚下一空，随即人已坐在了身后的梳妆台上。

还未等她有所反应，苏子修已欺身上来，用双手捧住宋翎的脸蛋，再一次去捕捉她的双唇。宋翎又急又怒，但是脸庞被卡住转动不得，双拳打在对方身上也不痛不痒的，她感觉自己的唇瓣被人含住，吮吸碾压。他企图撬开她的牙关，在她的领地长驱直入，宋翎咬紧了牙关，就是不肯放行，哪怕对方在多次试探之下，已经吻得她双唇渐渐生出痛麻之感。

苏子修将宋翎打横抱起，几步走回了床榻前，将宋翎平放在榻上之后，自己随即覆了上来。宋翎抖了一下，猜到了接下来会发生什么，尽管以前也有过很多次肌肤之亲，但是她绝对不愿意在这种情况下，再将自己交给这个男人。

“别过来！”宋翎拼尽力气地大声喊道。

就在她说话的瞬间，苏子修的吻已汹涌而至，宋翎被迫张开嘴接受他唇舌的炽热纠缠。他只用一只手就将宋翎的两只手腕给按在了头顶上，另一只手贴着侧脸、脖颈一路下来，伸入了寝衣里，覆盖上宋翎一侧的肩头，轻轻地摩挲着那细腻软滑的肌肤。

宋翎简直要被逼疯了，只要打从心眼里不愿意，这种事不啻一种痛苦的煎熬。她发狠似的一咬，不知是咬到了苏子修，还是咬到了自己，血一下子从两人的唇舌紧贴之处流了下来。

苏子修清醒了一些，停止了进一步的入侵。在他分神的瞬间，宋翎的双手挣脱了他的束缚，她死死地抓紧了已经被扯得松散开来的寝衣领口。

宋翎的神情凛冽如冰雪：“我要为父亲守孝，襄王殿下这时候对我做这种事，岂不是禽兽不如？你若是再逼我，我只会更加恨你。”

苏子修也是一时头脑发蒙，眼下被这句话镇住，自然不再有所动作。

宋翎依然抓着松散的领口，顺势一把推开了苏子修，恨不得离这张床越远越好。

苏子修仍旧保持着之前的姿势，手肘撑起的空间恰好可以容纳一个人，而现在这个人已经避之唯恐不及地逃走了，在锦衾之中徒留一点若有若无的气息。

苏子修的视线缓缓移了下来，他发现宋翎刚刚躺过的地方留着一小块尚鲜红的血晕，不过指甲盖大小。苏子修先是心里一紧，莫非适才意乱情迷之时，自己不慎弄伤了宋翎？这个念头只是稍稍一转，他就反应过来，应该不是什么外伤。

算算日子，宋翎的癸水大概也是这几日来，想到这一节，苏子修只是一眼扫过，并没有过多在意。

第三十四章 栩栩

锦城那里很快传来了太子暴毙的消息。说起来这事已经发生好几天了，大概还在行刑之前。只是太子到锦城避难之后，当即下令切断跟都城的全部联系，而且太子死后，太子党内部又分裂了，自己人之间先闹了个不可开交，使得这个消息传到都城推迟了几天。

太子正值壮年，据说暴毙是因为中了剧毒，而投毒的正是太子身边的一位妾室。太子当时逼宫失败，逃出郢梁，暂且到了锦城落脚，原本太子就没打算在锦城待太久，而是喘一口气就要杀回都城。但是这个计划永远搁浅了，因为其中最为关键的人物——太子突然死了。

太子一死，他手下的人就失了主心骨，立刻分裂成了两派，一派主张向朝廷投降，一派主张抗争到底。人没有不爱惜性命的，想投降的人自然占了大多数，最后那些人带着太子的尸身，押着投毒的太子妾室一道回了郢梁。

惠帝不忍见太子的尸身，令内务府妥善操办太子的后事。到底父子一场，惠帝原本只是想让太子让出储君之位，没想到太子竟然糊涂到造反逼宫，反倒将自己逼上了绝路。惠帝清理了朝中的钉子，又提拔了几个靠得住的良才，好在将来辅佐苏子修。

如今锦城的威胁也解除了，惠帝觉得自己总算做完了全部事情，哪怕阎王在下一刻收回他的命，他也没有什么放不下的了。

苏子修之所以会关心这件事，是因为他知道那位太子妾室就是宋翎的二妹宋栩。自从那天之后，宋翎再也不肯进那间卧房，再也容不得苏子修近身，成日一身重孝，头上的白绢始终不曾拿下。苏子修思量一番后，还是决定将宋翎送回闲月山庄，那里远离都城，痛苦的回忆能少一些，而且那里有宋翎的奶娘在，他多少能放心一些。

苏子修请求惠帝将宋栩交给他处置。宋家已经不在了，宋栩也无处可去，不如让她们姐妹二人在闲月山庄做伴。惠帝没有多说什么，只是轻描淡写地嘱咐了一句："你的事自己把握好分寸，不必来问朕。"

得了惠帝的首肯，苏子修不再耽误，立刻命人送宋栩去闲月山庄。苏子修一开始没有想太多，只想着宋翎身边有亲人相伴可能会好一些。

当苏子修亲眼见到宋栩的时候，他已经隐隐感到了不妥，但是传信的人已经过去了，宋翎那里得到了消息，他不能临时反悔，只能怀着一丝担心目送着宋栩上路了。

从刑场回来之后，宋翎一度十分消沉，如今二妹妹宋栩来了，倒是令她活跃了几分。她现在只剩这一个同胞姐妹了。

闲月山庄的仆人们迎接了宋家二小姐，宛若这是一个天降的福星。但是大家很快就发现了这位二小姐的古怪之处。

宋栩不说话，也不让别人碰她，自始至终都是一副惴惴不安的表情。她身上穿的衣服也很奇怪，是一件已经脏污得看不出原本花纹的锦袍。二小姐之前是跟着太子的，就算太子落难了，太子的侧妃不会弄成这种样子。

宋栩被带进了备好的客房，宋翎和奶娘姚氏亲自陪着。宋翎正和宋栩说话，但宋栩瞪着一双眼睛，就像没听见似的。若是宋翎碰她一下，她就被烫到一般躲开。姚氏看着眼前的姐妹二人，眼眶和鼻尖忍不住热了起来。这两姐妹都是整整齐齐的好相貌，娇花软玉一般，命运却如此不幸。

看宋栩的样子，估计好些天没有洗过澡，姚氏头一件事就是张罗着为宋栩沐浴洗身。宋栩来了之后一直安安静静的，唯独对洗澡这件事十分抗拒，姚氏想要脱下

她身上那件不知穿了多久的脏污锦袍，但是宋栩紧紧地抓着衣襟，神色惊恐，无论如何都不肯将其脱下来。

“栩栩，先洗澡吧？”宋翎的手还没搭上宋栩的肩膀，宋栩已吓得连连后退，她好像不认得宋翎了，只知道护住自己身上的衣服。

“栩栩。”宋翎又唤了一声，眼神满是惊诧，眼前这个半疯的少女，怎么都无法跟她记忆中温柔美丽的妹妹重合起来。

“二小姐，您别怕，您认得我吗？您小时候还常常叫我姚妈呢。”姚氏柔声细语地对宋栩说着话，稳定她的情绪，慢慢地靠近她，半哄半骗地将她搂在了怀里，另外还有两个帮忙的小丫鬟，她们一起服侍着宋栩脱下衣衫。在三人的配合之下，那件脏兮兮的锦袍终于被脱了下来，里面的中衣也是皱巴巴的，姚氏一看就心疼了。金枝玉叶的娇小姐，怎么把自己弄得这般落魄凄惨？连个大户人家的下等丫鬟都比她强些。

宋栩又变回木讷的样子，任人摆布，但是当丫鬟的手碰到她的小衣的时候，她的反应一下子剧烈起来，若不是两个丫鬟按着她，估计她能把姚氏撞得后仰。

姚氏将宋栩搂在怀里，稍稍转过身，有意挡住了宋翎的视线。宋栩在挣扎的时候，露出了少许肩背之处的肌肤，宋翎没看清楚，姚氏的神色却顿时变了。宋栩身上有许多瘀青和伤痕，斑斑驳驳，触目惊心。

姚氏毕竟是活了半辈子的人，当她看到宋栩身上的伤痕时，又想到宋栩的种种反常行为，已经将事情猜了个七七八八。

“栩栩，你怎么了？”宋翎一时还未想到这些。

姚氏不愿让宋翎看见，下意识地想要支走她：“大小姐，您出去坐一会儿，我会服侍二小姐洗浴的。”

“奶娘，我不走，我留下来帮你吧。”宋翎不肯离开。

姚氏一听就急了，道：“我的大小姐，您哪里做过这些事？您出去一会儿，这儿有奶娘在呢。”

宋翎原本还不在意，但是姚氏一再阻止，令她起了疑心：“莫非栩栩有什么事？”

宋翎说着就要亲自上前查看，姚氏一边劝宋翎出去，一边遮遮掩掩的。

宋翎径自到了宋栩跟前，刚刚捋起宋栩的袖子，就看见胳膊上两道青紫的瘀痕，像是被人紧紧抓着胳膊留下的，可见当时下手的人用了多大的劲儿。

“这是怎么回事？”宋翎不由得惊愕不已，栩栩不是一直跟太子待在一起吗？究竟是谁会对她下这样的狠手？

宋翎拨开一点儿宋栩的领口，发现她肩膀上也是一样的伤痕。重逢的欣喜一下子沉重起来，宋翎做梦都想不到，栩栩会伤痕累累地出现在她面前。她试探着问道：“栩栩，你在锦城可是出了什么事？”

宋栩紧紧地咬着下唇，直到咬出了泛白的牙齿印，还是不肯说一句话。

宋家只剩她们二人，宋翎心里针刺一般疼痛，她勉强维持着表面上的平静，将妹妹的一只手合握在自己的掌心里，用哄小孩似的口气安抚道：“好好，不说了，什么都不说了。”

宋栩始终是紧张的，眼神涣散飘忽，不知落在虚空中的哪一处。宋翎耐心地引导着妹妹去看她：“栩栩你看看我，我是姐姐，栩栩你认得我吗？”

宋栩的目光终于落在了宋翎的脸上，她木木地点了点头，喉咙里叫出两个字：“姐姐？”

宋翎尽量用轻柔的口气进一步试探道：“栩栩，你别怕，这里有姐姐和奶娘陪着你，咱们把脏衣服脱了，先给你洗浴一下，好不好？”

宋栩依然木木地点头，一张娇美的面孔上，失了灵气的五官透着一种说不出的呆滞感。

宋栩身上最后剩了一件小小的抹胸和亵裤，但是她无论如何都不肯脱下来，仿佛要牢牢守着底线。大家拿她没办法，只能让穿着抹胸和亵裤的宋栩进了浴桶，总算是把澡洗了。

姚氏仍坚持让宋翎出去，几乎是以恳求的语气道：“翎儿你出去吧，别看着了。”姚氏唯恐宋翎受不了，宋翎到底太年轻，有些事情知道和亲眼看到是天差地别的。

家门生变，宋翎的性格似乎也改了一些，至少没有从前那么执拗。她听了姚氏的话，出去了。她一个人在外间出神，过了好长一段时间，看见收拾的人进去了，几个婆子和丫鬟将洗浴后的水倒掉，又将浴桶抬了出去。宋翎猜想应该差不多了，正要进去看看栩栩，却被一个丫鬟拦住了，只说宋二小姐身上的伤处还没上药，让宋翎再耐心地等一等。那丫鬟说完就捧着几个装药的小瓷瓶进去了。

宋翎又等了一会儿，也不知过了多久，里间突然传来一声闷响，像是有人撞到了什么东西上，随即又是一阵杂物落地的声音。

栩栩？宋翎一惊，疾步冲了进去。她一眼就看见姚氏仰面躺在地上，面色青白，五官几乎拧在一起，正在忍受着极大的疼痛，一只手捂在腰间的位置。

离她不远处是一个翻倒的红木小杌子。旁边一张沐浴后短暂休憩用的小软榻上，蜷缩着满脸惊恐的宋栩。她刚刚洗过的长发还未擦干，湿漉漉地贴在脸庞和后背上，

身上只是胡乱披了一件浴衣，堪堪遮住身体，下身也许是未着裤子，浴衣下露出了一双纤细洁白的小腿，而她身边散落着装药粉、药膏的瓶瓶罐罐。

“奶娘！”宋翎先跑到姚氏身边，焦急地问，“奶娘您怎么了？是伤到哪里了吗？”

姚氏躺在地上动弹不得，摆了摆手，示意宋翎千万不要试着扶她，强忍着剧痛说道：“撞到了腰这里，疼得很……”

看着眼前的情形，宋翎大概猜到了事情的经过。姚氏要给宋栩上药，宋栩一时受了什么刺激，突然推了姚氏一把，姚氏在仰面摔倒的时候，后腰好巧不巧地磕在那一张红木小杌子上。红木质地坚硬，人倒地的势头又猛，可想而知这一下撞得有多严重。姚氏的腰肯定是受伤了，而且伤得还不轻。

“快来人，快来人！”宋翎大声喊了起来，外头的人刚刚就听见里面的响动了，又听得宋翎急声高喊，知道是出了大事，都急匆匆地跑了进来。

眼下要紧的是救治姚氏的伤，丫鬟们搬来了一条春凳，几个力气大的婆子一起小心翼翼地将姚氏平放在了春凳上，又小心翼翼地抬着姚氏出去，等着大夫为她诊治。

尽管抬她的人轻手轻脚，但姚氏还是疼得满头豆大的虚汗。她看着一脸担忧的宋翎，还好言好语地安慰道：“奶娘没事，就是撞了一下，你不要担心，去看看二小姐吧……”

送走了姚氏之后，宋翎回去看宋栩，只见宋栩犹是惊惶不安，身子蜷缩成小小的一团，仿佛一个做错事的孩子，想要将自己藏起来。她看到宋翎挨着自己坐下，轻不可闻地问道：“姚妈会不会有事？”

“你别担心，奶娘不会有事的。”宋翎安慰道，取了一件厚实的外袍包裹住宋栩，说道，“倒是你，留心别着凉，你好好坐着别动，我帮你把头发擦干。”

宋翎细心地给宋栩擦着头发，突然间，宋栩一把抓住宋翎的手，没头没脑地说了一句：“姐姐，我又做错事了。”

宋翎被她突如其来的举动吓了一跳，随即安抚她道：“没事的，栩栩，奶娘不会有事的。”

宋栩没听见似的，喃喃地重复了一遍：“姐姐，我又做错事了。”宋栩紧紧地攥着宋翎的手腕，精神恍惚的她用力没轻没重的，抓得宋翎的手腕一阵生疼。宋翎低头一瞧，宋栩两片尖尖的指甲已经嵌进了自己的皮肉里。

宋翎将妹妹的手掰开，又用双手将其握在自己的掌心里。宋栩是因为害得姚氏受伤而愧疚，但是她口中反复提及的“又”字，引起了宋翎的注意。

“在锦城到底发生了什么？”宋翎一面试探着询问，一面观察着宋栩的神情变化。

“姐姐，是我毒死了太子殿下。”宋栩睁着一双空洞的眼睛，不像是在发出声音，而是在用一股微弱的气息对着口型，若不是离得近，宋翎根本听不清她在说什么。

尽管之前宋翎就知道了此事，但是听宋栩亲口说出来，宋翎依然有一种分外沉重的感觉，如同心间塞进了一大团潮湿的棉花，不是为了自己，而是为了妹妹宋栩。

“栩栩，不要再想了。”宋翎说道，后悔刚刚多嘴问了那句话。对宋栩而言，在锦城显然有一段相当不愉快的回忆。

“姐姐，我这样算不算是杀人了？可是我真的不想杀人，姐姐你相信我，我真的不想杀人的。”宋栩的口气急促了一些，情绪也激动起来。

“我知道。”宋翎答道。她何尝不知道，宋栩从小就温柔腼腆。那时候，宋丞相看着这两个年纪相仿的女儿，常常感慨长女宋翎性子太野，次女宋栩性子又太软，若是两人能互补一下就好了。其实宋翎心里始终藏着一个疑问，妹妹这样一个温驯到近乎软弱的人，居然下得了这样的狠心，亲手毒杀了自己的夫君，这太匪夷所思了。但是宋翎没有多问，宋栩一直情绪不稳定，不能再受刺激了。

宋栩脑子里一片混乱，越是心急想说什么，越是语无伦次。她看着宋翎，原本涣散的眼神似乎终于有了焦点，她反握住了宋翎的手，手在颤抖，声音也在颤抖，说道：“姐姐，我也想救爹娘，想救宋家，所以我没有办法，只能这么做……对！只有这么做了，我才有机会救他们！对！我要救爹娘他们！但是爹娘他们还是死了，为什么会这样？为什么他们还是死了……”宋栩一下子抱住了脑袋，像是万分痛苦，嘴里还是不停地重复着，“为什么爹娘他们还是死了？我明明照做了，为什么爹娘还是会死……”

宋翎看着自己的妹妹，也许是因为血脉相通，她对宋栩的痛苦感同身受。即使宋栩的话一直颠三倒四，宋翎还是听出这里面的不对来。有一个可怕的念头在她心里浮现，莫非栩栩对太子下毒是受人指使的？

“为什么只有这样做，才能救爹娘他们？”宋翎已惊疑不定，但是依然不敢操之过急，小心翼翼地引导着宋栩回答她的问题。

宋栩处于高度紧张之中，听不见旁边人说话，只是沉浸在回忆里面，又开始了另一段喃喃自语。这一次她的思绪清晰了许多，变得有条有理，不再絮絮叨叨地重复一句话，只听她说道：“在锦城的时候，能近太子的身的只有我一人，我要下毒

是一件再容易不过的事，可以将毒混在茶水里或是拌在菜肴里。我何尝不知道，如果我毒死了太子，我也不会有好下场，太子身边的那些人不会放过我……”

栩栩说着，浑身颤抖得越发厉害。在锦城的那段记忆充斥着阴暗晦涩和狼狈不堪，像是摆脱不掉的梦魇，始终纠缠着她，折磨着她。她越是不敢回想，越是有无数细节在脑海中清清楚楚地浮现。

“姐姐，我宁愿他们一刀杀了我，死了也就干干净净了。但是我要活着，他让我做的事情我做到了，他答应我的也一定要做到。那时候我心里只有一个念头，活着就是为了亲眼看到爹娘他们没事，直到有一天……他们告诉我皇上判了宋家满门抄斩，早就已经行刑了……”宋栩的泪珠滚滚落下，她嘴边却挂着笑，“那天之后，我想过要死，可是我一直下不了决心。小时候娘和姨娘他们都说我性子太弱，他们说得没错，我果然是这样的。之前我靠着那个念头心安理得地苟活下来，最后还是没有寻死的勇气。姐姐，你知道那些人有多坏吗？你根本想不到，人会坏得连畜生都不如。那些人不准我死，一旦发现我有寻死的念头，那些人就会……就会……”

“栩栩，别说了。”宋翎紧紧地抱着妹妹，不忍心再听下去，只说了五个字，但是她依旧感觉到每发一个音语气都涩重得很。

让你对太子下毒的人究竟是谁？

这句话在宋翎心里生成已久，只是她一直没有勇气问出口。这句话化作了一面薄薄的锋刃，在喉咙的位置来来回回地割着。

宋栩的身子软软的，没有力气，任由宋翎抱着她，她则将脸搁在宋翎的肩头，哭一阵笑一阵：“姐姐，你想知道是谁让我这么做的吗？是襄王殿下。”栩栩蓦然说了出来。

这句话轻飘飘地钻进了宋翎的耳朵。

宋栩接着说道：“毒药也是襄王派人给我的，我不肯，他就跟我讲条件，而他开出的条件，我没办法拒绝。”

宋翎依旧用双臂环抱着宋栩，甚至连手臂的位置都没有挪动一下。她超乎寻常地平静，不知是她真的无所谓，还是震惊、错愕的情绪到了极限，产生出类似麻木的平静。

“我之前穿的衣服呢，那一小瓶毒药我还留着。”宋栩一下子想到什么，使劲推开宋翎，爬下软榻，赤足站在了地面上，急切地寻找着那件脏兮兮的衣服，“姐姐不相信我吗？我现在就找给你看。”

“栩栩，你别光脚站着，会受凉的。”宋翎想拦住她，但是宋栩此时正处于一种近乎偏执的状态，力气也比平时大了很多，宋翎根本拉不住她。

宋栩似乎陷入了混乱之中，毫无章法地寻找着之前穿的衣服，到处乱翻，根本不可能藏衣服的小屉子也要抽出来看一看，根本看不见那一件被翻箱倒柜地寻找的衣服就在她的脚边。

“栩栩，别找了，衣服就在你脚边。”宋翎走上前去，将衣服捡起来递给了宋栩。她们原本是要把脏衣服扔了的，但是姚氏忽然摔伤了腰，一时忙乱就忘了这事。

宋栩从宋翎这里夺衣服的时候，竟然有一种猛虎夺食的气势，好像生怕宋翎霸占这件脏衣服。她也不管地上凉，直接跪坐下来，神情专注地在衣服的里里外外翻找起来。

“栩栩，别坐在地上，我们坐回软榻上找吧。”宋翎好声劝道。

宋栩眼睛发直，心思都在那件衣服上，一个字都听不进去，看架势是不找出点儿什么就不罢休。

宋翎一时无奈，只能先拿过一双软鞋给妹妹穿上。

“你看，就是这个！”宋栩的眸子倏然亮了，她举着一个小小的物件给宋翎看，恨不得直戳到宋翎眼前。

宋栩的情绪变得很快，刚刚她还兴奋着，一刹那又低落下来，她凄凉地说道：“多好的东西啊，我当初要是有勇气吃下去，就没有任何痛苦和烦恼了。”

宋翎神色凝重，想要看宋栩手中的是什么，但是宋栩一直乱晃乱动，宋翎根本看不清楚那东西的样子。如此反复了几次，宋翎索性一把握住宋栩的手腕，使得她不能再胡乱动了，这才将那东西看个真切。原来那是一个鹅黄缎面的八棱小锦盒，并非想象之中装着药粉或药丸的小瓷瓶，反而更像一盒胭脂水粉之类的东西。

宋翎果然没看错，那还真的是一盒胭脂。但是宋栩看着它的眼神，跟她姐姐宋翎截然不同，仿佛那就是剧毒无比的毒药。只见她十分爱惜地旋开了盖子，唯恐里面的东西漏出一星半点儿，她看着里面嫣红的粉末，又开始出神了。

“姐姐，你晓得这毒药有多厉害吗？只要一点点，一点点就够了。”为了配合说话的效果，宋栩还特意用指尖挑了一些粉末，比画给宋翎看，“我就是这样放在太子喝的茶水里面，太子喝了之后，毒很快就发作了。等到锦城的医者赶到，太子已经救不回来了，真的救不回来了……”

“栩栩，那只是一盒胭脂。”宋翎淡淡地说道。

“不！怎么可能是胭脂，明明是毒药！”宋家二小姐温顺柔弱了一辈子，这一次却固执得超乎想象。她痴迷地将指尖上的一点“毒药”放在鼻下嗅了嗅，那一嗅

好似让她突然清醒了。她紧紧盯着宋翎的眼睛，声音如往日一般绵软：“姐姐，我毒死了太子，你也把襄王毒死好不好？你在襄王身边一定有的是机会，就像我在太子身边也有的是下手的机会。姐姐你说是不是？襄王骗了我，又休了姐姐，咱们姐妹二人，怎么能平白无故地让人戏耍愚弄？反正是他不仁义在先，毒死他也没有什么不对……”

宋栩越说越控制不住自己，这个恶毒的念头在头脑中生成之后，一想到就令她充满了报复的快感，她拼命地想把那盒胭脂塞进宋翎的手里。

宋翎被她的一番话震慑住，回不过神，只是本能地不想接受。

她们一不小心，胭脂盒应声落地，里头的胭脂被打翻了，在地面上留下一片嫣红的艳色。

宋栩一下子安静下来，呆呆地看着地上的粉末，紧接着她手忙脚乱地用手掌将粉末聚拢，企图将它们装回那个小锦盒里，嘴里还振振有词道：“打翻了也不要紧，打翻了也不要紧。”

宋翎看着宋栩一脸癫狂的样子，不由得一阵揪心。她握住了宋栩那一双已被胭脂染得通红的手：“栩栩，不要再捡了，扔了吧。”

宋栩像是听进了姐姐的话，不再拨弄地上的胭脂，两只手慢慢地攀上了宋翎的面孔，摸索着宋翎的鼻梁和脸颊，好像一时间又不认得宋翎了。

她的手掌上满是胭脂，在宋翎脸上摸索的时候，也将胭脂抹了宋翎一脸，斑斑驳驳，如血迹一般，乍一看当真有些吓人。

这时有人进来了，撞见眼前这一幕，几乎吓得魂飞魄散。来人冲上来仔细一瞧，才发现是虚惊一场。

宋翎木然地转过头，看到来人正是四侍女之一的瑶儿。瑶儿是不放心，特意进来看看的。她看一眼旁边形似疯傻的宋栩，忍不住说道：“二小姐这是疯了吗？”

宋翎原本半跪着的身子支撑不住，朝后跌坐在地上，她失神地喃喃自语：“她疯了，我也要疯了。”

第三十五章 溺身

亲妹的到来，带给宋翎的并不是亲情的安慰，而是一场令她心力交瘁的折磨。

宋栩确确实实疯了，她的状况时好时坏，清醒一阵又糊涂一阵。有时她能认得人，知道宋翎是自己的姐姐，除了反应有些木讷，行为举止似乎跟往常无异；有时她谁都不认得，害怕任何人靠近她，只要有一丁点儿刺激，她就会发作起来，对着身边的人狠命地踢打和抓挠。

疯了的宋栩带着一股无人匹敌的悍劲儿，尤其是抓人的时候，都是下了死手，好像对方是她不共戴天的仇人。

照顾宋栩的丫鬟都吓跑了，谁都受不了跟一个疯子待在一起，而且还是一个随时会伤人的疯子。只有宋翎不走，哪怕宋栩有一日疯得不成人样，她也铁了心要守着这个妹妹。如今她的亲人只剩下宋栩了，宋栩也只有她了。

宋栩来了之后，宋翎身上的新伤旧伤几乎没一日断过，尤其是双手、小臂和脖颈的位置，随处可见指甲抓挠的伤痕，有的抓得浅一些，只是发红发肿，有的被抓出了血。瑶儿就亲眼看到宋翎脖子侧面上有一道长长的抓痕，触目惊心得很。别说是宋翎了，就是旁人看了也觉得疼，更别提她身上那些磕磕碰碰弄出来的青紫痕迹了。

尽管知道宋栩的疯病会不时发作，宋翎还是每日陪在宋栩身边，哪怕宋栩常常不认得她，对她又抓又挠，她也毫不在意。有一次喂药的时候，宋栩突然抓住宋翎的手一口咬了下来，侍女们吓得魂飞魄散，大家一拥而上，总算将宋翎的手从宋栩嘴里抢了回来。幸好咬得不深，没有破皮，只是留下两排深深的牙印。宋翎如今对妹妹逆来顺受，哪怕这样也是默默忍受，如果不是旁边有人在，这一口肯定要咬得皮开肉绽的。所以这段日子里，但凡是近身服侍宋翎的人，每时每刻都提心吊胆，最怕的就是这位宋二小姐会伤害宋翎。

宋翎不愿意跟妹妹分开，态度坚决，谁劝也不听。以前姚氏还能劝一劝她，但是姚氏现在腰伤很重，每日只能卧床静养。若是这样发展下去，宋栩的疯病不见得能治好，但是宋翎一定先被宋栩拖垮了。这段时间多遭变故，宋翎原本就是身心受创，如今她不仅要承受自己的痛苦，还要承受疯了的妹妹发泄出的痛苦，可谓雪上加霜。

瑶儿等四名侍女是直接听命于苏子修的，苏子修只吩咐了一件事情，就是一定要好好照看宋翎。眼看着情况越来越糟，她们的担忧也与日俱增。她们知道这事拖不得，作为四侍女之首的瑶儿跟其他三人商量了一下，决定派人去请苏子修过来，除此之外也没有别的办法了。

这四人嘴上不说，心里都不认可苏子修将宋二小姐送来跟宋翎做伴的这一举动，这绝对是苏子修最大的失误。

宋栩发病的时候，不仅常常弄伤宋翎，还热衷于“教唆”宋翎毒死苏子修，经常随手拿起一盒胭脂水粉就当是毒药，反反复复地让宋翎去下毒。瑶儿她们第一次听到这种惊人之语的时候，几乎吓得魂不附体。她们暗自摇头，真不知道自家这位一向聪明过人、行事稳妥的主子，为何这一次偏偏出了一个昏着，硬要给个解释的话，大概就是所谓的关心则乱吧。

除此之外，瑶儿还留意到一个细节，宋翎的月事通常来说最长七八日，身上就干净了，但是宋翎这一次超过了十日。瑶儿昨天还悄悄地问了宋翎近身的一个侍女，据说还是老样子。瑶儿还在思量，是否要将此事一起禀告给苏子修，但是想想又算了，觉得是自己太过紧张了。

这些日子，恰恰是苏子修最为分身乏术的时候，因为惠帝驾崩了。太子死后不到十日，惠帝也撒手人寰了。这是意料之中的事，惠帝已是油尽灯枯了，如今解决了所有大事，卸下了最后的担子，人的一口气松了，大限也就到了。

皇帝驾崩，万民举哀，这是国丧，王公贵族、文武百官、宗女命妇皆要服丧，三军身着缟素，全国禁婚嫁宴会，不作乐，以示哀悼。惠帝的第七子，襄王苏子修于灵前即位，成为昭国的新一任国君。此乃政权新旧交替之际，又逢国丧，苏子修作为新君，事情一件一件接踵而至，占据了他全部的精力和时间。尽管他放心不下宋翎，一时之间也无暇顾及了。

瑶儿等四人只能越发小心谨慎地守着宋家姐妹，就在这担忧之中，闲月山庄最终还是出了大事。

宋翎为了照看宋栩，这段日子都是与妹妹共寝。这日她醒来之后，发现宋栩不见了，原本以为宋栩就在房里，没想到找不见人。她问了身边的侍女，也都说没看见宋栩。宋翎一时紧张起来，先去问了看守门户的下人，说是没有看见宋二小姐出去。宋翎这才定了定心，只要人还在庄子里就好。

那一日，所有的随从仆人都被派去找宋栩，庄子里的每一间厢房、每一处亭台花苑都仔仔细细地找过了，几乎将整个闲月山庄翻了一遍，依然没有发现宋栩的踪影。

宋翎坐立不安，不肯留在屋子里等消息，也要出去找宋栩。瑶儿知道劝不住她，只能为她系上羽缎斗篷，又给她拿了暖手炉。

又过去了小半日，宋翎也跟着走遍了大半个山庄，体力渐渐不支，但是她仍旧要接着找。瑶儿扶着宋翎的手臂，忍不住劝道："夫人回去吧，外头太冷，只要人没出庄子，总会找到的。您这样在冷风里吹着，身子会受不了的。"

"我不回去，还没有找到栩栩。"宋翎心急如焚，哪里还顾得上寒冷。

玥儿看见瑶儿对她使眼色，上来扶住了宋翎另一侧的手臂："夫人，您这样找也不是办法，自己的身子要紧。"她看懂了瑶儿那个眼色的意思，不能再拖下去了，如果宋翎执意不听劝，她们只能强行将宋翎带回去。

"去那里看看。"宋翎浑然不觉，指着前面的一处地方，自顾自地走了过去。

瑶儿和玥儿面面相觑，决定先跟上去。宋翎刚刚指的地方就是庄子里那一处被命名为"露华池"的天然温泉。刚刚到庄子上的时候，宋翎十分喜欢这里，几乎天天来泡温泉，后来发生了太多事，宋翎就再也没来过了，当初那种闲适安逸的心境已不复存在。

“这里是温泉池子，怎么会有人在呢？”有人小声嘀咕了一句。

“啊！”突然间，里头传来一声惊恐无比的尖叫，那是之前被派去查看情况的人发出来的。

宋翎听到后，心就被紧紧地攫住了，她当即跑了进去。

在温泉池子那里，她看到了令她魂飞魄散的一幕，这一幕也将成为她这辈子另一个摆脱不得的梦魇。

前一个梦魇是亲眼看到父亲被斩首，而如今她又亲眼看到自己在这世上唯一的妹妹宋栩溺毙在水中的惨状。只见宋栩漂浮在池水上，面色和嘴唇透着骇人的惨白，人已毫无知觉了。

“栩栩！”宋翎扑倒在水池边上，这一声喊得极其尖锐和凄厉。

随之而来的人都吓了一大跳，有两个侍女马上跳进池子里，将宋栩托上了岸。宋翎整个人处于巨大的震惊之中，几乎是连滚带爬地到了宋栩身边，颤抖着手去触碰宋栩。

因为一直泡在温泉里，宋栩的身子还是温热的，如同活着，但手上和脸上的肌肤已泡得微微发胀了。

“栩栩！栩栩！”宋翎又喊了好几声，每个字都是撕心裂肺的。她不敢相信眼前所见，也不敢相信宋栩死了。

诸人看了皆不忍心，劝慰宋翎莫要太过哀痛。

宋翎顾不上宋栩浑身湿透，紧紧地将宋栩抱在怀中，对眼前的场景和耳边众人的劝慰，她宁可看不见也听不见，只是一味大声喊着：“去请大夫！马上去请大夫！”

有人想要将宋栩的尸身装裹一下，毕竟这样子任由宋翎抱着也不是办法，但是宋翎就是不肯放手。

那几人没办法，用眼神朝着瑶儿等人求助，但是这四位能拿主意的大侍女也是一脸为难。她们中的两人一左一右地去搀宋翎，想要将宋翎从地上扶起来，宋翎挣扎了几下，突然不动了，抱着宋栩的双臂也松了，身子软软地朝后倒去，已然承受不住打击，晕了过去。

“夫人！”人群中又是一阵混乱，众人忙七手八脚地将人事不知的宋翎给扶住。

第三十六章 珠胎

宋翎醒来的时候，发现苏子修正在她的床边坐着，就这样静静地看着她，也不知道他看了多久。宋翎感到一种从未有过的心灰意懒情绪涌上心头，她默默地侧过身，面朝里躺着，留给苏子修的只是一个冷漠的背影。

宋栩的溺亡耗尽了她最后的心力，她连恨一个人的力气也没有了。宋栩死了，她也像是死了一大半，剩下一小半生命还在世间失魂落魄地活着。最讽刺的是，这一切都是拜眼前这个男人所赐——她曾经最深爱的夫君。

“翎儿？”苏子修轻轻地唤了她一声，似乎要伸手去摸宋翎的侧脸，但是隔着一寸距离，又将手收了回来。他知道如今宋翎对他十分抗拒，他必须提醒自己，尽量克制自己去触碰宋翎，因为宋翎如今再也经不起一丁点儿刺激了。

宋翎果然没有反应，只当身边的人不存在。

苏子修猜到了会是这样，但是此时他无暇顾及宋翎对他的冷淡。他的注意力在一件更要紧的事上，哪怕一向从容不迫的他，为了跟宋翎说这件事，也要思前想后好好斟酌。

苏子修最终还是选择了简单而直接的方式，对着宋翎缓缓地说道："翎儿，你已有了身孕。"

"孩子？"宋翎终于有了一丝反应，反问了一句，显得难以置信。

苏子修的声音里藏着激动，他十分笃定地回答道："千真万确，那是咱们的孩子。"

那日宋翎晕倒之后，前来诊脉的太医诊出了喜脉，她怀身孕已一月有余了。

宋翎听到"咱们的孩子"这五个字，犹如有一根尖刺扎进了心里。她恍恍惚惚地想着，倘若什么都没有发生，听到自己有了孩子，她不知会欢喜成什么样子。但是现在，她的内心没有一丝一毫将为人母的喜悦，反而有一种压得人喘不过气来的沉重。

这个孩子来得不是时候。这是宋翎头一个冒出来的念头。

"为什么偏偏是现在？"宋翎失神地喃喃自语，这一刻她真真切切地感受到了来自上天的愚弄。

宋翎肚子里的是苏子修的第一个孩子，他再冷静自持，此时也难以抑制内心的激动。他一时忘情，忍不住将宋翎的身子扳了过来，令她正对着自己，问道："翎儿，你难道一点儿也不高兴吗？"

宋翎虽在笑，笑容里却有着说不出的凄惨之意，她讷讷地反问道："你觉得我应该高兴吗？我刚刚失去一个妹妹，正想着我在世间再也没有任何亲人了，现在你又说我有了孩子，这算不算失而复得？我是不是应该高兴？"

苏子修知道宋翎一时还放不下宋栩的死，于是宽慰道："你有了孩子，宋栩在天之灵也会为你感到欣喜的。"

"栩栩在天之灵只会死不瞑目。"

当宋翎说完这句话，苏子修的神色微微变了，他明显地感觉到了宋翎口气中的怨毒和恨意，而且是明明白白冲着他来的。

宋翎也想不到自己竟然会说出这样一句话，对面前的这个人，她曾经爱到了骨子里，如今也恨到了骨子里。也许是恨得太深了，宋翎在潜意识里将宋栩的死归咎到了苏子修身上，疑问一个接着一个地冒了出来。

为什么宋栩还能一个人离开房间？闲月山庄上上下下为什么没有一个人发现宋栩？为什么宋栩会在温泉池子里溺亡？宋栩来了之后几乎从未离开过房间，她甚至不知道温泉在哪里。这一切都可以用巧合来解释，但是宋翎最不相信的恰恰也是巧合。

宋栩活着一日，宋翎就不会放弃她，只要自己一直陪着发疯的宋栩，腹中的孩子迟早保不住。

苏子修缓缓说道：“翎儿，宋栩的死确实是一个意外，如果你觉得恨我能让你好受一些，那你就恨我好了。”苏子修知道宋翎恨自己，宋翎接受不了妹妹横死的事实，找到一个可以恨的人，也能让她的恨意找到一个发泄的口子。

宋翎嗤笑道：“整个宋家都毁在你手上了，你也不在乎再多栩栩一个，更不在乎我多恨你一些。”

苏子修并未说话，默默承受了宋翎的冷嘲热讽。

宋翎说完这句话也累了。他们走到这一步，再谈论恨不恨、多少恨还有什么意思？

两人就这样无言了良久，苏子修将目光落在宋翎身上，郑重其事地说道：“翎儿，我会照顾你和孩子。为了孩子，咱们今后好好地过日子。”

宋翎慢慢地从榻上坐了起来，对上苏子修的视线，重复了一遍苏子修的话，像是在细细地回味：“为了孩子，咱们今后好好地过日子？”

同样一句话从宋翎嘴里说出来，却充满讥诮。她陡然将声音拔高，尖锐地说道：“多么讽刺，你害死了我所有的亲人，现在又要我为了孩子，当成什么事都没发生过，跟你好好地过日子。你是无情冷性的人，难道当我也跟你一样吗？”

“翎儿，你莫要激动，当心腹中的孩子，太医说了你胎象不稳，这样大喊大叫对孩子不好。”苏子修试图平复宋翎的情绪。

宋翎的身孕是意外之喜，也带来了意外之忧。太医说宋翎这一胎怀得不好，随时有落胎的危险。而且宋翎有孕之后一直见红，这是非常凶险的征兆，加上母体羸弱，胎儿有很大概率保不住。

“不用你管。”宋翎只是兀自冷笑，言语中的恨意不减。

“翎儿，这种时候就不要赌气了。”苏子修看着宋翎，相识多年，他从未在宋翎脸上见过这种表情。在他的记忆之中，宋翎脸上总是挂着甜甜的笑容，何时有过这般冰冷尖锐的模样？念及此，苏子修心头如被锥刺，他知道这一切都回不去了，但是心底依然存了一丝隐约的念想。他一退再退，几乎是低声下气地恳求道：“翎儿，你到底要我怎么做，才能觉得好过一些？只要你能说出来，我一定竭尽全力地为你做到。”

宋翎也在看苏子修，只见他穿着银白色的常服，上面没有一处暗纹和刺绣，头上不戴簪，仅用黑纱，从鬓角到下颌有青青的胡楂。

惠帝驾崩不久，故而他身着素服，不修鬓须，以示为人子的哀痛追思。

宋翎心想，她居然忘了，如今在她眼前的早就不是从前那个需要处处隐忍、韬光养晦的襄王，而是一位大权在握的年轻君主，是昭国至高无上的第一人。

宋翎一时失笑，幽幽地说道："我差点儿忘了你已经是皇上了，怪道这么大的口气。"

"翎儿，你知道我不是这个意思。"苏子修解释道。他从未在宋翎面前自称过"朕"，甚至是刻意回避，不想宋翎听着刺心。

宋翎的嘴角挂着一抹淡淡的嘲讽，她口中的诘问一句追着一句："我想要什么你难道不知道吗？你认为自己给得了吗？既然给不了又问我做什么呢？"

苏子修一时被宋翎问得无力招架。从前他对宋翎从没有束手无策的时候，但是现在他拿宋翎没有一点儿办法。这个原因不在苏子修，而在宋翎。

当初的宋翎全心全意爱着苏子修，所以也毫无保留地信任着他，如今爱没了，信任也没了。说到底爱情之中的顺从不是一个人的本性，只是心甘情愿而已。

宋翎说完那些话之后，已无心言语，别过了头，不想再看苏子修。苏子修似乎想要说什么，但还是将后面的话吞了回去，克制着说了一句："翎儿，你好好保重自身，我会再来看你的。"

宋翎默不作声，忍不住又想冷笑。她发现一旦恨极了一个人，无论他说什么，她都能往居心叵测的方面联想。她好像又发现了苏子修的一个高明之处。他们二人的关系走向破裂之后，她跟苏子修只见了寥寥几次，不知道苏子修是忙得脱不开身，还是刻意对她避而不见。他不见她，将她丢给下人们照看，这样子至少避免了正面冲突。见不到本尊，她对着空屋子又能怎么恨？

"你不必再来看我，我也不想再看见你。"

苏子修转身离去之际，只听一句冷冷的话钻进了耳朵。他回头去看宋翎，只见到一个单薄孤独的背影。苏子修想要再说什么，末了还是没有言语，这时候再难他也要狠下决心离开。

他不能在闲月山庄久留，当日就匆匆赶回了都城。

其实苏子修何尝不想带着宋翎一起回去？他原本就不放心宋翎，何况她现在有了身孕，他更牵肠挂肚了。只是宋翎在怀孕初期扛不住车马劳顿，苏子修只能暂且将宋翎留在闲月山庄。

眼下最重要的就是让宋翎保胎，苏子修挑了医术顶尖的几个太医过去，令他们留在闲月山庄，尽全力保住宋翎腹中的胎儿，让她顺顺利利地将孩子生下来。

宋翎恨苏子修，但是因为天生的母性，她不恨肚子里的孩子。对苏子修派来的太医，她并不排斥，对每日的问诊、服药也都十分配合，日子仿佛就这样一天天地静静过去。

苏子修一有空就会来看望宋翎，宋翎只冷淡地对他，不再跟他针锋相对，也不再有激烈的肢体冲突。两人会一起用饭，只是话不多，多数时候是苏子修在说，宋翎保持沉默，也不知她听进去了没有。

苏子修偶尔会在山庄留一夜，并不另设厢房，而是跟宋翎一起住，晚间也睡在一张床榻上，只是各自一个被窝，井水不犯河水。苏子修当然不会对宋翎怎么样，宋翎容忍他和她同床共枕，大概已经是底线。两人表面上相安无事，乍一看还有几分夫妻的样子，但是其中的疏远只有彼此心知肚明了。

苏子修满心热切地想要留住这个孩子，这是他的第一个孩子，也是两人血脉相融的结晶。他心底还存着一点儿微茫的希冀，只要有这个孩子在，他和宋翎之间一定还有转机。

但是老天爷没有遂苏子修的愿望，他最不想看到的一日还是不可避免地来临了。这日夜间，苏子修睡了之后感觉有人在推他的手臂。

他睡眠较浅，尤其睡在宋翎身边时，更是比平时多了几分警觉，故而一下子就清醒过来，睁眼一看是宋翎在推他。

苏子修当即紧张起来，知道肯定是出事了，不然宋翎不可能“不计前嫌”地主动搭理他。孩子？他脑海中突然闪过一个不好的念头，随即他使自己冷静下来，定了定神。他也通晓医术，知道这时候不能挪动宋翎，小心地掀起被褥一角，将手慢慢地探了进去，摸到一处湿黏而温热的地方，再抽回手一看，手指上果然是鲜红的血。

苏子修并没有太过慌张，当机立断，一面令侍女请太医，一面柔声细语地安抚宋翎的情绪：“翎儿，你别害怕，出血不是很多，你躺好了别动，太医很快就来了。”

宋翎一动不动地躺着，说不出是害怕还是紧张，但是她的十指紧紧地绞着被面，透露了她内心的惶恐不安。

因为怀有身孕，宋翎这几日越发憔悴消瘦下去，夜间她那一张卸了脂粉的脸，素白得犹如瓷器，衬着两丸黑黑的瞳仁，失了那一抹人间烟火气的血色。苏子修看了越发心疼，轻轻地拉过宋翎绞着被面的手，温柔地拢在自己的掌心里，反反复复地说道：“翎儿，没事的，我在这里，我在这里。”

宋翎任由苏子修握着她的手，一言不发，眼睛也不看他，只是直直地盯着帐顶。

太医来得很快，因为他们就留在闲月山庄候命。其中一人是太医院的院判，姓齐，乃妇科国手。

帘帐被放了下来，宋翎从里面伸出一只覆着白绢的手臂，太医依次诊脉之后，跟着苏子修一起去了外间。苏子修怕其他侍女不够稳妥，只让瑶儿她们几个贴身陪伴宋翎，服侍之事都由她们经手。

苏子修一心系在宋翎身上，到了外间也不多废话，开门见山就问了宋翎的情况。

太医一共五人，他们在底下偷偷地交换着眼神，就是没人敢第一个说话，但是昭帝问话又不能不答，最后还是齐院判出来说话了。这些人之中要数他的年资和职务最高，他也是忖度了一番，先是背了几句医书打底，眼看着苏子修露出不耐烦的神色，终于切入正题道："夫人这一胎怕是保不住了。"

宋翎如今身份尴尬，她不再是襄王妃，也没有任何旨意册封她为宫妃，但她确确实实怀着皇家的骨肉，齐院判只能暂且用"夫人"两个字称之。

"夫人曾经受到外力碰撞，一直失于调养，又一度伤心过度，故而损耗了心神。初有孕就频繁见红，照这种见红程度，微臣只怕……"齐院判犹豫了一下，不敢往下说，只是小心地觑了苏子修一眼。

苏子修的神色凝重，眸中似有霜雪，他轻轻地吐出了四个字："但说无妨。"

齐院判得了首肯，大着胆子一口气说了下去："只怕夫人腹中已是死胎，眼下定是胞衣破了，才会突然大量出血……"

苏子修的面容一下子灰败下来，这个他一心期待的孩子就这样死了，他还盼望着十月怀胎、瓜熟蒂落的一刻，没想到孕期还不到两个月，这个孩子居然已经胎死腹中了。

苏子修尽量克制着自己，不让别人发现他的声音带着颤音："当真没有别的法子了？"

齐院判被问蒙了。他看得出来，苏子修是想要保住这个孩子的，但是事情到了这一步，已不是人力可及。这不仅是他的判断，也是其他四位太医的判断。照这种见红的程度，孩子是一定保不住了的，而且他们摸脉的时候根本觉察不到胎动，除了死胎再没有第二种可能。

"微臣无能，请陛下恕罪。"齐院判跪了下来，他一跪，其他四名太医也跟着跪了下来。

齐院判说道："还有一事请皇上定夺，死胎不能在母体内留太久，若不能及时用药物催落，死胎多留一刻，夫人的性命就多一分危险。"

宋翎？苏子修从失子的伤痛之中回过神来，眼下最要紧的是宋翎。

"既然如此……"苏子修在开口那一刻感觉到了从未有过的艰涩，那三个字如刀锋般自舌尖割过，只听他轻轻说道，“落胎吧。”

齐院判应声领命，赶紧跟其他四人一起去拟方子，准备落胎的药物，又吩咐药童赶紧生炉子煎药。

苏子修甚是颓然，朝后坐回到椅子上，没有留意到屏风后面有个女子纤细的身影一闪而过，径直朝着宋翎所在的屋子去了。

第三十七章 陌路

太医们还在准备，苏子修失神地坐了一会儿，又想要去看看宋翎。他走到了榻边，宋翎依然仰面躺着，换了一身洁净的寝衣，身下的褥子也换了新的。

她的脸色比之前更苍白了几分，听见床边的响动之后，一双乌黑剔透的眼睛看向了苏子修。她气息微弱，但是声音里头的坚决和认真依然分明，只听她说道：“我知道孩子已经死了，就照太医说的打胎吧。”

“翎儿，你都知道了？”苏子修颇为惊讶。他明明是跟太医在外头商议的，宋翎没有离开房间，甚至没有离开床榻一步，又是如何知道的？

这时候，瑶儿突然直挺挺地跪了下来，坦白道：“是我告诉了夫人。”

瑶儿跪下之后，其他三名侍女皆在心里为她捏了一把汗。她们的主子素来脾气极好，从不轻易发怒。但是人都有碰不得的软肋，宋翎就是苏子修的软肋。但出人意料的是，苏子修的反应居然很平静，他只是简单地回了一句“起来吧”，便不再理会瑶儿，似乎当这个人不存在。

苏子修知道眼下最重要的是宋翎，不想在宋翎跟前动怒，或是斥责自己的侍女，宋翎经不起丝毫折腾和吵闹。他凝视着宋翎，微微欠身，将自己的手掌压在宋翎的手背上，声音温柔而平和，尽量在此时给予宋翎支撑和安慰，说道：“翎儿，你别怕，会没事的，我会一直陪着你。”

宋翎的脸色已很差了，似是忍受着极大的痛苦，她点了点头，在闭眼的瞬间，一颗细小的泪珠从眼角滑落，最后在鬓发处消失得无影无踪。

这一刻对宋翎来说，除了痛苦，还有一丝若有似无的解脱。她失神地想着，孩子来得不是时候，走了也好，下次找一户好人家投胎，不用生下来就面临父母之间的刻骨仇恨……她想着想着，眼角滑落的泪珠越来越多，汇聚成一道水痕，渐渐濡湿了鬓角。

“翎儿。”苏子修心中的痛楚宛若化不开的浓墨，肝肠似都被一寸寸地绞断了，他伸手去擦拭宋翎眼角的泪珠，却怎么都擦不完。他蓦然想到他们新婚的那夜，他掀起红盖头时看到宋翎一双哭得红肿的眼睛。正是这一双肿得跟小桃子似的眼睛，激发了他内心强烈的怜惜和守护欲望，他曾许下承诺，从今往后，再不让自己心爱的女人落一滴眼泪。但是他食言了，或许这也是宋翎最后一次肆意地为他流泪，从今往后再也不会了。

那一晚，宋翎腹中的死胎被顺利地打了下来，齐院判等人用药精准，宋翎并没有吃太多苦头。毕竟是打胎，她身体上的亏损是免不了的，需要日后慢慢地加以调养。在服了止血安神的药之后，宋翎就沉沉地睡了过去。

苏子修彻夜未眠，坐在榻边静静地守着宋翎。因为服了药，宋翎睡得很沉，只是并不安稳，眉心总是若有若无地蹙着，睡熟了还是带着淡淡的愁容。苏子修看过无数次宋翎的睡颜，从前的她总是快乐的，睡着了之后越发有一种孩童的娇憨和天真。她脸上有一对酒窝，睡着了有时还会抿一抿嘴角，一抿就出来一个浅浅的窝儿。苏子修记得曾经用手指戳过她的酒窝，宋翎不容易醒，醒了就小猪拱地似的朝着他怀里钻，将脸贴在他的胸膛上，省得苏子修闲来无事再来戳她的酒窝。如今想起当初两人相处时这些甜蜜而亲昵的小细节，苏子修也不由自主地一阵感伤。

他想起了十五岁的宋翎，她生就是甜美的长相，圆圆的眼睛，圆圆的巴掌小脸，五官皆是柔和的弧度，显得又小又无辜，配上甜甜的笑容，天生就是讨喜的长相，人却是胭脂队伍里的一个异数，总是不安分的样子，爱笑，话多到令人觉得聒噪。

苏子修无论如何都想不到，就是这样一个机灵乖觉、活泼开朗的小丫头，居然在他手中变成了如今这个样子，犹如才绽开一点儿的花朵过早地失去了水分。她苍白憔悴，眼看着瘦了下去，情绪大起大落，时而尖锐，时而脆弱，笑也是冷笑，沉默的时候多。真不知道她将从前那说不完的话藏到哪里去了。

尽管宋翎曾经信誓旦旦地说过不会因为孩子而原谅他，但是孩子的存在，确确实实改变了她，至少她愿意以静默的姿态跟苏子修相处，不再跟刺猬似的亮出浑身的刺来扎人，两人就这样维持着表面上的平静和安定。苏子修希望这样的日子一直继续下去，不管怎么说宋翎还在自己身边，而她腹中怀着自己的孩子。

如今孩子没了，苏子修知道这意味着什么。他和宋翎之间最后的纽带断了，没有了任何牵绊，宋翎的心成了断线的风筝，他已彻底抓不住了，这一段相安无事的日子也要结束了。

苏子修就这样坐了一夜，几乎是一动不动，脑子里乱糟糟地想了很多，放任自己沉浸在悲痛之中，直到有个小内侍上前提醒，才打断了苏子修的一夜沉思，意识到自己必须回去了。苏子修看了一眼还睡着的宋翎，为了不打搅她，起身去了另一间厢房，令人进来为自己更衣洗漱，恢复了平时沉稳自持的样子。

这时候，瑶儿忽然跪在苏子修面前说道："奴婢昨夜自作主张地将太医的话转述给了夫人，请主子责罚奴婢吧。"

苏子修见瑶儿主动跪下了，挥挥手令其余人等下去，说道："你不是莽撞的人，为何要这么做？"

瑶儿既然主动请罚，心里已做了一番计较，深深地吸了一口气，大着胆子答道："奴婢认为要不要落胎，这事要夫人自己决定，而不是主子来为夫人决定。"

苏子修想不到瑶儿会这样说。他一向能控制情绪，只是昨晚一夜未眠，既为宋翎担忧，又经历丧子之痛，不免比平时急躁了几分，脸上隐有不悦之色："我为何不能为她决定？"

既然开了头，瑶儿也不怕了，索性继续说下去："主子想必也知道，从前是无妨，但是现在不一样了。落胎是大事，必须事先让夫人知道，孩子确实是保不住了，而不是主子您要她落胎。主子当时怕刺激夫人，故而不说，在奴婢看来不是明智之举。要是夫人不知情，喝了落胎药，在事后怨恨主子呢？到了那时，哪怕叫了太医当面对质，她也会怀疑是主子早就交代好的，不会相信主子说的话。

"主子和夫人之间经不起任何一点儿误会，主子想必没有忘了宋二小姐的事。二小姐没了，夫人头一个想到的就是怨恨主子，如果孩子没了，夫人会不会也怨恨主子呢？”

苏子修听明白了，瑶儿是忠心护主，但是人只能顾一头，这样于宋翎而言就有些残忍了。她已是身心双重受创，哪怕知道腹中的胎儿已死，但是要她自己说出落胎的决定，想必也是极其艰难的。

“你下去吧，以后不要再提此事了。”苏子修扶着额角，眉宇间露出一抹异常疲乏的神色。

瑶儿原本就是冒着触怒苏子修的风险，做好了最坏的打算，如今被免了责罚，心里说不清是沉重还是轻松。她咬了咬下唇，行礼后才缓缓地退了出去。

自从失去孩子，宋翎就好似失了最后的精神支柱，心灰了，意懒了，每日浑浑噩噩地过，仿佛在这世上多活一日少活一日，已没有任何差别。宋翎时常会有厌世的念头，有时候自己也忘了，她不过十七岁而已。宋翎也时常会想起从前的日子，想到了当年许过一个天真的宏愿，就是想要走遍天下山水，吃遍天下美味，活到八十岁都不嫌多。她不禁苦笑，若是要她如今这样子活到八十岁，她宁可早早地死去。

苏子修还是会来看望宋翎，但宋翎不想见他。从前为了孩子她不得不克制自己，尝试着相安无事地跟这个男人过日子，如今孩子没了，宋翎懒得再克制自己，对苏子修的抵触、反抗、厌憎情绪又通通跑了出来。苏子修却一直试图跟宋翎修好，曾经那一段平和相处的短暂日子，似乎让他看到了挽回的希望。

宋翎采用了一种过激的方式，只要苏子修一露面，她就拔下一根发簪狠狠地戳自己的手臂，两次之后，苏子修再也不敢直接在她面前出现，变成了在背后或者远处偷偷地看她一眼。苏子修知道宋翎是故意自残，赌的就是他的不忍心。她对自己狠绝，对他更是狠绝，将所有的路都堵上了，不给他任何弥补的机会。

宋翎找到了当时韩静言送她的那张易容面具，将那张面具戴在脸上，将瑶儿等人吓了一跳。发髻和衣衫都是宋翎的，脸居然变成了一个满脸麻子的陌生男子。宋翎轻笑之后又将面具撕了下来。她难得会笑，但是多玩几次就没意思了。

有一日，宋翎将易容面具给了庄子上的一个粗使丫鬟，跟她说了一个客栈的名字，让她过去找找看是否有一个姓阮的客人，有的话就将面具还给他。那丫鬟很是疑惑不解，但是谁都知道宋翎在闲月山庄就是女主人一般的存在，所以她也不多问，立刻为主子跑腿去了。

苏子修还是努力地想让宋翎开心，派了好几个厨子，花样百出地给宋翎做各种菜式和点心，但凡是新奇有趣的东西都想尽办法为宋翎搜罗来，恨不得都摆在她面前，只为让她露出一点点欢喜的神色。若不是国丧期间禁娱乐，他还想过送一班小戏子给宋翎，让宋翎闲来无事可以点几出戏看，或者送几个说书人，给宋翎说书解闷。苏子修为了投其所好，搜肠刮肚地回想着宋翎的每一个喜好或者习惯。

宋翎和苏子修之间像是风水轮流转，当初宋翎满心恋慕苏子修，何尝不是小心翼翼地将他放在心上，追随他的步伐，观察他的喜好，唯恐他有一点儿不如意，爱得几乎带着一点儿讨好。如今宋翎和苏子修恰好换了位置，苏子修变成了苦苦追寻的人，想要挽回宋翎的心，想要追回往日的岁月和情意。

对苏子修所做的努力，宋翎不是不知道，每当这时候，她就不由得感慨天意弄人。想当初，苏子修根本不必做这么多，只要陪着她说说话，她就已十分开心了。如今他做得再多也没用了，她对他的爱已经消磨殆尽了。

苏子修是不肯轻易放弃的人，宋翎也是抱定了决心。她有时候会想，或许这辈子他们互相折磨着就过去了，闲月山庄曾经是她幸福生活的起点，今后也是困住她一生的牢笼。但是自己又算是苏子修的什么人？她觉得自己现在的身份更像是一个苏子修的外室，就连那一声“夫人”也是见不得光的。

宋翎想起当初她拒婚王世子，一时心急之下说出了不在乎名分，哪怕是在苏子修身边当一个侧室或者侍妾都行，这句话将她爹爹气得够呛，激动地责骂她，说她出嫁一定是给人当正室，什么侧室、侍妾想都不要想。但是如今想来真是讽刺，她对苏子修而言，连个侧室或侍妾都不算，从下堂妻变成了一个无名无分的外室。想到这里，宋翎竟忍不住笑出了声，而且一个人傻笑了好久才停下，任由身边的那些侍女用惊异的眼神看着她。

外头渐渐有了鞭炮的声音，年关将至，新的一年就要来了。等年节过后，昭国将正式改元，苏子修也将真正迎来属于他的帝王生涯。

改元后的年号宋翎也听说了，如果没记错的话，应该是“征和”。

第三十八章 寒鸦

闲月山庄到底冷清了些，周围是零零落落的几个农户，爆竹的声音也稀稀拉拉的。虽是过年，庄子里的下人并不比平日忙碌多少，因为整个庄子里要服侍的主子只有一个，而且这个主子又极省事。

这日正好是除夕，宋翎依旧没出面，庄子里的下人也习惯了。有两个粗使小丫鬟领了赏钱之后一道结伴回去，其中一个名为采兰。说来也巧，当时宋翎随手叫来为自己跑腿的人就是她，她记得宋翎给了她一样东西，用小匣子装着，叫她送还给一个姓阮的客人。

采兰说道："我想皇上应该不会来了。"

另一个丫鬟名叫葛儿，觉得采兰这话说得傻，笑了起来："今儿皇上哪儿有工夫来？虽然还在丧期，禁了宴饮作乐，但是也要祭祀天地、敬告祖宗的。"

采兰看了看前后没人，小声地问道："你说皇上会接夫人回去当娘娘吗？"

"我也不知道。"葛儿摇头道，"皇上好像挺在乎夫人，要不然也不会动不动就往这里跑，这来回奔波多累人，还不如干脆接夫人回去。"

"回去恐怕名分不好定，夫人从前是正王妃，要是原样往上晋一级，可就是皇后了。"采兰随即又将这话否了，说道，"我听说夫人的娘家犯了很严重的事，皇上还是王爷的时候，就是为了这事休妃的，皇后也不是谁都能当的。"

葛儿一听"皇后"二字，忽然想起一件事，招呼同伴将头凑过来，说道："你这么一说，我倒是想起一件事，这皇后还真不是谁都能当的，你猜猜咱们大昭的皇后会是谁？"

采兰推了葛儿一把，略为不满地说道："你要卖关子我自然猜不到！"

葛儿还没说，就先露出了惊讶的神色："我也是偷听来的。有一日瑶儿姐姐她们说话，好像说到了昭、卢两国要联姻，咱们皇上将要迎娶卢国的长公主了。"

采兰果然吃了一惊，当即反问道："真的假的？卢国的长公主？"

"怎么不真了？"葛儿说道，"据说前来议亲的卢国使臣已经来了，还带来了四个他们宗室的女子。这四个女子是专门献给咱们皇上的。在公主正式出嫁之前，会有宗女提前替公主嫁过来，这些人也算是公主陪嫁的媵人。"

采兰跟宋翎有过一面之缘，不免叹气道："卢国公主当皇后，四个卢国宗女总要给个封号，这样一来，咱们这位可就更没地位了。皇上也定会喜欢新人去了，不是我说主子的不对，咱们这位太犟了，老是跟皇上闹脾气，连个好脸色都不给。我是没有亲眼见过，听那些贴身服侍过夫人的人说起，咱们这位用簪子扎自己的手臂，我的天哪，这多疼哪，她还真下得了手。"

葛儿撇了撇嘴，说道："之前那位宋二小姐不是疯疯癫癫的吗？后来突然在温泉池子里淹死了，我真怕夫人也跟二小姐似的发疯。"

采兰动了恻隐之心："说来夫人也可怜，她是丞相家的千金，又嫁了王爷当王妃，原本一切都好好的。结果夫人的娘家被抄了，家里人都被斩首，好不容易有一个相依为命的妹妹，结果得了疯病，最后还死了。而且她好不容易有了身孕，又保不住孩子，就好像老天爷要把她的东西一样样全收走。那天夫人拿东西给我，叫我送去一个地方的时候，我见她跟竹竿子似的，脸上的肉也瘦没了，衣服穿在身上空荡荡的，我真怕一阵风就把她吹倒。人要得多伤心，才会瘦成这副样子？"

葛儿也有些动容，叹气道：“你说得也是，夫人是太可怜了。”

两个丫鬟咕哝了一会儿，也就停止了议论。冬日天短，远处黛色的山丘延绵成一片薄薄的影子，杏山这一带多的是良田，但是地广人稀，偶尔能听见几声爆竹炸响的声音，隐约有一股硝石的气味。炊烟淡淡的，融进了渐渐浓重的暮色之中，她们两个听见头顶有声响，抬头一看是两三只漆黑的寒鸦，振翅飞走了。

第一章 蜩螗

苏子修登基元年，玉柳容复辟一年，韩静言即位四年。

祁、昭、卢三个大国已经全部换成了年轻的君主，历经三百余年战火的中原大地，将迎来全新的格局和未知的命运。

昭国有苏子修，祁国有玉柳容，卢国有韩静言，前两者的帝位是子承父业，后者是兄终弟及，他们不仅继承了父兄的权势和荣耀，也继承了身为皇族世代相传、不容推卸的使命。

这一场三国间的天下混战，从祁国主动挑起争端、发兵讨伐卢国开始，以祁国三面受敌、最终兵败结束。

可以这么说，这是祁国立国以来输得最为惨烈的一次，非但没有从中得到任何好处，而且失去了将近三分之一的领土。祁国经此一役，元气大伤，再也守不住中

原霸主的宝座。昭、卢两国作为战胜的一方，得到了不同程度的壮大。此消彼长，如此一来，中原三个大国的地位必将重新排列。

不得不说，祁国从主动征讨的一方，沦落成被动挨打的角色，境遇着实令人唏嘘。其实凭借祁国的实力，就算昭、卢两国联手，加上北方的戎狄，祁国也未必会一败涂地。只是那段时间，祁国正好内乱不断，君主被两立两废，朝臣们钩心斗角，各大世家心怀鬼胎，前方将领士卒不肯拼命，忙着内斗自然就顾不上外头的战争。这般内忧外患之下，祁国哪怕再强大，终究逃不过战败的结局。

从前祁国一直是霸道而强势的角色，别说那些不入流的小国了，就是昭国、卢国这样的大国，也没有单独跟祁国抗衡的实力。祁国尚武，几乎达到了“三年不出兵，死不从礼”的地步。祁国每年都要打仗，每一代君主也都以扩大领土为使命，周边的小国家被一口一个地吞并了，大些的国家则被蚕食。

如今祁国的中原霸主地位已然不保，昭国当惯了千年老二，自然不能轻易放弃这个出头的机会，故而跃跃欲试，意欲接替祁国成为中原第一大国。

卢国显然最不愿见到这种结果，倒台了一个祁老大，又起来一个昭老大，对卢国而言，跟从前没多大区别。

昭国不会比祁国更讲道理，说不定假以时日，昭国就是第二个祁国。在三个大国之中，卢国的实力最为弱小，所以卢国要的是相互制衡，好让自己在两个强大的对手之间谋求生存和喘息的空间。

在中原大地，昭国和卢国这一对曾经的盟友“各怀鬼胎”，而在北方草原，戎狄也表现得异常活跃。通过推广中原的政治礼仪制度，戎狄尝到了革新的甜头，同时助长了问鼎中原的野心。他们不甘心只守着北方的土地，想要在中原分一杯羹，甚至占得一席之地。

尽管一场席卷天下、波及南北的战争结束了，但是各国之间的明争暗斗并没有结束，天下局势不见明朗，反而陷入了云谲波诡的迷雾当中。

中原版图上，卢国位于东南一隅，在三个大国当中领土最小，国内少平原，多丘陵，北部与祁国接壤，西部与昭国接壤，东南则是一望无际的茫茫海洋，浩浩渺渺。卢国沿海一带的百姓大多靠海吃海，或是出海捕鱼，或是煮水为盐，或是载着粮食、茶叶、布匹等物出海，与海外小邦互为贸易。这几代卢帝皆勤政爱民，励精图治，朝廷年年轻徭减赋，颁布种种利民惠民的政策。虽说这些年卢国频繁遭受外来的战火，但是卢国百姓的生活还是相对安稳和富足的，韩氏皇族在卢国百姓之中颇有威望。

因为领土临海的地理优势，卢国不仅有骑兵和步兵，还训练了一支精锐的水师。祁、昭两国也有自己的水师，但是规模不大，只是作为陆军的附属，并不独立设编。卢国却对水师十分重视，兵部有专人管理，卢国水师还有独立的番号，在中原诸国当中独一无二。坊间有传言说这支水师是历代卢帝为自己留的一条退路，也是最后一道护身符。

三个大国之中，卢国的疆土最小，实力也最弱，要是将来有一日陆地守不住了，卢国皇室就带着臣民扬帆出海，在苍茫大海上寻找生机，用这种方式保住卢国的基业。当然这是最坏的打算，谁都不愿意走到这一步。

卢国都城，漳临。

这一日正好是五月，恰逢望日，乃卢国水师操演的日子。卢帝韩静言率领一众王公贵族、文武百官、后宫妃嫔等，于望潮楼之上观看水师的演练。望潮楼呈一个凹字，正南为主楼，东、西两座副楼，韩静言作为卢国毫无争议的第一人，自然在主楼上，身边是自家的宗族和一干高位的公卿，其余臣子在东副楼，而嫔妃公主、朝中命妇等女眷在西副楼。

如今的韩静言身着玄色平金绣龙纹的衮衣，头戴十二串明珠冕旒，不再是那个混迹市井的落拓游侠，也不再是那个隐匿身份出使昭国的使者，而是卢国的九五之尊。他极目远眺，看着远处碧蓝的海面。水面平静得宛如一面镜子，忽然有洁白的浪花卷起，一队船舰排成人字形缓缓驶来，整个队伍整齐井然，一看就是平日里训练有素。

德明是韩静言身边的首席大太监，正垂手立于帝王身侧。水师操演的景象极其壮观，但是他并不多看一眼，眼耳心神都放在主子身上，任由外头如何精彩，也比不上自家主子皱一皱眉来得要紧。

德明太监随王伴驾多年，看见韩静言动了动眉头，就已经敏锐地觉察出今日万岁爷的兴致并不高。

果然，韩静言开口问道：“松子不肯来吗？”

德明不敢含糊，当即回道：“奴才派人去请了好几趟，松子姑娘都说身上懒懒的，不想动，所以不来了。”

对这位松子姑娘，德明只知道这是陛下几个月前带回的一名来历不明的女子。但这是陛下亲自带回的人，谁敢质疑？原本大家都在猜测，陛下会不会将这名女子收入后宫，卢国的后宫之中是不是将要扶摇直上一名新贵。但猜测只是猜测，事实

上数月过去了，松子姑娘还是松子姑娘，并没有变成哪一宫的主位。

这使得不少人感到疑惑，不过皇宫内没有人敢乱嚼舌根，而且明眼人都看得出，陛下很看重这位松子姑娘，就算不是后宫新贵，那也是陛下心中颇有分量的人。

韩静言看了德明一眼，不假思索地道："再派人去请。"说完，他似是喃喃自言道，"若是从前的她，有这样的热闹肯定不会错过，只是如今，唉……"

"奴才领命。"德明不敢耽误，立刻吩咐了下去。

韩静言的左下首坐着一名宫装丽服的美人，她身上是累珠叠纱彩绣长裙，臂间挽着粉霞牡丹薄雾纱披帛，梳着仕女高髻，青丝间珠翠琳琅，长长的裙摆之下一双薄檀木做底的蜀丝绣花缎面鞋，鞋尖上缀着两颗硕大的东珠，一看便知此女身份贵重。她是卢国的福嘉长公主，卢帝唯一的胞妹韩梓言。

韩梓言坐得离兄长最近，自然将前头的对话听得一清二楚。她轻笑一声，用手中的妆花团扇遮住了下半张脸。

按照常理，公主作为皇室女眷只能跟随着皇后在西副楼上观看操演，不宜以女子之身夹在一干公卿贵族之中。但是韩梓言的身份有所不同，她作为卢帝唯一的妹妹，在兄长面前拥有很多特权，甚至能调遣卢帝的贴身暗卫三十三骑，在正南楼同兄长一起观看水师操演只是小小的特权之一。

韩静言明明听见了自家妹妹的那一声哂笑，只是装作不知道。直到操演结束，兄妹不曾为此事交谈过一句，从头至尾，松子也不曾露面。

观看已毕，韩静言去了一间净室稍作休息，等会儿还要接见兵部尚书和水师都督等人。韩静言略坐了坐，听见一阵珠玉环佩之声，皇后妃嫔等女眷都在西副楼，来人只会是韩梓言。

韩梓言在兄长面前无拘无束惯了，开口就道："咱们大卢的水师果然是名副其实的精悍之师，想必在海上难逢敌手，不过皇妹瞧着皇兄似乎心不在焉啊。"

韩静言喝了一口茶润了润喉咙，习惯了这个妹妹在自己跟前没规矩，神色不见任何异样，说道："想说什么就说，别拐弯抹角的。"

韩梓言轻轻笑道："这段日子妹妹冷眼看着，皇兄既然这么在意那位叫'松子'的姑娘，不如赐给她一个嫔妃的位分，令她能名正言顺地陪伴在皇兄身边。"

韩静言闻言，神情稍稍一滞，眉心微蹙，唤了一声："梓言。"

韩梓言不以为然，反而进一步说道："真不知道皇兄在顾虑什么。皇后嫂嫂是那么温厚大度的人，几次三番劝您多纳点儿新人进宫，好为皇室开枝散叶，只要皇兄您喜欢的，皇后嫂嫂只会比您更喜欢，皇兄您还犹豫什么？既然您把人都带到了宫里，难不成要她一辈子尴尬地当宫人口中的‘松子姑娘’？”

韩静言只有这么一个妹妹，对她自然是没脾气的，说道：“梓言，皇兄的事你不要管。”

韩梓言一向骄纵，不依不饶地道：“皇兄叫妹妹不要管，莫非皇兄忘了，您去昭国是打着谁的名义，又是怎样将人从昭帝眼皮子底下弄出来的？”

韩静言料到了她会这样说，笑道：“我当初去昭国确实是为了商议两国联姻之事。”

要巩固两国的盟友关系，最直接的方式就是联姻，昭帝苏子修要迎娶卢国长公主的传言，并不是空穴来风。

韩梓言用一只洁白的手轻摇着团扇：“既是为了联姻，派个臣子去就行了，皇兄何必亲自出马，假扮成使者在昭国上演了一出白鱼龙服？”

韩静言知道妹妹是故意刺他。他当初在昭国做的事确实太过鲁莽，暗中带走一个属于昭帝的女子，哪怕是众人口中被昭帝遗弃的女子，也是肆意妄为到极点的行为。倘若走漏一点点风声，对韩静言本人和整个卢国都是大大的不利，韩静言甚至可能无法顺利离开昭国。

“皇兄你就承认吧，你是为了她而冒险。”韩梓言说道。

“好、好，我承认。”韩静言无奈地道，懒得和妹妹纠缠，索性按着她的话承认了。

韩梓言想到了松子的身份，又问道：“皇兄是不是顾虑她的身份，担心终有一日昭帝会为了她找你算账？”

松子的真实身份，卢国其他人一无所知，这两兄妹却心照不宣。松子就是宋翎，乃昭国丞相之女，也是曾经的襄王妃，而襄王就是当今的昭帝苏子修。说来也奇怪，昭帝还是襄王的时候，已经休了这个王妃，但是依然让她在皇家的别庄里居住着。苏子修当了皇帝之后，既不将她接进宫封妃，也不肯放她离去，就这样不清不楚地耗着，让她当一个无名无分的外室，真不知道对这个曾经是自己正妻的女子，昭帝是在乎还是不在乎。

韩静言并不想解释：“皇兄倒是不怕昭帝来算账。”

“反正将人从昭国带走的时候，已经将昭帝得罪了，就算这时候将人送回去，跟昭帝的梁子也结下了。既然横竖都会得罪，倒不如索性将事做到底。您不是喜欢松子吗？就纳了她当嫔妃，也不枉费您为她花这么多心思。”韩梓言这一番话说得理直气壮，她一口一个“昭帝”，全然不理会这个人将来可能会是自己的“夫君”。

韩静言闻言，不禁无奈地叹了口气道：“好了好了，你不必管皇兄的事，关于松子的归属，皇兄心里有数。”

韩梓言听了这话，便知道兄长不想在此事上再多言，索性识趣地闭上了嘴。

这时候，韩静言在德明太监的搀扶之下起身。今日观看水师演练只是一个项目，接下来他还要接见兵部尚书和负责操练水师的都督等人。

第二章 茧心

当初在韩静言的暗中帮助下，宋翎离开了昭国这个伤心地，也远远地离开了苏子修这个令她伤心的人。宋翎亲眼看着自己的亲人一个个命丧黄泉，又不幸小产了，身心受创，万念俱灰。

初到卢国的时候，宋翎病了数月，终日与药石为伍，人瘦得不成样子，从前丰润的小脸没了肉，眼窝也凹陷了下去，跟从前的样子简直判若两人。韩静言对宋翎十分上心，哪怕忙到分身乏术，每天也要抽时间去看看宋翎，时不时将太医宣到跟前问话，亲自督促太医一定要治好宋翎。

经过太医的悉心调养，宋翎的情况渐渐好了起来，她不仅能下床活动了，而且原先一双死气沉沉的眼睛似乎也有了一丝活气。

韩静言是卢帝，政事繁杂，不可能时时刻刻照顾宋翎。他将宋翎托付给了自己的皇后，也就是当今的卢国皇后孟月娥。孟皇后出身名门，尚在闺阁之时就有美名，她与卢帝少年结发，当年韩静言还是亲王，她就已然是王府的贤内助，赢得了王府上下所有人的尊重。孟氏不仅为人谦和有礼，处事也公正平和，令众人服气。登上凤座之后，孟皇后将后宫一应事务打理得井井有条，一心一意当好这个皇后，令自己的夫君没有后顾之忧。

韩静言对自己的皇后未必有过男女之情，但是有着无人能比的信任，很多事情他能放心地托付给孟皇后，包括替他照顾宋翎这个来历不明的小女子。

多年相伴下来，韩静言和孟皇后之间的关系与其说是夫妻，不如说更像亲人，两人还有三个聪明健康的子女。普天之下，不知有多少皇家夫妻貌合神离，在人前故作恩爱，在人后却形同陌路。比起那些人，卢国的这一对帝后能做到表里如一地彼此信任，也算得上是皇室夫妻的楷模了。

韩静言对孟皇后很满意，由衷地觉得自己的皇后什么都好，可谓世上一等一的温良恭俭让的性子，但是有一点，孟皇后太贤惠了。世上的女人，对夫君的娶妾纳小多多少少会有些吃醋，孟皇后却是女人之中的异类。她将皇后的身份摆在前面，将女人的身份放在后头，从不因夫君有多少新人而吃醋，反而时常劝韩静言多去年轻貌美、正值育龄的嫔妃那里，好让后宫中人能多为韩氏皇族延续血脉。

这一回眼前有个现成的宋翎，孟皇后这位贤后又坐不住了，明里暗里地对韩静言提过几次，如今松子姑娘的身体渐渐好了，不如择个吉日，将松子姑娘正式册封为妃嫔。

“松子的身子已好了，她一个小女子待在后宫里，没名没分也不像话，臣妾心里头也不安，总觉得愧对人家。不如皇上正正经经地将其册封了，至于位分，先从贵人做起，臣妾晓得给个贵人身份上是低了点儿，但这也是为了松子好，一下子给得太高了，容易为她招来众怨。不过这事臣妾心里有数，她先在贵人的位置上熬一熬，等到了明年，再给她提到嫔的位置……”

孟皇后一番温言软语，一心一意为夫君排忧解难，将里里外外的事都考虑到了。

韩静言听了，有些哭笑不得。孟月娥比他年长两岁，当年先帝也是看她性子沉静，行事稳重，故而将她收入皇家，给自家的儿子当正妃。一直以来，孟月娥在尽到妻子应有的本分之外，更有几分如姊如母的心态，但凡韩静言喜欢的东西，或是对什么露出一点点喜欢的苗头，孟月娥都巴不得送到韩静言跟前来。

孟皇后的这些话，韩静言听了不下四五次，他每次都是一笑而过：“关于松子，朕心里有数，皇后平日里操劳，就不必理会这些小事了。”

孟皇后听到韩静言自己有主意，便不再多言。

韩静言暗自思忖，皇后和公主轮番提了此事，这终究是他不得不正视的问题。宋翎既不是嫔妃，也不是宫女，长久留在宫里多少会有些尴尬。

当初带宋翎来的时候，韩静言有意隐瞒了宋翎的真实身份，当然公主韩梓言那里是瞒不住的，其余人等，包括孟皇后都不知道宋翎究竟姓甚名谁，更猜不到她同当今昭帝之间的关系了。韩静言对外只说她是松子，大家用脚指头想也知道松子不是真名，但因为有皇上的吩咐，宫里无人敢多打听。

说实话，韩静言很喜欢松子这个名字。当初他们相识的时候，她就是松子，简简单单一个名字，没有任何复杂的背景和剪不断理还乱的关系。

宋翎被安置在皇后那里，韩静言很是放心。他进去的时候，宋翎正坐在桌案前，手执一支细管狼毫写着什么东西，神色专注而认真。

韩静言走近了，发现她在抄一本佛经，大概是抄给已故的亲人。宋翎病愈之后，性子沉寂了许多，眼中枯槁般的死灰消失了，取而代之的是淡漠，好像她一下子想明白了许多事，又好像什么都想不通。

因在孝期，宋翎穿一身浅玉色白菱花素罗长裙，发饰多是银器，不佩耳珰，不施脂粉，形容素简，而且人瘦了许多，越发有弱不胜衣之态。

“松子，这几日身上还是不太好吗？”韩静言看着宋翎，如常笑道，“以你从前这么爱新鲜、热闹的性格，怎么会错过水师操演这种大事？”

宋翎说道：“今日那么多人在望潮楼，我若是在皇上跟前出现，不知多少双眼睛看着，你不难受我还觉得难受呢，倒不如在这里避嫌躲清净。”

韩静言微微一窘，轻咳一声道：“前几个月你病得甚重，朕不放心将你交给任何人，只有在自己看得到的地方才是最安心的。如今你已经好了，若是觉得在宫里太拘束，朕送你去宫外的别庄好不好？那里清静些，你也省得听一些……无聊的话吧。”

韩静言心里很清楚，孟皇后在自己这里说过的话，肯定也在宋翎那里说过好几遍。在为自己收纳新人这方面，韩静言真是太了解皇后了。

“皇后娘娘待我很好，跟待亲妹妹一样。”宋翎的这话是真心实意的，她跟孟皇后非亲非故，而且她还顶着一个疑似“情敌”的身份出现，孟皇后能这般厚待她，已经是十分难得了，“至于在宫里还是别庄，我是无所谓的。”宋翎只是淡淡地说道。

回想从前，她几乎是死了一次，如今的她真正是孑然一身。人在经历过巨大的创伤之后，很多事情似乎都不重要了。哪怕听见昭、卢两国即将联姻，苏子修有可能迎娶卢国的长公主，宋翎也心如止水，如同苏子修只是一个无关之人。不，也不算无关之人，现在他应该算是她的仇人。

在昭国那段痛苦的回忆之中，有几段尤其鲜明惨烈、刻骨铭心，她亲眼看着父亲被斩首，目睹亲妹溺亡，还失去了腹中的孩子。在那时，宋翎确信自己对苏子修已经没有爱了，尽管当初她爱得执迷不悟，现在她内心充斥的唯有仇恨，滔天的仇恨，整个宋氏百余条血淋淋的人命的仇恨。

韩静言一时有些讪讪的。在他的印象里，宋翎还是当年在祁国遇见的那个爱说爱笑、有点儿莽撞又有点儿机灵的小丫头，如今却像换了一个人。

韩静言有意逗宋翎开心，说道："还是别庄好，你若是有兴趣，咱们乔装打扮一下，我带你去附近逛逛，那地方有趣的东西可多了。"

宋翎摇了摇头，兴致缺缺地说道："不去，我宁愿多抄几遍经书，告慰父兄、姨娘和妹妹们的在天之灵。"

"这……"韩静言有种束手无策之感。

两人沉默了一会儿，宋翎问道："跟昭国的谈判是不是不顺利？"

宋翎问的那句话，也是韩静言一直以来感到头痛的地方："的确不顺利。"

伐祁战争结束了，祁国被迫投降，割地赔款。昭、卢两国作为战胜国，理所当然要分割这次战争得到的战利品，譬如城池土地、银子款项等。抵御外敌的时候，昭、卢两国可以同仇敌忾，如今到了瓜分利益的时候，两国免不了各怀心思。

昭国的胃口很大，提出淮水以南、棋山以西的土地都归入昭国的版图。这个提议一出，卢国派去谈判的使者傻了眼。消息传回卢国之后，朝廷一片哗然，卢国的大臣们一个个暗骂，昭国真是贪心过了头，如此一来，昭国几乎一口吞掉了全部占领地，只拨了一些零碎的地方给卢国。

卢国方面表示不接受昭国的提议。在这场伐祁战争之中，卢国出力最多，牺牲也最多，昭国一开始是隔岸观火，最后才掺了一脚，凭什么顺手牵羊，要捞走最大的便宜？

昭国想要趁着这个机会壮大自己，从千年老二一跃成为中原霸主，卢国也不是傻瓜，没有心甘情愿给别人当垫脚石的道理，所以两国的谈判一直不顺利。

因此原先正在商议的昭、卢两国联姻之事暂时被搁置了下来，毕竟两国的联姻是出于政治上的考虑，如果政治上的关系破裂了，联姻也就没有什么意义了。

韩静言心想：昭国前一位君主，也就是已故的昭惠帝，是一个悭吝难缠的主儿，表面上看着一团和气，实际上腹黑心狠，是老狐狸一般的人物。如今那一位昭帝苏子修大概是得到了自家老父的真传，也是一样的行事风格，只怕比昭惠帝还不好对付。

对昭国发生的事，韩静言自然有渠道得知，感叹道："七殿下苏子修，到底还是他继承了皇位。想当初他被太子排挤，送去祁国当质子，经历了九死一生，又去戎狄走了一趟。太子苏子清原以为胜券在握，但不到结局出来，不知道谁是笑到最后的人。"

宋翎下意识地收紧手指，嘴上还是不以为然："心肠够冷硬就行了。"

"不然。"韩静言话锋一转道，"你忘了当年在祁国，苏子清派人暗杀你们的事情了？苏子清的心肠也够硬，手段也够狠，但他就成不了那个笑到最后的人。"

宋翎勉强克制着自己，还是感觉到心口有一阵异样的起伏，为了平复情绪，她端起茶盏，灌下去了半盏茶。

"一般来说，君主刚登基，在外交策略上会采取相对温和的方式，因为管好自家的后院需要一个安稳的外部环境。我听说苏子修虽然登基为帝了，但是自家的后院并没有打扫干净，至少他那几个兄弟都有想法，还有一干皇伯皇叔、堂兄弟子侄在旁边看热闹。"韩静言缓缓地说道，"苏子修提出的那个谈判要求一看就是没有诚意，这种条件摆明是要谈崩的，苏子修不会不知道。只有一种可能，他是故意为之，以此来激怒我国。"

宋翎听得十分认真，但还是跟不上韩静言的思路，忍不住问道："故意激怒你们？他为什么要这么做？难道刚刚跟祁国打完，昭国又要和卢国打仗？"

韩静言说道："不一定会打仗，但是会造成两国关系紧张。"

苏子修登基不久，昭国之内很多人对他虎视眈眈，外交关系上适度的紧张可以在一定程度上转移国内的矛盾，毕竟对内不对外，对外就不对内，这也是帝王之术的一种。按照眼下的情况分析，这不失为一种可能性。

苏子修能想到利用外交手段消弭即位之初来自国内各方势力的压力，这说明他是一个心思缜密之人。

想到这一层，韩静言有种豁然开朗之感。他想明白了，苏子修这一招可能是故布疑阵，转移压力，并不是真的想挑在这时候跟卢国翻脸。

但是这一口气韩静言不肯一松到底，知道还有一种最坏的可能，就是昭国不惧现在就跟卢国开战。因为上一场大战之后，祁、卢两国人疲马乏，受创最为严重，昭国的实力却保持得相对完好，若是真的开战了，那么昭国从一开始就占尽优势。

宋翎看着韩静言的神色，眼底光芒令人难以琢磨。她想：这位卢帝的心思一向比寻常人深沉，此时也不知道想到了哪里，她是追不上他的思路了。她正犹豫着要不要开口问一句，韩静言抢先一步说道：“不说这些事了，松子你别一天到晚闷在房里，病好了又闷出病来，我带你出去走走吧。”

宋翎闻言有些吃惊，更吃惊的是，韩静言身边的德明公公捧着一个填漆红托盘上前，里面是一套男子衣衫，尺寸略小，一看就是为宋翎准备的。

韩静言显然是有备而来，指着这套衣衫说道：“松子你换上衣服，朕带你出宫去。”

漳临城的街道上，有两名年轻男子并肩而行，两人中高的那个身材颀长，面容俊朗，看着约莫二十岁；矮的那个生得眉清目秀，看着年纪不大，像是刚刚长成的少年。

这两人正是乔装出行的韩静言和宋翎，两人因是闲逛，走得不紧不慢。韩静言一边走一边向宋翎介绍卢国的风物，因为频繁的海外贸易，卢国这里有不少从海外来的新奇玩意儿，吃的玩的应有尽有，好些根本不是中原能见到的。韩静言如数家珍，话语风趣，引人入胜。若是从前的宋翎，定是东走西瞧，忙得停不下来。

但是现在韩静言挖空心思想要逗宋翎开心，宋翎的反应也是淡淡的，再好玩的东西看一眼就算了，对美食也是缺乏兴趣。

宋翎冷淡的反应，使得韩静言有些泄气。当初在祁国的时候，宋翎是很喜欢听他说话的，尤其是听他说一些天南地北的奇闻趣事、风土人情，恨不得把他一肚子的故事都搜刮出来。

那时候的宋翎是缠着他讲故事，他随口编的，宋翎都能听得津津有味；如今是他主动给宋翎讲故事，但她没了当初听故事的心境。

韩静言心底有一丝似有似无的感伤，他突然惊讶于自己这种突如其来的情绪。莫非他是真的在意宋翎？韩静言摇了摇头。他比宋翎年长将近十岁，怎会无缘无故地喜欢上一个小丫头？若说是有感情，那也是类似兄妹之情，或者是脾气相投的友情。

“松子，前面有个馄饨摊，我们前去吃碗馄饨。”韩静言提议道。他虽是卢国天子，但是曾经游历天下，对市井之地熟悉得很，既不嫌脏也不嫌乱，身处其间反而觉得怡然自得。

宋翎点了点头，于是两人到馄饨摊前，挑了一张最边上的桌子坐下。韩静言有意找话题，说道："松子，记得当初在祁国，我好像请你吃过馄饨。"

宋翎认真地想了想道："对，是有这件事，您当初是请我吃馄饨，但是……"

韩静言从筷子筒里拿了两双筷子出来，一双摆在宋翎跟前，一双摆在自己跟前，随口问道："但是什么？"

"但是当时不知道为什么，你没付钱就走了。"宋翎看着韩静言，说道，"那一顿馄饨说起来是你请客，但是最后付钱的还是我。"

韩静言活了将近三十年，面皮竟然慢慢地红了，发烫了，整个人陷入一种难言的尴尬之中。他艰难地回忆了一下，宋翎说的好像是事实。

韩静言故意咳了一声，生硬地掩饰道："松子你放心，这次吃馄饨我一定付钱。"

宋翎闻言，看着韩静言一副郑重其事的样子，忍不住笑了出来，圆圆的眼睛笑成了月牙状。

宋翎这一笑，两人倒是找回了当初相处时的轻松自在。

两碗热气腾腾的馄饨很快端了上来，韩静言对宋翎说道："快尝尝，这是新鲜的海虾做成的馅儿，味道极鲜美。"

宋翎没吃，先用筷子小心地挑起一根又黑又绿的东西，问道："这是什么？"

韩静言解释道："是海带，就是海里的一种植物，你们那里不临海，也许没见过这种东西。但是你放心，这东西是可以吃的，放在汤里提鲜增味。"

宋翎将信将疑，小小地咬了一口海带，只觉得入口滑溜溜的，有着淡淡的腥气，说不上好吃也说不上难吃。于是她不再纠结，专心地对付馄饨。韩静言没说错，海虾馅儿的馄饨的确味道鲜美。

这摊子上的馄饨分量实在，一碗有二十多个，宋翎慢吞吞地吃了一半就吃不下了。韩静言在旁边看得一阵叹气摇头，感叹道："松子，你如今的胃口倒是差了许多，跟当初是完全不能比了。当初你可以一口气点七八碗馄饨，吃个消夜还非要上满满一桌鸡鸭鱼肉，荤腥油腻俱全，啧啧。"

宋翎知道韩静言这是拿从前的事打趣她，索性原样打趣回去，说道："当初一口气点七八碗馄饨，是因为有人说了会付钱，想不到竟然跑了……"

"打住！"韩静言指了指宋翎，正色说道，"以后不准再提这事了，我保证今后再请你吃东西，一定会记得付钱，这样如何，是不是功过相抵了？"

宋翎浅浅一笑，想要找手绢擦拭嘴角，猛然发现自己身上这一套男装是新换上的。正在这时，一只修长的手伸到她跟前，掌心是一方素洁的帕子。

“多谢。”宋翎从韩静言手中接过帕子，知道韩静言对自己一向颇为照顾，但是在接过帕子的时候，她莫名有些心虚，所以在擦拭嘴角的时候，刻意低下头，避开了韩静言的视线。

“多谢了。”宋翎重复了一遍。

韩静言扬了扬眉毛：“你已经谢过了，怎么一下子变得拘谨客气起来？”

“瓜子。”宋翎叫了一声往日的戏称，毕竟当初在祁国他们就是顶着“瓜子”和“松子”的假名认识的，她神色认真地道，“说起来，我还没好好谢过你，且不说你将我从昭国带出来冒了天大的风险，就是我来了卢国之后，你对我的照顾和关怀就足以令我感激不尽了。我们只是萍水相逢，相谈甚欢而已，你大可不必为我冒险，也大可不必对我这么好……”

“打住！”韩静言又打断了宋翎的话，“能萍水相逢就是缘分，能相谈甚欢更是缘分中的缘分。要不然天下熙熙攘攘那么多人，为何偏偏我们能遇到？松子，我们既然是朋友，为你做些事情是理所应当的，至少我不能眼睁睁地看着你受苦……”

宋翎微微一愣，说道：“可是当时你不是这么说的。”

韩静言一笑，明知故问道：“当时是怎么说的？我带你离开昭国，你就愿意在必要的时候为我做事，包括帮我对付苏子修？松子啊，我当时不这么说，你是不会跟我走的，只有提出交换条件，你才会放心跟着我走，不然你总会觉得是自己拖累了我。”

宋翎听完，眼眸中似有两团小小的火焰在跃动，轻轻一咬下唇说道：“我说话算数，若你有用得到我的地方，我不会推辞。不过，我只对付苏子修一人，不想危害昭国。”

“好、好、好。”韩静言道，“不过我还是那句话，我帮你不是为了让你为我所用，而是为了我们相识一场，我们毕竟是朋友。”

宋翎点了点头，人还坐在韩静言面前，神思却有些飘远了。她想到了昭国，想到了那个她曾经深爱入骨，如今又深恨入骨的人……

韩静言看着宋翎失神的样子，蓦然有一种冲动，想把福嘉长公主和孟皇后说过的话当作玩笑话说给宋翎听，告诉她皇后和公主都要他给她一个正经的名分，想问她觉得怎么样。”

韩静言话到嘴边，又咽了回去，这种话跟调戏差不多了，只有登徒子才会如此孟浪失礼。自己若是贸然开口，哪怕是用了开玩笑的口气，也会让宋翎感到不悦。

但是此情此景，若是不说他又有点儿不甘心，这是好机会，能探一探宋翎的口风。如今的宋翎在卢国无依无靠，这必然不是长久之计，若是宋翎愿意，嫁给他总比嫁给那些不知根底的人要强得多……

这时候，韩静言猛然清醒，赶紧将脱缰的思绪拉了回来。自己究竟在想些什么？居然会起这种念头？莫非他被皇后和公主念叨太多次，受了影响？

若不是宋翎此时也在神游，肯定会发现韩静言脸上露出了难以置信的表情，不过仅是一闪而过，随即他脸上又恢复了如常的神色。

两人吃完馄饨，继续在街市上闲逛。他们突然间看见路边的百姓在议论纷纷，并且结伴朝着一个地方跑去，像是赶着去看什么热闹。

“也许有什么热闹可看。”韩静言猜测道，问身边的宋翎，“咱们要不要也去看看？”这位卢帝骨子里也是爱凑热闹的人。

宋翎犹豫的时候，韩静言已向一个身边之人打听了：“这位兄台，这是出了什么事，引得大家都跑过去看？”

那人也没多想，脱口而出道：“你不知道，咱们的长公主要抛绣球招亲了！”

那人话音刚落，宋翎很清楚地看到韩静言的脸色一下子变了。长公主？招亲？别说韩静言了，就连宋翎也觉得震惊。公主的婚事难道不是由皇家做主吗？难道还可以自行抛绣球招亲？这不管放在哪个国家都是不成规矩的。

难怪韩静言的脸色如此难看了。

旁边立即有一人出声纠正道：“瞧瞧你，说错了，是长公主的奶娘要抛绣球招亲。”

原来是长公主的奶娘。宋翎恍然大悟，但是韩静言依然紧绷着一张脸，一看就是在生闷气。

韩静言太了解自家妹妹了，韩梓言三天不闹出一点儿花样来，怕是对不起她长公主的称号。

上个月是为自己的贴身侍女招亲，这次招亲的人选又换成了自己的奶娘，现在在漳临城中只要一提起“招亲”二字，众人立即就想到了公主府。按理说公主府上的侍女和奶娘虽然跟着公主在宫外居住，但是仍然属于宫里的人，发嫁婚配、外放出宫统一归内侍省处置，不过长公主既然插手要管，没人敢在长公主面前提这个“规矩”。

宋翎是头一次听见这样的事：“长公主居然要为自己的奶娘招亲？还要抛绣球？”

宋翎环顾四周，指着那些匆匆赶去围观的人，越发惊诧不已：“他们这些人难道……难道要抢着去给公主的奶娘当丈夫？”。

“梓言这个丫头。”韩静言叹了一口气，“她不是要给她的奶娘找一个丈夫，她是要找乐子。”

宋翎假装没听见，因为这话不好接。

“走，咱们也过去看看。”韩静言说完，携着宋翎一道往人流密集处走去。

第三章 招亲

抛绣球的地方在玉致斋，是都城之中一处颇有盛名的酒楼，长公主为了给自家的奶娘招亲，出手阔绰地将整座酒楼包了下来。这时候楼下已挤满了围观的百姓，这些人大多是来看热闹的，未必是冲着抢绣球来的。

此时玉致斋临街的三层楼阁空无一人，抛绣球的人还未出来，好些人在七嘴八舌地议论。

有人不信，道："老天爷，这事闻所未闻哪！长公主真的要给自己的奶娘招亲？"

有一人接上了话茬："你还别不信，这招亲架势都摆出来了，怎么还会有假？"

"哈哈哈，这么多人，难道都是抢着去当长公主的奶娘的丈夫的？"说这话的是一个男子，年约四十，只是留着络腮胡子，显得老相一些。

这话一出，不少人都笑了："听说长公主的奶娘去年没了丈夫，长公主有心让

奶娘再嫁，所以今日才在这里招亲。”

“咱们的长公主还真想得出来，只是不知这位奶娘多大年纪了？”

“长公主芳龄二十，既然是奶娘，年纪肯定不会小，莫非娶回去当娘？”

“年纪不小又怎么了？”有个不服气的声音冒了出来，“你别以为没人要，那可是长公主的奶娘，若是真的被人娶回家去，岂不也算是攀上了半个皇亲国戚？”

“哈哈哈——有道理！有道理！”

“怎么就皇亲国戚了，不就是一个奶妈吗？”

“这你就不懂了，要知道在大户人家，少爷小姐们都跟自己的奶娘亲，跟自己的亲娘反倒不亲。俗话说的‘有奶就是娘’，等到少爷小姐们长大了，大多也会提携奶娘的家里人，而且因为奶娘给少主子吃过奶，自己也格外有体面。大户人家都如此，想来皇家也是这样的。”

韩静言和宋翎置身人群之中，韩静言虽然一路都在生闷气，但是没有忘了身边的宋翎，伸出一条胳膊虚虚地将宋翎护在身边，既不碰到宋翎，也不让那些人挤到宋翎。

因为靠得近，宋翎听见韩静言低声道了一句：“梓言真是太胡闹了。”

宋翎低头，默然不语，

韩静言叹气道：“她堂堂一个长公主，平时任性不说，想到一出是一出，也不怕遭人议论，这名声还要不要了？”

说起来，韩静言叹气也是有道理的，毕竟谁家里没点儿烦心的事？就算是皇家也一样。福嘉长公主韩梓言是卢庆帝之女，两任卢帝之妹，父亲和两位兄长都是皇帝，她毫无争议地成了卢国最尊贵的公主。长公主曾经有过一段姻缘，驸马是卢国的名门贵族，按照祖制，公主嫁到臣子家是下嫁，不必与臣子一家同住，有专门的公主府，在公主府上召见驸马即可。但是这段姻缘仅仅维持了一年，因为驸马酒后骑马意外坠亡了。

长公主的两位兄长都提出了接她回皇宫去住，但是长公主均一口拒绝了，说是在公主府上住着甚好，不想回宫里去。毕竟她住在宫里束缚太多，住在公主府上乐得自由。长公主也拒绝了再次指婚的提议，对卢国的青年才俊横挑鼻子竖挑眼，一个都看不上。

韩静言知道，妹妹是贪图自由。在公主府上，她就是一府之主，说什么是什么，没有条条框框的规矩，也不用被身份束缚，华服珠宝，美酒佳肴，享尽了荣华富贵，都城中的那些郡主宗女、公卿千金在她面前都是毕恭毕敬、极尽讨好的。

长公主的日子过得优哉游哉，韩静言知道这不是长久之计，韩梓言终归要嫁人，不能一辈子当一个长公主。既然本国内挑不中合适的，那就放眼另外两个大国——祁国和昭国。当时祁、卢正在打仗，长公主嫁到祁国不合适，昭国是盟友，而且昭帝苏子修没有皇后，对长公主而言，昭帝苏子修理所当然地成了最佳的夫婿人选。

虽说两国结亲主要是基于政治利益，但事关一国皇后时，人选除了身份必须尊贵，品性和名声也十分重要。

这位卢国的福嘉长公主韩梓言没有恶名，也没有贤名。但长公主这样胡闹下去，好名声肯定没有了，要是将来真的嫁去昭国，只怕不是什么好事。

“让开！让开！”正当这时，人群之中忽然横插进来一队人，人人神色倨傲，口气强横，一边大声呵斥着，一边对着挡路的百姓推推搡搡，这架势一看就是有来头的。那些被推搡的百姓不敢不从，纷纷后退让出一条道。

“那不是京兆尹大人府上的家人？”人群中有人压低嗓子轻呼了一声。

“让开！让开！说你呢，别挡路！滚远点儿！”这时又出现了一帮人，硬生生地朝着里面挤去，想必是要去占据最好的位置。

这帮人比刚刚那帮更凶一点儿，有个老头因为腿脚慢，避闪不及挡了路，被领头的一个大汉劈头甩了一个耳光。大汉骂道：“老东西说你呢，别挡路！都一把老骨头了，还来凑这种热闹！真是不要脸。”

那个老头被那一记耳光打得发蒙，踉踉跄跄地退了好几步还没有站稳，不小心就撞到了人身上。

被撞的人正是宋翎，宋翎被吓了一跳，扶住了老头的胳膊：“老人家，您当心。”

韩静言就在身边，怕宋翎人小力气小，搀扶不住反而自己也摔跤，于是搭了一把手，总算是将老头扶住了。

那老头平白挨了一巴掌，正在眼冒金星，看不清是谁出手帮了自己，只是道了几声谢，赶紧离开了这地方。

天哪，这里是怎样一个是非之地啊。

“嘘！看那里！”有人朝着某处一指，道，“那里好像是工部侍郎家里的人！”

原本围观看热闹的老百姓一下子自觉地散开了，这时候还不识趣地闪开，难道等着别人把耳光打在自己脸上？

自从来了卢国之后，宋翎是头一回外出，不认识这些人，只看见围观的百姓窃窃私语，大概可以猜测这些人都是有些来头的，至少不是寻常百姓。

“大家这是怎么了？”宋翎朝着韩静言问道，明显感到周围的气氛不对劲了。

韩静言原先一直在抱怨小妹胡闹，但刚刚只是脸色不好看，现在他的神情是真正变得认真而凝重起来。

韩静言似是自言自语，说道："这些人才是真的来抢绣球的。"

在一片喧闹声中，玉致斋的三楼上出现了一个人。众人一看就知道不是抛绣球的主角，因为来人甚是年轻，十七八岁，生得唇红齿白，应该是长公主身边的侍女。

那名侍女的声音脆亮，口齿清楚，先是讲了今日抛绣球招亲的原委，又讲了抢绣球的规矩。楼下的众人看见来人是个俏丫鬟，哪里还忍得住，起哄的时候更带劲儿了，扯着嗓子冲着楼上喊："请问你们家的姑奶奶多大年纪？又要找多大年纪的郎君？二十岁的小伙子可以吗？六十岁的老头也可以吗？"

这话里明显带着几分调笑的意味，大家都知道要招亲的是长公主的奶娘，这种场合没人敢一口一个"奶妈子"地叫，而是尊称对方一声"姑奶奶"。

那侍女明显是见过大场面的人，不慌不忙地说道："年纪要在四十五岁以下，上有封顶，下不设限，若是二十岁的小伙子要来抢绣球，咱们也不拦着。"

此言一出，楼下的众人爆发出一阵哄笑，看来今天这个热闹是看对了，果然有意思得很。福嘉长公主身边的都是妙人，别看只是一个小小的侍女，长得美不说，说话也跟小辣椒似的，但是因为长得好看，楼下的人被呛了也是美滋滋的。

"公主的奶娘刘氏今日不出面，由我来代抛绣球。"那侍女说道，"每次被绣球砸到，或是抢到绣球的人，就会有人领着你到楼里来。"

"什么？难道绣球要抛好几次？"立刻有人嚷嚷着质疑。

那侍女俯视楼下，理直气壮地反问道："谁说抢到绣球就万事大吉了？抢到绣球只是得到一个被相看的机会。就算上街买东西还要货比三家，难道嫁人就不用好好挑一挑了？"

围观的人又是一阵笑，看来想娶长公主的奶娘并没有那么容易。

那侍女举着一个系着五彩绸布的火红绣球，今日的重头戏就要开始了。

韩静言是微服出宫，他十分谨慎，每次外出都戴着易容面具。这里是卢国都城，是权贵云集之地，若是遇见一个皇亲贵族、公卿大夫，没准儿就被人认出来了。

宋翎看了看身边的韩静言，只见他直勾勾地盯着那个绣球，双臂微张，摆出一副蓄势待发的样子。宋翎一时愕然，道："莫非你要去抢这个绣球？"

韩静言要抢自家妹妹的奶娘的招亲绣球？宋翎一下子被这拗口的关系绕晕了。

"别这样盯着我看。"韩静言看出了宋翎脸上的古怪，解释道，"我猜梓言此时一定在酒楼之中，以她的那种性格，怎么会错过这种热闹？刚刚那个侍女不是说了，抢了绣球的人还要被相看，我猜那个相看的人就是梓言。哼，我是要进去找她！”

宋翎听得一愣，心想这兄妹俩还真是……令人无语。

这时候，楼上传来一声大喊：“大家接好了，我要扔了！”

那个系着五彩绸布的绣球被抛下那一刻，犹如一滴水溅到了滚烫的油锅里，下面的人群一下子炸了起来。先前那几批疑似来头不小的人，皆是志在必得的表情，看见绣球抛下来，抢得更是起劲儿，并且一边抢，还一边大叫大骂：“都给老子让开，老子是京兆尹府上的人！”

“我呸，你京兆尹算个屁，老子还是都尉府的呢！”

户部侍郎府上的人见对面都亮了身份，也不甘示弱：“你们嚷什么嚷？都长没长眼睛？滚开！滚开！绣球可是咱们的。”

这群人正是你推我搡，难解难分之际，有人一跃而起，身上衣衫飘飞，一起一落之间宛若飞鸟展翅，众人还未看清他的动作，只见那一个花花绿绿的绣球，已经稳稳地落在了他的手里。

“这小子搞偷袭！”

“咱抢了半天，居然便宜了别人！”

韩静言这一招“渔翁得利”镇住了所有人，惹得无数目光聚集在他身上，若不是因为这是最快见到韩梓言的办法，他也不想这样引人注意。

“恭喜这位……”见到他抢到绣球，立即有人迎了上来，来人看了韩静言脸上的胡子，机灵地改了口，“恭喜这位壮士，请跟我进来。”

韩静言轻轻地应了一声，跟了上去，没忘了招呼宋翎：“松子，跟我一起来。”

宋翎方才有点儿走神，赶紧应了一声。她跟着韩静言走时还回头去看，总觉得刚刚有道目光一直盯着自己，但是又找不到那目光的来源，莫非只是她的错觉？

第四章 重逢

为了不被闲杂人等打扰，长公主包下了整间玉致斋，原本喧闹的酒楼此时清静得不寻常。韩静言和宋翎跟着人到了一个雅间，进去之后，果然看见了丽服浓妆的长公主韩梓言正在闲闲地喝茶。

看清楚第一个被带进来的人是自家兄长，也就是当今卢帝韩静言，长公主一怔，果不其然地被呛到了，旁边的侍女立刻伶俐地上来为长公主拍着后背顺气。

等到气顺了之后，长公主方期期艾艾地开口："皇兄，你怎么在这里？"她又看了一眼尾随着的宋翎，"还有松子，她怎么也在？"

韩静言哼了一声，不必旁人招呼，自行选了个位置坐下，也不多话，先是劈头盖脸问了一句："梓言，你这又是在搞什么名堂？"

韩梓言亲手将一杯茶给兄长奉了上去，答得十分坦然，说道："我为奶娘招亲，皇兄既然从外面进来，不是应该都知道了？”

“招亲？就算你要发嫁自己的奶娘，这种事交给内侍省就行了，无须你堂堂一个公主亲自插手！你看看你自己办的事，非要搞出一出抛绣球招亲，弄得都城之内尽人皆知，你可晓得城里的那些百姓是怎么议论你的？”韩静言看着妹妹一脸坦然的表情，越发来气，索性挑明了说。

“我知道皇兄要说什么，但凡是关于皇家的一点点风吹草动，老百姓都能嚼舌好几天，我这样是主动给人送谈资，叫别人来议论我。”韩梓言一点儿不怕兄长恼，反而笑嘻嘻地说道。

“你知道就好。”韩静言依然没好脸色，但是口气已经有所缓和。

宋翎在旁边看着，触景生情，不由得想到了哥哥宋璟。大概当初自己跟哥哥也是这般相处的，只是如今不仅宋璟死了，宋家也只剩了她孤零零一个人。

“松子，你怎么了？”韩静言是何等敏锐之人，只是瞥了一眼，就察觉到宋翎的神色似乎不太对劲儿。

“我没事。”宋翎摇了摇头，借着低头喝茶的机会掩饰了过去。

韩梓言不动声色地看着两人，嘴角勾出一抹笑，嘴上不说什么，却朝着韩静言的方向使了一个眼色。

韩静言则是一个眼神递了回去，示意妹妹别多想。撇开这些无关之事，他直入正题道：“行了行了，你说正经事吧。”

韩梓言的神色认真了几分，她说道：“皇兄，我也不全是胡闹。你在楼下也看见了，今日来围观的可不仅仅是普通百姓。”

韩静言道：“那些人张嘴就是‘这个府上’‘那个府上’的，我想听不到都难。”

“除了这些莽撞鬼不算，我还知道好几家也是有来头的，不过人家低调多了，至少没有喊得尽人皆知。”韩梓言道，“我只是要发嫁自己的奶娘，就有这么多人坐不住了，皇兄你觉得这说明了什么？”

韩静言倏然一笑，半是玩笑半是正经地说道：“还能说明什么？说明在都城中有不少人想要攀上公主府的关系。梓言，看来皇兄真的不能由着你了。”

韩梓言笑了：“原本是帮你认清人，这样子倒是搬起石头砸自己的脚了。”

在上月，长公主刚刚嫁了自己的一个侍女，也是以抛绣球招亲的方式。不过当时争抢绣球的以平头百姓居多，也有几个小吏，没有跟当朝官员扯上关系的人。今日招亲的人换成了公主的奶娘，这一下倒是冒出许多有门第的人。

公主的侍女，除非是公主最为倚重的近身侍女，不然的话，在公主跟前根本是

说不上话的。但是公主的奶娘就大大不一样了，奶娘的身份何其特殊，在公主心中的分量岂是一个小小的侍女能比的？只要娶了公主的奶娘，就是攀上了公主这一层关系，更何况这位公主还是当今卢国最尊贵、最得脸、最能在皇上面前说上话的福嘉长公主。

韩静言若有所思，拿着茶盏，指尖轻叩着细薄的白瓷，末了说道："得了，皇兄都知道了。"

在两人说话的时候，外面也没闲着，抢到绣球的人一个个被领了进来，不过都止步于雅间的门口，因为韩梓言每次都是瞥一眼，就撂下简单的两个字："不行。"

这样一连否定了好几个，韩静言在一旁看着，忍不住问道："你这哪里是要给你奶娘招亲？"

有几个人被说"不行"的时候，韩梓言根本都没抬头看一眼，这算是什么相看？

韩梓言见到自家哥哥都发话了，于是抬头看了一眼，不过这一眼看得也相当潦草，因为她知道都是沙砾，不会有明珠出现。

如此看下来，韩梓言兴致缺缺，抱怨道："都是歪瓜裂枣，没一个看得上眼的。"

韩静言不经意地瞥了韩梓言一眼。

韩梓言十分灵醒，尴尬地笑了笑，当即补充了一句："当然，第一个进来的人除外。"

韩静言没说话，一副充耳不闻的样子。

韩梓言似乎为了掩饰自己的失言，咳了一声，对着左右吩咐道："别一个个领过来了，让前面的人等一等，凑一排再过来。"

听了这话，韩静言手中端着的茶盏发出轻微的磕碰声，他脸上似有无奈之色，亏得韩梓言这丫头想得出来，这岂不是成了选秀女？认真说起来，韩静言登基四年了，从未公开遴选过秀女，一则是韩静言不在女色上留心，二则是不想浪费财力物力，没想到韩梓言倒是赶在自家兄长前头，享受了一把选秀的待遇。

在外头，两个领路的小仆小声嘀咕，一人说道："有个人明明进来了，说是要上茅房，这会儿还不见人影，难道是迷路了？咱们要不要回禀公主？"

另一人答道："先别回禀了，那人也许是一时找不到路，说不定等会儿就自己找回来了。咱们贸然回了公主，公主怪我们办事不力就不好了。"

"好、好，就依你，先不管那人了……"

而在里间，韩静言数着人数，觉得这人数不对，忍不住转向韩梓言问道："梓言，你准备了不止一个绣球吧。"

韩梓言倒是坦白，语气中带着三分理直气壮："既然都在抛绣球了，干吗不多抛几个？干吗不多抛几次？多点儿人能参与，多点儿人有机会，这样也算是与民同乐了。"

刚刚那个疑似"选秀"的阵仗，没让韩静言生气，但是韩梓言口中的这个"与民同乐"，倒是令韩静言黑了脸。他真是高估了韩梓言，她根本就是为自己找乐子，帮他认清人，那才是冠冕堂皇的借口。

宋翎从进来之后，始终安安静静地独自坐着，韩家兄妹说话的时候从不插嘴。她待得腻了，想要出去透透气，韩静言同意了。此时酒楼里没有闲杂之人，只要宋翎不到外面去，他就不必担心。

玉致斋是都城里头数一数二的酒楼，陈设装饰自然不俗，酒楼呈"回"形，中间是天井，四面用回廊衔接，种植着葱茏的花木，回廊上攀着紫藤和凌霄，紫、红二色的花朵点点簇簇，伴着大片浸润的绿意，隔绝了人声，倒是显出了几分清幽。

宋翎沿着回廊漫无目的地走着，其实韩静言那一句嘱咐是多余的，宋翎本来就没打算走出玉致斋。从前的宋翎玩心重，如今却没了那种闲心。

正在百无聊赖之际，宋翎忽然感觉身后有人迫近，待到完全反应过来，那人已近在咫尺了。

"谁？"宋翎悚然一惊，声音里充满了警惕。

"松子。"一个男子的声音慵懒地响起，"咱们好久不见了。"

宋翎回首，彻底愣住了。她看到了一位熟人——王柳容。

"你？"宋翎双眸圆瞪，回不过神来，这一刻她甚至怀疑自己的眼睛，但是王柳容这个大活人站在眼前，明明白白地提醒着她没有看错。王柳容是祁帝，居然无声无息地出现在卢国，还有比这更为令人震惊的事吗？

"对，是我，王柳容。"相比于宋翎的错愕失神，王柳容显得从容许多，至少表面上看起来是这样，他又缓缓地重复了一遍，"松子，咱们好久不见了。"

"我们连朋友都不算，不见也罢。"宋翎打从心眼里不待见王柳容，第一句话就是泼冷水。

"我知道你不把我当朋友。"王柳容料到了宋翎会这么说，只是轻轻一哂，并不在意，"我也不把你当朋友，因为……我想要的比朋友更多。"

王柳容徐徐将后半句话吐出，咬字和落音极是意味深长。

宋翎反应冷淡。她跟王柳容之间，熟人是熟人，但是关系比较复杂，说是朋友，没有交情只有过节儿；说是仇人，也谈不上有什么深仇大恨。如今的两人在异国他

乡以这种方式见面，还是单独相对，宋翎难免有些不知如何应付。

“你为何会在卢国？”宋翎问道，心里有诸多疑问。玉柳容来卢国做什么？他复辟不到半年，机关算尽才重新夺回皇位，不好好稳固自己在国内的地位和势力，为何会在这种时候离开祁国？这样会不会太不合常理了？

玉柳容的回答要简单得多，只有三个字：“为了你。”

宋翎嗤了一声，别过头去，看着因包场而冷静的酒楼，忽然又想到了一件事：“你又是怎么进来的？”

因为长公主亲临，玉致斋外头有不少侍卫把守，除非有公主府的人领着，否则不会轻易放人进来。

“进来很难吗？”玉柳容一派轻松地道，“抢个绣球不就行了？”

宋翎无言以对，这确实不难，先前韩静言不也是这样进来的？

“你来卢国做什么？”

“我说了，为了你。”玉柳容很是坦然。

宋翎神情淡漠，根本不为所动。

“松子？妧妧？”玉柳容盯着对方，一连换了两个称呼，随后那两个字唤出的时候，他的舌尖不觉漫出了一丝苦涩，“或者应该叫你宋翎？”

宋翎忽然听到玉柳容唤出自己的真名，警觉了几分，不过随即想开了。玉柳容想要查她的身份不是难事，更何况仅仅是一个名字。

玉柳容莫名有几分感伤，叹息道：“你总是疏远我、防备我，对我充满了戒心，把我当成洪水猛兽，就连名字也不肯告诉我。”

宋翎没心情理会玉柳容的感伤，正想要离开，玉柳容伸出手臂横在她身前，挡住了她的去路。

宋翎转了个方向，玉柳容也跟着转方向，在宋翎面露恼意之前，玉柳容主动开口说道：“我不仅知道你叫宋翎，也知道你们宋家发生的事。”

宋翎深深吸了一口气，当玉柳容唤出她的真名的时候，她就知道会被旧事重提。

那对她是一段伤痛至极的记忆，她每次回想的时候都是小心翼翼的，更不敢听旁人轻易提起，她冷冷地回了一句：“你知道了又怎样？”

玉柳容看着宋翎，感觉像是在看一只明明受了伤，却要抖起浑身尖刺的小动物，口气中似有一分怜惜：“当初在江临我赠你玉牌，本意是想留下一件信物，算是我给你的承诺，将来只要你开口的事，我一定不惜一切为你做到，报答你的救命之恩。想不到恰恰就是这玉牌害了你，也害了你们宋家。”

宋翎双手交握于胸前，为了支撑自己，也是为了平复心口的起伏。尽管过去了半年，但是宋氏灭门的仇恨和痛苦，犹如一道伤深深地砍在骨头上，始终隐隐作痛，折磨着她。她闭上眼就会想到在刑场上被斩首的爹爹、在牢中服毒自尽的哥哥、先是发疯最后溺毙的妹妹……她曾经安乐无忧的前半生，在那一刻彻底结束了。

“你到底想说什么？”宋翎盯着玉柳容，神情漠然。

“玉牌是我送你的，事情多少也是因我而起。对你，我心里有愧……”玉柳容说话的时候表情极其认真。

玉柳容派去昭国的探子带回的消息称，宋家被判定的罪名是私通敌国，而其中最要紧的一样物证就是玉柳容赠予宋翎的玉牌，上面篆刻了玉柳容的名讳，铁证如山。

“什么有愧不有愧？”宋翎冷冷地出声，觉得玉柳容自作多情，“玉牌只是一个物证，哪怕没有玉牌，宋家可能照样会被治罪，只不过换一个罪名罢了。宋家只是在皇位更替之际站错了队，太子和襄王斗法的时候，我爹爹支持太子，然而太子败了，失了势，作为追随者的宋家自然不会有好下场，所以……”宋翎顿了顿，“与你无关。”

玉柳容听得出来，宋翎的一字一句都是要跟他撇清关系，哪怕他是想要表示一下愧疚，宋翎也只把他当成一个彻头彻尾的局外人。

玉柳容不解，宋翎为何总对他这般避之唯恐不及。

“你是怎么来卢国的？”玉柳容问道。

“与你无关。”宋翎还是一句老话。

“那好。”玉柳容点了点头，“之前跟你在一起的男人是谁？就是头一个抢到绣球的那位。”

宋翎心想，难怪她觉得被人盯梢，原来是玉柳容。

玉柳容见宋翎不回答，直接分析道：“他是第一个进来的，但是没有出去，这说明他没有落选。但如果他被选定了，后面那些人也就不用进来了。我是进来找人的，难道他也是一样？”玉柳容继续说，“我是为了找你，难道他是为了找公主？”

宋翎暗叹，就算她不说，玉柳容自己也能猜个八九不离十，索性承认道：“跟我在一起的男人是卢帝。”

“原来如此。”玉柳容说道，“那么你来卢国也是跟这位卢帝有关吧。”

“是。”宋翎很是干脆。

“我道苏子修怎么会放你走，原来是卢帝暗中出手。”玉柳容若有所思。

宋翎听不惯玉柳容的口气，略嘲讽道：“所以你明白自己的处境了吧，卢帝就在这里。你不仅是入了虎穴，而且主动送到了虎口边上。”

玉柳容却一点儿也不在乎，问道：“你愿意跟卢帝来卢国，是不是他对你承诺了什么？譬如帮你报宋家的仇，帮你对付苏子修？”

宋翎默然，猛然一抬头，对上了玉柳容那一双乌沉沉的眸子，仿佛看透了对方的内心。她听见玉柳容说道：“如果是这样，那个人能为你做的，我也能为你做到。”

宋翎的眼底有一闪而过的惊骇，她拒绝道：“与你无关。”

“我来卢国不是为了听你说一句‘与你无关’。”玉柳容似是赌气地道。

宋翎见识过玉柳容的偏执，也最厌烦这种偏执。今时不同往日，她再不是那位一忍再忍的小随从松子，回敬了一句：“那你要我说什么？说‘跟你有关’，都是你害了我，是你害了我们宋家，我是否该向你讨回宋家满门的人命？”

“你们宋家满门的人命，应该向苏子修讨。”玉柳容毫不客气地说道。

宋翎一时语塞，偃旗息鼓。

玉柳容就知道，苏子修是一个提不得的人，那是宋翎的软肋。此时此刻，他居然有种恨铁不成钢的心情，或许潜意识里他就是希望宋翎能恨死苏子修。

宋翎却幽幽地吐出一句话：“你怎么知道我不会向他讨？”

玉柳容稍稍一怔，心底竟然有些痛快的感觉。

宋翎不知道玉柳容的心思变化，问道：“你从何得知我在卢国？”

在问这一句话的时候，宋翎心底有一丝隐忧。她离开昭国来卢国的路上，极其谨慎地掩藏了踪迹，照理说不会有人知道。玉柳容是从哪里得到的消息？如果她暴露了行踪，那么苏子修是否也会知道她的下落？这是宋翎目前最为关心的。

玉柳容不打算详说自己的消息来源，说道：“这个你不用管，反正我是找到你了。”

“卢国不是久留之地。”宋翎说道，“祁国和卢国不久之前还在打仗，你来了卢国，真的不怕回不去吗？”

“打过仗又如何？若是打过仗就是仇人，那么天下哪两个国家之间不是仇人？”玉柳容忍不住笑了。他是意气用事，但并不代表他莽撞。他也有考量，卢国未必敢动他，三个国家之间盘根错节的复杂关系，一时说不清楚，他不打算在这时候跟宋翎解释。

“你可是关心我的安危？”玉柳容试探着问。

“不是。”宋翎干脆地答道，“我提醒过你了，但是要不要离开，腿长在你身上，就不关我的事了。”

“让我回去可以。”玉柳容话锋一转，指着宋翎，笃定地说道，“但是我要带你一起走。”

宋翎错愕不已，玉柳容果然还是从前的玉柳容，依然是“万事必须随我心意”的性格，不过宋翎也没有变，对玉柳容的异想天开，她一口拒绝道：“不可能。”

“你们宋家之所以遭罪，归根结底跟我有些关系……”玉柳容仍不甘心，厚着脸皮也要将自己牵扯进去，“总归一句话，这其中有我的过错，我想要补偿你。”

宋翎一时无语，半晌才给了三个字：“不需要。”

话到这里已说不下去了，宋翎打算离开。玉柳容刚刚只是伸了一条手臂虚虚地挡在她面前，并未碰到她，算是维持了君子风度，这次却不讲什么君子之风了，他直接抓住了宋翎的手臂。

“你放手！”宋翎大惊失色，玉柳容似乎要动真格的了。她说道：“你疯了？这里是卢国，我要是喊起来，你今日就脱不了身了。”

玉柳容嗤之以鼻，仍旧我行我素，拽着宋翎朝一个方向走去。

“松子。”正当此时，另一个男子的声音传来，宋翎一听就知道是韩静言。大概是见她出来太久，韩静言放心不下所以亲自出来寻人，又唤了一声：“松子，你在这里吗？”

听声辨位，韩静言应在不远处，在回廊上转个弯就能看见他们二人。玉柳容蹙起了眉心，来的人是卢帝？

趁着玉柳容短暂的愣怔，宋翎使劲儿挣脱了玉柳容，退后几步跟玉柳容拉开距离，低声说道：“祁帝陛下，您还不离开吗？”

玉柳容看了宋翎一眼，知道此地不能久留，再不离开就会遇上韩静言：“好，我眼下可以离开。”玉柳容痛快地说道，撂下了一句话，“但我定要带着你一起离开。”

宋翎听到这话，觉得玉柳容还真是执着，不过她没工夫多想，她现在要去找韩静言，至少给玉柳容拖点儿时间。

玉柳容一路疾行，快要走到回廊尽头的时候，面前出现一道明艳纤细的人影。他想要回避已然来不及了，两人不慎撞在了一起。

“哎呀，你是什么人？这般莽莽撞撞！”一个女声响起，含着恼意，正是韩梓言。

玉柳容不认得韩梓言，但是瞧见她被前呼后拥着，就大概猜到了她的身份，除了卢国长公主，不会是别人。

韩梓言身边的小仆指着玉柳容，喊出了声：“你不是刚刚说要上茅房的那人，你是迷路了吗？让我好找。”

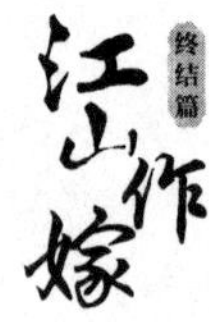

韩梓言抬头，顿时愣住了，目光竟然再也收不回来。她前头看多了庸俗的男子，乍一见到眼前这位，那种强烈的反差仿佛是沙砾之间找出了明珠、草鸡群里飞出了凤凰。

眼前的男子相当年轻，二十出头的样子，然而年轻不算什么，刚才有个十七八岁的小伙子一露面就被斥退了，令人震惊的是眼前之人出众的容貌，身长玉立不说，五官挑不出一点儿瑕疵，什么剑眉星目、鼻如悬胆、鬓似刀裁等都是废话，只有“惊为天人”这四个字才配得上他。

“这位公子……”韩梓言张口结舌，但好歹是长公主，没有失神太久，但是一开口又险些露了馅儿。原本她是想问他的姓名来历，临了又说不出来，只得生硬地接了两个字：“你好。”

这样总算是前后连成了一句话，她也不至于太过失态。

玉柳容懒得在这里耗时间，正要离开，韩梓言却急了，问道：“这位公子可否报上姓名？”

玉柳容照旧不理她，径自离去。

韩梓言问了一连串问题，玉柳容一句都没答，好像他只是一个误入酒楼的客人，来到这里的原因并不是抢了绣球。

韩梓言眼见着人转个弯就不见了，方反应过来，冲着左右之人说道：“去啊！戳在这里做什么？你们去跟着那人，无论如何都要弄清楚那人是谁。”

第五章 倾慕

自从那一日之后，韩梓言就惦记上了那位惊鸿一瞥又转瞬消失的美男子。她暗下决心，一定要找到此人。韩梓言先是派出了公主府上全部的仆人，在都城内四处寻找，结果一无所获。然而她并没有轻易放弃，先是从翰林院传了一个画师，通过口述将当日那一位美男子的肖像画了出来，然后令家人带着画像和公主府的印信，前去京兆尹的府衙，在城中派出官差找人，又在每处城门设卡，只差没把整个漳临城翻过来。

这说起来令人难以置信，韩梓言以长公主的身份，竟然可以直接指挥朝廷命官。这事要是放在祁国或是昭国，是绝对不可能的。女子不得干政，这是一条铁打的规矩，不管是皇后、宫妃还是公主。

卢国的状况确实有些特殊，韩家人的江山得之不易，守之更不易，因为当年是

逾越了臣子的本分，篡夺了君父的位置。初立之时，国内树敌甚多，到处是反对的声音，不知多少人想把韩家人从皇位上弄下来，好让前赵皇室复辟。

在这种情况下，韩家只愿意相信自己人，对外人则是处处怀疑和设防，哪怕是自家的女儿也比外姓的大臣要可靠。在韩家人的江山渐渐稳固之后，这种不分男女的“用人唯亲”也慢慢淡化了。但是，韩梓言是一个例外。时至今日，这位福嘉长公主依然掌握着一定的实权。

韩梓言大张旗鼓地找人，作为卢帝兼兄长的韩静言不可能不知道。他并没有制止韩梓言这种假公济私的行为，而是听之任之，采取了默许的态度。

此事引起了不少人的侧目，同时也引出了不少闲话，从宫里到宫外，说什么的人都有。

卢帝韩静言一向优待这唯一的妹妹，只是想不到竟然娇宠纵容她到这等地步。

宋翎身子渐渐好转，为了避嫌，不再住在卢皇后那里，而是接受韩静言的安排，到了一处卢国的别宫，如此商量事情也比较方便。宋翎虽然离开了宫里，也能常常听到关于福嘉长公主韩梓言的一些传言。

“你们听说了吗？如今长公主正到处派人，想必是一定要找到那个抢了绣球又反悔的人……”

“说来那人也真奇怪，明明是自己抢了绣球，为何事到临头又变卦了？”

“我猜是后悔了吧，毕竟……公主的奶娘年纪也忒大了，但据说那人是个十分年轻的男子。”

“哈哈，你们都不知道吧，据说还是个十分年轻的美男子呢！”

“我还听说，长公主生了好大的气，为自家奶娘抱不平。想抢就抢，想走就走，那人根本没把公主府放在眼里。”

“长公主觉得失了面子，所以非将人找到不可。”

“以咱们那位公主的性情，为奶娘找人还是为自己找，谁知道呢？”

“嘘！这话可别乱说……”

到了这里，说话声小了下去。闲话谁都爱说，但是说闲话的人也晓得分寸，再说下去就犯忌讳了。

韩静言过来的时候，正好看见宋翎倚在窗前，看着刚刚几个散去的侍女。此时宋翎听见有脚步声，侧首一看，发觉韩静言已站在身边。

“唉，我晓得那些人在议论什么。”韩静言先是叹了一声，毫不掩饰地问道，“你是不是也觉得奇怪，我为何总是纵着梓言？”

宋翎目前最感兴趣的是玉柳容是否被韩梓言找到了，对韩家两兄妹的事，她并不感兴趣，故而懒懒地应付了一句："作为兄长，让着自己的妹妹，这并不奇怪。"

韩静言点了点头，忽然笑了，令宋翎一时摸不着头脑。

韩静言这一笑并不见得有多反常，只是宋翎心里"有鬼"，明明知道那日在玉致斋出现的人就是玉柳容，但是她选择保持缄默，并没有将此事告诉韩静言。但是现在她也拿不准当时的自己是否真的做到了内心震惊，而表面毫无波澜，是否让一贯心细的韩静言看出了破绽。

从一定程度上来说，如今宋翎和韩静言的关系称得上是盟友。但是在这件事上，宋翎下意识地选择了有所保留，不向自己的盟友坦白，因为这毕竟牵扯到另一个人。

宋翎低着头，视线很自然地微微朝下，感觉韩静言的视线正落在她的头顶。

两人沉默了一会儿，依然是韩静言先开的口："算了算了，随她去吧。梓言这人没常性，说不准折腾几天就将这事丢到脑后去了，我越是拦着她，她越是要跟我较劲。再说了，梓言跟我说了，她不光是为了找回自己的面子，也是为了自己的奶娘，抢绣球的事不能就这么算了。如此一来，我也不好多说她什么了。"

宋翎似是有些惊讶，试探着问道："公主真的要把那人找出来，让他跟自己的奶娘成亲吗？"

韩静言有些无奈地说道："梓言她是这么说的……"

"这样的话，未免……"宋翎干干地笑了一声，实在难以想象玉柳容被迫迎娶别国公主的奶娘的画面。

韩静言说道："我也知道如此婚配不太合适，不过，松子，我总觉得这事透着古怪。那日梓言在玉致斋抛绣球，早就放话说是为公主的奶娘招亲，照理说那人不可能不知道招亲的不是二八佳人，而是半老徐娘。莫非那人有怪癖，看见了绣球就忍不住想抢？"

韩静言最后一句话是玩笑，逗得宋翎也不禁一笑。

宋翎瞥了韩静言一眼，故意回了一句："你也知道招亲的是公主的奶娘，你也抢了绣球，莫非你也有怪癖？"

"非也非也。"韩静言略微正色，说道，"我抢绣球是为了见到韩梓言。"

宋翎漫不经心地点头，韩静言的下一句话却令她微微一愣："此人抢绣球，又是为了见谁？"

宋翎一时没答上来，不知道韩静言是顺嘴一提，还是当真对她那日的表现有了怀疑，口气上甚是轻松地说道："我哪里知道？我又不是那人肚子里的蛔虫。"

“我倒希望我是那人肚子里的蛔虫。”韩静言紧接着说了一句。

“为何？”宋翎问道。

“这样我就知道他在何处了。”韩静言神色如常，只是露出一分不耐的表情，“也省得梓言天天叫我派人去找，真是被她烦得不行。”

宋翎只是笑了笑，并没有接话。韩静言未曾在别宫久留，又说了几句无关痛痒的话就回去了。

在回去的途中，大太监德明公公瞅了个时机，凑上前来小声地道：“回禀皇上，长公主命人传来消息，说是找到那人了，以后不会天天跑来麻烦皇上了。”

韩静言听了，眼皮都没抬一下，淡淡地说道：“那朕倒是落得清净了。”

韩静言只是说了这一句，再没有旁的话。皇帝一向淡定，太监却忍不住，斟酌着问道：“皇上不打算去一趟公主府？”

“不去了。”韩静言的态度很是干脆。

德明公公闻言，识趣地闭上了嘴巴。

韩静言无意识地交握双手，嘴角含着一缕笑意：“至于那人，朕是肯定要见的，不过不是现在罢了。德明。”韩静言唤了一声。

“奴才在。”德明公公一下子竖起了耳朵。

“你亲自去公主府走一趟，为朕带一句话给长公主，令她收起平日里的蛮横性子，对那人一定要以礼相待。”韩静言似是不放心，又强调了一遍，“以礼相待！只能将其当成贵宾，不可限制对方的自由，还有……”

德明公公神色恭敬地等着主子后面的话。

“还有……”韩静言想起了最关键的一点，意味深长地道，“让长公主忘了抛绣球的事。”韩静言对自家妹妹不放心，怕她真的逼那人跟自己的奶娘成亲，如果真是这样，他前面强调再多“以礼相待”都是废话。

德明公公正在奉命赶去公主府的路上，而公主府上又是另一番景象。

韩梓言身着云霏妆花缎织彩百花对襟长裙，高髻上戴着一顶嵌宝衔珠的八尾凤冠，额心描着一朵嫣红的花钿，耳铛垂落长长的珠串，完全是皇家公主的装束，明艳迫人，不同于那一日在玉致斋之中，为了便宜行事，只是打扮成寻常富家小姐的模样。

韩梓言仔细地打量着面前的男子，确认他就是当日在玉致斋见到的人。

被一个女子目不转睛地盯着，任谁都会感到不自在。玉柳容也不例外，问道：“请问公主为何非要找到在下？”

“明知故问！”韩梓言到底是公主，口气中透着几分高高在上的气势，“你既然抢了绣球，就要给孤的奶娘做夫婿，岂有一走了之的道理？”

玉柳容一愣，说道：“抢了绣球的又不止在下一人。”

“但是孤就挑中你了！”韩梓言不假思索地回了一句。

“请公主另请高明。”玉柳容的态度很是强硬。

眼看双方僵持不下，韩梓言轻轻旋着手上的赤金戒指，上头的玛瑙衬得纤纤手指越发素白如玉。她的神情不见任何恼意，反倒卸下了骄矜，她和颜悦色地道：“你若不愿意，孤也不逼你，不过……”她来了个转折，“不过孤邀请你在府上住几日，你总不会拒绝吧？世上之人千千万万，孤能与你相见也算是一种缘分了。”

玉柳容神色不改，内心却觉得真是从未见过这种公主，面对一个陌生男子，一开口就是让人留在府上小住几日，此举称得上是极其大胆出格了。

“在下拒绝。”玉柳容不冷不热地说了四个字。

“好！”韩梓言却毫不意外，倒有几分见招拆招的架势，“那你就娶了孤的奶娘吧。”

“什么？”玉柳容不由得惊诧，一时没弄清楚这位卢国公主的思路。怎么又扯到娶她的奶娘的事上了？

韩梓言淡定地解释道：“孤给你选择了，一个是留下来小住几日，一个是娶孤的奶娘，非此即彼，你自己选吧。”

玉柳容从前是蛮横惯了的人，想不到今日遇上了同类。韩梓言一样蛮横，而且蛮横得理直气壮。

“为何我非要选？”玉柳容反问道。

“那日你抢了绣球，众目睽睽之下赖不掉的。”韩梓言说道。

“这只是误打误撞得到的罢了。”玉柳容依然不松口。

“好！就算你是误打误撞得到的，那么领你进楼的时候，你为何不离开？为何不解释？非要进来了之后才走？只要进来了，就表示自愿被相看！”韩梓言说道，朝玉柳容伸出三根手指，“当日在玉致斋可是至少有三个人证。”

韩梓言口中的人证自然是她、韩静言和男装扮相的宋翎。

玉柳容原是打定了主意要走，想到韩梓言说的“人证”，心念一动，似是无意地问道：“哪三个人证？”

“哦？”韩梓言反问道，“难道孤把人证请来，你就同意娶了孤的奶娘？”

当时两人针锋相对，韩梓言说的这句话，玩笑成分居多。她确实有心思跟玉柳

容周旋，没想过真的要将韩静言或是宋翎请来跟玉柳容对质。

“好！”玉柳容居然一口答应了，“公主只要能找来一人跟在下对质，在下就答应公主的要求！”

韩梓言正在浅浅饮茶，险些呛到。她早就做好了斗智斗勇的准备，也有的是软磨硬泡的手段，毕竟对付这样一个人，必然要费不少周折，没想到他竟轻而易举地答应了。

“无论哪一个要求都答应？”韩梓言一旦冷静下来，就十分镇定，进一步问道。

玉柳容当机立断地说道：“在下选择小住。”

闻言韩梓言笑了，颔首表示默认。其实玉柳容最后一句话多余了，因为这位卢国长公主从一开始就没想要让他真的娶了自己的奶娘。

这两天宋翎开始频繁收到来自公主府的请帖，请她去公主府上做客。宋翎颇为奇怪。她跟卢国长公主并无私交，两人只见过几面，而且都是有韩静言在场的情况下。在宋翎的印象当中，她们似乎从未直接说过话，更别提什么实际上的来往。而且宋翎当初是偷偷来到卢国的，她的真实身份和来历是一个秘密，故而尽量低调，不轻易在人前现身。先时韩静言将她迁离皇宫，也是有这方面的考虑。皇宫中人多嘴杂，宋翎若是待太久，难保不会有好事之人去探她的根底。

宋翎猜不透韩梓言的意思，送来的请帖都被压了下来。宋翎找的理由也是现成的，旧病复发，须卧床静养，太医叮嘱了不宜走动。

韩梓言并不在乎吃闭门羹，依旧派人送请帖，大有非将宋翎请去公主府不可的架势。在第四封请帖送来的时候，宋翎无奈地笑了笑，看着送帖子的小仆，先是客客气气地问候了公主，又闲闲地说了些无关痛痒的客套话。那小仆习惯了在主子跟前回话，都机灵地一一作答。

话到一半，宋翎无意地提了一句：“这几日公主府上是否有什么贵客？”

那小仆不太在意，顺嘴就说了出来：“好像是来了一位贵客。”

宋翎这一句是试探着问的，并不觉得能问出什么，如今得了肯定的答复，心里想到了什么，但表面上还是装作不动声色的样子，用纯粹好奇的口气追问了一句：“什么贵客？”

那小仆干的是跑腿传话的活，并不在主子身边伺候，知道一些情况也是从旁人那里听来的，所以对主子的事不太清楚。

“这个小的不知道。”他回道。

眼下公主府上最要紧的贵客是一名俊美非常的年轻男子，那小仆应该是真的不知内情，但是就算知情，公主府御下甚严，他也没胆子在外面乱嚼舌头。

宋翎若有所思地点头，说道："承蒙长公主看得起，我一定按时赴约，不辜负长公主的一番美意。"

"多谢松子姑娘，小的这就去回禀长公主。"那小仆甚是高兴。他来了四次了，宋翎终于肯松口了，这时候不赶紧告退，万一宋翎临时改了主意，他就不好回去向主子复命了。

宋翎也不是无缘无故地答应韩梓言的邀约，她心里一直存着疑惑。从那天闲逛时被人盯梢，到玉柳容的意外现身，再到如今韩梓言一反常态地热情相邀，这些看似无关的事串联起来，宋翎始终有一种说不出的古怪感觉。她隐隐约约地想到了，或许这些事跟玉柳容有关。

也许公主府上那个所谓的贵客，就是玉柳容本人?

想到这一层，宋翎被自己这个大胆的假设吓了一跳。祁国和卢国之间不说仇深似海，但终归是有不小过节儿的，玉柳容作为祁帝，乔装潜入卢国的都城，已是一个极其危险的举动，他若是真的在卢国长公主的府上，这跟自投罗网有何分别？宋翎不由得冒冷汗，但是念及玉柳容一贯不按常理出牌的行事作风，这也并非没有可能的事。

宋翎的猜测没有错，她在公主府上果然看见了玉柳容。即使宋翎已经有了思想准备，但见到他的那一瞬间，震惊一点儿不少。宋翎庆幸的是自己经历了这么多事，对情绪多少有了一点儿控制的能力，虽然做不到像韩静言、苏子修那样不动声色，但是装作镇定无事的样子，骗过那些眼神并不锐利的人还是行的。

而且玉柳容的定力显然比她还要高出许多，只见他一身寻常贵公子的装扮，着月白绸衫，束白玉发冠，额角各挑出一缕发丝，落在脸庞两侧，越发显出几分清雅俊秀的气质。他神态轻松自在，怡然自得，好像真的是在公主府上做客而已，丝毫不担心自己的身份被发现。

宋翎虽是韩梓言再三邀请才到府上的，但韩梓言对宋翎的态度并不热忱，只是淡淡颔首示意。

在礼节性地示意之后，韩梓言的目光越过宋翎，径直落在玉柳容身上。她莞尔一笑，一开口就是一句令宋翎摸不着头脑的话："你看，孤说到做到了。"

玉柳容朝着韩梓言点头，他的目光却是落在宋翎身上的："公主说到做到，不过在下也信守了承诺。"

宋翎不明所以，听了这两句没头没脑的对话，着实一头雾水，什么"说到做到"

和“信守承诺”？玉柳容和韩梓言这两个八竿子打不着的人，难道悄悄地达成了某种协议？

玉柳容来到卢国，目的就是找到宋翎。他曾经派了许多探子去昭国，结果一无所获。正在这时，不知从何处传来消息，说宋翎有可能在卢国。若是旁人可能也就放弃了，毕竟只是空穴来风的消息，没有必要为此冒险，玉柳容却为了自己的执念赌了一把，如今他赌赢了，果然见到了宋翎，她活生生地站在他面前。

此时，韩梓言轻咳了一声，问道：“既然人证已经来了，你是否要跟她对质？”

玉柳容知道韩梓言是在问他，答道：“人都见到了，对质就多此一举了。”

第六章 偏执

玉柳容果然信守承诺，往后数日就留在了公主府上。韩梓言常常派人来请宋翎，三人相处的时候气氛看似融洽，实则不然。

韩梓言分明是对玉柳容动了心，每每看向玉柳容的时候，都是志在必得的眼神。玉柳容对韩梓言的倾心视而不见，他心里盘算的是如何将宋翎弄回祁国，他也是志在必得的眼神，不过是盯着宋翎。宋翎不可能没发觉玉柳容的意图，她不想见到玉柳容，但对韩梓言的邀请不能无视。

这一次，青桐山茶聚的请帖送到了宋翎面前。

青桐山位于漳临城以西，那是都城附近最负盛名的茶山，每年的四五月，有不少文人雅士或名媛闺秀齐聚于此，以茶会友。韩梓言在青桐山有一处宅院，里面藏了不少好酒。她邀了玉柳容和宋翎去青桐山，这位长公主果然特立独行，此行不为饮茶，是为了饮酒。

这一日，韩梓言令人拿了梨花酿上来，这酒入口如蜜汁一般，后劲也不大，哪怕喝多了也无妨。席间，韩梓言频频邀请玉柳容对饮，宋翎理所当然地被冷落了。

宋翎知道韩梓言醉翁之意不在酒，今日是一心一意冲着玉柳容来的，自己留下也是碍眼，于是找了个借口溜了出去。

宋翎百无聊赖地走在宅子里，仆人认得她是公主的贵宾，并未阻拦她，反而有一个侍女主动告诉她若是嫌闷，不如去后园里看看。如今梨花开得正好，树下又设有石桌石凳，在花树下小酌几杯也是乐事。

宋翎依言去了，没有心情在梨花下饮梨花酿，只是为了找个清静地方。但是当她坐定之后，随行的侍女依然将一整套酒壶杯盏端了上来，然后悄无声息地退下了。

宋翎以手支颐，独自静坐。不知过了多久，面前的酒壶忽然被人一把拿起，宋翎转过身去，发现来人竟是玉柳容。

他豪迈得很，就着壶口喝了一大口酒。

宋翎看得一怔，倒不是因为玉柳容抢了她的酒，而是诧异他是如何从韩梓言那里脱身的。

玉柳容已在她面前坐下，意态潇洒，又往喉咙里灌了一口酒，说道："找来找去看不见人，原来你在这里。"

宋翎问道："你怎么还不走？"

玉柳容似是调侃地道："长公主热情好客，我走不了。"

宋翎别过头，不再说话。玉柳容明知道韩梓言的身份，却不避讳地与之来往，这番举动着实令人费解。

玉柳容并未独饮，也给宋翎斟了一杯酒。他身后是团团簇簇的梨花，宛如仙境一般，他感慨道："你可还记得当初在悦蒙书院的日子？"

宋翎慢吞吞地说了两个字："记得。"她怎么会不记得？那还是她跟着苏子修在祁国当人质的时候，玉柳容一心追求楚轻莞，总是逼着宋翎出主意，因此闹出了不少笑话。

宋翎问道："楚轻莞如今怎样了？"当初离开祁国的时候，她记得楚轻莞正好怀着身孕，眼下孩子早该出世了，曾经雁阳城中的第一美女已为人母了。

玉柳容说道："她不在人世了。"

"什么？"宋翎惊愕不已，不敢相信一个花容月貌的美人就这么没了。

"她生下皇子之后，悬梁自尽了。"玉柳容神色淡淡的，内心多少有几分触动。

楚轻莞到底为他生下了第一个孩子。

“为何她要在孩子降生之后寻短见？”宋翎越发不解。

玉柳容似是有些烦乱，并不想多说，很多事情只是一语带过。当初因为政变，他被逐下皇位，继任祁帝荒唐得很，简直跟畜生没两样，肆意淫乐，看见年轻貌美的太妃就不肯放手。玉柳容后宫的嫔妃们几乎个个遭了毒手，楚轻莞也不例外。有几个性情刚烈的当即自尽了，楚轻莞当时怀着身孕，为了孩子，她忍辱负重地活了下来，等到孩子落地，她就悬梁自尽了。

宋翎静静地听完，不由得唏嘘。她跟楚轻莞没有太深的交情，但听得楚轻莞的境遇也不禁感伤，看向玉柳容问道：“你是否难过？”

“我以贵妃之礼厚葬了她。”玉柳容回了一句不相干的话。

宋翎闻言，内心有种难言的滋味，又说不出是什么。她看着面前斟满的酒杯，将酒一饮而尽。

两人相对无言良久，玉柳容率先打破了沉默，不过他一开口就是指责苏子修：“苏子修对不起你，保护不了你，也保护不了你的家人。他做出这样的事，根本不配称为男人。”

宋翎对这些话充耳不闻，想再强调一遍“与你无关”。

玉柳容已然有了薄醉之意，自顾自地说道：“当初我就不该放你走，就应该把你留在身边。”

玉柳容那时已将宋翎册封为昭仪，是祁太后亲自出面，令他不得不放弃宋翎。玉柳容觉得如果当初自己执着一些，或许就能让宋翎继续当他的昭仪。不，当初他应该坏一些，宋翎就是他的女人了。

宋翎口气生硬地说道：“那只是你的一厢情愿，我并不甘愿。”说完，她想起身离去，却猛然觉得头脑发沉，身上乏力。

“妧妧。”玉柳容唤了一声。他还是最喜欢宋妧妧这个名字，因为这是他亲自给她起的，在这世间独一无二，只属于他。

宋翎心知遭了算计，那酒有问题：“玉柳容你！”

“你放心，只是让你感觉乏力而已，对身体无害。”玉柳容贴近宋翎，在她的手肘上轻轻一扶，凑到她耳边说道，“既然苏子修对不起你，从今往后你就不要想他了，只安心跟着我，咱们好好地在一起。”

宋翎简直怒不可遏，想要推开玉柳容，无奈药效发作得太快，她已站不稳了，这一推没有推开玉柳容，反而让玉柳容顺势将她揽在怀中。

玉柳容打出了暗号，几乎是刹那间，数十道矫健的黑影从暗处钻了出来，护卫在玉柳容身边。

“我说过要带你一起离开，一定说到做到。”玉柳容眼神雪亮，先前的醉意仿佛晴天融雪般消失不见了。

宋翎心道不好，不过老天似乎并不想让玉柳容称心，就在这时，一个清脆的女声传来：“难怪找不到你们，原来你们在这里。”

宋翎循声看去，说话的人正是韩梓言，更令人吃惊的是跟她并肩而立的人，竟是她的哥哥卢帝韩静言。

韩梓言在不远处长身玉立，视线扫过玉柳容和宋翎，还有那群不知从何处冒出、明显来者不善的黑衣人。这位养尊处优的娇贵公主脸上没有一丝一毫的惊慌之色，她反而口气如常地问道：“晚宴已经摆好了，你们可是不打算入席了？”

“多谢公主，叨扰多日，本来就该离去了，晚宴不如免了吧。”玉柳容说得十分从容淡定。

韩梓言娇俏地笑了一声，说道：“晚宴不能免了，就算孤肯答应，孤的兄长也不答应。”

此言一出，在场之人皆神色一凛。韩梓言这句话相当于亮明了韩静言的身份，她是长公主，她唯一的兄长就是当今的卢帝韩静言。

这时韩静言上前一步，朗声道：“可是祁帝陛下在此？”

韩家的兄妹二人显然是有备而来，韩梓言一句话挑明了她哥哥卢帝的身份，韩静言一句话又挑明了玉柳容祁帝的身份。

“卢帝陛下不也在此吗？”玉柳容没有正面回答，而是反问了一句。

韩静言神色平静地说道：“来者是客，舍妹准备了晚宴，祁帝何必着急离开？”

玉柳容心知情势对己方不利，不欲多纠缠，只想速速脱身。他递了一个眼神，身边之人立刻得令，将玉柳容和宋翎护卫在正中间，这是准备强行突围，从公主府杀出一条路去。

此时韩静言那里也来了一队护卫之人，不是公主府上的家仆侍卫，而是卢帝身边的暗卫三十三骑，人数与玉柳容这边的大致相当，不过个个是高手。

韩静言挥了一下手，示意他们不必上前，只是守卫，并不主动进攻：“祁帝要走，朕不会拦着，但是松子是朕的客人，她在朕这里，朕就要保她平安，不能眼睁睁地看着她被祁君带走。”

“这里没有什么松子，只有一个宋妧妧，而她是孤的毓昭仪，孤为何不能带走她？”玉柳容指挥身边之人撤退，针锋相对地回了一句，“她现在在朕这里，朕也会保她平安，请卢帝放心好了。”

韩梓言听得自家哥哥要放走玉柳容，心中一紧，眼看着他们从容撤退，而自己这边的三十三骑一个都不上前，情急之下，喊了一句：“祁帝也不能走！松子是皇兄的客人，祁帝就是本公主的客人，本公主今日非要留客不可！”

没有得到韩静言的命令，三十三骑一个个钉在原地，未自作主张地上前，韩梓言气得杏眼圆瞪，竟不管不顾，朝着玉柳容那边的包围圈跑去。

这是高手之间互相应援形成的一个密不透风的包围圈，谁胆敢接近，直接一刀砍了就是。但来人是一个锦衣华服、手无寸铁的公主，令这些高手不知所措。玉柳容事先吩咐过，不可贸然杀了或者伤了卢国皇室的人。正是护卫们的犹豫，让韩梓言一路冲进了包围圈，直接到了玉柳容身旁。

她那一双保养得宜、嫩如鲜藕的纤纤玉手竟一把抓住了玉柳容的衣袖，说道：“本公主偏不让你走！”

这下子场面就有意思了，玉柳容要抓住宋翎防止她逃跑，他自己又被韩梓言给紧紧地抓住了。原本是两方对峙，如今冒出个韩梓言，对峙的状况被打破了。

玉柳容身边的高手手中兵刃闪着寒光，一时之间都齐刷刷地对准了韩梓言。

韩静言不能让亲妹妹涉险，眼见情况不妙，眸中寒光一闪，下令三十三骑上前应援，一时间人影缠斗，兵器相接，两边的人马最终还是交上手了。

宋翎根本不想去祁国，拼命想要挣脱玉柳容的钳制，奈何身上力气不够。玉柳容拼命想要挣脱韩梓言的拉扯，别看韩梓言一副娇滴滴的样子，力气却不小，她始终死死地抓着玉柳容一侧的衣袖，半点儿不肯放松。

玉柳容一只手要抓住想要逃跑的宋翎，另一只手在韩梓言那里，说来也可笑，堂堂祁帝，竟被一左一右两个小女子给牵制住了。

突然间，宋翎冲着玉柳容喊道：“你放开我！我要留在卢国，我不去祁国！”

韩静言的贴身侍卫江晋一直没有动，站在主子身边，发现主子有动身的苗头，忍不住喊了一声：“陛下！”

韩静言并没有理会江晋，自行闯入了乱局，不知是为了解救宋翎还是解救韩梓言。祁帝和卢帝都卷了进来，原本混乱的场面越发失控，两边的人马见到各自的主子都在，变得束手束脚，就连挥舞兵器的动作也收敛了许多。

大家心里都明白得很，这里有两位帝王、一位公主，还有疑似两位陛下都在争夺的一名女子，要是乱用兵器，也许会伤到其中的某一位大人物。

在一片混乱之中，韩静言也捉住了宋翎的一只手，跟玉柳容呈互相对峙之势。韩静言徐徐地开口道：“既然松子说了要留在卢国，请祁帝放手，要不然强迫一个小女子，传出去可不是好名声。”

玉柳容哼了一声，毫不客气地回了一句：“卢帝为何不先看看自己的妹妹？还是先请令妹放手吧！小女子缠着男子不放，传出去同样不是好名声。”

韩梓言俏生生的小脸上多了几分蛮横色彩，她嚷道：“要放手你们自己放，反正我不放！”

论力气和武功玉柳容和韩静言应是不相上下，只是双方交手时均有所保留，毕竟顾及中间的宋翎。但是玉柳容这边还受到韩梓言的拖累，情势渐渐变得不利，韩静言的出招更加灵活，专门挑着玉柳容被两边掣肘的时候进攻。

玉柳容左支右绌，一个防备不及，宋翎脱离了他的掌控。

宋翎一时失去平衡，跌跌撞撞了好几步，被韩静言出手护住了，只不过韩静言扶着她的姿势更像是将她搂在了怀里。

玉柳容恨得咬牙，正想再次将人夺回来，出人意料的事情发生了，一直拽着他的袖子的韩梓言居然猛地一扑，双臂牢牢地环住了他的腰身。拽袖子已足够生猛，抱腰的行为更是令人目瞪口呆。

“放开！放开！”这下轮到玉柳容气急败坏了。

韩梓言哪里肯放手，几乎是用了死劲儿。韩静言看得很是震惊，甚至忘了松开怀里的宋翎。还是宋翎用力一挣，才从韩静言那里脱身的。

这时候玉柳容那边的人不敢动，三十三骑也不敢动，玉柳容在惊慌失措之后，很快恢复冷静，费了些力气，总算挣开了韩梓言的手臂。得了自由的玉柳容不敢耽误，当下说了一个字：“撤！”

玉柳容的行事是随意任性了些，但他还是能对形势做出基本判断的。在这样的情况下，他想要带走宋翎是不可能的，所以只能选择撤退。虽然说这样撤退狼狈了些，但他也不得不走了。

韩静言并未下令去追，而是看着玉柳容一行人离开。最不甘心的人是韩梓言，她冲着三十三骑道：“赶紧去追！”

三十三骑纹丝不动，因为有韩静言在，他们只听一个人的命令。韩梓言一看就明白了，故而朝着韩静言问道：“皇兄为何不下令去追？”

“为何要追？”韩静言淡淡一笑道，“朕一开始就说了，祁帝要走要留，但请自便，只是不能带走松子而已。”

“可是……”韩梓言瞪圆了眼眸，似乎生气了，但是她看了一眼韩静言的眼神，还是悻悻地将后面的话咽了回去。

玉柳容一行人到了青桐山的半山腰时，前面闪出一个人。此人是韩静言的贴身侍卫江晋。

玉柳容见了，冷笑道：“卢帝不是说不留客嘛，还派你来做什么？”

江晋一言不发，他身后有一人施施然地走出，说道：“我说了不留客，是为了让祁帝从我妹妹那里脱身，并非我不想留客。”

玉柳容盯着眼前之人，问道：“请问卢帝留客的目的为何？”

韩静言倒是坦白：“我有一件烦心之事，除了祁帝谁也帮不了我。”

玉柳容心念一动，猜到了几分。

韩静言恢复如常的神态，悠悠地道：“青桐山最有名的是茶，祁帝哪儿能不喝茶就下山？”

第七章 风起

卢国皇宫的朝晖宫内，韩静言正在看折子，忽然听见一阵细微的环佩叮当声，听声便知来人定是女子，不必抬头便知这女子定是韩梓言。

朝晖宫是历代卢帝日常起居、批阅奏折的地方，后宫诸女，哪怕是孟皇后，也不敢随意出入此地。能不请自来的女子大概就只有长公主韩梓言了。

韩梓言还未露面，声音已经传了进来："皇兄，我从皇后嫂嫂的宫里过来，正好碰见二殿下被奶娘抱着来请安。好些日子不见，二殿下长得越发讨喜了。"

韩静言手中朱笔不停，继续在折子上圈圈点点，他略一颔首，算是有所回应了。

"二殿下是讨喜，但若说跟皇兄长得像的，那还是咱们的太子殿下，尤其是眉宇之间，颇有皇兄的影子……"韩梓言说道。

韩静言如今有三子一女，长子、次子和长女皆是中宫孟皇后所出，前年有个昭仪为他添了一子。目前长子已有七岁，因为是嫡长子，出生不久后就被封为太子，是卢国的储君。次子就是韩梓言提到的二殿下，只有三岁，眼下养在孟皇后身边。

当今天下，祁、昭、卢三个国家的君主都是不到三十岁的年轻人。据说祁帝玉柳容已有一子，乃嫔妃所出，中宫皇后并无所出；昭帝苏子修尚无一子半女，甚至连皇后都还未册立。

因为前几代卢帝在位时间都不长，而且都死于非命，所以外界有了卢帝都短命的传言。不知道是不是这个原因，韩家的皇子都早早成婚，而且十分重视子嗣的问题，生怕皇位后继无人。

韩静言笑道："梓言，你来皇兄这里，应该不是要聊自己的两个皇侄吧？"

韩梓言弯眉一笑，吐气如兰地问道："您真的认为昭国会是一个可靠的盟友吗？"

"哦？"韩静言知道妹妹不会无缘无故这么问，"梓言，你想说什么？"

"我们当初跟昭国结盟是为了对抗祁国，现在祁国已经不行了，昭国却势头正猛。从前祁国一心想着制霸天下，统一中原，如今昭国大概也是这样的想法。既然要制霸和统一，那么昭国就容不下其他国家的存在。"韩梓言说道，"昭国到了足够强大的一日，就一定会对我们下手，难道我们还要跟昭国绑在一条船上？皇兄说过，我卢国常年遭受兵祸，在三国之中最为弱小，制霸是难以实现的，能做的就是'制衡'二字，不能让某一国太过强大，最好的方法是两个大国相互牵制，这样我们才得以生存和喘息。"

"梓言，你到底想说什么？"韩静言问道。

韩梓言笑了，用丝绢团扇遮去了半边脸："皇兄既然让我直说，我就直说了。别等我说完了，皇兄又骂我姑娘家不知羞。"

韩静言眉心一蹙，已大概猜到了韩梓言的想法。

只听韩梓言嗓音娇柔，缓缓开口道："关于联姻之事，我之前从未有过任何意见，一切听从皇兄的安排。现在我明明白白地说出来，我不想嫁昭帝，要嫁给祁帝。"

尽管有了心理准备，韩静言仍有些错愕，问道："你前面说了这么多，就是为这个做铺垫的？"

韩梓言用团扇抵住自己小巧的下颌，满脸正色地说道："这说明我不是胡乱提意见，而是出于家国大义的考虑与思量才决定这么做的。"

韩静言失笑，才不会相信韩梓言口中的“家国大义”。他太了解自家妹妹了，当初她不反对联姻，不反对嫁去昭国，是因为那时候苏子修早已名满天下。从一个没有实权的皇子到被迫成为质子，再到成为戎狄的国师，又借助戎狄的力量回国，最后登上皇位成为昭帝，苏子修的这一连串经历本身就充满了传奇色彩，又被世上之人渲染得越发神乎其神。

能嫁给这样一个盛名天下的美男子，并且还是当一国皇后，韩梓言自然不会拒绝。

昭、卢两国虽有龃龉，但是没有公开翻脸，所以当初的婚约还是存在的。若是卢国擅自毁约，倒是给了昭国一个名正言顺的开战理由。

韩静言揉着眉心，说道：“别说这些冠冕堂皇的话，梓言你说实话。”

“我想嫁给祁帝。”韩梓言言之凿凿，甚是简洁，“就是这么简单。”

“为何？”韩静言问道。

“因为……”韩梓言轻轻咬着下唇，脸上却不见多少娇羞的神情，反而有几分理所当然的意味，“因为祁帝是我见过的最好看的男子，我选他有错吗？”

韩静言听得一怔，无奈地道：“你不是还没见过昭帝……”

韩梓言抢过话头，说道：“没见过昭帝又怎样？我觉得祁帝那样的容貌在天下男子之中已称得上举世无双了。昭帝要长成什么样，才能越过这个举世无双？”

韩梓言丝毫不介意将话说得太满，可见玉柳容在她心目当中的评价之高。韩梓言自认活了二十年，但是所见之男子，论及相貌和气度，没有一个人能与玉柳容相比。

“这个……”韩静言迟疑。他是亲眼见过苏子修和玉柳容的，不知该如何跟韩梓言解释。不过转念一想，他才发现自己被韩梓言带偏了思路。原本两人是正正经经地谈论时局，怎么一下子成比较两位君主的相貌了？说起来韩梓言也算是公主中的异类了，政治联姻本来就是没的选的，她却在两国的君主之间挑挑拣拣，只看重人好看不好看。

“你要嫁给祁帝，真的只是挑中他好看？”韩静言只觉汗颜。

“非也非也。”韩梓言收敛了嬉笑的表情，郑重地再一次强调，“皇兄，我之前不是说了，我是为了咱们卢国，是为了家国大义。照现在的情况发展下去，咱们跟昭国的友好关系恐怕不会维持太久，说不定哪天就翻脸了。反而是祁国，有可能成为咱们将来联合的对象。”

韩静言也不看奏折了，手指点着桌案，沉吟道：“但是祁帝早已有了中宫。你难道忘了，当今的祁皇后白绮梦还是咱们卢国人。”

“白绮梦？”韩梓言叫出这个名字的时候，口气似是略带讽刺，“她从根子上就不是咱们的人。我记得大概是玉柳容第一次被逼退位的时候，白绮梦就主动断绝了跟卢国的一切联系，从此跟断了线的风筝似的。她从皇后变成了太后，又从太后变回皇后，都没有任何消息。”韩梓言甚是不屑地反问道，“既然做到这一步，白绮梦早就背叛咱们了。”

韩静言眉心一蹙，是他主动提起白绮梦的，所以怪不得韩梓言哪壶不开提哪壶。但是韩梓言并没有说错，要说此时的白绮梦没有异心，恐怕谁都不会相信。

韩梓言扫了他一眼，幽幽地说道：“白绮梦是赵家的人，她是喂不熟的。”

卢国的江山是半道归韩家的，旧主是赵家。要说起白绮梦，她不是赵家的嫡系，算是庶出。当年江山易主的时候，幸存的大部分赵家人逃出了卢国，四散天下，出逃的人大多是赵家的青壮男子，剩下老弱妇孺留在卢国。

韩家的几代君主还算仁厚，没有斩尽杀绝，白绮梦就是赵家旁系所出，自小被抱养到丞相府上，算是在白家长大。后来她嫁去了祁国当太子妃，算是卢国的一枚棋子。但是她在血缘上仍是赵家的人，所以韩梓言才会这么说。

“从祖父和父皇，再到两位皇兄，你们对赵家的人都太宽厚、太手下留情了。当年赵家人逃到国外，就是祖父有意放走了他们；剩下的那些老弱病残，不仅留了他们的性命，还好好地奉养起来，直到他们寿终正寝。对嫡系尚是如此，旁系的那些就更加不追究了。”韩梓言道，“皇兄当初令白绮梦嫁去祁国，还专门派了一批人供她暗中差遣，这下子倒好了，全成了打狗的肉包子。”

“说这个也没有意思，如今白绮梦远在祁国，一时拿她也没办法。”韩静言说道。

当初玉柳容被废的时候，韩静言曾派人传令给白绮梦，令她暗中动手搅乱祁国的政局，好让祁国受困于内乱，无暇顾及外头的战事。但是传去的命令犹如石沉大海，压根没有回音。就像韩梓言说的，白绮梦成了断线的风筝，韩静言如今空拿了一个线轴，风筝的收放已经不由他说了算。

“既然白绮梦不能用了，则弃之。”韩梓言眼眸一转，说道，“不如让妹妹来为皇兄分忧。”

韩静言听了，只觉得好气又好笑：“说了半天，你还是为了自己。”

韩梓言还想说话，却被韩静言阻止，他对妹妹说道：“你不要这个婚约，皇兄也不会勉强你，能断的时候自然就断了，咱们不必多此一举。”

韩梓言甚是不解，问道：“皇兄何出此言？”

韩静言并未回答，只是嘴角的笑意加深了几分。青桐山一别之后，玉柳容已经回祁国了，想必不日就会有好消息传来。

到了六月中旬，祁、卢两国联合攻打昭国的消息一经传出，可谓石破天惊。距离上一次荼毒北南的战争才过去半年，中原大地再次陷入战乱之中。

讽刺的是，上一次是昭、卢两国一起对抗祁国，这一次却变成了祁、卢两国联手攻打昭国，当真是应了那句“国无莫逆，亦无宿敌”，打打和和的根源都是“利益”二字。

昭国都城郢梁，半年前太子和襄王斗法，使得都城陷入了短暂的动乱当中。如今夺嫡的阴云已散去，整个郢梁城恢复了往日的祥和景象。其实对普通百姓而言，他们才不在乎坐在皇位上的人是先帝的第几个儿子，他们要的是衣食不愁，性命无忧，安安生生地过自己的小日子。

苏子修刚登基的时候，皇位并不稳固。先帝为了给他铺路铲除了一批顽固的太子党羽，这也间接导致了苏子修无人可用，朝中职位出现很多空缺。丞相没了，太傅没了，太尉也没了，但是有一点好处，这样便于苏子修提拔一批自己人。

如今的丞相徐寿徽、太尉李铎，还有领兵在外的沈瑾等人，均是苏子修登基之后组建起来的亲信班底，他做事不再处处受到掣肘。

此时此刻，朝臣讨论的事情有两件。

一件是内忧。国内晋王作乱，晋王就是曾经的二殿下苏子阳，以他为首的一帮亲王、郡王对苏子修的即位皆心存不满。晋王认为苏子修不是储君，却得到皇位，这无形中打破了某种规则。如果是太子即位大家也就不说什么了，但眼下的情况是你能抢，我自然也能抢，看最后谁能者居之。抱着这样的想法，晋王一直有不臣之心，直到认为时机成熟，就占据滇南、流毒数省，有日渐坐大的趋势。

另一件是外患。祁、卢两国联兵来犯。到底应该是先攘内后安外，还是先安外后攘内。大臣们的意见分成了两派，一方认为先镇压滇南的叛乱，对外则采取延宕的战术，能拖一时是一时，失去一些土地也不要紧，因为在后院着火的情况下，跟外敌作战是十分不明智的举动。另一方则认为先要抵御外敌，滇南的叛乱不足为患，派一二将领即可扫清，两国联军才是心头大患。

两派之人争论了一番，各执己见，无法说服对方。苏子修令臣子们都退下，自己留在御书房独坐，随后取了一个葡萄连云纹的锦面匣子出来，里面是一张张手抄的《灵飞经》，字体小巧娟秀，排布井然，显然是出自女子之手。

苏子修俊颜沉静，修长的手指一张张翻了过去。四侍女之一的瑶儿在旁边伺候，一眼就认出了这是宋翎的笔迹。

这些《灵飞经》还是宋翎在闲月山庄时手抄的。当初苏子修一是为了令宋翎静下心，二是为了自己做正事的时候不被打扰，故而给宋翎规定了每日抄经的数目。如今宋翎不知所终，这些她手抄的《灵飞经》倒成了留给苏自修的念想。

瑶儿知道，苏子修又在睹物思人了，试探着问道："皇上是否又想起夫人了？"

宋翎是被休弃的襄王妃，苏子修即位之后也没有给她任何嫔妃的位分，瑶儿等人只能称呼宋翎为夫人。

苏子修看到一张纸上面有好几个字被画了红圈，正疑惑着，又凝神一看，才想了起来。宋翎有几次敷衍了事，抄得心不在焉，写错了好几个字。她原本以为苏子修只是扫一眼而已，没想到苏子修认真地从头看到尾，还把她的错字一个个用朱笔圈了出来。宋翎当时气得想在苏子修的胸前捶几拳，怪他这般不给面子，但最后还是瓮声瓮气地保证今后再也不敷衍。

苏子修一时想得出神，没留意瑶儿在说话。

瑶儿觑着主子的神色，识趣地闭口不言。其实作为当初在闲月山庄服侍过宋翎的人之一，瑶儿始终想不明白宋翎为何会消失不见，也不知道如今宋翎人在何处。闲月山庄虽然不像皇宫那般守卫森严，但也不是任人随意进出的地方。究竟是什么人有这么大的能耐，能够不留痕迹地偷走一个大活人？如果不是偷走，是宋翎自愿跟着别人走的，那么宋翎又能去哪里？

总之从那以后，宋翎的下落就成了一个谜，众人不知她在何处，更不知她是生是死。

"瑶儿，你说她会去哪里？"苏子修沉默许久，忽然问出一句。

"回皇上，奴婢不知道。"瑶儿一时语塞。她作为御前大侍女，也不知道宋翎的下落。她垂着头，余光瞥见苏子修俊朗如玉的容颜似乎染着一层淡淡的疲倦，心像是被扎了一下。

苏子修并不指望能问出什么答案，像是在自说自话："朕知道她一定活着，也知道她现在一定十分恨朕。但是只要她活着，朕终归是要将她找回来的。"

苏子修的声音轻轻的，只是最后一句有意无意地落了重音，他仿佛在用力地说给自己听。

"奴婢也相信皇上一定能找回夫人。"瑶儿随即应和道。

"先前一直有事情牵绊着，有些事想做却做不得。"苏子修喃喃自语，突然话

锋一转，语气多了几分斩钉截铁的意味，“朕决定了，征讨滇南，镇压乱军。”

在昭国清理门户的时候，祁、卢两国已达成协议，联兵出征昭国。卢国从东面进军，进攻昭国的濛山，祁国从北面夹击，进攻昭国的津水，然后两军合兵一处，向着昭国的腹心地带出发。

卢国方面是韩静言御驾亲征，宋翎随军出征，长公主韩梓言也随行。韩静言给她们二人准备了轻巧的锁子甲，只有普通锁子甲的一半重，女子穿着不会太吃力。虽然二人平时都待在营帐里，不会有什么危险，但是以防万一，韩静言依然令宋翎和韩梓言随身穿着锁子甲。

卢国行军到了濛山，照理说祁国应该前来会合了，但是祁国一点儿动静都没有。卢军暂时按兵不动，毕竟只有一国的兵力，不能贸然进攻。

这样卢军等待了十日，从祁国传来了消息，戎狄入侵，祁国这时候分身乏术，必须先打退戎狄。韩静言决定不再等下去了，不然昭国的内乱就结束了，昭国大军不日就会赶到，他们若是撤退的话，正好被昭国大军追杀。

进攻是最好的防守，他们不如趁着现在鼓舞士气，一举攻入昭国。

卢军到了昭国之后，濛山一带的通州、渠州、燕州等地，兵甲全无，每到一处不是城中百姓都举白旗投降，就是城内空空如也。

韩静言比较谨慎，一直不敢深入，唯恐其中有诈。

卢军盼来盼去，祁国的援兵终于赶到，不是玉柳容亲自出征，而是派了一员将领，合兵一处之后，准备休整一晚，第二日清晨进攻。

到了第二日，城头上密密麻麻都是昭国的士兵，原来这不是空城计，而是缓兵之计。为了平定叛乱，昭国主要的兵力都在南边，抽调不及，所以用了障眼法，利用韩静言的谨慎心理，为自己拖了时间。

卢军是久困之师，祁军是长途奔袭，一开始处于劣势的昭军反而是以逸待劳之势。

待到韩静言一方明白过来，显然优势已去，情形反而对昭国有利了。

就在这时，昭国有使者前来，表示愿意重新进行关于战后土地的处理问题的谈判。这对祁国和卢国自然是好事，所以他们接受了昭国的谈判要求。

最终结果是将土地分为三份，以濛山、津水为界线，昭国得濛山以西、津水以南的一块，濛山以东给卢国，津水以北给祁国。从版图上来说，昭国得到的地方最大，祁国和卢国二者相当。太公分猪肉，人人有份，但是大小不一。

这个结果大家是满意的，尤其对祁国而言，不费一兵一卒就拿到了一块土地。

但是严格来说，这块土地原本就是从祁国身上割下来的肉。

其实就是昭、卢两国打服了祁国，因为“分赃不均”又闹出了矛盾，强势的昭国打算独吞打下来的领地，原本挨宰的祁国又去帮助卢国，昭国放弃了独吞领地的念头，所以三国又分了土地。祁国就好像是一只羊，原本被割了一块肉，现在昭、卢两国又还了一小块肉给祁国。

第八章 令羽

风波平息，三国决定在通州城盟誓，签订盟书，祭祀上苍，上濛山进香，敬告神灵，这是三国国君第一次正式碰面。

正式的盟誓已经结束，一整天都在一板一眼地走流程，众人都疲乏了。随后的晚宴被摆在了通州行辕，如此一来没有那么多约束，自在很多。不过到底是三位君主在场，该精细的地方还是一丝不苟，从菜式到美酒，从配乐到歌舞，均按着帝王的品级准备的，不是一等一的好东西都摆不到台面上来。

通州是昭国的地界，因此默认苏子修是主家，由他坐了朝南的席位，玉柳容和韩静言分别列席东、西两位。因为是非正式的宴聚，所以有个不成文的规矩，男子必须携美眷出席，各自带上一名韶龄玉貌的女子，增添红袖在侧之乐。

玉柳容身边的女子生得桃眼杏腮，甚是风流妩媚，跟身上娇艳的樱子红蝶纹襦裙很是相称，在席间，她玉葱似的手指执起酒杯，频频向玉柳容劝酒，眼波流转之间皆是丽色，令人难以拒绝。

苏子修没有特意选人，只是令瑶儿相陪。说实话，瑶儿的容貌生得不差，比不得祁国美人的妩媚娇柔之态，但是她容色清丽，刻意梳妆了一番，不至于被祁国美人完全盖过去。

这三个人当中，苏子修和玉柳容算是旧相识，韩静言跟苏子修曾在祁国有过一面之缘，但是韩静言记得很清楚，那一面见得并不愉快。韩静言是被苏子修算计了一把，心里多少有些疙瘩。韩静言和玉柳容之间同样称不上愉快。玉柳容的不快应该多一些，当日在公主府，他险些因为韩家两兄妹脱不了身。

如今三人言笑晏晏地相对，彼此客客气气地推杯换盏，仿佛将一切都抛到脑后了。

祁国和昭国两君皆有美人相伴，只有韩静言身边空无一人。玉柳容扫了一眼，说道："卢帝今天莫非要主动坏了规矩？"

韩静言从容地道："自然不会，女人家要梳妆，会慢一些，耐心等等就是了。"

这时候，有一人缓缓步入，将所有人的目光都紧紧地攫住了。来人是一名女子，巴掌大的小圆脸，一双黑白分明的杏眼，面庞线条柔和，脸上最为增色的是一对酒窝，含笑的时候甜甜的。她身着一袭鹅黄色暗绣半开菡萏的对襟纱裙，配着里头杏色的衬裙，梳着垂鬟髻，别着一对玫瑰赤宝的长簪，珍珠银丝落在洁白小巧的耳垂两边。

她的相貌不算顶美，若说动人之处，应是生得娇俏甜美，长相又稚嫩显小，给人一种娇憨天真之感。但是自她出现之后，席间诸人的目光都集中在她身上。

她并不觉得有丝毫异样，从容地一路走过来，目不斜视，径直到了韩静言身边。

韩静言一见她，露出一抹温柔的笑意，道："你来了。"说罢，他朝她伸出了一只手。

她将手放在韩静言的掌心里，温婉地在他身边坐下，这一连串动作熟稔极了，也自然极了，并无一丝不妥。

玉柳容和苏子修不可能不震惊，玉柳容最先忍不住了："宋……"他险些就将宋翎的名字叫了出来。

苏子修尚算冷静，视线在宋翎脸上巡睃，问话却是对着韩静言的："卢君身边之人是谁？"

韩静言笑道："不过一个小女子罢了，孤喜欢她，这些日子也是她陪在孤身边。"因为彼此都是一国之君，为了表示尊重，自称不再是朕，而是降了一等的"孤"。

苏子修问道："可否告知闺名？"

苏子修这话问得有些逾矩，贸然问卢帝身边的女子的闺名，无论如何都是不妥当的。

韩静言也不恼，爽快地答道："姓令，单名一个羽字，令羽。"

听到这个名字，苏子修和玉柳容神色齐齐一僵。宋翎的翎字拆分成两半，就是令羽，韩静言这是生怕别人不知道她就是宋翎？

苏子修淡笑道："孤看着她倒是眼熟得很。"

韩静言神色如常，回了一句："或许人都有相似之处。"

玉柳容见苏子修问了名字，也不甘落后，索性说道："孤有过一位昭仪，名叫宋妧妧，跟卢帝的令羽倒是长得很相似，几乎就是同一个人。"

韩静言终于露出了几分惊讶的神色："是吗？"

玉柳容还在问："请问令羽可是卢国本地人氏？何处出身？"

此时此刻，周围的人已吓得不说话了。苏子修刚刚仅是问名字，玉柳容更大胆了，这分明就是赤裸裸的调戏。玉柳容身边的美人也机灵，上前扶住玉柳容的一侧手臂，柔柔地说道："陛下，您喝醉了。"

宋翎沉默着看向苏子修，这是半年以来，她第一次见到苏子修，他似乎并没有多少改变。

玉柳容感到一阵恼意，宋翎根本就是无视他。

就在这时，苏子修开口说道："那就更巧了，我的发妻宋翎，也跟令羽长得一模一样。"

苏子修用的是"发妻"二字，这比玉柳容还要厉害，众人的神情更加骇然了。今夜是怎么回事？祁帝和昭帝都疯了不成？

玉柳容挑了挑墨黑的长眉："昭帝是什么意思？"

苏子修根本不把旁人的反应看在眼里，目光始终看向宋翎的方向，说道："孤的发妻宋翎现在不知身在何处，但是在孤心中，她的位置是永远不变的。"

"故作深情。"玉柳容兀自冷笑一声道，"昭帝说得倒奇怪，既然情深义重，为何当初要休了她？昭帝当初不珍惜，事后倒是一片情深。"

苏子修并未理会玉柳容，不疾不徐地继续说道："孤对发妻一直十分思念，今日一见令羽，犹如故人相见，不知卢帝可否将令羽割爱给孤？"

此言一出，全场哗然，苏子修的这一举动令人难以置信。他这不是明目张胆地要人吗？而且是要卢帝身边的女人，就算韩静言不是君王，换成世间任何一个普通男子，也无法忍受。

玉柳容是头一个忍不住的，拍案而起，怒气冲天。众人原本以为他是要斥责苏子修，没想到他却冲着韩静言道："孤也十分喜欢令羽，看到她就好像看到了曾经的毓昭仪，卢帝不如考虑一下，将令羽割爱给孤。"

"二位陛下请坐。"韩静言倒是沉得住气，四两拨千斤地道，"二位陛下都属意令羽，不妨问一问令羽本人的意思。"

宋翎的视线在苏子修和玉柳容身上扫过，最后她将目光收了回来，垂着螓首，声音清甜地说道："令羽谢过两位陛下的错爱，但是令羽追随的人是卢帝，望两位陛下见谅。"

因为令羽的出现，使得原本和睦的气氛变得微妙起来。虽说之前的和睦也有逢场作戏的成分，但是因为宴席上一场三君争美的风波，表面的和睦也变得难以为继。

三国貌合神离地完成了结盟仪式，打算各自拟定归期回朝。就在这时，祁国传来了一个惊人的消息，原先被打退的戎狄卷土重来，趁着玉柳容带兵亲征的时候，再次发起进攻，而且攻势更猛，不同于上次的小打小闹，这次来了一招直捣黄龙，一举占领了祁国的都城雁阳。等到他们完全攻占了雁阳，玉柳容才收到消息。

都城雁阳失守，玉柳容心急如焚，丢了都城无异于丢了国本，玉柳容一刻都待不下去了，决定回朝救援。

苏子修此时显示出了盟主的风范，提出既然已经结盟，祁国之事就不是一国的事情，昭国和卢国也应当出力，建议三军拔营，驰援祁国。

"昭帝陛下的慷慨盛情，孤心领了，不过这是孤的家务事，就不必劳烦两位陛下了。"玉柳容当即拒绝了昭、卢两国的插手，表示要自行解决家务事。

第二日，玉柳容率领祁国大军，拔营启程，去解救雁阳的围城之困。玉柳容表面上还算镇定，其实早已五内俱焚。都城失陷，黎民倒悬，谁晓得眼下的雁阳城之中是何等水深火热？祁军不敢耽搁，日夜兼程，玉柳容只恨赶路太慢，恨不得生出一双翅膀，立刻回到都城。

反观另一边，苏子修和韩静言仍在通州。在结盟之时，双方已经约定好了撤兵的日期，因为玉柳容拒绝了援兵，所以两国各自将军队撤回国内。

这一日，昭、卢两帝相见，苏子修似是叹息地道："祁帝陛下宁可孤军作战，也不要咱们的援兵，看来对你我都存有戒心。"

"这毕竟是祁帝的家务事，所以不喜欢别人插手。如果换成昭帝陛下遇到这种情况，会选择一样的做法。"韩静言徐徐说道，脸上挂着笑，一副局外人的样子。

若是有心之人多少能发觉韩静言的最后一句话似乎意有所指。苏子修何尝喜欢被人插手家务事？前段日子他不是才关起门来打过狗，赶在祁、卢两军压境之前，雷厉风行地解决了国内的叛乱？

“孤提出援兵相助，可不仅仅是为了祁帝。”苏子修的目光落在北方，那是戎狄的方向。他说道：“白狄王也算是对我有恩……”

数月之前，戎狄出了一件大事，原先的白狄王穆若被人谋害。戎狄已江山易主，据说篡位之人姓赵名光吾，是前任白狄王的国师，娶了戎狄的朗月公主为妻，也是穆若的女婿。

“孤曾经在戎狄避难，白狄王穆若对孤多有照拂，如今他被人夺了王位，又死得不明不白，孤当然想为他讨个说法。”

韩静言浅啜了一口茶，眼里不见一丝异样的波澜。苏子修这话是借力打力，明着是为白狄王抱不平，暗中是指摘韩氏的皇位来路不正，同样是人臣取代了君位。

韩静言听出了弦外之音，却不能生气，因为苏子修说的是戎狄之事，他若是生气，就是将自己套了进去，主动将乱臣贼子的帽子戴在自己头上。

想到这里，韩静言在心里冷哼了一声。苏子修真是不肯吃亏的性格，刚刚是韩静言在暗暗挤对他，这会儿轮到他挤对韩静言了。这样的人着实不好对付，别说是涉及国家利益的事了，哪怕是逞口舌之快，苏子修也不肯落了下风。

“昭帝是知恩念旧之人。”韩静言笑眯眯地说道。

苏子修似是自言自语，喃喃地重复了两个字：“念旧。”

与此同时，他的视线有意无意地扫向了一旁的宋翎。

韩静言何等敏锐之人，说道：“昭帝是否又想起了发妻？”

苏子修似是浅浅地叹息了一声，不再说话。

昭、卢两国各自班师回朝，祁国那边的战况不容乐观。戎狄不仅占领了都城雁阳，还占领了祁国北部的一大块土地，戎狄占据雁阳后，将皇城之中的皇室宗亲、王公贵族通通辖制在手中。赵光吾眼下霸占了皇宫，知道这不是长远之计。

要站稳脚跟，他还是要借助玉家皇室的影响力，所以他打算扶立一个傀儡皇帝。祁帝玉柳容只有一个儿子，不到两岁，小皇子就成了最佳人选。赵光吾立了他当新的祁帝，玉柳容的皇后白绮梦为太后，垂帘听政，成立了全新的政权，生生将祁国一分为二。

玉柳容得知这个消息，怒火冲天，这是他绝对不能容忍的。几代玉家先祖创下的基业，不能在他手里分裂，而雁阳城里的文武百官也无法忍受戎狄人的统治，纷纷出逃，前来投奔玉柳容。

玉柳容这次亲征带出来的兵力有限，一时之间无法打退戎狄。反观戎狄那里，因为扶立了太后和新君，倒是一点点扎下了根基。玉柳容气得牙痒，恨不得将赵光吾寝皮食肉，但是他始终无法收复失地。

到了这一年的九月，祁国的分裂基本成了定局，玉柳容率领军队和投奔他的文武百官从都城出逃，临时定都祁国的重镇锦州，在锦州封左右辅弼，设六政府，算是暂时扎根。以玉柳容定都的锦州为分水岭，祁国从此分裂成两块，北边是太后和年幼的小皇帝执掌的政权，南边是玉柳容执掌的政权，天下人根据方位，分别称之为北祁和南祁。

曾经的中原是三足鼎立，如今祁国分裂了，从三国变成了四国：昭国、卢国、北祁和南祁。其实认真论起来，所谓的北祁只是披了一张皮，芯子里却是赵光吾为首的戎狄。戎狄早就想要在中原分一杯羹，如今终于做到了。

玉柳容知道自己如今处境相当危险，祁国一分为二之后，实力被大大地削弱了。这是弱肉强食的世道，只要是弱国，随时会沦落到被人任意欺凌的境地。玉柳容无时无刻不想着重新夺回失地，将戎狄赶回北方草原，但是兵力不够，心有余而力不足。

放眼中原版图，南祁所处的位置相当尴尬，处于中心之地，同时被三个国家包围。这在史书上被称为极其凶险的四战之地，别指望能太平，任何一个国家的战火都能烧到南祁的家门口。

到了十一月，昭国和卢国重新议亲。昭帝苏子修和卢国长公主韩梓言之间有婚约，后来两国陷入冷战，随后冷战变成了热战，所以联姻之事就被搁置了，但是婚约没有取消。如今昭国和卢国之间的关系趋于正常，联姻之事也被重提。

但是此事遭到了一人的强烈反对，这个人就是韩梓言。

韩静言正在御书房内跟几个大臣商量国事，突然听见外面有小太监忙不迭地喊了一声："长公主到。"

韩梓言气势汹汹地跑了进来，劈头盖脸地道："皇兄，我不要嫁到昭国去！"

"梓言。"韩静言慢条斯理地唤了一声。

"我只嫁祁帝玉柳容，除了他之外，我谁都不嫁！"韩梓言的口气很坚决。

"梓言，你先冷静一下。"

韩梓言高挑蛾眉，说道："皇兄，我不需要冷静。我现在就很冷静地再告诉您一遍，我不嫁昭帝，我要嫁给祁帝！"

韩静言微蹙着眉心说道：“这事恐怕由不得你。”他递给韩梓言一件东西，那是昭国刚刚传来的国书。韩梓言匆匆扫了几眼，大概意思就是希望两国尽快联姻。

韩梓言深深地吐了口气，语气软了几分：“皇兄，既然是两国联姻，不一定非要让我嫁过去，换个人也并非不可。皇兄，您就当是帮一帮妹妹，从宗亲贵女当中挑一个嫁去昭国。”

“梓言，皇兄何尝不想帮你？只是……”韩静言欲言又止，叹了口气。

“只是什么？”韩梓言追问道。

韩静言无奈地回答道：“昭帝的态度很明确，联姻的人选只能是福嘉长公主，他不接受换人。”

“为什么？”韩梓言双眸圆瞪，苏子修为何认准了她？难道长公主的身份真的那么重要，从宗亲贵女中挑一个封为公主就不行？

“哼，先前还表白了一番，说自己对发妻感情深厚，这会儿又非我不娶了，想不到男人都一个样。”

韩静言闻言侧目，知道事情没有表面上那么简单，不过暂时还是选择了沉默。

“皇兄，您知道妹妹属意谁，我真的不想嫁去昭国。”韩梓言仍不甘心地道。

“梓言，你别胡闹。”韩静言淡淡地安抚道。

韩梓言见撒娇服软都不管用，口气一下子硬了起来：“我没胡闹，皇兄要是不答应，我就去南祁找玉柳容，反正死活不能嫁给苏子修！”

“你！”韩静言不由得有些头疼。

韩梓言毫不让步，高傲地抬起下颌，跟自己的兄长对视。

韩梓言没有得到想要的结果，当着韩静言的面一拂袖子，气哼哼地出去了，留下韩静言望着她的背影叹了口气。

第九章 联姻

昭国求婚的文书日渐频繁，督促卢国尽快将长公主送嫁，好让两国正式结为姻亲。韩梓言抱定了主意不嫁，谁来劝都不听，韩静言为此很是头疼。孟皇后为了替夫君分忧，多次以皇嫂的身份去劝解这位小姑，但是收效甚微。

韩梓言连兄长韩静言的话都不听，遑论这个在她眼里一直温良懦弱的皇嫂的话了。

韩静言并不想逼迫自家妹妹，同时，他对苏子修的做法十分不理解。苏子修为何非要迎娶韩梓言？当初在通州结盟的时候，苏子修是见过韩梓言的，但是二人私下并无交流，从二人的反应来看，也看不出有一见钟情的迹象。苏子修那时候的注意力始终在宋翎身上，甚至在公开场合向韩静言讨要宋翎。

韩静言还来不及想明白这事，就得到了韩梓言出走的消息。韩梓言离开卢国，

直接去南祁寻找玉柳容了。

坏事传千里，这种事情是瞒不住的，昭国那边很快得到了消息。自己的国君被拒婚，昭国上至朝臣，下至百姓都十分愤怒，认为自己的君主遭人戏耍，失了颜面。昭帝失了颜面，就是整个昭国失了颜面。

昭国丞相徐寿徽向昭帝进言：“我昭国跟卢国之间有婚约在前，卢国却迟迟不将公主送嫁，可见卢国言而无信；放任公主奔逃至南祁，可见卢国摆明要我昭国难堪。是可忍，孰不可忍，陛下不必再宽容卢国，我堂堂昭国的颜面不能任人践踏。”

丞相表明了立场，朝中重臣纷纷附议。如今的中原，南北分裂之后祁国不足为患，只有卢国算是一个像样的对手，昭国原本就是想要攻打卢国的，现在是卢国理亏，现成的借口摆在眼前，不找卢国寻衅一番简直对不住这个机会。

对比朝臣们的愤慨激昂，苏子修则表现得相当大度。他重新派了使者入卢，希望和平解决此事，避免不必要的干戈。

韩静言知道形势对自己不利，这几日一直焦心不安，见到昭国派使者过来而不是大军压境，松了一口气，立即召见了昭国使者。

彼此一番密谈之后，昭国使者离开，韩静言的愁眉仍没有舒展，反倒又紧锁了几分。他下朝回来，孟皇后已在宫里等着他。

孟皇后一向恪守礼仪，明白女子不得干政的道理，若是换了别的事，她也不会问了，但是这事和小姑韩梓言有关，跟家事沾了边，她不忍心看着夫君忧心忡忡，犹豫再三还是问道：“皇上，昭国使者可是前来兴师问罪的？”

韩静言摇头道：“倒不全是。”

“皇上，您说长公主哪天会不会自己从南祁回来？她只是一时糊涂，说不定过几天就想明白了。”

“梓言那个倔性子，怎么可能会突然想明白？她既然走了，是不会回来的。”韩静言说道，“事到如今，就算她回来也没用了。你认为昭帝还会要一个投奔过其他男人的女子吗？”

那怎么办？孟皇后是女流之辈，但也知道此事的利害关系，万一昭国真的打过来，整个卢国就要遭殃了。

韩静言说道：“也不是没有办法，昭国使者给了一个法子。”

孟皇后眼睛一亮，问道：“什么法子？”

韩静言回答："梓言不嫁，可以换一个人嫁过去。"

"当真如此？看来昭帝真是一个通情达理之人。"孟皇后闻言喜出望外，"这个不难，从宗室中挑一个适龄女子就行了，这事交给臣妾去办吧。"

孟皇后一心为夫君分忧，恨不得即刻吩咐下去，将此事办得妥妥当当的。

"不用挑了。"韩静言拦住了孟皇后，"昭帝自己挑好了一个人。"

孟皇后露出了诧异的神色，问道："这事好生奇怪，昭帝到底挑中了谁？"

韩静言苦笑，沉默片刻之后，低沉地说了两个字："松子。"

"松子？"孟皇后脸上的惊诧之意更深了，在她眼里，松子跟昭帝是八竿子打不着关系的人，"为何是松子？"

韩静言没有回答。

孟皇后为人敦厚纯良，但是久居凤位，又能令上下心悦诚服，这足以说明她不是愚钝之人："皇上，臣妾问句不该问的话，松子是您从昭国带回来的？"

韩静言没有否认："是的。"

孟皇后不再往下问，只一句话，她就已经全明白了："皇上打算告诉松子吗？"

韩静言沉默以对。

"皇上若是觉得为难，臣妾主动请命，为皇上分忧。"

韩静言看着一脸关切的孟皇后，拍了拍她的手背："不必了，你一直为朕分忧，朕都知道，这件事还是让朕自己处理吧。"

宋翎人在别宫，韩静言见到宋翎也没隐瞒，直接说了事情的来龙去脉。

宋翎静静地听完了道："昭使真的是这样说，非要让我代嫁？"

韩静言点头："应该是昭帝苏子修的意思，是他非要你嫁过去。"韩静言觉得这或许就是苏子修的计策。当初在通州，苏子修应该看出了韩梓言对玉柳容的情意，而且用情不浅。正是因为如此，苏子修又想起了当初的婚约，才催促两国尽快联姻。

但是此举一定会引起韩梓言的强烈反抗，做出拒婚的过激之举，这样一来，卢国就得罪了昭国，苏子修也就可以名正言顺地向卢国施压了。卢国要么答应他的条件，要么两国兵戎相见，而且苏子修不会落人口实，被人说成是恃强凌弱，因为是卢国理亏在先。

想到这里，韩静言眉头皱得更深，如果真是这样，可见苏子修的心思有多缜密，

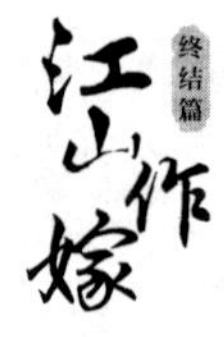

果然是个不好对付的主儿。

“松子，你想怎么办？”

“我还能怎么办？当然是听话地嫁过去。”宋翎说道，似是玩笑地说了一句，“难道还要昭、卢两国因我而开战吗？”这种情形之下，她根本没的选。

“松子，其实……”韩静言感觉喉咙口像是塞了一团又热又辣的东西，平时能言善辩的他，此时竟说不出一句像样的话。

“本来就是你将我从昭国带来的，此时将我送回去，其实没有什么不妥。”

在福嘉长公主拒婚出逃之后，卢帝韩静言没有从宗室当中挑选新人，而是认了一个跟韩氏皇族非亲非故的女子为义妹，册封其为福瑞长公主。而她将代替之前逃婚的福嘉长公主韩梓言，以卢国公主的身份嫁去昭国。

这位福瑞长公主不是别人，就是宋翎。当初在三国会盟的宴席上，卢帝韩静言当着昭帝苏子修和祁帝玉柳容的面，称她为令羽。作为待嫁的卢国公主，她如今正式的名字是韩令羽，成为卢帝的义妹之后，理所当然被赐予了韩姓。

昭国那边屡屡派遣使者过来，婚期也催得很急，送亲的日子定于十一月初十。宋翎被封为福瑞长公主是十月廿三，两个日子相距不到二十日，她大概是有史以来嫁得最仓促的公主。

宋翎没有闲心去计较这些，更没有沉浸在待嫁的喜悦中。这短短的二十日，她每天大部分时间是跟韩静言在一起，两人商量了什么，旁人都不知道，因为两人相处的时候，韩静言只留下几个亲信随从。

转眼就是送亲的日子，宋翎平静得不像是一个新嫁娘，仿佛这一日跟寻常的日子别无二致。她要做的只是配合，将自己整个人交托出去，任由喜娘和侍女为她梳妆打扮，披上锦绣绫罗的嫁衣华服，戴上光华夺目的珠钗环佩，描眉画鬓，贴花钿，点朱唇，又细细地敷上香粉。

宋翎已经不是第一次出嫁，不知道是不是上天的愚弄，让她嫁给了同一个人。她揽镜自照，看着镜中的自己，那身着大红嫁衣的样子跟从前相差无几，只是消瘦了些，但是她的心境全然不同了。

当初她是带着满心的情意，这份情意表现成了脸上的娇羞；如今则是情意耗尽，剩下的唯有难以消解的怨恨了。

梳妆完毕，宋翎被喜娘和侍女小心地搀扶着，缓缓登上前往昭国的红喜垂璎珞鸾车。历来公主出嫁，照规矩有陪嫁的侍女和侍卫，他们将作为嫁妆的一部分，跟随福瑞长公主同去昭国。

登上鸾车的时候，宋翎察觉到好像有人盯着她看，侧首一瞧，果然是一个脸生的侍卫。按照常理，奴才直视主子是极其不敬的行为，是要遭到斥责的，但是那个侍卫似是浑然不知。他不仅盯着宋翎看，还冲着宋翎眨了一下眼睛。宋翎虽觉得诧异，但并未理会，只当没看见，由喜娘扶着上了鸾车。

送亲的队伍浩浩荡荡地上路了，车马辚辚，十里红妆，婢子仆从，前呼后拥，韩静言还专门抽了一支精兵作为护送军队，这一看就是皇家的阵势。

宋翎独自坐在鸾车内，随着马车的颠簸，思绪起伏不定，心中百味杂陈，说不清是什么滋味，大概是苦涩居多。她恍恍惚惚地想着，原来这就要回去了，回到那个伤心地，回去见那个一度令她心如死灰的人。

尽管宋翎自认做好了充分的心理准备，但是随着距离的拉近，她觉得压迫感越来越重，仿佛蛛网一重一重缠了上来，刺激着她内心深藏着的那些不为人知的软弱和胆怯，而她最不允许的就是自己软弱和胆怯。

送亲队伍每到一个驿站，都有来自昭国的使者早早等候在那里。使者见到送亲队伍之后，会即刻快马加鞭地赶回都城，向苏子修禀告送亲队伍到了何处。苏子修是一国之君，迎亲这种事不必亲自前来，交给一个位高权重的大臣即可。但是苏子修为表郑重，亲自赶赴昭、卢两国的交界处，就是上一次三国会盟的通州城，迎亲仪式也将在通州城中完成。仪式之后，苏子修会偕同卢国公主返回都城郢梁，在皇宫举行正式的封后大典。

宋翎坐在鸾车之中，知道送亲队伍已经行至昭国境内，早上听侍女的回话，大概明日就能抵达通州城，苏子修正在通州城中等待。宋翎表面上还算冷静，但是想到明日就要见到苏子修，她的内心始终有几分紧张和不安，双手端正地放在膝上，手指却不住地绞着一方葡萄缠枝妆花红绫帕子。

正当她胡思乱想之际，鸾车的门突然被推开了。宋翎循声看去，只见从外面进来一个人，宋翎乍一看觉得此人眼熟，仔细一看，发现正是她上鸾车的那日冲着她眨眼睛的陌生侍卫。

“谁让你进来的？”宋翎口气中不免带了些愠意，她从未见过这般放肆无礼的侍卫，冲着她眨眼睛就算了，眼下居然还敢闯进她的鸾车，他当真不怕挨罚吗？

那人并未理会宋翎的质问，径直朝着宋翎的方向走来。宋翎发现之前的事都不算什么，令她震惊的事还在后头，那人竟然挨着她一屁股坐下了。

“你！”宋翎哪能容忍陌生男子近身？她下意识地想要闪避，不过身上的衣服太过沉重，险些把自己绊一跤。

那人见状，手疾眼快地扶住宋翎，终于开口说了第一句话：“小心。”

宋翎耳尖，那人一出声，她就听出了端倪，因为这个声音太耳熟了。这段日子两人常常在一起，她怎么可能听不出来？

“怎么是你？”尽管猜到了这人的身份，宋翎脸上的震惊之意依旧未减。

那人笑了起来，叹气道：“我就知道不能说话，一说话就被你识破了。”

宋翎没有笑，脸色反而严肃了几分：“你为何要来？”

这位放肆大胆的侍卫不是别人，正是易容之后的韩静言。宋翎很早之前就知道韩静言懂得易容之术，他眼下戴了人皮面具，所以脸是另一个陌生男子的样子，声音是他自己的。

“我陪你一起去昭国。”韩静言神色如常地说道，“当初是我把你从昭国带走的，如今又是我送你回去，做事情有始有终，不是很好吗？”

韩静言说得似乎很有道理，宋翎却蹙眉道：“你这样太冒险了。不是说好了，由我一个人去，你留在卢国就行了？”

韩静言微微正色，凝视着宋翎，反问道：“你去难道就不冒险吗？”

宋翎正要反驳，韩静言已抢先一步开口：“此去前路未知，我不放心你一人冒险，与其一直担心你，不如陪你一起去。就算有什么事，有我在，你不至于连个可以商量依靠的人都没有。”

韩静言的口气极为笃定，想必他是经过一番深思熟虑后才决定这么做的，而且心意已决，别人轻易劝不动他。

宋翎依然不赞同，忧心忡忡地说道：“你没必要冒这个险，我倒是无所谓，只是你的身份太过特殊，万一被人认出来，后果不堪设想。”

韩静言淡淡一笑道：“你一路上都没认出我，直到我开口说话，你听了声音才知道是我，可见我的易容术不会轻易被人识破，你有什么可担心的？”

“但是……”宋翎不敢完全放心。

“好了好了。”韩静言打消了宋翎的犹豫不决，说道，“咱们已经到了昭国境内，说别的也没用了，只能走一步看一步了，兵来将挡，水来土掩。”

宋翎神色无奈地说道：“你这是先斩后奏。”

韩静言笑道：“那也是因为你没发现。”

宋翎认为韩静言有些鲁莽，不像他一贯谨慎的行事风格，但是不可否认，有韩静言这个盟友在身边，宋翎心中安定了许多。

国君亲自来边境迎亲，这是极大的礼遇。卢国的送亲队伍抵达通州城的行辕之后，福瑞长公主和陪嫁的侍女侍从留下，护送的军队则要原路返回，不得在昭国境内多停留。

在通州行辕只是完成两国交接，正式的封后典礼则是要等到返回郢梁都城之后进行。也就是说，通州行辕只是一个临时歇脚的地方，过一夜就要启程。

但是驻留在此的这一夜，苏子修也不马虎，而是命人将行辕好好地收拾出来，按照举行婚仪的样子，在房屋四处扎上红绸，贴上双喜，灯笼都换了红色的，原本肃重冷清的行辕顿时显得热闹而喜庆。这虽是小事，但也体现了昭帝对这桩亲事的看重。

因为交接的仪式冗杂，宋翎觉得身子根本不是自己的了，她简直变成了裹在锦衣华服之中的牵线木偶。

在仪式上，宋翎和苏子修始终隔着一段距离，她看不清苏子修，苏子修大概也看不清她。待到正式交接的时候，宋翎才由喜娘和侍女引着，一步步地走到苏子修身边。两人并肩入座的时候，因宋翎身上衣裙繁复，起坐不便，苏子修含着笑，很是自然地将手掌朝上，平平地伸到了宋翎面前。宋翎懂得这是为何，从红罗软纱的袖间伸出一只柔软的手，轻轻地放在苏子修的手掌之上，两人掌心相贴。

他们曾经是熟悉至极的人，如今却生疏得很，就算彼此贴近，也是一板一眼地循着规矩，没了往日的亲近温存之意。两人坐下之后，侍女小心翼翼地为宋翎整理着裙裾，令其如绽开的凤尾一般平平整整地铺展在身后。

适才的一扶是出于礼节，待到坐定，宋翎试图将手收回，身边的苏子修却没有松开她的意思。他不仅没放手，还得寸进尺，手指插入她的指缝，从虚虚的一握变成了实实在在的十指相扣。因为宽袍大袖的遮盖，两人的手被盖在层层衣料之下，外面的人看不出任何异样。

宋翎略感不适，暗暗用劲将手抽回，苏子修也不勉强，松开束缚，任由宋翎的手如一条滑溜的白鱼一般从他的手心里溜走。

易容成侍卫的韩静言一直紧紧地跟在宋翎身后，别人看不出异样，但是这一切

逃不过他的眼睛，哪怕红纱覆面之后看不清宋翎的表情，他依然能察觉到她平静之下掩饰着的抗拒和抵触。

从最初的手指交握后，苏子修再没有一丝一毫逾矩的举动，端正坐着，好似庙宇中宝相庄严的神像，而宋翎也如他身边的一个泥胎木偶。

宋翎看着昭国来的人，本是漫无目的地扫过去，却看到了一个似曾相识的人影，不禁多看了两眼。那人身段纤细，脸上光洁无须，五官乍一看去甚是明艳夺目，如面目姣好的女子，隐隐有风流袅娜之态。此人明明是一身男子装扮，但总有一种说不出来的奇怪感觉。宋翎自己也曾女扮男装，懂得其中的关窍，一下子就反应过来，这也是一位女扮男装之人。

跟着苏子修来的人里面为何会有一名女子？宋翎想不明白，不过她再仔细一看，却吓得险些惊呼出声。难怪她会觉得对方眼熟，因为那人不是别人，正是男装打扮的白绮梦！

认出那人是白绮梦之后，宋翎好一会儿回不过神来。白绮梦是玉柳容的皇后，在雁阳城被围的时候，她落在了戎狄人手中。戎狄人为了稳定局面，将玉柳容唯一的儿子立为祁帝，白绮梦因此成了太后。

此时此刻，白绮梦不是应该在北祁被戎狄人控制着，怎么会出现在昭国境内，出现在昭、卢两国联姻的交接仪式上？这简直令人难以置信。

宋翎深吸了几口气，令自己尽量平静下来。她确信自己没有认错人，世上之人是有相似，但是不会相似到这种程度，唯一的解释就是此人是白绮梦本人。

当初在祁国，宋翎跟这位白皇后有过数面之缘。那时苏子修被玉柳容软禁，为了救苏子修脱困，宋翎还特意去找过白绮梦。正是白绮梦在暗中助了他们一臂之力，才有了后来苏子修逃去戎狄的一段故事。

白绮梦也频频朝着宋翎的方向看来。宋翎莫名有种悬着心的感觉，不知道白绮梦是不是也认出了她。所谓的福瑞长公主韩令羽，不过就是一个掩人耳目的说法，她真实的身份就是宋翎。

因为仪式尚未结束，宋翎身处众人目光的焦点，不能有任何多余的举动。此时她若是能回头看一眼，或许就能发现，在她身后的韩静言眼底的惊骇之色比她有过之而无不及，只是很快就消失了。

早在宋翎之前，韩静言已认出了白绮梦。他对白绮梦太熟悉了，几乎是一眼就看到了人群中女扮男装的她。他同样想不通，原本应该在北祁的白绮梦为何会出现在这里。她是卢国派去祁国的人，眼下又落入戎狄之手，此时现身，于情于理都说不通。

韩静言心里同时也掠过一丝隐忧。白绮梦对他也太熟悉了，不知道是否也能一眼认出易容改装的他？若是自己被她认出来，其后果之严重，令人不敢想象，韩静言有种冷汗涔涔的感觉，背上的衣衫好似汗湿了一块。

一向对自己的易容术充满自信的韩静言，见惯了大场面的卢帝陛下，突然有一种感觉，好似驾车的人失了马鞭，驶船的人失了航舵。他很清楚自己已是骑虎难下，或许就是从这一刻起，很多事情变得不由他掌握。

第十章 人非

仪式结束之后，宋翎被人领着去了歇息的房间。宋翎看出来了，通州行辕虽只是歇脚一夜的地方，但是被人当成举行婚仪的地方一样布置过了。

无论是窗棂上扎着的红绸，还是滴水檐下的红灯笼，处处昭示着这里有喜事发生。宋翎懒得多看，只觉得多此一举。被侍女簇拥着进了房之后，宋翎才发现外头的根本不算什么，里面的情形才是真正令她怔住了。

这是一间让人眼前一阵眩晕的屋子，漫天的红浓郁到化不开，喜气扑面而来，紫檀雕花洞门的架子床上挂着茜红色彩绣鸳鸯石榴销金帐，一双金钩将两边的帐子挽起，又垂落下长长的连珠穗子，上面是一床叠得整整齐齐的百童子戏耍的茜红锦被，甚至还有一对描金画银的龙凤花烛，正燃着明亮的烛光。大红双喜字贴在窗纸上、放在床铺上、贴在各色家具上、盖在盛满得跟小山似的瓜果和糕点上，屋内所有的器物几乎都贴上了双喜字，像极了洞房花烛夜的新房。

宋翎的脸色慢慢变了，她想起来了，难怪觉得眼熟。这间房的摆设和装饰，几乎照搬了当初苏子修在闲月山庄为她精心准备的洞房的样子，就连细节也是一模一样的。

当初看到这间洞房的时候，宋翎是满心惊喜和动容，她感念苏子修为她如此用心，就连缺失的洞房花烛夜也要一丝不苟地补偿给她，不留下任何遗憾。然而今时今日，宋翎对苏子修已是心灰意懒，往日的万千情思荡然无存，故而内心只有冷冽的嘲讽。

若不是提醒自己忍耐，她早就想要随手抓起一物打落那一对龙凤花烛。此刻灼灼的烛光亮得她双目刺痛，一进来宋翎就觉得这龙凤花烛最让人看不顺眼。

侍女们为宋翎脱了外头的吉服，里面是一身天香锦并金银二色丝线绣飞凤翱翔图案的轻俏罗裙，不似吉服那般沉重，她们又为宋翎卸了一部分钗环。

身上的重量骤减，宋翎感觉整个人轻松了许多，不似白天走路都处处要人搀扶。

宋翎这一日进食甚少，侍女们唯恐她饿着，端上来几样精致的小点心。宋翎没什么胃口，看了一眼就让人放在旁边："孤……还不饿，先放在边上好了。"

成为福瑞长公主还不到二十日，宋翎并不能完全适应自己的新身份，尤其是在自称"孤"的时候，还是小小地别扭了一下。

宋翎的身体活动开了，心思也活动开了，她在想韩静言眼下在做什么。她为身份所束缚，只能在这间供她歇息的屋子里活动，身边不仅有卢国跟来的侍女，还有昭国派来伺候的侍女，多双眼睛看着她，她只能老老实实地待着，稍有动作就有人知道，也不知道韩静言那里是什么情况。

宋翎还在思虑的时候，身后传来一个温润的男子声音："你们将点心放下就出去，朕为公主带了吃食过来。"

宋翎心中一紧，她知道是苏子修来了。

侍女们退下之后，屋子里余下他们两人相对。宋翎情知这一刻早晚要到来，缓缓地转过身来。既然主动嫁过来了，她不会回避，形势也容不得她回避。

宋翎面朝着苏子修，神情坦然。因是出嫁，她脸上的妆容比平日浓重，墨色的长眉，雪白的脸，胭脂描绘的菱形红唇，又在颊面染出似霞光、似桃花的红晕，从颧骨扫到了耳根，这般浓妆艳抹之下，宋翎觉得自己像是戴了一副脂粉浓艳的面具，但是眼神是脂粉无法矫饰的，她那一双清冷的眸子就这样看着苏子修。

苏子修不是独自前来的，他身后跟着一个小内监，那人低垂着头，手中端着一

个红漆托盘，里面有一个天青釉莲瓣开口的高足小碗，尚冒着热气，这大概就是苏子修为宋翎带来的吃食。

小内监将那个高足小碗放下，又仔细地摆好了筷箸、瓷勺等物，才默然地退下。

宋翎看了一眼苏子修带来的吃食，发现那是一碗饺子，皮上打了细细的褶子，呈弯弯的耳朵形状，白白胖胖地挤在天青色的瓷碗之中，相映成趣，颇为好看。

宋翎盯着那碗饺子，想到了在闲月山庄的洞房花烛夜，也有这样一碗饺子，宋翎还为了一语双关的“生不生”羞红了脸，嗔怪苏子修是存心使坏，故意给她设套。

今日的苏子修不知是怎么了，仿佛十分热衷于重温旧梦，决心要将当日的情景再现一遍，包括这几乎一模一样的洞房布置和眼前这碗饺子。他温柔地问宋翎：“你饿不饿？饿了先吃点儿饺子垫一垫。”

宋翎一声不吭，只是定定地盯着眼前的饺子。寻常的一碗饺子而已，也不知道她为何看得如此出神。

苏子修相当有耐心，在等待宋翎回答。此时此刻，他看着眼前的宋翎，她的面孔在烛火的映照下有一种莹洁如玉的剔透质感。

眼前的人就是宋翎，她真真正正回到自己身边了。苏子修凝视着面前的女子，思绪翻腾，百感交集。别人或许不知道，他却再清楚不过了，宋翎于他而言，是何等珍贵。

苏子修脸上的笑意不减，他料到了会碰壁，宋翎不见得愿意配合。然而出乎意料的是，对面的宋翎开口了，不是冷言讥诮，而是少女般绵软的语调，软绵绵之中又带有不易察觉的狡黠：“我不吃，这饺子肯定是生的。”

苏子修的眼底掠过一闪即逝的错愕之色，当日在闲月山庄的情景历历在目，他鬼使神差地说了下去：“你说什么？”

宋翎的神情带着仿佛识破了对方计谋的小聪明，她又说了一遍：“肯定生的。”

“你数数里面有几个？”

“七个。”宋翎果然听话地数了数。

“好、好，你既然不饿，就先不吃吧。”苏子修说道，居然不按常理出牌了。

眼看着渐入佳境，苏子修却停了下来。这让宋翎有些惊讶，难道自己配合得太过生硬，让苏子修看出了不妥的地方？

殊不知苏子修是不忍心。宋翎越是顺从，在他看来越像是一种嘲讽。她用逢场作戏，嘲笑他的痴心妄想。他们早已决裂，还想一如当初，装成什么都没发生，他不是痴心妄想是什么？昔日美好的回忆本就有限，何必再去亲手摧毁？

一时间，两人陷入了沉默。还是苏子修先开口，用轻柔的语气说道：“我们喝合卺酒吧。”

宋翎没有异议，执起房中早就准备好的圆肚细颈赤金酒壶，壶嘴微倾，将一对用红绸绑在一起的高脚小金杯分别注满晶莹琼浆。她放下酒壶，将一杯酒执于己手，另一杯则给了苏子修。

苏子修接过酒杯，一饮而尽，宋翎正要将自己的手臂从他的臂弯中撤回，苏子修的胳膊伸到她身后将她环住，手掌贴在她的后腰上轻轻将人往前一带，两人的身子便紧紧相贴，形成极为亲密的样子。

宋翎没想到苏子修会有这样的举动，双臂本能地交叉防御在身前。苏子修却从容不迫，另一只手也攀上了宋翎的后背，跟刚刚那一只手十指相握，双臂形成了一个狭小的空间，严丝合缝地将宋翎圈在其中。

宋翎尚在错愕中，苏子修的脸已近在咫尺，眉峰、眼眸、鼻梁、嘴唇无不清晰地呈现在她眼前。宋翎微微偏过头去，不想直视苏子修的眼睛，因为靠得太近，两人的鼻尖堪堪擦过。

“翎儿。”苏子修轻轻唤了一声，臂间的力道未松。

苏子修到底还是摊牌了。宋翎的神色略带茫然，她反问道：“昭帝陛下是在唤谁？这里只有韩令羽，哪有什么翎儿？”

苏子修晓得宋翎是故意装傻，叹道：“翎儿，今时今日你何必再嘴硬？你是宋翎，千真万确。当日你在卢帝身边，一露面我就认出你了。”

宋翎看着苏子修，幽幽地说道：“你要我以韩令羽的身份嫁过来，我来了，就请你当我是韩令羽。”

宋翎话中暗指苏子修用长公主韩梓言逃婚一事借题发挥，对卢国施压，要她顶替韩梓言出嫁，以此达到逼迫她回国的目的。

苏子修心底有轻微的刺痛感涌上，他喃喃自语：“也好、也好，你总算回来了，无论如何，你回来了就好……”

苏子修依然用双臂环抱着宋翎，两人额头相贴，鼻尖相触。宋翎没有任何反抗的举动，任由苏子修抱着自己。她难得见到苏子修失神的样子，尤其是他的喃喃自语，无意间流露出的软弱更是罕见。他那一句句“也好”“回来就好”，不是对宋翎说的，而是一遍遍地对自己说的，说服自己相信宋翎真的回来了，被自己抱在怀中的不是一个虚影，而是一个实实在在的人。

相比起初的紧绷，宋翎放松了许多。她松开了刚刚交叉在胸前的手臂，放弃抵御，

手臂慢慢地攀上苏子修的肩膀，指尖移动得相当缓慢，如在一点点地试探，似乎随时准备停下来。

十指修长，白皙如玉，指甲上是鲜红的蔻丹，纤瘦而不露骨，这样一双无可挑剔的手，如一双会游动的白鱼。当这一双白鱼灵灵巧巧地攀附上苏子修的脖颈，苏子修忽然前言不搭后语地来了一句："翎儿，你恨我吗？"

宋翎抬眸的瞬间，正好对上苏子修的视线，其中似有几分灼灼之意。

"这要看你把我当成谁。如果你当我是韩令羽，我们只见过几面，自然是无冤无仇的。如果你当我是宋翎……"宋翎的声音一如稚嫩少女般清脆甜润，人甜声甜，说出来的话却不甜，只听她换了斩钉截铁的口气道，"我当然恨你。"

苏子修不是迟钝之人，反手去捉宋翎的两只手腕。

宋翎毫不躲避，因为她知道，若是苏子修存心要制服她，她的任何反抗都是毫无用处的。

宋翎的手腕被苏子修紧紧地攥着，手还是那一双手，掌心毫无保留地平摊开，没有发现异样或者多出来的异物。

宋翎一双圆圆的眸子直勾勾地盯着苏子修："你怕我会害你？"

苏子修正想说话，忽然感到浑身的力气仿佛被卸走一般，甚至握不住宋翎的手腕，他重重地坐回了椅子上。

宋翎极为平静地看着眼前这一幕，解释道："药是卢帝给我的，让我下在酒里，好让你喝下去。这药对人不会有太大的损伤，只会让人浑身乏力。"

苏子修蹙眉，想到宋翎也喝了酒，顾不上自己，问道："希望韩静言没有骗你，这药对人没什么损伤。你刚刚也喝了酒，你有没有觉得难受？"

宋翎根本不认为苏子修是在关心她："这药只对习武之人有效，我身上没有武功，故而药不起作用。"

看到眼前的情形，苏子修心底一片清明，这次送亲就是韩静言精心为自己设计的一个局，宋翎就是韩静言放出来的诱饵，赌的就是他一定会上钩。虽说遭了暗算，苏子修的神情却不见惊惶，甚是镇定。他问道："翎儿，你跟卢帝打算怎么做？是杀了我还是将我挟持为人质？"

宋翎没好气地瞪了苏子修一眼，懒得废话，眼下做正事要紧。因为要将苏子修捆起来，宋翎扯下了臂间的披帛，正好当成绳子使用。

韩静言教了宋翎用绳子捆人的手法，宋翎自认掌握了诀窍，不会像当初捆玉柳容那样，因为捆得不够牢靠，玉柳容稍稍使劲儿就挣脱了。

苏子修看宋翎一副要将他五花大绑的架势，并不反抗，居然还有开玩笑的闲心。他知道宋翎不会理他，所以自顾自地说道："我不想被杀，也不想被挟持为人质，当人质的日子我是过够了。当初在祁国当人质，如今又要去卢国当人质，要是将来我被写进史书，后世之人岂不是要将我称为'人质皇帝'？"

宋翎果然没什么反应。她要趁着药性未退的时候，彻底将苏子修捆绑结实，省得到时候他乱动。照着时辰来算，韩静言过不了多久就会来接应她。

苏子修饶有兴趣地看着，宋翎正用披帛一圈圈地将他的两只手腕缠紧。他忍不住出声道："翎儿，是谁教你这样绑人的？"

宋翎仍未吭声，在确认绑住了苏子修的双手之后，她将披帛的两端分别绕过他的脖子，打算下一步将他的上半身绑起来。

苏子修低头看着自己被绑住的双手，苦笑着说道："翎儿，这样是不行的。你要把对方的双手反剪在背后，首先绕过脖子，然后一圈圈地绕着胳膊下来，在背后将对方的双手捆扎住，这样上半身基本就动不了了。接着是怎么捆住脚……"

宋翎忍无可忍，咬牙切齿地道："不用你教我！"

苏子修好脾气地说道："好、好、好，你不用我教，我就不教了，只是不想见到别人教坏了你……"

苏子修那一句"教坏了你"说得颇为意味深长。宋翎注意力都在捆人上，没听出里头的意思。她刚刚是毛躁了一些，只是约定的时间已经过了，韩静言的援兵迟迟不至，这使得宋翎极为不安，心底深处生出一种不祥的预感。莫非韩静言他们失手了？

按照韩静言的计划，他是要将苏子修直接从边境上掳走。送亲的时候，随同来的还有一支护送的军队，他们表面上回卢国去了，实则暗中折返，打算趁昭国不备，以迅雷不及掩耳之势夺下通州行辕的控制权。韩静言亲自在外督阵，宋翎在内牵制住苏子修，然后二人会合，带着作为人质的昭帝苏子修连夜逃回卢国。

"不要等了，不会有人来接应你了。"苏子修看出宋翎已渐渐沉不住气，慢悠悠地说道，"你等的人若是卢帝韩静言，那他现在一定是自顾不暇了。"

宋翎心中一惊。

"韩静言有没有教过你万一计划失败该怎么做？是不是让你立即杀了我？这样好歹扳回一城，你们不算是输得血本无归。"

苏子修的目光牢牢地锁在宋翎身上，与其说他是在试探，不如说是循循善诱："翎儿，我现在武功全无，自然是任你宰割。你想要怎样杀了我？你看见那一对龙凤花

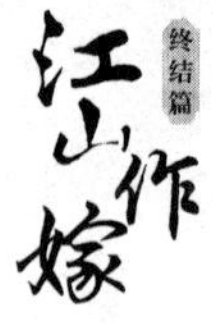

烛了吗？旁边有个半人高的紫檀小柜，从上往下数第三个抽屉，里面有一把小银剪刀，平日拿来剪烛花，你现在可以拿它在我脖子上割一刀……”

宋翎听得一阵悚然，但似乎为了证明自己没有认㞞，按照苏子修的指示找到了那把小银剪刀，然后紧紧地将其攥在手里，锋利的尖头则冲着苏子修的方向。

苏子修还没有说完，将脖子朝着宋翎那边一偏：“翎儿，那剪刀的刃口太短，也许割不开咽喉。我以前教过你的，你认得脖子上的血管的位置，只消在那里割一刀，顷刻间就会血流如注，想救也救不回来了……”

苏子修平静得如在闲话家常，宋翎却听得惊心动魄。她自然认得脖子上血管的位置，苏子修精通医道，当初她在苏子修身边时，耳濡目染地学了不少。

宋翎知道苏子修说得对，单单用一把剪烛花的剪刀杀人，实在太费劲了，倒不如在要紧的血管上割一刀，令对方因失血过多身亡。尽管心冷硬如铁，她握着剪刀的手却在微微发抖。别人或许未必能察觉，但对面是苏子修，他目光如电，心细如尘，只要她胆怯了，哪怕一丝一毫的异样都逃不过他的眼睛。

“如果不想用剪刀，还有一个法子。你把龙凤花烛拔掉，看见烛台上的尖针没有？二寸来长，也足以致命了。但是不能朝着脖子扎，而是朝着太阳穴的位置扎，不要留情，整段没入，大概也就差不多了。”

宋翎看不见自己的表情，想必已是瞠目结舌。相识多年，她从不知道苏子修还有这样一面。

苏子修越发慵懒地道：“如果这两种你都不喜欢，还有第三种不见血的办法，只是要多费点儿力气。你也不用绑着我了，直接用这条披帛将我勒死，不用血溅当场，想来会干净许多……”

“你别说了！”宋翎内心近乎崩溃，她永远不是苏子修的对手，苏子修对付她一直是游刃有余的。但她不想这样被苏子修吃得死死的，像是为了证明自己确有胆量和决心，她飞扑上去，用手中的小银剪子抵住了苏子修脖子一侧的血管。

苏子修毫不躲闪，像是等着宋翎一般。他双手被缚，要害之处被人抵住，脸上却不见惊慌之色。他低下头，从容不迫地看着宋翎，仿佛在欣赏那一张明明害怕又极力克制、带着怒气又藏着不忍的娇俏小脸。

在这种时候，宋翎才真正发现了自己的不中用，拿着剪子的手居然不受控制地颤抖起来。宋翎是恨死苏子修的，但是又下不了手杀他。

“下不了手吗？”苏子修懒洋洋地问道。

宋翎实话实说：“我这辈子没杀过人。”

苏子修收起了先前的懒散，眼神变得幽深："我今日一再给你机会，你既然不杀我，今后也就不要想着杀我了。我苏子修今日是第一次将自己的性命交出去，任由别人处置，因为来的人是你，宋翎。但是这种事以后不会再发生了。因为……"苏子修将嘴唇凑到宋翎的耳畔，轻轻呢喃，"因为我也是惜命之人，放眼天下，尚有好多事没有完成……"

至于后面的话，苏子修未曾出口。其实苏子修骨子里也是一个骄傲自矜之人，他有抱负，有企图，上天令他降生于世，他不想庸庸碌碌地走一遭，而是想抚世安民，留下千古功业。

他确实爱宋翎，但是他只允许自己为了宋翎情昏一时，譬如刚刚让自己的性命任由宋翎处置，他的理智终归是要回来的。

正当这时，伴着清脆的破空之声，有一物冲着宋翎的方向砸来。苏子修极为警觉，低呼一声："小心。"他挟着被蒙在鼓里的宋翎堪堪地躲过袭击，那一物落地，竟是一个小巧的铜壳牛皮剑鞘，像是套在匕首上的。

"是谁？"苏子修冷声发问，趁着这会儿工夫，已经利索地挣脱了双手的束缚。因为宋翎原本就捆得不得要领，刚刚苏子修又暗自活动手腕，所以眼下再一用力就挣开了。

"哈哈。"有一道纤细袅娜的人影从帷幔后面缓缓走出，正是男装的白绮梦。她的声音婉转清脆："昭帝陛下好兴致，好好的洞房花烛夜不过，竟玩绳子、烛台、剪刀，玩你死我活。别怪我打扰了陛下的雅兴，陛下未免太磨蹭了。"

"血？"宋翎来不及惊讶白绮梦的出现，自己一手黏腻的鲜血先让她愣住了。刚刚苏子修抱着她躲避的时候，她来不及收手，怕是剪刀划伤了苏子修。

宋翎瞬间觉得浑身冰凉，好似血液都凝固了。她仔细去看了苏子修的伤势，忍不住要谢天谢地。幸好她的手被带偏了，那一下没有割开血管，而是在靠近下颌的位置划了一个小口子，仅是皮外伤而已。

苏子修知道自己伤得不重，顺手就用宋翎刚刚绑他的披帛稍稍用力压住了伤口，问白绮梦："外面是什么情况？"

白绮梦是在和苏子修说话，目光却有意无意地徘徊在宋翎身上："外面的事情料理得差不多了，他们敢夜袭行辕，怎知咱们没有防备？只怕他们不来，来了咱们正好瓮中捉鳖。眼下大部分人已经解决了，剩下没几个还在拼死顽抗，要逃是绝对逃不出去的，早晚要落在咱们手里。"

白绮梦是美人，美人说话自然是吐气如兰，熨帖人心。宋翎却听得心惊肉跳，计划果然失败了。不知韩静言现在处境如何？这位盟友是否还活着？白绮梦口中尚有几人在拼死顽抗，难道韩静言是其中之一？

宋翎心乱如麻，片刻都待不住，一心朝着外面冲去。苏子修没想到宋翎会逃跑，一手压着伤口，腾出的另一只手去捉宋翎。

宋翎娇小灵活，衣衫翩跹，苏子修只抓到一段丝滑的布料，竟没能及时拦下宋翎。

“拦住她！”苏子修朝着白绮梦喊道，白绮梦此时正好堵住了门口，只要她阻拦宋翎，宋翎就不能跑出这间屋子。

然而出人意料的事情发生了，白绮梦居然轻轻巧巧地将身子一闪，像是故意给宋翎让路一般，就这样毫无保留地将门口的位置让给了宋翎。

“你！”苏子修发觉不妙，看出了白绮梦的小把戏，等到再要去追的时候，已失了先机。穿着一身软缎红衣的宋翎，宛若一团小小的火云般夺门而去。

苏子修神色微恼，扔了止血的披帛，疾行上前要去追宋翎。

白绮梦像是后知后觉地想起自己的职责，居然双臂一展，挡在了门口。

“你让开！”苏子修冷冷地道。外面的混战尚未平息，双方对战，刀剑无眼，万一伤了宋翎，这种后果他简直不敢想。

哪怕白绮梦是女人，更是自己的盟友，但是在这一刻，苏子修对她也摆不出任何好脸色。白绮梦不帮忙就罢了，竟还要故意拖他的后腿。

白绮梦不是会吃眼前亏的人，看得出面前的男子已气急败坏，跟他作对肯定是自己吃亏，故而轻盈地将身子一让，笑眯眯地说道：“你也有气急的时候？好、好、好，我让你便是。”

苏子修知道眼下不是跟白绮梦计较的时候，赶紧找回宋翎才是最要紧的事。这样想着，苏子修朝着一个方向追了过去。

第十一章 箭伤

宋翎心想：幸好脱了外面的一层吉服，现在行动才不算太累赘。她很清楚眼下事情正朝着最坏的方向发展，一心想着要赶紧找到韩静言。今夜无论是韩静言还是她，或是夜袭行辕的卢国士卒，都不能够全身而退了。

宋翎听见打斗之声，循着声音找过去，看到了韩静言还是易容之后的样子，身边剩下十几名卢国士卒，明显处于劣势。而昭国的人越战越勇，人数也越来越多，几乎形成了包围之势。

宋翎心里一沉，知道这样下去的结果就是不留一个活口，包括易容成普通侍卫的韩静言也会死。

“翎儿！”这时候，苏子修尾随而至。

宋翎顿时心念一动，她下不了手杀苏子修，苏子修大概也下不了手杀她。她没有理会苏子修，做出了一个惊人的举动，朝着混战的中心跑去。

“全部住手。”苏子修唯恐伤到宋翎，当即下令。

宋翎没有多看韩静言一眼，而是径直走向另一个人。此人是三十三骑的首领桑拓，也是这支送亲队伍名义上的最高长官，而韩静言如今还是一个普通侍卫的身份。

韩静言好似根本没看懂宋翎的用心，居然伸手拦住宋翎，令她站在自己身边。这个举动几乎是告诉了当场之人，这个侍卫身份可疑。

宋翎疑惑不解，转头看向韩静言。韩静言神色冷静，不像是一时犯了糊涂的样子。

正当这时，白绮梦也姗姗而来。这位本该待在雁阳都城里安享尊荣的祁太后，此时轻启朱唇，一开口便惊掉了所有人的下巴：“卢帝陛下，别来无恙。”

此言一出，四下哗然，任谁都想不到，卢帝竟然在他们这些人当中！

宋翎这才明白韩静言适才的失常之举，原来他早就知道自己的身份已被人识破，掩饰也是多此一举。

韩静言脸上不见惊惶之色，他朝着白绮梦说道：“多谢挂念，以你今日这等尊崇的身份，没想到还记得我这个旧识，更没想到……”韩静言的目光在苏子修和白绮梦之间扫了一下，“没想到你跟昭帝陛下成了盟友。”

白绮梦妩媚一笑：“有什么想不到的？”她一边说一边用纤细的手指一指宋翎，问道，“你可知道她是谁？她是谁家的女儿？她又曾是谁的女人？你们能结为盟友，为何我跟昭帝陛下不能？其实你没想到的应该是这件事……”白绮梦将手收了回来，指向自己的脸颊，语气稍冷地道，“就是不管你易容成什么样子，我都认得出来。”

韩静言喟然一叹，他们的计划本是万无一失的，最后却败在了白绮梦手上。哪怕他算无遗策又能怎样？他没想到白绮梦居然会在这里出现。

“你不是应该在北祁？”韩静言问道。

白绮梦冷笑一声道：“卢帝陛下还是束手就擒吧。等到你做了阶下囚，应该会有大把空闲时间，到时候我再慢慢地讲给你听。”

白绮梦这话分明就是下了最后通牒，她转向身边的苏子修，说道：“昭帝陛下，为何还不下令？今日既然是瓮中捉鳖，咱们就要捉最大的，捉那些小虾小蟹算什么？”

韩静言心知不妙，白绮梦分明是在鼓动苏子修拿下自己，今夜他怕是难以脱身。但是苏子修迟迟没有下令，紧抿着薄薄的唇，牢牢地盯着包围圈内的宋翎。双方一旦混战起来，难保不会伤到宋翎。

宋翎不经意地后退一步，将自己纳入韩静言可以控制的范围内，小声说道：“挟持我为人质，跟苏子修讲条件。”

韩静言闻言一怔。他没想到宋翎会说出这样的话，这确实不失为一个脱身的办法，但是他打从心底不想这么做，也不屑这么做。宋翎不仅仅是他的盟友，而且在他心里占据着一个特殊的位置，他是万分不愿意将她当成一件工具来使用的。

然而韩静言不做，不代表别人不做。桑拓是少数知道宋翎的真实身份的人之一，知道挟持宋翎一定有用。正在这时，桑拓的手臂冲着宋翎袭去，凭他那黑铁塔似的体格，对付身量娇小的宋翎就跟老鹰抓小鸡一样。桑拓手中已多了一个人质，而他的手正好掐住了宋翎的咽喉。

这一刻，无论是苏子修还是韩静言皆大惊失色。

“放了她。”苏子修看着桑拓，声音有沉沉的压迫之意。

桑拓毫不畏惧地对上了苏子修的视线，声如洪钟，一字一顿地道：“昭帝陛下，外臣不是有心冒犯，只是事关我家主上安危，请昭帝陛下莫要怪罪。外臣不敢伤害公主，只要我家主上平安回到卢国境内，外臣就将公主放回。”

白绮梦冷哼一声道：“她既是你们卢国的公主，怎么也拿来要挟咱们？”

苏子修没理会白绮梦，答应得干脆利落，毫不拖泥带水，只听他朗声说道：“好，朕答应你。朕以昭国皇帝的名义，许你们安然离境，只让你们将送来的福瑞长公主一人留下。”

此言一出，白绮梦一张俏脸气得煞白，她当即娇叱一声：“不行！”

“有何不行？”苏子修淡淡地问道。

白绮梦生得娇媚，却语气狠绝森冷地道：“我等了这么多年，卢帝好不容易栽在我手里，岂有放走他的道理？”

苏子修和白绮梦确实是盟友，但是盟友的利益并不是时时刻刻保持一致的。苏子修的目的是宋翎，自投罗网的韩静言乃意外收获，只要宋翎留下，放走韩静言也无妨。

白绮梦的目的是韩静言，宋翎的死活倒是跟她无关。今日是千载难逢的时机，她无论如何也不能放跑了韩静言。如能生擒最好，再不济她也要让韩静言当场毙命，反正世上是不能再有卢帝韩静言了。

白绮梦对韩静言是死活不论，苏子修对宋翎则要毫发无损，这是二人摆在表面上的分歧，但是白绮梦也隐约猜到了另一个深层原因，这或许才是二人真正的分歧所在。

苏子修想要留下卢国，暂时保留住韩家的势力，但是白绮梦并不这么想，她对

卢国志在必得，若是可以趁乱控制卢国，她跟北边的哥哥就能互相引为奥援。

想清楚这点之后，白绮梦已然确定，苏子修今日是不会出手襄助自己了，这些昭国士卒又只听苏子修的命令。

桑拓晓得自己抓着的是一张王牌，小心翼翼地扣着宋翎，手下很有分寸，不敢过分用力。因为有了昭帝的特许，原本呈包围之势的昭国兵卒自觉地让开了一条道路，卢人要求的马匹也被如数牵了上来。

白绮梦不是孤身来到昭国的，早就朝着自己的亲随使了眼色。马匹被牵上来之后，原本应是寂静的四周猛然间传来好几声尖锐的呼啸，像是箭矢一类的破空之声。

事发突然，众人不免慌了心神。

果然是箭，而且是暗箭。

这暗箭是冲着韩静言去的，但是韩静言身边的人都不是等闲之辈，听声辨位，将迫近的箭矢尽数打落了。

这时候，最要紧的不是人慌了，而是马匹受了惊吓。如果其中一匹马惊了，在这狭小的空地上乱跑起来，就如一颗石子扔进湖面似的，会带动其他的马马一起变得躁动不安。这里的马现在有十五六匹，人则更多，若是马受惊胡乱地踩踏一通，恐怕会有不少人伤在马蹄之下。

那些马已经有躁动的迹象，牵马之人都死死地勒住了缰绳，箭矢仍未停歇，接二连三地冲着韩静言的方向飞去。

苏子修看出了白绮梦在搞鬼，她早在房梁上安排了自己的人，那些人如同鬼魅一般潜伏着，为的就是找机会射杀韩静言。只是他们没想到韩静言身边的人如此强悍，箭矢不仅伤不了韩静言，反倒意外地惊了马匹。

“白绮梦，叫你的人住手！”苏子修不怕放走韩静言，但是白绮梦这么做，有可能打乱局面。

白绮梦对此充耳不闻，心想：我命令不了你的人，你也休想命令我的人。

苏子修眼神微凉，不再多言，下令让卢帝一行人离开的同时，也令人传唤了弓箭手。正当此时，有一匹马挣脱了缰绳，乱冲乱撞，将昭人和卢人的队列冲散了。一时间马撵着人跑，人躲着兜头兜脑踩下来的马蹄，局面一下子乱了起来。

桑拓觉得这是机会，正好浑水摸鱼，又堪堪打落了一支箭，冲着韩静言道：“主上，咱们赶紧趁乱离开。”

昭国士卒因为得了苏子修的命令，不敢轻举妄动，但是也不敢懈怠。桑拓要提防暗箭，又要提防不知什么时候会反扑的昭人，拖着一个宋翎可谓战斗力大减，但是他知道宋翎是护身符，不能有半点儿闪失。情急之下，他一把将宋翎推到了韩静言身边，说道："主上，您将她带在身边，他们不敢动您的。"

就在这一瞬间，又有两支利箭挟着威势破空而来，桑拓想要上去救已来不及，而韩静言正好接住宋翎，动作和反应稍稍一滞，没有躲避的余地。

苏子修的瞳孔倏然一缩，那两支箭一支射中了韩静言的小腹，另一支扎进了宋翎的肩膀。

"宋翎！"苏子修痛心惊呼，得令而来的弓箭手已经就位，开始朝着房梁的方向放箭。

白绮梦神色一凝，苏子修这明摆着是要射杀她的人，放着卢人不去对付，居然跟自己内讧。

更令白绮梦震惊的是，苏子修神色冷峻，一把抢过其中一人的弓箭，对准了刚刚朝宋翎放箭之人，一道劲风呼啸而去，那人发出一声惨叫，直挺挺地从上面跌落下来。

韩静言已然受了伤，半支箭插进了小腹，血流如注，想必伤势不轻。卢人方寸大乱，渐渐无心反抗，一个个被昭人生擒。苏子修无心处置他人，径直冲到了宋翎身边。

宋翎是右肩中了一箭，涌出的鲜血濡湿了半边袖子，她身上是正红的嫁衣，远看不太明显，近看却触目惊心。

苏子修对左右的人下令道："快传太医！"

宋翎长这么大头一次受这么严重的外伤，感觉肩头万分疼痛，心里又惊又怕。苏子修目不转睛地盯着宋翎苍白的面孔，抱起宋翎就朝着屋子走去，安慰道："翎儿，你别怕，箭头扎得不深，不会有事的。"

宋翎抵触苏子修的接近，但是眼下没有办法，她反抗不得，明明已痛极，仍然吃力地挤出了两字："卢帝……"

苏子修晓得宋翎的意思，在她耳边柔声道："你放心，我传了太医去医治他。"

第十二章 故旧

宋翎肩膀上的伤并不严重，因为韩静言替她挡了一下，已卸了不少力道，所以只是扎入了半个箭镞，将箭拔出之后，止了血就不会有大碍，养一阵子就好了。只是那一箭的位置不好，正好靠近肩膀的关节，若是伤了其中的筋脉，外伤痊愈之后，整只右手臂要恢复行动自如，大概还需要一段时间。宋翎的伤势虽然不重，但是苏子修依旧不放心将她交给太医，从拔箭到上药等，都由他亲自动手。

在为宋翎治伤的时候，苏子修看到了宋翎手臂上的瘢痕。这些瘢痕都不大，十几个褐色的小圆点，乍一看有些触目惊心，像是用簪子扎出来的。苏子修一看就知道了，这是宋翎当初自残留下的伤疤。

宋翎小产之后，彻底心灰意懒，对苏子修也恨到了极致。只要苏子修靠近她，她就会拔下簪子狠狠地戳自己的手臂，令苏子修不敢在她面前出现。

伤痕历历在目，苏子修自是心痛如绞。他将宋翎满是伤痕的手臂紧紧地贴住自己的面颊，相贴的肌肤有了温热的触感。宋翎尚在昏迷之中，脸色苍白，对此毫无知觉。瑶儿在旁边服侍，那一刻她怀疑自己看错了。难道自家的主上流泪了？

韩静言伤在小腹，伤势比宋翎严重得多，苏子修并不打算要这位卢帝的性命，派了太医去给他治伤，但是也不能放走他，于是暂时将人关押了起来。韩静言的随从自然不跟他关在一起，他们被押解到了另一个地方，这里只剩下韩静言一个人。

距离受伤之日已过了七八日，韩静言躺在床上，仍动弹不得。他只能平躺着，别说直起身子了，就是想要翻个身也难得很。韩静言看着空荡荡的屋子，外头有重重侍卫把守，每日只有换药和送饭的时候他才能见到人，其余时间都是他一个人躺在床上。

韩静言从未想过自己会陷入这样的境地，叫天天不应，叫地地不灵，大概就是他这个样子。

他好歹是卢国堂堂的一代君主啊，居然落在邻国手中，真是丢尽了韩家历代先祖的颜面。韩静言苦笑，冒出一点儿苦中作乐的念头：幸好苏子修不是狠人，没有直接杀了他，而是给他治伤，还给他一间干净的屋子养伤，并没有将他投入大牢，让重伤的他伴着老鼠臭虫、冰冷的草席和馊腐的饭菜，慢慢地死去。由此可见，苏子修的心地不坏，自己的运气也不差。

正在此时，韩静言听到房门被推开了。他虽然废人一般躺在床上，但是他对时间依然十分敏锐，记得每一个送饭和换药的时辰。除了这两个时间，是没有人会来看他的，而此时进来的人，显然不是来送饭或换药的。

韩静言无法直起身去看来人的面容，从对方轻盈的脚步声判断，来人应是一名女子，而且身上有一股甜腻的香味。来人的身份应该不低，毕竟普通的侍女、婢子不会用这等品质上乘的熏香，大概是一名年轻貌美又身在主位的女子。

韩静言心里猜测着，当他终于看清楚来人竟是白绮梦时，惊得差点儿从床上直起身子。小腹处传来一阵剧痛，又令他瘫倒在床上，如此一来，他额头上已冷汗涔涔。

此时的白绮梦神色宁和安静，没有当日要杀要剐的那股戾气。她看到韩静言的反应，轻轻一笑道："放心，我不是来杀你的。那一日，我最初也只想生擒你，但苏子修非要放你们走，我没办法才动了杀心。"

白绮梦说着，那般温柔轻软的语调，好像即便那一日她动了杀心，下令杀人，也没有半点儿错，错的是那些坏了她的事情和不让自己被她杀的人。

这般颠倒黑白的话从她嘴里说出，因为有了美貌的加持，似乎多了几分理所应当。

韩静言一时间哑然失笑，自嘲地问道：“既然不是来杀我，那你又来做什么？只是为了看我落难的样子吗？”

“你本来就是落了难，莫非还怕别人看吗？”白绮梦反唇相讥。

韩静言懒得跟她争辩，说道：“罢了罢了，我易容之后的样子，没有人能认出，偏偏是撞在你手里，算是我注定要折在这里。”

白绮梦话锋一转，说道：“韩静言，你一定很好奇我为什么不在北祁吧？我被戎狄人立为傀儡太后，怎么会到了这里，又怎么会跟昭帝在一起？”

韩静言保持躺着的姿势，仰面一笑道：“就算我不问，你自己也会告诉我。这段时间你一定在背后做了不少好事，如果你不说出来，恐怕就没人知道了。”

白绮梦的笑容中含着薄薄的媚色，她问道：“你可知道现任的白狄王是谁？”

韩静言不假思索地答道：“据说叫穆扎奇，他原本是上任白狄王的女婿，杀了老丈人夺得了王位。”

白绮梦道：“穆扎奇只是一个戎狄名字，他的本名是赵光吾。”

这个白绮梦口中刻意落了重音的“赵”字，不经意地挑动了韩静言的神经，他冒出一个大胆的猜测：“这个赵光吾是前赵皇室的人？”

“对，他是，我不也是吗？”白绮梦回答得一派坦然，“我还要告诉你一件事，我们二人是亲兄妹。所以当日他攻破雁阳城后，怎会对自家妹妹不利？”

韩静言听了这话，心里一片清明，问道：“戎狄两次进犯祁国，恐怕也是你们兄妹在搞鬼！”

白绮梦爽快地承认了，说道：“戎狄第一次进犯祁国，不是为了抢夺土地和金银，而是为了弄出一些不大不小的动静，好拖住玉柳容，令他无暇分身，不能南下跟你会合。”

韩静言心中了然，白绮梦说的是今年七月间，祁、卢两国第一次联军进攻昭国，卢军早就到了约定地点，祁军却迟迟不至，只因为后背被戎狄咬住，祁军要防着戎狄作乱，不敢轻易行动。

而最终后果就是祁、卢两国失去了对昭国用兵的先机，使得昭国可以从容不迫地处理内乱，然后昭帝亲征，驻兵通州，气定神闲地等着两国的军队。

韩静言道：“第一次只是小打小闹，第二次的目的是要霸占别人的都城。想必戎狄能如此顺利地破城，也有你的功劳。祁帝玉柳容肯定想不到，开门揖贼的人是他的皇后。”

三国讲和是在今年九月初，当时玉柳容也参加了三国盟会，想不到就是他离开的这段时间，戎狄会集中兵力大肆进攻。戎狄骑兵彪悍，而祁国在半年前新败，士气不如从前，又有皇后白绮梦做内应，所以戎狄才能以迅雷不及掩耳之势拿下雁阳城，又风卷残云地吃掉了祁国北部的领土。

等到玉柳容得到消息，回师去救已晚了。戎狄掌控了都城，装模作样地扶立了一个两岁的小皇帝，从此建立起了傀儡政权，将祁国北部的领土收入囊中。

玉柳容就算再恨，也改变不了现实，只能打落牙齿和血吞，看着自己的国家被一分为二，成了北祁和南祁。

白绮梦笑道："天下人都当我是个傀儡太后，又不幸落在一帮戎狄人手中，谁又想得到这些人是我自己请来的，我也不是什么傀儡。"

韩静言也在笑，但笑意很淡，他问道："昭帝苏子修是否知道这些事？或者说他也参与了这些事？"

白绮梦今日是有问必答，痛快得很："我和哥哥还有昭帝可是盟友，你说苏子修能不知情吗？再说了，苏子修不是也从中得到了好处？尤其是你们进攻昭国的那次，他不是轻轻松松就化解了两国兴兵来犯的危机？要不然，内忧外患一起发作，说不定最先撑不过去的是昭国。"

韩静言早就有了心理准备，但是从白绮梦嘴里听到确切的答案，他依然深深吸了好几口气，才勉强平复自己震荡的心情。那一刻犹如盛夏时节被冰水从头上浇下，寒意一丝丝地钻进了四肢百骸。

苏子修，好一个苏子修，原来无论是他韩静言还是玉柳容，都被苏子修算计了进去。好深沉的心计，好厉害的智谋，他原本以为是三家共同左右了天下时局，没想到竟是苏子修一人的棋局。

韩静言心有懊丧。他当真是太大意了，眼下只是初初交锋，他和玉柳容就都露了败象。玉柳容失了半壁江山，也失去了争霸天下的能力，东山再起的希望微乎其微，甚至可能一蹶不振。

他还没资格同情玉柳容，因为他比玉柳容的境遇更惨，不幸落到了苏子修手里，别说能不能回国了，生死都掌握在别人手中。

韩静言也知道今日的困局多半是自己一手造成的，从表面上看是他太轻敌也太自负了，但是扪心自问，其实他也有一段说不清道不明的缠绵绮思。

或许在潜意识里，韩静言并不想将宋翎嫁给苏子修。想到这里，韩静言不由得吓了一跳。他对付苏子修的时候，确实是用宋翎做饵，难道苏子修反其道而行之，

将计就计，也用宋翎做饵，反而令他上了钩？

韩静言失神笑道：“好、好、好，我也算是明白了。只怕玉柳容还被蒙在鼓里，只知道戎狄夺了他的一半江山，不知道这背后遭了多少人的算计。”

白绮梦听了韩静言的话，有几分物伤其类的感觉，呵呵一笑，说道：“只要是输家，明白还是糊涂不都一样吗？”

韩静言哼了一声，嘲笑白绮梦太心急。玉柳容还拥有南祁，卢国也没有被征服，苏子修或是她又不是赢定了，居然在这时候忙着给他扣上输家的帽子。

韩静言躺着不动，觉得自己眼下的样子可能看着真的很狼狈。

“绮梦。”韩静言唤了一声，那是从前的称呼，“我有一句话想问你，或许在你听来蠢得很，但是我也不怕问这句蠢话了。咱们韩家有不曾善待你的地方吗？你为何……”

“为何是一只喂不熟的狼？”白绮梦陡然出声，冷冷地打断了韩静言的话，“我认认真真地回答你，你们姓韩，我姓赵，这就是你们对我再好也喂不熟我的原因。如果不是你们霸占了赵家的江山，我生下来就是皇族的公主……”

“你生下来什么都不是……”韩静言也毫不客气地打断了白绮梦的话，算是礼尚往来，“当年的赵皇室从根子就烂掉了，尤其是最后几代君主，更是荒唐得不像话，迫害忠良，残杀百姓，一味倒行逆施，惹得国内怨声载道。等到你降生的时候，恐怕卢国早就被周围环伺的强敌给瓜分了，你居然还想着当什么公主？生下来就是一个亡国奴罢了。”

“你……”白绮梦一时气得满面绯红，明明她是站着，韩静言是躺着，但是她竟然压不住韩静言的气势，隐隐有一种反被压制住的感觉。

“绮梦，你看过史书，应该知道亡国之后，皇室女眷会是什么下场。你不要告诉我，你不要韩家给你的富贵无忧的日子，反而更向往那种暗无天日的生活。”

白绮梦脸上带着怒气，反驳道：“你这是强词夺理，凭什么说赵家一定会亡国？”

“赵皇室都烂成那样了，难道还不足以亡国？你只想着自己是赵家的血脉，认为生来就要享受皇室的荣光，你是否想过跟皇室一起承受苦难？你埋怨我们韩家让你当不成公主，这个公主如果是落魄的亡国公主，你还愿意当吗？就算韩家当年不抢那个位子，别人也会抢。换了另一家人坐上皇位，难道你们的日子会更好过？”韩静言说道，稍稍正色，那一声喟叹是真真切切地发自内心，“我可以毫不犹豫地说，从韩家的第一代君主到我这里，我们没有亏待过赵家的人。当年韩家夺了位，不曾伤害赵家皇族的性命，你们要走就走，不走就留下，哪怕是赵家的末代君主，也是好吃好喝地供养着，活到了七十岁才正常老死，说起来比我的祖父还长寿。”

白绮梦冷笑道：“韩静言，你别把自己和韩家说得这样大义凛然，你们不曾伤害赵家人的性命，这话亏你说得出口，睁着眼睛说瞎话！”

“你这么一说，我倒想起来，的确杀了一些人，但都是有原因的。我的大伯被人下毒害死，我的父皇被人行刺身亡。赵家的人若是安安分分的，我们不会主动为难；若是兴风作浪，自然该杀还是要杀的。”韩静言淡淡地说道。

白绮梦很是不屑地道：“说到底还是顺我者昌，逆我者亡。”

白绮梦的身世细算起来，应是赵家那位末代皇帝的曾孙女，其实白绮梦也有点儿痴人说梦，她自认是公主，其实不清不楚地隔了两代，谁知道皇位会不会传到她祖父、父亲那一脉？运气好她是能当上公主，运气不好，大概就是郡君、乡君了。就算没有韩家，她也不见得会过得比现在更好。

“你们那一脉后来没落了，只剩你一个孤女，我们带你回来，让你在丞相府长大，富贵无忧，不必忍受颠沛流离的日子，倒是叫你记恨了。”

“真是这样吗？”白绮梦笑了，“你还不是让我去祁国当你的棋子。”

韩静言哂笑道：“你别颠倒黑白，不是我派你去祁国，而是你去了祁国之后，数次主动传递消息，自请要当卢国在祁国的眼睛和耳朵。你别把所有事情都赖在我或者韩家头上。”

韩静言觉得白绮梦简直是不可理喻。白绮梦起初并不知道自己是赵氏后人，但他早就知道白绮梦的真实身份。他就算要派人去祁国当内应，也不会挑中白绮梦。她是赵家的人，尽管她对赵家没有记忆和感情，但是血缘这种东西是蛮不讲理的，哪一天她就突然叛变了也难说。

韩静言确信，当年白绮梦从卢国出嫁的时候，她对自己的身世尚一无所知，那么她是如何知道自己姓赵，又如何知道自己还有一个兄长的？现在韩静言想来，关键就是赵光吾。

“你是何时知道赵光吾是你的兄长的？”韩静言问道。

“我到祁国一年之后。”

“难怪你从那时起，非要给卢国当探子。”韩静言道，“大概是你那位兄长为你出的主意，当双料探子，一边打探祁国的消息，一边又可以探探卢国的底。”

白绮梦并不否认，她是主动要求给卢国当探子，韩静言的确吩咐过她几件事情，她也都依言去做了。但是韩静言从不告诉她太多，直到前年，白绮梦突然杳无音信，彻底跟卢国断了联系。

“其实你一直在防备我，只吩咐我怎么做，从不告诉我内情。我如今终于摆脱祁国了，没想到韩梓言一头栽了进去。她是真的看中了祁帝？”白绮梦问道，“你想知道韩梓言在南祁怎么样吗？”

韩静言冷冷地道：“有劳你关心，我不想知道。”

白绮梦语带嘲讽地道：“我是当腻了祁国的皇后，早知道韩梓言抢着要当，倒不如我让给她。”

韩静言暗自想，韩梓言还真有过这样的念头，嘴上却说：“反正不关你的事。”

白绮梦看着面前这个受重伤躺在床上的男子，笑道：“卢帝陛下，您就在这里好好养伤吧。可能不久之后，您就不是卢帝了。”

白绮梦心里已经有了计较，卢帝韩静言身陷囹圄，长公主韩梓言奔逃在外，这两个韩家的关键人物都不在卢国，大概是时候向卢国下手了。

韩静言眼看着她要离开，犹豫再三，还是忍不住问道：“松子那日也受伤了，她现在如何？”

韩静言眼下只能见到送饭和换药的人，那些人只做分内之事，一句话都不跟他说，就跟哑巴似的。难得见到其他人，哪怕这个人是白绮梦，韩静言还是忍不住向她打听宋翎的情况。

“你关心松子做什么？反正她好不好也不关你的事。”白绮梦照样回敬了一句，妙眸一睇，似是察觉到了什么，笑意生寒，“与其关心她，你不如关心一下自己的处境。”

这时候，门又被推开了，这次是进来换药的人，白绮梦不再多言，脚步轻盈地走了出去。

第十三章 嫌隙

韩静言被扣留在昭国，韩梓言去了南祁，这韩家兄妹二人是韩皇室的核心人物，如今两人都不在国内，势必影响整个卢国。白绮梦想要趁卢国局势不稳，说服苏子修对卢用兵。

她亮明了自己赵氏遗孤的身份，振臂一呼，势必得到赵家残余势力的响应。韩家虽坐拥卢国多年，但是国内追思前朝的人不少，将这些人和势力通通召集起来，韩皇室就是大势已去，对赵家的人来说，这时候是拿下卢国的最好时机。

正当白绮梦踌躇满志，想要替赵家夺回江山时，传来一个惊人的消息——卢国长公主韩梓言成了玉柳容的皇后。这意味着卢国和祁国已经联手了，玉柳容和韩梓言成了一条船上的人。

玉柳容和韩梓言是白绮梦的心头大患，最好能一并除去。她有了一个计划，既

然有韩静言和宋翎在手，利用他们二人当诱饵，令玉柳容和韩梓言自投罗网，将其一网打尽，然后昭国率军攻打卢国，她的哥哥赵光吾攻打南祁。只要收复卢国和南祁，天下的领土就完全在他们苏、赵两家的势力范围内了。

然而出乎白绮梦意料的是，苏子修居然没有同意她的计划："卢帝的事，朕可以不过问，但是宋翎，朕不会再让人伤她一根头发。"

白绮梦一听就明白了，苏子修对她那日的自作主张其实是十分恼火的，因为误伤了宋翎，但是碍于她身后有赵光吾，苏子修还和赵家是盟友关系，没有跟她撕破脸，但是他心中的不满可想而知。

白绮梦十分清楚，韩静言可以引来韩梓言，毕竟韩梓言不会不管自己的哥哥，但是要逼得玉柳容出手，必须利用宋翎。

当初在祁国，白绮梦的身份还是祁皇后，她冷眼旁观，看得出玉柳容对宋翎的感情绝非一般，好几次他因为宋翎感情用事，最后惊动祁太后，才在祁太后的逼迫下不得不放手。

"只有用她当诱饵，才能引来玉柳容。"白绮梦嗤笑一声，问道，"莫非昭帝陛下舍不得一个小女子？只是女人罢了，有什么舍不得的？"

白绮梦的口气分明带有几分轻蔑，苏子修不喜欢别人这样说宋翎，反驳道："什么'只是女人罢了'，你同样身为女子，难道也看轻自己吗？"

白绮梦正想辩驳，苏子修已抢白在前："你倒是提醒了朕，拿其软肋，攻其要害，不知远在北祁的赵光吾是否看重兄妹之情？朕是不是也能扣留住你，然后跟赵光吾讲条件？"

此言一出，白绮梦蓦然感觉背心一凉，抬眸就对上了苏子修冰冷而气势迫人的表情。白绮梦此时也看不透苏子修是在开玩笑还是在威胁她。

白绮梦侧目，觉得自己还是低估了宋翎在苏子修心里的地位。

"昭帝陛下这是在威胁我吗？"白绮梦猛然惊觉，这大概就是苏子修给她的最后警告，让她不要再打宋翎的主意了。

白绮梦很快就镇定下来。她怕什么？她的靠山是哥哥赵光吾，苏子修不会轻易跟他们翻脸的。

恢复冷静之后，白绮梦莞尔一笑，故意挑刺道："咱们再说回宋翎好了，你这么看重她，但她当你是仇人，还不是帮着外人来杀你？"

苏子修说道："宋翎不会杀朕。"

白绮梦声音尖厉地问道："你当真如此笃定？昭帝陛下扪心自问，其实你并不是这么笃定吧？至少你没有笃定到能将命交到她手上。”白绮梦掩唇而笑，极为动人，她算是摸到一点儿门路了，进一步追问道，“不然你为何要提前服下软筋散的解药，还不是防着宋翎真的对你动杀心？”

韩静言给了宋翎一种秘药，会令人筋骨酸软，使不出武功，宋翎将药下在了合卺酒中让苏子修喝下。这种软筋散是卢国皇室的秘药，每个皇室都会有一些秘药。白绮梦是赵家人，又跟韩皇室有些渊源，故而知道这秘药。她早就提醒过苏子修，也将解药给了苏子修。

白绮梦笑眯眯地盯着苏子修道：“如果你完全放心宋翎，大可以不吃解药；如果你更在意自己的性命，当然吃了解药才是最安全的。”

苏子修毫不在意，只是丢下一句：“随你怎么说。宋翎受伤的那一箭，我还未跟你算。”

白绮梦说道：“误伤而已，我原本的目标是韩静言。”

苏子修神色微凉地说道：“朕不会妨碍你，但是你不能伤害到宋翎，希望以后不要再有这种事。”

宋翎肩膀上中的那一箭并不致命，但是伤口愈合得很慢，她时常有发热的症状，因为受伤，宋翎整个人憔悴了许多。宋翎天生身体底子好，不同于一般的闺阁弱质女流，但是这两年经历种种磋磨，尤其是去年小产之后，体质已经大不如前了，所以这次受伤之后一直难以痊愈，将从前的旧疾又勾了出来。

苏子修对宋翎充满了疼惜和愧疚，恨不得时时刻刻陪伴着宋翎，还派了自己的心腹侍女瑶儿和玥儿过来照顾她。

宋翎并不乐意见到苏子修，对他多少还是有一些抵触。

宋翎度过了反复发热的时期，神志渐渐清醒，迷迷糊糊地睁开眼，眼前的人影慢慢变得清晰，她才认出她们是瑶儿和玥儿。

瑶儿说道：“夫人，您醒了。”她们是苏子修的侍女，对宋翎还保持着旧日的称呼。

宋翎听到这一声“夫人”，觉得极其扎心，于是充耳不闻。她身上是素白无花的丝缎寝衣，从微微敞开的衣襟处看去，右肩的位置缠着厚厚的绷带，应是刚刚换了伤药。她整个右肩疼得很，连带着手臂也抬不起来，唯一能动的就是手指了。

瑶儿和玥儿对视一眼，自然明白这其中的曲折，但是心知肚明归心知肚明，她们作为侍女，只能做好分内事，别的不敢置喙。

宋翎才退烧，吃力地回想了一下自己受伤的过程。当时场面混乱，她记得自己中了一箭，好像韩静言也中了一箭，而且韩静言那一箭伤在小腹上，看起来比她严重得多。

“夫人，先喝药吧。”瑶儿和玥儿将宋翎从床榻上扶起来，两人小心地配合，动作十分轻柔，尽量不碰到宋翎受伤的肩膀。原本可以塞几个软枕垫在宋翎身后，但是唯恐宋翎靠得不舒服，玥儿让宋翎靠在自己身上。

宋翎声音细弱地问道：“跟我一起受伤的那个人呢？他在哪里？”

瑶儿一时未答，跟身边的玥儿交换了一个眼神。

宋翎只是身子虚弱，察言观色的本事没有丢，看到瑶儿和玥儿的眼神来往，说道：“你们不说，我也不为难你们。你们把药给我吧。”

瑶儿原本打算用软话将宋翎稳住，先哄她喝下药，没想到宋翎如此通情达理，没有闹脾气不喝药。

宋翎喝了药，说道：“去请你们的主子过来，我有话跟他说。”

宋翎很清楚在瑶儿、玥儿这里问不出什么，她们两个极可能什么都不知道。就算知道什么，没有苏子修的允许，她们也不会透露给她，她索性直接找苏子修。

宋翎服了药之后，又躺下了。瑶儿应了一声，宋翎主动要见皇上，她猜不透是好事还是坏事，能做的就是如实回禀上去。

然而此时苏子修已离开通州行辕，瑶儿过去禀告的时候，没见到苏子修，倒是见到了苏子修的贴身侍卫飞涯。

瑶儿问道：“皇上可是离开了行辕？但是夫人还在这里，皇上是否留下了什么话？”

飞涯摇头：“皇上并没有多说什么，只是让你们照顾好夫人。”

“皇上为何不跟夫人说清楚？”瑶儿神色略带踌躇。

“夫人对皇上误会太深，口说无凭，夫人不会相信的。”飞涯说道，“皇上派我去一趟同安州，即刻启程，此处就烦请你们两人照顾了。”

苏子修和白绮梦之间虽有分歧，但是对情势的研判还是一致的。眼下卢国无主，是拿下卢国的最好时机。白绮梦是赵家人，正好用这一点来制造声势，卢国国内有赵皇室的残余势力，只是缺少一个领头之人。

白绮梦现在用赵家人的身份振臂一呼，会得到很多人的响应。但是动作必须快，因为韩梓言已经跟玉柳容联手，若是让他们占了先机，卢国就要落在别人手里了。

白绮梦以赵家人的身份昭告天下，历数韩家篡位夺权、弑君犯上的种种罪名，造足了舆论声势，称赵家才是卢国的正宗皇室，韩家不过是乱臣贼子。

白绮梦原本以为会一呼百应，内部有卢国的臣民造反，外面有大军压境，韩家的江山便是鼓破万人捶，会摧枯拉朽一般被攻破。

但是事实出乎白绮梦的预料，卢国臣民并不买账，响应的人也寥寥无几，大多不成气候、可有可无或者根本没有实际帮助。

白绮梦简直不敢相信，赵家才是卢国真正的君主，这些臣民在韩家的统治下不过才过了五十多年，凭什么对韩家这么忠心？他们忘了真正的君父是谁，反而将谋逆的乱臣当成君父？

昭国的军队到了杉州、遂水一带就无法继续前进了，韩家这五十年来实施的仁政，在这时起到了效果。

苏子修决定就此撤兵，不再向前。原本他打的就是突袭战，如今变成了这样的状况，势必会变成消耗战，不如及时止损，或许眼下还不是吞并卢国的最好时机。

在昭国军队迁延不前的时候，韩梓言已经抢先一步回到国内，稳住了朝中无主的混乱局面。韩梓言几乎是照搬了戎狄对付祁国的法子，令七岁的太子监国，昭告天下卢国已有幼主，使对手不能用韩静言进行威胁。北祁一个两岁的奶孩子都能被扶立为皇帝，卢国七岁的太子如何不能监国？

不过他们还是留了余地，七岁的太子没有直接即位。如果韩静言能平安归来，皇位自然是他的，不然的话，韩静言就只能是太上皇了。这当然是后话，眼下暂且不考虑。

在遂水一带，苏子修和白绮梦站在一处高地，天气晴好无云，山岚稀薄，人若是极目远眺，视线几乎能看到十几里以外的景致。

只见那里布满了大大小小的灰白色帐篷，犹如抛沙撒豆一般，渐渐有连缀成一片的趋势，旗帜招展，井然有序，苏子修知道那是韩梓言和玉柳容率领的援兵到了。韩梓言是卢国的长公主，如今又是玉柳容的皇后，这样的联姻稳固了两国的盟友关系。

白绮梦仍是难以置信，喟然长叹道："这才五十年，卢国百姓就忘记赵皇室了，居然心甘情愿地成为韩家的顺民。"

苏子修则陷入了沉思。他想到了当初在祁国的雁阳城郊，那是他第一次遇见韩静言，他跟宋翎讲过韩氏代赵的故事，那是卢国历史上的一场著名"政变"。

宋翎曾经仰着脸天真地问他觉得韩家是错还是对，或者错多一些还是对多一些。

苏子修记得回答这个问题时，他有过片刻的为难。古语有云：窃钩者诛，窃国者侯。这种事本来就不能简单地划分对错，或者说根本就无所谓对错。

"韩家夺权篡位，欺凌君父，这是逃不掉的罪名。但是韩家在掌权之后稳定大局，

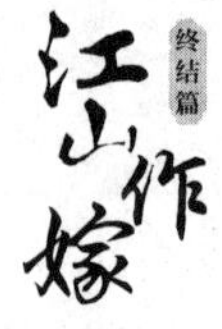

轻徭薄赋，造福百姓，又是抹不掉的功绩。只是我们判断事物对错的时候，不仅仅看事物的本身，我们所处的身份和立场，在很大程度上会影响我们的判断。皇家的人最忌讳的就是谋逆之事，臣子们最怕被冠上谋逆之名，满腔正气的读书人、士人和卫道士要捍卫三纲五常和君臣人伦，所以在天下人看来，'乱臣贼子'这顶帽子韩家人永远摘不掉……不管怎么说，韩家有负于君王，但是有恩于百姓……"苏子修神色肃然，重复了一遍，"韩家有负于君王，但是有恩于百姓……"

当初说这些话的时候，苏子修仅是无关痛痒的旁观者，从史书记录的文字中看待韩家的功过，如今看到卢国的臣民上下团结一心，倒是有了发自肺腑的深刻感慨。

白绮梦仍看不透，不以为然地道："什么有恩于百姓，不过就是收买人心罢了。"

苏子修睨了身边的女子一眼，心中了然，这位赵家后人心心念念的就是自家的仇恨，她是看不明白这个道理的。

"圣贤说过'民为贵，社稷次之，君为轻'，但是又有多少君主是照着这话做的？"苏子修感叹，冒出了一个从未有过的念头，不知多少人想要当英雄，征战四方，令天下为其臣服，但是普通百姓的愿望其实很简单，"百姓只要有饭吃、有衣服穿、有房子住，安居乐业，不用过朝不保夕的生活，不必受流离失所之苦。他们才不会在乎自己的皇帝姓什么。"

白绮梦震惊地盯着苏子修，若不是亲耳所闻，她完全不敢相信这番话是从苏子修嘴里说出来的，要知道苏子修同样是出身皇室的人。

白绮梦还是固执己见地说道："我不相信百姓会不在乎自己的皇帝姓什么。就算普通百姓愚昧无知，那么还有读书人，还有士族，还有朝廷命官，他们自幼读圣贤书，读忠君爱君之书，难道也不在乎？"

白绮梦确实是聪慧的女子，只是她非要钻这个"君父人伦"的牛角尖，认为君就是君，三纲五常，君君臣臣父父子子，哪怕国君再不好，当臣子的也要死忠到底，肝脑涂地。

苏子修懒得跟白绮梦争辩，白绮梦已经追不上他的思路，她只会怨恨臣子变节，百姓薄情。

她猜不到，苏子修已经想到了更远更多的事，甚至有朝一日能够统一中原，将原本的三国合为一家，只要仁政得当，施恩于民，无论哪一国的百姓，最后都会变成昭国的顺民。

白绮梦说道："都怪玉柳容扶立的那个冒牌货，那个冒牌货倒是风光了，如今我赵氏正统出现，却从者寥寥了。"

苏子修知道白绮梦说的是谁，那还是祁、卢两国交战的时候，玉柳容找了一个名为赵燧的人称作赵家遗孤，打出的旗号是讨逆贼、扶正统。这是一招攻心为上的战术，不过最后赵燧被刺身亡，这个战术也不了了之。

眼下临近日落时分，苏子修看见远处的营地慢慢有炊烟升起，当即有了决定，传令左右：“撤军。”

昭国大军没有对阵祁、卢两国联军的主力，双方都没有大的伤亡，算是打了一场小规模的接触战。昭国称不上是败退，只是在战场上及时抽身而出。

苏子修离开都城日久，决定当即返回郢梁，若是带着大军折返通州，因为不顺路反而多费周折。苏子修提前派了人去通州将宋翎接来，两边人马在距离通州大约五十里的锦明城会合，然后一道回郢梁。

苏子修下令撤军的时候，当即派人去了通州。从那时起，苏子修就没有见到白绮梦露面，行军的时候也见不到人，驻扎的时候她躲在帐篷里，一直刻意回避跟苏子修碰面，有些像在闹脾气，因为她并不同意撤军。

过了四五日之后，白绮梦仍未露面，苏子修才起了疑心。在一日军队驻扎之后，他召来白绮梦身边的一个心腹，问白绮梦身在何处。那心腹支支吾吾，一会儿说白绮梦在帐篷里休息，一会儿又说白绮梦出去散心了。

苏子修命人去了帐篷，发现里面空无一人，那心腹见瞒不过，这才招了：“主子从撤军那天起就悄悄离营了，还令我们不许声张，只当她还在军中。”

苏子修闻言，神色微变，白绮梦居然走了四五日了。

苏子修身边跟着几个副将，见到皇上脸色不好看，想必是有事发生。

苏子修的眼底闪过一丝焦灼之色，旋即恢复冷静，他简短利落地说了三个字：“去通州。”

第十四章 相刃

宋翎的伤渐渐痊愈，不影响日常生活，只是右臂要完全活动自如还要再养一段时间。她在通州行辕养伤，身边是瑶儿和玥儿相伴。这二人对宋翎的照顾无微不至，只是有一点不好，每当宋翎问起她们韩静言的下落时，这两人都说不知道。

宋翎也明白这定是苏子修事先吩咐的。宋翎又问苏子修在哪里，何时回来，这二人还是说不知道。总之，宋翎从她们那里得不到任何有价值的线索。

宋翎想要找到韩静言，并不知道韩静言也在找她。韩静言度过了伤势最重的几日后，关押的地方换成了一间密室，那是一个类似牢房的地方，大概是专门用来关押重犯的，外头的守卫只增不减。也许因为他之前是卢帝，给了他一个单间，里面有简陋的床和桌凳，看着还算洁净，而且有人按时按量地给他送饭换药。

韩静言想不到自己堂堂卢帝，居然沦落到在昭国吃牢饭的境地。但是他晓得眼下的情况他该知足了，至少苏子修还有吃有喝地养着他，没有对他用刑。小腹的伤口表面愈合后，韩静言能够下床活动了，但是怕还没有完全长好，剧烈运动的话容易崩开。

尽管身陷囹圄，生死还是未知数，但韩静言不是一个自暴自弃之人，留心观察着周遭的情况，更观察着每一个跟他接触的人，想要从中找到一个突破口，或许能从这里逃出去。

韩静言没有等太久，因为他很快等到了一个人，一个老熟人。

白绮梦再次出现在他面前的时候，韩静言有些意外，警惕地打量着这位不速之客，问道："你来做什么？"

白绮梦看着活动自如的韩静言，说道："上一次你还是躺在床上动弹不得，如今都能起身了。"

"你不会是专程来过问我的伤势的吧？"韩静言对着白绮梦没什么好脸色，说道，"你恐怕是专程来看我死了没有的，看见我现在的样子，你是不是觉得失望？"

"你对一个小女子冷嘲热讽，岂不是有失风度？"白绮梦并未生气，环顾左右，确认无人在侧，靠近韩静言轻轻说了一句，"你是否想从这里脱身？我愿助你一臂之力。"

韩静言听了这话，反应冷淡地道："你又设了什么陷阱给我？"

白绮梦问道："你不信我？"

韩静言道："我若是信你，不是你得了失心疯，就是我得了失心疯。"

白绮梦正色道："我知道要你相信我很难，但我是真的想要帮你逃出去。"

韩静言依然不信，用质疑的眼神盯着白绮梦。

白绮梦叹了一声，说道："你被关在这里的日子，我和昭帝原本是想趁机拿下卢国的。"

"我知道，你们肯定不会放过这个机会。"韩静言料到了这种可能，听到家国遭人进犯，他嘴上虽然说得轻松，内心却备受煎熬。

"不过没有成功，在数日之前昭帝已经撤军了。"白绮梦道，"我原本以为只要打出赵家的旗号，定有不少仁人志士和拥护赵家的人响应，卢国的军心和民心至少能瓦解一半，但是我想错了，卢国臣民对韩家的拥护程度远远超过了我的想象。"

韩静言沉默不语，听着白绮梦说下去。

五十年过去了，赵家的那一页历史好像也翻了过去。百姓们大概根本不会在乎皇室姓什么，他们只要能吃饱穿暖、安居乐业就够了，谁爱护他们，他们就愿

意认谁当君父。白绮梦几乎是将苏子修说过的话照搬了过来，郑重地说道："我想通了，当年赵家是有负于百姓的，你们韩家则有恩于百姓，赵家先祖丢了皇位，怨不得任何人。我从前一直不敢承认，现在不得不承认了，卢国在韩家手中确实被治理得很好。"

韩静言简直难以相信这些话是从白绮梦的嘴里说出来的。难道一次出兵受挫，就让她大彻大悟了？明明上一次她还固执己见，韩静言自认了解白绮梦，她一贯爱钻牛角尖，看着不像有顿悟的慧根。

"殿下。"白绮梦忽然换了当年的称呼，她跟韩静言认识的时候，韩静言还是皇子，"我是一时偏执了，仔细回想我在卢国的日子，你们待我不薄，丞相府对我更是有养育之恩，哪怕我嫁去了祁国，也是打心眼里感念韩家的。后来我遇到了哥哥，他一直告诉我韩、赵两家是仇人，我们要夺回属于赵家的一切，日积月累之下，我就对韩家生了恨……但是我如今想明白了。

"既然卢国在韩家手中被治理得更好，卢国百姓也更拥戴韩家，赵家那一页历史过去就过去了，还有什么必要去争？"白绮梦说道，"我不日就会回北祁去，哥哥那里我会说服他，让他放弃争夺卢国。我们掌握了戎狄和北祁，其实也应该知足了。"

"你真是这样想的？"韩静言问道。

白绮梦道："对，我已经下定决心。但是在走之前，我必须为你做一件事，就是放了你，让你回到卢国去。昭帝恐怕还不知道，我就是要赶在他得知消息之前放了你，不然你就走不了了。你对我是没有价值了，但是对昭帝还有价值，他不见得会同意放你离开。"

"好，我信你，但是我不能一个人走。"韩静言问道，"松子在哪里？跟随我一起来的其他人在哪里？"

"你的随从交给我，我会放了他们，至于松子……"白绮梦接着道，"她在通州行辕，若是要带走她，可能有点儿难。"

韩静言说道："你只需要让我跟手下会合，难不难是我的事。"

"好，你心意已决，我也不劝你。"白绮梦说道，"我不会让你久等，就在这一两日行事，不然拖得太久，等苏子修有所察觉，你就走不了了。"

这是如常的一日，瑶儿和玥儿服侍宋翎躺下，两人是轮流值夜，这日正好轮到玥儿。宋翎没多少睡意，看见玥儿的身影投在床帐上，一直保持着坐着的姿势。

宋翎无聊地看了一会儿，发现玥儿一动不动，有些不忍心，想着让玥儿不必老是坐着，在旁边的床上躺一躺。可话还未说出口，宋翎就看见床帐上的影子一下子倒了，好似原本坐着的人扑倒在了地上，但是迟迟没有传来身体落地的声音。

宋翎觉得不妙，拉开帐子一看，外面竟然悄无声息地站着一个蒙面的黑衣人。

宋翎没有丝毫防备，被吓出一身冷汗。她正要惊叫，那人的动作更快，已结结实实地捂住了她的嘴："别叫！是我。"

宋翎听出了韩静言的声音，瞬间又惊又喜："你怎么在这里？"

"眼下不是解释的时候，咱们赶紧走。"韩静言简短地道，抓起一件外袍就往宋翎身上一裹，"松子，抓紧时间跟我走。"

因为有白绮梦事先打点，韩静言顺利地将宋翎带出了通州行辕，然后跟三十三骑当中的十一人会合，领头的人正是桑拓。

那十一人各自骑马，韩静言则带着宋翎共骑一匹马。他们想要从通州的城门出去是不可能的，白绮梦研究过通州的地图，通州城北靠山，其余三门都有城门，而北山有一条小路，因为隐蔽，无人看守，他们正好可以从这里离开。

桑拓对白绮梦并不是十分放心，嘀咕了一句："那个女人的话能信吗？万一她给咱们设个圈套怎么办？"

韩静言回道："信不信都只能按她说的做了，走一步看一步吧。"

宋翎清清楚楚地听到了"白绮梦"三个字，想起白绮梦下令放箭时的狠厉表情，摆明了是不想让韩静言活着回去的。她不由得暗自诧异地道："原来是白绮梦，她不是想杀你吗？怎么又会来帮你？"

韩静言一时不知如何回答。宋翎不知道白绮梦的真实身份，自然不会知道他跟白绮梦之间的恩怨是非，他没有过多解释，说了一句玩笑话："就当她是良心发现了吧。"

宋翎听得出这是敷衍，她那日也看出来了，白绮梦和韩静言之间似乎有深仇大恨，要不然白绮梦不会有这么重的杀心："白绮梦早年嫁去了祁国，但是归根究底她不也是卢人吗？她不是出身卢国相府吗？你又没有下令杀她满门，她为何要恨你？"

韩静言听了这话之后，差点儿笑出来。宋翎这话是以己度人，将白绮梦放在自己的位置上，而把他当成了苏子修。

"不是这个原因。"韩静言说道。

"那是为什么？"宋翎疑惑地问道。

韩静言明显不正经地一笑，插科打诨道：“白绮梦从前一心恋慕我，后来她嫁去祁国了，所以对我因爱生恨。”

此言一出，不仅宋翎惊呆了，旁边的桑拓也是一副瞠目结舌的样子。桑拓似乎想说什么，动了几下嘴唇还是闭了口。

宋翎只是好奇，并不是非要打破砂锅问到底。既然韩静言不想说，她也识趣地不再多问。

韩静言刚刚那句话大概是随口胡说，但是有理有据，真要作为解释貌似也说得通。

韩静言见宋翎不问了，收敛了笑意，稍稍正色说道：“关于白绮梦的事，其实也不是什么秘密，只是说来话长。你若是感兴趣，等到了卢国我再慢慢说给你听。”

宋翎应了一声。他们眼下还在昭国境内，意味着尚未脱险，跟回卢国相比，这些都是不重要的事。

北山的这条小路能绕过山麓，此处隐蔽，平日里无人经过，杂草疯长，因为前两日下过雨，现在更是泥泞难行，有几处还不能骑马通过。怕马蹄打滑，人只能牵着马匹缓慢步行，到了开阔处再御马前行。

已是十一月，夜间寒风猎猎，尤其是在荒僻野地里，寒气尤重，男子还能支撑，宋翎被冻得打了好几个喷嚏，鼻息也重了。

韩静言身上披着一件墨色斗篷，正好将身前的宋翎整个裹进斗篷里，因为宋翎身子娇小，斗篷又极为宽大，在夜色的掩映下，一眼看去只看得到韩静言，发现不了竟然还有另一人。

这样的姿势，宋翎几乎是被韩静言圈在怀中的，着实亲密得很。宋翎感觉到了不妥，但是事急从权，眼下也没有其他办法，再说韩静言确实是君子，两人除了不得已地紧贴在一起，他没有任何逾矩行为。

待到出了通州城，一行人往东走了约五里路，只听见急促的马蹄声自远方传来，举目望去，原本黑黢黢的远处凭空出现了一线微光，犹如暗色幕布被撕开了一道口子。显然是有一队人马朝着他们的方向追近。

“不好！”桑拓警觉，一眼就看出了不对劲儿，对方的架势一看就是来者不善。

韩静言的神色顿时大变，他们刚刚出通州，前有危险，后无退路，如此堵截之下，根本无路可逃。片刻之间，对方已一个呼哨，快马扬鞭冲上前来，在约有一丈的地方停下，这样的距离足以看清楚彼此。

当韩静言看清楚领头之人的时候，心中蓦然一沉，因为来的不是别人，正是苏子修。

苏子修一身玄色劲装短打，胯下一匹矫健黑马，身上系着的同色披风在夜风中翻飞若鸟之羽翼，仿佛能融进夜幕之中，但是他出众的气度令他在一队人中显得十分出挑。

苏子修居然亲自来了，韩静言情知躲不过去了。这是狭路相逢，按照常理，双方应该有来有往地说几句话，然后再动手，没想到这位昭帝偏偏不按常理出牌，连对峙的时间都省了，直接下令进攻。

韩静言身边只有十一人，不过这十一人都是一等一的好手，他们反应敏捷，守住了各个方位，让韩静言处于中心安全地带。

“卢帝陛下，这般着急回国，不惜星夜赶路，可是我昭国招待不周？”双方已经交手，苏子修突然又有了对话的兴趣。

韩静言嘴角勾起一抹嘲讽的笑意，笑了他才发现自己现在蒙着面，苏子修未必看得见他的表情。韩静言说道：“哪里哪里，昭帝陛下的待客之道孤已经领教过了，只怕再领教下去，性命都要留给昭帝陛下了。”

“卢帝陛下可是指责孤没有尽到地主之谊？”苏子修说道，“只是卢帝陛下这个客也太随意了，想来就来，想走就走，还要做出诱拐人妻的事情，这难道就是为客之道？”

苏子修眼神毒辣，早就看出韩静言那件斗篷之下的不对劲儿，虽然乍一看不明显，但是好歹藏着一个大活人，怎么可能瞒过苏子修的眼睛？

韩静言笑道：“这是孤的皇妹福瑞长公主，尚未举行封后大典，就算不得昭帝陛下的皇后，何来诱拐人妻一说？”

韩静言说这句话的时候，心里是窝着火的。苏子修在文韬武略、帝王谋术上确实令人钦佩，但是在男女之事上，简直是薄幸至极。他娶了宋翎一次，又休了一次，现在又要将人娶回去，把宋翎招之即来，挥之即去吗？

苏子修扬鞭一指，气势凌人：“卢帝陛下，这就是强词夺理了，我们两国明明举行了交接仪式，难道也不作数吗？”

“你们不要争了。”在韩静言的斗篷之下，传出一个女声，宋翎从中探出身子，口气坚决，目光灼灼地盯着苏子修，“我是一个活生生的人，不是一个物件。既然是关于我的去留，能否容我自己说句话？”

韩静言没有异议，苏子修却很清楚，若是真的让宋翎在他和韩静言中间选一个，自己绝对没有胜算。

果然，宋翎开口，嗓音清亮，足以让在场之人都听清楚："我选卢帝，你若是真的为我好，就不要为难我们。"

不知是有心还是无意，宋翎自认说者坦荡，但是架不住听者有心，这话落在别人耳中，倒是多了几分暧昧的意思，极容易惹人遐想。韩静言愣住了，苏子修则脸若冰霜，将眉心蹙成了一个小小的"川"字。

"翎儿，有些事我本来想带你回到郢梁之后再告诉你，如今看来是不得不提前说了。"苏子修并非全无准备，从容地说道："你认定是我害了宋家满门的性命，将这笔账算在我的头上。今天我告诉你实话，你的家人没有死，你的姨娘和妹妹们，现在都好好地活着。"

宋翎万分想不到苏子修会这么说，被打了个措手不及。她用力一掐虎口，勉强自己保持镇静，冷冷地说道："你骗我的，反正无凭无证，还不是随你怎么说。"

苏子修不疾不徐地说道："我没有骗你，你的姨娘和妹妹们从牢房里出来之后，我暗中派人将她们送去了同安州，那里也是你的外祖家。数日之前，我已经让飞涯去接她们了，我原本准备等回了郢梁就立即安排你们相见。"

苏子修的话说得理直气壮，一点儿不像是撒谎。

宋翎盯着苏子修的眼神充满怀疑，她更相信这是苏子修在故布疑阵，只是为了蒙蔽她一时。

"你是不是为了把我骗回郢梁，故意编了这种谎话给我听？"宋翎语带讽刺地说道。

"我没必要说这种谎话。"苏子修并不在乎宋翎话中带刺，语气却免不了有淡淡的无奈，"在通州的时候，我之所以不告诉你，是因为我猜到了你的反应。你我之间误会太深，你不会相信我说的话，空口无凭，哪怕我说再多也是白费口舌。我派飞涯去同安州，就是为了将人接来，你自己亲眼看一看，好让你知道我所言非虚。"

当初宋家被处决的时候，男丁上断头台，女眷则在牢中服毒，宋翎没有见到她们的尸首。被打入天牢的重犯，按照律例是不允许被收尸的，尸首只能被扔去乱葬岗，或是当即火化。

"好、好，就算我的姨娘和妹妹们还活着，那么我爹爹和哥哥呢？他们两个呢？"宋翎的眼里满是霜雪般的怨恨，她直勾勾地盯着苏子修，"宋璟确实死了吧！我眼睁睁地看着我爹爹被斩首。对他们，你是否有什么要说的？"

苏子修一时无语，张了张嘴，将冲到嘴边的话咽了回去，换成了安抚的口气："翎儿，这些事我会给你一个解释，只是……"

“只是不是现在？”宋翎打断了苏子修的话，神色间的嘲讽之意更浓，“这下说不出来了？我爹爹是在我怀里被斩首的。你知道吗？从他脖子里流出来的血，就这样溅了我一头一身，我浑身是血……”

也许是那一幕太过惨烈，宋翎的情绪忽然变得很激动，喘息也沉重了几分：“你还有什么好解释的？你还想巧言令色地骗我到什么时候？”

“翎儿……”苏子修唤了一声，知道自己说服不了宋翎，而宋翎对他的恨意也远比他想象的深得多。当初的宋翎几乎将他当成信仰，如今宋翎听不进他说的一个字，他们之间居然会走到这般田地。

与此同时，韩静言这边的人马已渐渐落了下风。虽说这十一人都是精锐，但是对方人多势众，就算他们能够以一敌十，露出败象也是迟早的事。

桑拓双目血红，他知道只能拼死一搏突围了，于是召集幸存人马，死死咬住对方一个薄弱之处，猛烈地发起进攻，企图撕开口子，杀出一条血路。

“主上，快走！”桑拓暴喝一声，一剑将一个试图迫近的昭国士卒从马背上挑落。

韩静言面色沉重，在桑拓等人的护卫之下且战且退。昭国虽然人多，但是一时之间也架不住这种不要命的打法。昭国来的是精兵，对方却是真正的死士，哪怕被砍断了胳膊也要扑上来，拖着对手同归于尽。昭国士卒杀得手抖，更是胆寒。

这时候，包围圈终于出现了一个缺口，韩静言看准时机，狠狠地抽了几记鞭子，策马狂奔，突围而出。

韩静言胯下的白马四肢有力，此时一跃而起，四蹄飞扬，如有神助，几乎是擦着一个步兵的头皮掠过。等到昭国士卒反应过来，韩静言已带着宋翎御马跑出了十几丈。

“驾！”此时一声清啸传来，苏子修扬鞭策马，朝着韩静言的方向追去。

苏子修的黑马也是良种，蹄声阵阵，快如闪电，须臾之间已迫近了韩静言。韩静言看见两人相隔不到半个马身，心中不禁一惊。苏子修的骑术不弱，而韩静言带着宋翎，没有任何优势。

苏子修意在夺回宋翎，不想跟韩静言过多纠缠，眼见两人的距离拉近，一手执缰绳控马，身子倾斜，另一手抓向了韩静言身前的宋翎。韩静言自然不能让苏子修得逞，伸手一个格挡，立刻卸了苏子修的力道。

两人骑在马上，几次过招均是赤手空拳。因为中间夹着宋翎，两人出手的时候不得不有所顾忌，故而施展不开，一时之间也说不出谁占了上风。韩静言固然要被宋翎分心，但宋翎也是苏子修的掣肘。因为宋翎是在韩静言身前，无形中起到了盾

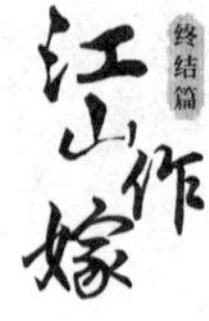

牌的作用，苏子修一直不敢出重手，怕误伤宋翎，于是三人二马陷入了僵持状态。苏子修和韩静言都出身皇室，自幼受名师指点，功夫也不相上下，此时打得难分胜负。

宋翎被夹在两人之间，正好处于缠斗的中心，无时无刻不胆战心惊。苏子修数次想要将宋翎捉到自己的马上，哪怕是混战之中他也不向宋翎的右侧出手，只是去抓宋翎的左臂，因为他知道宋翎的右肩有箭伤，万一下手没有轻重，会弄得宋翎伤上加伤。

宋翎浑然不觉苏子修的手下留情，她完全处于被动状态，这时候她的左臂传来一阵被勒住的感觉。她低头一看，是被苏子修手中的马鞭缠住了。

苏子修暗自运气，手腕用力，借着马奔跑的速度，想一举将宋翎带到自己的马背上。

韩静言当即察觉，一手环住宋翎的腰，另一手拔剑，只见剑光一闪，宋翎左臂上的束缚一松，苏子修的马鞭已断成两截。

韩静言有兵刃在手，苏子修若是再不拔剑，如此近的距离下，定会忍人宰割。苏子修反应迅捷，拔出佩剑，顷刻间剑刃相击之声犹如切金断玉一般响起。

从双方拔剑的那一刻起，宋翎就感觉韩静言似乎不一样了。他之前招式虽迅猛，但始终很有章法，但是现在韩静言的出招变得急躁了许多，似乎迫切地想要速战速决，每次出手都直逼要害，大有要一剑让对手毙命的架势。

宋翎若是能回头看一眼，就会发现韩静言的脸色正慢慢地变得苍白。韩静言稍稍拉开距离，以退为进，变换了招式，剑身挡开了苏子修的攻势，又反转手腕，剑势暴涨，直刺向苏子修咽喉的位置。

苏子修侧身躲避，变了剑招，斜斜一劈，顺势挑向了韩静言的胸口。

苏子修这一招是以攻为守，不是必杀之招，韩静言并不将其放在眼里，躲开了便是。但就在这一瞬间，韩静言感觉像是一下子被卸去了浑身力道，别说施展武功了，就连手中的长剑也握不住，长剑毫无预兆地从掌心脱落，掉到了地上。

韩静言脑子里闪过三个字——软筋散。对！他的症状分明是中了软筋散，自己是何时何地中的毒，韩静言却完全不知道。

韩静言中的软筋散发作的电光石火之间，苏子修的剑招已收不住了，剑锋毫无意外地刺入了韩静言的胸口。

韩静言最初的感觉是心口一寒，紧接是一阵剧痛。他喷出了一口鲜血，再也控不住马，身体一歪，带着宋翎一起从马背上滚落。因是两个人，下落的势头太猛，韩静言抱着宋翎滚了好几圈才停下来。

尽管有韩静言护着，宋翎还是摔得晕头转向。她顾不得自己是否受伤，而是从地上撑起身子，跌跌撞撞地膝行几步，冲过去看韩静言。

韩静言仰面躺在地上，因为刚刚吐了一口血，蒙面的黑布被血湿透了，黏糊糊地覆在半张脸上。他身上出血的地方有两处，小腹有血迹，这是之前的箭伤崩裂了，但是真正的致命伤是胸口的那一剑，鲜血汩汩涌出，触目惊心。

“瓜子！”宋翎惊骇至极，脱口而出地叫了这个名字。这还是两人在祁国初遇之时，韩静言为了配合宋翎的“松子”，随口给自己编的名字。

宋翎看着韩静言胸口那个骇人的血窟窿，着急地用双手去堵，鲜血又从指缝里汹涌地漫出来，她忙扯过自己身上的衣衫，揉成一团，死死地将伤口压住。

素来沉稳内敛的苏子修此时此刻也愣住了，刚刚交手的刹那，苏子修没想到韩静言会突然停下所有抵抗。韩静言放弃抵抗的话，相当于主动求死。

韩静言缓缓地伸出手，吃力地将蒙面的黑布扯了下来，这一刻，他似乎一下子明白了。

面罩！韩静言十分确信，自己没有吃任何不妥的食物，而且如果软筋散下在食物里，药性应该发作得很快，不可能让他跟苏子修缠斗这么久。只有一个可能，软筋散事先被人撒在了面罩上，由于用量很少，又不直接入口，随着呼吸慢慢被人体吸收，故而才会发挥得这样慢。

韩静言苦笑，想明白自己恐怕是遭人算计了。他口中轻轻地吐出了三个字：“白绮梦。”除了白绮梦，不会有别人这样做。

宋翎正试图给韩静言止血，神色慌乱，语无伦次：“瓜子，你会没事的，血止住了，很快就会止住了……”

“松子，别费力了。”韩静言也是习武之人，晓得这一剑的利害，从出血的速度判断，应是伤了心脉，哪怕大罗神仙再世，也无力回天了。

想到自己命不久矣，心灰了大半，韩静言将目光凝在宋翎身上，声音低哑，透着消沉之意：“我这辈子几乎走遍了大半天下，无论塞北还是江南、西域还是东海，中原的祁、昭两个大国，天南地北数不清的弹丸小国，我仗着乔装易容的本事，就没有去不了的地方。哪怕是跟祁国打仗的时候，我也大着胆子几进几出，咱们第一次遇见大概就是那个时候吧……”

“别说了，瓜子，你别说话了。”宋翎的双手满是鲜血，韩静言说话的口气令她感到一阵深深的不安。

韩静言动了动嘴唇，说话于他而言显然变得越来越吃力了：“既然身涉险地，

不可能每次都全身而退，想不到我去过那么多地方，最后竟将命留在了昭国……”

宋翎眼底酸涩，不觉已泪湿长睫，眼泪滚滚落下。当初在祁国相识的时候，她还是那个跟在苏子修身边的小随从，韩静言声称自己是一个游侠，虽说大家都隐瞒了真实身份，但是不妨碍彼此聊得投契。他们一道看戏喝茶，吃遍了雁阳城的各式吃食，韩静言还讲过许多奇闻趣事给宋翎听，惹得她羡慕不已。

韩静言见到宋翎流泪，他却笑了，故作轻松地翻起了旧账：“当初在祁国，你们给我设套，拿我的贴身暗卫去用也就算了，为什么要给我画上一脸麻子？肯定是你画的，除了你再不会有人做这种事。”

宋翎用布料死死地压住伤口，仍旧不肯放弃，见到韩静言还有心情说笑，浑然不在乎自己的性命，她心里越发害怕，情绪也越发急躁，冲着他吼了一声：“叫你别说话了！”

看到韩静言一愣，宋翎吼完又后悔了，当即放软了语气，说道：“对，那些麻子是我画的，谁让你在席间嘲笑我。我是一个记仇的人，当然不能吃亏，画你一脸麻子算是有来有往。”

“那我也是一个记仇的人，我还你一张麻子脸的人皮面具，同样算礼尚往来。”韩静言说道。他送给宋翎玩的人皮面具，也是故意点了满脸麻子。

苏子修已经翻身下马，那一剑是出自他之手，他大概猜到了韩静言伤势严重，想到自己亲手给了卢帝一记重创，他内心的震动和情绪的复杂性可想而知。

苏子修回过神来，不知自己该不该上前。见到宋翎手忙脚乱地止血却不得要领，他终于忍不住了，说道：“翎儿你别乱来，还是交给我吧。”

宋翎是亲眼看见苏子修将剑刺入韩静言的心口的，每一个细节她都看得清清楚楚，闭上眼睛就能在她脑子里慢慢地过一遍。这般近的距离，她甚至能听见那一瞬间利刃进入血肉之身的声音，能感知鲜血喷溅出来的热度，殷红、灼人、黏稠，令人崩溃。这样的场景，跟她爹爹被斩首那一日何其相似，岂能不逼得她发疯？

“你别过来，何必惺惺作态？”宋翎几乎是在嘶喊了，狠狠地甩开了苏子修的手。

苏子修毫无防备，猛然被推得后退一步。他没想到宋翎在激愤之下竟能使出这么大的力气。

“翎儿，你先让开。”苏子修这次没有迁就宋翎，而是强势地将她拨开，将随身携带的金创药撒在韩静言的伤口上，然后重新用布料压住伤口止血。这一连串动作行云流水一般，但是苏子修很清楚，再好的金创药也没有用，只能让韩静言多撑一会儿而已。

韩静言面色如纸，嘴角的笑带着一抹嘲讽之意：“昭帝陛下这是要救我？”

“救不了了，只能让你多挨一会儿。”苏子修说道，神情坦荡，无畏无惧，无愧无疚，好像韩静言不是伤在他手中，“你刺向我咽喉的那一剑，如果我不躲，濒死的人就是我了。”

韩静言的喉咙里似乎含着一口血浆，他只是含混地冷笑了一声。

韩静言的命还是到头了，在濒死的那一刻，他的脸色白得骇人，暴突的眼珠先是盯了苏子修一会儿，随后视线落在宋翎身上。他张嘴的时候气若游丝，说不出完整的话，断断续续地道：“松子……如果有来生……我们还一道喝茶看戏，吃遍各种各样的好东西……我保证再不会忘记付账了……”

他说到最后，气息已越来越弱。苏子修不是没有见过生死，但是眼睁睁地看着人由生到死，心性再刚毅之人也会动容。苏子修感觉自己的手似是微微一抖，几乎按不住伤口，其实止血也没用了，韩静言脸上最后的表情凝固，瞳孔倏然扩散，人已然去了。

第十五章 解铃

当夜，韩静言殒命于昭国的通州城外，他的十一个随从战死八人，重伤垂危两人，只剩下一个被生擒了，那人就是三十三骑的首领桑拓。

桑拓被生擒的时候，目眦欲裂，双目沁血，怨毒的眼神恨不得化作刀剑，将全部昭人斩杀殆尽。

苏子修没有赶尽杀绝，而是下令放了桑拓，算是留一个人回卢国报丧。其实桑拓的伤也不轻，好几处伤口皮开肉绽，鲜血淋漓，尤其是大腿上挨的一刀，深可见骨。此人吭都不吭一声，听得昭帝饶他性命，没有半点儿欣喜，更没有半句答谢，只是用身上的衣物扎紧了伤口，乘着夜色策马离去。

随着马蹄声远去，大家都明白昭国和卢国算是真正结仇了，而且是死仇。卢国肯定不会善罢甘休，只怕又会是一场祸事。

但是目前最大的问题是如何处置韩静言的尸身。韩静言是卢帝，身份特殊，不能草草处理尸首。在不久之后，卢国极有可能要求昭国归还韩静言的尸首。苏子修令人将尸首暂时放在通州的一处冰窖里，其他的日后再做打算。

解决这些事情之后，苏子修便带着宋翎启程回郢梁。经历了韩静言之死，宋翎整个人似乎麻木了，对苏子修要带她回郢梁这件事不再反抗，只是消极应对。留下也好，回郢梁也罢，她任凭苏子修处置。

桑拓幸不辱命，将韩静言的死讯带回了卢国。韩梓言接见桑拓的时候，看到他头上刺目的白条，就已察觉大事不妙，得知兄长身死异国的消息，韩梓言的面孔瞬间变得雪白。

这位卢国的福嘉长公主，同时也是南祁的中宫皇后，双眼直直的，不哭也不喊，那样子骇人得很，就像是突然死了。这般过了半晌，她才怔怔地流下泪，痛哭失声。

韩梓言骤然失去兄长，自是悲恸异常。失去至亲的痛苦，犹如自己的心肝被生生地割走了一块，但是韩梓言毕竟是韩梓言，很快振作起来，没有一味地沉溺于悲伤之中。

韩梓言当即安排了诸多事宜，全国举哀，满城缟素，上至王公贵族，下至平民百姓，无一例外要为先帝服丧。七岁的太子戴重孝，今后也不用监国了，择日登基为帝，再派出使者去跟昭国交涉，迎先帝的梓宫归国，礼部准备天子丧仪。等到先帝出殡之后，就是卢国要向昭国讨回这一笔账的时候了。

韩梓言咬牙切齿，恨不得立即让昭国血债血偿。而桑拓在完成报丧的任务之后，就不知所终了。

昭国都城，郢梁，征和二年三月。

宋翎回到都城将近四个月了，苏子修让她见了宋家幸存的人。飞涯从同安州接了她们过来，她才知道那日在通州城外，苏子修并没有骗她，她的姨娘和妹妹们确实还活着。回到郢梁之后，苏子修给了宋翎一本惠帝留下的手札，向她解释了当初的事情。

宋翎以前一直认定苏子修是整件事的主谋，他从宋璟那里得知了玉牌之事，利用宋璟构陷宋丞相，进一步将火烧到太子苏子清身上，最后达到扳倒太子的目的。太子因为害怕被废，索性一不做二不休，背水一战造了反，但是逼宫失败，遭到镇压，最后身死锦城。

但是现在看来，所有事情起于惠帝的谋划。惠帝最终还是动了换储的心思，他

在位三十余年，谙熟帝王之术，眼光毒辣。他看得出来，太子虽然不差，但是资质有限，只能当个守成之君，开疆拓土、一统中原是不能指望他了。原本惠帝对太子还是基本满意的，在苏子修从戎狄归来之后，惠帝就改变了主意。

苏子修当时满身荣耀，风光归来，惠帝认为苏子修才是真正的帝王之才，想要将苏子修扶上皇位。太子造反出乎惠帝预料，惠帝原本想要让太子将储君的位置让出来，没想到太子居然反了。

惠帝既然要拿宋家作筏子，自然要让苏子修跟宋家划清界限，所以苏子修必须休了宋翎。

因为苏子修是仓促得到皇位的，在朝中几乎没有自己的势力，惠帝不得不为自己属意的继承人铺路，将挡路的石头一个个搬走，处置以宋丞相为首的一班朝臣也是惠帝授意的。这些人都是太子党，若不能将其根除，将来对苏子修会是威胁。解决了这些人，让他们将几个关键的位置腾出来，才能让苏子修培植自己的人手。

惠帝亲自下令斩首这批人，苏子修当时为了宋家的事去求过惠帝。因为牵涉甚广，要是独独饶了宋家肯定说不过去。惠帝采取了睁一只眼闭一只眼的态度，放手让苏子修去做，自己只当不知道。

在行刑之前，苏子修暗中将宋家的一干女眷从牢中接走了，让宋丞相和宋璟假装服毒自尽，假死离开牢房。宋璟依言照做了，但是宋丞相说什么都不肯，扬言绝不苟活，要跟一起入狱的贺家、林家、云家等朝臣同生共死，不会一人逃脱，因此才有了刑场上的那一幕。

“那么先帝驾崩之后，为什么你还要瞒我？”宋翎问道。

“当初我能顺利登基，是先帝在世之时强势镇压的结果，没人敢公开出头，但是暗中反对的人不少。”苏子修说道。登基之后，他为了稳固国中的局势，彻底将权力掌握在自己手中，费了不少心思和手段，直到去年镇压了叛乱，扫清了反对势力，才算是真正稳定住昭国，而他也真正成了昭帝，不再处处受人掣肘。

如果苏子修一即位就公开此事，肯定会被有心之人拿来做文章，随便就能给他安上一个对先帝阳奉阴违的罪名。

宋翎讷讷地说：“我想见哥哥。”

苏子修耐心地解释道：“眼下还不是时候，但是我肯定会让你见到他的。”

宋翎轻轻地哼了一声，哑然失笑道：“这么说来，先帝想要换储，而我宋家做了其中的牺牲品？”

宋翎一直未见到宋璟，问苏子修宋璟的下落，苏子修也不肯说，宋翎也就不再多问了。他相信宋璟还活着，苏子修已没有必要再骗她了。

苏子修为宋家平了反，将原先的宋府赐还给了宋家，令宋翎和姨娘以及妹妹们回去居住。宋翎见到了自己的二娘，才过一年多，宋夫人就老了许多。从前因为保养得宜，风韵犹存，如今却老得厉害了，眼皮松弛，眼角和唇边的细纹脂粉都遮不住了。

宋翎也知道其中的缘故，女人家最凄惨的境遇莫过于人到中年失了丈夫，又白发人送黑发人。二娘问得最多的就是关于宋栩的事。

宋翎一一答了，只是宋栩在闲月山庄溺亡的事她不敢详说，只含混带过。

二娘问完后，愣愣地出了一会儿神，就回屋子里去了，诸事不理，一待就是一整天。但是到了第二日，她还是会问宋翎同样的问题，关于她的女儿栩栩的那些事，她不厌其烦地问，好像永远听不腻，就指望着这个过日子。

二娘这个样子自然不能管事，府上只能由三夫人当家，宋翎觉得二娘的样子不对劲儿，便悄悄去问三夫人。

“大小姐，不用太理会夫人，在同安州的时候，夫人就是这个样子，不过她不吵不闹，别的时候都很正常，只是喜欢拉着人跟她聊二小姐。大概是受刺激过度，脑子有些糊涂了，但应该不是什么大毛病。”

宋翎默然无语。

三夫人又压低声音说道：“大小姐，我听说二小姐生前也神志不清了，也许她们母女是同样的毛病。”

宋翎的心情越发沉重，心口犹如吊着一块铅。除了宋夫人和三位姨娘，宋翎还见到了两个妹妹，曾经宋府的三小姐和四小姐。

三妹妹改了性情，不似从前活泼伶俐，不跟宋翎斗嘴了，也不爱翻宋翎的首饰盒了。宋翎捧着首饰盒摆在她面前，她也懒得看一眼。

四妹妹不到十岁，年纪小，胆子更小，也许进天牢一趟，被吓破了胆，如今整日待在房里不肯出来，而且听不得大动静，尤其是呵斥声。她的生母四夫人也跟着闭门不出，全心全意地陪着女儿。四夫人所有的指望就是这个女儿，要是有任何闪失，她难保不会像宋夫人那般发疯。据说她们母女住的院子是不许高声说话，更不许打骂下人的，唯恐吓着脆弱的四小姐。

尽管重新回到了宋府，看着旧日的庭院楼阁，看着旧日的宋氏家人，宋翎终归觉得不一样了。

照理说，宋翎和苏子修之间的误会应是解开了，但是每当两人相对时，宋翎心

里始终有一道坎，说不出来那是什么，但是两人的关系似乎很难再回到过去了。

还有一根刺就是韩静言，尽管他是被苏子修失手错杀的，但是宋翎亲眼看见那场面，始终难以释怀。

苏子修想要立宋翎为皇后，宋翎拒绝了。她也不愿意进宫，就住在宋府。苏子修并不勉强她，知道要让她一下子接受这一切确实有些难，不过他愿意花时间去等。

苏子修成了宋府的常客，若是无事就会换上便服来一趟。

这一日，宋翎去看了宋夫人。听丫鬟回话，宋夫人这两日身子不大好，总是恹恹的，起不了床，不愿吃东西。

府上请了大夫来看，都说这是心病，只有宋夫人自己看破才行，大夫也只能开一些温和滋补的药给宋夫人调养身体。

宋夫人见了宋翎，自然是要絮絮叨叨地说起宋栩的。其实宋翎跟宋夫人也说不了别的话，因为不管说什么，宋夫人都能绕回到自己的女儿身上。她说一阵，伤心一阵，又哭一阵，直到说不动、哭不动了才作罢。

宋夫人看着宋翎，又想到自己早逝的女儿，悲从中来，泫然欲泣："翎儿，二娘看着你就想到了栩栩。我那可怜的栩栩啊，她才活了多大年纪，出嫁不到一年，还没有生儿育女，日子刚刚开头，她就早早地走了。留下我这不中用的娘亲在人世间苦苦熬着，没个指望，也没个盼头……我连栩栩的最后一面都没见到，这怎能不让我伤心？嫁到皇家有什么好的？跟皇家扯上关系又有什么好的？我是妇道人家，不懂男人的事，可我也劝过老爷千万慎重，别让栩栩去东宫，那是是非之地。我不求养出什么当王妃、皇妃的女儿，只求她一生平安无事就好了……唉，如果栩栩不是给太子当侧妃，而是嫁到一个中等门第的人家，说不定她现在还活得好好的，咱们也不至于阴阳相隔……"

宋翎多数时候是安静倾听，宋夫人问了宋翎才答一句。宋夫人要的就是一个能在她想聊女儿的时候陪她说说话的人。

宋夫人看着宋翎，问道："你三娘暗地里跟你说了什么？说我脑子糊涂，快要跟栩栩一样疯了是不是？其实我心里清楚得很，老爷走了，栩栩也走了，我的心死了大半，这辈子剩下的日子我就吃斋念佛，活过一日是一日。你三娘爱当家就让她当去，反正我是撒手不管了……"

宋翎也不知道该怎么劝慰自己的二娘，在她看来，二娘确实可怜。二娘本是侧室出身，此生只得一个女儿，时时刻刻勤谨小心，辛苦熬了多年，好不容易被扶正了，没想到人到中年失了丈夫，又失了唯一的女儿，经历了牢狱之灾，虽说侥幸留得性命，但是在外避难的每一日都过得提心吊胆。如今宋家平反，她又恢复了诰命的身份，堂堂正正地回到宋府居住，还是宋府的当家主母。不过这种时候宋夫人也不再在乎什么诰命和当家主母了，她只是一个承受着丧女之痛的孤苦孀妇。

从那以后，宋夫人果然不再一味伤心，而是日日吃斋念佛，过起了深居简出的日子，家事都交给了三夫人管理。

宋翎知道二娘不是看破了，而是伤透心了，她多少能体会二娘的心情，因为她也曾失去过腹中的孩子。

孩子在她腹中不足两个月，与其说是孩子，不如说还是一团血肉，但是那种痛苦是真真切切的，仿佛被人摘去了心肝一般。宋翎以己度人，失去一个未成型的孩子尚且如此，何况二娘是失去一个养了十几年的活生生的女儿，想必她真的是痛不欲生。

从宋夫人那里出来，宋翎漫无目的地往回走着，跟在她身边的是一个名唤叶儿的小丫鬟。宋府被抄家的时候，奴仆有的随主子一道入狱，剩下的被遣散了，如今从外面采买了一些新人，叶儿就是其中之一。她进宋府不久，对府上的事所知不多。

叶儿才十四岁，原是穷苦人家的女儿，被父母卖身为奴。她进了宋府之后，看哪里都新鲜，感觉自己像是住进了画上的仙境，只有年画上才有这么好看的屋子和花园，但是她也有好些想不明白的地方。

她不明白明明宋夫人是正室，为何宋翎叫她二娘？虽说宋夫人从前是二房，后来才被扶正，但论理她还是宋翎的继母，应该喊娘才对，宋翎怎么还是喊二娘？叶儿不知道，这位宋夫人很晚才被扶正，宋翎从小到大都喊她二娘，所以没改口。

叶儿还发现一个奇怪之处，府上的主子辈都是女人，没有男人。几位夫人、小姐长得都很好看，跟画上的人似的，平日吃穿用度没有一样不讲究。但是她们就是不开心，每日愁眉不展，宋夫人就不用说了，闭门不出，只晓得念佛，三夫人管着家，四夫人只晓得陪伴四小姐。而她服侍的这位大小姐，也总是郁郁寡欢的。

叶儿自从进了宋府之后，吃得好，住得好，感觉日子比从前强了不知多少倍，只是有一点不好，主子们都不开心，整个宋府死气沉沉的。都说触景生情，若是在这里待久了，叶儿觉得自己也会变成悲悲切切的样子。

叶儿这个小丫鬟用自己简单的心思想着，偌大的一个府邸，看着雕梁画栋，富丽堂皇，主子辈没有男人还真是不行，因为没有男人就没有阳气，没有阳气哪里来的朝气？

想到这里，叶儿恨不得拍自己的脑袋，骂自己怎么忘了。谁说没有男人了？常

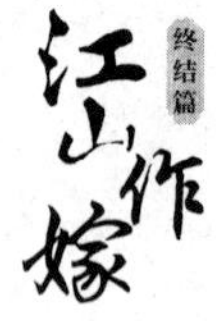

来的男人有一个，而且还是大有来头的。

叶儿正陪着宋翎，突然有个小丫鬟急匆匆地跑来道：“大小姐，皇上来了，正在静思山房里等着您。”

宋翎拒绝了凤位，也拒绝进宫，苏子修拿她没办法，只能得空就来宋府看望她。

苏子修是皇帝，宋府也是他赐还给宋家的，宋翎不能阻止他来，只能任由他出入了。苏子修有时会跟宋翎一道用饭，有时停留半日，毕竟他有很多事情需要处理，所以命人将宋府的静思山房收拾了出来，作为他处理一些政务的地方。

宋府上的书房有两处，一处是抱石山房，另一处就是静思山房。抱石山房是宋丞相生前的书房，如今那里被封了起来，已无人去了。

宋翎进入静思山房的时候，苏子修正静静地等着她。两人相见，宋翎的反应并不是十分热络，苏子修与她闲话家常，问她三餐饮食如何，睡眠如何，肩膀上的箭伤是否复发，有没有落下毛病等，宋翎有问必答。但是苏子修问她一句，她答一句，从不主动说话。

宋府之中的两间书房格局大体相似，里面不设隔断，十分开阔，细料青砖地面，花梨木的摆设，三面书橱上码放着整整齐齐的线装书，底下一层是一卷卷竹简，都仔细地套了布袋。

宋翎进入书房就看见了那一张花梨木的大案上面有个一尺见方的匣子，用一块明黄色的绸缎包着。宋翎一看就明白了，苏子修又命人将一些不要紧的奏折送来，在静思山房里批折子，这些往往不是机密的折子。宋翎知道，苏子修这半日估计是不会走了。

苏子修在静思山房的时候，会让宋翎在一旁陪着。他在花梨木大案上批折子，看上疏，让宋翎在旁边的小桌前写字或是画画，苏子修得了闲，就看一看她的字，在运笔提锋上指点一番，或是指点她绘画的用色和布局。

宋翎的字和画比从前进益许多，尤其是画技提高了不少。想当年在祁国悦蒙书院的时候，跟那些公卿士族的千金小姐一比，宋翎的画技着实令人不敢恭维。

苏子修在静思山房待了半日，批完了奏折，又点评了宋翎临摹的《春日鹧鸪图》，然后顺理成章地留了下来，跟宋翎一道用晚饭。

因为苏子修不时会留下用饭，所以他从御膳房挑了一个厨子拨给了宋府的厨房，好专门照应自己和宋翎的饮食。除了皇家御用的厨子，宋翎发现宋府还多了许多御用之物，都是因为苏子修。苏子修在宋府设了自己的书房、厨房，日常之物一应俱全，几乎是将宋府当成了自己的家，只差没有将一间屋子当作自己的寝宫了。

宋翎终于看明白了，苏子修这人有几分无赖的性情。她不肯进宫，他就将宋府变成自己的行宫。苏子修一贯温润儒雅，就算是耍无赖也是以春风化雨的温和方式进行，令人不知不觉地落入他的彀中。宋翎觉得自己无论如何都不是苏子修的对手。

在用晚饭的时候，苏子修问起了宋翎的两位妹妹的年纪，话语之间似是有意为正值嫁龄的宋三小姐指婚。皇上亲自指婚是极大的荣耀。

宋翎十分清楚，苏子修是为了跟她重修旧好。除了为她的妹妹指婚，苏子修之前还给宋家的几位夫人都封了诰命，所谓爱屋及乌，大概就是如此。

“翎儿，朕会为你的三妹挑一户好人家，将来带着朕的赏赐出嫁，到了婆家不会被小觑。”苏子修声音温和，一字一句极为熨帖人心。

宋翎默然听着，知道反对也没用，指婚的旨意该来还是会来的，就跟之前加封诰命的旨意一样。

宋翎心想：如果你真的想为宋家好，就让宋璟回来。但她仅想了想，没有说出口。

第十六章 霜蟾

用了晚饭之后，苏子修让宋翎随他出去走走。每年的二月到三月，是昭国开放宵禁的日子，郢梁原本就是西南的贸易枢纽，苏子修登基之后，更是加强了同西域胡商的往来，郢梁城中多了高鼻深目的胡人，市集之上十分热闹。

苏子修和宋翎都打扮成了寻常人家的公子和小姐。苏子修发束玉冠，身上是月白色文人衫，绣着梅花松鹤；宋翎着一身月白裙衫，唯有袖口和襟口有淡淡的绣纹，她绾了松松的垂髫髻，发饰多用银器，唯一鲜艳些的颜色就是鬓边的一朵缃色绢花。宋翎衣着朴素，是为了给父亲服丧，宋丞相过世还不满三年。她不是有意配合苏子修，而是苏子修命人打听了宋翎穿什么颜色的衣衫，特意也给自己挑了月白色的文人衫。

苏子修和宋翎只带着飞涯和榛子，就和当年在祁国逛夜市一样。苏子修其实并不喜欢人多嘈杂之处，若是换了从前，他会让榛子跟着宋翎，自己则带着飞涯找一个清静的地方喝茶，等着宋翎逛累了再回来。这次苏子修却一反常态，一直陪伴在宋翎身边，似乎还乐在其中。

榛子悄悄地问飞涯："飞涯，咱公子以前不是不喜欢这种地方吗？嫌吵，嫌人多，还嫌气味不好闻，总之没有一样不嫌的，今天怎么转性了？"

飞涯一言不发，摆足了贴身人侍卫的架子。

榛子习惯了飞涯这副沉默寡言的样子，飞涯除了回主子话，一天到晚说不了几句话。

郢梁城的夜市一点儿不比祁国的夜市逊色，论物产还是郢梁更丰富一些，因为郢梁是东西的枢纽，胡商都从这里过路，而雁阳城偏北，离戎狄更近，到底比不上中原的腹地富贵繁荣。

宋翎心情尚好，脸上覆着轻纱，一路走一路看着。宋翎和苏子修并肩走在前面，榛子和飞涯跟在身后。跟这位木头似的大侍卫走在一起，榛子着实无聊得很，忍不住想念起跟宋翎一起逛夜市的场景，至少宋翎爱说话，而飞涯实在沉闷极了。

尽管知道可能没人搭理他，榛子还是问道："飞涯，你说公子还能撑多久？我知道你跟公子一样，也不喜欢太热闹的地方，你是不是想等公子撑不住了，就找个地方一起躲清净？飞涯，咱们从昭国到祁国，再从祁国回昭国，也算同患难了，你怎么连一句话都不跟我说？你是公子的贴身侍卫，我还是公子的贴身小厮呢，你别看不起人……飞涯！你快看！了不得了！"榛子喋喋不休地抱怨着，翻来覆去就那几句话，飞涯只装听不见。

突然间，榛子不知看见什么，大喊了一声，手指着一个方向，惹得淡定了一路的飞涯也循着他指的方向看去。

榛子指的方向正是苏子修和宋翎所在之处，飞涯看了一眼，觉得榛子大惊小怪。两位主子不是好端端地在他的视线内吗？真不晓得榛子瞎叫什么。

宋翎和苏子修依然并肩而立，前面是卖糖葫芦的小贩，见主顾来了，脸上堆满了笑意道："公子和小姐，不是小人自夸，我的糖葫芦确实是这条街上最好的。你看这山楂和金橘，多大的个头，我还舍得用好糖，对了，这上糖的手艺还是祖传的……"

宋翎似乎饶有兴趣，要了两串，每串上八个山楂和金橘，间隔着串在一起，裹着一层亮晶晶的糖。

"四文钱。"那卖糖葫芦的小贩冲宋翎笑得殷勤，眼睛却看着苏子修。

苏子修利落地付了钱，只是疑惑宋翎为何要买两串。他正想问，看见那一串红艳艳、黄灿灿的糖葫芦已经伸到了自己眼前，苏子修明白过来，这多出来的一串糖葫芦是给他的。苏子修心底有小小的惊讶。他从不吃外面的东西，这一点宋翎是知道的。苏子修原以为宋翎是一时忘了，因为宋翎递糖葫芦给他的时候，分明是一脸天真烂漫，但是苏子修还是准确地捕捉到了宋翎脸上那一闪而过的狡黠。宋翎根本没有忘，就是故意使坏。

苏子修的神情透出了淡淡的无奈，宋翎果然还是这个脾气。在不远处围观的榛子则真心实意地为主子叹了一口气："公子从不吃这种小摊上的东西。"

苏子修一贯清雅，一饮一食、一器一皿无不精致讲究，什么食物装什么盘子，什么盘子配什么碗碟，有一套现成的规矩，所以苏子修才专门派一个御厨去宋家随驾服侍。要说起他最看重的，还是"洁净"二字，若是他认为不洁净的食物，哪怕是龙肝凤髓、熊心豹胎也不肯入口，这外面小摊上的食物更是坚决不能入口的了。

榛子跟在苏子修身边的时日已久，他了解自家主子的脾气，对飞涯说道："飞涯，要不咱们打个赌吧，赌公子会不会吃？"

飞涯静静地转过头，连哼一声都没有。

榛子已经是一路热脸贴冷屁股了，不在乎再自说自话一回："我赌公子不会吃，这要是吃下去了，也太为难公子了。"

榛子才说完这话就被打脸了。他瞪大了眼睛，惊奇地看到苏子修居然接过那串糖葫芦，咬了一口最上面的山楂，表情没有一丝一毫的异样。

榛子吐了吐舌头，幸好飞涯不跟他一般见识。虽然打赌没打成，但是猜错了主子的心思，榛子心里有个疑问冒了出来，难道贴身小厮真的不如贴身侍卫？

苏子修硬着头皮吃了第一口糖葫芦，凡事开头难，走出了第一步，后面就容易多了。

他陪着宋翎在露天小摊上吃了馄饨。那馄饨热气腾腾地端上来，汤底有猪油，闻着喷香诱人。他还陪着宋翎看了民间工匠扎的各式花灯，宋翎先说要画着嫦娥的美人灯，又说要莲花灯，最后挑了一个大蟾蜍灯，说还是这个最有趣。虽然她口中称有趣，但是玩了一会儿就腻了，将灯丢给了身后的榛子。除此之外，她还在钗环发簪、胭脂粉黛的摊铺上流连了一番……

榛子一看到卖胭脂粉黛的摊位，就走不动路了。他想到了当初在祁国的夜市，宋翎起了玩心，借口试胭脂，故意在他的脸上画了两个圆圆的红印，跟猴儿屁股似的，还不准他擦掉，非要他带着两块胭脂印回去，说是要让苏子修选一下哪种胭脂好看。自从那次之后，榛子就发誓再也不靠近脂粉铺了。

但是这一次榛子的担心是多余的，宋翎没了当年的玩心。榛子一路旁观，也觉得奇怪。适才买糖葫芦的时候，宋翎明明兴致还很高，过了一会儿，她的心情又莫名变得低落了，好似看什么都没兴趣的样子。

榛子着实不明白，为什么人会一时开心，一时又不开心？难道开心的时候不是真的开心，而是强颜欢笑？难道不开心的时候也不是真的不开心，而是自寻烦恼？

榛子还是决定不想了，因为宋翎一下子又改了主意，说要去茶馆听说书。于是，苏子修带着宋翎去了，主仆四人在茶楼的二层包了雅座，榛子无聊地打着瞌睡，飞涯还是影子似的站在后面。说书人正在讲薛平贵征西，故事并不新鲜，说书人也没讲出什么新意。宋翎却来了精神，听得津津有味，一边听着，一边还嗑着瓜子。

苏子修没心情听说书，才听了一段，就听出了几个纰漏，不是时间对不上，就是地名说错了。苏子修出身皇室，自小就熟读史书，因为知古可以通今，今日碰上这个半吊子的说书先生，若不是为了宋翎，他肯定早就坐不住了。苏子修懒得再听，于是用小铜锤敲胡桃，剥好了给宋翎。

宋翎吃腻了瓜子和胡桃，突然说要吃八宝楼的白玉糕，苏子修立刻令榛子过去买。又过了一会儿，榛子的白玉糕还没到，宋翎却变了主意，说是要吃城东姚记的青梅脯。苏子修今日对宋翎是百依百顺，让飞涯走一趟，必须用轻功，快去快回。

飞涯大侍卫的脸木了一路，这下终于绷不住了，露出了罕见的吃惊表情。他劝道：“飞涯不能离开公子身边。”飞涯作为贴身侍卫的觉悟是刻在骨子里的，无论如何都不能离开自己的主子。

苏子修却笑了笑道：“无妨，你去吧。”

飞涯最后还是听命离去。这里离城东不远，他想着自己脚程快点儿，应该用不了一盏茶的工夫就能回来。

宋翎终于安分下来，不再想什么新花样。飞涯和榛子都没回来，这边的说书已经结束了。

苏子修不习惯拥挤，想等人群都散了再走，但是宋翎不这样想，她一声不吭地挤入了人群，一起出去了。

“翎儿，快回来。”苏子修见状喊了一声。

宋翎根本不应，仗着身材娇小，像条鱼儿一般在人流缝隙间挤来挤去。苏子修赶紧去找人，但宋翎有心躲着他，苏子修一时靠近不了。

等苏子修到了茶楼外面，周围行人来往，车马络绎不绝，但都是陌生的面孔，早已不见了宋翎的身影。

苏子修的眉头微微蹙起，他知道宋翎又是故意的。他出了茶楼不久，飞涯就回来了，见到只有苏子修一人，飞涯暗自有些诧异。

苏子修看见飞涯手中有一个纸包，想必里面就是宋翎刚刚说要吃的青梅脯。看着那个纸包，苏子修不由得叹了一口气。

苏子修决心亲自去找宋翎，他和飞涯两人走遍了整个夜市，从街头到巷尾，各式各样的摊铺、大大小小的酒楼茶馆都找了，苏子修猜测了几个宋翎可能会去的地方，或是有好吃的地方，或是有好玩的地方，但是都没有发现宋翎的踪影。这倒是奇怪了，好好的一个大活人，竟一下子消失了。

这时已是二更天，苏子修的眉宇间渐渐流露出几分焦灼之色，飞涯在一旁觑着主子的脸色，说道："公子，咱们这样找是大海捞针，不如公子先回去，属下派人出去寻找。"

飞涯说得隐晦，苏子修明白"派人"的意思："先不必如此，你随我先去那边街上看看，再多问几个人，若是还找不到，再商议。"

飞涯自然听命行事，专心找人，不再多言。他揣摩着苏子修的意思大概是不想惊动官府，从前他大张旗鼓地找过宋翎一次，但那时是迫不得已。这一次苏子修想要亲自将人找到，他知道这么短的时间里宋翎不可能走得太远，估计还是在这一片地方。他从宋翎的反应来看，应该是故意躲着他，想让他着急罢了。

飞涯问了好几个行人和摊主，有没有见到一个身着月白色裙衫、眉清目秀的女孩子，她手中还拿着一盏大蟾蜍花灯，但是众人都说没见过。

苏子修也在问人，终于问到了一个守着香料铺子的老妪，她说好像是看见这样一个人，穿着月白色裙衫，朝着枫台去了。她之所以记得，是因为那一盏蟾蜍灯，寻常小姑娘都喜欢莲花、蝴蝶一类的花灯，谁会挑一个粗粗笨笨又不好看的大蟾蜍？

苏子修猜到那人十有八九就是宋翎，谢过那老妪之后，当即朝着枫台的方向去了。

枫台是一处城中山，其实说是山，倒不如说是隆起的土坡，因为枫树居多，不知被哪一朝的风雅才子命名为"枫台"。到了秋日，枫叶浸染上红色，宛若红海，风过则似红浪扬波，堪称郢梁城中的名胜之一。

苏子修沿着青石台阶上去，到了尽头发现有一个亭子，但是宋翎并不在亭中。他接着寻找，朝东走了一段路，发现土坡上还有一个小土坡，这里大概是枫台的最高处。苏子修没有多想，上了小土坡，他这次没有失望，第一眼就看见了宋翎。

宋翎抱膝而坐，裙裾铺展在身侧，她的身子一动不动，背对着苏子修。她的视线所及，是郢梁都城的万家灯火，远远望去仿佛天上的星辉坠地，或是连缀成星河，或是散落成珍珠。那盏大蟾蜍花灯也在，宋翎将它摆在身边。那是一只通体碧色的蟾蜍，张着硕大的嘴巴，两只眼睛黑漆漆的，从苏子修的方向看去，蜡烛的光亮从蟾蜍嘴里透出来，倒像是这蟾蜍含着一颗明珠。

“翎儿。”苏子修试探着唤了一声。

宋翎闻声转过头，苏子修愣住了。宋翎转头的一刻，只见她那一张巴掌似的小脸上泪痕未干，一双眼睛浸润了湿漉漉的泪光，越发明亮，黑白分明，令人心折。

苏子修感到心像是被什么蜇了一下。她真的只是强颜欢笑而已？

宋翎看到是苏子修，开口的时候犹带着哭腔，委屈地说道：“你别过来。”

“好，我不过去。”苏子修不假思索地应了，为了表示诚意，学着宋翎的样子，席地而坐，这样正好可以跟宋翎的视线齐平。

待到坐定之后，苏子修又问道：“翎儿，你能否告诉我你为何要哭？”

“我也不知道。”宋翎转过头，淡淡地道。她不是敷衍，更不是赌气，是真的不知道。原本她是想甩了苏子修，独自找个地方静一静，鬼使神差地上了枫台。看着万家灯火的景象，看得久了，她居然落下泪来。

“不知道也好。”苏子修的声音如春风般吹拂人心，“我陪你坐一会儿，咱们就回去吧。”

宋翎摇了摇头，神色固执。

苏子修依然耐心地说道：“那我就陪着你，一直陪到你想回去。”

“你别对我这么好。”因为哭过，宋翎的声音透着一丝脆弱，“你对我越好我就越难受。”

苏子修闻言一震，万万没想到宋翎会说出这样一句话。

“我知道你对我好，自从回了郢梁之后，你一直想方设法地对我好，对宋家的女眷也多有恩遇……这些我都知道，但是……”宋翎似是出神，又似喃喃自语，“但是……我心里好像始终过不去，有道坎始终过不去，因为爹爹的死，也因为……”

说到这里，宋翎停顿了一下。她想说的是也因为韩静言，毕竟她眼睁睁地看着一个朋友死去，内心不可谓不震撼。但是在苏子修面前，她说不出口。

“我知道有些事不能全怪你，但我就是没办法放下，没办法释怀，没办法坦然接受你对我的好……”

苏子修是心性坚韧之人，此刻听到宋翎这一番话，心中甚是伤感：“翎儿，我对你好是我想要补偿你，不是要让你觉得难受。”

“修哥哥。”宋翎唤了旧日的称呼，当初她就是这样叫他的，如今的她泪痕斑斑，却笑了出来，“你不吃那种地方的糖葫芦，我偏偏要给你；你不喜欢人声嘈杂，我偏偏要去茶馆听说书；我一会儿要吃白玉糕，一会儿要吃青梅脯，你都依了我。你今日一直迁就我，我却偏偏要跟你较劲。你为什么要对我百依百顺？”

宋翎落寞地想着，如果这是从前该多好，如果没有发生那些事该多好。那时苏子修只要对她有一点点好，就足以令她雀跃，令她满足。世事弄人，当初她一心一意地爱他，毫无保留地信任他，如今经历种种，他们怕是很难再回到过去了。

“翎儿，你想要什么，我都会依你，什么都会为你去做。”苏子修说道，“只是有一件事我做不到，就是让宋丞相死而复生。可是翎儿，你到底想要什么呢？”

宋翎保持着抱膝而坐的姿势，下颌搁在膝盖上，空旷的天幕之下，她的身子是如此渺小：“我想过要离开你，离你远远的，让你再也找不到我。但我很快发现，我根本无处可去。昭国的每一寸土地都是你的，你想要找到我，我在哪里都一样。祁国去不得，去了卢国又被你抓回来……我现在所拥有的一切都是你给我的，你赐了府邸，赐了田地，赐了奴仆，我过一日，就是在你掌心中待一日……”宋翎显然有些胡言乱语了，“我离开你会怎样？一定活不下去吗？”

苏子修看着宋翎的样子，似有锥心之痛涌上：“翎儿，你想要去哪里？你告诉我，我这就放你去，送你去江临好不好？还是同安州？”

宋翎一时说不出话来，凄然地笑道：“江临还是同安州，不是都一样吗？”

苏子修说道：“翎儿，对不起，是我逼得太紧了。”苏子修首先想到的一件事，就是将自己的“行宫”从宋府撤走。宋翎与他的隔阂一时半刻难以消解，宋翎恨了他那么久，突然要她不恨了，她确实会无所适从。原先的旧事也就罢了，韩静言的事情重新刺激了宋翎，她始终无法释怀。

“我到底应该怎么做？我想恨你，又恨不了你，如果不恨你了，我又回不到从前的样子。你越是对我好，我越是不知道该怎么办。”宋翎失神地道，“我该怎么做？怎么做才是对的？是长痛不如短痛，下定决心离开，还是忍着刺扎在心里的疼，当什么都没有发生，做一个无知无觉的傻子？”

宋翎突然摇摇晃晃地站了起来，一步一步朝着苏子修走去，仿佛是在小心翼翼地尝试。她伸出双手，指尖和掌心慢慢地贴上了苏子修衣衫的前襟，慢得随时能停下，然后双臂环住了苏子修的腰，将身体依偎在苏子修身前。苏子修抱住了宋翎，在两人真正相拥的这一刻，主动的宋翎却忽然僵住了，脊背也紧紧绷着。

宋翎在笑，却笑得难掩凄凉。苏子修低头吻了吻她薄薄的额发，宋翎并不抵触，他又吻了吻她闭着的眼皮。

当他清凉的唇覆上她温软的双唇，宋翎猛然推开了他，步履蹒跚地连连后退了几步。

苏子修只是松松地圈着宋翎，给了她随时挣脱的机会。

“我……是我不好……我做不到……”宋翎眼神闪躲，愧疚的声音里流露着一分软弱。

“翎儿，你先站好。”宋翎只顾着后退，浑然不觉自己已靠近土坡的边缘，苏子修见状，尽管焦急，口气还是温和的，“翎儿，别再后退了。听话，到我这里来。”

宋翎看着伸到身前的手掌，迟疑着，慢吞吞地想将手放上去，但最终还是将手缩了回去。

宋翎选择了绕过苏子修，轻轻巧巧地跳下土坡，走下了枫台。苏子修几步上前，默默地捡起了那一盏蟾蜍灯。这时不知是不是里面的蜡烛燃尽了，花灯也暗淡下来，蟾蜍还是老样子，瞪着两只漆黑的大眼，张着一张大嘴，但是嘴里的明珠像是被人偷走了。

第十七章 桃笺

苏子修说到做到，减少了自己来宋府的次数。静思山房暂时用不上了，但是那个御厨还留在宋府。

宋翎对此不解，苏子修却笑了笑说道：“我将那人送给你了，你喜欢吃什么都可以让那人做。”

苏子修不打算让宋翎一下子接受自己，既然宋翎已经回来了，他也不必急于一时，所有的事情慢慢来就是了，至少宋翎不再把他当成仇人了。

说爱就爱，说恨就恨，人的感情是不能收放自如的。

但是苏子修不后悔将宋翎从卢国带回来，哪怕是用了一些非常手段。

不少人知道宋翎跟他之间的纠葛，他若是放任宋翎流落在外，肯定会有人利用她，她不可能得到真正的安宁。放她在自己身边，至少自己不会伤害她。

那晚在枫台，宋翎主动抱他，证明她也在尝试着接受他，尝试着让两人恢复成过去的样子。尽管她迈出了第一步，但是她终究越不过心里那道坎。对宋翎而言，那次尝试无疾而终，对苏子修而言，那是出现微茫的希望，但转瞬又被冷水浇灭。

不过苏子修一点都不怪宋翎，不想勉强宋翎。如果宋翎不愿意重修旧好，他想过放手，不会让她进宫与他相伴。他会给她一辈子衣食无忧的生活，至少自己能时刻看见她，知道她在做什么。如此度过悠悠岁月，也算是遥遥相守了。

苏子修还想到了一件事，宋翎会不会想要嫁给别人？这是苏子修不敢想的，男人的占有欲是天生的，他能做到的克制极限，就是放弃强行占有她，给她自由。若是要接受她嫁给别人，圣人能做到，他做不到。

苏子修也知道天下时局尚未平定，还不是他清闲度日的时候。这期间，苏子修收到了来自北祁的信，是赵光吾写来的，信的内容一半是为了给白绮梦赔罪，一半是传达了结盟的意思。

苏子修面色深沉，深深地吐出了一口气。通州的那件事果然是白绮梦做的。

当日他们从卢国的杉城撤军，白绮梦故意先行了几日，想必就是偷偷去放了韩静言。白绮梦算好了时间，苏子修发现这事之后一定会赶回通州，而通州城能通往城外的小路只有一条，只要时间掐得准确，苏子修和韩静言必定会遇上。

这些苏子修早就想明白了，但是有一处他想不明白，就是韩静言为何会突然失去抵抗的能力，任人宰杀。现在他清楚了，是白绮梦事先给韩静言下了软筋散。

想到这里，苏子修心底生出寒意。白绮梦果然心思狠毒，她就是想让韩静言死在他苏子修手上，一箭双雕，一来报复苏子修在杉城的撤军，二来她原本就不想让韩静言活着离开昭国。一旦韩静言死在昭国，昭国和卢国之间就结下了不共戴天的仇恨，没有和解的机会，卢国一定会找昭国报仇。

虽然卢国的小皇帝即位了，实际上的话事人却是韩梓言。新君年幼，尚不具备亲政的能力，历史上这类事情很多，无非外有重臣摄政，内有太后垂帘，但是孟皇后，也就是如今的孟太后是一个普通的妇道人家，贤良淑德有余，政治智慧不足，对朝政也没有兴趣。于是卢国出现了一个奇怪的现象，名义上垂帘听政的皇太后只是一个摆设，而韩梓言作为皇姑，掌握了垂帘听政的大权。

韩梓言是脂粉队伍之中的异数，她肯定是要为兄长报仇的。先皇出殡，新君登基之后，卢国肯定会出兵昭国。

苏子修手中拈着这一封密函，想到了赵光吾此时的处境。在白绮梦的里应外合之下，赵光吾手中的戎狄军队攻下了祁国的都城雁阳，通过扶立一个黄口小儿当傀

偏皇帝，建立了北祁政权。戎狄的势头确实很猛，隐隐有雄踞北方之势，但表面风光，实际情况并不乐观。

戎狄毕竟是入侵者，遭到了祁国上下的排斥。眼下祁国的北方虽然失守了，但是玉家皇室的根基犹在，北祁的臣民中，一心效忠玉柳容的不在少数，而且对赵光吾鸠占鹊巢的行径也痛恨至极。

赵光吾占领了祁国北部的领土，就像捅了马蜂窝，北祁臣民的反抗此起彼伏，一个被剿灭了，另一个又会冒出头。虽说都是小股势力，不足以跟戎狄的铁骑正面抗衡，但是野火烧不尽，春风吹又生，赵光吾不得已要处处救火，弄得人疲马乏不说，还要防范着南边的玉柳容随时反攻，可谓左支右绌，难以兼顾。

赵光吾的困境背后，多少有玉柳容的影子。玉柳容从来没放弃重新夺回北祁之地，祁国南北分裂，他视之为奇耻大辱。他是何等骄傲之人，怎么可能容忍自己一直待在锦州，当一个不清不楚的南祁帝？他势必会重回首都，一雪前耻。

“穆扎奇一下子吃掉这么大一块地方，看来确实没有消化的能耐。”丞相徐寿徽说道，他口中的穆扎奇正是赵光吾。

玉柳容在锦州已经扎稳了根基，通过联姻又有卢国作为奥援，反攻北祁的计划已经在他脑海里生成，他随时准备将赵光吾等人赶回漠北草原。

赵光吾把摊子铺得太大，现在成了满是窟窿眼的破布，到处漏风，令他不知道该去堵哪一个。戎狄的铁骑是强悍，但是人数太少，满打满算不到十万人，这十万人可以说是一把无坚不摧的利剑，用来攻城是所向披靡的，用来防守却捉襟见肘。北祁那么大，就像是一口大锅，戎狄那十万骑兵充其量是一把葱花，撒进锅里一分散就没了。

赵光吾手中的十万戎狄骑兵说起来还是苏子修在戎狄担任国师的时候，一手组建并且扩大的，如今倒是成了赵光吾的本钱。

赵光吾就是深知这一点，故而忧心忡忡，所以想起了昭国这个盟友，请求再次合作。赵光吾希望昭国能从南面牵制住玉柳容，而他在北线作战，再给玉柳容来一次南北夹击。

赵光吾的思维很简单，玉柳容和韩梓言是夫妻，南祁和卢国是密不可分的盟友，玉柳容恨透了他赵光吾，韩梓言又恨透了苏子修，相当于他和苏子修是玉、韩两人共同的仇人。他的北祁和苏子修的昭国是南祁和卢国攻击的目标，他们两个岂有不结盟的道理？大家都是二对二，互相抗衡，总比一对二要强许多，所以赵光吾希望苏子修能考虑一下，放下对白绮梦的成见，两国重新谈一谈合作事宜。

“皇上，臣得知消息，南祁不日即将反攻，届时祁帝玉柳容将亲自领兵。”丞相徐寿徽说道，“穆扎奇这一封求救的密函倒是来得及时，皇上的意思是……”

苏子修未答，只是说道：“卢国不是也扬言要出兵攻打我昭国？他们倒像是说好了似的，我们一动，卢兵就会打过来。”

徐寿徽猜到了苏子修的意思，说道：“皇上的意思是不出兵？”其实徐寿徽也赞成这种观点，明知道有敌在侧蠢蠢欲动，还悬军远征，不是明智的做法。再说了，自扫门前雪的做法也没错。

苏子修手边有一封折子，呈报的是昭国汉朔、薤阳一带的春旱，从元宵节之后，天上没有下过一滴雨，大小湖泊已经干涸，种子在地里干死，春耕无法进行。若是这样下去，势必影响这一季的收成。

“徐丞相，你对汉朔、薤阳那里的旱情怎么看？”苏子修问道。

徐寿徽面上微露异色，刚刚他们还在商讨军国大事，一转眼就变成了国情民生：“臣以为应当挖渠引水，用靖江之水去缓解旱情。”

“徐丞相，这事就交给右副都御史杨大人去督办，朕不忍心劳民过甚，你替朕传口谕给镇守同安府的沈瑾大人，从他那里调取兵力，参与挖渠引水事宜。”

苏子修说完，徐寿徽和身边的阮宗明不由得露出一丝惊讶的神情。要知道沈瑾镇守的可是与卢国接壤的要塞，明明知道卢国在一旁虎视眈眈，还从那里征调兵力，皇上真的没有糊涂吗？

“皇上，臣以为……”徐大人认为该进言的时候还是要进言。

苏子修温和地打断了丞相的话：“徐丞相，朕心中有分寸，你不必多说了，就按照朕说的去做……”

昭国的汉朔和薤阳地处东南一带，属于同安府管辖，这里距离昭、卢边境不远，边防重镇通州就在百里之外。更巧的是，同安州就在汉朔平原，因为同安州富庶，都督府便设在那里，故那一带称为同安府。

苏子修有了御驾前往同安州视察旱情的念头。同安州正是宋翎的外祖家，苏子修想要带上宋翎同行，但是此事要如何对宋翎开口？

苏子修这位年轻君主处理大事从容果断，偏偏在一个小女子面前犯了难。

自从上次枫台一别之后，苏子修已有十日不曾去见宋翎。他知道宋翎对他仍然心存芥蒂，扭转宋翎的心意这事急不得，只能徐徐图之。两人日日相见倒不如暂时分开，各自冷静一段时间，也许反倒会出现转机。

虽说苏子修不再踏足宋府，但这不妨碍他了解宋翎的近况，尤其是饮食上面的

问题。原因就是苏子修之前赐了宋府一个御厨，令其照顾宋翎的饮食，这个御厨也就是苏子修留在宋府的一个探子。

苏子修令御厨将宋翎每日所用的菜品写成单子，呈上来给他。这位御厨战战兢兢地领了皇命，有些受宠若惊。他只念过几年私塾，平时写字的机会不多，写的字只比狗爬的强一些。但是他们村里的秀才写字比他强一百倍，秀才们的笔墨能让皇上看见吗？秀才们写字写得再好又怎样？说到底，他们还是比不过他一个掌勺的。

苏子修看了几天狗爬一样的字，总觉得这法子有问题，很快发现了症结所在，当即调整思路，改成了每日由他拟好菜单，然后让御厨按着单子做菜。苏子修通药理，懂养生，自己也勤于保养，对宋翎的膳食更是上心。

早起要空腹喝一碗浓浓的黑豆枸杞汤，通润肠胃，滋养肾气；晚上要喝一碗银耳莲子百合汤，明目润肺，养心安神；三餐的选材，荤素搭配都会每天变着花样来。

今日是鸽仔黄芪汤，明日换成乌鸡紫肾汤，后日是老鸭玉竹汤，糕点甜食上也是花样翻新，这样不会让宋翎吃腻。

苏子修将每日的菜单写在皇家御用的玉版纸上，提前一日派人送到御厨那里。这一日，御厨却发现了不一样的地方，除了往常的玉版纸，还有一份绯色的桃花笺，精巧别致，墨香淡淡，上面还穿着一根红线。

御厨可不傻，用脚指头想都知道，皇上是不会有心情用桃花笺给他写菜单的，唯一的解释就是这是给宋府上的大小姐的。

御厨的目光投向了细竹篾小蒸笼上的桃花糕，那是一种桃花形状的点心，里面的馅儿是春日新鲜的桃花蜜渍后拌上红豆沙做成的，当下食用正合时宜。御厨看着桃花糕，突然灵机一动，将那张桃花笺压在了装桃花糕的白瓷碟子下，等会儿有丫鬟端着点心送到大小姐那里。御厨笑得颇为自得，感叹自己真是幸不辱命啊。

五日之后，前往同安州的御驾浩浩荡荡地启程了，苏子修乘坐的八骏马金龙盘桓御辇之中，多了一个眉清目秀、面容白皙的小随从松子，也就是女扮男装的宋翎。

榛子也随驾出行，见到宋翎感到十分高兴，这一幕像是旧日重现了。三四年前，他们一个松子一个榛子，而苏子修在祁国当质子，如今回忆起来多少令人有几分感慨。

榛子只有一点不满，在茶馆听书那日，宋翎非要吃八宝楼的白玉糕。为主子跑腿，榛子是没有怨言的，他怨的是自己回来之后，皇上、宋翎和飞涯三个人都不见了。他捧着热腾腾的白玉糕，傻乎乎地在茶馆门前等到了半夜，最后还是飞涯想起忘了一个人，才将可怜兮兮的榛子领回去。

榛子颇为不满，宋翎则是一脸淡定，说道："我是说了要吃白玉糕，但我没想要丢下你。"

苏子修的余光若有若无地瞥了她一眼，嘴上没说，他在心里默默地接了一句，被你丢下的人是我。

榛子没弄明白宋翎的意思，只觉得她在狡辩，于是气鼓鼓地看向了苏子修，大有请苏子修评评理的意思。但是榛子发现自家的主子更淡定，坐在御辇里还要执一卷书看，对他们这边的情况装作看不见。

第十八章 春旱

汉朔、薤阳一带的春旱已持续接近两个月，天上不下雨，春耕也就难以正常进行。雨降不濡物，良田起黄埃。长时间的干旱必然影响当年的秋收，容易引发饥荒问题。

昭国外部不稳，一定要安内，所以苏子修对这次呈报上来的春旱极其重视，甚至御驾离都，亲自前去视察。

这一路上，宋翎对待苏子修的态度不冷也不热。虽说比不得从前亲密无间，但是苏子修已相当满意了，至少他们两人可以和平相处。苏子修相信来日方长，他要的是宋翎心甘情愿地重新接受他。

到了同安州，苏子修的御驾照例要驻跸行辕。他自然希望宋翎留在他身边，但是他不能明目张胆地食言，还是先要探一探宋翎的口风，看她是愿意去外祖家还是留在他身边。

宋翎的外祖家姓沈，乃世代簪缨的名门望族，诗礼传家，人丁兴旺，子弟成才，在同安州称得上是数一数二的大家族。

宋翎没有立刻回答，只派人先去了一趟沈府，问一问府上的四老爷在不在。宋翎口中的沈家四老爷就是她的四舅舅。

沈家老太爷一共有四个儿子，没养出一个纨绔子弟，堪称谢家宝树的典范。宋翎的四个舅舅如今都有官位在身，没一个虚衔，都是实职。

苏子修不解其意。他知道宋翎有四个舅舅，为何宋翎偏偏只打听这位四舅舅？

前去打听的人很快就回来了，说沈府上的四老爷不在。恰好在一个月之前，四老爷就携着妻小去平阳上任了。

苏子修这一次留心了下宋翎的表情，宋翎听到四舅舅不在时，神色貌似轻松了几分，而且她当即决定要去外祖家。

苏子修有些惊讶，浅笑着问道："你莫非在躲着你的四舅舅？为何一听到他不在，你就马上决定了要去沈府？莫非……你跟这位舅舅合不来？"

"不是，四个舅舅里面，我最喜欢的就是四舅舅。"宋翎摇头，她的四舅舅虽是长辈，但是年纪只比她大十岁。四舅舅是一个清俊儒雅的美男子，性情洒脱，为人风趣，也没有长辈的架子。不仅是宋翎，还有宋璟，兄妹俩都喜欢亲近这位四舅舅。

"那是因为什么？"苏子修又追问了一句，直觉告诉他这里头一定有隐情。

宋翎并未立刻回答，似乎在犹豫。

苏子修笑得甚是温和，说道："你若是不想说，我不问了便是。"

宋翎腹诽，苏子修嘴上说不问了，但是随便派个人去问她的几个姨娘，照样能知道得一清二楚。

想到这里，宋翎觉得还不如自己坦白："也不全是因为四舅舅，还有四舅母。我前年生辰的时候，四舅舅和四舅母一起来了郢梁，当时四舅母在爹爹跟前说话，有意给我保一门亲事……"

"什么？"苏子修原是慵懒闲散之状，闻言一下子警觉起来，沉声问道，"你四舅母为你保媒的是哪一户人家？"

宋翎如实回答，说道："四舅母保媒的是靖南王府的世子。"

"哦。"苏子修恍然大悟，说道，"我想起来了，靖南王府也在同安州，这倒是不奇怪。"

宋翎没再说话，眼神看向别处，硬着头皮点了点头。

苏子修暗自算了算日子，宋翎前年的生辰，记得当时他们才从戎狄回来，昭国

正值皇位更替之际，先帝身染重疾，江河日下，太子党遍布朝野，人多势众，其实力之强大，无人敢正面与之抗衡。而苏子修那时只是一个无权无势、没有根基的襄王，那是他人生之中最为艰难的一段日子。

苏子修突然笑了，而且是开怀大笑。他看着宋翎，说道：“这么说来当初的宋家大小姐拒绝了舅母的保媒，也拒绝了靖南王府的世子？”

宋翎看不惯苏子修这样笑，面色微微一赧，轻咬绯唇，嘴硬地道：“是又如何？”

宋翎只顾着顶嘴，没发觉自己的话中出了个大纰漏。

苏子修是何等敏锐之人，现成的把柄岂有不抓住的道理？他懒洋洋地开了口，语气颇为自负：“我怎么就不能管你的事？你难道忘记了你当时为何要拒绝世子？不正是为了嫁给我吗？”

苏子修说得坦然，没有一丝一毫不妥的地方。

宋翎一时语塞，有些后悔坦白这件旧事了。尽管苏子修迟早会知道这事，但是能瞒一时是一时。不过宋翎也不是全无招架之力，故意说道：“那是我从前不懂事，也不理解爹爹和四舅母的苦心。”

这话苏子修就不爱听了。宋翎是后悔的意思吗？

宋翎对苏子修的表情视而不见，自言自语道：“当时四舅母力荐这位世子，说他稳重知礼，人品相貌没的挑，爹爹也夸他是一个极为出色的年轻人，有当年靖南王的风范……”

“够了够了。”苏子修示意宋翎不要再说了。

宋翎乖乖地闭了嘴。

这时候，外头有人来回话，说是为宋翎准备好了马车，随时可以去沈府。

苏子修干脆利落地一挥手，令那人原路退下，说了一句令宋翎意想不到的话：“翎儿，你不必去沈府了，这几日就留在朕这里。”

“什么？”宋翎一时惊愕不已，随即想到了，苏子修莫非在吃醋？他向来从容淡定，泰山崩于前而色不变，竟然也会吃醋？

宋翎见苏子修态度强硬，放弃了硬碰硬，换了一种方法，道：“我那四舅母不在沈府……”

刚刚打听回来的消息，说四舅母随着四舅舅去了任上，此时也不在同安州的沈府。

“你四舅母不在也不行。”苏子修说话的时候板着脸，有种要强硬到底的架势，“你不是还有大舅母、二舅母和三舅母？如果这三位舅母也热衷于保媒呢？”

宋翎想不到眼前这个人明明顶着一张温文尔雅、谦谦君子的脸，却能一本正经地耍无赖。

那个来回话的人也被吓傻了，即使没有正式的名分，但是众人早就默认了宋家大小姐就是昭帝的女人，除非沈家的那几位当家奶奶嫌命长了，不然不可能为外甥女保媒。这不是明摆着跟当朝天子过不去？

宋翎硬气地道："我偏偏要去。皇上答应了，到了同安州就让我去见祖父母，难道天子也会食言？"

苏子修想到了自己的"徐徐图之"，立刻退让了一步："好，朕让你去。"

宋翎暗自讶异，想不到苏子修这样简单就让步了，反倒令她有些措手不及："此言当真？"

"朕陪你一起去。"苏子修果然还有后招，"沈家的老太爷曾经是三朝太傅，当年在朝中德高望重，又培养出四个好儿子，个个是我大昭的人才，为我大昭尽忠效力。朕顾念沈老太爷一生为朝廷尽忠，朕又恰好在同安州，不如顺便去这位三朝老臣的府邸看一看。"

苏子修这一番话说得有理有据，令人无法反驳。

宋翎双眸圆瞪，面上微恼，却没有办法。她再一次发现自己真不是苏子修的对手。每一次她能在苏子修跟前使坏，那都是苏子修让着她。倘若苏子修要认真跟她计较，她是毫无招架之力的，只能被他牵着鼻子走。

那一日，沈家的老太爷，也就是宋翎的外祖父，诚惶诚恐地领着众家眷在沈府前接驾。

沈老太爷告老还乡已将近二十载，做梦都没想到当朝天子会踏足沈府。苏子修态度温和，身上没有一丝一毫少年天子的浮躁和倨傲，处处显露出与年纪不相称的成熟和稳重。他褒扬了沈家数代人为朝廷做出的贡献，又适当地勉励了一番，总之给足了这位三朝老臣礼遇。

在年轻天子面前，沈老太爷激动万分，眼含热泪，连连称道："皇上体恤老臣，老臣愧不敢当，愧不敢当啊！如今老臣这一把朽骨是没用了，幸好有几个不成器的儿子尚在朝当个不入流的小官，代替老臣为君主尽忠，为朝廷效命，万望能不负天恩，为主分忧。"

宋翎当时也在伴驾队伍当中，看到这种架势，就知道外祖家肯定是待不下去了。她见了外祖父母之后，只能跟着苏子修回去。宋翎心情郁闷，苏子修说了不会勉强她，大概指的是他不会明目张胆地用强，但是暗中施计应当不在此列。

到了第二日，同安州就传出了皇上亲临沈府见三朝太傅的佳话，于是苏子修多了一个体恤老臣的美名。

苏子修此次到同安州，主要是为了视察旱情，将近两个月不下雨，眼看着春耕要荒废了，最好的办法就是修渠引水。古来治旱的办法就是修堤梁，通沟浍，行水潦，安水藏，昭国也不例外。这条水渠计划从兰江开挖，连通彭泽水系，注入汉朔和蘼阳的辛饶湖，将这里当作最后的蓄水池。经过堪舆估算之后，这条水渠前后三百余里，乃一项耗时耗力的大工程，但是一旦完工，就能一劳永逸地解决汉朔、蘼阳一带的干旱困扰，可谓利国利民，功在千秋，泽被后世。

挖渠需要大量壮丁，而壮丁需要从民间征调。苏子修不忍心过度驱使民力，所以从隶属同安府的军队当中抽调了一部分兵力，兵民协作，同在道上挖渠引水。这个决定令不少人侧目。好听的话是赞扬苏子修是个仁慈的君主，珍惜民力，爱民如子；不中听的话是批评苏子修顾此失彼。同安府紧邻着通州，乃边防要地，那里的军队要时刻待命，防范敌国入侵，怎么能说抽调就抽调？修渠引水是民生大计，但是戍边守疆也是国之要务，苏子修只想着修渠，这不就是顾此失彼？

苏子修没有理会言官的进谏，似乎非常重视这一次修渠的事，每天都要召见负责的官员，听他们汇报工程的进度。负责修渠的官员向苏子修提了一个建议，先挖一条从彭泽水系到辛饶湖的河道，将彭泽的水引来，暂时缓解汉朔和蘼阳的旱情，然后再挖通到兰江的那一段。不然等引来了兰江的水，汉朔和蘼阳的庄稼已经全干死了，那是远水救不了近火。

苏子修听了之后，当即表示赞同，在随后的半个月之中，他又陆陆续续从同安府调来好几支队伍投入修渠当中。随驾的大臣们知道劝了也没用，因为他们说服不了皇上。

大臣们说戍边要紧，皇上就说修渠也要紧，那是惠及百姓的民生大计、“百姓”这两个字抬出来，堵住了一大半人的嘴巴。他们又说卢国在旁边虎视眈眈，只怕会伺机寻仇，皇上就说卢国扬言要报复也不是一天两天了，只是耍嘴皮子，不敢动真招。卢国的新君是一个七岁小儿，卢国尚自顾不暇，哪里还管得了别人？再说了军队放着不用，那些士卒每日也要吃军饷，倒不如调过来修渠，一举两得。这些话堵住了剩下一小半人的嘴巴。

大臣们都闭嘴了，皇上一意孤行，而且如此振振有词，他们这些当臣子的又有什么办法？只能由着皇上的意思来了。

大臣们原本以为抽调几支戍边的军队就完了，但是苏子修随后的一个举动，令他们实实在在地惊掉了下巴。苏子修传召了同安府的都督沈瑾前来，这不仅是调兵，而是遣将了。

宋翎自从得知去外祖家住的路被堵死之后，不得不老老实实地跟着苏子修待在行辕。苏子修几乎从早忙到晚，不是召见臣下，就是批阅奏折，鲜少有空闲。因为忙于政务，他跟宋翎待在一起的时间十分有限。宋翎倒不寂寞，因为有榛子跟她做伴。宋翎重拾了当年的老把戏，将自己打扮成不起眼的小厮，跟榛子悄悄地溜出行辕，跑到外头去闲逛。

宋翎见苏子修一直心心念念着修渠之事，猜想到旱情应该很严重，要不然苏子修不会如此挂心，屡次与臣下发生分歧。

随着宋翎去外面的次数越来越多，她慢慢地发现，旱情貌似也没有她想象中那么严重。她没有亲眼见过旱情，但是从读过的诗句中猜想，大概就是“散吏驰驱踏旱丘，沙尘泥土掩双眸。山中树木减颜色，涧畔泉源绝细流”的景象。

宋翎假扮成小厮之后，在市井街头跟老百姓闲聊，陆续听到了一些消息。据说汉朔和蘼阳不是到处有旱情，有部分地方还是有水可用的，只是用水紧张了些，但是基本能保障春耕的进行。

这一日，宋翎正拉着榛子待在一处路边的茶寮里，榛子起初是嫌脏不肯进去，后来才委屈地在满是黑泥的凳子上坐下。他身上带了一块绢帕，原本想要替宋翎擦一擦凳子，因为他时刻谨记主子的吩咐，必须照顾好宋翎。但是榛子才将绢帕掏出一半，对面的宋翎就咳了一声。那绢帕一看就是又轻又软的好料子，而他们两个只是衣着简朴的小厮，哪里会有如此贵重的绢帕?

茶寮里正好有人在说话：“我听说汉朔那里旱得更厉害，蘼阳倒是还行，但是也紧巴巴的，大河小河都快见底了。那一点儿水浇了谷子就浇不了麦子，小孩喝了水，大人就没水喝。唉！难啊！”

“汉朔和蘼阳这里缺水，总是要旱一旱，不过就是今年小旱，明年大旱。你们听说了吗？咱皇上这次是一定要修一条水渠，把兰江的水引过来，这样以后汉朔和蘼阳就不会缺水了。”

“当然听说了，这条渠要是修成了，咱们的子子孙孙可就都有福了，用不着年年受罪，不会为没水而发愁。”

榛子也在侧耳听着，小声地对宋翎说：“这些人看着不老也不少，都是青壮年，就算眼下种不了地，为何不去挖渠？比大白天窝在茶寮里闲聊要强。”

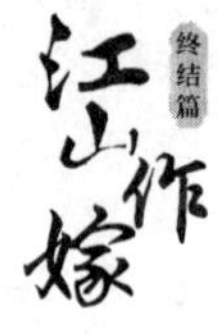

榛子自认为说得小声，以为只有宋翎能听见，没想到有个人耳尖，虽不是每句都听清了，但也听出了大概的意思。

那人不服了，冲着榛子嚷嚷道："这位小兄弟说我们大白天不干活，可是冤枉我们了。我倒是想干活，原本想着在渠上谋个差事，还能得一份工钱，可我去了，人家偏偏不要。"

"对呀，我也去问过了，官府的人都说不要。"

宋翎不由得诧异，不是从民间征调的劳工不够，这才拨了军队过来吗？但是今日听这几人一说，倒不像是这么回事。

宋翎问道："为什么官府不要人，不是老说渠上缺人吗？"

"唉，谁知道那些当官的想什么？"那人撇了撇嘴道，"要不然就是他们喜欢用当兵的，不喜欢用咱们这些平头百姓，谁又说得明白？"

宋翎听得若有所思，这时街市上传来一阵喧闹嘈杂的人声，她正想问是怎么回事，就听见不远处有人喊："沈将军回来了。"

众人口中的沈将军乃镇守同安府的都督沈瑾，受了苏子修的传召而来。

只见身着铠甲的男子在最前面，骑着一匹高头骏马，因为戴着头盔，遮住了大半面容。此人身后跟着一队人，应该是沈将军的亲兵，个个雄姿英发，穿着统一的铠甲，甚至骑着一样毛色的马。那些亲兵个个昂首挺胸，脊背挺直，乍一看去，还以为过来了一队笔直的标枪，看着极威风。

百姓就喜欢这种热闹，都去围观。宋翎也想去看，但是反应慢了些，等她回过神的时候，发现最前面的沈将军已经走过去了，从她的位置只能看见他的背影，不过那身重甲穿在谁身上都一样，根本看不出什么。

第十九章 行刺

苏子修果然对修渠之事分外上心，除了听负责的官员汇报，还亲自去了渠上，查看工程的进度。

宋翎也跟着苏子修一道前去，依然扮成小随从的样子。

那是宋翎第一次到挖渠的地方，不过这里路滑难走，泥泞得很，最后挖成的河道约两丈宽，如今有一段大致看得出雏形，据说投入挖渠的劳力是兵民各半。

不过宋翎此时一眼望去，还是觉得士兵更多。他们脱了盔甲，只穿着中单，跟老百姓区别不大。但如果有心之人仔细看，还是能够一眼分辨哪些人是兵，哪些人是民，气势上有着明显的差别。河道旁边有好多垒起的土坡，很快就有人推着车将土运走。

那位负责的官员一路上恭恭敬敬，随时回答着苏子修的问话。皇上能御驾亲临，

负责官员自是高兴。那官员知道一旦这条渠修成，肯定要记上一笔自己的功劳，皇上亲眼看过，将来更会多念几分他的劳苦功高。

“皇上，照这个进度挖下去，不出三天，彭泽到辛饶湖的渠道就能挖通了，到时候将彭泽水引来，就能缓解汉朔、蘼阳的旱情，不会影响今年的春耕……皇上请看，微臣命人挖到这里的时候，正好发现这一处空阔，将来可以在此立碑，将修渠治旱之事记录下来，传之后世，令后世之人都知道皇上的功业……”

宋翎听得百无聊赖，随意地看向四周，目光扫过其中一个士兵的时候，猛然觉得那人有些眼熟。但是她再去寻找，却找不到那个人了。宋翎觉得自己应该是看错了，这些人都是附近的百姓或戍边的士兵，怎么可能会有她的熟人？

那位官员兴致高昂，还在说立碑的事情。他觑着苏子修的脸色，觉得自己真是体贴圣心，马屁也拍对了地方。

苏子修又问了几句话，心里已大概有底了。

宋翎觉得自己似乎被一道目光紧紧盯着，那目光锐利得令她不安，每当她转过头或是环顾四周的时候，却发现不了那目光的来处。周围的人都在埋头挖渠，专注得好像只剩下抡锄头这件事。

“皇上，请看这里，微臣……”那官员正说着话。

这时传来一声暴喝，有人喊道：“昭帝！偿命来！”有一人跃起，手中握着一把寒光闪烁的短剑，飞身朝着苏子修的方向扑来。

宋翎吓了一跳，分明听见对方说的是“偿命来”而不是“拿命来”。

苏子修身边有飞涯，只见飞涯迅速出手，将那堪堪逼到苏子修胸前的剑拦了下来。

那人一击不中，在空中一个旋身，落地站稳了身子，宋翎这才看清刺客的真容，一颗心跳到了嗓子眼处。那人是桑拓——韩静言的暗卫三十三骑的首领，通州那晚唯一活着回卢国的人。

苏子修也认出了桑拓，惊声道：“是你！”

“对，就是我。”桑拓嗓音洪亮，盯着苏子修的眸子中满是仇恨的怒火，他恶狠狠地道，“你杀了我的主上，我今日就替主上报仇！”

桑拓撂下狠话后，再次发起了进攻。他出手狠辣，招招皆要夺苏子修的性命。桑拓是卢国皇室的三十三骑的首领，称得上是暗卫当中的顶尖高手，而飞涯也是贴身侍卫当中的佼佼者，两边都是各自国家的高手，交起手来一时难分胜负。

苏子修身边都是文官，看到这近身相搏的场面都愣住了。天子的亲兵不在这里，唯有飞涯一人算是派得上用场。虽然四面八方都是昭国士卒，但是他们平日听命于各营的将领，在无人指挥之下，这些士卒竟没有一个人冲上去。

苏子修不疾不徐地开口问道："桑拓，朕已放你归国，也是放了你一条生路，你为何又要潜回我大昭？"

桑拓知道苏子修这是为了让自己分心，他是一名质素优良的暗卫，一言不发，只顾厮杀。桑拓今日来杀苏子修是抱了必死的决心的，他跟飞涯缠斗的时候，完全是不要命的打法，从不防守，只一味猛攻，根本不在乎身上多处负伤，不惜任何代价也要靠近苏子修。

飞涯也是数一数二的高手，但是看到桑拓这种不要命的打法，眼底而过一丝骇然之色。尽管一时还未落下风，但是他知道自己根本不占优势。谁能抵挡住一个把命都豁出去的人呢？飞涯全力应敌，一剑洞穿了桑拓的肩膀。桑拓毫不躲闪，怒吼一声，仿佛要用血肉之躯死死咬住飞涯的长剑。飞涯终于感觉到自己握着剑柄的手在微微发抖，那是一个怎样的狂人？

桑拓趁着飞涯分神之际，出手快如闪电，一剑砍中了飞涯的右腿，顿时血光飞溅，飞涯惨叫了一声。那一剑伤得不轻，飞涯的右腿瞬间失去了站立的能力，但是作为顶尖侍卫的意志令他死撑着没有倒地，就这样踉踉跄跄地走了几步。原本飞涯还想拼死一战，这时候意想不到的事发生了，他竟然一个失足，直挺挺地掉进了旁边的渠道里。

桑拓冷眼看着，心想此乃老天助他。在清除了最大的障碍之后，桑拓的神色越发阴冷凶残，他也不说话，挥起短剑直冲着苏子修攻来。

桑拓杀红了眼，人挡杀人，佛挡杀佛。他手中有兵刃，苏子修却是赤手空拳。苏子修功夫不弱，但是面对这样一个近乎失控的暗卫高手，他完全处于劣势，每一次都是险之又险地躲过桑拓的攻击，根本没有逃脱或是还手的机会。而且苏子修身上的衣服也拖了他的后腿，宽袍大袖甚是累赘，比不得桑拓一身短打，简洁利落。

宋翎眼看着那剑朝着苏子修的胸膛狠狠地刺来，不管不顾地冲到了苏子修面前，大喊道："住手！别杀他！"

苏子修看见宋翎，也喊得撕心裂肺："翎儿！"

桑拓看见是宋翎挡在前面，剑势微微一收，没有直劈下来。他冷冷地对宋翎说道："你是主上重视的人，第一次我不杀你，但是第二次就不会手下留情了……"桑拓话音刚落，之前收住的剑势又汹涌而至。

那么近的距离下攻击而来的剑根本无处可躲，宋翎也没打算躲。

宋翎感觉彻骨的寒意逼近，那一剑应该会洞穿她的心脏。

“翎儿！”苏子修厉声喊道。

宋翎感觉自己被一双有力的臂膀圈住，然后被带着往旁边一滚，紧接着就从高处坠落。待到宋翎睁开眼睛时，发现自己竟掉进了渠道里，而苏子修依然紧紧地抱着她，一侧的手臂血流如注。

桑拓那一剑是无论如何也躲不过的，但是刚刚飞涯的失足提醒了苏子修，在千钧一发之际，他抱住宋翎，两个人一起滚到了渠道里。

“你受伤了。”宋翎大惊失色，本能地要去捂住他的伤口。

苏子修镇定地说道：“不碍事的，只是伤到了手臂。”

这时候，似乎有带兵的将领到了，来人一声令下，周围的士兵终于被调动起来，一时之间，千百人冲向了桑拓一人。

宋翎在挖好的渠道里，只听到外面惊心动魄的喊杀声，看不见外面的情景，不过猜也猜得出来，桑拓再强悍勇猛也抵不过一拥而上的众多士兵，就像是一只狮子抵不过群狼一样。

苏子修则扯下外衣的袖子，将臂上的伤口牢牢地缠了起来。

过了片刻之后，一名年轻将领的声音在高处响起：“臣沈瑾救驾来迟，皇上受惊了。”

宋翎听见声音，震惊地回过头去。逆光之中，她终于看清楚了那位叫“沈瑾”的将军，他的眼耳口鼻、姿容神情展露无遗。那一刻，宋翎感觉浑身的血液都要凝固了，一颗心简直要从腔子里跳出来，就算刚刚暴露在桑拓的剑刃之下，她也不至于这般失态。

那个人是宋璟，她的哥哥宋璟。

是夜，同安州的行辕中，苏子修手臂上的伤被妥善处理了，已经有人向他汇报了事情的经过。桑拓是同安府抽调来的军队中的一名普通士卒，年初刚刚入伍，平日里闷声不响，在军营里从不与人来往，各方面表现得非常平庸。桑拓所在的军营乃副将黄纪的麾下，黄纪得知自己营里出了一个行刺君王的大逆不道之人，吓得魂飞魄散，忙不迭脱了盔甲，带着营中的千户、主簿等一干部下战战兢兢地到苏子修跟前领罪。

苏子修并没有追究黄纪查人不严的罪名，只是斥责了他几句，就让他领着部下退下了。

苏子修已经大致想通了此事的来龙去脉。

当初在通州，他放走了桑拓，让桑拓去卢国报信。桑拓为了给韩静言报仇，偷偷潜回昭国境内，又不知用了什么手段混入了昭国的军队。正好苏子修调队伍去挖渠，桑拓也在其中，想必他已在暗中观察许久，终于等到下手的机会，所以才会发生这惊心动魄的一幕。

苏子修不由得叹道："想不到桑拓如此忠心，为了给韩静言报仇，不惜舍掉自己的性命。若在古时，他应该是聂政、豫让一般的人物。"

这样的话也就苏子修能说，要不然谁敢赞誉一个行刺之人？

飞涯的右腿伤得很重，根本无法站立，苏子修特意给他赐了座。飞涯听了这话，咬咬牙从椅子上起身，在苏子修跟前跪下，请罪道："飞涯失职，让皇上龙体受损，请皇上降罪。"

苏子修当即拦住他，说道："飞涯，你做得很好了，今日若不是你，朕恐怕已命丧黄泉了，朕要为你记上一功。韩静言幸而有桑拓，朕幸而有你，你们都是一心为主、忠心耿耿之人。"

这话已是极高的褒扬，飞涯稍稍安心，在主子沉稳的目光中又坐了下去。

照往常的惯例，出了行刺这等大事，随之而来的就是严厉追责，届时会牵连一大串人，该杀头的杀头，该入狱的入狱，该流放的流放，必须有人为此担责。这种时候，但凡有所牵涉的官员，无不提心吊胆，生怕被问罪。直到听说皇上赦免了黄纪，这些人才放下心来。这是一个重要的信号，皇上连黄纪的罪都免了，他们这些人大概也逃过一劫了。

苏子修心里明镜似的，有些人只是无辜受累，有些人的确是失职，譬如负责修渠的官员。他哪里知道会有刺客出现？黄纪的部下招兵的时候审查不严，才让来历不明的人混入军营。

苏子修认为还是暂时将此事压下，因为大规模清查容易引起人心不稳，这是他不想看到的。苏子修令其他人一概退下，留下了沈瑾，说道："看来咱们是时候跟翎儿解释一下了。"

在行辕的另一间房内，宋翎坐立不安，终于听见了房门被推开的声音。她警觉地循声看去，只见苏子修和宋璟一前一后地走了进来。

宋翎的目光直接跳过前面的苏子修，落在后面的宋璟身上。她三步并作两步冲到了宋璟跟前，看着眼前活生生的宋璟，宋翎的神情带着掩饰不住的激动，声音都微微颤抖起来：“哥哥，真的是你？”

宋璟也是深深动容，说道：“翎儿，你没看错，哥哥就在这里，就站在你面前。”

宋翎紧紧咬着下唇，使劲儿点头。重逢的喜悦仿佛汪洋一般汹涌，她害怕自己一说话，眼泪就会忍不住汹涌而出。

苏子修轻轻咳了一声，被无视的感觉太明显了，他浅浅地笑道：“翎儿，这下你总该相信了，我没有骗你。”

宋翎难得温顺地朝苏子修点了点头。

虽然对外宣称宋璟和宋家的其他女眷在天牢中服毒自尽了，但实际上在苏子修的暗中安排下，他们得以从天牢脱身，最终留得性命。

苏子修从天牢里救人，惠帝应该是默许的。那时候惠帝雷厉风行地清理了太子余党，并不打算对宋家网开一面，但是苏子修执意要保宋家，惠帝拗不过自己的儿子，不得不做出让步，那就是睁一只眼闭一只眼。苏子修要救人，可以，但是只能暗中操作，不能摆在明面上进行。

宋翎喃喃地问：“那么爹爹……”

宋璟闻言沉默，苏子修也一脸无奈。对苏子修而言，这也是唯一的缺憾：“我不是没有想过将丞相救出来，只是……”苏子修的后半句话没有说出，只是宋丞相拒绝了，而且是严词拒绝了。

苏子修当时救了宋璟和宋家的女眷，想让宋丞相也“服毒自尽”，但是宋丞相拒不接受。苏子修至今还记得宋丞相在牢中说过的话：“我一生磊落，死有何惧？与其苟且偷生，从此在世上隐姓埋名，当一个见不得光的人，倒不如坦荡赴死，反而保全了气节。况且我与诸位大人一起身陷囹圄，没有独自偷生的道理，我必须留下来与诸位大人共生死。”

不得不说，宋丞相的骨子里有文人的清高和刚绝，他不接受苟活，也不接受独活。当时落难的不仅有宋家，还有同样支持太子的贺家、杨家等，宋丞相不想撇下这些昔日的同僚，他宁可命丧刑场，也不肯让这些人下了黄泉之后，在阴间骂他是一个苟且偷生的小人。

宋璟要活着，宋家的女眷们要活着，宋丞相不会勉强他们跟自己一起死，但是他的性命要自己做主，无论苏子修怎么劝说，他就是不答应。

宋璟朝着宋翎叹气，说道：“你也知道爹爹的脾气，将气节看得比性命更重要，他认定的事情，是不会轻易改主意的。”

宋翎想到父亲，神色间多了几分黯然，因为她也明白，父亲极有可能是一心求死的。

"为什么那时候不告诉我？"宋翎问道。

苏子修解释道："那时我虽然即位了，但是底下不服气的人很多，想要看我倒台的人也很多，权力并不是都在我手中，我没有能力保护想要保护的人。但是后来我做到了，再也不用顾忌什么，所以我给宋家平反，让宋家人回原来的府邸居住……"

"哥哥为何要改名为沈瑾？"宋翎猜到了这个名字的意思，瑾跟璟的读音相近，而沈是他们外祖家的姓。

宋璟说道："当时为了剿灭晋王等人，我用沈瑾这个名字进入军中，暗中帮助皇上。"

听到这里，宋翎如何不明白？她对苏子修说道："我要单独跟哥哥说会儿话。"

苏子修听了这话之后，轻轻一挑眉梢。宋翎的言下之意是要他回避，他答应得很干脆："好，你们兄妹久别重逢，就好好说会儿话吧。"说完，苏子修便一个人出去了。

宋璟问道："翎儿，你支开皇上，是想问哥哥什么？"

宋翎不绕弯子，径直问道："哥哥，当初玉柳容赠我玉牌的事情，除了我们三人，还有谁知道？"

宋璟不由得蹙眉，不答反问："翎儿，你是疑心哥哥将玉牌之事告诉了皇上？"

宋翎心里始终存着一点模糊的影子。她从前认为是苏子修从宋璟这里得知了有这样一块玉牌，然而正是这块玉牌，最后成了宋家叛国投敌的铁证。时至今日，她还是想要弄明白，这件事跟苏子修到底有没有关系。

"我确实这样想过。"宋翎老实回答。

宋璟看着宋翎，眼底似有惊诧之意，他随即摇头，颇为笃定地说道："我没有将玉牌的事告诉给皇上。"

宋翎想到二娘对她说过，宋家被抄家的那一日，先是父亲和哥哥无缘无故被传召入宫，然后府上就来了一群官兵，说是要搜查，在将宋府严密搜查了一遍之后，在宋璟的房里找到了那一块玉牌。

"朝廷是先扣了人，然后再去搜查证据的。倘若事先不知道玉牌的存在，朝廷何来的底气扣下两个朝廷命官？其中一个还是当朝丞相。"宋翎说道。

宋璟仍旧是那句话："反正我没有对人透露任何关于玉牌的消息。"

宋翎迟疑地道："我相信哥哥，只是……"

"你说得也有道理，当时搜查宋府的人应该是冲着玉牌来的，不然说不通。"

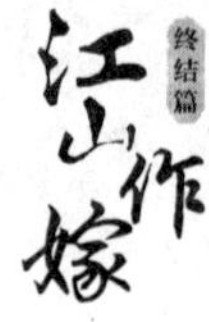

宋璟想了想，又分析道，“翎儿你有没有想过，玉牌之事为何会被人知道，或许跟我们两个都无关，也有可能是因为玉柳容。可能是他将消息散到了昭国，也可能是我们在江临的时候，就被人盯梢了。”

宋翎自是愿意相信哥哥的，点了点头，说起了另一件事：“哥哥从前一直是七皇子党，不管爹爹说什么你都不听，但是从江临回来后不久，你却突然变了主意，跟着爹爹投入太子的阵营，你当时可是来了一出‘人在曹营心在汉’？”

宋璟苦笑道：“你知道了。”

“我去过刑场见爹爹最后一面，当然贺太傅也在。”宋翎口中的贺太傅差点儿成了宋璟的岳父，这位贺太傅在临终前，对宋璟恨得咬牙切齿，大骂内鬼比贼还可恶。这个“内鬼”大概就是指宋璟。

宋璟点头，事到如今也没有什么不好承认的了。

宋翎问道：“哥哥暗中为他做了那么多事，最后却背了一个叛国投敌的罪名锒铛入狱，哥哥当时是否恨过他，恨他翻脸无情、背信弃义？”

“我当时也以为是皇上设计陷害了宋家，自己又身陷囹圄，岂有不痛恨他的道理？”宋璟答得坦荡，随即又道，“后来我被皇上从天牢里救出之后，知道自己误会他了。当时先帝还在，皇上也有不得已之处，很多事情做不了主，但是皇上尽力保全宋氏一门了。”

“所以你后来化名沈瑾，继续为他做事，逐渐帮他控制兵权，镇压了数次叛乱，现在又在同安府镇守戍边？”

宋璟化名为沈瑾进入军中，实际上他是苏子修的心腹。在苏子修的授意下，他慢慢地掌握了兵权，后来镇压晋王等人的叛乱，宋璟的功劳不小。

那时候沈瑾将军在昭国已颇有名气了，苏子修又派宋璟去镇守同安府，防范东边的卢国。

宋璟称苏子修为“皇上”，宋翎则一口一个“他”，兄妹二人对苏子修的称呼相去甚远。

“翎儿。”宋璟说道，“我知道你对皇上一直心有芥蒂，为了离开皇上，甚至不惜逃到卢国，但是我不得不说，爹爹的死不是皇上的责任。我一开始也想不明白为什么祸从天降，但是后来我想通了，皇权更替，皇位争夺，臣子在朝为官，躲不过是是非非，势必会有朝臣成为其中的牺牲品。宋家的落难怨不得谁，这不是冤有头、债有主的事情，皇上能在那种形势之下尽力保全宋氏一门，算是尽心尽力了。爹爹不肯逃走，那是因为爹爹有自己的原则，别人无法左右。我知道，你不愿意同皇上和好，最放不下的就是爹爹的死，但是我不得不说一句，爹爹的死并不能全怪皇上。你也不要一直钻牛角尖了。”

宋翎怔怔地听着，随后问道：“真的吗？哥哥，是我一直在钻牛角尖？”

宋璟道：“翎儿，皇上这样对你实属难得，你不要再倔强下去了。”

“哥哥说着说着为何成了说客？”宋翎醋溜溜地道，“你一口一个皇上，在你眼里，到底是皇上比亲妹妹要紧。”

宋璟笑了：“好、好、好，我不做这个说客了。”他果然不再多说，而是走到了门前。

宋翎见他一副要走的样子，问道：“哥哥，你要去哪里？”

宋璟回过头狡黠一笑：“这次换个哥哥出去了。”宋璟有心使坏，尤其在“个”字上故意落了重音。

宋翎自然听出了宋璟的意思，耳后染上了薄薄的红晕。她咬了咬下唇，扭过头去。

第二十章 北伐

苏子修赦免了各级官吏护驾不力之罪，这使得众人都松了一口气。挖渠之事继续进行，并没有因此停工。

这一日，苏子修又收到了一封密函，依然是北边的赵光吾送来的。上回赵光吾还在大谈合作，这次是实实在在地来求救了。玉柳容领兵攻打北祁，势必要将失地一举夺回。

赵光吾在北祁建立的伪政权本来就是一个草台班子，内部秩序混乱，人心不齐。赵光吾不懂治国，只知道抢地，抢到手之后如何治理就成了一个大问题。原先的祁国臣子因为不服蛮夷统治，都跑回去投奔玉柳容了，使得北祁朝中更加无人。北祁里子已经不行了，全靠外面的骑兵撑着，所以玉柳容一反攻，赵光吾就要向苏子修求救了。

赵光吾在漠北待了十几年，待腻了，再不想回那种荒蛮之地，成日跟蛮子为伍。他想要长长久久地占据北祁，将这里当作发家福地，来日若是能重回卢国就更好了。

从赵光吾落款的日期推断，玉柳容出兵有七八日了，难怪赵光吾会着急。苏子修将密函撂在一边，还是没有理会。

这时苏子修听到环佩叮当之声，显然是一名女子疾行而来。他抬头看去，果然是宋翎进来了。

她开口就问道："我哥哥去哪儿了？到处都找不到他。"

"宋璟？"苏子修懒懒地答道，"朕将治旱的事情派给了他，这会儿他估计在巡视渠道。"

宋翎并不相信，赌气地说了两个字："骗人。"

宋翎已三天不曾见过宋璟，他们兄妹原本就感情甚笃，又是劫后重逢，宋璟不可能三天都不露面，如此冷淡，必然反常。

"你到我身边来，我告诉你实话。"苏子修轻轻牵过宋翎的手，将她引到自己身边，附在她耳边低声说道，"宋璟已回同安府了。"

宋翎有些吃惊。宋璟就这样不辞而别了？不过转念一想，她又发现了不对劲儿的地方，当地官员和士兵都说沈瑾将军还在同安州，他的那一队亲兵也在。

宋翎不是无脑之人，苏子修之所以要小声说，定有他的道理，于是宋翎也压低了声音道："哥哥是同安府的都督总兵，为何要悄悄回去？"

也许是宋翎说这话的声音压得太低，苏子修问道："翎儿你说什么？朕没听清。"

宋翎实心眼得很，果然凑到苏子修的耳边，重新说了一遍。

苏子修侧耳倾听，感觉耳畔有温热的气息拂动，酥酥麻麻的，令人很是受用："朕还是没听清，你再说一遍。"

宋翎哪怕再迟钝，也发现其中有诈，苏子修分明就是故意的。她想要后退一步，苏子修早有预备，伸出手臂抵住了她后腰的位置，令宋翎根本退不得。

其实宋翎硬要后退，也并非不可，只是苏子修在这里耍了心眼，他用的是之前中了剑伤的右臂，宋翎总不会跟他受伤的手臂作对。

"你……"宋翎也发现了这一点，不由得有些恼火。苏子修确实担得起"温润如玉，谦谦君子"八个字，但是他在她这里从来不君子。

宋翎眼底狡黠的光芒一闪，她做出了一个让苏子修变了脸色的惊人之举，主动上前，轻轻巧巧地坐在了苏子修的膝上，如轻盈的小蝴蝶择了一朵花翩跹落下。

宋翎瞪着一双圆溜溜的眼睛，好歹攒出了几分威胁的气势，说道："你告诉我，

我就立刻下来；若不告诉我，我就一直坐着……”

苏子修闻言，差点儿笑出来，只是他一向能控制情绪，勉强将笑忍了回去，瓮声瓮气地说了四个字：“求之不得……”

宋翎不疾不徐地说道：“我刚刚看到好几位大人过来，也许有要紧事禀告，皇上确定要这样召见臣子吗？那岂不是成了……”宋翎拖长了声音，故意没有把话说完。

苏子修叹了一口气，才知道这艳福来得别有用心，坦白道：“是朕令宋璟回去的，他做的事十分机密，朕不能告诉你。但是朕能告诉你另一件事，等到这次的事情结束之后，朕会让宋璟恢复宋氏子孙的身份，从此他就不用再挂着沈瑾这个化名了。”

宋翎点了点头，还是知道分寸的，不会傻到追问苏子修让宋璟去干什么。但是苏子修说起让宋璟恢复身份之事，还是令她心头一动，她问道：“恢复身份有什么难的，为何非要等到以后？”

苏子修用一指堵住了宋翎的嘴，说道：“这就不能问了。”

宋翎说话算话，就准备从苏子修的膝上溜下来。她刚刚那句话不是随口说的，是真的有大臣前来。苏子修倒不舍了，将宋翎按住不让动。

“我要走了，不然真的会被人看见。”宋翎全然没了之前的大胆，声势弱了几分。

苏子修在宋翎的鬓角处轻轻落下一吻，依言松开了她，但是这并不算完。苏子修岂能被一名小女子白白调戏一回？以牙还牙，以眼还眼，那才是理所应当的。

宋翎正要离开，背后传来一个气定神闲的声音：“你若喜欢这样坐着，也并无不可，无非朕的膝盖受累些。只是这里不好，换一处地方就好了。”

宋翎蓦然回头，正好对上了苏子修似笑非笑的眼神：“朕将朕的膝盖赐予你了，只是你何时要坐得经过朕的御批，没有旁的事，你谢恩之后就退下。”

宋翎当时的表情，已不是瞠目结舌可以形容。她果然还是小瞧了苏子修。所谓“道高一尺，魔高一丈”，用在她跟苏子修身上十分贴切。宋翎没法还嘴了，只能咬牙切齿地退下，但是在退下的时候，脑子里冒出了四个大不敬的字——“厚颜无耻”。

苏子修也确实如此。他的右臂在桑拓行刺那次受了伤，每日都要换伤药。他不用太医，而是支使宋翎。宋翎吞吞吐吐地推辞：“我不太会包扎。”

苏子修笃定地道：“你只管放手去做，我在旁边指点你。”

宋翎只能答应。苏子修这一日都在忙碌，直到夜色已深，松枝铜鹤的镏金更漏已到了三更，宋翎守着一堆干净的绷带和伤药，在房内等得昏昏欲睡。

苏子修回来之后，头一件事就是屏退了侍女，这使得宋翎不得不一个人服侍他清洗伤口，上药，再包扎。苏子修倚着长榻，解开半边衣衫，将受伤的右臂袒露出来。宋翎准备好了东西，按照苏子修的指示，小心地用绷带将伤口缠绕起来，缠得不紧不松的。

苏子修说道：“刚开始不要压得太紧，自然也不能太松，缠了三四圈之后就能稍稍加点儿力道，将边缘一层层压起来，再绕回去压一次，如此就好了。”

宋翎做得专注，双手的手指一勾，打好了收尾的结。她正要起身，苏子修的吻已落在了宋翎的额心处，见到宋翎并无过激反应，他沿着小巧的鼻梁向下，温柔含住了那一双娇嫩润泽的粉唇。

宋翎没料到会有这突如其来的亲密举动，本能地想要躲避，却被苏子修用手掌托住了后颈。宋翎不敢乱动，任由苏子修亲吻着她的唇瓣。唇齿缠绵之间，宋翎猛然发觉，两人已换了位置。

她倚靠在长榻上，苏子修则俯视着她，凉凉的指尖滑过她的耳郭，又游弋到了下颌处。

宋翎正想说话，刚启唇又被火热的吻封住，这一次不比之前的温存，而是带着几分情欲升温的灼热之意。宋翎发觉事情有点儿不对，苏子修根本不打算轻易放她走，她这才后知后觉地害怕起来，但是表面上还是要强装镇定：“你不能这样对我。我们两个没有夫妻名分了。”

苏子修原本打算将宋翎打横抱起，无奈右臂受了伤。他冲着宋翎笑了笑，趁她不备，竟直接将她扛在了肩上。宋翎感觉身子一下子离地，自然被吓了一跳，失声尖叫道：“放我下来！”

苏子修果然将她放下，不过却放在了床榻上。宋翎气得双目圆瞪，正想从榻上下来，苏子修的手臂却从背后横亘到她身前，搂住了她一侧的肩膀，附在她耳边说道：“那我再娶你一次好了。”

宋翎转过身，故意挤对他道：“请问皇上要给臣女什么位分？”

“胡说八道。”苏子修佯装板起了脸，“朕说了是娶，明媒正娶。朕是襄王，就娶你当襄王妃；朕是皇上，就娶你当皇后。”

宋翎微微一怔，皇后？

苏子修深深凝视着宋翎，一字一顿地认真道：“翎儿，回到朕的身边。”

苏子修说到做到，第二日就雷厉风行地颁布了立后的诏书，册封前丞相之女宋翎为昭国皇后。不过这只是确立了名分，眼下在同安州诸事不便，必须等回到郢梁

再举行正式的封后大典。

到了征和二年的五月上旬，边境有急报传来，卢国大举进攻昭国的同安府，而且势如破竹，连下五城。

卢国军队是怀着仇恨来的，锐不可当，尤其是桑拓刺杀苏子修失败后身死的消息传到卢国，更是激起了卢国臣民的愤怒。匹夫不可夺志也，誓为先帝报仇雪恨。

一时之间，同安府岌岌可危。

苏子修调了大量的戍边军去修渠，导致同安府兵力不足，才被卢国偷袭。

苏子修抽调军队去汉朔和蕹阳修渠，这是四月的事情，卢国能忍到五月再出兵，这说明卢国也是相当谨慎。他们想到了这可能是苏子修设下的陷阱，为了诱敌深入，毕竟以苏子修的才能和性情，不可能犯这种错误。但是后来经前方的探子来报，昭国确实投入了大量人力去修渠，而且镇守同安府的都督总兵沈瑾也被传召走了。

卢国这才有点儿相信，昭国可能真的只是为了修渠。而昭国过了一个月风平浪静的日子，大概也是认为卢国小心，只怕有诈，不敢轻易打过来。这时候卢国不再多想了，直接进攻。昭国方面是仓促应战，劣势一下子显露出来。

苏子修在同安州收到密报，昭国的琬州、晋州等地已经失守了，眼看着卢军就要逼近同安府，密报更是雪片似的从前线飞到了苏子修的案桌上。

苏子修倒是不急，不仅不急，这时候居然想起了赵光吾的求救。在自家院门着火的情况下，苏子修做了一个惊人的决定，就是出兵攻打玉柳容的南祁，在南面声援赵光吾。

苏子修的决定，令所有人都感到匪夷所思。赵光吾的密函从三月到了五月，一次比一次急切，但是将近两个月的时间，苏子修就是不出兵。到卢国终于打到家门口来了，苏子修才想起这个跟他示好了两个月的旧日盟友。还有比这更荒唐的事吗？

苏子修再次一意孤行，派了十万兵马，由大将胡琚领兵，黄纪为副将，这也是为了给黄将军一个将功赎罪的机会，而苏子修亲自压阵，用这十万大军去攻打南祁。

天下太平了不到一年，又呈现出处处烽火狼烟的景象。不过仔细看来，就会发现很有意思，玉柳容的南祁攻打赵光吾的北祁，苏子修的昭国去攻打玉柳容的南祁，与此同时，卢国在韩梓言的指挥下，又来进攻昭国，一环扣着一环，看似是一家吃另一家，也不知道是谁当了鹬蚌，又是谁当了渔翁。

苏子修这次御驾亲征，宋翎随军同行。此行去祁国走的是官道，北上穿过昭国的锦州、廉州、密州、党郡十六城，最后渡白澜河，过虎踞关，别人或许看不出来，宋翎不可能不知道，她惊奇地发现这路线就是当年苏子修入祁当质子走的那条路。

苏子修入祁当质子是昭惠康三十年四月，如今是昭征和二年五月，中间正好隔了将近四年时间。

“咱们当年去祁国走的是这条路？”宋翎问道。

“对，就是这条路，现在我们就沿着这条路再去祁国。”苏子修依稀还是四年前的样子。四年前，他是一名无权无势的皇子，在太子的锋芒之下只能选择韬光养晦；四年后，他已是大权在握的昭帝，不必再隐忍，不必再收敛锋芒。他要将昔日的路重走一遍。当初他是去当质子的，处处受制于人，没有自由和尊严，而如今已不同往日，他是以征服者的姿态重新踏上祁国。

宋翎不晓得苏子修心中的豪情万丈，看着沿路熟悉的景象，多了几分小女子的感慨和叹息。原来不知不觉，已经过去四年了，当年她一心追逐这个男人时充满了勇气，就算是龙潭虎穴的祁国也随他去了。如今她身边还是这个男人。

赵光吾已经跟玉柳容打了两个月的消耗战，他的骑兵依然作战勇猛，但是有一个致命的缺点，就是人数太少，守不住北祁这么大一块地方，每日拆东墙补西墙，这样勉强支撑了一个月。

一个月过去了，赵光吾见送去昭国的密函都石沉大海，心里料定苏子修已不会出兵。在认识到没有援兵之后，赵光吾倒是表现得果断了，决定弃守一部分地区，将兵力集中在几个重镇要塞，通过这些地方跟玉柳容作战。

赵光吾一点儿也不心疼那些放弃的土地，既然守不住，那就扔出去，当作是拿肉喂狼了。玉柳容每占领一处新地，必然要分兵守卫，这样也间接分散了玉柳容的兵力。北祁军队见到赵光吾连连失地，士气越来越高，恨不得一夜之间就将赵光吾这一群戎狄强盗赶回漠北老家去。

要说戎狄，玉柳容从前是不放在眼里的，蛮夷之邦而已，他们手中的骑兵是很厉害，但是他手上的骑兵也不弱。

玉柳容原本认为苏子修不会出兵，毕竟还要防范卢国，没想到苏子修在卢国已经发起进攻的情况下，仍然出兵了。

赵光吾唯一舍不得的就是雁阳城，他想到了当年苏子修劝白狄王穆若退兵的话，因为一口吃不下这么大的地方，巴蛇吞象，他现在也有这种感觉。戎狄原本已困守雁阳京畿一带，得知苏子修出兵的消息，赵光吾不由得精神一振。果然老天不绝他，他又有了反击的势头。这样他在北面，苏子修在南面，正好又一次形成了南北夹击之势，玉柳容就会处于两线作战的境地。

赵光吾真是不敢相信，苏子修之前一直袖手旁观，这次竟然做出了“不扫自家

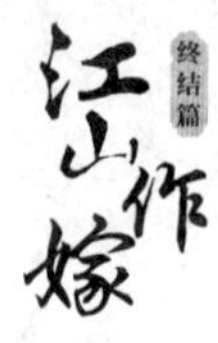

门前雪，先管别人瓦上霜”的反常行径。但是这对他而言是好事，他的戎狄骑兵有十万，苏子修的援兵有三十万，对抗玉柳容的二十万南祁军绰绰有余。

玉柳容恨得牙痒，他的大部分兵力用来对付赵光吾，被牵制住了，而对南边的防守相对薄弱。昭国大军挺进，北祁自然是节节败退。更加讽刺的是，玉柳容在赵光吾那里抢回一城，苏子修就在他身后占领一城，玉柳容感觉自己成了捡玉米的狗熊，捡一个丢一个。如果他顺利赶走了赵光吾，南边的土地又会被苏子修占领。前门驱虎，后门进狼，这不是最可笑的结果吗？

所以玉柳容不能贸然回师去救，赵光吾只是一时退守，并没有失去战力，自己若是掉转方向去对付苏子修，赵光吾一定不会放过卷土重来的机会，肯定会死死咬住他的后方，给他撤退的军队以痛击。这样的结果反而更糟糕。玉柳容如今能做的就是一封封加急密函送到卢国，令韩梓言猛攻昭国。这一招是“围魏救赵”的策略，让苏子修的后院也起火，从而令苏子修不得不主动撤兵，赶回去解自己的燃眉之急。若是时机得当，韩梓言还能在昭国以逸待劳，等着苏子修率军归来，痛击这一支长途奔袭的疲惫之师。

中原大地上的这场征伐一旦开始，就谁都没有退路了。

昭征和二年六月十三日，玉柳容的南祁大军顺利收复了幽州、中都，赵光吾全面退守雁阳，苏子修攻下了南祁的巴洛、简阳。

昭征和六月廿七日，玉柳容的南祁大军未下一城，将近半个月的时间，与赵光吾处于僵持状态，而苏子修的昭国军队将战线拉近了百余里，渐渐有逼近新都锦州的势头。

玉柳容看到这种情况，心如油煎，雁阳城明明近在眼前，但是久攻不下，后院着火的势头却越来越猛。眼看着新都锦州也要暴露在战火之中，玉柳容想到了最坏的结果。他拿不下雁阳，又丢掉了锦州，旧都和新都都不保，如果真是这样，玉柳容就真真正正完了，只能夹在赵光吾和苏子修之间，直到被一点点消灭干净。玉柳容眼看着自己慢慢陷入困局，希望也就在韩梓言的卢国大军那里了。但他想不到的是，卢军恐怕也解不了他的困局。

苏子修所在的中军压阵，刚刚过了虎踞关，大将胡琚和副将黄纪已经拿下幽州。

虎踞关乃横亘在祁、昭两国边境最为出名的关隘，从前祁国攻打昭国都是从虎踞关借道，如今昭国也从虎踞关北上。高耸的城楼在天光里被衬成了一方薄影，如今这时节，青草离离，芊绵广阔，若是没有营帐和巡逻的士兵，倒是一派宁静的景象。

苏子修带着男装打扮的宋翎骑着马，想起了当初宋翎化名为松子，跟随他去祁国当质子的旧事。

苏子修说道："当年我入祁为质子，你非要跟来，前头是龙潭虎穴，你也不怕。"

宋翎想到十五岁的自己，调皮地吐了吐舌头，道："初生牛犊不怕虎。"

苏子修叹气道："你原本保证只跟到密州。"

宋翎振振有词道："那是缓兵之计，我一个小女子，偶尔食言几次，应该也没什么吧？"

苏子修笑道："我就是怕你食言，甚至想过要不要干脆打晕你，直接将你送回郢梁。"

宋翎眼眸一转，想到了旧事，故意说道："光打晕哪儿够？你不会下点儿迷药吗？最稳妥的办法还是五花大绑，这样才能保证强行带我回郢梁的路上，我不会跑掉。不然我有手有脚，难道就不会自己再找回来吗？"

"你还是跟以前一样。"苏子修笑了。

这时候，有一人疾行而至，回禀苏子修道："皇上，沈将军有捷报传来。"

苏子修闻言大喜，立刻带着宋翎返回营帐。

宋璟命人传来的果然是捷报。卢军行军到回壶谷，遭到水淹，最终溃败，进攻昭国的二十万人剩了不到四分之一，最后狼狈地逃回了卢国。

在此之前，大臣们都认为苏子修这段时间出了很多昏着：其一是投入大量人力去修渠，甚至不惜动用戍边军；其二是把沈瑾将军调离，使得同安府无主将镇守；其三是明知卢国已出兵攻打昭国，还要去打祁国。

其实这一切都是出自苏子修的一番筹谋。自从在通州城外失手杀了韩静言，苏子修就料到卢国不会善罢甘休，定要讨回这一笔账，昭、卢两国的开战在所难免。苏子修当初做出修渠的决定，的确是为了解决汉朔、蕤阳的旱情，但是事实上，那两地出现的旱情并不严重。修渠只是给调兵找了一个借口，苏子修在一月之内，数次抽调同安府的军队，后来又将身为都督的沈瑾传召到身边。同安府无兵无将，让卢国认为同安府就是昭国的软肋，可以从这里打开进攻昭国的口子。

苏子修原本可以直接对外宣称撤掉同安府的兵力，引诱卢国前来攻打，但是这样的话，明摆着就是告诉卢国，此地有诈。卢国的韩梓言不是傻瓜，是不可能上当的。所以苏子修要借着修渠这件事，通过这种迂回的招数，使得调兵变得合情合理。而他为何要将沈瑾将军留下，也有一个说得通的理由。因为苏子修遭遇行刺，这件事令年轻的昭帝感到不安，想要把手下最得力的大将留在身边。

韩梓言没有立即上钩，心存疑虑。从三月底到五月初，等了两个多月之后，韩梓言终于忍不住了。她要发兵进攻昭国，原因有三：其一是为报兄长之仇，一想到韩静言死在了昭国，这位卢国长公主就怒火中烧，片刻也等不得；其二是昭国主动撤了边防，无疑是自己脱了防身的盔甲等着挨刀；其三是玉柳容再三催促，他正跟赵光吾死战，他不担心解决不了赵光吾，只担心昭国来个黄雀在后，所以让卢国去拖住昭国。

韩梓言最后还是做出了出兵的决定。一开始进攻昭国的时候，卢国军队确实势如破竹，顺利得难以想象，连续攻下了昭国边境的五座城池，相当于打落了昭国的五颗门牙。

初战告捷，韩梓言十分高兴，认为自己把握了战机。

韩梓言打算以此为据点，过通州，回壶关，一直打到同安州，拿下这座昭国东部最为富庶繁华的城池。一切都在韩梓言的预料当中，尤其当她得知苏子修居然派兵打去了南祁，就更加开心了。看来苏子修真是太自负了，认为通州一带城池坚固，又有险可守，昭军占据了地理优势，足以挡住卢国大军的脚步。

但是这一次韩梓言想错了。在最初连下五城之后，后面的仗越打越艰难，她发现驻扎在同安府的军队数量也达到了二十万，并不如传言中那般都被调去挖渠了，而且大将沈瑾亲自督战，两军几次交锋，卢国都没有占到便宜，在通州一带踢到了铁板。

这时候，卢军已经深入昭国境内，撤退是不可能的了，唯一的办法就是前进。但是韩梓言没有想到，真正的噩梦在后面。

在进行了多次接触战之后，卢军终于到了回壶关。回壶关是一处凹地，前大后小，像个圆肚的酒壶，所以得了这样一个名字。卢军到了回壶谷之后，早有等候在那里的昭国军队掘开了堤坝，将辛饶之水引入回壶谷，来了一招水淹卢军。

卢国针对昭国可能采用的战术事先都有所准备，只是万万没想到昭国会来水淹这一招。昭国明明是在闹旱灾，水源用于农耕都不够，哪里还有多余的？但是，昭国要的就是这种出其不意的效果，苏子修要挖这条水渠，除了给卢国一个出兵偷袭的机会，也是为了让卢国这一次有来无回。通过挖好的渠道将水引入辛饶，使得辛饶蓄满了水，在卢国进入回壶谷的口袋阵之后，昭国就决堤放水。

卢军骤然遭遇水淹，士卒在惊慌之下阵脚大乱，四处逃窜，其中淹死或踩踏而死之人不计其数，侥幸逃脱的人也在回壶谷的出口被在那里守株待兔的昭国士兵一个个砍了脑袋，最后二十万人剩了五万，还不到来时人数的四分之一。他们丢盔弃甲，狼狈不堪地逃回了卢国。

这一战下来，卢国已伤了元气，别说攻陷昭国了，就算稍稍牵制也很难做到了，只能勉强自保。所以，被苏子修和赵光吾夹在中间的玉柳容，注定只能孤军作战了。

苏子修得了这样的好消息，甚是欣喜，不由得击掌赞叹道：“宋璟这一仗打得真是漂亮，有他在，朕就不怕后院着火，终于可以专心应对这位南祁帝了。”

宋翎见苏子修称赞哥哥，虽然不是十分清楚情况，但是从话中她也猜到了一二，问道：“可是哥哥将卢军打退了？”

苏子修笑道：“你也太小看朕的国舅爷了，这可不能仅仅用‘打退’二字形容。”

“国舅爷？”宋翎忍不住想要啐他一口，苏子修真是何时何地都要在她这里讨一点儿嘴皮子上的便宜。

苏子修并不认为有丝毫不妥，说道：“你已是朕下过诏书的皇后，宋璟的国舅爷难道还能跑？”苏子修见宋翎不语，又加了一句，“咱们已经成了三次亲，莫非你还想嫁给别人？”

宋翎闻言一怔，默默在心里掰起了指头。戎狄那里算一次，成为襄王妃也算一次……

苏子修好似看穿了宋翎在想什么，径直接话道：“你用韩令羽的名字嫁给朕也算一次……”

“那次不算。”宋翎当即否认了。

“怎么不算？”苏子修扬了扬眉毛，“虽然那时没有行礼，但是朕专门花心思准备了洞房，心思不能白费，当然也算一次。”

宋翎别过头去，不再说话。

苏子修又开口了：“当然嫁给朕当皇后，朕不会委屈你，给你的封后大典一定风光又体面，正式的礼仪流程一样都不会少，你就当作第四次嫁给朕好了。”

宋翎听到这个“第四次”，脑袋里仿佛炸了一下。她大概也算是世间少有的奇女子了，这辈子居然能嫁四次，而且都是嫁给同一个人。

苏子修令宋翎止步于虎踞关，立即返回昭国，宋翎不肯。两人想起了当年的事，宋翎随着苏子修去祁国，苏子修曾让宋翎止步于密州，宋翎也拒绝了。相隔四年，当时的情景重新上演了一遍。

第二十一章 兰因

因为回壶谷的一战，宋璟彻底为苏子修解决了后顾之忧，卢国已经没有实力再去骚扰苏子修的后方了，苏子修终于能够一心一意地对付玉柳容了。

苏子修对此信心满满。他不是孤军作战，北边还有一个赵光吾，他们两家联手，南北夹击，绝对是玉柳容这辈子最可怕的噩梦。

眼下已到了昭征和二年的七月，天气十分炎热，晴空高远无云，赤日满天地，火云成山岳。与此同时，祁国大地上战火纷纷，老天似乎有意将火烧得更猛烈一些，故而用烈日炎炎添了一把火，使得祁国仿佛变成了神仙的炼丹炉。

这其实是一个很恰当的形容，炉子里装着的分别是苏子修、玉柳容、赵光吾，他们三人谁能经受住这一场熊熊烈火的考验，谁就能九转丹成，最终夺得这片土地的统治权。失败者则是在烈火中化作灰烬，永无翻身之日。

高温下的行军作战，对谁而言都是苦战，昭国军营里有不少士兵出现了中暑症状。症状轻微些的士兵是乏力、头昏，严重的开始呕吐、耳鸣。虽然这些不是大毛病，但是直接导致军队的战斗力下降。苏子修忙命令军医配制清凉解暑的药物，尽快分给各营。

宋翎这段日子也变得恹恹的，乏力，胃口不佳，还呕了两口清水。她总算明白了，行军打仗是苦差事，苏子修要她回去，就是不想她跟着一起受苦。这不是一个女子能承受的辛苦，而且这一次不同于四年前去祁国，宋翎之前却觉得自己能陪着苏子修走第一次，就能陪着他走第二次。

宋翎的性格有几分要强，身体上稍有不适，她总是能忍就先忍着，能扛就先扛着。她是自己要来的，来了就不能太娇气，让苏子修为她分心。

宋翎知道自己的症状是中暑了，本来想跟士兵一样拿点儿解暑药服用，但是被苏子修拦下了。苏子修是这样考虑的，军医配制解暑药的时候加了分量较多的凉药，这本意是为了更好地达到解暑效果，而且男子阳气重，药性凉一些也没多大关系。但是宋翎是女子之身，经不起这么重的凉药，吃了对身子没好处。

宋翎正因为中暑而头昏脑涨，气息也弱了不少，问苏子修道："既然药不能吃，那怎么办？"

苏子修胸有成竹地笑着说了两个字："刮痧。"

宋翎原本正昏沉，听到这两个字，整个人打了一个哆嗦，连声拒绝道："不，我不要。"

苏子修是不会给宋翎机会拒绝的，当晚在王帐里，他就准备亲自动手给宋翎刮痧。苏子修乃昭帝，歇息的帐篷十分宽敞，虽是战时搭建，但是许多地方依然考究。

帐内夜间休息的床榻上面铺了冰绡金竹簟子，每日临睡前又有随从用凉水擦拭数遍，人躺上去清凉舒爽。枕头是玉片枕，覆盖的被子也是软滑的鲛丝锦。而这时候，王帐中的闲杂人等已被尽数屏退，只留下苏子修和宋翎，宋翎坐在那一张铺着冰绡金竹簟子的大床上。

宋翎显然刚刚洗浴过，长发松松地绾在脑后，尚有未曾绾起的一绺青丝垂落在耳边。宋翎身上是一件素白单衣，她用手指绞着衣裳上的系带，似是在纠结什么事情，先是抽开，又打上结，反反复复好几次，她还是没有下定决心。

苏子修正在看作战的沙盘，这是他亲征以来的习惯，每夜必看一会儿沙盘才就寝，反思之前的战况，筹谋接下来的战术。

看完沙盘，苏子修舒展了一下筋骨，懒洋洋地问道："翎儿，你到底好了没有？"

苏子修说话的时候，宋翎正好第七次将系带系上，她嚷嚷道：“不刮痧了。”

苏子修没理她，径直朝着床榻走了过来。

宋翎换了商量的口气道：“不刮痧了？”

苏子修还是没理她，已挨着宋翎坐下，双手轻轻地覆上了宋翎的肩膀，大有亲自动手的架势。

宋翎总算服软了，说道：“好，刮痧就刮痧。”

宋翎把心一横，终于干脆了一回，抽开系带，然后衣衫分开，缓缓地褪到了臂弯上，露出白皙小巧的肩膀和整片光滑的后背。宋翎心想，反正已经让眼前这个男人看了那么多回了。

苏子修用的是一块龙纹的羊脂玉佩，玉色洁净，包浆细腻，系着明黄色的如意结，一看就是皇室御用的名贵之物，半个掌心大小，不薄不厚，边缘圆润，用来刮痧正好合适。

苏子修见宋翎目不转睛地盯着这块玉，笑道：“你若是喜欢，等刮完了就送给你。”

“不必送我。”宋翎摇了摇头。她并不是喜欢这块玉，只是想看清楚将会令她疼痛难忍的玩意儿长什么模样。

苏子修将玉佩蘸上水，为宋翎刮的地方是肩胛。其实他的力道不重，但是宋翎怕疼，才刮了两三下就撑不住了，连声求苏子修就此打住，说道：“不刮了不刮了，我还是吃药好了。”

苏子修不失耐心地道：“都说了那药太凉，女子吃了对身子不好。”

宋翎哪里肯听，双臂交叉于胸前，牢牢地捂着自己的两边肩膀，委委屈屈地说了三个字：“太疼了。”

“忍一忍就好了。”苏子修柔声哄道，顺便将她护着肩膀的手掰开，又顺手给她刮了三四下。

“疼！”宋翎这回是低低地惨叫了一声，有种从床榻上逃走的冲动。

苏子修不会没有办法，一只手将宋翎揽在怀中，温柔又不失力道地扣住了她的身子，另一只手则毫不温柔，对着她的肩胛用力地刮了一下又一下。

“疼！”宋翎仿佛一条正在被刮鱼鳞的小鱼，虽然被扣在苏子修怀里，却更不安分地扭来扭去，“太疼了，你轻一点儿，别刮这么重。”

苏子修看到宋翎已经出痧了，肩胛的位置出现了密密麻麻的暗红色小点，为了防止宋翎吵闹，他有心速战速决，想刮完两边的肩胛了事。宋翎却铆足了劲儿不配合他，总是嚷嚷着疼，这让他感到十分头痛。

不过苏子修有的是办法，他附在她耳边轻轻地说道：“翎儿，你忍一忍，千万不要嚷嚷出来。这里是中军王帐，朕的亲兵可都在近旁的四个帐篷里，王帐里有什么响动，他们可是听得见的。”

宋翎蓦然一惊，果然乖乖听话了，再疼也只是咬住下唇死死忍住，不再喊出来。若不是苏子修提醒，她险些忘了，天子的亲兵不离左右，就在离王帐最近的四个小帐篷里。毡布又不隔音，但凡有些动静，他们听得一清二楚。

想到这里，宋翎的面孔上的红色火辣辣地从面颊上烧到了耳后和脖颈上。如果真是这样，她明日是没有颜面见人了。

其实也不能怪这些亲兵对皇上“听壁脚”，因为他们的职责就是日夜无休地保护皇上。若是王帐中有异动，他们要冲进去护驾。

苏子修将宋翎的两边肩胛刮得红中透紫，才停了手，此时再看宋翎，她已眼泪汪汪，圆圆的眼睛里可怜兮兮地含着一汪泪，额头也渗出了细小的汗珠。

苏子修见了，心想不枉费自己一番辛苦，她能发汗就是刮痧起了效果。他亲手为宋翎披上了中衣，细心地说道：“翎儿，别着凉。”

宋翎呆愣了片刻才回过神，瞪了苏子修一眼，随即朝他伸出了手：“拿来！”

苏子修不解地道：“你要什么？”

宋翎瓮声瓮气地说了两个字：“玉佩。”

苏子修有些诧异地道：“你刚刚不是说了不要？”

宋翎有几分赌气地回道：“我改主意了。”

苏子修闻言，有些哭笑不得。宋翎还真是小孩子脾气，不过既然宋翎主动要了，他自然不会舍不得一块玉，宠溺地道：“好、好、好，送给你。”

苏子修答应得很是爽快，说话间已将那玉放在宋翎的掌心里，又嘱咐了一句：“你要我自然会给你，只是不要轻易显露于人前……”

苏子修这句话不算是啰唆，因为那玉佩上有龙纹，乃帝王御用之物，不过他还没把话说完，就被打断了。

宋翎毫无预兆地扑上来，冲着他的肩膀咬了一口，这一口像是她为了给自己报仇咬的。

苏子修看着宋翎的幼稚之举，不由得无奈浅笑。他自动自觉地将另一侧的肩膀也送了上去：“要不要在这里也咬一口，不然算不得报了仇。”

宋翎刚刚是恨得牙口发痒，但是对主动送到嘴边的东西毫无兴趣。她微微仰起下颌，满不在乎地说道：“不咬了，都是骨头，硌得我牙疼。”

“其实……”苏子修有意拖长声音，悠悠地道，“我适才想起来了，其实刮痧也有不疼的办法。”

“真的？”宋翎果然上套，将信将疑地问道。

此时宋翎并未将中衣全部穿好，只是松松垮垮地搭在肩上，光洁的肩膀和素白抹胸下的一片雪脯若隐若现。

苏子修也是突然进攻，冲着宋翎脖颈靠近锁骨的位置温柔地吻了上去，随即稍稍用力吮吸起来。

宋翎着实被吓了一跳，等到苏子修好事得逞，施施然地离开的时候，宋翎的锁骨上分明留下了一块淡红痕迹。

苏子修郑重其事地说道：“至于痧，用嘴吸出来也是一样的。”

宋翎一时郁结，手忙脚乱地收拢衣衫的两襟，将自己裹得严严实实的，勉强平复了下气息，才开口道：“皇上可是当我没看过医书？刮出来的痧和吸出来的痕迹明明是不一样的。”

自从那一次刮痧之后，宋翎再也不相信苏子修的君子风度，不过刮痧确实效果明显，第二日她就好了许多。

又过了七八日，有一次白日行军，宋翎骑在马上。当时是个有微风的阴天，她又戴着帷帽，但是不知为何，那种乏力、头晕、恶心的症状又出现了。宋翎用手扶着额头，心想自己莫非又中暑了？宋翎不打算说出来，只想自己先忍着，等扛不住了再说，毕竟这是在行军途中，大军浩浩荡荡绵延近百里，首尾不相望，不可能为了她一人停下。

宋翎就这样忍着，中途又喝了几口水，越到后来发觉头越重，耳边也嗡嗡作响，这一次中暑好像比之前来得更严重……

就在这时，宋翎再也握不住缰绳，随着马背的颠簸，整个身子毫无征兆地从马鞍上滑落。幸好苏子修派来贴身保护她的一个亲兵手疾眼快地将人接住了，没有让宋翎直接摔在地上，或是遭到马蹄踩踏。

那个亲兵松了一口气，因为皇上三令五申，此人不能有任何闪失。但是他随即发现这口气松早了，因为宋翎已昏了过去，不省人事。

宋翎转醒的时候，发现自己已躺在王帐之中，苏子修正守在她身边，眉目间尽是担忧和自责，这担忧和自责的背后似乎还隐隐藏着一分害怕和软弱。

宋翎极少见到苏子修这个样子，因为在她的印象中，苏子修好像从未害怕或软弱过，这两个形容词是无论如何也用不到他身上的。

宋翎想到自己突然晕倒，必然给苏子修添了麻烦，感到有些愧疚，说道:“修哥哥，我是不是又中暑了？我……”

“翎儿。”苏子修将宋翎的一只手合握在自己的掌心中，温柔地吻了吻她的手背，而他这一刻的声音竟微微发颤，“翎儿你不是中暑，而是有了身孕。”

身孕？！宋翎大为震惊，吓得差点儿从床上直挺挺地坐起来。苏子修是声音发颤，她则是结结巴巴地问道：“身孕？哪里来的身孕？怎么……会、会有身孕？”

苏子修觉得宋翎问得奇怪，不过这丫头在当娘这件事上一向糊涂得很。苏子修俯下身，在她耳边低语：“咱们在同安州过了两个月，你说哪里来的身孕？”

宋翎还没从震惊中回过神来。她自己都不晓得自己此刻的心情，谈不上悲喜，措手不及倒是真的，索性用双手遮住了脸。

苏子修将宋翎的手从脸上拨开，柔若春水的眼眸锁住了她的眸，一字一顿地说道：“翎儿，随军的太医看过了，说是已经两个月了。”

宋翎还是呆呆的样子，木然地听着，木然地点头。

苏子修看见宋翎这个呆样子，忍不住用指尖点了一下她的额头，佯装嗔怪地道：“孩子在你肚子里，你竟然一点儿都不知道？”

宋翎老老实实地摇头。

苏子修暗自纳闷，孩子是两个人的喜事，为何看着倒像是他剃头挑子一头热？他又问道：“翎儿，你不高兴吗？”

宋翎这才将嘴角又扬了一点儿起来，说道：“高兴。”

苏子修想起一件事，长长地叹了一声，说道：“翎儿，你还记得你上次中暑的时候非要吃解暑药吗？我拦着不让你吃，现在想起来，还真是庆幸又后怕，多亏没有由着你的性子来。或许这就是至亲血脉的心灵感应，孩子一定在冥冥中告诉我了，要我看住他那个糊涂的娘亲。”

宋翎这才恢复一点儿平日的样子，不服气地顶嘴道：“我不糊涂。”

“好、好，你不糊涂。”苏子修这时候对宋翎百依百顺，赶紧将责任往自己身上揽，“是我糊涂，是我这个当爹的糊涂。我应该及早发现的，在过虎踞关的时候，要是我知道你有了身孕，我无论如何也要将你留在昭国，不会答应让你随军同行的。翎儿，你知道吗？我现在都不敢回想这一个月的事，想想我就觉得害怕极了。你在军中待了整整一个月，跟着军队跋山涉水，要是你劳累过度怎么办？要是你病了怎么办？要是你坠马或是被马踢到怎么办？只要有一点点差池，或许这个孩子就保不

住了……”苏子修又吻了吻宋翎的指尖，将她的手心贴在自己脸上，再难掩饰激动的心情，“万幸万幸，咱们的孩子得天庇佑，好好地待在你的腹中，没有出一点儿事。太医也说了，胎象稳健，脉象也极好，应该是个健壮的孩子。想想也是，打从到了你的肚子里，他扛住了不知多少磨难，还能安然到现在，怎么可能不是一个茁壮的孩子？”

“我们真的又有孩子了？”到了这时候，宋翎才后知后觉地感受到一点儿当娘的喜悦，手慢慢地覆上尚且平坦的小腹，心中有莫大的感慨。曾经一个孩子走了，如今又有了一个孩子，是她和苏子修的孩子。

苏子修见宋翎将手放在小腹上，将自己的手放在宋翎的手背上，他的手掌宽大，宋翎的手纤小，他能将宋翎的手完全覆盖起来。一大一小两只手交叠，覆盖在尚在腹中的胎儿上，这是三人第一次亲密相处。

宋翎摸着自己的小腹，笑容越发甜蜜，自言自语地道：“孩子，幸好你没事，是娘亲对不住你，是娘亲太糊涂，”

苏子修见状，提出了最为要紧的一件事：“翎儿，你眼下的情况是万万不能再跟随大军前进了，我会派一队人马将你送回昭国。你回去之后什么都不用想，只管好好养胎，等我班师回朝的那一日。”

宋翎赶紧点头，跟从前相比，顺从得简直不像话，语气娇软地道：“修哥哥，我都听你的。”

苏子修情不自禁地吻了吻宋翎的额头，说道：“我们在范阳久攻不下，这孩子也许是我的小福星，是特意前来为我助阵的，攻下传说中的范阳坚城指日可待了。”

宋翎眨了眨眼睛，俏皮地笑道：“小福星在我肚子里，我岂不也是福星？”

“你们都是我的福星。”苏子修也笑了，声音沉稳，令人心安，说道，“翎儿你放心，数月之内我一定回去，保证不错过你的生产之日。”

宋翎没有苏子修想得那么远，她的肚子还没有鼓起来，怎么会想到生产那一日？她握住苏子修的一只手，也放在唇边吻了吻，情绪在五脏六腑里百转千回，最终化作柔婉又不失坚定的四个字：“我等着你。”

第二十二章 囹圄

第二日，苏子修亲自挑选了一支精锐部队护送宋翎回国，并且将自己的亲兵也分了一半给宋翎。对这样的安排，苏子修大致还是放心的，因为昭国大军所过之处，敌军无不被彻底征服，按理说宋翎这一路回去不会有危险。但是苏子修生性谨慎，以防万一，还是为宋翎配足了护送的人马，就算真的运气不好，宋翎跟从南祁的残余势力相遇了，大概也是不会有事的。

宋翎对苏子修是依依不舍，若是没有孩子，她还想跟着苏子修一路北上，亲眼看着他成就北伐的功绩。但是眼下她必须以孩子为重，就是再不舍，也只能暂时与苏子修分离。不过幸好苏子修说了，数月之内就会归来。苏子修不是会随意夸下海口之人，他说数月之内归来，这说明他已成竹在胸，定不会失约。宋翎如此想着，一颗心就稳稳地定了下来。

宋翎这一路很顺利，别说遭遇南祁的正规军了，就算残余兵士也没碰见一个，已经过了简阳和巴洛，再往前就是虎踞关，顺利得如有天佑。大家都在暗地里说苏子修太过小心了，谨慎到了杯弓蛇影的地步。昭国大军所过之处，南祁的军队早就败的败、溃的溃，焉有漏网之鱼？

然而事情往往在最后一步失败，宋翎万万没想到，就在距虎踞关不到一百里的地方，偏偏出了事情。

在一个名叫勺儿的小地方，护送军遭到了南祁军的伏击。对方显然是有备而来，打了护送军一个措手不及，又利用己方对地形的熟悉，渐渐占据上风，最后一举击溃了对手。这一支护送军大约有两千人，其中包括苏子修的一部分亲兵卫队，最终幸存者不到百人。

宋翎成了对方的俘虏，南祁军没有杀她，也没有虐待她，只是从第一日起，就将她的眼睛用黑布蒙了起来，一天之内除了少数时间允许她将蒙布摘下，其余时间必须蒙住双眼。宋翎就这样被他们带走了，带去什么方向她完全分辨不清楚。

宋翎在经历最初的慌乱之后，渐渐安定下来。她反抗不了这些人，安静听话、不吵不闹是唯一的保命之道。她相信有逃出去的人，那些人会去向苏子修报信，而苏子修终将来救她。

大概过了半个月的暗无天日的生活之后，宋翎被带到了目的地，脸上的黑布也被解了下来。宋翎不敢太快睁开眼睛，在黑暗中待太久，她要慢慢地适应光线。她用一只手稍稍挡了一下眼前的光，眼睛尝试着睁开一条缝。

这里貌似也是营帐，高高的穹顶，羊毛毡围成圆壁，有一些桌椅床铺之类的东西。应该还是晚上，她看见桌上跳跃的烛火外面笼着一层琉璃灯罩。

南祁的军营？宋翎心中闪过这样的疑问。当她的眼睛完全适应光线之后，她看见了一个人背对她而立。此人应是一名年轻男子，身姿颀长，未着铠甲，一身寻常湖蓝色六合回云纹的锦衣，靛色的腰带勒出紧窄的腰身，未曾束冠，墨黑的长发只用同色发带系住。

宋翎看着这个背影。眼前之人似曾相识，这时候她忽然颤抖了一下，被一个可怕的念头攫住了，半截身子已凉透。那个人可能是……

如有所感应一般，那人动了，转身的一刻证实了宋翎所有的猜测。玉柳容！他是玉柳容！

玉柳容还是先前的样子，一步一步走向宋翎，笑意盈盈，轻轻启唇道："妧妧，好久不见。"

然而宋翎的脸色已瞬间变得苍白，犹如只能开在春夏的花朵遇上了骤降的霜雪。

宋翎做梦都想不到，明明离昭国一步之遥，却稀里糊涂地落入了玉柳容手中。她双手抱胸，摆出防御的姿态，不同于玉柳容的“相见欢”，她没有一丝一毫故人重逢的热络和喜气，反倒充满了警觉，质问道：“你为何要将我掳来这里？”

玉柳容感觉到宋翎的戒心，不再步步逼近，而是在离她约三步的地方停下来，给了一个令人哭笑不得的答案：“因为朕想见你。”

宋翎气极反笑，硬邦邦地回了一句：“我不想见你！你若自认还是个男人，就放我回去。用这等卑劣的手段为难一个小女子，真是不知羞耻。”

玉柳容并不受宋翎的激将法影响，态度坦然地丢下了一句话：“你既然来了，就好好地待在朕这里吧。”

从那日起，宋翎被迫留在了玉柳容的军营里。玉柳容显然是有备而来，要留下宋翎，而且打算将她放在自己的眼皮底下。玉柳容将宋翎安置在离王帐最近的一个小帐篷里，派了士兵看守，两人一班，不分日夜，不允许宋翎踏出小帐篷一步，除非是玉柳容让她去他的王帐。

宋翎就这样被软禁了起来，除了玉柳容和平时看守她的士兵，根本见不到任何人。在最初的惊惶无措之后，宋翎慢慢地镇定下来。她暗自思索，分析着眼前的形势，逃走的念头第一个就被掐灭了。这里是南祁大军的营地，千军万马在此，又有玉柳容亲自坐镇，日夜有哨兵四处巡逻，守备极其森严，连只小苍蝇都别想飞出去，更别说宋翎这样一个不会武功、手无寸铁的弱女子。

宋翎放弃了逃跑，因为根本跑不了。眼下她身陷囹圄，别无选择，只能走一步看一步。从目前的情况看，玉柳容只是派人抓了她来，并没有过多为难她。军中供应一切从简，但是玉柳容对她的衣食上的照应颇为周全，女子所用之物一应俱全，衣物不论，就连脂粉、珠钗也为她准备了，饮食待遇跟他一样。可以这样说，玉柳容除了限制她的人身自由，其他的跟将她奉为上宾别无二致。

但是宋翎要的不是当一个没有自由的上宾，她心心念念着如何离开，如何回到昭国，回到苏子修身边。

宋翎不是没有揣测过玉柳容的用意，首先玉柳容不会安什么好心，她最大的用处就是被当作人质制约苏子修。如果真是这样的话，玉柳容这次掳人算是赚到了，他抓的不仅是宋翎，还有宋翎腹中的孩子，额外赚了一个。

宋翎念及此，忧虑越发深重。若是她一个，她不至于那么怕，但是现在不同，她腹中有了孩子。这个尚且脆弱的孩子令她成了惊弓之鸟，担不起一点儿闪失。宋

翎因为整日被关着，不知道南祁大军现在驻扎在何地。她尝试着从看守自己的士兵那里套话，那几个士兵估计被特意交代过，只要把人看住就好，别的一概不理，既不跟她说话，也不回答她的任何问题。所以不管宋翎怎么问，看守她的士兵都好似根本听不见。

宋翎原本还想由此推断苏子修的军队离自己多远，看来是不成了。这一晚，玉柳容派人带宋翎去王帐用晚饭，宋翎去了。

玉柳容已经在紫檀木小方案前等着她，两人各自在一边坐下。宋翎看了一眼，有煨鹿肉、炒鹿筋、干菇炒山兔丁、酱汁牛膝等，旁边还有一大碗热气腾腾、晶莹剔透的白米饭并一小壶酒。

宋翎一言不发，只顾埋头吃饭，就着鹿肉和山兔肉，吃下了整整一碗饭。对面的玉柳容吃得不多，只是动了几筷，倒是一小杯一小杯地自斟自饮，喝得也很慢，就跟细细品尝似的。玉柳容看着宋翎，心想宋翎就是这点好，不闹绝食，每天该吃饭就吃饭，而且胃口尚佳，这令他省心不少。

待到用完膳，残羹冷炙被撤了下去，有随从端上来一盘鲜桃，恭恭敬敬地放在紫檀小案上，又低眉垂目地告退了。

宋翎看着那一盘桃子，形状饱满，色泽殷红，宛若水灵灵的二八少女施了胭脂之后的俏脸。眼下正是产桃子的时节，有桃子吃并不奇怪，但这是行军打仗，大军驻扎在空旷的野地里，人烟稀少，村落荒芜，不知从哪里来的新鲜桃子。

玉柳容用闲话家常的口气说道："妧妧，军中除了粮草，没有女孩子家喜欢的零嘴吃食，朕让人弄了桃子来，不如你尝一个？"

宋翎有气无力地说了一句："刚吃饱了。"

玉柳容一点儿不生气，依然说道："那就先放一边，等会儿再吃。"

宋翎并未接话，只是沉默着，两人如此相对无言片刻之后，宋翎终于问出了她心里思量已久的话："你这次将我抓来，是不是想要用我去要挟苏子修？"

玉柳容闻言，笑意渐凝，从鼻子里轻哼了一声，说道："朕不需要利用一名女子来打击对手，朕没有那么无能，也没有那么无耻。"

"那我对你又有什么价值？"宋翎紧接着追问，略略提高了声音。

玉柳容不疾不徐地说道："你来的第一日，朕就已经告诉你了，没有什么阴谋诡计，原因很简单，而且只有一个，就是朕想要见你。"

宋翎认为玉柳容的思维异于常人，反讽道："就因为你想见我，所以值得你兴师动众地将我弄来？"

玉柳容说道："值得。"

宋翎将脸扭向了一边。

玉柳容突然站起来，朝着宋翎的方向走来。宋翎对玉柳容的靠近一向警觉，也赶紧起身，往后退了几步。

玉柳容这次却不跟宋翎客气，敏捷地出手一把捉住了她的胳膊，仿佛捉小白兔一般将人捉到了自己跟前。

玉柳容的眼睛对上了宋翎的双眸，盯得久了，仿佛有灼人的热度，他呢喃道："妧妧，你难道一点儿都不知道朕的心意？"

"我不知道，我也不想知道，还有……"宋翎不躲不闪，定定地承受玉柳容的目光，口齿清晰且流利，一字一顿说得清清楚楚，"不要叫我妧妧，我有自己的名字，姓宋单名一个翎字，乃昭国前丞相宋渊贞之长女，也是当今昭帝苏子修的妻子。"

玉柳容眼底幽光一闪，似乎被"妻子"二字所刺激，而他此时的表情像是刚刚听了一个绝佳的笑话，他冷冷地逼问宋翎道："他并不善待你，你为何还要回到他身边？难道你为他吃的苦、遭的罪还不够？难道你忘了你宋家满门的仇恨？"

宋翎说道："我跟他之间的事，无须跟你这个外人解释。"

玉柳容对刚刚的"妻子"二字还未释怀，现在又被扣上"外人"的帽子，本应恼怒至极，但他不怒反笑道："好！好！我是外人！说来也讽刺得很，我这个当外人的，居然比苏子修那个当丈夫的更在乎你。"

各国都有各自的情报渠道，玉柳容早就收到了宋家平反的消息。他盯着宋翎质问道："你真的相信苏子修吗？宋家被冶了叛国罪，他在背后没有起到一点点推波助澜的作用？太子被诛，太子党羽也被连根拔除，苏子修才是最终的获利者，要说他什么都没做，都是惠帝的意思，这种说法难道不让人生疑吗？横竖惠帝已经死了，他索性将事情都推在惠帝身上，反正死人是不会活过来跟活人对质的。"

"你这是挑拨离间。"宋翎说道，"但这是没用的，你离间不了我们。"

"妧妧。"玉柳容道。

宋翎语气甚是坚决地道："我说过了，不要叫我妧妧，我有自己的名字。世上没有宋妧妧这个名字，也没有宋妧妧这个人，一切都是你自说自话罢了。"

"好一个自说自话！在你眼里，我对你的感情莫非也是自说自话？"玉柳容几乎低声吼了出来。宋翎今天说的每一句话，都是在毫不留情地扎他的心。玉柳容不觉间加重了扯住宋翎胳膊的力道。

宋翎微微吃痛，却毫不示弱，幽幽地说道："我不喜欢你。"

“我不喜欢你”这简单干脆的五个字相当于盖棺定论了，君有意我无心，仅此而已。多费口舌，皆是徒劳。

玉柳容是一个偏执之人，不会就此打住，哪怕争来一个徒劳，他也要追问到底：“为什么？为何你喜欢苏子修，就是不肯喜欢我？”

宋翎看着玉柳容，觉得他当真不可理喻：“既然是感情，心中感之，情意生之，哪里来的原因可寻？哪里来的道理可讲？”说到这里，宋翎平复了下呼吸，换了种口吻道，“我若是一样一样地告诉你我喜欢苏子修的原因，你可愿意听？”

这话的最后一句分明是带了淡淡的挑衅意味，没有一个男人愿意自取其辱，更何况是一贯高傲的玉柳容。

玉柳容松开对宋翎的束缚，手缓缓地抬起，似乎要去触碰宋翎白皙柔嫩的脸颊。

宋翎很快别过了头，玉柳容的手停在原地，唯有指尖留下一点温腻的触感。

玉柳容已放柔了口气，说道：“是不是我从前一直吓唬你、欺负你，动不动还要挟你，所以你才讨厌我，没能喜欢上我？”

玉柳容想起了当年在祁国的旧事。他与宋翎相识的时候，他对她并不友好，说话的态度也常常是居高临下的，动不动就对她颐指气使，用不容辩驳的口气勒令她做这做那，似乎他曾经还让宋翎帮他追求雁阳第一美人楚轻莞。

“是不是我当初对你不好，让你对我印象不佳？”玉柳容问道，“我一开始不知道自己对你的心意，后来我知道了，也就慢慢地改了……”

宋翎仍然坚持道：“跟你对我好不好无关。”

玉柳容听不进去，固执地道：“一开始是我不对，但是到后来我对你难道不好吗？”

宋翎简直不能理解玉柳容，反问道：“你当时对我好就是强行将我带进宫，逼我做你的昭仪？”

玉柳容竟一脸坦然，并不认为自己做错了，挑了挑眉毛说道：“朕喜欢你，将你留在自己身边又何错之有？至少朕对你的感情是真的，从来不曾伤害过你。当初你偷了度牒和符引，擅自放走了苏子修，太后抓住这件事给了朕两个选择，要么杀了你，要么放了你，朕不得已只能放了你。”

宋翎知道玉柳容说的是何事，保持默然。

玉柳容又问道：“你还记不记得离开祁国皇宫前的最后一夜发生了什么？”

宋翎一时被问住。说实话，她对那一夜发生的事印象全无，只记得用了晚饭，后来就在国宾馆醒来，中间那一段记忆是空白的。她原本就疑惑，现在又听玉柳容突然提起，越发觉得自己不省人事的一夜或许真的发生了不为人知的事。

玉柳容像是在平平淡淡地讲述一个事实，毫无预兆地说道：“你的肚脐上有一颗胭脂痣。”

宋翎脑子轰然作响，巨大的震惊令她久久回不过神。她肚脐上有红痣的事情，只有爹、娘、奶娘和伺候沐浴的丫鬟知道，出嫁之后又多了一个苏子修。玉柳容根本不可能知道，也不可能有人告诉他，唯一的解释就是，他曾经亲眼看过，毕竟肚脐的位置十分隐秘，非亲近之人看不到。其实玉柳容不用说别的，仅仅说出这一颗红痣，就足以令人联想到各种各样的画面。一个女子不得见人之处的特征从另一个无关男人的嘴里说出，这已经十分要命了。

宋翎深深地吸了一口冷气，想到了那不省人事的一夜，恨恨地冲着玉柳容骂了两个字：“禽兽！”

玉柳容毫不在意，目光锁在宋翎身上，自嘲道：“我倒希望自己当时做了禽兽，那你早就是我的人了，怎么还轮得到他苏子修！”

宋翎目中冒火，盯着玉柳容的眼神像恨极了他一般：“为什么我会什么都不记得？”

玉柳容说道：“太后知道你尚未侍寝，所以命人在你的饭菜里下了药。”

宋翎终于明白过来：“你们……”

“太后的意思是想让我得到你，算是了却一桩心事，但是我没有那么做。因为既然决定要放了你，我又何必再伤害你？我的确想让你记住我，但不是用这种方式。”

宋翎再也听不下去，试图挣开玉柳容对她的钳制，却根本无能为力。这时候，玉柳容忽然用力，将她往他怀中一带，也不管宋翎一直乱动，紧紧地抱住了她，像是害怕她再挣脱一般。

宋翎不肯，玉柳容越是发狠似的抱着她，她越是要挣扎。她在玉柳容怀中又踢又挠，终于还是挣脱开来。

因为力气用得太大，宋翎连连退了几步才站稳，不慎撞到了那张紫檀小案。宋翎手疾眼快地扶住小案，并没有摔倒，只是那一盘桃子被撞掉了。

瓷盘摔了个粉碎，里面的桃子四处滚落，依然是水灵灵的样子，宛若二八少女嫣然润泽的俏脸，粉面如春，却终究沾染了灰尘。

第二十三章 维谷

宋翎总算知道此地是衡阳，距离祁国的都城雁阳约二十里。玉柳容应是在此地跟雁阳城中的赵光吾对峙，随时准备攻下雁阳，重新夺回对都城的控制。

宋翎之所以知道，是因为她看得懂行军布阵的沙盘，在苏子修身边的那段日子，她耳濡目染之下，自然也就看懂了。

宋翎不知道南祁大军目前的战况如何，玉柳容不可能告诉她。不过只要足够留心，宋翎还是能从细枝末节上看出一点端倪。

当初在苏子修的军中，因为屡屡取得大捷，整个队伍气势昂扬，每个士卒精神饱满。他们不害怕开战，反而盼着开战，多斩杀几个敌军，好在将来论功行赏。但是在南祁大军之中，没有这种昂扬之势，反倒隐隐有些压抑。

宋翎的感觉没有错，因为眼下的战况对玉柳容来说确实十分不利，雁阳城城墙坚固，当初建造的时候是以巨型条石为骨架，黄泥混着糯米浆汁，耗时多年修砌而成。何止刀剑不入，就是用巨木、重石去撞，也不会留下一个坑洞。赵光吾以此城为壁垒，坚守不出，一时之间就是神仙也拿他没办法。

攻克雁阳是一场苦战，而且是消耗战，看谁最后拖垮谁。玉柳容原本并不怕跟赵光吾比耐心，但是眼下他消耗不起，因为后面还有一个苏子修。以苏子修的行军速度，迟早会打到这里。如果他摆开阵势跟赵光吾打消耗战，这大概是苏子修最愿意看到的结果。等到他们两个拖垮了彼此，苏子修再上来就可以渔翁得利。

开战不行，但是不开战也不行，一直在这里跟赵光吾对峙也不是办法。等苏子修赶到，赵光吾再从城内杀出，两边一合围，就能将他的南祁军队包围，最后彻底歼灭。

这种时候，玉柳容已进退维谷。

偶尔夜深人静的时候，玉柳容独自坐在王帐之中，听着外头悠远的号角声，不免陷入沉思。

自己怎会落到这种境地？进又进不得，退也退不得，想当初玉家的先祖坐拥千里疆土，中原大地将近有一半土地是姓玉的。作为子孙的他，不仅没能守住祖先的庞大基业，居然连立足之地都要没有了，如此想来怎能不令他心情沉重，深感惭愧？

自从开战以来，玉柳容的睡眠很少，有时他还睡不到一个时辰，运气不好的话，连这一个时辰都睡不了。他整夜盯着沙盘发呆，直到东方既白。

失眠之事可大可小，原本玉柳容可以令随军的御医为其诊治，开几味安神助眠的丸药，但是玉柳容一开始就没打算传召御医，他情愿治不好。

他也害怕睡着，睡了就会做梦，做梦就会梦见玉家的列祖列宗。在梦里，他们一个个跳出来指责他是玉家的不肖子孙。这些先祖的面孔都是模糊不清的，他根本分辨不了谁是谁。玉柳容只有在供奉先祖的太庙见过画像，故而没有深刻的印象，但是有一张脸清晰得很，这张脸就是他的父皇，也就是祁国的上一任君主玉朗城。

玉柳容好几次梦见玉朗城，玉朗城骂得最狠，但是凶狠之余，玉朗城似乎又有悲凉之意。他给了儿子一切，国泰民安的社稷、兵强马壮的军队、素质优良的内阁班底、雄厚充盈的国库，但是唯独少给了一样，那就是给玉柳容一个对手。玉柳容轻而易举地得到这一切，又怎么守得住？

每当这时，玉柳容就会惊醒，觉得烦躁不已。对手！对手！玉柳容恨恨地想着，他这辈子最大的对手就是苏子修，他人生中受的大挫折，其背后都有苏子修的影子。

输了伐卢战争，是因为苏子修；祁国南北分裂，是因为苏子修；自己眼下进退

两难的困局，还是因为苏子修！

苏子修，这三个字仿佛成了魔咒，只要有苏子修在，他的境遇只会一坏再坏，最后再也翻不了身。不过最讽刺的是，当年还是他一眼挑中了苏子修，非要这个人入祁为质。想到这里，玉柳容苦笑起来。自己当年还真是有眼光，一挑就挑中了这辈子最强劲的对手。

因为失眠和抑郁，玉柳容的脾气暴躁了许多，跟将领们商讨行军作战方案的时候，还能勉强克制，其他时候就难以控制脾气了。他身边好几个亲信都被玉柳容严厉斥责过，有一个还被踢了一脚。

好多人偷偷地说，皇上除了脾气越来越坏，气色也越来越坏了，原本面容是白玉似的好颜色，现在面门隐隐透出煞气。他们这些近身服侍的人，别说得到皇上的好脸了，只求不要惹得皇上生气，毕竟谁都不想挨一记窝心脚。

要说现在还能看到皇上的好脸色的人，也就只有那个半路被掳来的女子了。皇上对谁都发脾气，唯独对她好，甚至有一点儿讨好。但是不知怎么回事，她始终对皇上冷言冷语。

时间久了，大家也见怪不怪了，要不然怎么说一物降一物呢。

一眨眼的工夫，宋翎已在南祁军营里待了半个月，她小心翼翼地隐瞒了自己怀孕的事，不让任何人知道。眼下玉柳容对她是很好，把她照顾得无微不至，但是玉柳容终究是一个喜怒难测、阴晴不定的人，不知道在得知宋翎怀孕之后会做出什么事情。宋翎觉得腹中的孩子跟她是心意相通的，知道娘亲的处境，所以格外听话，没有让宋翎出现孕吐的反应。加上前几个月还未显怀，这令她看上去与寻常女子无异，而且宋翎的胃口一向不错，吃得多一些也不会让人怀疑。

尽管眼下暂时无事，宋翎依然忧心忡忡，不知道自己要被困在这里多久。若是再过几个月，肚子迟早是藏不住的。她若是将孩子生在南祁，令他一出生就落在敌人手中，这是宋翎万万不敢想象的。

宋翎在一天一天地算着时间过，玉柳容也是。时间对玉柳容来说同样紧迫，在得到雁阳城中传来的一纸密信之后，玉柳容终于下定了决心，发兵进攻雁阳。玉柳容算了算日子，苏子修短则半月，长则一月肯定会赶到这里，他要抓紧这段时间打开雁阳的通道，驱逐赵光吾，然后将雁阳城当作据点，等待着苏子修，这才是唯一的出路。

玉柳容又得到了一个好消息，卢国在回壶谷大败之后，重新整编了军队，调度十万人，现在正赶往这里救援。如果祁、卢合兵，就更不怕苏子修的军队了，只要苏子修敢来，自己就可一并解了新仇旧恨。

山重水复疑无路，柳暗花明又一村，苏子修前一刻占尽了优势，但是战局瞬息万变，谁也料想不到对手能在下一刻翻盘。

玉柳容忙于部署攻城之事，一连数日不曾见到宋翎了。

不必对着玉柳容，倒是令宋翎暂时松了一口气。此时已是攻城的第五日，不知玉柳容是谨慎还是有别的原因，一直没有派出全部兵力，只是分兵半数。

雁阳城共有八道城门，东南西北，四角俱全。对曾经的都城，玉柳容是再熟悉不过的。他下令进攻东门和东南门，这两个地方守备最弱。赵光吾手下最厉害的是骑兵，马背上作战一流，但是估计不大懂守城的门道。明明城防坚固，赵光吾却守得左支右绌，尤其是东南门，差点儿就失陷了。

玉柳容在心底冷笑，果然是漠北的蛮夷，骑着快马进攻惯了，要守城就不行了。他才攻了两道门，发动了一半兵力，要是全军对八道门展开猛攻，赵光吾一定顶不住。

因为有了这样的底气，加上第六日从雁阳城中传来的第二封密信，玉柳容终于做出了发动全军攻打赵光吾的决定。那日南祁大军兵临城下，按照玉柳容的命令，猛攻雁阳城的八道城门。

南祁大军还有一个撒手锏，就是火炮。火炮的杀伤力极大，但是玉柳容的命令是小规模地使用火炮，以克制敌军为主，不要将城墙炸毁。

玉柳容是想赶走戎狄人，然后自己进驻雁阳城，要是将城楼炸得千疮百孔，处处开花，他之后拿什么抵御苏子修？

宋翎独自待在营帐里，外面依然是两名士兵把守。轰隆隆的炮火声不绝于耳，每一声都如同惊雷，宋翎面色淡白，双手死死地按着心口，依然抵挡不住一阵阵心悸的感觉。她原先是不怕巨响的，记得年幼时，每逢打雷或是放爆竹，宋府的其他小姐都是惴惴地捂着耳朵，钻进各自奶娘的怀里，只有宋翎是个异类。奶娘姚氏要搂着她，她每次都扭着身子躲开。她既不怕打雷也不怕放爆竹，自己捂住耳朵就行了，不必别人搂着。

但是现在，宋翎心悸的感觉越来越明显，也许是孩子害怕了，母子血脉相连，所以当娘的才会如此揪心。

刚开始炮声隆隆，到后来就渐渐稀稀拉拉了。宋翎猜想，是不是南祁大军已经打开雁阳的城门，攻进城去了？巷战是用不上火炮的。如此又过了三日，宋翎整日被关在一座小帐篷里，根本不知道外面发生了什么变化。

宋翎不由得感慨，别人说坐井观天，但是她现在还不如一只青蛙。青蛙好歹还有井口的天空可以看，她却完全陷入彀中，眼前一片漆黑，不知道外面的任何消息。

大概也就是这三日，营帐外出现了哀号之声，这些大多是负伤的士兵在痛苦呻吟，偶尔还会夹杂着尤其惨烈的声音，仿佛肢体被割了下来。宋翎待在帐篷里，似乎都能闻到弥漫着的血腥味，战况好像对南祁不利。

整个南祁军营似乎暮气沉沉，失去了斗志，就连看守宋翎的士卒也一样，从前是看守得密不透风，现在甚至偶尔会有人脱岗。宋翎找准一个机会，从小帐篷里跑了出来。她不是要逃跑，因为就算南祁战败，她也逃不出他们的营地，她只是想要出来透一口气。

然而就在这时，宋翎被眼前的景象惊呆了。整个营地呈现出一种低迷哀沉的气氛，随意看去，尽是伤残的士兵，有的断了手，有的断了腿，用厚厚的绷带包扎着，这些人但凡能站起来的，都还是巡逻的巡逻，站岗的站岗，似乎兵力紧张。

还有一车车被拉回来的伤兵，那些人四仰八叉地交叠躺着，乍一看去分不清是谁的手、谁的脚，有些人还在低低地呻吟，有些人脸上扭曲且惊恐的表情仿佛凝固了，也不知道谁还活着，谁已经咽气了。

车子经过，后面拖出了一道长长的血痕，这样的场面让人触目惊心。宋翎脑中有个念头一闪而过，这已不仅仅是败了，而是惨败。

看守她的士卒没有追上来，玉柳容已悄无声息地走到宋翎身边。宋翎还处于震惊中，玉柳容俯下身，在她耳边轻轻说了一句话："妧妧，你可是特意跑出来看朕惨败的样子的？"

宋翎的嘴唇哆嗦着，她已说不出一句话，浑然不觉玉柳容揽住她的肩膀，将她带回了王帐。这一路上宋翎甚至忘了反抗，士兵的惨状一直浮现在她眼前，这是她第一次真正感受到何为流血牺牲的战争。

待到宋翎回过神，已经身在玉柳容的王帐里。玉柳容就跟摆弄一个布偶似的，双手按着宋翎的肩膀令她坐下，安顿好宋翎之后，他自己则在帐中来回踱步。在宋翎看来，玉柳容这个样子像极了急躁不安的困兽。

玉柳容恨恨地骂道："赵光吾啊赵光吾！朕原本想要将他一军，到头来竟中了他的诡计！"

宋翎只是木然地听着，不插一句嘴。

玉柳容的计划是策反赵光吾的夫人，也就是白狄王穆若的女儿——朗月公主。朗月跟赵光吾有杀父之仇，面对杀父仇人，朗月不可能一丝怨恨都没有。玉柳容相信只要稍稍挑拨，说服朗月并不是一件困难的事。接下来的事情如玉柳容所料，朗月答应了玉柳容，她也想杀了赵光吾。她从心底对赵光吾不满，这个人不仅杀了她的父王，还将整个戎狄的骑兵带来了这里，只为他一个人的野心而打仗。

朗月看不惯赵光吾，想着杀了赵光吾之后，她就带着骑兵回戎狄，然后让自己的兄弟当白狄王，省得一个外族人骑在他们戎狄人的头上作威作福。

但是朗月失败了，论斗心眼，朗月到底比不过赵光吾。赵光吾将朗月控制了起来，然后用朗月的名义传递密信给玉柳容。他生怕玉柳容不上钩，于是双管齐下，制造了自己不擅守城的假象，最终引诱玉柳容做出了孤注一掷地攻城的决定。

玉柳容原本的计划是跟朗月里应外合，没想到掉进了赵光吾的圈套。到最后他发现中计，已来不及撤退了，赵光吾是不可能给他第二次机会的。

说起来也有意思，当初赵光吾攻进雁阳，是跟祁皇后白绮梦里应外合，如今玉柳容想要重夺雁阳，是跟赵光吾的夫人朗月里应外合。从表面上看，两人都策反对方的妻子，给对方的后院点一把火，不同的是，赵光吾成功了，玉柳容失败了。

这一仗，玉柳容大败。此役的失利，意味着玉柳容终于陷入最坏的境遇。前有赵光吾，后有苏子修，自己的队伍溃不成军，韩梓言的援军却迟迟不至。

这时候，玉柳容像是受了刺激，突然将沙盘上的标志打乱了。

宋翎只是静静地看着他，玉柳容走上前，用虎口掐住了宋翎的下颌，迫使她微微仰起头，问道："妧妧，苏子修就快来了，你高兴吗？"

宋翎没有说话，不想在这种时候激怒玉柳容。

玉柳容捏着她的脸，不会顶嘴的宋翎似乎让他觉得索然无味，于是自觉地松开了手。

玉柳容毕竟是祁帝，哪怕境遇再坏，他也不至于破罐子破摔。他一方面派人收拾残兵，重新整饬军队，另一方面让御医治一治他的失眠。

被宣召的御医战战兢兢地为玉柳容把了脉，又问了具体症状，然后拟了一个宁神助眠的药方。

玉柳容漫不经心地扫了一眼药方，大概有川芎、生地黄、柴胡之类的药，他看着御医，似笑非笑地问道："此药能不能立刻见效？"

御医伴君日久，深知玉柳容的脾气，平日就不好相与，更何况眼下吃了败仗，必然是肝火旺盛。伴君如伴虎，说不定一个不留神就撞到刀口上了，御医不敢说无效，也不敢把话说满，于是跟背书似的扯了一堆医学药理。

玉柳容听完笑道："你的意思是说这药不会有害，但是要吃多少才有效，你自

个儿也不知道？”

御医听了这话，额头顿生冷汗，吓得双膝一弯跪了下来。

玉柳容不是真要刁难他，淡淡地问道：“如何起效才能快一些？”

当初玉柳容情愿失眠，是因为他害怕睡着之后会梦见玉家的先祖。反正已经到了这种地步，他注定要做玉家的不肖子孙了，如此一想，原本内心沉沉的负担一下子轻了很多，现在的他太渴望能睡一个好觉了。

御医不敢含糊，飞快地答道：“回禀皇上，辅之以穴位按摩，起效应该能快一些。”

“好。”玉柳容点了点头，心不在焉地随手一指，指的正是宋翎所在的方向，“朕姑且听你的试一试，至于要按摩哪几个穴位，你现在就去教她，如果教不会，你也就不必回去了。”

御医顿时悚然，自然听得懂那一句“不必回去了”的深意。

“你！”宋翎惊愕于玉柳容的蛮不讲理。若是玉柳容单单提出要她按摩，宋翎肯定一口拒绝。但是现在里面搭着一条无辜的性命，御医用近乎哀求的目光看向她，逼得宋翎不得不屈从。御医教宋翎辨认了头部的几个大穴，还有按摩指法、力道轻重等。宋翎学得很快，毕竟在苏子修身边待过，耳濡目染下，原本就有些根基。

与此同时，玉柳容还做了一个惊人的决定，就是令宋翎不必回小帐篷去了，从今往后吃住都必须在他的王帐里面。

第二十四章 辱身

是夜，南祁军营里有低低的哀号声此起彼伏。伤兵从前线一拨一拨地被送了回来，那些人侥幸在战场上捡回了一条命，却不知道能不能熬过治伤这一关，因为正值一年当中最为炎热的时候，伤口容易化脓，引发坏疽，这对伤者来说是最要命的。

此时的军营散发着复杂的气味，有硝石的烟气，还有淡淡的血腥气，残余的血污招来了虫蝇，在空中嗡嗡作响。

此时玉柳容已服了药，披散着头发在床榻上躺下，朝着宋翎说道："妧妧，你过来替朕按一按头。"

宋翎自是万分不情愿，一根手指头都不想碰到玉柳容，只是情势所迫，她不得不低头。她让自己忍耐再忍耐，在按摩的时候，忘记眼前的人是玉柳容，好像能好受一些。

玉柳容微闭双眸，宋翎温软的手指轻轻地按压着他的太阳穴、百会穴等穴位。宋翎的力道不重，不知是汤药和按摩起了作用，还是因为在身边的人是宋翎，玉柳容一直紧绷的神经渐渐松弛，这种松弛的感觉一点点蔓延到了四肢百骸，带来了久违的轻松和倦怠。

“妧妧。”玉柳容低沉地唤了一声，说道，“你是不是觉得朕如今的样子很失败？”

宋翎在心里默默地说了声是，表面上却没作声。

玉柳容是何等骄傲之人，从他嘴里说出了“失败”二字，可见他多少是有些灰心的。或许是这样松弛的状态，令他有了倾诉的欲望，他也不在乎宋翎是否应声，径自说道：“父皇将一片大好江山交给朕，朕却眼睁睁地看着它被别人一块一块地割走……”

宋翎依然不声不响，心想这或许是天道循环。从前祁国强势的时候，鲸吞蚕食了不少国家，才成就了庞大的帝国，如今风水轮流转了，当初怎么样一口口吃下去的，现在怎么样一口口吐出来。

盛极必衰，物极必反，祁国的国力在上一代祁帝玉朗城手中几乎达到了顶峰，显然玉柳容不是那个能带着祁国继续登顶的人，祁国最后还是走上了下坡路。

“妧妧，朕有时候觉得自己真像一个败家子，非但没有振兴家业，反而一点点把家底赔了进去。”玉柳容心情甚是寥落，他不禁自嘲道，“朕生在皇家，败的是国；生在寻常人家，败的是家……朕这一生最鄙薄的就是那种人，为何朕倒是越来越像自己鄙薄的那种人了？”

宋翎手中动作不停，装作没听见。

玉柳容倏然睁开眼睛，敏捷地扣住了宋翎的一只手，往日的盛气凌人早已无影无踪，他低低地乞求道：“妧妧，你跟朕说说话吧。”

宋翎慢慢地将自己的手抽了回来：“我没什么好说的。”

玉柳容却执拗起来：“朕就是要你说话。”

宋翎无奈，半晌才挤出一句话：“我能退下了吗？”

玉柳容哼笑一声道：“你要退到哪里去？从今儿起你就住在朕的王帐里。”

宋翎的脸上露出难以置信的表情，她原本认为玉柳容只是随便一说，没想到他居然要动真格的。

玉柳容不觉得这有任何不妥：“朕晚间常常睡不着，需要有人按摩头部，你留下来正好。”

“你无缘无故地将我抓来，又派人看着我，处处限制我的自由，居然又提出这种荒唐的要求，我不会答应的。”宋翎当即拒绝。

玉柳容嗤笑了一声。他就知道宋翎不是那种顺从的性格，之前她一直在忍耐，终究还是忍不住了：“你答应不答应，结果都是一样的。”

宋翎说道：“我已嫁人了，请你自重！”

玉柳容似是嘲讽地道：“那个休了你又将你娶回去的男人？”

宋翎毫不示弱：“你好歹是一国之君，难道要这样对一个有夫之妇？”

玉柳容的神色一寒，宋翎话中“一国之君”这四个字深深地刺激了他：“朕还算是一国之君吗？朕让你那最亲爱的好夫君害得丢了一半疆土，如今连剩下的一半也快保不住了。”

宋翎腹诽，开疆拓土或被迫割地，各凭本事罢了。

既然提到了苏子修，玉柳容又问道：“妧妧你高兴吗？苏子修很快就要来了。等你回到他身边，会不会也为他按一按头？你一定甘之如饴，不像对着我这样苦大仇深。”

宋翎问道：“你能放我回去？”

玉柳容这段日子事事不顺，身边的女人还是用强硬手段留下的，她一点儿都不喜欢他，只是一心一意地想要回到那个他视为劲敌的男人身边。

这一刻，玉柳容心中骤然生出一股邪火，那是一种想要征服的欲望，男人本能的欲望。除了城池和土地，还有眼前这个不温顺的女人。

玉柳容毫无预兆地翻身而起，迅敏得仿佛一只捕猎时的豹子，压着宋翎的两只手腕将她带到了自己的身下。

宋翎没有防备，待到反应过来，她已被玉柳容按在了床榻上。他的力道很大，她根本动弹不得，玉柳容那一张美丽而阴郁的面孔近在咫尺。

宋翎看着玉柳容，两人的脸贴得太近了，宋翎看到了自己惊慌失措的表情被清晰地映照在玉柳容的瞳孔里，她也能明明白白地看到玉柳容眼中的暴虐和情欲，危险已悄然而至。

玉柳容几乎是狠狠地亲了下去，从宋翎的额头、脸颊、鼻梁、嘴唇到下颌，再去啮噬脖颈那里细腻白皙的肌肤，再往下就是衣衫的阻隔。玉柳容先是一把抽开宋翎腰间的系带，然后双手从领口处直接蛮力地撕开，仿佛剥粽子叶一般，将她的衣裳从肩膀扯到了臂弯上，再往下就难脱了，因为正好卡在了她臂弯的位置。

“玉柳容！你禽兽！”宋翎大惊失色，拼命挣扎，想要挣脱玉柳容炽热的唇舌，但她的反抗起不了任何效果。

玉柳容也发现了这一点，无论宋翎如何反抗，他都能轻松地制服她，这就是男女力气上的悬殊。在这方面，男人对女人的优势是压倒性的。此时，卡在臂弯上的衣服脱不下来，玉柳容索性将衣服连同宋翎的两只手腕一起绞了起来，还用袖管打了一个牢靠的结，将宋翎的双手包裹在一团布料里面，省得她用指甲乱抓乱挠。

“不！不要！”宋翎眼底有深深的恐惧，撕心裂肺的惊呼尖锐得宛若被刀刃劈开了咽喉。

玉柳容这次是打定了主意，绝不心慈手软。既然已经开了头，他就回不了头了，非要将这个恶人做到底。再说了，宋翎原本就应该是他的，他此刻要拿回属于自己的一切。于是他吻得越发肆意，含住了宋翎绯色的双唇，已经不满足于对那温香柔滑的触感浅尝辄止，而是用虎口掐住她的脸，迫使她张开嘴，让他以一个强悍的入侵者的身份，去掠夺这小小檀口中的香津。

宋翎的颊面被他死死地掐住，口鼻几乎不能呼吸，气息越来越急促，眼前是一阵天旋地转的眩晕，好不容易玉柳容放开了她，还未让她从容地喘一口气，玉柳容的吻已经顺着脖颈蜿蜒而下，在锁骨上稍稍流连之后，渐渐逼近了茜色抹胸下宛若花苞般的绵软起伏。只听裂帛之声响起，那件茜色抹胸顿时成了两片毫无用处的织物。宋翎瞪得大大的眼眸中何止是惊恐，还藏着一分深入骨髓的绝望。

玉柳容的指尖抚上了宋翎肚脐上的那一颗小痣，他果然没有记错，就在她的肚脐的位置，犹如一点胭脂，更像是一颗饱满的小红豆，在宋翎一身羊脂白玉般的肌肤的映衬下，这颗胭脂痣竟如此鲜活可爱。玉柳容情不自禁地抚了又抚，又情不自禁地吻了上去。都说长在女人身上的胭脂痣是魔性的东西，又恰好生在肚脐的位置，玉柳容为这颗小痣而着迷，恨不得将它当成一粒红豆，让自己轻柔地衔在嘴里。此时他心神一荡，不由得想到了苏子修。不知道苏子修是否一样对此着迷。他分开了宋翎的双腿，自己则屈了一条腿将其抵住，使宋翎不得将双腿并拢……

宋翎近乎被逼疯，哭喊得声嘶力竭，挣扎得筋疲力尽。她预感到了最坏的事情即将来临，已经被逼上绝路，迫不得已地喊出了实话：“别这样对我！我已有了身孕！孩子！别伤害我的孩子！”

孩子？这是出乎玉柳容意料的事，他停下了进一步的侵犯，转而用一种古怪的眼神盯着宋翎，缓缓地说道：“你在骗我。”

当初在江临，宋翎曾经误以为自己有孕，闹出了一个乌龙，玉柳容对此事印象颇深，所以当他听到宋翎说自己有了身孕的时候，脑子里跳出的第一个反应就是宋翎在骗他。她已慌不择路，随口编造了一个谎言。此外宋翎这段日子跟一般女子无异，分明没有丝毫有孕在身的样子。

"我没有骗你。"此时的宋翎一头一脸都是汗和泪，声音已经嘶哑了，"我确实有了身孕，已经三个月了。你如果不信，可以让御医给我把脉，我说的是真是假，一看便知。"

宋翎的表情半点儿不像是在说假话，他神色复杂地盯了宋翎片刻，从宋翎身上缓缓起身，然后解开了束缚住她的两只手腕的衣衫。双手一得到自由，宋翎就紧紧地将手缩在自己胸前，双腿也蜷曲了起来，整个人缩成娇娇小小的一团，一张泫然的苍白面孔，显得柔弱得令人无比心折。

宋翎的衣衫被扯烂了，根本不能蔽体。玉柳容拿了自己的一件中衣披在宋翎的肩上，鸟翼般宽宽大大的衣袍遮住了她的身体。宋翎后怕不已，当玉柳容的指尖无意间触到她的脖子时，宋翎一阵剧烈颤抖，犹如惊弓之鸟。

玉柳容妥善安顿好了宋翎，高声下令道："传御医过来！"

宋翎依然蜷缩着身子，玉柳容的中衣穿在她身上显然太宽松了，在裹住身子之后，还能层层叠叠地堆在脚边，越发衬托出她的弱小。

御医漏夜赶了过来，原本以为是玉柳容的失眠之症犯了，没想到玉柳容指着宋翎让他把脉。御医虽然不解其意，但是哪里敢怠慢，依从了玉柳容的吩咐。

在反复确认脉象之后，御医说出宋翎确实有了三个月的身孕。

御医不知是福是祸，胆战心惊地回禀了玉柳容。看见玉柳容如覆寒霜的面容，御医以为自己知道了什么了不得的秘闻，正在忧虑自己是否还能活着出去时，玉柳容突然令他退下，一时之间，王帐内只剩下了玉柳容和宋翎两人。

玉柳容的目光凝在宋翎身上，看着眼前柔弱不堪的女子，他沉声问道："我将你掳来的时候，你就知道自己有身孕了，为何那时候不说？"

宋翎神色木讷，一句话都不说。

玉柳容见状冷笑了一声，道："你隐瞒自己有孕，说到底还是为了苏子修吧？你一直担心我用你去要挟苏子修，如果让我知道你腹中有了孩子，相当于无形之中给我加了一个可以要挟苏子修的筹码。"

宋翎依然一言不发，适才的拼命挣扎几乎耗尽她全部的力气。这时候，原本站在榻前的玉柳容蹲了下来，视线与宋翎齐平。他朝着宋翎伸出手，想要将她被汗水濡湿的几绺额发拨到一边。宋翎视他如洪水猛兽，容不得他靠近，顾不得狼狈，裹着袍子连连后退，几乎被过长的衣裳绊倒。

正在这时，外面来人禀告，此人乃玉柳容的亲信之一："皇上，几位将军在议

事大帐等着，有些事情还是要皇上亲自裁夺。”

玉柳容闻言，淡淡地说了一声：“知道了。”

玉柳容起身离开之前，回过头看了宋翎一眼，不过宋翎没有看他。

宋翎今夜受刺激太深，除了玉柳容近身时会引起她剧烈的反抗，其余时间她都跟木偶泥胎似的，独自抱着双膝傻愣愣地坐着。

待到玉柳容离开之后，木偶泥胎似的宋翎突然活了起来。她不是想要逃跑，而是跑到了玉柳容的桌案前，抓起一个青玉笔筒，将其中的毛笔尽数倾倒出来。宋翎手忙脚乱地一通乱翻，最终选定了一支细狼毫，像是抓住一根救命稻草一般，紧紧地将笔攥在了手中。

玉柳容去了大约一盏茶的时间，看来需要决定的事情不难，他只要出面拿个主意就行了。当玉柳容重新踏入王帐的时候，看见此时的宋翎跟之前的样子已大有不同。她不再惊慌失措，显得镇定了许多，或许是她在强撑着镇定下来。

玉柳容一步步地靠近宋翎，宋翎居然没有后退，只是定定地盯着玉柳容，放任玉柳容走到了她身边。玉柳容对宋翎的变化有些惊讶，刚刚她还是惶惶不安的样子，犹如惊弓之鸟，才一会儿工夫，她竟冷静到了几乎呆滞的地步，不吵不闹，不躲不闪，哪怕玉柳容更加放肆地将她揽入怀中，她还是安安静静的。她的这种样子不是惊过了头，就是失了魂魄。

“你是不是非要得到我？”宋翎声音喑哑地道。

“如果我回答是，你会怎么办？”玉柳容又被激起了狩猎的欲望，笑意中染了迷离的邪气。

宋翎看着玉柳容的表情，看得出来他正饶有兴趣地等待着她的答案。宋翎的嗓子虽然哑了，但她吐字清晰地道：“我不介意学一学楚轻莞。”

此言一出，玉柳容的表情瞬间凝固。

玉柳容记得他跟宋翎说起过楚轻莞。楚轻莞是他曾经的宫妃，也是目前唯一为他诞下孩子的女人。楚轻莞原本应该凭借生子之功，在宫中当她富贵无忧、安乐享福的柔妃娘娘，她却选择在生下麟儿之后，用一条白绫了结了自己的性命。天女仙姝一般的大美人，来这世间一趟，不知惊艳了多少人，自缢之时也才十九岁。只因为她在怀有身孕的时候，受辱于那个被朝臣扶立起来的荒唐无比的皇帝，为了孩子她忍了，直到一朝诞下麟儿，她选择了自缢。

宋翎此时的处境，跟楚轻莞当初何其相似。

宋翎在此时提起楚轻莞，着实是有一番思量的。她表明了决心，自己为了保全腹中的孩子会忍辱负重，但仅仅是暂时的，最后一定是宁为玉碎、不为瓦全。她此举也是为了激起玉柳容的同情心，他自己的女人遭人祸害，他不可能没有一点儿触动，定是痛恨那个作恶之人对一个柔弱女子下手，而且还是有身孕的女子，其行为之下作、人品之卑劣，令人不齿。

现在玉柳容若是也做出这种令人不齿之事，岂不是太讽刺了？

玉柳容看着宋翎，她神色极其认真，没有半点儿开玩笑的意思，他齿间生了森然的冷意，道：“你要学楚轻莞？”

宋翎毫不畏惧地道：“那就看你要不要学你的嗣子了。”

当初朝臣将那个荒唐皇帝扶上位的时候，为了名分上合情合理，他被过继在玉柳容的名下，所以宋翎说此人是玉柳容的嗣子是有理有据的。

“你在故意激我？”玉柳容看穿了宋翎的用意。

尽管是酷暑，宋翎的脊背、手心却沁出了冷汗。她知道只提到楚轻莞还不够分量，横下心来，决定最后赌一把，是输是赢、是生是死，就看这放手一搏了。

“对，我就是故意激你。”宋翎坦然说道，神色在这一刻变得毫不畏惧，“你不是想要我的身子吗？我可以顺从地给你，但是我只有一个条件，就是不能伤到我腹中的孩子。”

宋翎言毕，似乎为了印证自己的话，果然开始解身上的衣衫。其实她身上除了玉柳容刚刚给她披上的那件中衣，已不着寸缕。中衣是柔滑如水的绸缎质地，从宋翎单薄的肩头滑落下去，堆在了她纤细的足踝边。

顷刻间，女子雪白光裸的胴体已无遮无拦地出现在玉柳容眼前，宛若羊脂白玉似的身体，娇小、柔和、温润，好似一枚小巧玲珑的白玉坠儿，可以轻易地握在掌心里，激起人肆意摩挲和把玩的欲望。

玉柳容看着宋翎，仿佛又回到了四年前宋翎在祁皇宫的最后一夜。她被太后下了暖情的药物，昏昏沉沉，毫无意识，在太后的授意下，被人像一件礼物一般送到了玉柳容跟前，一样玉体横陈，一样毫无抵抗力。

玉柳容知道太后的苦心，太后这是在提醒他，得不到的总是心心念念着，得到了就会明白，那只是一个女人而已，没什么放不下的。太后的用心良苦，换来的是玉柳容的一声苦笑。太后是他的亲娘，但她终究不了解自己的儿子。

玉柳容陷入回忆时，宋翎突然抬起自己的右臂。看着她仿佛清水洗净的一截鲜藕似的手臂，玉柳容的神情再一次凝固了，因为他看见宋翎的右手腕上有一串手钏，坠饰不是寻常的花生、如意锁，而是一颗颗逼真的松子，跟那一夜他戴在宋翎手上

的松子手钏一模一样，只是他那一串是实物，现在宋翎手上的却是临时用毛笔画上去的。

得益于苏子修前段日子对宋翎的画技的细心指点，宋翎的画技进步很大，这一串松子手钏画得惟妙惟肖，跟实物相去不远。

“你还记得我送你的松子手钏？”玉柳容失神地喃喃道。那一夜，他最终没能狠下心伤害宋翎，保留了她的完璧之身，只是将一串亲手设计的松子手钏戴在了她的手腕上，算是对自己这段感情的告别。

这一刻，回忆和现实重叠，互为倒影，令人分不清是陷入了回忆，还是回忆左右了眼前的场景。

玉柳容看到了那时的自己，在为宋翎戴上手钏之后，他像是完成一种仪式，吻了吻宋翎的手腕，连带着吻了吻那串手钏上的黄金松子，然后转身离开。此时此刻，他也是这样做的，吻了吻宋翎的手腕，连带着吻了吻那画出来的松子手钏，然后逼着自己狠狠心，再狠狠心，断舍离，绝爱意，使自己看起来潇洒一些，利落地转身离去了。

玉柳容走后，宋翎的精神像是到了极限，她再也支撑不住，双腿一软跌坐在地上，手边正是那件刚刚被她褪下的中衣。柔滑的丝绸上，忽然间绽出一小朵一小朵的暗色花苞，那是被不断滚落的泪珠洇湿的痕迹，

第二十五章 困山

自从那一次之后，玉柳容没再对宋翎做出任何侵犯之举。但他依然很固执，不肯放宋翎回小帐篷，令她在他的王帐住下。两人每日同食同寝，虽是同寝，终究是两人各睡一边。玉柳容有时会抱着宋翎，但也只是轻轻将人抱在怀里，没有进一步的行为。宋翎不肯，玉柳容几乎是用哀求的口气说："别动，我什么都不做，只是想抱抱你。有你在身边，我即使睡不着，也能安心一些。"

到最后宋翎放弃了挣扎，任由玉柳容抱着她。到这种时候，宋翎是破罐子破摔了，反正被他看遍了，再过分的事情都做了，他要抱着就抱着吧。玉柳容这个和她没有夫妻之名又被她厌恶抗拒的男子，几乎对她把能做的事情都做全了。宋翎心里多少生出了几分悲凉之意，就算自己心里再无愧，如今的他们，哪里还有什么清白可言？

与此同时，宋翎怀有身孕的消息不胫而走，尤其是被南祁军的几个重要将领知

道了。昭帝苏子修的皇后，还有她腹中的皇嗣，这是一个多么惊人的筹码，真是老天都要帮助南祁。既然得知了此事，南祁的将领们哪里肯放过？他们纷纷向玉柳容进言，要将宋翎当作人质，跟昭帝苏子修谈条件。

这是目前唯一的转机，也是老天给南祁最后的出路。苏子修不可能不管自己的皇后，就算他可以狠狠心舍弃这个女人，她还有孩子，男人一定不会放弃自己的子嗣的，这是天下男人共同的软肋。

刚开始进言的人是一两个，后来进言之人蜂拥而至，提出的建议也一次比一次露骨，一次比一次狠绝，甚至有人提出，若是昭帝不肯撤兵，就给他的女人喂下堕胎药，再将打下来的死胎送去给昭帝过目，好让他晓得厉害。

玉柳容冷眼看着自己的将领，他们上阵杀敌的时候，是何等勇猛过人，眼下却非要跟女人和孩子过不去。用女人和孩子的性命做文章，这不是大丈夫应有的行为。

若是在平时，玉柳容早就勃然大怒，厉声呵斥。但是此时，他心里的悲哀压过了怒气。他看着手下这些人，他们大概都是被打怕了，输怕了。攻城的惨痛失败，更是令他们失去了再战的斗志和锐气。任谁心里都知道，眼下的南祁军已毫无优势，翻身的机会微乎其微，只是等着被人宰割罢了。

就在这样的绝境之中，突然让他们看到了一线希望，怎能不为之疯狂？哪怕他们知道对妇孺下毒手是最卑劣的行径，但是没有办法。什么气节、操守，什么大丈夫有所为有所不为，这种时候活下去才是最重要的。

这就是玉柳容没办法发火的原因，他看到了自己的失败。他不能取信于自己的将领，这些将领不认为玉柳容有能力带着整个南祁军突破重围，杀出血路。他也保护不了自己心爱的女人，他为了一己私念将宋翎掳来，恰恰是他的这个举动，令她置于险恶至极的境地。

玉柳容拒绝了，厉声训斥道："闭嘴！堂堂七尺男儿，不去想怎么好好作战，杀敌制胜，都指望着靠一个女人活命，你们不觉得害臊吗？"

看见皇帝动了真怒，那些将领一个个噤了声。他们表面上不说话，但心里都在骂玉柳容。这个眼空心大的败家皇帝，自己弄出了这样一个一败涂地、难以收拾的局面，居然还骂他们不能杀敌制胜，真是站着说话不腰疼。

任何时候都有胆大的，还是有人不想放弃，继续说道："皇上，请您三思啊。非常之时行非常之事，末将等人不是非要跟一个小女子过不去，只是眼下的情况，咱们南祁的胜算能多一分是一分，不能放过这个好机会。"

玉柳容冷冷地说道："你们都说是非常之时行非常之事，更何况昭帝这人一向面冷心硬，他难道会不懂这个道理？你们以为昭帝会乖乖地接受胁迫？”

有人在下面小声地嘀咕：“不过就是一个女人罢了……”

玉柳容彻底被激怒了，呵斥道：“你们若是看不起女人，就不要全副心思地在她身上打主意。你们一边看不起她，一边还想着靠她退敌，这种行径简直是卑劣至极！”

底下的将领都不说话了，这个阵前会议开得毫无意义，没有讨论出任何有用的计策，倒是埋下了一颗君臣离心离德的种子。

玉柳容恨这些将领庸碌无能，大火烧到了眉毛，没有一个真正为君王分忧的，只是死死地盯着一个女人，妄图从中找出一条生路。殊不知这些将领也在背地里怨恨玉柳容，都到生死存亡的时刻了，只要狠狠心，老娘都能放弃，更何况一个女人。有用就往死里用，没用死了也不可惜，有什么好舍不得的？他们这些人真是倒霉，摊上这种感情用事、情令智昏的君主，真是不知何处才是出路。

将领们告退之后，玉柳容感觉到了从未有过的疲惫。他手中还有将、有兵、有领地，尚有一战之力，并不是走到了山穷水尽的一步。尽管手下有千军万马，玉柳容还是生出了孤家寡人的悲戚之意。将领们对他有怨，宋翎对他有恨，他里外不是人。或许这种时候，最伤心蚀骨的不是即将到来的溃败，而是放眼看去，没有一个真正知他心意的人。

八月初，苏子修的大军还是到了。他这一路上扫清了所有藩篱，昭国军队所过之处，已是一片被征服的坦途。雁阳城内的赵光吾十分高兴，他原本指望着苏子修的援兵化解他的围城之困，没想到玉柳容主动给他制造了惊喜，平白送了一份大礼给他。

赵光吾利用被玉柳容策反的朗月，将计就计，反而给了南祁军一个迎头痛击。不过苏子修来了更好，他能打退南祁军，但是没能力将其全歼。留着南祁军始终是个祸害，不如铲草除根，以绝后患。

如今苏子修一到，他们前后夹击，两军合围，赵光吾就不信这次还不能将玉柳容的部队全部歼灭。

昭征和二年的八月，南祁军开始全面溃败，呈现出摧枯拉朽之势。他们苦战已久，人疲马乏，根本抵抗不住戎狄骑兵和昭国大军的联合攻击。

戎狄和昭国大军加起来接近三十万人，而南祁军损兵折将，只剩了不到五万人。这种压倒性的优势之下，已经用不着任何阵法了，采用人海战术直接冲上来，就足以令南祁军心惊胆战。南祁败势已定，回天乏术。敌军将至，他们的援军还在路上，

而且卢国大军到还是不到，于他们而言恐怕也没有意义了。

南祁军队且战且退，连连失去了承胤、陶林、辛宛等地，从雁阳城的外围逐步朝东败退，军队人数从最初的不到五万，变成了四万、三万，其中有战死沙场的，也有当了逃兵的。总之当玉柳容带着残兵败将退守到濛山的时候，军中清点人数时，发现只剩了一万余人。

玉柳容不由得仰天长叹，看来濛山是他的绝路了，也是老天爷为他准备的葬身地。

经过数日浴血奋战，将士们个个熬得双眼赤红，满脸尘垢，满身血污，三分像人七分像鬼。既然都不人不鬼了，那他们还有什么好怕的？

这时候又有人嚷了出来，要拿宋翎的性命跟苏子修谈条件。追兵当中，昭国军队的人数占了三分之二，只要苏子修答应撤兵，说不定事情还有转机，他们这些人还有生路。

但是玉柳容仍旧拒绝了，而且态度坚决。无论将领们如何劝说，玉柳容都斩钉截铁地回答：“谁都不许动她，除非是跟朕过不去！”

诸位将领早有不满，这一刻他们对玉柳容终于彻底绝望了。君臣之间原本隐而不发的矛盾，在这一刻彻底被激化了。这都什么时候了，玉柳容居然还不舍得一个女人？

将领们心想唐明皇算是皇帝当中的痴情种了，马嵬坡上还不是让杨贵妃去死？这种时候只要能退敌，有什么手段不能用？他们的皇上为何就如此执迷不悟，难道他比唐明皇还要痴情？

不过认真说起来，玉柳容也比不上唐明皇。杨贵妃至少是唐明皇的女人，玉柳容却护着一个从头到脚不属于自己的女人。她属于另一个男人，这个男人正要让他们全军覆没。不该痴情的人犯了痴情病，该痴情的人冷静得要命，这难道不是最大的讽刺吗？

这些将领大多是玉朗城那一朝留下的老将，曾经跟随先帝玉朗城南征北战，个个是将才，没一个是无用之辈。这些人心里也有一本账，上面一笔一笔记录了玉柳容的每一次失误。

当初玉柳容急于求成，为了一口吃掉卢国，盲目向前线增兵派粮，最终拖垮了自己，落得一个引火烧身的结果，是错。

后来祁国刚刚平复内乱，玉柳容答应跟卢国合作，联兵攻打昭国，结果戎狄乘虚而入，霸占了祁国北部的领土，甚至雁阳都城也失陷了，是错。

再后来祁国南北分裂，玉柳容占据南祁，戎狄的实力明明还很强，玉柳容却做出收复北方的决定，最后被人南北夹击，进退不得，成了眼前的局面，还是错。

可以这样说，玉柳容作为皇帝并不称职，因为在最关键的几个时候，他做出的判断和抉择都是错误的，而且还一错再错。

这些祁国的将领忍不住在心里将玉柳容和苏子修做了一个比较。玉柳容从一开始就是光芒万丈的皇太子，一人之下，万人之上，玉朗城不惜一切地栽培唯一的儿子，为了让玉柳容懂得行军打仗，拨了一支几万人的军队给他练手。得知大限将至，玉朗城主动逊位，提前将皇位传给了玉柳容，为的就是趁着自己还活着，指导儿子如何当皇帝，如何驾驭臣下，如何独当一面。毕竟太子只能参政，跟大权在握的帝王还是有本质区别的。

毫不夸张地说，玉朗城是将一切都准备好了才交到玉柳容手上的。玉柳容即位的时候，祁国已经达到了全盛时期，社稷安康，实力雄厚，兵强马壮，国库充盈。因为一切都是现成的，玉柳容不需要太多的雄才伟略，甚至庸碌一些也没关系，只要根据玉朗城给的路子，按部就班地走下去就行了。

反观苏子修，一开始不过是一个没有实权、母家失势的皇子，遭到昭太子的排挤和打压，还被迫成了质子。归国之后的日子也不好过，因为太子党的势力很强，令他处处受人掣肘。哪怕最后苏子修继承了皇位，不服他的也大有人在，在一旁虎视眈眈，随时准备将他从皇帝的宝座上拉下来。内政不修，外乱频生，就是在这种情况下，苏子修用了半年时间，该杀绝的杀绝，该镇压的镇压，该收服的收服，雷霆手段加上适当的怀柔策略，最终掌握了全部的权柄。苏子修安定了自家的内院，又将目光投向了国门之外，昭国是时候在千年老二的位置上挪一挪了。

玉柳容算是高开低走，那么苏子修就算是低开高走，后来居上。这些祁国将领暗暗叹息。世事难料啊，谁会想到当初在祁国当质子的落魄皇子，最终会以一名征服者的身份重新踏上祁国的疆土？早知道在那时玉柳容就应该杀了这个人！祁国将领们又给玉柳容加了一条罪名，因为苏子修就是从玉柳容手中逃掉的。

因为有了这种想法，将领们大多怠战，反正都是别人的瓮中之鳖了，负隅顽抗没有好下场。南祁军中开始有人逃跑，士兵是三五成群地开溜，将领们则是直接带着自己的部队投降。祁将吴广袤一个人就带走了五千人，这对玉柳容的南祁军是一个致命的打击。

到最后，这一万人的部队只剩下大约两千人。若说玉柳容身边还有忠心耿耿的将领，那就只剩下贺知年和林涧了，他们是玉柳容的心腹，抱定了必死的决心，要

追随玉柳容到最后一刻。

八月初十，玉柳容败退到了濛山。

五日之后，就是八月十五，眼看南祁军逃走的逃走，投降的投降，残兵败将，气数已尽，戎狄骑兵和昭国大军发起了最后的总攻。玉柳容在心里冷笑，苏子修和赵光吾真是很会挑日子，正好是八月十五中秋佳节，这两人不知道是厚道还是缺德，给自己的对手挑了个好日子作为死期。

那一日，玉柳容被大将贺知年和林涧掩护着，两人带领着手下为数不多的士兵，数次想要突围，杀出一条血路，但是每次都失败了。每一次突围，士兵的数量都会锐减，失败了三次之后，两千人只剩下了四百人，而且大多负了伤，贺、林两人也是多处受创，血流不止。尤其是林涧被人砍断了一只手臂，大腿上中了一箭，还是贯穿伤。饶是这样，林将军余勇可嘉，还要上阵拼杀。他将断肢别在腰上，伤口则是用衣服胡乱地捆扎，任由那支贯穿了的箭插在腿上。

血战乾坤赤，氛迷日月黄。此情此景，可谓惨烈。林涧最终战死，他一马当先的第四次突围也毫无悬念地失败了。贺知年满心悲痛，最后看了一眼同僚的尸首，带着不到两百人的队伍护送玉柳容一路向东，到了濛山的山麓中。

此时夜已深，天上圆月高悬。玉柳容仰头望天，惊奇地发现十五的月亮能那么大、那么圆，与其说是像圆盘，更像是一个硕大的金刚罩，若是兜头罩下来，他一定无处遁逃。对啊，那是天上的金刚罩，居高临下地俯视着人间的他，他如何逃得掉？而且身后有三十万大军步步紧逼，他又如何逃得掉？

在玉柳容眼里，最后一次看见的满月就是一轮血月，哪里还有什么清明疏朗的月色，落在玉柳容充血的双眸里，什么都是一片染血一般的猩红色。

宋翎也望着天上的圆月。到了这种时候，玉柳容仍旧将她带在身边，寸步不离，哪怕节节败退，也是带着她共乘一骑。这些日子，宋翎看了太多厮杀，也看着玉柳容一步步走向末路。

宋翎看着玉柳容和他不到两百人的残兵，说道：“你放我走吧，你要逃带着我也是累赘。”

“你休想！”玉柳容的态度甚是粗暴。

宋翎气息急促地道：“你到底想要做什么？你若是打算把我当人质，那你现在就派人去找苏子修谈判；你若是不打算把我当人质，不如放了我，带着我只会拖累你们。”

“你闭嘴！”玉柳容厉声打断了宋翎的话，“我不会放你走的，你也休想离开我。”

宋翎被吼得一震。她没想到玉柳容是如此偏执，偏执得近乎疯狂。

玉柳容心如锥刺，那么多人劝他将宋翎挟持为人质，他一概拒绝了，用自己心爱女子的性命当作筹码，去另一个男子那里，更准确地说是情敌那里乞讨一条生路，玉柳容做不到。男人的骄傲和自尊也不允许他这样做。

他爱宋翎，宋翎爱苏子修，他输得无话可说，但是他不能输了尊严和骄傲。

在濛山的山麓中，他们已经无路可走了，要么全部战死，要么投降被生擒，再没有第三条路。玉柳容看着满脸是血的贺知年，贺知年的额头被豁开一个大口子，鲜血流下来，糊住了眼睫，乍一看极为恐怖。剩下的士兵大多是玉柳容的亲兵，他们跟贺知年和死去的林涧一样，都是死忠于玉柳容的。

不到两百的残兵啊，玉柳容心头无不悲哀，他听着濛山的阵阵林涛之声。这不正是四面楚歌吗？他已经没有机会东山再起了，濛山就是他们这些人最后的葬身地。

这一刻，君臣相顾无言。

良久，玉柳容平静地说道：“你们若有想要离开的，现在就走吧，不必继续跟着朕了。”

贺知年双眼含泪，第一个跪了下来，紧接着其他士兵也齐刷刷地下跪，啮指出血，指着天上的明月，信誓旦旦地说道：“臣等甘愿追随皇上，死战到底，绝不退缩！”

宋翎身处其中，也被这种悲壮气氛所感染。她动容于这些人的忠心，又打从心底感到一阵悲凉。所谓穷途末路，大概就是如此。宋翎这一路上都在想如何脱身，想讨劝他们投降，胜负已定，顽抗到底只是徒增伤亡，投降才是唯一的出路。

但是她看到眼前这情形，劝降的话尽数哽在了喉咙口里，一句都说不出来。宋翎知道，这些人是不会答应的。世上有忠就有奸，有人变节，就有人守节；有人爱惜性命胜于一切，就有人自甘为忠孝节义殉身。这些人显然是将生死置之度外了，他们是南祁军里最硬的一块骨头，势必不会投降。

这时候，最前面的追兵已掩杀而至，此起彼伏的喊杀声在黑夜中形成了排山倒海的声浪，令人心烦意乱。

玉柳容神色沉重，这最后一刻终于到了。

贺知年抹了一把脸上的鲜血，他果然是个将才，在如此不利的情况之下，仍旧保持冷静，将这不到两百人的队伍分成了三路，中路是骑兵，届时骑着快马横冲直撞，直接打乱对方的阵列，左、右两路紧接着策应，趁乱砍杀敌军。反正横竖是个死，不如最后快战一场，酣畅淋漓，多杀掉几个敌军。大家都是以命相搏，一命换一命，那是不赔本；一命换两命，那是有的赚；一命换十命，那就是死而无憾了。

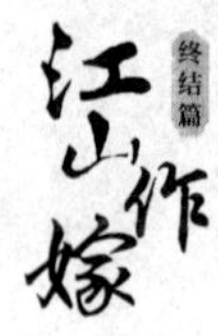

抱着这样的信念，这一支只剩下不到两百人的队伍，居然越战越勇，宛若天兵附体，转眼间已经砍倒了最前面的一队追兵。

后面追赶而至的人马看见一个个杀成血人的南祁残部，不由得从心底生出一丝寒意。这些人爆发出的战力竟如此可怕，大有一股杀神斩佛的气势。南祁士兵即使勇猛，但是到底寡不敌众，一个接着一个地倒下了。

玉柳容接连手刃了数人，这时候对方军中有人高喊："活捉南祁帝！"

瞬间"活捉南祁帝"的喊声连成一片，震天作响。

贺知年已是新伤添旧伤，浑身没有不冒血的地方。他又砍杀了一个奔袭到眼前的敌军，目眦欲裂，须发冲冠。他指着通往山林的方向，说道："皇上，快走！"

玉柳容明白贺知年的意思是要他进山林里躲避。玉柳容当即掉转马头，朝着濛山蓊蓊郁郁的林木狂奔而去。宋翎此时与玉柳容共乘一骑，她回头看去，正好看见贺知年渐渐不敌，被一把大戟挑破肚腹，鲜血混着肠子一起流了出来。这人也是真汉子，一手捏着肚子上的豁口，另一手举着大刀，又连杀两人，才体力不支地倒下，最后被围攻上来的士兵一通乱砍，这个忠心追随玉柳容到最后的将领终于咽了气。

贺知年死后，剩下的南祁士兵失去了指挥，全部战死。昭国和戎狄的追兵终于杀尽每一个站着的南祁士兵，发现一件至关重要的事：南祁帝跑了。

黄纪乃昭国军队的先锋，出战之前，苏子修给他下了一道谕旨，就是一定要将南祁帝身边的女子安全带回。南祁帝不见了，黄纪是最着急的，知道南祁帝是躲进了山林里，冲着左右下属大声喊道："都给我进去搜，不找到南祁帝不要出来！"

第二十六章 割股

濛山是雁阳以东大陵山山脉的支脉，山间林木葱茏，玉柳容骑马狂奔，时而会惊起林中的宿鸟拍着翅膀飞过，因为是在山林野地之中，怪叫声在夜里听来有些瘆人。濛山平时人迹罕至，越是往上山路越是崎岖难行。玉柳容不得已放弃了骑马，带着宋翎一起下马步行。

玉柳容原本想将马放生，令它自由离去，反正这种时候他也用不上马匹了。但是那马似乎有灵性，对主人恋恋不舍，任凭玉柳容如何驱赶，就是不愿离去，始终跟在玉柳容身后。玉柳容只能放弃了，任由这匹马跟着他。

宋翎看了此景，觉得玉柳容的马倒是跟他一模一样的性情，都固执得很，恰恰印证了物似主人这句话。

“我们要去哪里？”宋翎问道。

玉柳容抓住宋翎一侧的手臂，只顾带着她往前走，对宋翎的问话充耳不闻。

“你到底想做什么？”宋翎顿时急了，钉在原地不肯走。

“你说我现在还能做什么？”玉柳容转过头，冲着宋翎低低地吼了一声。

因为是满月，月辉仿佛一匹薄薄的半透轻绡，清朗地洒落在林间叶梢上，柔和却不甚明亮，但是能大致看清人影。

玉柳容转过头，宋翎看到他现在的面容，不由得吃了一惊。

玉柳容神色冷峻，眼珠墨黑，眼白上尽是蛛网似的红血丝，嘴唇抿成了一条刚毅的线，太阳穴、两颊和嘴角都在微微颤动，那是愤怒到了极限的样子。总之，他整张脸上的表情极其可怕，甚至带了一点儿扭曲，好像恨不得生啖人肉一般。

宋翎想起来了，林涧、贺知年以及南祁士兵们接连战死，他们脸上都出现过类似的表情。当人出现这种表情时，仿佛被赋予了一种神力或者鬼力，生死无惧，尤其在杀戮的时候，会激发出连自己都心惊胆寒的潜力。

“你说我现在还能做什么？”玉柳容重复了一遍，气息紊乱，越说越急，“我失败了，我失去了军队，失去了将士，有异心的人都识时务地投降了，忠心于我的人也全部为我而死了，我如今成了一个真正的孤家寡人，哈哈——”玉柳容笑了起来，笑意悲凉，他指着宋翎，“也不算孤家寡人，不是还有你，还有我的马……”说到这里，玉柳容突然摇头，“哈哈，我怎么忘了，你是被迫留在我身边的，你的心早就飞回苏子修那里去了。你是不是觉得很失望，我刚刚怎么就没死？如果我也死在了乱军之中，你说不定已经跟苏子修重逢了。”

玉柳容轻轻摸着马辔头，失神地喃喃道：“小风啊小风，如今只有你是心甘情愿跟着我的。可怜我曾经臣下无数，到最后身边只剩下一匹马充作忠臣。”

那匹被称作小风的马嘶鸣了一声，像是在回应玉柳容。

宋翎知道玉柳容这是穷途末路之叹，然而宋翎猛然瞪大了眼睛。她看见玉柳容将手伸向了腰间的长剑，握住剑柄，稳稳地将那把长剑抽了出来，薄薄的剑刃宛若一泓秋水，映着天上的明月，更是雪亮得刺人眼睛。

宋翎心中警铃大作。玉柳容这是要做什么？！大抵走上绝路的人，不是自杀，就是杀光身边之人后再自杀。宋翎神色紧张地盯着玉柳容，猜不透他此时拔剑的用意。他是要自刎，还是要先杀了她和马，再自行了断？

“你要做什么？”宋翎急声问道。她不想死，也不能死，更不愿意给一个无关的男人陪葬。紧张的不仅是宋翎，小风也感觉到了剑光，有些烦躁地踢着铁蹄，发出低低的嘶鸣。

“你在害怕什么？”玉柳容冷声反问道，口气似有嘲弄，“你是怕我自杀，还是怕我杀了你？”玉柳容不等宋翎回答，自问自答道，“我猜一定是后者吧。我算什么？你才不会管我的生死。不，你现在应该是希望我死，我死了你就开心了。”

宋翎转过头去，平时的玉柳容就是不可理喻的人，这种时候更不能指望他讲道理。

就在此时，远处渐渐传来搜寻的人声，应是上山来寻找他们两人的队伍。宋翎如闻天籁，正想大喊一声，让搜寻之人确定她的方位，不料刚起这个念头，她就被玉柳容手疾眼快地捂住了嘴，发不出一点儿声音。

宋翎心里恼得很，看样子玉柳容是铁了心不让她离开。玉柳容一手捂着宋翎的嘴，一手牢牢地将她揽在怀中，制住她的挣扎，然后带着她弯腰躲进一个林木茂盛的隐蔽处，借助枝叶草木将两人遮盖得严严实实。刚刚找过来的那群人应该是一支小分队，七八个人，他们在附近找了一会儿，发现全无收获，又掉头去了另一个方向。

宋翎眼看着那些人走近又走远，那种希望在眼前破灭的感觉是最痛苦的。宋翎这一刻恨死了玉柳容，想要试着能不能一口咬在玉柳容的手上，但是玉柳容早有防备，他出手更快，手掌从捂着变成了用虎口掐住她的脸颊，令她无从下口。

宋翎一心想要获救，只要听到有搜寻的声音，就恨不得立刻暴露自己的方位。玉柳容到底谨慎一些，而且他很快发现，自己的谨慎没有错。宋翎或许没注意，但是眼尖的玉柳容看清楚了，那些人不是昭国的队伍，而是戎狄人的装束。

虽说眼下苏子修和赵光吾是合作关系，昭国大军和戎狄骑兵也是合兵一处，但是谁的人找到宋翎，这可大不相同。如果是昭国的人就罢了，如是戎狄人那就不得不防。因为赵光吾占了雁阳城和祁国北部领土，玉柳容几乎是天天咬牙切齿地将这个人挂在嘴边。往往最了解自己的人是自己的对手，这句话反过来也适用，玉柳容知道赵光吾的本质就是一个卑劣又贪婪的小人，从他杀死对自己有知遇之恩的岳父就可以看出此人的不择手段。

宋翎若是被赵光吾的人找到，难保赵光吾不会因此起邪念。他若是把宋翎扣留了，当作自己手中的筹码跟苏子修谈条件，至少能在瓜分战后利益的时候多得一些好处，玉柳容相信以赵光吾的性格，做得出这种事。

宋翎不知道玉柳容的想法，只看见玉柳容处处跟她作对。玉柳容站了起来，口中轻轻一吹口哨，小风就跑了过来。

小风果然是一匹有灵性的马，见主人躲了起来，它也悄悄地躲在了附近，不让别人看见。

玉柳容抱着宋翎翻身上马，然后驭马疾驰，不在容易被人发现的地方逗留，而是朝着濛山更隐蔽的山林腹地跑去。山里林木遮天蔽日，令人难辨东南西北，天上的一轮圆月已看不完整了，月色被遮住的时候，山林里几乎一片漆黑。

宋翎不知道他们是跑向哪个方向，也不知道他们跑了多远，估计玉柳容也不知道。他为了甩掉背后的追兵，专门朝着密林深处奔去。两人一马在枝叶横斜的树林里乱钻，下面是藤藤蔓蔓，还有凸出的石块和树根。小风虽是一匹好马，但是也走得磕磕绊绊，好几次差点儿将背上的两人颠下来。

远处凭空多了点点光亮，那不是萤火，而是被人举在手中的火把。因为相隔甚远，所以看上去好似萤火一般大小。玉柳容知道，刚刚遇上的只是小股分队，现在大概搜寻的人都上了山，追兵渐渐多了起来。

玉柳容如今已是孤王，但是帝王的傲骨犹在，他不能落入敌手。玉柳容带着宋翎再一次翻身下马，小风又一次表现得出奇灵性，突然朝着一个方向跑去，边跑边发出响亮的嘶鸣，那些举着火把的追兵显然听到了动静，当即循着马鸣的方向追了过去。

宋翎想不到玉柳容还有这一招，但是玉柳容不容她多想，一手抓着宋翎，一手用长剑劈开纠缠的枝蔓，像是着了魔一般，一门心思地钻进了密林深处。

宋翎既不知道他要走到哪里，也不知道他要走到何时。

她从没见过这么多高耸入云的树，也不知道这些树在这里长了多少年，才能长成这样。他们仿佛走进了一个树的迷阵，重重叠叠，层层套套，永远没有尽头，何止是无法辨明方向，来路是哪一条都忘了。

“停下！停下！”宋翎喊了起来，急切地道，“别再往前走了，你没发现我们已经迷路了吗？”

玉柳容故意装作听不懂宋翎的话，回了一句：“我早就迷路了，还差今天一天？索性迷路到底好了，反正我也找不到方向。”

在宋翎眼里，玉柳容就是破罐子破摔，他只是本能地躲避着追兵，却不知道要去哪里，只能任凭心意乱走乱闯。但是宋翎不想死，她不想在这片幽深的密林里迷路。

宋翎站在原地不肯再走，玉柳容倒是难得不强势一回，他放开了对宋翎的束缚，幽幽地说道：“你若不走，我就自己走了。”

自由来得太轻易，令宋翎有些措手不及，但是宋翎很快就发现了，这时候就算玉柳容放了她，她也找不到路出去。宋翎想明白这一点，格外气愤，玉柳容的这种做法，好像是将一个囚犯放在老虎背上，然后故作仁慈地对囚犯说，我放你自由了。

玉柳容虽然在往前走，嘴上的话却没停："你不怕熊瞎子？舔一下半边脸就没了，再舔一下，眼珠子都出来了，舔第三下，那就啧啧……"

不得不说，玉柳容这话又狠又毒，在这样的环境当中，恰到好处地唤醒了人心中的恐惧，任谁听了都要先打一个哆嗦。

宋翎听了一愣，这话听着分外耳熟，她肯定从前也听到过。想明白之后，宋翎冷冷地回了一句："你也就这点儿招数了，只会用熊瞎子来吓人。"

玉柳容原本就是落魄之人，最恨别人看低他，就冲着宋翎那一句"你也就这点儿招数了"，他也要给自己挽回一点儿面子："不只是熊瞎子，还有豺狼虎豹，咬断猎物的咽喉，专门掏肚子里的肠子、内脏吃，肠子被扯得七零八落，心肝脾肺肾都没了，连个全尸都没有，想想就觉得十分凄惨。山林里的野猪也凶得很，它们不吃素，吃荤腥，人肉就更喜欢了……"

宋翎捂住耳朵不去听，玉柳容越是故意吓唬她，她越是要一个人走。她模糊地记得一点儿来时的路，她要出去，要活着，就算玉柳容将她放在老虎背上，她也要想办法爬下来。

玉柳容没想到宋翎有这种胆量，想要将宋翎抓回来。宋翎自然要避闪，因为密林里一片漆黑，而且枝蔓丛生，玉柳容居然好几次都失了手。

宋翎在躲避时脚下一空，惊恐地大叫一声，整个人忽然下坠。玉柳容眼见出事，飞身上前抱住宋翎，两人一起滚了下去。玉柳容一手抱住宋翎的脑袋，一手揽在她的腰间，尽量不让她受伤。宋翎则本能地护住自己的小腹，最怕的是伤到孩子。

待到他们落地之后，朝四周一看，发现他们已身在一个洞中。此地下陷，形成一处坑穴，看得见洞口在头顶上方三四丈的位置，他们就是从那里滚落下来的。

宋翎最先关心的是肚子，感觉没什么异样的疼痛之后，试着动了动自己的手脚，双手都没事，但是活动到右脚的时候传来了一阵钻心的疼痛。

此时玉柳容扶着宋翎坐了起来，她尝试着去触碰右脚的脚踝，那里果然肿了起来，而且一点儿都碰不得，不知道自己是扭伤了筋还是伤到了骨头。伤筋也就罢了，要是伤到了骨头，后果就严重了。如果不能及时将断骨复位，将来一定会落下残疾，但这里荒郊野岭的，缺医少药，谁来给她医治？

玉柳容也注意到了宋翎右脚的异样，关心地道："妩妩，你的脚怎么了？"

宋翎强忍着疼，说道："没事，大概是扭了一下。"

玉柳容听到只是扭伤，稍稍松了一口气："我替你揉一揉，将瘀血揉散了就好。"玉柳容从小习武骑马，摔伤扭伤是常事，久病成医，知道怎么治扭伤。原本治疗是

要辅以通经活络的药酒，但是眼下并无药酒，只能将就一下了。

“不用了。”宋翎当即拒绝，她是发昏了才会将脚交给玉柳容，找了个借口道，“不是太严重，我自己揉一揉就好了。”

玉柳容心里清楚，宋翎对他一向存有戒心，故而不再勉强。两人开始打量这个洞穴，上面的洞口窄窄的，又有野草掩映，难怪不易被发现。洞底倒是宽敞许多，就像是一个上窄下宽的袋子，能容下七八个人，宋翎和玉柳容处于其中，倒是不局促。

眼下没有更好的办法，两人只能等到天亮再说。宋翎在离玉柳容最远的一处躺下，玉柳容居然挨着宋翎躺下。

宋翎见状问：“你这是做什么？”

玉柳容则不以为然地道：“反正我们都已经同床共枕过了，也不在乎以地为床、以天为盖地躺在一个洞里面。”

宋翎说道：“那你能否离我远点儿？”

“不能。”玉柳容不假思索地拒绝了，“这样我会睡不着。”

宋翎险些笑出声，口气带了几分嘲弄地道：“你从前睡不着，那是因为大战未决，常怀忧虑之心。眼下尘埃落定，你已经败了，还有什么可睡不着的？”

玉柳容并不生气，竟然笑了，觍着脸说道：“我这段日子习惯了抱着你入睡，若是不能抱着你，我又会犯失眠的毛病。”

“你别碰我！”宋翎一下子警觉起来，生怕玉柳容再来抱她，而且她伤了脚，根本动不了。玉柳容若是要玩“山不来就我我就山”的把戏，她还真拿他没办法。

玉柳容没有进一步的动作，只是规规矩矩地躺着而已，似乎为了让宋翎放心，他还侧过身，用背对着宋翎，表明自己不会趁着她的脚受伤而乱来。

长时间跋涉之后，宋翎也确实累了，不过她睡不着，因为右脚疼得很。到后来倦意终于胜过疼痛，宋翎迷迷糊糊地闭上了眼睛。

宋翎醒来的时候，外头的天光已然大亮，不过因为林子过于茂盛，日光经过层层枝叶的筛滤，最后落在洞中的所剩无几，但是总比夜里伸手不见五指来得强。

宋翎发现玉柳容不在身边，打算看一看自己的右脚。她将裤管卷起一些，袜子也褪到了脚掌上，只见脚踝又红又肿，高高地鼓了起来，就像一个大馒头。宋翎跟着苏子修，耳濡目染之下对接骨略懂皮毛。她想要确认自己有没有骨折，但是只轻轻一捏，就疼得龇牙咧嘴的。看来在伤筋动骨这件事上，还真是医者难自医，就算华佗也不能给自己疗伤。

这时玉柳容回来了，借助斜坡滑了下来，走到宋翎身边，问道：“你的脚还疼吗？”

宋翎在听到响动的时候，就将裤管放了下来，遮住自己的右脚，说得甚是敷衍：“还好。”

玉柳容的前襟鼓鼓囊囊的，他从中掏出了几个野果子。宋翎看了一眼，认出这应该是野桃子，个头很小，跟寻常的李子差不多大，表皮发青，坑坑洼洼，看上去很难让人有食欲。然而就是这几个品相不佳的野桃子，也是玉柳容好不容易才找来的。

“这里到处都是树，但是要找结果子的还真难，就摘了这几个野桃子，咱们将就着吃一点儿充充饥。”玉柳容感叹道。

宋翎点头，因为一天一夜之后，她早已饥肠辘辘。她咬了一口野桃子，先不说果肉坚硬，就是那又酸又涩的滋味，差点儿让宋翎皱着眉头将其吐出来。都说人在饥饿时吃什么都香，可见这果子何其难吃。

宋翎不想吃却逼着自己吃，野桃子也能果腹，总比饿着肚子强。

玉柳容也咬了一口，不过他当即吐了出来。他才不折磨自己的舌头和牙齿。他看着宋翎明明吃不下却拼命下咽的样子，颇为唏嘘：“当初我给你弄来那么好的鲜桃，你不肯吃，这又酸又涩的野桃子你倒是吃得下去。”

宋翎听得出玉柳容在挖苦她，但是并未理会。她要一鼓作气将一个桃子吃完，若是中断了，还要再下决心才能继续吃。这野桃子个头小，但是桃核一点儿都不小，宋翎发现她再也吃不了第二个，其一是着实难以下咽，其二是桃子太硬了，她咬得两腮酸痛。

因为宋翎伤了脚，挪动不了，随后的数日，玉柳容和宋翎就一直待在坑洞里。不知是不是此处太隐蔽了，那些人似在密林里迷路了，始终没有人找来这里。宋翎让玉柳容用剑给她削了几块木片，她从身上撕下布条，按照接骨的做法，暂时固定住了足踝。

宋翎盼望着苏子修能找到她，玉柳容大概不这样想，不过两人很快发现眼下最严重的问题就是缺少食物。这片遮天蔽日的林子里多是杉树、白杨和赤松，结果子的树凤毛麟角。前两日两人靠着吃野果子和饮山溪水勉强度过，到了第三日，就连这种难吃的野果子也找不到了。

玉柳容想过猎一只山兔或者山鸡回来，在附近转了一圈，一无所获，真不知林子里的野物都跑到哪里去了。玉柳容不敢离开太远，怕迷失方向，找不到回去的方位，也不放心宋翎一人待在坑洞里，万一真有猛兽出没，宋翎的处境极其危险。

过了四五日，援军还是没来，两人却再无可吃的东西了。宋翎饿得头昏眼花，

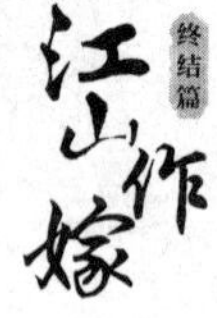

胃里如有火在烧，为了节省体力，她只能躺着不动。到了第六日，宋翎神思恍惚，又出现了盗汗、眩晕的症状。因为怀孕，宋翎的精力消耗得很快。她心里充满了恐惧，知道这样下去一定对孩子有损，若是一直没人找到他们，后果她简直不敢想象。

玉柳容也担心宋翎的状况，他尚能勉强支撑，宋翎却撑不下去了。玉柳容心急如焚，他倒是不怕死，只是担心宋翎。当时他一时脑热在密林里横冲直撞，如今内心生出了深深的自责和后悔。他到底还是太自私了，哪怕到最后一刻还是不愿意放手，是他私心作祟，拖累宋翎一起落到了这种境地。

第七日，玉柳容提着剑在林中漫无目的地寻找，还是不见任何活物的影子，举目望去尽是林木，他仿佛陷入了一个迷魂阵中。

他突然想到了史书上说的荒年，饥民挖草根、剥树皮食之，以浮土果腹，苟延性命。玉柳容生于皇室，只在史料里看过这类记载，从未亲眼见过，不由得疑惑，树皮草根这种东西也能吃？玉柳容用剑锋削下一小片树皮，尝试着放在嘴里嚼了嚼，很快就吐了出来。新鲜的树皮有一种辛辣呛人的味道，粗粝的质地摩擦着口腔。玉柳容在吐出树皮之后，不无悲哀地想，这哪里是人能吃的东西？他这辈子几乎吃遍了人间的珍馐美味，食不厌精，脍不厌细，哪怕是龙肝凤髓、鱼唇熊掌也吃腻了，没想到穷途末路之际，还能尝到树皮的滋味。

这一刻，玉柳容如着了魔一般，蹲下身用手指抠起一棵草，连带着泥土一起塞进了嘴里。玉柳容这次居然忍住了没将其吐出来，拼命咀嚼着，只当牙齿和舌头不是自己的，然后一仰头将草咽了下去。他口腔里是挥之不去的土腥味，神情却澄明无比，这大概就是山穷水尽了，树皮、草根、土块他都吃了一遍，接下来恐怕就是吃人了。

玉柳容的眸中似有两团小小的火苗闪动，透着一股雪亮迫人的决绝之色。

“妩妩，你醒醒。”玉柳容回到坑洞里，小心地将宋翎扶了起来，令她靠在身后的洞壁上。

宋翎连坐着都没有力气，脸色奇差，嘴唇苍白干裂。

“妩妩，这是野兔肉，你吃一点儿。”玉柳容看着宋翎的样子于心不忍，从身上拿出一样东西，用叶片包裹着，打开之后里面竟是一小块焦黑的条状物，这就是玉柳容口中的野兔肉。

宋翎吃力地看了一眼，有气无力地问道：“哪里来的兔肉？”

玉柳容语焉不详，只是催促宋翎赶紧吃，说道：“林子里逮到的，你也别问那么多了，先吃了再说。”

玉柳容一边说着，一边将那块兔肉喂到了宋翎嘴边。宋翎原本还有疑问，奈何实在饿得不行，犹犹豫豫地咬了一小口，顿时警觉地道：“这不是兔肉！”

宋翎自小偏爱肉食，也吃过不少兔肉，虽然饿到眼花，但味觉还是灵敏的，发现这根本不是玉柳容口中的兔肉。

“这是什么？”宋翎朝着玉柳容问道。

玉柳容露出一丝不耐烦的神色，催促得更急了些：“这就是兔肉，你赶紧吃，别啰唆了。”

“这肯定不是兔肉。”宋翎依然坚持己见。

玉柳容见宋翎非要抬杠，说话口气也凶了几分：“这就是兔肉！你别疑神疑鬼的！”

宋翎没有跟玉柳容争辩，换了一种方式问道：“既然是兔肉，那么你逮到的兔子在哪里？”

玉柳容理直气壮地答道：“当然杀掉了，不然哪里来的肉？”

宋翎还是追问道：“兔子在哪里？”

“当然在外头。”玉柳容见宋翎如此多话，没好气地道，“我当然是在外面剥皮、放血、掏内脏，烤熟了再拿下来给你吃。这些事不在外面做，难道要在洞里面做？”

宋翎依旧不信，问道：“谢谢你拿了一块肉给我吃，你自己吃过了吗？”

玉柳容似乎觉得可笑，说道：“当然吃过了，我在外面吃了一整只兔子，想到你还凄凄惨惨地待在坑洞里，所以大发善心，从牙缝里省了一块肉给你。”

宋翎借着天光去看玉柳容的脸，他面色青白，明显瘦了许多，干裂的嘴唇看不出被油脂滋润过的痕迹，哪里像是刚刚饱餐了一顿的样子。

“看来你也不是那么饿，还有力气问这么多废话。”玉柳容见宋翎不说话，不忘调侃几句，末了还补充道，“早知道我就吃独食了，指甲盖大小的肉都不剩给你。”

宋翎突然出声道：“你骗人，你根本没有逮到什么兔子，这也不是兔肉。”

“我说是就是！”玉柳容的口气带上了一丝粗暴意味，“你怎么这么多废话？赶紧吃了它，就算你能撑着，你腹中的孩子也撑不住。”

“可是……”宋翎还想说话，玉柳容却趁着她张嘴的瞬间，手疾眼快地将那块肉塞进了她的嘴里。

宋翎吓了一跳，本能地要往外吐，玉柳容却一把捂住了她的嘴，严肃地道：“你连那么难吃的野桃子都能吃，难道还怕吃肉？”

宋翎被捂住了嘴，只能发出呜呜的声音。

玉柳容一改刚刚强硬的态度，语气软了几分，劝宋翎道：“妧妧，我知道你有求生的念头，你不想死，我也不想你死。但是要活着就必须吃东西，你想想自己的孩子，就算为了孩子你也应该吃下去。”

宋翎闻言，浑身一震，“孩子”这两个字敏感地挑动着她的神经。孩子现在是依附她而生，母子生死相连，为了孩子，她无论如何都要活下去。

玉柳容感觉手掌之下的宋翎有了咀嚼的动作，然而宋翎的神情根本不像是在进食，倒像是受刑一般，尤其是吞咽的过程十分艰难。再坚硬的鱼骨头都不会像这样哽住喉咙，宋翎不得不微微仰起头，努力了好几次，终于将那块所谓的兔肉咽了下去。

第二十七章 玉殒

从那之后，玉柳容每日都会外出一段时间，回来的时候给宋翎带一块兔肉。玉柳容吸取了第一次的教训，不让宋翎看见肉长什么样，也不让宋翎看见他的样子，趁着一片漆黑，直接将肉塞进宋翎的嘴里。

密林里的晚上自然是一片漆黑，若是白天，玉柳容就将洞口用杂草遮起来，宋翎在洞里就伸手不见五指了。

玉柳容每次离开，都会将洞口的杂草移开，让宋翎看见外面的光亮，若是回来了，则提前用杂草将洞口遮住，自己再摸黑爬下来。这样做的结果就是，宋翎跟玉柳容日日在一起，她却看不见玉柳容。

宋翎觉得玉柳容是故意的，还发现了一件事，起初的时候，每到夜间睡觉，玉柳容总是紧挨着宋翎躺下，任宋翎再生气都不肯挪一挪位置，但是现在玉柳容突然

改了做法，到了夜间都是自觉地在离宋翎最远的地方躺下，真正做到了不碰宋翎的一根手指头。

至于玉柳容拿回来的肉，他每次都一口咬定是兔肉，宋翎知道那明明不是兔肉，第一次吃已经有了阴影，后来不管如何在心里说服自己，就是下不了嘴。宋翎往往是吃进去，又吐出来："我咬不下去。"

玉柳容盯着宋翎数次吐出来的兔肉，口气冲得很："真没用，有什么咬不下去的？"玉柳容说完就将肉塞进自己嘴里，咀嚼之后，以口相渡喂给宋翎。

肉糜在嘴里有说不出的焦味和腥气，强烈地刺激了宋翎的感官，肠胃里一阵不适，那种恶心的感觉从胃里沿着食管，冲到了喉咙，逼得她想将肉糜吐出来。

玉柳容则掐着宋翎的下颌，迫使她将嘴里的东西咽下去。他提起往事，似乎是有心分散宋翎的注意："记得当初我封你当昭仪，派了四个姑姑去看着你，你闹绝食的时候，还记不记得姑姑是怎么跟你说的？不怕你绝食，她们只要掐住下颌，骨头一错开，然后把饭往里头灌就行了。"

宋翎将肉糜咽下去之后，艰难地喘匀了气，才说道："哪有你说的那样，她们分明给我看了一支老山参，警告我不要有绝食的念头，有老山参吊着命，我死不了，只会自讨苦吃。"

玉柳容闻言笑出了声，眼角笑出了一点泪光，幸好在一片黑暗中宋翎看不见。

转眼之间，他们受困于濛山之中已整整十日，宋翎的脚踝渐渐消肿，虽然不那么疼了，但是她依然走不了路，靠自己爬出坑洞更是不可能。唯一庆幸的是没有骨折，这让宋翎松了一口气。她原本以为会落下残疾。

宋翎从玉柳容的反常举止大概猜出了所谓的兔肉是什么，她抗拒得一次比一次厉害，无论如何都不肯吃。玉柳容不会拿宋翎没辙，做法简单粗暴，每次都先在自己嘴里将肉嚼烂，然后以口渡之，不由分说地喂到宋翎嘴里，再捏着她的下颌逼迫她仰头咽下去。

每一次进食，宋翎都是涕泪俱下。她的性命在延续，玉柳容的性命则慢慢地在耗竭。她最终还是屈服了，断断续续地呜咽着说道："我自己会吃……你不用帮我嚼好了……我自己会吃……"

因为是在一片漆黑之中，宋翎看不见玉柳容的样子，只能从他的气息和话音判断他的状态。宋翎察觉到玉柳容越来越虚弱，从前他若是要制服宋翎，用一只手绰绰有余，但是到后来，用两只手都显得有些吃力。而且玉柳容有意识地不让宋翎碰到他，每次都是待在离宋翎较远的地方。这在从前是不可能出现的状况，玉柳容一直将宋翎视为己有，占便宜的时候毫不客气，毕竟跟自己的人还讲究什么君子风度？如今的玉柳容，只能用“反常”二字来形容。

过了十五日，玉柳容想必是没有力气爬上去了，外头渐渐亮了，天光如同长了触角的活物通过没有杂草和树枝遮挡的洞口，小心翼翼地爬进了暗无天日已久的坑洞。借着微弱的光亮，宋翎终于看清了对面的玉柳容，她看见了足以铭记一辈子的惨烈画面。

玉柳容奄奄一息地躺在地上，浑身尽是斑斑驳驳的血迹，看着极是触目惊心，衣服上的血迹有新有旧，层层叠叠，旧的血迹已经凝固了，变成红褐色，新的鲜血又不断地从伤口处渗出。玉柳容身上的衣衫几乎是一件血衣了，就连一块巴掌大小的干净地方都没有。其实此时玉柳容身上穿的已不能算是一件衣服了，更像是一块破破烂烂的布挂在身上，那些从衣服上撕扯下来的布料，被当作止血的绷带缠裹在手臂、大腿上。玉柳容的四肢都有伤，左腿尤其严重，因为布条缠得紧，能看见大腿内外两侧分明凹陷了下去，显得十分怪异，根本不是正常人的腿应有的样子。

玉柳容的面色灰败得骇人，颧骨高凸，脸颊深陷下去，整张脸极其瘦削，唯有骨骼的轮廓，没有血肉支撑。玉柳容原本有一头极好的头发，乌黑丰茂，如今萎靡成了枯草模样，而且掉了许多。

宋翎不是没有想过这种场面，亲眼看到仍震惊不已。她看见玉柳容了无声息，害怕他已经死了，不免慌了心神，尝试着唤道：“玉柳容，你能听见我叫你吗？”

玉柳容没死，转醒过来，像是不满宋翎吵醒了他的晨梦，口气不善地说道：“你喊什么？当初不是警告过你，不许叫我的名讳？”

宋翎一怔，适才跳到嗓子眼的心又缓缓落了回去。幸好玉柳容还活着，就连损人的口气也是一点儿没变。

“不许叫名字，那我该叫什么？难道还叫……”宋翎原本想说难道还叫陛下，毕竟祁国已经彻底亡了。不过宋翎到底没说出这话，话到一半就咽了回去。玉柳容为她变成了这个样子，她不忍心再跟他顶嘴。

玉柳容似乎也想到了，掩饰地咳了一声，神色带着几分慷慨，说道：“我恩准了，你可以叫我的名字。”玉柳容见到宋翎露出吃惊的表情，又说道，“虽然你是唯一一个，但也不必这般受宠若惊。”末了，玉柳容还补充了一句，“你腿脚不便，就好生坐在那里，不必过来谢恩了。”

宋翎将这一番话听下来，有些哭笑不得，但也只是一时，随即又有深深的悲凉涌上了心头。

宋翎看着伤痕累累的玉柳容，心酸无比，喃喃地道："你其实不必为我做到这一步。"

玉柳容嗤笑一声，说道："我心甘情愿罢了。"

"我……"宋翎嗫嚅着，仿佛想要说些什么。

玉柳容抢先一步开口，这次的语气多了些许急躁："我一厢情愿行了吧。"

宋翎闭口不言，玉柳容的这一份"心甘情愿"或"一厢情愿"，于她而言，分量太沉重了，她承受不起这样一份感情，因为她给予不了任何回应。有生以来第一次，宋翎感受到了被人馈赠的痛苦与无奈。

"别说这些了，咱们说说别的。"玉柳容提议道，但是他发现他和宋翎分别占据了坑洞两头，隔空说话有些累人，他们两个都没多余的力气。

玉柳容见两人都腿脚不便，于是问道："是你爬过来，还是我爬过去？"

"我爬过去。"宋翎不假思索地道，玉柳容如今这个样子明显是挪动不得的，当然是她过去他那边。宋翎朝前爬了几步，就发现了不对，她只是伤了一只脚，完全可以跳着过去，何必非要在地上爬？

宋翎一下子想明白了，她这是被玉柳容给误导了，因为玉柳容刚刚说了爬，她无形之中就接受了玉柳容的暗示。宋翎已经爬到中途，不知道自己该直起身跳着过去，还是干脆装作不知道，若无其事地爬完最后几步。

宋翎去看玉柳容的表情，他的笑容中果然带着一分狡黠。他就是故意的。宋翎懒得再站起来，索性就这样爬了过去。玉柳容想要支撑着身体坐起来，显然有些吃力，宋翎就在他身边扶了他一把。

玉柳容似是感慨地道："终于有一次是你自己到我身边来了。"

从前玉柳容对宋翎一直是"山不来就我我就山"，宋翎终于破天荒地主动了一回，玉柳容自是少不了有些感触。

宋翎没有想那么多，问玉柳容："你想说些什么？"

玉柳容一言不发，只是直勾勾地看着宋翎的眼睛，不知是有意还是无意，他的脸竟越凑越近。宋翎被这突如其来的举动吓了一跳，以为玉柳容要故技重施，不承想玉柳容只是将自己的脸凑近，并没有进一步的轻薄之举。

"你在看什么？"宋翎问道，有些不习惯被人一直盯着看。

玉柳容答道："我只是想看看你眼中的我是什么样子。"

“啊？”宋翎惊诧道，很快反应过来，玉柳容不是要对她做什么，而是在看她瞳孔中他的样子。

玉柳容长长地叹气道：“我现在的样子是不是很难看？”

宋翎一时哑然，不知该怎么回答。她想起了在江临的时候，玉柳容身负重伤，醒来后在洗脸水的倒影里看见满面憔悴的自己，连粥都顾不上喝了，非要照顾他的黄大娘先拿镜子、梳子和刮胡刀，好让他休整仪容。可见玉柳容对自己的容貌极为在意。

宋翎还没想好怎么说，耳边又是一声长长的叹气声，只听玉柳容问道：“人死了都要去阴曹地府。你说，是不是人临死之前是什么样貌，到了阴曹地府就是什么样貌？”

宋翎觉得玉柳容的问题不可思议，这种答案只有鬼晓得，人不晓得。

玉柳容没有玩笑的意思，很认真地在思考这件事：“我如今的样子太难看了，是我这辈子最难看的时候，死都死了，我可不想在死后当一个丑鬼。”

宋翎无奈，顺着玉柳容的话说道：“那你想当什么鬼？艳鬼？”

宋翎是说者无心，却说得极为贴切，因为乍一看去，现在的玉柳容还真有几分艳鬼的样子，虽说蓬头垢面，脸色灰败，皮相是不行了，但是美人的架子还在，尤其是一双桃花眼，依稀可见昔日潋滟生辉、动人心魄的风采。

“艳鬼也比丑鬼强。”玉柳容感叹了一番身后事，又自怜地去摸那一把头发，“妧妧，你看我的头发也掉了许多，剩下的也跟枯草似的。你还记不记得，有一次在悦蒙书院，我让你给我束发，只是简单地将头发盘到头顶而已，你却笨手笨脚的，半天都梳不好。”

宋翎自然记得，玉柳容的头发宛如一匹上好的黑绸，哪怕是女子见了都要艳羡不已。宋翎梳不好头发，原因之一就是那头发太顺滑了，顺滑到让人几乎抓不住，而且宋翎也不会梳男子的发髻。

宋翎小声嘀咕道：“那时候我不会梳男人的发髻。”

玉柳容揪着不放：“难道现在就学会了？”

宋翎没有吭声，拔下发间的排簪当作梳子，为玉柳容梳顺了头发，然后在顶心盘成一个规规整整的发髻，最后用簪子固定好。

为玉柳容束发的时候，宋翎始终一言不发。玉柳容起初有些惊讶，不过他很快就想明白了，宋翎早已不是当初那个小丫头了，她嫁给了苏子修为妻，这些服侍夫君的技艺自然会了。她大概常常为苏子修梳头吧？想到这里，玉柳容不免打心眼里

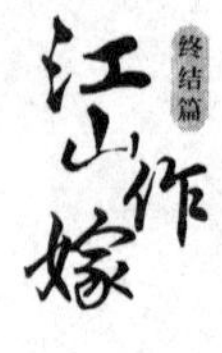

羡慕苏子修。

也许是这一刻的温柔相待，令玉柳容心神一驰，想到他当初屡屡欺负宋翎的岁月，他不禁问道："如果相识之初我对你好一点儿，你会喜欢我吗？"

宋翎答道："不会。"

玉柳容听了这个毫不犹豫的答案，苦笑道："其实我知道，我问你多少遍，你都会回答不会。就像当初我画的孔雀和苏子修画的大雁挂在一起，不管我怎么问你，你都说大雁好。"

"我不想骗你。"宋翎轻轻说道。

"我也没指望你会因为我快死了就说假话敷衍我。"玉柳容指着刚刚梳好的发髻，笑容虚弱，"这样就够了。"

宋翎咬着下唇，险些被莫名涌出的心酸催落眼泪。所谓感情，竟然能让一个本性高傲的人变得如此卑微。有个疑问一直在宋翎心中，这一刻她忍不住问道："玉柳容，你到底喜欢我什么？我何德何能被你喜欢？"

玉柳容说道："那你喜欢苏子修什么？他又何德何能被你喜欢？"

宋翎一怔，知道玉柳容是在抬杠，说道："如果非这样说，是不是还要提到韩梓言？"众所周知，韩梓言痴恋玉柳容，为了他不惜悔婚，从卢国去南祁投奔玉柳容。

玉柳容笑道："对，就是扯不清的糊涂账。你非要问我，我也说不清楚。"

宋翎倒是有自知之明，道："我长得并不是非常好看……"论相貌，玉柳容曾经的一后一妃，白绮梦和楚轻莞才称得上绝色美人。

玉柳容挑了挑眉毛，不以为然地道："何必非要长得好看？要好看的，我自己照镜子就行了。"

宋翎一愣，发现玉柳容还是拐着弯在夸自己，说道："你一开始并不喜欢我的。"因为那段时间玉柳容对楚轻莞一见倾心，勒令宋翎助他一起追美人。

玉柳容淡淡地回了一句："你觉得你有让人一见倾心的资质吗？"

宋翎被这句话气到，说到底男人还是喜欢好看的。

到了这时，玉柳容的声息渐渐变弱了，他倦怠地闭上了眼睛："算了，不跟你抬杠了，我也没力气抬杠了。"

宋翎有种不祥的预感，急道："你千万别说累，咱们再说说话，说说话就不累了。"

玉柳容抬起眼皮，半晌才说了一句话："后背硌得有些疼，你是否可以……"玉柳容本想说，是否可以让他倚靠在宋翎肩上。不过话还未说完，宋翎的动作更快，她扶着玉柳容再次躺下，不过是让玉柳容的脑袋枕在她的腿上，这样能舒服许多。

玉柳容见状，张了张嘴，还是没说什么。虽然他的本意是想倚在佳人怀中，再让佳人抱着就更好了，但是这样躺着似乎也不错，至少他和宋翎是面对面的。

“妧妧，我快要撑不住了……”玉柳容叹息道。

宋翎的神色难掩惊惶：“你别这样说，我害怕……”

“妧妧，我若是死了，你得一个人撑下去……”玉柳容稍稍抬起一只手，颇为吃力地将身边的剑指给宋翎看，“我死了之后，你就继续吃兔肉，好好保存体力，等着别人找到你。”

眼下的宋翎最听不得的就是“兔肉”两个字，她受了刺激一般，哭号道：“不！不！我不要！”

“妧妧，你别哭。”玉柳容劝道，宋翎大声哭号的样子，令他不觉感到有些头痛。

“我那时已经死了，无知无觉，一具肉身而已，跟死了的兔子有什么区别？反正我也不想在世上留下全尸。你若是能够活下来，只需要帮我做一件事，就是将我火化了，骨灰撒在祁国的领土上就行了。”

这些话在宋翎听来，字字句句令她心如刀割，玉柳容这分明是在交代后事了。

“玉柳容，你不要死，不要……”宋翎哆哆嗦嗦地说道。

玉柳容想好了自己的肉身和骨灰的归属，又喃喃自语道：“已经九月了，天气也凉爽了许多，希望这具臭皮囊不要臭得那么快。”

“你别说了！别再说了！”宋翎的情绪终于崩溃了，她冲着玉柳容吼了一声，眼泪不住地流了下来。

“妧妧，你别哭。”玉柳容的口气带着难得的轻柔，“这些话我只能现在说，以后就没有机会了。”

宋翎死死咬着下唇，拼命地摇头。

玉柳容想起了数年前，大概是秋狩的时候，他、宋翎还有苏子修也是在林中受困，饥肠辘辘，只能靠野果子充饥，就在那时，玉柳容意外地发现身上还带着一块风干的鹿肉。

当初的情形又浮现在眼前。那时他冲着宋翎使坏地一笑，活像一个顽劣淘气的少年，故意拖长了声音说道：“看你还瞪不瞪我了？我这里有鹿肉，你要吃吗？”

宋翎当时的回答更是出人意料：“我和公子昨晚救了你的命，滴水之恩当涌泉相报，涌泉之恩又该怎么回报？你就算割一块肉给我们吃也不算什么，更何况吃你

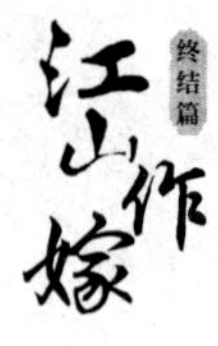

一块现成的鹿肉！”

玉柳容记得那时候，他和苏子修皆是一脸惊愕。

从往事里收回心神，玉柳容突然笑了，当年的一句无心之言，今日竟一语成谶，想来也是命数使然。

“妧妧，妧妧。”玉柳容依然固执地叫宋翎为“妧妧”，这是他给她起的名字，属于他一人。

玉柳容稍稍动了动，像是要撑起身子，宋翎不敢怠慢，赶紧将他从自己的腿上扶了起来。玉柳容已没多少力气了，身子一歪，脑袋搁在了宋翎一侧的肩膀上，宋翎没有推开玉柳容，任由他这样静静地靠着她。

“妧妧，你主动抱抱我。从来都是我抱着你，你从未抱过我。”玉柳容的声音低低地拂在宋翎耳边。

宋翎没有犹豫，用双臂环抱住了玉柳容。玉柳容似是在寻找怎样靠着最舒服，几次尝试之后，还是将下颌抵着宋翎的肩膀，两人侧耳相贴。

玉柳容失神地想着，这大概是这辈子两人最为亲近的时候，虽然身体上的亲近曾经比此时更甚，但是那时宋翎的心是抗拒的。两心相离，想必就是遥远了。然而此时宋翎至少是愿意的，她愿意主动抱抱他。

玉柳容知道自己大限将至，在这人世间最后的光阴，他还想问几句话。

“如果从一开始相识我就好好地对你，你会喜欢上我吗？”

宋翎笑得凄凉，她果然不能小觑玉柳容的偏执，当然，在这一点上她同样偏执，答道：“不会。”但是这次宋翎多解释了一句，“在我们相识之前，我已经心有所属了。”

“那如果我比苏子修更早认识你，你会喜欢上我吗？”玉柳容不甘心，换了一种假设。

“不知道。”宋翎轻轻答道，知道这样的假设没有意义。

不知玉柳容是真信了还是假装信了，一时之间笑出了声，戏谑道：“哈哈，若是下辈子我们再遇到，我一定要赶在苏子修之前认识你……认识你……”

玉柳容的声音慢慢地低了下去，失去意识的身体果然像他所说，就是一具无知无觉的肉身。男子的肉身有些沉重，宋翎以一个小女子之力终究还是抱不住他，只能眼见着玉柳容从她的肩膀上一点点地滑落，最后闷声倒在了地上。

“玉柳容！玉柳容！”宋翎惊慌失措地爬上前去，尝试着唤醒他，但是这一次，玉柳容已不会醒来了。

宋翎怔怔地看着玉柳容失了生机的面孔，眼泪一滴滴落在他的鼻梁和额头上。

这是韩静言之后，又一个她眼睁睁地看着从生到死的人。想到这里，宋翎再也忍不住，伏在玉柳容身上大哭起来。

对玉柳容，宋翎一直是厌恶和抵触的，从一开始相识，玉柳容就处处表现出他的倨傲狂妄和目中无人。玉柳容喜欢她，但是这改变不了他骨子里就是一个肆意妄为、事事强求的人。宋翎原本以为自己恨玉柳容，但是到了这一刻，她对他无论如何都恨不起来了。

第二十八章 得祁

玉柳容死后，宋翎很长一段时间都在玉柳容的尸身边上枯坐着，仿佛是无知无觉的槁木。当天幕黑沉，到日光再次大盛，宋翎知道又是一日过去了。

这是他们被困在濛山里的第十六日，这日复一日的折磨，到底何时才是尽头？宋翎感觉到了从未有过的绝望，大概再也等不到来救她的人了。

宋翎将玉柳容的尸身端端正正地放平，又重新为他梳了头发，将长剑放在他的身边。玉柳容的尸身她是不会去碰的。救兵迟迟不至，她活不了几日，倒不如干脆地死去，何必为了多争取那几日光阴，让自己活得跟野兽一样？

宋翎想到了苏子修，军中一别竟成了最后一面，不知道苏子修会不会后悔送她回去，或许将她带在身边才是最安全的。宋翎昏昏沉沉间，突然听见有马的嘶鸣之声，她原本以为是耳鸣，直到清楚地再次听见声音，方确认自己并没有听错。

“看，这里有个洞口！”那是一个男人的声音。

“快去看看里面有没有人！”紧接着说话的是一个女人。

宋翎察觉女子的声音有些耳熟，一时又想不起是谁。这时有人沿着斜坡下来了，看见果然有人在，冲着外头喊道：“公主，人找到了！”

公主？宋翎听到“公主”两个字，顿时想了起来，刚刚说话的女子应该就是卢国长公主韩梓言。

韩梓言听到部下禀告有人，喜不自胜，亲自爬下了坑洞。但是当她看见面前的玉柳容是一具冰冷的尸体时，她的脸色顿时惊变，浑身的血液似乎一下子凝固，在血管里化作尖锐的冰凌，扎刺她的肌理，磋磨她的五脏。这种近乎凌迟的痛苦，使得她双腿一软，狼狈地跌坐在地，她发出了一声长长的哀吼：“玉柳容！”

韩梓言仪态全无，爬到了玉柳容身边，拼命地摇晃玉柳容的身体，拍打他的面颊，试图将人唤醒，却注定是徒劳无功。

“我还是晚了一步，还是晚了一步，当我找到小风的时候，我就知道你在附近，没想到还是晚了！”韩梓言心神大恸，抱着玉柳容的尸身放声恸哭。

韩梓言喜欢这个男人，从当初在玉致斋看到他的第一眼就喜欢他。她为他做了这辈子最疯狂的事情，拒绝跟昭帝的婚约，从卢国去南祁，只为了跟他在一起。韩梓言知道玉柳容对她没有感情，立她为皇后只是出于政治上的需要。与其说他们是夫妻，更像是盟友，夫妻关系只是他们的盟友关系的一重保障而已。

韩梓言对此并不在乎，她喜欢一个人，又名正言顺地占据了正妻的身份，至于丈夫的心意，天长日久，终归会有办法的。但是玉柳容死了，千真万确地死了。

“我不信！我不信！玉柳容，你不能就这样死了！”韩梓言朝着玉柳容喊道，字字句句撕心裂肺。

跟韩梓言一起来的有十余人，其中两人陪着韩梓言下了坑洞，其余人在上面守着。下来的一人劝道：“祁帝已经去了，请公主节哀。”

“节哀？”韩梓言像是听到一个笑话，哈哈大笑，“孤要节哀吗？孤的夫君死了，你们跟孤说节哀？”

韩梓言看到了玉柳容身上触目惊心的伤口和血迹，再看到坚持至今仍然存活着的宋翎，她如何不明白发生了何事？玉柳容明明是她的夫君，居然为了别的女子割肉至死，这是韩梓言无论如何也不能接受的。

“为什么偏偏是他死了，你还活着？”韩梓言神情中含着浓郁的怨毒之意，双眼迸射出的目光犹如毒蛇的芯子，她对宋翎厉声质问道，“你对他当真有那么重要

吗？为何他要用自己的命换你的命？”

宋翎屈膝而坐，默然无声。

韩梓言被激怒了，熊熊的怒火让她失去了理智，她毫无预兆地冲上前去，一时之间对着宋翎又撕又咬，完全用上了市井妇人撒泼打架的那一套。那两个部下看得目瞪口呆，韩梓言此时哪里还有半分皇家公主的高贵端庄，简直如疯妇一般。

“宋翎，你害死了玉柳容！是你害死了他！”韩梓言毫不含糊，说话间已两个耳光打了下去，她见宋翎不反抗，或者无力反抗，眼神越发凶狠，恨不得化作刀刃，道，“当初若不是因为你，我哥哥也不会死在昭国，死在苏子修手上！哈哈，宋翎啊宋翎，咱们还真是老账加新账了，你害死了我的哥哥，又害死了我的夫君！”

在近乎发狂的韩梓言面前，宋翎毫无招架之力，能做的就是死死地护住自己的小腹，避免伤到孩子。韩梓言有武功底子，力气自然比普通女子大许多，而且她又是发狠的打法，宋翎的左右脸颊顿时高高肿起，嘴角也沁出了血丝，看着甚是可怕。

韩梓言还嫌不足，看见宋翎用木片固定的右脚踝，知道宋翎是受了伤，竟使劲儿踩了上去，还用鞋底压住宋翎的脚踝踉了几下。

“啊！”宋翎旧伤未愈，被韩梓言这般恶狠狠地在伤处踩了几脚，更是疼痛难忍。

“我要杀了你！”韩梓言忽然喊出这一句，一下子反应过来。杀了宋翎！她一定要杀了宋翎！几个耳光算什么？只是泄愤而已，根本打不死人，她要杀了宋翎。

韩梓言眼中的凶光更盛，令人想起了绿眼荧荧的母狼。她取了玉柳容身边的长剑，长剑出鞘，雪亮的薄薄剑忍闪着寒光。

韩梓言气势慑人，举剑朝着宋翎劈来。韩梓言的两个部下眼见形势失控，不得不上前阻止，两人一左一右地拦住韩梓言，大声劝道：“公主，请您三思啊，万万不可冲动行事。”

“公主，您忘了此行的目的？人绝对不能杀啊。”

“公主，咱们不能在这里耽误太久，必须马上离开，昭国的人迟早会找到这里，咱们是因为有小风领路，才赶在了昭国前面。”

“对啊！公主，您千万要冷静啊，要是再耽搁下去，咱们前功尽弃不说，难保不会正面遇上昭国的人，要真是这样，咱们就都走不了了。”

韩梓言怒火中烧，被自己的两个心腹轮番相劝，深深地吸了几口气，理智才将怒火压了下去。她慢慢收回剑，长剑入鞘，这把剑原先的主人是玉柳容，此时韩梓言则郑重其事地将剑别在了自己腰间。做完这一切，韩梓言总算冷静下来，眼神只余冰冷，先前的暴虐和疯狂已渐渐消散。

“你，背上祁帝的尸身，你，带上这个女人，咱们现在就回去。”韩梓言娴熟地下令，两个部下应声领命。

宋翎虽被韩梓言的耳光扇得头昏眼花，但是她分明听见了，他们说昭国的人快找过来了，大概就在附近。宋翎一时心神激荡，但是身子已被人像抓鸡仔一样轻松地拎了起来，宋翎心头刚刚生起的一点儿希望，又熄灭了。

宋翎知道，以韩梓言对她的刻骨仇恨，绝对不会给她任何逃脱的机会。

此时此刻，在昭国大军的营帐内，苏子修听了数次搜寻无果的消息之后，神色凝重，沉声下令道：“传朕的命令，继续去找，就算把整座濛山翻过来，也要把人找到。除了濛山，还有濛山附近的山脉，必须仔仔细细地找一遍，不能放过一处地方。”

“是，属下遵命。”下面的人领命离去。

待到回禀的人退下之后，苏子修颓然地靠在背后的紫檀木椅背上，心中默念：翎儿啊翎儿，濛山如此之大，你眼下究竟在何处？

苏子修正陷入沉思之中，又有两人前来禀告。其中一人说道：“回禀皇上，据前方探子来报，卢国的十万大军到了安路之后，就不再朝前行军了。”

安路距离雁阳城大概一百里，若是急行军两日可至，毕竟是十万之数，就算他们现在没有任何要进攻的迹象，也是隐患，不得不防。

苏子修听了，并未多言，目光看向了身边的一个谋士，那人说道：“卢国大军是为了救援南祁而来，现在南祁全军覆没了，他们自然没了前进的理由。”

苏子修跟谋士的看法大体一致，只是出于谨慎又问了一句：“为何卢国大军在安路迁延数日，却不撤兵？”

那谋士正要回答，突然间又有一人进了王帐，禀告道：“回禀皇上，刚刚传来的消息，卢军那边有动静了，他们正在拔营，准备撤回国内。”

那谋士将之前准备好的话咽了回去，既然撤都撤了，那还有什么好分析的？

卢军从安路撤离，这对苏子修来说，自然是一个好消息。他们刚刚攻陷南祁，不适宜再大规模作战，卢军走了也好，他们没了后顾之忧。

关于卢军的问题解决了，苏子修又问另一个人：“你要禀告何事？”

那人答道：“回禀皇上，这也是一个好消息。戎狄王后想要撤回漠北，将北祁

之地尽数让给我大昭。”

在场之人一听，精神为之一振，这果然是一个大大的好消息。

苏子修难得露出一分喜色，也只是停留了短短一瞬，待到王帐之中的人尽数退下之后，苏子修才长长地叹了一口气。已经十六日了，卢军撤退也好，戎狄撤退也好，这两个都是好消息，但是对苏子修而言，只有宋翎的消息才是能真正令他一展愁眉的好消息。

先前那人口中的戎狄王后就是曾经的朗月公主。她的丈夫赵光吾死后，她以当朝王后、前朝公主之尊，暂时成了戎狄的话事人。

赵光吾死于八月十六，也就是全歼南祁军的第二日。他的死跟这场战役无关，跟一个女人有关，那女人就是朗月。当初玉柳容为了从戎狄的内部打开缺口，想方设法地策反了朗月。朗月却因为计划败露，遭到赵光吾的软禁。赵光吾不敢杀了朗月，一则他在戎狄是一个外来者，需要依靠跟朗月的婚姻获得戎狄人的认同；二则他是弑君上位，反对他的大有人在，朗月的公主身份能为他减少一些冲击。所以，赵光吾是不会杀了对他有利用价值的朗月的。

赵光吾不杀朗月，并不代表朗月会放弃杀赵光吾。戎狄中有不少效忠穆若的人，趁着赵光吾一心扑在对南祁的歼灭战上，他们悄悄地放出了朗月。可怜赵光吾才享受了一日胜利的喜悦，就死在朗月手中。杀赵光吾的时候，朗月亲自下的手，干脆利落地一刀扎进了他的心窝。

赵光吾死前眼球暴突，死死地盯着朗月却说不出一句话，不消片刻就咽气了。朗月发现用刀剑杀人容易得多，她不能理解自己的上一个合作者玉柳容。中原人就是喜欢把简单的事搞复杂，要不是玉柳容那一个迂回又啰唆的计划，朗月认为自己上一次就能成功了，何至于还被软禁一段日子？

苏子修再见到朗月的时候，朗月的容貌跟从前别无二致，依然是大漠草原上熠熠生辉的明珠，只是她换成了王后的装束，越发明艳迫人。朗月对苏子修的态度出人意料地冷淡，完全看不出她当初对苏子修的迷恋几乎到了走火入魔的地步。

当初在万民狂欢的庆典上，朗月穿着戎狄新娘的服饰向苏子修求婚，或者说是逼婚，如此大胆、直白的感情，男人都未必有她这种孤注一掷的勇气。朗月被苏子修拒绝，原本是极为尴尬的境地，赵光吾的求婚适时化解了朗月的困局。这件事以惊世骇俗为开端，以出人意料为结尾。朗月没有如愿嫁给苏子修，而是嫁给了赵光吾，这才有了后来的事情。

虽说各人的路是各人选的，但是朗月嫁给赵光吾，多多少少跟苏子修有说不清的关系。

朗月的想法是率领族人回到大漠草原。这样自然是苏子修所乐见的结果。他已经收服了南祁，戎狄从北祁全面撤退之后，北祁也是他的囊中之物，他这一次北伐收服了整个祁国，意义十分重大，相当于从今以后，中原四分之三的土地是属于昭国的。

偏安东南一隅的卢国已不足为惧。在回壶谷的重创，使得卢国元气大伤，无力与昭国抗衡。

统一中原的宏图已经在苏子修面前徐徐打开，苏子修成就大业，只需要时间而已。

朗月做出放弃角逐中原的决定，并非她对苏子修留有旧情，使得她慷慨地将北祁拱手相让。朗月看得很清楚，北祁这块地方戎狄是守不住的，与其等着苏子修亲自来取，倒不如主动让出去，顺便谈谈条件，趁机得到好处，这才是实在的。

朗月对苏子修说："赵光吾都守不住，我就更守不住了，我不如带着族人回去，不蹚你们中原的浑水了。"

虽说朗月厌憎赵光吾这个人，但是不得不承认他的能力，撇开心狠手黑这一点不说，赵光吾确实是个人物，眼下戎狄之中也再挑不出一个能跟他比肩的人。

作为从北祁撤退的交换条件，朗月提出了瓜分祁国国库的要求，不过朗月也不贪心，只要拿走一半就行。朗月的思路十分简单，她以草原上的争战为例，好比是两个部落一同占领了另一个部落，虽然我的部落实力弱一些，但是我愿意放弃土地，拿走一半财宝，这样的要求合情合理。朗月怕苏子修不答应，又加了一句，反正他们都不是正主，瓜分的也是别人家的东西，又有什么好舍不得的？若是苏子修不答应，朗月就要重新考虑从北祁撤退的事情。

听了朗月的分析，苏子修有些哭笑不得。朗月跟白狄王穆若果然是父女，穆若爱财，也爱敛财，如今的朗月也是如此，土地不要了，但是钱财上一定得有所补偿。

虽然半个国库的数目不小，苏子修最终还是答应了朗月的要求，毕竟朗月说得也有道理，戎狄既然放弃了占据北祁，在金银钱财上得到补偿并不过分。

苏子修答应得很痛快，朗月也说话算话，带上祁国半个国库的金银，当即撤兵离开北祁，返回草原。朗月将北祁的一干王公贵族都留给了苏子修处置，其中就有年仅两岁的傀儡小皇帝，但是朗月要带走一个人，就是北祁名义上的太后，赵光吾的妹妹白绮梦。

苏子修不是不答应，只是有些疑惑朗月为何执意带走白绮梦。

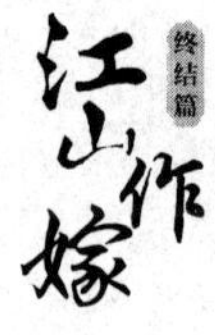

朗月懒得解释，说道：“既然北祁的半个国库都给了，难道还在乎一个北祁的傀儡太后？”

昭征和二年九月二十二日，戎狄正式从北祁全面撤退，而昭国在收服了南祁后，又收服了北祁，祁国被完整地划入昭国的版图。

这个曾经雄踞北方强盛一时的国家，最终逃不过覆灭的命运，成为历史上的烟云。然而昭国作为新兴的中原霸主，统一中原的步伐尚未结束，下一个目标就是东南之地——卢国。

第二十九章 幼帝

宋翎被韩梓言带到了卢国。

韩梓言恨宋翎入骨，将韩静言和玉柳容二人的惨死全部算在了宋翎的头上。那日若不是被属下阻拦，韩梓言或许早就亲手杀了宋翎。

回到卢国之后，韩梓言命人将宋翎囚禁在一间暗室里，每日只给她一点点药和食物。除此之外，不许任何人去看她，也不许任何人去医治她，就让宋翎一个人自生自灭。

宋翎被关在暗室里，墙壁上一灯如豆，照亮了一小块地方。这里阴暗逼仄，终日不见阳光，人要是一直被关在这里，迟早会发疯。但是宋翎不能发疯，她飞快地冷静下来，以前所未有的坚毅和韧性一心求生，安安静静地待在暗室里。她将每天送来的饭菜都吃完，将伤药涂在受伤的脚踝上，脸颊上是掌掴后留下的肿胀，不必

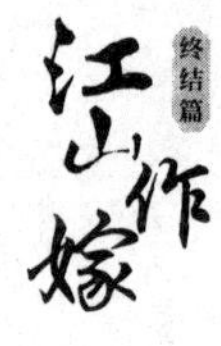

去管，过些日子就会好。

暗室不像当初在坑洞里，还能根据天光判断日子，宋翎不知道自己被关了几日，更不知道外面正在发生什么事，能做的就是让自己好好地活着，活着终归是有希望的。

此时韩梓言无心理会宋翎，因为昭国大军压境，一时之间卢国岌岌可危。韩梓言不得不打起精神，调兵遣将，一心一意地抵抗外敌。

在回壶谷一战，卢国元气大伤，尚未恢复，幸存下来的卢军也对昭国心生畏惧。反观昭国，因为刚刚拿下祁国，全军士气正盛，斗志昂扬，只要拿下卢国，从此中原就是昭国的天下，这是多么令人振奋的宏图愿景。

无论是军队阵容还是士气，卢国皆处于劣势，溃败也就成了理所当然的事情。

到了昭征和二年的十月底，卢国已经失去一半领土，另一半也即将迎来昭国军队更为猛烈的攻势。

韩梓言亲自上前线督战，看到卢军的节节败退，这位卢国的长公主难得地露出了惧怕的神色，变得心急如焚。如果这样下去，昭国打到卢国的都城漳临只是时间的问题罢了。

前线已经够让人头疼了，后方的漳临城又传来一个令韩梓言心烦的消息，孟太后擅自将宋翎从暗室里接了出来，并安置在自己宫里。

韩梓言得知此事，甚是恼火，大声骂道："太后也忒仁慈了，都忘了自己的夫君是死在谁的手上！"

孟月娥是韩静言的皇后，也是当今卢国的太后。韩梓言将宋翎关进了暗室，这件事孟太后是知道的。她想过劝说韩梓言，只是她了解韩梓言的脾气。尽管她是嫂子，又是太后，她的话在韩梓言那里却是不管用的。孟太后没有其他办法，只能趁着韩梓言在外督战，自作主张地把宋翎给救了出来。

宋翎在暗室里一待就是二十多日，这是她从送饭的次数上大致判断出来的。

这一日，暗室的门再次被打开，宋翎不由得疑惑，因为送饭的人刚走。她循声看去，发现来人竟然是韩静言的皇后孟月娥。当初韩静言带宋翎到卢国，将她托付给了自己的皇后。在宋翎的印象中，孟月娥是温婉良善的女子，曾经无微不至地照顾过她。

孟月娥在宋翎面前坐下，看了看四周的环境，又看了看宋翎面前的饭食，不禁长长叹了一口气，对宋翎说道："松子，你受苦了。"

宋翎一时不解孟月娥的来意，不卑不亢地问道："太后娘娘来此有何贵干？"

不似宋翎的恭敬而生疏，孟月娥熟稔地轻轻握住了宋翎的手，柔声说道："可怜见的，我早就该来了，只是顾及公主……唉，不说这些了，我先带你离开这里。"

说着，孟月娥就拉着宋翎的手站了起来。宋翎坐着的时候不明显，起身之后，小腹的位置已微微隆起。孟月娥生养过三个子女，哪有不明白的，目光中越发多了几分怜惜，向身边的随从吩咐道："再去准备一顶软轿。"

宋翎就这样被孟月娥从暗室里接到了太后所居的颐寿宫，孟月娥当即安排下去，命宫人为宋翎收拾一间暂居的屋子并服侍她沐浴更衣，之后又让御膳房重新上一桌饭食，最后去宣召太医。待到宋翎用过饭，在外恭候多时的太医被宣了进来。

孟月娥原本担心孩子会出什么差错，毕竟宋翎这阵子受了太多苦，母体遭罪，容易影响到腹中胎儿。太医在仔细把脉之后，说胎儿一切正常，只是比同样月份的孩子要小一些，但不要紧，只要孕期多吃点儿滋补进益的东西，好好调养就不会有大问题。

替宋翎把脉的是两个太医，孟月娥听两人都这么说，松了一口气。

这个消息更是令宋翎心头的大石落了地。幸好孩子没事，宋翎打心眼里可怜自己的孩子，投生到她的肚子里，尚未见天日就跟着她吃苦受罪，幸好这孩子够坚强，这般艰难都好好地存活了下来。

孟月娥略略颔首，对两位太医发问道："已经六个月了，是否能看出男女？"

两位太医面面相觑，不明白为何太后娘娘会如此在意一个跟自己毫无关系的女子，适才诊脉的时候，太后娘娘满脸担忧和紧张，那神情仿佛自己怀孕一样。不过太后一向有贤名，两位太医一致认为太后这是推己及人，她膝下有三个儿女，故而对别人的儿女也更上心一些。

其中一个稍稍年长的太医答道："回禀太后，微臣医术不精，粗粗看来应是一个男胎。"

"好，有劳太医了。"孟月娥的眉间似乎闪过一点儿喜色，她转头对着自己的贴身侍女说道，"莳雨，你陪着太医去偏殿拟方子。"

"是，太后。"莳雨立即领命而去。

孟月娥屏退了太医和宫人，此时的中殿唯有她和宋翎二人，宋翎猜想孟太后是有话要说，于是主动问道："太后，可是有话要对松子说？"

孟月娥原本是与宋翎一道坐在设有秋香色五蝠捧寿靠背引枕的罗汉床上，闻言缓缓起身，行至宋翎跟前，毫无预兆地跪了下来。

宋翎被吓了一大跳，孟月娥的这一举动令她措手不及，她急忙将孟月娥扶起来。

孟月娥原本不肯起，推却了几次，见宋翎挺着肚子，唯恐拉拉扯扯中伤及她腹中的孩子，所以只得由宋翎扶着，重新坐回了罗汉床上。

宋翎尚未从孟月娥的惊人之举中回过神，说道：“太后曾经对我照顾有加，现在又救我出困境，竟然对我行这般大礼，松子承受不起。”

孟月娥连连叹气，神情间多了几分哀色：“我这一跪不是为了自己，而是为了卢国。”

宋翎有些疑惑。被关在暗室的日子里，她与世隔绝，并不知道外面发生了何事，更不知道孟月娥这为了卢国的一跪是何缘故。

孟月娥说道：“昭国派兵打过来了。”

“卢国之前不是也攻打过昭国的同安府？”宋翎闻言一愣，没有表现出过多的惊讶。中原三国之间战争年年不断，不打仗才是怪事。

孟月娥摇了摇头，秀眉轻蹙，神色凝重地道：“这次不一样，昭国刚刚攻下祁国，现在来攻打卢国，不是为了报上次同安府之仇，而是为了彻底将卢国也并入自己的版图。”

宋翎静静地听着，并未插话。

孟月娥也不多绕弯子了，索性说道：“我知道你的真名不是松子，你是宋翎，当今昭帝亲自下诏书册封的皇后，你腹中的孩子是昭帝的第一个皇子……”

“太后想说什么？”宋翎瞬间警觉，想到了适才孟月娥向太医确认她腹中的孩子是男是女的事，莫非另有深意？

孟月娥是灵慧女子，知道宋翎误会了，解释道：“你放心，我不是要拿你和你的孩子的性命作为筹码要挟昭帝退兵。”

宋翎不发一言。

孟月娥又叹了一口气，继续道：“我自己是女子，又是人母，理解你的心情和处境，不会为难你。我求的也只有一件事，若是将来天不祐大卢，国祚无延，山河失陷，希望你看在我待你的情分上，劝说昭帝网开一面，一则放过韩家的一众皇室宗亲，二则善待卢国的黎民百姓……”

宋翎看着孟月娥，内心有说不出的苦涩。从孟月娥将她带离牢笼，到在颐寿宫的种种悉心照料，她始终存着警惕之心，不敢彻底放松，毕竟她和腹中的孩子是现成的人质，她不怪别人在这上面打主意。但是孟月娥的话，却令她有所触动。

孟月娥是太后，但她更是一个女人，不指望自己能在天下纷争之时改变什么，而是希望不要危及皇族和百姓的性命。

宋翎说道："太后今日待我的恩情我记下了，将来若是能有所回报，宋翎一定不负太后。"

孟月娥听宋翎这样说，宽心了许多。她不会看错人，宋翎不是忘恩负义之人，宋翎既然应承了自己，就不会轻易食言。

"你旁的事不必多想，只管好好将养着。"孟月娥抚了抚宋翎的手背，表现得更是热络了，温柔地说道，"待我空一些，我再跟你说说生儿育女的经验。"

接着，孟月娥传令外面的侍女进来，令侍女领着宋翎去已经收拾好的屋子里歇息。孟月娥坐了一会儿，听见有轻微的脚步声，知道是莳雨回来了，并未抬头去看，随意地问道："莳雨，你送走太医了没有？"

响起的是一个清脆的童音："母后。"

孟月娥微微一愣，循声看去，果然是自己日思夜想的长子。她顿时满脸欢喜，口气里尽是慈爱，说道："策儿，快过来，让母后好好看一看。"

来人正是当今的卢帝韩旻文，小名策儿，年仅八岁，乃韩静言和孟月娥的长子，是名副其实的小皇帝。他长得跟他父皇韩静言极为相似，此时正穿着一件青色团龙暗花缎的袍子，领口绲着细细的白风毛，足蹬镶金线龙纹羊皮小靴，一半的头发在头顶扭成鬏鬏，束着一顶精致的小金冠，其余胎发则任其垂落。为了避免着凉，他的头上还勒着一个玫瑰紫蜀锦正中嵌东珠的细毛抹额。

韩旻文虽是皇帝，毕竟是小孩子心性，扑进了母亲怀里，用软绵绵的童音说道："母后，策儿好想您。母后，您这样抱着策儿真舒服。"

孟月娥看着儿子，双手不住地摩挲着他娇嫩的脸蛋和脖颈，柔声说道："母后也想你，惦记你，想着我的策儿吃得如何，睡得如何，还有功课学得如何了……"

说到这里，孟月娥的话戛然而止，她一下子想起什么，略带惊讶地问道："策儿，这个时辰你不是应该在南苑习武，怎么跑到母后这里来了？"

策儿不肯说，只是赖在母亲怀里撒娇。

孟月娥怎会不明白，放开了怀中的儿子。策儿却扭来扭去地不肯站稳，孟月娥将他小小的身子扳正，正色问道："策儿，你是一个人来母后这里的？"

莳雨机灵地答道："回太后，是德明公公陪着来的，公公眼下正在门房候着。"

孟月娥听了，指尖轻轻一戳儿子的脑门，道："你呀，又连累德明公公为你担不是。"

宫中的规矩历来如此，主子犯错，往往是身边服侍的人代为受罚。因为主子是不会有错的，都是服侍的人不尽心。

策儿见母亲板着脸，委屈地道：“母后，策儿真的好累啊，策儿天天都睡不够，今早蒋夫子授课的时候，我老是犯困，差一点儿就睡着了……”

孟月娥心疼得紧，用手摸了摸策儿的脑袋。其实这些事她都知道的。韩梓言一心要将小皇帝培养成材，亲自为他挑选了八个师父，文武各占一半，每日天不亮策儿就要起来读书，跟着大学士学习四书五经。用过午膳之后，他可以稍稍歇一歇，但是随后就要去南苑跟着武师习武，骑马、拉弓、射箭，样样不少。因为文武功课抓得紧，策儿成日就和自己的师父们待在一起，哪还有玩耍的工夫？要知道师父有八个，他们轮流授课，策儿只有一个人，而且仅是八岁的孩童，如此重压下，也难怪他每天都睡不够。

既然开了头，策儿的委屈就收不住了：“母后，姑姑给策儿安排了八个师父，叫他们天天盯着策儿修文习武。但是策儿不喜欢跟师父们待在一起，策儿喜欢小随子、小岳子，但是姑姑把他们都送走了，说我是大人了，再不许跟小孩似的整天玩……呜呜——母后，您让小随子他们回来陪策儿好不好？”

年幼的皇子身边总会安排几个年纪相仿的玩伴，一般是挑选机灵又懂事的小太监，策儿口中的小随子等人就是他的玩伴。

孟月娥说道：“小随子他们走了就不会再回来了。策儿，你姑姑的话没错，你现在就应该跟着师父修文习武。”

策儿小小年纪，竟然也学着大人的样子叹了口气，说道：“母后，可是师父讲的那些东西让人听了云里雾里的。譬如今日蒋夫子讲《孟子》中的《万章》，策儿听着听着，差一点儿就睡着了……”

“这个母后也听不懂。”孟月娥作为大家闺秀的典范，只读得懂《女训》《列女传》，四书五经不是闺秀们的学习内容。

孟月娥虽不懂四书五经，却是一个明事理又识大体的女子，见策儿似有抱怨之意，柔声细语地劝道：“策儿，你姑姑是为你好，盼望着你成才，所以给你挑了八位师父，好好地教导你。你要懂得姑姑的苦心，更应该发奋用功才是。”

莳雨一时没忍住，小声地嘀咕了一句：“奴婢听说皇上这几日都是亥时睡下，第二日寅时就要起来，睡不到四个时辰。公主确实是一片苦心，可这是不是过于揠苗助长了……”

孟月娥淡淡地扫了自己的大侍女一眼，难得用了稍稍严肃的口气道：“莳雨，不许胡乱说话。”

“是，太后。”莳雨当即应了，心里明白，太后及时阻止她是为了不让她说出犯忌讳的话。

“母后，策儿会听话用功的。策儿只是想天天见着母后。策儿这次已经四五天没见到母后了，因为姑姑不在，我才让德明公公悄悄带我来母后的宫里……”策儿苦着脸，越说越是心酸，眼睛里泛起了泪光。

孟月娥也是心酸，她跟策儿平时是见不到的。这自然也是长公主韩梓言的安排。

韩梓言说过，策儿的性子太软弱，总是依赖自己的母亲，但是老黏着母亲撒娇的孩子是不会有出息的。韩梓言为了让策儿一心用在功课上，令他独居于养心殿里，由御前侍女和太监照顾他的日常起居，七八日才让他去一次颐寿宫与母亲相见。

虽然韩梓言的这番安排是为了策儿早日成才，但是多少有悖于母子情分的天伦。

孟月娥知道策儿已出来太久，南苑那边又不能不去，说道：“策儿，你来母后这里也有一会儿了，去吧，跟着德明公公去南苑。”

“不！策儿不要去。”策儿噘着嘴，可怜兮兮地盯着自己的母亲，“母后，姑姑不在，您就让策儿休息半天，好不好？”

孟月娥摇了摇头，讶然地道：“策儿，你刚刚才说过自己会用功的，怎么这会儿又说出要逃学的话来了？”

“母后。”策儿的声音小了下去。

孟月娥看着欲言又止的儿子，即使不忍心，还是得硬下心肠。

她想起了韩梓言劝她的话：“策儿不同于一般人家的孩子，为了卢国，为了韩氏皇族，他必须争气，必须成才，除此之外没有第二条路。策儿已经登基了，皇嫂总不想看到将来坐在皇位上的是一个庸碌无能的卢帝。”

“策儿，去吧。你若听话，母后就让莳雨姑姑晚点儿去接你，今日跟母后一道用晚膳；你若不听话，母后不让莳雨姑姑去了。”孟月娥暗暗叹了口气，自己到底还是心软了。

策儿虽百般不情愿，但听到晚膳时还能跟母后相见，也就同意了。策儿人小，但是会察言观色，知道皇姑姑心硬，母后心软，如今皇姑姑不在宫里，他还能稍微歇一歇，等到皇姑姑回来，他肯定没机会偷闲了。

莳雨送了小皇帝出去，回来后殿里只剩下了她们主仆二人。莳雨终于忍不住直言道：“太后，容奴婢说句不该说的话，长公主一心一意督促皇上念书习武，这自然是好事，奴婢只是担心过犹不及，毕竟皇上才八岁，自小身子骨就弱，负压过重，要是熬坏了身子怎么办？”

孟月娥正心烦，语气也不免急躁了几分：“你别杞人忧天了，长公主是皇上的亲姑姑，自然有分寸，怎么会让皇上因为读书熬坏了身子？”

莳雨又说道：“太后，刚刚奴婢听皇上提起什么‘孟子’‘万章’，奴婢听说这些东西是皇子们长到十二三岁才学的，皇上开蒙才两年，一下子学得太深，恐怕难免像皇上说的那样，‘云里雾里’了。”

孟月娥笑了，拿自己打趣了一句，说道：“哀家也没读过这些书，哀家也是‘云里雾里’的。”前面是轻松的玩笑话，她随后话锋一转，颇为郑重地叮嘱道，“莳雨，哀家晓得你是替哀家担忧皇上，但是哀家必须提醒你，今后这种话再不许说了，在颐寿宫也不行。长公主是为哀家管教儿子，为卢国培养国君。你说出这些话来，若是传出去了，外头的人会说是哀家对公主有怨气。”

莳雨自知失言，当即说道：“太后，奴婢知道了，从今往后奴婢会管住自己的嘴，也让颐寿宫上下都管住嘴巴。”

莳雨作为孟太后的贴身大侍女，明白孟太后的难处。长公主掌握了垂帘听政的大权，孟太后这个正经的皇太后倒是处于一个尴尬的位置。长公主韩梓言不是一个好相处的人，所以孟太后才会约束自己身边的人，不得有任何怨言，免得被有心之人借题发挥，传出太后跟长公主不睦的谣言。

第三十章 式微

过了十月，宋翎的身子一日比一日重了。孟月娥专门指了一个太医照顾宋翎，这个太医是平日为她请平安脉的，很是可靠。除此之外，孟月娥还仔细地交代了宋翎身边的侍女，胎儿月份大了更是要当心，这种时候千万不能让宋翎磕到碰到。

孟月娥还下令内务府赶制小孩穿的兜肚、衣服、裤子、袜子、围脖……凡是能想到的都预备下了。这一日内务府派人送了来，孟太后兴致极高，拉着宋翎一起看这些孩子的小衣物。

外头已是寒风阵阵，颐寿宫的偏殿之中却漾着融融的暖意，屋子正中供着一个百叶缠枝花卉的熏笼，四角又有炭盆。宋翎坐在搭着松花色弹花暗纹锦面靠背引枕的罗汉床上，膝上搭着一条白狐毛褥子。因在孕中，宋翎的脸上未施脂粉，露出了素白莹洁的肌肤，也许是孕中辛苦，圆眸稍稍窈陷，但是精神尚好。她的头发在后脑勺松松地绾成一个环髻，用一对比目鱼纹白玉簪子固定，身上是一件烟霞粉淡绣疏枝梅花的对襟袍子，衬得她的气色粉润了一些。

孟月娥将内务府呈上来的小孩衣服一件件拿给宋翎看。水红色的小兜肚，上面的图案或是如意云纹或是五蝠捧寿，素锦做的贴身衣物，手感极柔软，握在手中轻盈得宛如一片小小的云朵，针脚也被仔细地藏了起来，免得硌着婴儿娇嫩的皮肤，还有冬日里的锦袄锦裤，有鸟衔瑞芝图案的，有仙鹤灵鹿图案的，还有平安锁图案的，有三十多套，再者就是各种襁褓布和带帽兜的小斗篷，样样精致。

孟月娥自己生养过，看着这些小小的衣服爱不释手，随手拣了一件小兜肚往宋翎的肚子上比画，和蔼地笑道："太医说你肚里的孩子比人家同样月份的要小些，不知道现在长大些了没有。"

宋翎没有应声，任由孟月娥将孩子的小衣服一件一件地铺满罗汉床，犹如铺展开了一片云霞，而宋翎就恰好坐在其中。

这时，莳雨进来了，附在孟太后耳边轻轻说了句："太后，长公主回来了。"

孟月娥略一沉吟，说道："哀家知道了。"

从偏殿出来之后，孟月娥带着莳雨一路去了颐寿宫的中殿，看见长公主韩梓言果然等在那里。

姑嫂已将近两个月未见，韩梓言消瘦了许多，若是凑近了看，还能看见她白腻脂粉下的青色眼圈，她的眉宇间有淡淡的倦意，想必是这段日子操心过甚。

孟月娥由衷地叹道："公主为国事操劳，想来是辛苦了。"

"孤辛苦不辛苦倒还两说，皇嫂要照顾孕妇，岂不是更辛苦？"韩梓言话中带刺，懒得拐弯抹角地说废话，直接挑破道，"皇嫂，我下令把宋翎关进暗室，你为何要背着我把人救出来？皇嫂莫非要跟我作对？皇嫂可不要忘了，是她害死了皇兄。"

韩梓言来者不善，最后几句话更是有几分咄咄逼人的意思。

"公主，你冷静些，先听嫂嫂说一句。"孟月娥的笑容之中带着恰到好处的温婉，平复了韩梓言的情绪，她不疾不徐地说道，"别怪嫂嫂挑明，其实公主你也不想杀了宋翎，或者说是不能杀了她。"

韩梓言闻言，轻蔑地哼了一声："她算什么东西，有什么不想或者不能杀的？"

孟月娥接着说道："公主，你如果真的想要杀了她，大概也不会将人带回来了。其实你心里比谁都清楚，不能杀她。只是你过不了自己心里那关，所以将她关进暗室，不让她死，也不让她好过。"

韩梓言眼底幽芒闪烁，她似是想反驳，最终还是只发出一声轻哼。

孟月娥劝道："公主，关于如何处置宋翎，无非两条路，杀了她或者不杀她，你若是决定杀她，我拦不住你，也无话可说；若是不杀，我们就必须善待她。"

"嫂嫂当真是个仁慈之人。"韩梓言不冷不热地说道。

"梓言。"孟月娥并不理会韩梓言话中的讥诮，依然心平气和地道，"这件事适合出面的人就是你我，你做不到，嫂嫂代替你去做了，也是一样的。咱们都是女子，但嫂嫂自认不如你，也不会跟你作对。你要操心家国大事，嫂嫂这个无用之人帮不上你，至于宋翎，此事你大可放心交给嫂嫂，你就只当看不见罢了。"

韩梓言无声冷笑，千言万语一下子都堵在了喉咙口。她这个一向温柔的嫂嫂啊，反倒是逼得伶牙俐齿的她说不出一句话来。

韩梓言气恼孟月娥私下救了宋翎，本是存了兴师问罪的意思，却被孟月娥和风细雨地化解了。韩梓言知道她的皇嫂就是有这样的本事，最擅长的就是以柔克刚，从前在皇兄面前也是如此。

人人都道孟太后是一个温厚良善之人，温和到几乎有些软弱，但是他们都想错了，如果一个女人只有温柔善良这一优点，如何在凤位上稳稳当当地坐了这么多年，底下一个不服气的人都没有？

不过这时候，韩梓言也没太多心思去管宋翎了。

战事连连失利，昭国军队一路势如破竹，卢国却节节败退。按照眼前的形势分析，说不定卢国连今年都熬不过去。待到冬去春来，卢国也会跟前头的祁国一样，亡国覆灭，在中原大地上被彻底抹去，卢国领土被划入昭国的版图，卢国百姓成为昭国的顺民。想到这里，韩梓言不由得紧紧攥住了拳头，直到手指关节隐隐透出青白色。

式微式微，胡不归？若是家国都保不住了，还能归于何处？

前方连报大捷，雪片似的奏报传回了昭国的郢梁都城，苏子修却没有沉浸于战事得利的喜悦中，反倒陷入一种深深的隐忧当中。

随着捷报来的还有昭国设在卢国的探子暗中传回的一个消息。宋翎确实在卢国，这消息令苏子修喜忧参半，喜的是宋翎还好好活着，忧的是她如今落在卢国手里。

苏子修得到消息之后，在养心殿内静坐了半日，最终做出了一个惊人的决定——换将，而且是中途换将。

原先的主将杨彦弼将军换成沈瑾将军，从今往后，由沈瑾全权负责伐卢战争事宜。

苏子修知道自己的这个决定会遭到朝臣的一致反对，毕竟谁会赞成中途换将？

不少大臣一定会跳出来劝阻，中途换将乃兵家大忌，除非原先的主将犯了很严重的错误，并且到了不得不撤换的地步，不然的话，是不会轻易换将的。

战术战略有执行的一贯性，若是前后主将的思维方式不同，会影响全盘的战术战略。而且中途换将难以服众，容易在军中激起不满情绪。这个很好理解，杨彦弼将军有功无过，打仗打到一半却要把主将的位置让出去，相当于将获得了一半的胜利果实拱手让给了别人，让人如何甘心？皇上一向看重沈瑾，但是也没必要这样明目张胆地将功劳塞给他。在众人眼里，皇上也忒偏心了。

苏子修就是预见了这种阻力，没有召集大臣商议，而是直接命令中书省拟旨，一道圣旨送到了杨彦弼将军那里，令其卸任还印；另一道圣旨则直接送到了沈瑾那里，令其就任掌印。等到将印交接之后，底下的大臣就算要反对也来不及了。

苏子修对身边的内侍说道："传召沈瑾将军，朕要见他。"

内侍领命离去，苏子修屏退了所有的宫女内侍，只余自己一人，在空荡荡的养心殿来回踱步。

先帝过世之后，他没有动过这里的一样东西，陈列摆设大致保留着先帝在世时的样子。苏子修极熟悉这里，当他三四岁的时候，先帝时常令乳娘将他抱来，或是置于先帝膝上，或是逗他玩耍嬉乐，享受天伦之乐。

除了父子天伦的温情回忆，苏子修自然也忘不了他们父子最后相处的一幕。当时惠帝已经病入膏肓，躺在床榻上，半边身子动弹不得，另外半边身子也渐渐变得僵硬，沉疴难愈，大限将至。

当时的惠帝看着安静立于下首的苏子修，这是自己最看重的幼子，他声音吃力却不容辩驳地说道："小七，跪下，朝着锦城的方向给你大哥磕一个头。"

惠帝话中所指的正是废太子苏子清，他没有说前太子或者废太子，跟苏子修说的时候，用了"你大哥"这三个字，倒更似普通人家的称呼，这说明惠帝对自己的长子，也就是曾经的太子并非全然无情。

苏子修听从父命，依言跪下，朝着锦城的方向端端正正地磕了一个头。

"子清的确有错，但是他的错不至于让他失去太子之位。"惠帝说的是"错"，而不是"罪"，可见惠帝心里对苏子清已有了评判，只听惠帝长长地叹息一声道，"朕原本的意思是想他让出太子之位，想不到他竟然会逼宫造反。"说到这里，惠帝敛了神色，坚定地道，"但是朕不后悔，朕最后选定的继承人是你。对子清，朕不是没有培养过，也时常将他带在身边亲自抚育，十三岁就让他接触政务，子清天资所限，到底不能成为大昭的中兴之主。不过，小七你不一样……"惠帝明明是将死之人，眼睛在这一刻却炯炯有神。他盯着苏子修，“若是有人能实现大昭的宏图霸业，朕相信是你……

“所有的恶名，朕将一人承担。”惠帝说道，语气转为严厉，“朕要你起誓，有生之年一定竭尽全力，统一中原，使得我大昭成为真正的天下之主。”

惠帝临终之前，令苏子修答应他两件事：第一件事是令瑶妃殉葬，瑶妃是惠帝晚年最宠爱的妃子，惠帝感念瑶妃殷勤温柔的服侍，决定令这个自己最合心意的妃子随侍地下；第二件事是让苏子修以统一中原为己任，有生之年必须实现这一宏图。

惠帝驾崩之后，苏子修没有履行第一件事。他没有让瑶妃为惠帝殉葬，而是将她尊为太妃。苏子修并不认可殉葬的做法，而且中原早就废除了活人殉葬的制度，他宁愿相信自己的父皇要瑶妃殉葬只是一时糊涂而已。

苏子修违抗父命，一则他不想伤了瑶妃的性命，毕竟瑶妃与他的母妃和外祖家颇有渊源，早年间也帮了他许多，算是他给瑶妃的回报了；二则他也是为了父皇的名声着想，免得因为活人殉葬一事，令父皇遭到后世之人的诟病，玷辱了一世的英名。

这时，有宫人禀告，沈瑾将军觐见。

苏子修当即下令传见，等到见了宋璟，说道：“朕知道你旧伤未愈，但是这件事朕只放心交给你做。”

先前卢国进犯昭国的同安府一战中，宋璟不慎被流矢所伤，伤势不轻，深入肺腑，至今尚未完全复原，这也是苏子修最初没有将伐卢的重任交给宋璟的原因。

宋璟是临时受印，知道苏子修要交代的事情一定非同小可，否则不会令他带伤上阵。

果然，苏子修缓缓地说道：“找到翎儿了，她眼下就在卢国。”

这短短的一句话，令宋璟甚是惊愕，眼神却极为复杂，糅合了喜悦、担忧、惧怕，这话虽只短短一句，但是前半句让人喜，后半句令人愁。

苏子修说道：“你是翎儿的哥哥，你会顾及她的性命和安危，这也是朕只放心将此事交给你去做的原因。”

宋璟默然听命，刚刚还只是惊愕，后面苏子修的话则令他彻彻底底感到震惊，脸色瞬间变得苍白。

苏子修的面容沉静如水，声音不大，却是一字一句清晰地灌入了宋璟的耳朵：“当初朕在祁国为人质，后来祁、昭两国反目，先帝明面上不好做什么，但是为了保全朕的性命，曾经暗中派出使者前往祁国斡旋，希望能以三座城池作为交换，将朕平安赎回昭国。”

宋璟不是笨人，已经猜到了苏子修的意思。

苏子修继续说道：“朕如今要做跟父皇当年一样的事。”

宋璟一瞬间有些震惊，随即他听见苏子修说道：“宋璟，今日朕找你来，除了将印还有一道密旨给你，让你指挥作战之外，命你暗中跟卢国交涉，务必将翎儿带回来。”

“皇上，不可……”宋璟感觉到了开口的艰难，于人伦亲情，他自然希望妹妹宋翎能够回来；于臣子道义，他必须劝阻皇上，不能为了区区一人而放弃大好攻势。所谓的情义两难全，正是如此。

苏子修没有给宋璟为难的时间，因为他已经决定了一切，说道：“当年先帝许的是三座城池，朕许的是整个卢国。”

“皇上！尽管翎儿是微臣的妹妹，但是微臣还是要说，这样的代价太大了。”宋璟自然知道苏子修的话是何意。按照眼下的情势，卢国支撑不了多久了，统一中原的宏图霸业就在眼前，宋璟知道苏子修这是放弃了什么。宋璟摇了摇头，甚是艰难地道：“皇上，世上没有不透风的墙，这事迟早会被人知道，您会背上为美色误国的骂名。”

苏子修何尝不知：“朕心意已决，不过是失去一次统一中原的机会，又不是亡国，怎么就有骂名了？”到了这时候，苏子修还有心情戏谑自己。

宋璟神情端肃，不再多言，在他躬身退下的时候，眼底似有一抹不易察觉的决然之色。

宋璟走后，苏子修独自长叹。父皇临终前令他答应的两件事，第一件他已食言了，第二件恐怕也要食言了。

第三十一章 浮槎

宋璟在众人的不解和质疑之中接受了将印，士兵们在背后议论不止，杨彦弼将军则当众就甩了脸子:“咱们这些人在战场上拼死拼活，都比不上人家有一个好妹妹，国舅爷！”杨彦弼故意将“国舅爷”三个字咬得极重，几乎是咬牙切齿了。

眼看着攻克卢国的大功就在眼前，那可是倾国之功啊，谁愿意拱手让出来？杨彦弼白白辛苦一场，最后便宜了一个靠裙带关系的“皇亲国戚”。

苏子修已经令宋璟恢复了原先的身份，宋翎亦是他亲自册封的皇后，所以杨彦弼对宋璟的这一声“国舅爷”没有叫错。

宋璟听了这话，脸上红白不定了一阵，到底还是没有反驳什么。他知道是自己理亏，今天是他亏欠了杨彦弼，或许在不久之后，宋家的人再次亏欠的就是昭国了。

宋璟身边跟着自己的亲兵，宋璟能忍，他的亲兵们却忍不了杨彦弼的冷嘲热讽。

他们为宋璟抱不平，在公开场合不好说，私下却常常在宋璟跟前抱怨："那杨将军也忒轻狂了，命令是皇上下的，咱们将军不过是奉旨行事。"

"何必摆出一副眼睛不是眼睛，鼻子不是鼻子的样子？杨将军和将军是同僚，眼下非要撕破脸！难道一朝为官，今后就不相见了？"

"那杨将军也不必阴阳怪气地说话，他若是不服气，也让自家的妹妹进宫当娘娘去。"

"闭嘴！"宋璟猛然大喝一声，脸上怒意勃发，吓得一干亲兵都噤了声。

宋璟是文人出身的武将，脾气性情较为平和稳重，颇有文人之风，鲜少有疾声厉色的时候。凡是有点儿眼色的亲兵都看得出来，这一次自家将军是真的动怒了。

自己手下的亲兵有怨言，宋璟一开始并不想说什么，知道因为他，他身边的亲兵也遭了不少白眼。这些人在自己跟前抱怨几句，他也不忍心呵斥，但是听他们越说越离谱，宋璟不得不出面喝止了。

宋璟的目光接连扫过底下站得笔直的亲兵们，他缓缓地吐出了一句话："去请各营的将领前来主帐，本将要跟诸位将领商议下一步的战事。"

被替换下的杨彦弼其实是一员不折不扣的猛将，骁勇善战，每逢作战必是一马当先，身后的兵卒也因此士气大振，战力惊人。这样的猛将就像是一把削铁如泥的宝剑，最适宜攻城略地，开疆拓土。宋璟的作战风格则比较温和，不似杨彦弼那样凌厉，宋璟更擅长利用山川地势等攻击敌人，譬如重创卢国军队的回壶谷一战，大概是宋璟这辈子最精彩的一战。可以这样说，宋璟偏重于用谋，而杨彦弼偏重于用勇。

然而这一次，宋璟制定的战略惊呆了众人。他一改以往稳扎稳打的风格，全盘采纳了杨彦弼猛攻快攻的做法，除此之外，宋璟还亲自上阵，就像杨彦弼那般冲锋在前，激励后面的士兵奋勇杀敌。

杨彦弼虽然被换下了，但是宋璟几乎继承了他的全部战略战术。昭军各营将领，甚至是宋璟的亲兵，都为宋璟的反常感到不解。不过大家也没奇怪太久，有人猜测大概是宋璟急于打赢这场战，毕竟宋璟也是立下过赫赫战功的人，谁愿意老是戴着一顶"国舅爷"的帽子？

昭征和二年十一月二十二日，昭军攻克卢国的蒲水、姮安、霖州、越州等地。

昭征和二年十二月初三，昭军攻克汾州和回夏，此乃卢国都城漳临的两座拱卫之城。

昭征和二年十二月十五日，昭军渐渐逼近卢国的都城漳临。

至此，卢军全线溃败，继回壶谷的惨败之后，卢军的有生力量几乎遭到全歼，已经没有任何翻身的希望了。漳临城中仅有四万老弱残兵，但是即将兵临城下的昭军有四十万，以一对十，还是用残兵败卒对抗昭国的精兵锐卒，这一仗的结果是没有悬念的。

卢国必败，漳临城也必是昭国的囊中之物，亡国改姓只在一夕之间。

漳临城内，卢国皇宫的颐寿宫中，孟太后正神色焦急地等待着，坐立不安，双手紧紧地攥着一方莲青缠枝米珠金丝帕子，旁边的小侍女低眉顺眼地踱步到孟太后身侧，奉上了一个小小的平金手炉，低声道："太后，您且安坐着，莳雨姑姑大概很快就回来了。"

"好、好。"孟太后心不在焉地应了两声，捧着手炉，双手传来的温度似乎能给人安慰，倒是平缓了一些她内心的焦躁不安。

正在这时，莳雨急匆匆地跑了进来。外头正在下雨，她身上有不少雨水的痕迹，额前的碎发也湿漉漉的，她顾不得多喘几口气，赶紧说道："回禀太后，长公主和诸位臣公还在观正殿商议着，但也差不多定下来了。"

"定下来了？"孟太后神色一沉，喃喃道，"真的要走到这一步了。"

莳雨喘匀了气，声音也平稳了许多："据说已经派人去准备大船了，所有的战船都要用上。太后，估计过不了多久，就会有旨意下来，通喻六宫，准备出海避难。"

卢国对水师十分重视，兵部有专人管理，卢国水师还有独立的番号，在中原诸国当中是独一无二的。坊间有这样的传言，据说这支水师是历代卢帝为自己留的一条退路，也是最后一道护身符。没想到如今真的要走到这最后一步了。

孟太后神色黯然地道："什么通喻六宫，能带走的也不过寥寥几人，大多数人还是要留下的。"

莳雨和其他人闻言也神色哀戚，既然是避难，船能有多大？能带走的人一定不多，大多数人还是要留下来陪着都城一起沦陷的。

莳雨指了指偏殿的位置，小声问道："太后，她怎么办？听说十日之内就要生了。"莳雨指的不是别人，正是宋翎。

孟太后叹道："留她在皇宫里，等到昭军进城，自然会有人将她接走。"

到了晚间，淅淅沥沥的冬雨还未停，高高的宫墙在雨幕之下更添几分萧索阴沉之意。韩梓言深夜赶到孟太后的颐寿宫，一露面，就有侍女上前为她解了身上玫紫色竹叶松鹤缂金丝氅衣，只是她的发髻间还是落了几点雨丝，被屋子里供着炭火的热气一烘，转瞬融入了发间，洇湿的发丝越发柔软润泽。

姑嫂相见，韩梓言开门见山地问道："今日在观正殿商议的事，皇嫂可知道了？"

孟月娥落寞地点头，说了声：“知道了。”

韩梓言似是有所动容：“皇嫂，梓言也不想放弃都城，只是眼下城中只有四万老弱之兵，要对抗四十万昭军，根本是以卵击石。若是一味死守都城，也只会落得城毁人亡的下场，梓言也是不得已，只能跟王公大臣们商议出这个决定。”

孟月娥依然点头道：“知道了。”

韩梓言叹道：“皇嫂可是怪梓言？梓言没能守住韩家的江山，愧对皇兄，也愧对策儿。尤其是策儿，他都还不知道当皇帝是怎么一回事，就要跟着我们一起去海上流亡了。”

“不，嫂嫂怎么会怪你？”孟月娥道，“策儿还太小，嫂嫂又是一个不懂政事的妇道人家，卢国里里外外的事情都是你在劳心劳力，嫂嫂成日在后宫安享清闲，惭愧都来不及，若是再生出任何怨怪的心思，岂不是太没道理了？”

“嫂嫂。”韩梓言眼中似有精光，“据你白日所言，似乎想将宋翎放回昭国？”

孟月娥闻言，微微一愣，随即说道：“昭国大军都兵临城下了，自然得让她回去，难不成跟着咱们一道出海？”

孟月娥最后一句是无心之言，韩梓言却认真地道：“有何不可？我带着她一起上船，不能轻易地让她回昭国去。”

孟月娥甚是惊愕：“公主，她的产期不到十日了，你若是带她上船，万一在船上生产了怎么办？要是出了意外，那可是一尸两命啊。”

韩梓言不为所动：“反正我不能便宜了她。我费了不少周折将人抓来，难道是为了给她好好养个胎，再全须全尾地送回到苏子修手上？我才不会做这种蠢事，既然昭国要赶尽杀绝，不给我们留一寸土地，我们也没必要对昭国客气，带走他们的皇后和皇嗣，算是最后给他们一点儿厉害瞧瞧。”

孟月娥被“赶尽杀绝”这四个字吓了一跳，尝试着问道：“难道真的一点儿转圜的余地都没有？这次昭国攻打我大卢的主将是宋璟，据说他是宋翎的亲兄长，难道丝毫不顾念自己的妹妹？”

韩梓言懒得说话，朝着偏殿的方向走去。

孟月娥见状，心道要坏事，顾不上之前的疑问，着急地追了上去：“公主，你去那里做什么？”

韩梓言只顾向前，并不理会孟月娥的阻拦，推门走入偏殿，看到宋翎尚未安寝。桐木架子床上，湖绿帐子朝两边分开，用铜钩挽起，而宋翎正坐在床榻上。

宋翎的肚子又大了一圈，高高地隆起，令人想到即将瓜熟蒂落的西瓜。虽然肚子那样大，身上还是纤瘦的，只有脸蛋看着像是比从前圆润了些，恢复了少女时期一张巴掌大的小圆脸的模样。

因为孕后期容易抽筋，每到晚间，都会有侍女用热毛巾给宋翎敷小腿和脚踝等处，辅之按摩，防止她夜间突然抽筋。

韩梓言忽然闯了进来，无论是宋翎还是为她热敷按摩的侍女都被吓了一跳。

韩梓言沉着一张脸，神情阴郁，更要命的是，她腰间还别着一柄长剑，那架势谁看了都胆寒。

宋翎的心更是一沉，她认得出来，韩梓言腰间别的剑正是玉柳容曾经的佩剑。

韩梓言一步步走近，斥退了服侍宋翎的侍女，自己坐在刚刚侍女坐过的红木填漆圆凳子上，顺势把剑搁在了自己的膝盖上。

若说之前的情形只是令人胆寒，那么眼下的场面就足以令人魂飞魄散了。

孟月娥终于赶到，看见韩梓言横剑而坐的姿态，也被吓得心头一阵猛跳，慌忙劝道："梓言，不要冲动。"

"我不会冲动。"韩梓言淡淡地说道，"皇嫂请先出去吧，让我跟宋翎单独说会儿话。"

孟月娥并不放心，但是见韩梓言态度坚决，不得不依从她，临走前还满怀忧色地看了宋翎一眼。

偏殿里只剩下了宋翎和韩梓言二人，一人屈膝坐在床榻之上，另一人则膝上横着一把剑坐在床榻边上，这样的场景不得不说非常怪异。

宋翎倒是镇定，先开口道："这把剑是当日在濛山上玉柳容留下的吧？"

"对，你没看错。"韩梓言点头，又问道，"你晓得这剑的名字吗？"

宋翎如实道："不晓得。"

韩梓言说道："此剑名为秋霜，是柳容常带在身边的，这是他最喜欢的佩剑，陪伴他到了生命的最后一刻。他就是用这把剑一次次地砍向自己，今天在手臂上削一块，明天在大腿上削一块，后天换条腿再削一块……当然，他做的这些都是为了你，他就是在自己最喜欢的佩剑之下，重伤不治地死去，后来我又差点儿拿这把剑杀了你。你说此剑是不是很有故事？"

宋翎木然地点头，不知韩梓言此言何意。

"现在这把剑总算是归我了。"韩梓言的纤纤十指抚过剑鞘上用绿松石、红宝石镶嵌的图案，看起来极为爱惜的样子。

宋翎说道："你跟玉柳容是夫妻，他的东西自然是你的。"

“非也非也。”韩梓言似是难得来了谈话的兴趣，脸上也泛起陷入回忆的红晕，“当初我做了柳容的皇后，虽然我知道只是政治联姻，但我还是很开心，能跟他在一起，没有名分都不要紧，更何况我还是他名正言顺的皇后。他给了我好多东西，名贵的珠宝首饰、华丽的锦衣华服、赏玩的古董玉器，他在这上面慷慨得很，几乎什么都能给我。只是我若问他要一件贴身的心爱之物，他从不给我。我问他要一次，他就让内务府为我送一次首饰衣裳、器皿玩物，给得那样大方，直到我宫里的库房再也放不下……”

韩梓言缓了口气，继续说道：“我问他要过秋霜，他不给我，说这是陪伴他多年的佩剑，不能赠人；我问他要过小风，他也不给我。不给就算了，更过分的是，小风不过就是一匹马，他连骑都不许我骑。不过……”韩梓言话锋一转，语气中虽有得意，更多的却是掩饰不住的落寞，“现在秋霜和小风都是我的了。

“我原本以为他就是这样的性子，因为在他身边服侍的老宫人说过，他对曾经的皇后白绮梦也不好，最喜欢的柔妃也不过新鲜劲儿过了，就丢在脑后。就连柔妃后来怀了皇嗣，他也懒得多敷衍她，对其余的嫔妃更是淡淡的。我一直以为他的性格就是不会对女人太上心，不过，我终究错了。”

韩梓言说着，从袖口里取出一张叠起来的纸，将其递给了宋翎：“你看看，你可认得上面的东西是什么？”

宋翎狐疑地打开那张纸，这应该是一份手稿，上面画着的赫然就是玉柳容曾经送给宋翎的那一串松子手钏。宋翎蓦然一惊，看向了韩梓言。

韩梓言似笑非笑地回视着她，说道：“原来并非他对所有女人都不上心，还是有能让他上心的人。他连现成的一把剑、一匹马都不愿意送给我，却愿意亲自给你设计手钏，这上面的松子，不是给你的还能是给谁的？”

韩梓言似笑非笑，想是在等着宋翎的反应。然而宋翎一脸平静，将手稿又还给了韩梓言。

韩梓言皱了皱眉，说道：“你留下吧，不必还我了。”

“我就更不必留了。”宋翎摇了摇头，当初她连那串手钏都没有留下，更何况如今的一份手稿。

两人沉默了片刻，韩梓言终于又开口道：“三日之后，我卢国子民将去海上避难，你也跟着一起去吧。”

“为什么？”宋翎惊愕地问道。

韩梓言冷笑道：“没有为什么。我韩梓言就是这样的人，我不如意，就看不得别人如意。当初在祁国我能从近在咫尺的地方将你带走，这一次昭军兵临城下之际，我也能把你带走。我就是不能让苏子修找到你，每次只差一点点的时候，我就不能让你们如愿。”

宋翎首先想到了孩子，太医诊断她很快就要生了，最多不会超过十日，若是三日之后启程，很有可能她要将孩子生在船上。且不说船上生产多危险，就算她不怕死，还有孩子。尽管知道反对没有用，宋翎还是道：“我不能将孩子生在船上，若是孩子有事……”

韩梓言冷冷地打断了她的话：“你可以恨我，但是你不能只恨我一个人，还要恨你的夫君和哥哥，谁让他们都不顾你的性命？”

第三十二章 寤生

昭征和二年十二月二十五日，卢国皇室携众多王公贵族、臣子百姓乘船出海，以避战祸。为避国难，卢国的水师倾巢而出，据说单单巨舰就有百余艘，还有无数小船。

这种巨舰是卢国最为精锐的船只，长三十丈，宽十丈，高十丈，可容纳将近两千人，分为上、中、下三层，顶层的甲板上可以跑马，中层设有火炮口，用于跟敌军水上作战，下层则是负责整艘巨舰的前进动力。粗略估计，这次以卢国皇室为首的避难人数约为三万。正如孟太后之前所叹息的，哪能个个都带走？大多数人还是留在漳临，和都城一起面临失陷的命运。

韩梓言作为卢国最重要的实权人物，用一种冷静到近乎冷血的态度分配了这仅有的三万名额。其中军民两万，虽然是出海避难，但是韩梓言终归是希望有一日能东山再起的，所以不能没有军民。剩下的一万人，公卿大夫、各级官吏占了四千，国家不可能无人管理，所以官员必不能少，况且这些人都是人才，将来若是夺回失地，还要依靠他们出谋划策。若说军民是根基，这些臣公就是撑起国家的骨架。剩余的六千人，则是皇室宗族和一部分皇亲国戚，当然只能挑着重要的来，主要是嫡系子孙，旁支远房一概不理。皇亲国戚也只有要紧的那几家，譬如孟太后的娘家等，其余普通的妃嫔，连自己都不在名额内，遑论自己的娘家人了。

就算是孟太后的娘家也不是人人都带上，只有各房的子孙被带走，姬妾奴仆，甚至不得宠的庶子、庶女都要被撇下。

孟家的人为此背地里求了孟太后几次，希望孟太后能向长公主争取一下，毕竟手心手背都是肉，撇下谁都舍不得。孟太后只是对着娘家的来人垂泪，连连叹息。孟家人一看就明白了，外面的传言不假，自家的这位姑奶奶虽有太后之尊，但是没有说话的分量，一切只能由长公主一人做主。孟家人求了几次皆无果，只能黯然离去了。

在名单中，还有一人是令人意料不到的，那就是宋翎。

谁都想不通，为何长公主非要带走一个即将临盆的女子。茫茫大海之上，孤立无援，万一宋翎在生产的过程中出了意外，那就真正是叫天天不应，叫地地不灵了。

在卢国皇室撤离漳临的十天之后，昭国大军突破卢国的最后一重屏障，兵临都城之下。因为关键人物已经走了，昭国大军在进驻漳临城的时候，几乎没有遇上像样的抵抗，就这样长驱直入，不费吹灰之力地占领了这座颇负盛名的百年坚城。

因为是有详细计划的撤离，韩梓言命人带走了宫中的金银财宝，除了一些搬不走的重器，能带走的都带走了。当昭国大军打开卢国库房的时候，发现里面几乎空空如也，这种结果令大多数昭人感到震惊，这卢人也太吝啬了，逃命都舍不得撇下金银细软。

韩梓言原本想下令砸了那些带不走的重器，横竖是落在昭人手里，还不如毁了一了百了，只是思来想去，到底是下不去手。

但是韩梓言飞快地拿了另一个主意，就是烧掉城西的裕粟粮仓，那是卢国最大的粮仓，装满所有船上的粮库的粮食还不到裕粟粮仓储量的四分之一，与其白白将大把的粮食便宜昭人，倒是烧了更干净。韩梓言舍不得毁坏重器，但是在烧粮一事上颇为果断。

不过这个决定遭到了底下臣子的一致反对，他们建议韩梓言开仓放粮，将粮食分给城中百姓，接下来的战乱一定会导致粮食短缺，让百姓们家中多囤点儿粮食，将来能避免饥荒。若是还有剩下，也不必烧掉了，索性送给昭国大军，因为昭国大军一旦没有粮草，会就地向卢国百姓征收，到时候受苦的还是无辜百姓。

韩梓言本是极其强势之人，这次她却没有固执己见，而是采纳了底下臣子的意见，裕粟粮仓因此也逃过一劫。漳临城的百姓原本哭天抢地，认为皇室和朝廷抛弃了他们，敌军还没打进城，他们就成了无国无家的流民。但是知道有粮可分，百姓稍稍减少了对皇室和朝廷的怨气。

作为主将的宋璟是被人抬进漳临城的。宋璟旧伤未愈，为了鼓舞全军士气，数次身先士卒，冲锋陷阵，战场上刀剑无眼，尽管他有亲兵保护，也添了不少新伤。尤其是一处伤在肺叶的剑伤，使宋璟很长一段时间咳中带血，身体每况愈下。

主将勇猛过人，极大地激励了士兵的斗志，昭国大军在数次战役中爆发了惊人的战斗力，士兵个个以一当十，杀得卢国军队胆寒不已。这才过了新年，昭国已经拿下卢国都城。都城在手，其他的地方武装皆不成气候，尤其是那些意欲勤王的部队，知道勤王的对象都没有，自然闻风而逃，算不得什么大威胁，派出小股分队便可一一剿灭。

至此，昭国已经基本奠定了统一中原的格局，祁、昭、卢三国在中原大地上长达三百多年的三足鼎立局面，最终在年轻的昭帝——苏子修手中告终。从此再没有祁国和卢国了，这两个国家将湮灭于历史尘埃之中。

北至大漠，南通蛮荆，东临大海，西连西域，苍穹之下，六合之内，从今往后，中原大地是昭国一家的天下。

宋璟驻军漳临城之后，严令部下不可侵扰百姓，籍吏民，封府库，军纪严明，秋毫未犯。宋璟还下了一道命令，让人封锁卢国皇宫，任何人不得进出，令所有女眷聚集在一处。

此时卢国皇宫里被留下的女眷大多是不得宠的嫔妃、太妃、庶出的公主、随侍的婢女等，一个个花容失色，不知道等待自己的将会是什么命运。毕竟历史上亡国了的皇室女眷往往会落得凄惨的下场。

正在这些卢国女眷忧惧不安之际，她们看到一名年轻男子被肩舆抬了过来。他一副齐整俊朗的好相貌，只是面色苍白，好像受了很重的伤，看着不似一般的武将，有几分儒雅的文人之风，跟她们想象之中面目凶恶的骄兵悍将完全不同。

坐在肩舆上的年轻男子便是宋璟，原本伤势不重的时候，他还能自如骑马，眼下战马是骑不得了，为了不加重伤势，日常出行只能依靠肩舆。

宋璟亲自将卢国这一干女眷仔仔细细地看了一遍，发现宋翎果然不在其中。其实宋璟早就知道希望渺茫，想到生死不明的妹妹，宋璟五内俱焚，心潮翻涌，忽而觉得喉咙腥甜，猛然咳出了一口鲜血。

旁边的亲兵见主将又吐血了，吓得不轻，说道："将军，您在攻克回夏城的时候，肺叶被箭矢射穿，这样的重伤轻视不得。既然大局已定，请您好生将养，剩下的事交给部下们去处理吧。"

宋璟淡淡地擦去嘴角的血丝，并不理会刚刚说话之人，而是朝另一人问道："据说卢国的兵部下设了一个司舟衙门，专管船舰水师之事，人到齐了没有，本将要亲自审问他们。"

漳临失陷之后，在另一边的卢国海船已经在海上行驶了将近半月，新年也是在船上过的。人在避难途中，哪里还有什么心思准备庆典？敬告天地，祭祀先王，也是无言以对。在新年祭祀的时候，长公主韩梓言用袖子遮住脸，表示自己没有脸面见韩家的历代先王。韩家发迹于五十年前，却换了五位君主，分别是韩梓言的祖父、伯父、父亲，还有两位兄长，每一人在位时间都不长。除了她的皇祖父是正常老死，其余四人都死于非命。莫非真是应验了诅咒，韩家每一代都是短命的君王？这就是韩家以下犯上、篡夺君位的代价？

念及此，韩梓言更是潸然泪下，内心无限凄凉。她自怨自艾，自责自叹，皇帝年幼，太后软弱，她就是卢国实际上的最高掌权者，卢国的全面溃败，她有不可推卸的责任。只是大厦将倾，摧枯拉朽，岂是她一个女子能够苦苦支撑的？到底是无力回天啊！

八岁的小皇帝韩旻文尚是童真烂漫的年纪，不太明白亡国意味着什么，头一次坐上这么大的巨船，小孩心性下多少有几分新奇。不知道姑姑为何要以衣袖遮面，小孩子有模仿的本能，也用龙袍袖子遮住了自己的脸。

韩旻文这一遮面可就不得了了，王公贵族、公卿大夫们看见皇家最尊贵的一对姑侄都以袖遮面，一个个也都用袖子将脸挡了起来，国事蜩螗，国祚不续，国运衰败至此！他们这些人又何来面目示人？上无颜见君王，下深愧于百姓，索性大家都以袖遮面好了，万般悲恸和哀绝，皆化作这一片碧海蓝天之间的号啕痛哭。

宋翎临盆是在正月初九，这个日子比原先预计的推迟了大约十天，她本来还担心船上的颠簸会使孩子早产，没想到反而迟了。

宋翎不习惯坐船，人在孕中体质较常人更为敏感，刚有孕的时候并不想吐，在船上的这段日子，明明快临盆了，她却日日犯恶心，原本三餐就吃得少，还全都吐了。女人快生的时候，往往是这辈子最痴肥圆润的，宋翎却比从前还要消瘦，手腕细细的，

脚踝也纤细得很，浑身仅仅大了一个肚子，仿佛一颗肉球扣在了她单薄纤弱的小身板上，令人疑心她如何走得动路。幸好她脸上的肉没有掉，大体维持着一张圆圆的巴掌小脸，下颌也是柔和的线条，看上去没有瘦得脱相，只是一双圆圆的杏眼深陷了下去。说到底，孕期的憔悴还是都显在了眼睛上。

正月初九这一日，宋翎的发动是在午后小憩的时候，她突然间腹痛如绞，肚子坠坠地疼。她虽没有经验，但直觉告诉她这就是要生了。宋翎疼到说不出话来，只能将桌上的白瓷杯扫到地上，弄出不寻常的动静，让外头的人听见。因为上船的名额有限，能带的仆从不多，宋翎没有贴身服侍之人，孟太后怜悯她身子重，日常起居多有不便，故而将身边一个名为红药的小侍女指给了宋翎。因为人手实在有限，红药不仅要照顾宋翎，还要兼顾太后那里的差事，只能趁着事少的时候两头跑。

宋翎打落瓷杯发出的清脆声响果然惊动了外头的红药。红药急匆匆地跑进来，发现宋翎已疼得整个人伏倒在小案上。宋翎脸色苍白，额头冷汗涔涔，一只手的五指紧紧攥着腹部的衣料，指骨关节都微微泛白。

“这莫非是要生了？”红药没有生养的经验，见状着实吓了一跳，赶紧将宋翎扶到床榻上躺下。她一人应付不了这种大事，立刻去向太后禀告。

不巧的是，小皇帝策儿正好病了，高烧不退，孟太后要照顾儿子，分身乏术。她怕红药一个年轻姑娘没经验，容易慌了手脚，将身边一位上了年纪的姑姑派了过去。这位姑姑姓徐，曾经伺候过太后生产，有年纪、有资历，想必镇得住场面。

红药见了徐姑姑，犹如吃了定心丸一般，两人兵分两路，徐姑姑去陪着宋翎，而红药去请太医和产婆。徐姑姑见了宋翎的样子，就知道离真的生产还有一段时间，眼下也就是疼得惊天动地罢了。

“疼！疼！”宋翎连连喊疼，额头上尽是虚汗。

徐姑姑用绢子擦了擦宋翎额上的虚汗，轻声慢语地道：“姑娘不要害怕，也不要着急用力，这会儿离生还早着，你早早地将力气喊没了，真要生的时候就使不上劲儿了。你试着缓缓吸气，再缓缓吐出来，多少能好受点儿。”

宋翎点头，尝试着像徐姑姑说的那样吸气再吐气，她不知道生孩子竟这般疼，疼得超过了她的想象。当初在天牢受夹指之刑时，她以为那是这辈子最疼的时候了，没想到比不上此时的十分之一，像是要将身子活生生撕成两半。

徐姑姑安抚着宋翎，但是随着时间的推移，她越来越心焦。好不容易等到红药回来了，她正要松一口气，却见到红药仍是孤身一人。徐姑姑不无惊讶地问道：“红药姑娘，你去请的太医和产婆呢？”

红药无奈地说道：“太医和产婆我一个都找不着。这趟随行的太医不多，在海上漂了半个月，大家都有些头疼脑热的症状，眼下太医都到大船上诊病去了，饶是我跑断了腿，还是没能找到一个。”

这船上不知多少王公贵族，多少公卿大夫，平日里打个喷嚏都要请太医去看一看，随行的太医就那么几个，忙碌程度可想而知，哪怕是稍稍懂点儿医理的产婆，眼下也抢手得很。

徐姑姑的神色一下子沉重起来，宋翎就要生了，找不到接生的太医和产婆该如何是好？

红药到底年轻，着急地说道：“我去回禀太后。”

徐姑姑喝止道:“糊涂！皇上正病着，太后顾着皇上都来不及，哪里还分得了神？你赶紧去找找其他太医，看谁有空就请来。”

红药点头，也认为此时不宜打扰太后，于是按照徐姑姑的吩咐又出去找太医了。

宋翎的阵痛越来越频繁，疼得越来越厉害，明明是寒冬腊月，她的额头上却出了一层层虚汗，几绺发丝黏腻地贴着侧脸。宋翎大口大口地喘息着，心在胸腔里乱跳。她微微坐起，看着自己小山般隆起的腹部，简直就像是一颗熟到即将爆开的薄皮石榴。疼，着实太疼了，宋翎好几次感觉自己就要撑不住了。

红药再一次回来是一个时辰之后了，哭丧着脸，因为仍毫无收获。

徐姑姑看着宋翎的样子，把心一横，说道：“红药，你赶紧去准备热水、剪子和干净的白布，我来给松子姑娘接生。”

红药听得目瞪口呆，难以置信地道：“姑姑可别吓唬我，您真的打算给松子姑娘接生？”

“吓唬你做什么？”徐姑姑瞪了红药一眼，“太后生二殿下和三公主的时候，都是我在一旁服侍的。”

红药知道此事非同小可，也不怕得罪徐姑姑，多说了一句：“可是太后生二殿下和三公主，姑姑只是在一旁看着，并不是接生的产婆。”

徐姑姑硬气地说道:“生孩子有什么难的？每个女人都会生。接生这种事也不难，看别人做几遍就会了。你放心，我虽没有给人接生过，但我知道接生是怎么一回事。”

徐姑姑见红药还是愣在原地没动，厉声说道：“你还愣着做什么？赶紧去准备我要的东西，再不去孩子都要出来了！”

红药咬了咬下唇，仍不放心地道：“姑姑，真的不会出什么岔子吗？咱们还是禀告给太后吧，万一……”

“哪里会出什么岔子！”徐姑姑说道，“都说了太后忙着照顾皇上，你拿这种事去打扰太后，也忒没眼色了。按我说的去做，一切有我在。”

红药不得不去准备了。她只是太后身边的一名侍女，不能跟颇有资历的徐姑姑多争辩，只能咬咬牙冷静下来，按照徐姑姑的吩咐将热水、剪刀、白布等物一一准备妥当。

徐姑姑见过接生的场面，有模有样地给宋翎嘴里塞了一条干净毛巾，省得她咬伤自己的舌头，还在床架子的一左一右吊了两根布带，手握之处结成环状，令宋翎用双手抓住，这样有助于生产时使力。

“姑娘，我喊用力的时候你再用力，记着力道一定是朝下的，我若不喊，你别瞎用劲儿，免得早早把力气耗尽了。”徐姑姑仔细地交代了宋翎几句。

红药在一旁打下手，看见徐姑姑一副胸有成竹的样子，俨然一位经验丰富的产婆。徐姑姑的镇定，令红药的一颗心安定了许多。

宋翎疼得撕心裂肺，到了这种时候，也只能听话了。

又过了一个时辰，不仅宋翎汗出如浆，徐姑姑和红药也是汗湿重衣，从晌午折腾到暮色四合，孩子迟迟生不下来。然而更令人恐慌的事情发生了，从产道里出现的不是孩子的头，而是一只红红皱皱的小脚丫。

徐姑姑见了，吓得魂飞魄散。孩子一般是头先出来，这是顺生。接生的时候最怕的就是倒生，孩子的脚先出来，这样就是遇上难产了，所谓“脚冲下，见阎王”，这样的情况凶险万分，一个不慎就会母子双亡。

徐姑姑脸色惨白，她知道眼下的情况自己解决不了，红药看着徐姑姑的样子，猜到一定出了大事，于是赶忙道：“我去请太后过来！”

这一次徐姑姑不敢阻拦，木木地看着红药的背影远去。

须臾之后，孟太后一行人匆匆赶到。在来的路上，孟太后已经听红药将事情的经过说了个大概。

此时徐姑姑和红药自知闯了大祸，自觉地跪下来请罪。

孟太后待下一向宽厚，极少有声色俱厉的时候，今日是真动了怒，指着两人斥责道：“你们两个真是越来越会办事，瞒着官家不来禀告，居然擅自给她接生！难道没有想过万一出了事，那可是两条活生生的人命！”孟太后又单独将徐姑姑拎了出来，“还有你！官家派你来照顾她，原本念你是一个有资历的老姑姑，指望你镇住场面，没想到你这般糊涂！”

徐姑姑和红药哪里敢辩驳，只是瑟瑟发抖地跪在地上。

孟太后赶紧去看宋翎，宋翎已疼到意识模糊了，眼前也是一阵阵发黑。她勉强看清来人是孟太后，艰涩地说道：“孟姐姐，我已经没有力气了。”

这一声“孟姐姐”唤得孟月娥心里极为酸楚。她将宋翎濡湿的额发拨到一边，柔声细语地安慰道：“没力气就歇一歇，孩子哪里是一时半刻能生下来的？更何况你是头胎，故而更艰难一些。想当年哀家生策儿的时候，也是折腾了一天一夜。”

正说话间，孟太后令人端上来一碗熬得软糯浓稠的牛乳燕窝粥，让宋翎尽量喝两口，补充一点儿体力，又让宋翎在嘴里含了一片老山参。

跟随孟太后来的两个产婆上来看了宋翎的情况，皆眉心紧蹙，神情凝重。她们小声地在太后耳边说道：“回禀太后，情况不大好，贵人的胎位不正，孩子是脚冲下出来的。通常来说，脚冲下的孩子是生不出来的，孩子会卡在产道里慢慢窒息，母亲最终也活不了。”

孟太后听得心惊。女人生孩子就是去鬼门关走一遭，若是遇上胎位不正，就是留在鬼门关回不来了。她问道：“以前太医每次把脉，都说胎位很好，生产之时不会有大问题，怎么现在成胎位不正了？”

孟太后说到这里，瞥了一眼跪在旁边的红药，问道：“太医最近没来请过平安脉吗？”

红药被问话，赶紧先磕了一个头，如实答道：“回禀太后，自从上船之后，就没有太医来给姑娘请平安脉了。”

其中一个产婆说道：“或许就是这十几天，胎位又换了。阿弥陀佛，这海上的风浪这么大，船又颠簸得厉害，大概就是这个缘故。”

孟太后不想过多追究责任，对两个产婆说道：“事不宜迟，你们出去跟外头的太医商量一下到底该怎么做。就说是哀家的意思，一定要尽力保住母子二人。”

有两个太医在外间候着，太医毕竟是男子，不能进产房，只能在外间，真正为产妇接生的就是产婆。

也许是那燕窝粥起了作用，宋翎的意识清明了几分。她看着身边的孟太后，不知哪里来的力气攥住了孟太后的一只手，低声说道：“我不行了，我真的不行了。”

“别说傻话。”孟太后口气中似是有薄薄的嗔怪，她说道，“毕竟是生孩子这样的大事，谁能不遇上一些曲折？但是大家都有惊无险地过来了，你别怕，更不要说丧气话，想想自己快要当娘了，再苦再难都要将这一关熬过去。”

宋翎还是摇头，脸上不知是汗珠还是泪珠，随着她摇头的动作，纷纷落下：“孟姐姐，我都知道了，孩子的胎位不好，是脚先出来的，这种情况是生不出来的。”

孟太后柔声安慰道："别胡思乱想了，太医和产婆正在想办法。"

宋翎的眼中有清泪涌出，她的情绪突然激动起来，她说道："孟姐姐，我知道我们两个很难活下来，请答应我一个要求，不要管我，以孩子为重。我原本就该死在祁国了，上天见怜，让我多活了几个月，坚持到孩子出生这日。老天已是足够厚待我了，我不敢向老天争命，只求孩子能平安到这世上。"

孟太后也是人母，自然明白母亲对孩子的感情，反握住宋翎的手，安慰道："别说丧气话，会没事的，你和孩子都会没事的。"

产婆和太医商量了半天，认为孩子在产道里已经滞留了一段时间，这样下去一定会导致窒息，母亲也有产道撕裂大出血的危险。到这种时候，想要保全母子两人几乎是不可能的，只能保住一个，事不宜迟，必须尽快做决定，不然的话母子两人都要命丧黄泉。产婆和太医不敢擅作主张，请孟太后来决定。

产婆是悄悄附在孟太后耳边说的，宋翎见状，猜到了是情况不好。她前期消耗了太多力气，这会儿整个人已经虚脱，就连说话也断断续续的，只能分辨出几个含混的字眼，她反反复复说的就是那四个字："保住孩子……保住孩子……"

"哎呀！"红药突然失声尖叫，眼尖地看见宋翎身下的褥子上有一块渐渐扩大的血迹。

产婆小心地掀开被子一看，大惊失色。她们知道这是大出血的前兆，一时也顾不得太多了，直接说道："太后，请您赶紧拿个主意，保大还是保小，再不决定就来不及了！"

孟太后左右为难，一时难以决断。宋翎却很坚决，这一刻她不知哪里来的力气，竟大喊出声："当然保住孩子！"

孟太后被触动了，眼泪簌簌滚落。宋翎做出决定之后，眼神倏然变得清明，刚刚那一声大喊，似乎耗尽了她最后的力气，她转向孟太后，说不出一句话来，只是定定地看着孟太后，目中清泪长流。

孟太后见之大恸，明白这就是临终托孤的意思了。

"你自己的孩子，不要托付给别人。"清冷的女声传来。

在众人惊愕的注视下，韩梓言旁若无人地疾步而入，像是嫌弃产房里的腥气，在距离床榻四五步的地方停了下来。她神情疏淡，口气冷漠地说道："你要么跟孩子一起活下来，要么就带着孩子一起上路，死一个留一个算什么？你也休想将孩子托付给我们这里的任何人，自己生的自己负责，你若是想要生完撒手不管，没人允许你这么做。"

韩梓言这一番话令人瞠目结舌。

“公主……”孟太后欲言又止，知道自己的这位小姑虽然嫁过两次，但是从未生育过孩子，往日又有些刚愎自用，唯恐她不知情况地乱来一气，反倒将事情推向最坏的结果。

韩梓言不给嫂子说话的机会，径自说道：“孤已经命太医去准备催生药了。”

孟太后惊道：“催生药？”

韩梓言神色如常地说道：“孤刚刚在外面问过太医了，用药力强行催生下来也是一个法子，只是风险极大，十之八九会母子双亡，倘若运气好，说不定两个都能活下来。”

此言一出，在场之人都为之震惊。

韩梓言说话时轻描淡写的样子，仿佛根本不像是在断人生死。

宋翎气息虚弱，对韩梓言说道：“我不赌，我选好了，不要管我，只管保住孩子。”

“轮不到你选！”韩梓言冷冷地将宋翎的话堵了回去，“孤说过了，孩子在你肚子里，你们要么一起活下来，要么一起死了，黄泉路上还能做伴。”末了，韩梓言犹嫌不足，补充了一句令人气噎的话，“你休想把孩子托付给别人，我们这里没人给你养孩子。”

“公主！”孟太后面色焦虑，犹豫着唤了一声。

韩梓言依然没理自己的嫂嫂。此时催生药已经端了上来，韩梓言指着跪了半天的徐姑姑和红药，下令道：“你们两个别跪着了，赶紧过来，将这碗催生药给她灌下去，一口都不许少喝。”

徐姑姑和红药是孟太后的人，又是被孟太后罚跪，故而小心翼翼地觑了一下孟太后的脸色，但是长公主更加盛气凌人，使人毫无招架之力。她们两个从地上爬起来，毕竟长公主强势，孟太后软弱，谁敢不听长公主的话？

韩梓言知道宋翎未必肯喝药，但是眼下要制服她不是什么难事，徐姑姑更是个中老手，加上红药在一旁帮忙，几乎没多费力气就把催生药给宋翎灌了下去。灌了一碗之后还有第二碗，徐姑姑颇有技巧，硬是一口都没让宋翎吐出来，甚至都没怎么呛到。

韩梓言又指着那两个产婆，继续下令道：“你们去按压她的肚子。”

产婆立即得令，那两碗催生药很快就会生效，她们用外力辅助，能尽量让孩子生下来。不过产婆们心里都清楚，若是刚刚当机立断地保小，孩子这会儿大概已经落地了。别看才耽误一会儿，但是孩子很可能在产道里面窒息了，生下来也是一个

死胎。况且这样强行催生，极有可能造成产妇严重的撕裂伤，随之而来的就是令人闻之色变的产后血崩。

屋子里能拿主意的两个人，也是卢国最尊贵的两位女子，一个是太后，一个是长公主，一个面色忧虑，一个神色冷峻，不知道她们之中哪一个真正想要宋翎的命。

“啊！”宋翎紧紧攥着徐姑姑的手，发出了最后一声凄厉的痛呼，仿佛琴弦崩到了极限后猛然断裂，宋翎感觉有一个物从身体里冲出，但期待之中的儿啼声并没有响起。

宋翎面色惨白得近乎透明，唇色也是如此，唯有一双眼睛大大地睁着，不再是从前的黑白分明，而是眼珠发灰，眼白发黄，犹如蒙着一层混浊的荫翳。那样子太过于骇人，红药看了一眼就别过头去。徐姑姑叹气，看见宋翎似乎要直起身，微张的嘴巴发不出任何声音，只是睁大眼睛，朝着产婆的方向虚虚地抬起了一只手，手指剧烈地颤抖着。

众人一看便知，宋翎这是要看孩子。她躺着，看不见产婆那里的情况。

产婆手中捧着一团模糊的血肉，她们不敢让宋翎看见，其中一个已经在摇头了，另一个仍没放弃，还在尝试着拍那孩子的后背，用棉布吸去他鼻子里的黏液，还让他张开嘴吐出里面的羊水……

没有孩子的啼哭声，没有哀哭之声，没有喜极而泣的声音，甚至没有一人说话，一瞬间房间内陷入了死寂状态。下一刻，宋翎伸出的那只手缓缓地落回了床榻上，手指依然蜷曲着。

徐姑姑再去看，发现宋翎已闭上了眼睛，头微微侧向一边，来不及落下的眼泪随着闭眼那一刹那，从左眼的眼角沁出，横越过鼻梁，然后抵达右眼，跟右眼的一滴泪汇聚，然后滚成了偌大一颗珠泪，最终无声无息地落在散落的发丝上。

就在这时，产婆手中那一团“血肉”抽搐了几下，竟活了过来，发出了犹如小猫一般微弱的啼哭声。

第三十三章 末路

昭国大军接管了卢国之后，几乎不用宋璟审问，前卢留下的官员主动供认了前卢皇室的去向，以长公主和小皇帝为首的三万人早已乘船出海，用这种方式保住了卢国最后的基业。至于这一行人去了哪里……大海苍茫无尽，没有具体的航线图，谁都说不清楚。

宋璟当机立断派人去追，但是昭国大军只有步兵和骑兵，没有水师，最要紧的是没有船。宋璟想过就地取材，征用卢国当地的船只。韩梓言早有准备，所有精锐的战舰都已被她带走，少数几艘剩下来的战舰也在临走之前被凿穿了底。宋璟根本找不到像样的大船，能征用的恐怕只是老百姓的渔船了。

昭国大军这一路攻城略地，势如破竹，只是面对茫茫大海，唯有望洋兴叹了。宋璟立即上疏朝廷，令朝廷派水师前来，但是这一来一回，势必耽误不少时间。等

到昭国水师沿着水路而来，已过去一个月了。昭国的疆土不临海，战船只在山川大河中航行，无论大小、规模、武器装备、航行速度，皆无法跟卢国的巨舰相比。

如今要出海追敌，宋璟心里没底，其他人心里也没底。卢国船队已经走了将近两个月，这时候再出海去追，无疑是大海捞针，大家都知道此行不会有结果。

昭军一筹莫展，卢国船队则面临着穷途末路。

他们在海上漂泊了两个月，四周尽是无边无际的汪洋大海，航图上的岛屿迟迟没有出现，附近也找不到任何一座小岛。

船队余粮已不多，怕是支撑不了多久了。人在绝境之中，最容易离心离德，此时的韩梓言深有体会。

船队中逐渐有人不听号令，擅自离去。从原先的一百五十三艘巨舰，变成了一百出头，再到七八十艘，最后剩下了三十六艘。一开始的时候，韩梓言对这种逃跑的行径怒不可遏，下令务必将叛徒和船舰追回，甚至开炮轰击，逃走的一方为了活命，不得不回击。这样一来，相当于引发了内战，因为内耗，被炮火击沉的船舰有十多艘。

韩梓言铁腕的镇压，并没有杜绝这类逃跑的现象，反而使形势更加恶化。往往头一天还在效忠的臣下，第二日就跑得无影无踪，更有甚者，明明是被派去追击逃兵的船舰，结果跟着原先的逃兵一起跑了。

韩梓言恨得咬牙切齿，但是她没有任何办法。腿长在别人身上，逃也就逃了，人心散了，留也留不住。韩梓言在冲动之后，静下心来想了想，她似乎也能理解那些人的想法。

在海上漂泊，前途渺茫，不知何时才有生的希望。但是如果趁着现在原路返回，说不定还能回到岸上。不就是投降吗？不就是当昭国的俘虏，当昭国的顺民吗？这样的结果，总好过在大海上绝望地等死。

转眼又是一个月过去，卢国的船队只剩下了十八艘，韩梓言听底下人回禀，粮食只够吃到明天中午了，韩梓言淡淡地应了。

她知道该来的还是要来。她心里瞬间冒出了一股邪火，想要斩了那个监航官。启程的时候，那人信誓旦旦地说在某某位置，有一座四季宜居、物产丰富的海岛，可作为暂时避难之所。但是三个月过去了，那座传言中的岛屿始终没有出现。难不成那座岛是在蓬莱仙境之中？

韩梓言想想还是算了，杀了监航官也无济于事，再说这段日子里，她已经太多次下令对自己人下杀手，她厌倦了。杀来杀去又能怎样？死的还不都是自己人？他们这些人没有死在昭国人手上，倒是自相残杀死了不少。

这几日，监航官一直过得战战兢兢。他很清楚长公主的脾气和手段，寒光凛凛的刀早就悬在了自己的头顶上。长公主之前不杀他，那是因为长公主没有放弃找岛屿的念头，留他一命还有用。现在粮草只能坚持到明天，岛屿还是不见踪影，他这条命也就没价值了，而且长公主向来是暴烈果断的性情，连自己人的船舰都要击沉，令数千人葬身大海，他这一个小小的监航官能有什么好下场？说不定长公主一怒之下，还会为了泄愤将他剥皮抽筋，以身饲鱼。

监航官越想越害怕，头上冒出虚汗，身上打哆嗦。他最后决定驾着一艘小船偷偷地逃跑，虽然有很大可能被追回来，但是大不了弃船跳海，最坏的结果也就是葬身鱼腹而已。若是原地等死，只怕死之前，他还要忍受一遍精神上的凌迟。

韩梓言听到监航官跑了的消息，没有意料之中的大怒，只是淡淡地说了一声“知道了”。最后几日，韩梓言待得最久的地方就是船上的库房。

这两个库房，一个是装粮食的，几乎空空如也，另一个是装金银财宝的，依然盆满钵满，金银玉器、珍珠玛瑙，还有各色宝石，刺得人睁不开眼睛。韩梓言想，如果当初不要这些财宝，将两个库房都装满粮食，那会如何？想来也是讽刺，当初嫌粮仓的粮食太多，恨不得一把火烧了也不想便宜昭国人，眼下自己一行人竟落到了无粮可吃的绝境。

韩梓言并非一心贪恋金银之人，当初带走这些金银，除了不愿留给昭国人，也另有一番深思熟虑。

将来卢国要复兴，招兵买马、兴修战具、采购兵器，哪一样不是用钱的地方？金银自然有金银的好处，只是如今……韩梓言忍不住笑了，笑容里多是自嘲。别人是只看眼下没有远见，她则是太有远见了，反而看不到眼下。

这时候，韩梓言对着随从说道：“传令下去，今日在船上设宴。”

随从听了吓得不轻，支支吾吾地道：“公主，可是这粮食……”

韩梓言扫了随从一眼，说道：“有多少就用多少，不必留到明天了。”

孟太后在得知长公主设宴的消息之后，心就一下子堕到了谷底，眼前一阵天旋地转。她知道穷途末路的一日，终于避无可避地来临了。

因为余粮有限，宴席十分简单，任凭御厨有百般能力，也是巧妇难为无米之炊。在海上漂泊了三个月，新鲜的瓜果蔬菜早没了，不过是各种腌肉、咸肉、腊肉，或者酒糟之物，幸好还有几坛好酒，聊以助兴。

孟太后深知这是最后一顿饭，在宴席上根本无心进食，而是一直紧紧地将策儿

的小手抓在手里，任何风吹草动都令她不安，活像一只时刻保持警惕的护崽母兽。

韩梓言在一杯杯地饮酒，她今日所用的酒器也非同一般，黄金质地，壶盖上是一块硕大的祖母绿，壶肚上由三色宝石镶嵌成错落有致的图案，一个酒壶，却装饰得极其精致。

策儿正在小口小口地吃腌鹿肉，肉有些咸，他想要喝些清水，有人将斟满酒的酒杯送到了他跟前。他抬头一看，正是自己的姑姑。

姑姑笑吟吟地对他说道："策儿，来，喝了这杯酒。"

小卢帝韩旻文有些不知所措，转头去看自己的母后。孟太后还来不及说话，韩梓言已经一把将小卢帝拉到自己的席位上，分开了他们母子拉着的手。

"姑姑……"策儿唤了一声，他虽年纪小，但也懂得察言观色，见母后帮不上自己，用软绵绵的童音推辞道，"姑姑，策儿不会喝酒。"

韩梓言摸了摸侄子的脑袋，脸上流露出慈爱的神态："小小地抿一口就行了，剩下的留给姑姑。"

策儿偷耍滑头，只是用唇沾了沾，几乎原封不动地将酒杯还给了姑姑。韩梓言也不戳穿侄子，爽快地将剩下的酒一饮而尽。

"策儿，你讨厌姑姑吗？"韩梓言忽然问了一句，又给自己斟满一杯酒，继续说道，"姑姑逼着你读书写字，逼着你骑马射箭，从早上睁开眼到晚上闭上眼，没有一刻空闲，不是要你学这个，就是要你学那个，从来不给你玩的时间。姑姑这样逼你，你是否讨厌姑姑？"

韩梓言这一番突如其来的"认错"，令年幼的策儿不禁愣住了。他习惯性地去瞟自己的母后，低下头小声说道："策儿不讨厌姑姑，策儿知道姑姑是为了策儿好。"

韩梓言笑道："姑姑为了不让策儿玩，送走了策儿身边的小辫子、小星子，策儿也不讨厌姑姑吗？"

策儿噘了噘嘴，纠正道："姑姑，他们是小随子、小岳子……"

韩梓言漫不经心地说道："叫错就叫错了，反正都是无关紧要的人。"

"他们是策儿的……"策儿说到一半，感觉到母后正在瞪自己，乖乖地将后面的话咽了回去。

韩梓言笑意不减，稍稍正色地问道："策儿，你知道姑姑为何要对你这般严厉吗？"

策儿不看自己的母后，老老实实地答道："姑姑是为了让策儿成才，将来当一个文治武功的好皇帝。"

韩梓言听到“文治武功”这四个字，内心仿佛被蜇了一下，表面上还是维持着和煦的笑意，喃喃道：“是啊，姑姑是太盼着你长大，太盼着你成才了。姑姑何尝不希望你慢慢成长，每日都过得无忧无虑？你还小，肩膀还稚嫩得很，不必早早地挑起家国天下的重担。只是你的父皇英年早逝，你是长子又是太子，命中注定这个重担只能是你的，所以姑姑反反复复地跟你说，你不是小孩了，要学着当一个大人。你要用心，你要吃苦，要忍常人之不能忍，受常人之不能受，方能为常人之不能为。姑姑知道，这样对一个七八岁的孩童来说太过残忍，但你不是普通人家的孩子，你是一国之君啊……”

“梓言，嫂嫂敬你一杯。”孟太后在一旁听了半天，到底沉不住气，站了起来，朝着韩梓言的方向遥遥举杯。

韩梓言没有理会自己的嫂嫂，只是盯着侄子，话锋一转，说道：“不过，姑姑今后再也不会逼你了，文治武功，不学也罢！因为一切都结束了，反正都结束了。”

孟太后心中警铃大作，失声唤道：“公主……”

韩梓言对孟太后依然是无视的态度，她话音刚落，一口气灌了三杯酒，然后又满满斟了一杯酒，递到了策儿面前，面无表情地说道：“策儿，喝了这杯酒。记住，这次姑姑说的是喝完。”

策儿犹犹豫豫地将酒杯接了过来，不知如何是好，又偷偷地去看自己的母后。

“喝了它！”韩梓言高声厉喝，这一次她没有装糊涂，直截了当地道，“男子汉大丈夫，要自己拿主意，不要遇上一点儿事就去找娘！”

韩梓言知道自家的侄子天资一般，不是什么聪颖过人的奇才，多派几个良师好好教导便是了。她最看不惯的是策儿的柔弱性子，太过依赖自己的母亲。所谓“三岁看老”，畏畏缩缩，没有决断，事事都要向娘请示，将来长大了也是不会有出息的。

策儿一向有些畏惧这位姑姑，被韩梓言吼了一声，更是不知所措。他一个小孩子哪里顶得住这般威压，哆哆嗦嗦地接过酒杯，放在唇边一仰头，只觉得冰凉的液体顺着喉咙滑了下去，紧接着就是一股辛辣热烈的气息直冲口鼻。这是宫中一等一的烈酒，策儿年纪小，又喝得急，已连打了好几个喷嚏，小脸憋得通红。

“好、好、好！”韩梓言连说了三个好字，“这样才是姑姑的好侄子。”

言毕，韩梓言从席间站起来，手中还抓着因酒气上头而迷迷糊糊的策儿，在众人惊诧的眼神中，这一对韩家的姑侄一步步朝着甲板的方向走去。

韩梓言步履稳健，而策儿被半拖半拽着，走得跌跌撞撞。最后两人一起站在甲板边缘，头顶是湛蓝高远的星空，脚下是大海的惊涛骇浪。

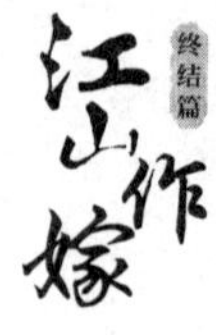

“不要！”母子连心，孟太后第一个察觉到了危险的来临，顾不得仪态，急忙追了出来，大惊失色，冲着韩梓言喊道，“公主，您要做什么？快回来！”

这时候，反应过来的其他人也渐渐上了甲板，但是迫于长公主的威势，只敢在一丈有余的地方站定，再不敢上前一步。

韩梓言将双手搭在策儿的肩膀上，略略俯下身跟策儿的视线齐平。她恢复了温柔的神色，眉宇间自然地流露出愧疚和自责，缓缓说道：“策儿，姑姑对不起你。姑姑没有帮你守住卢国的基业，让你小小年纪就要国破家亡。姑姑也想帮你守住皇位，守住江山，等到你亲政的时候，将一片清明治世还给你，让你锦上添花就行了，那些辛苦筹谋、殚精竭虑的事，都交给姑姑去做……”

“公主！你快带着皇上回来！”孟太后满面忧色，已心急如焚。

韩梓言轻轻地哼了一声，说道：“自我摄政以来，很多人在背后议论，说我别有用心，为了操控朝政，不惜把策儿当成傀儡，真是无稽之谈！我若有心这样做，何必费尽心思地栽培策儿？自己抢了皇位即可，当时哥哥新逝，卢国上下大乱，我若是铁了心要抢那个位置，朝中有谁敢拦我？

“但是我不会这样做，韩家人不会祸害韩家人的江山，我的野心也是为国为家的野心，除此之外要是再有别的念头，就叫我万劫不复，永世不得超生。”韩梓言低头看着策儿，一字一顿，语意决绝，“姑姑什么都不求，情愿给你的帝王业当一块垫脚石。”

策儿已经酒劲儿上头，小脸滚烫，眼睛四周也被熏得一片绯红。他根本听不懂韩梓言在说什么，只会痴痴地笑着。

韩梓言眼底已然有泪，她狠狠心将其逼了回去，最终冷下心肠，怅然叹道：“国已破败至此，你我姑侄二人也唯有以身殉国了。”

“不要！”孟太后发出一声凄厉的尖叫，如一把刀劈进了每个人的耳膜，那是属于一个母亲的绝望。

孟太后踉踉跄跄地冲了上去，不过她到底不敢直接去抢人。韩梓言带着策儿几乎是站在了甲板边缘，只要身子稍稍一歪，就能从船头一跃而下，而且她的力气敌不过韩梓言，韩梓言自幼习武，而孟太后仅是一名闺阁弱质女流。

孟太后声泪俱下，苦苦哀求道：“公主，你把策儿还给我！那是我十月怀胎生下的孩子！你没有资格决定他的生死！”

“哈哈，你终于藏不住了，原来你也会说是十月怀胎啊。”韩梓言如听了一个笑话，先莫名地笑了一阵，随即反驳道，“策儿是你的儿子，但是你别忘了，他只是借了你的肚子投生到世上，他归根结底是我们韩家的子孙，不是你一个人的儿子！可怜他生在了末世，为国家而死，为社稷而亡，这是他逃不掉的宿命！”韩梓言顿了顿，指着孟太后道，“而你——作为太后，应该深明大义才是！”

孟太后泪水汹涌地大声喊道：“什么国家社稷！什么深明大义！我全都不知道！我只知道策儿是我的儿子！他是我身上掉下来的一块肉。韩梓言，你没有资格带着他去死！”

韩梓言看着孟太后，眼前的女人双目发红，呼吸急促，太阳穴上的青筋根根暴起，哪里还有平日温柔娴静的影子？这是一个为了儿子随时准备发疯的女人，犹如一头失了幼崽的母兽。

“你一再说我没有资格带着策儿去死。那好，我现在就告诉你。”韩梓言冷冷地说道，“策儿是卢国的皇帝，我是卢国的摄政王，除了我，还有谁有资格带着策儿一起跳海？策儿是君，我是臣，我们姑侄就死在一块儿了。”

韩梓言将醉得不省人事的策儿一把抱了起来，策儿浑然不觉，小脑袋软软地依偎在姑姑的肩膀上。韩梓言看着年幼的侄子，目光柔软下来，轻轻呢喃道：“策儿，你不要怪姑姑狠心，姑姑陪着你一起上路。你喝醉了，就跟睡着了一样。从生到死，不过就是从一场梦到另一场梦，你不会有任何痛苦的。”

韩梓言说话之间，一只脚已经往甲板外挪了一寸，再往前就是彻彻底底的不归路了。

在众目睽睽之下，孟太后猛然跪了下来，光听声音就能想象到骨头和皮肉撞在甲板上带来的钝痛。因为太后跪下了，后面的一班王公贵族、公卿大夫也一起跪了下来。

孟太后厉声喊道：“韩梓言！你的心难道就这么狠吗？策儿还那么小，他才八岁，你不要为了成全自己的家国大义，让一个八岁的孩子陪着你一起葬身大海！”

韩梓言抱着孩子，根本不为所动，脚步又朝前挪了一些。

孟太后突然发疯一般磕起头来，口不择言地道：“公主，你放了策儿，让我代替策儿好了！我是卢国的太后，不是说要以身殉国吗？就让我和你一起以身殉国好了。”

韩梓言见孟太后这般不知好歹，顿时勃然大怒道：“太后算什么东西？不过就是看在你为我韩家生儿育女的分上，给你的一个尊荣罢了，你根本不配跟我一起死！但是你要殉国，我不拦着你，你有这个决心也好，不枉费我韩家让你当这个太后。”

孟太后知道事情无法挽回，看着孩子一步步踏上死路，她拼命摇头，发髻歪斜，

珠钗首饰落了一地。她泣不成声地道："还我的孩子！还我的孩子！"

孟太后身后整整齐齐地跪满了卢国的遗老遗少，韩梓言一眼扫过，心里产生了一种诡异的感觉。这跟万臣俯身朝拜觐见九五之尊的场面何其相似啊，她这辈子虽然跋扈了些，但是从没有动过女主社稷的念头，在生命的最后一刻，居然让她尝到了类似帝临天下的滋味。

韩梓言笑了，知道这是因为她怀中抱着皇帝，只是狐假虎威罢了。

这样也好，就让卢国的遗老遗少们跪着送走最后一任卢帝吧。

韩梓言闭上了眼睛，当她准备纵身一跃的时候，船猛然震了一下，像是被什么撞到了。她睁开眼，站在船头俯视，只见一艘小船跟大船撞在了一起。

小船上有人，韩梓言定睛一看，竟然是那个逃走的监航官。那人不仅回来了，而且极其兴奋地冲着大船上的人大喊道："公主，下官不辱使命，终于找到那座岛了！"

第三十四章 大同

昭国统一中原之后，改为昭朝，皇帝的年号不变，依然是征和二字。虽然从前的昭国也称帝，但是昭帝只能算是偏居一隅的国君，眼下昭朝建立，他才算是真正的天下之主了。

征和七年，经过五年的治理，整个中原大地呈现出一派欣欣向荣的景象。

新帝任用贤能，提拔了一批通晓治国方略的股肱之臣，朝廷人才辈出，广开言路，纳谏听议，朝气蓬勃；昭朝对内修明政治、制定法度，对外发展经济、积累财富，重视农业为本，兼顾工商业，使得士农工商各得其所；开通互市，西域胡商、漠北戎狄、东夷南蛮，皆可与之贸易；提倡文教，在民间推广蒙学，重设科举，为寒门学子开辟仕途通道；修河渠，解旱情，筑堤坝，防水患，治理四时，莫有失之。

无论是先祁的遗民，还是前卢的后裔，在昭朝皆一视同仁，共沐恩泽。刀枪入库、马放南山，天下从此无战事；五谷丰登、六畜兴旺，天下从此无饥馑；风调雨顺，国泰民安，天下得以大治，渐渐有了天下盛世的雏形。

这一切的缔造者就是征和帝苏子修，他一手结束了三国鼎立的乱世，又一手开启了天下大同的盛世，这恰好暗合了他的年号。所谓征和，先是征伐，后是和平，这样的盖世功绩，注定了他将在史书上留下浓墨重彩的一笔，成为万世传颂的千古一帝。

苏子修统一中原的时候年仅二十二岁，五年治世之后，尚不到三十岁，这样光芒夺目的人生近乎完美，似乎没有任何缺憾。苏子修却很清楚自己的盛世天下，独独缺了宋翎。

至今下落不明，生死难测的宋翎。

根据前卢官员的供词，宋翎确实被长公主韩梓言带着一起乘船出海了，但是宋翎后来如何，没人知道。当时出海的卢国船队发生过内部大规模叛逃，多数逃船被击沉，也有在海上误入迷途的，只有少数幸存者回到了岸上。这些死里逃生的人是重要线索，他们可能是最后知道宋翎的消息的人。

苏子修派了亲信去审问，这些人当中大多数不知道宋翎的存在，剩下的人中，有的说宋翎在船上难产，大人小孩都没有保住；有的说大人死了，小孩活了下来；还有的说两个都没死，大人小孩都活了下来。一时之间，苏子修难以辨别什么是真话，什么是以讹传讹。

苏子修只坚信一点，那就是宋翎没死，还活着，就在天涯海角的某一处，等着他去找她。苏子修从前卢官员口中了解到，当初韩梓言不是贸然决定出海的，而是为了到海上避难，等待东山再起的机会。韩梓言手上有航海图，船队不是漫无目的地碰运气，而是朝着一座可以扎根落户的宜居岛屿去的，至于最终他们有没有找到这座岛，没人说得清楚。

苏子修坚信宋翎还活着，就在某一座不知名的小岛上。因为有了这种信念的支撑，这五年里，苏子修一步步开展了出海寻妻的计划。他是一个执行力和毅力都相当可怕的人，一旦认准了某件事，就不会放弃，再多的艰难险阻也拦不住他。

苏子修知道首先必须解决船的问题。当初宋璟请求朝廷派出水师支援，因为昭国的战船一向只在山川大河中航行，没有远洋出航的条件，当初只是到了近海就不得不折返了。

苏子修知道天下的造船技术首推卢国，收编了卢国留下的司舟衙门，凡是身怀造船技艺之人，功名利禄一个不缺，唯有一个要求，就是在最短的时间内，造出跟卢国船队一模一样的远洋巨舰。

韩梓言不愧是女中豪杰，临走的时候已考虑到了这一点，将司舟衙门的核心官员全部带走了，剩下的都是对造船一知半解之人。苏子修马上发现了韩梓言给他打下的这个埋伏，他便许以重金，在前卢之地征召造船能人，一经录用，即授以官位。重赏之下必有勇夫，很快就有人揭了皇榜。韩梓言能带走几个司舟衙门的人，但是带不走民间的能人，毕竟平民百姓之中也是藏龙卧虎的。

这些从民间网罗来的造船人才，组成了专属于昭朝的司舟衙门。苏子修不惜耗费物力财力，司舟衙门不负圣心，终于在一年之后造出了十二艘具备远洋航行能力的巨舰。

解决了船的问题之后，就是确定航行路线了。苏子修命人收集了卢国现存的航海图，根据逃回来的卢人给出的口供，大致勾画出了卢国船队的出海航路，然后针对附近的海域逐片筛查，不放过任何有价值的线索。

征和四年，苏子修首次派出船队，寻找宋翎的下落。最适合执行这个任务的人，原本应该是宋璟，但是征和四年，宋璟伤病复发，卧床不起。苏子修垂怜自己的故友，不得不派别人出航。

第一年，毫无收获。

征和五年，宋璟的病势积重难返，最终撒手人寰。苏子修闻讯，念及这位昔日好友与自己的情谊，不禁潸然泪下。宋璟曾是他少年时期的伴读，在此后将近二十年的岁月里，自称是七皇子党的宋璟始终坚定地追随着他，不离不弃，为苏子修成就大业立下了汗马功劳。尽管苏子修这辈子有不少名臣，宋璟仅是其中一个，但是他跟宋璟之间，这份起于年少而识于微时的情谊是谁都比不了的。

宋璟临死的时候，回光返照，虽然意识清醒，但已说不出话了，口中反反复复地念着几个字。苏子修知道宋璟说的是“翎儿”，用力地握住宋璟的手，承诺道：“宋璟，你放心，朕一定将翎儿找回来。”

宋璟开始流泪，慢慢地闭上了眼睛。苏子修大概听不见了，其实宋璟最后翻来覆去说的是三个字：“对不起。”

征和五年，船队依然毫无收获。

征和六年，情况依旧。

征和七年，众人都以为苏子修会放弃寻找宋翎，在茫茫大海之中，人就成了沧海一粟。寻找一个生死不明的人谈何容易？但是看到照常派出的船队，众人感受到了苏子修强大的决心以及近乎顽固的执着。

苏子修年年派船出海，在这一项上耗费甚巨，早年间还有零星几个大臣上疏，

都被苏子修驳了回去，到后来，再没有一个朝臣敢提出异议。他们的皇上至圣至明，文能安邦，武能定国，勤政恭俭，体恤臣民，既不贪恋美色，也不贪图享乐，几乎所有形容帝王美好德行的词汇都能套用在他身上，完美得不似凡人。皇上这一份不肯放下的执念，是他唯一让人诟病的地方，也是他身上唯一的烟火气息。

既然如此，他们这些做臣下的还能说什么呢？再说了，皇上这一举动，也填补了从前的昭国在造船技术和远洋航行上的空白，算得上是无心插柳之功了。

五年以来，苏子修一直空悬着后位，因为他相信宋翎终究会回来，会好好地回到自己身边。当年在惠帝的病榻前，他信誓旦旦地说过，正王妃的位置只留给心爱之人，如今的他不改初心，皇后的位置也只能留给一个人，那人就是宋翎。

随着时间的推移，苏子修对宋翎的思念越发深入骨髓，宛如一个蚕茧，日复一日，年复一年，将他牢牢缠裹在其中。夜深人静时，苏子修常常会想起跟宋翎相处的时光，她陪着他一起去祁国当质子，又辗转到戎狄，再从戎狄归昭。可以说，宋翎陪伴了他前半生起起落落的时光。

回首往事，他总是免不了有诸多后悔，后悔年少的时候，对宋翎多有忽略；后悔回国夺位之时，对宋翎多有伤害；后悔伐祁途中的匆匆一别，这一别成了最后一面。

他不该让宋翎回去，他怎会这般糊涂，居然只让几千人护送宋翎，居然没有想到背后还有南祁的伏兵，到如今深悔之意，噬脐未及。也许当初她或是她腹中的孩子，留在他身边才是最安全的，这样也就没有日后的种种烦恼愁绪。

人最难有先见之明啊。

苏子修不立皇后，不设嫔妃，无儿无女，孑然一身。在臣民眼里，他就像是一个被高高供奉在神龛上的神祇。人怎么能没有正常的七情六欲，人怎么能忍受形影相吊的孤独？

苏子修到底不是神祇，他渴望人世间的亲情、爱情、友情，常人最容易得到的东西，却是他终生难以企及的。身为帝王，注定了他这一生的高处不胜寒。

他何来的朋友？宋璟已死，更无一人。

他何来的恋人？宋翎失踪，生死未知。

他何来的亲人？父母兄弟皆抛舍，伶仃一人遗世间。

苏子修想到了他不是孤独一人，身边的亲人没了，他还有两个远嫁的姐姐——五公主和六公主。当年他只是一个没有实权、没有靠山的皇子，受尽太子的排挤和猜忌，只能眼睁睁地看着两个姐姐远嫁。

但是如今不同了，苏子修是大权在握的帝王，从前不可能实现的事，如今易如反掌。早在昭和三年，苏子修就发出两封诏书，将两位公主召回了郢梁。考虑到两位公主都是儿女成群的人了，他特意恩准了她们携驸马和子女一道入都，从此在富饶繁华的都城定居，不必回那山高水远的地方去了。

苏子修不仅给驸马赐了官职，也给几个年长的外甥安排了妥善的去处。苏子修还嫌不足，又赐了不少宅院和田产，希望两个姐姐能在郢梁过得舒心安乐，也弥补她们这些年在外受的苦。要知道当年太子因为不喜淑贵妃所出的她们，无论在驸马人选的挑选上，还是嫁妆方面，皆相当简慢和草率，甚至连应有的食邑都克扣了。

姐弟三人相见之后，没有预料当中的热络亲密，反倒生疏得很。除了彼此的容颜尚留有往昔的影子，其余的记忆已很难追寻了。这也难怪，自从他们的生母淑贵妃过身之后，他们姐弟三人被送到不同的嫔妃之处分别抚养，即使同在宫中，见面的机会也寥寥无几。两位公主远嫁之后，三人就彻底绝了见面的机会。

正如五公主所感慨的，他们竟有将近二十年不曾好好说过话了。天家骨肉，血脉至亲，竟被迫疏离至此，怎不令人唏嘘？

苏子修很快发现了，他等来的不是久违的亲情，反倒是一些零零碎碎的烦恼。两位公主都是恬淡不争、安分守己的性子，但是两位驸马爷都不是安分的主儿。他们不咸不淡地当了十多年驸马，突然青云直上，难免露出小人得志的情态。两位驸马凑在一起臭味相投，横行街市，招猫逗狗，飞扬跋扈，气焰嚣张，碰到稍有不服之人，就扯着嗓子大声地喊：“我是皇上的姐夫！”

郢梁城中的公卿贵族，看见这两人都是绕着走，并非怕了他们，而是这些清贵惯了的人，打从骨子里就看不起这两个从穷乡僻壤来的泥腿子，表面上不与之争执，转过身却将一封又一封告状的折子递到了苏子修的龙案上，将这两人的恶形恶状描述得淋漓尽致。

苏子修不由得同情自己的两位姐姐，他的两位姐姐都是高贵优雅的公主，居然嫁了如此粗鄙而不知进退的驸马，简直是明珠暗投。可想而知，他的姐姐们这些年的不如意，也可想而知，当年太子为了挑出这样两个“人才”，也是费了一番苦心。

申斥两个作威作福的“皇亲国戚”，对苏子修来说不是难事，他们屡教不改才令人头疼。两位驸马虽是轻狂之人，但是颇有相人软肋的眼光。他们看出了苏子修重视来之不易的亲情，顾及公主的颜面，所以对他们顶多是申斥，不会有实质性的惩罚，不会真的狠下心肠，将他们这些人全部赶出郢梁，撵回老家。

两位驸马爷为自己的小聪明沾沾自喜，不承想苏子修根本不将他们放在眼里，申斥只是为了堵上大臣们的嘴。苏子修冷眼旁观，两位驸马眼下还不算太出格，尚在他能容忍的范围之内，要是真的踩到了他的底线，他有的是打老鼠而不伤玉瓶的办法，譬如随便给这两人派一个外任，在任上三五年不许回来。

乌飞兔走，征和七年也到了尾巴尖。年底正是周边小国前来朝贡的时候，他们毕恭毕敬地向昭国奉上了自己最珍贵的贡品，有金银宝器、珍禽异兽，还有活色生香的美人。苏子修将前两者收了，将美人赏赐给了臣下。若说还有不肯来的，大概就是戎狄了。

苏子修知道当今的戎狄王是穆若的儿子之一，朗月回到漠北之后，没有学卢国的韩梓言，以公主的身份独揽大权。她在众多兄弟之中挑了一个，将他扶上了王位，轻轻松松地把权力移交了出去，没有太多留恋。新任的戎狄王十分感激这位姐妹，重新为她找了一个夫婿，据说此人是草原上数一数二的勇士，有空手搏狼的本事。朗月嫁人之后，日子过得舒心如意，又连连生育，转眼已是一堆孩子的母亲。

朗月唯一的不如意，是她当初将白绮梦带回了戎狄。她本来是不想留个隐患在外面，万万没想到，自己一手扶植的戎狄王对白绮梦一见钟情，非要将白绮梦立为王后。

白绮梦当时已是三十出头的老女人了，是何等美貌，能让一个陌生男子为她神魂颠倒？朗月坚决不允，起初的念头是杀了白绮梦，省得红颜成为祸水。戎狄王的态度也很坚决，非要留下白绮梦，最后两人各退了一步，戎狄王可以收了白绮梦，但是不能给她任何名分，白绮梦只能当一个无名无分的婢女。

就这样，白绮梦这位前赵皇室的遗孤，当过前祁的皇后和太后，最后莫名其妙地成了戎狄王的侍妾，其一波三折的人生路，不禁令人感慨。

苏子修看着诸多小国来朝，想到所谓的天朝上国，大概就是这般景象。北至大漠，南通蛮荆，东临大海，西连西域，苍穹之下，六合之内，凡是土地，皆是大昭朝的天下，凡是百姓，莫不是大昭朝的顺民。

天空飘起了纷纷扬扬的雪，郢梁城渐渐覆盖在洁白晶莹之中，在高高的城楼上极目远眺，都城的景致尽收眼底，好一个冰雪琉璃世界。今年下了好几场瑞雪，想必明年的收成一定不错。

苏子修笑意疏淡，宛若淡淡风，溶溶月，心之所系，情之所钟，爱之所趋，故而有执念，故而放不下，故而他将自己困在等待之中，作茧自缚。

他于心间默念：国人兴欣，河清海晏。这天下盛世里，无论是吾心，还是凤座，皆空位以待。

番外 兕儿

在海上漂泊了三个月之后，卢国的遗民终于找到了一座海岛。这是一座没有人烟的无名之岛，为了便于称呼，韩梓言随口起了名字，就叫东来岛，暗含“紫气东来，东山再起”的意思。大概这位长公主并没有放弃重振国业的念头。

他们从卢国出发的时候有三万人，如今只剩了五千人。岛上气候宜人，物产丰富，不愁找不到食物。

从卢国来的能工巧匠也派上了用场，他们就地取材，建造起了房屋。

来此的百姓大多是渔民，这里四面环海，正好重操旧业，于是他们造了简易的船只和渔网，开始了出海捕鱼的生活。

军队则被派去开垦荒地，用于耕种粮食谷物。

军民工匠，各司其职。经过数年发展，东来岛从一座杳无人烟的小岛，慢慢成

了海上的世外桃源。前卢的百姓不再想着回到中原之事，守着这座小岛，日出而作，日落而息，虽说日子清贫了些，但是内心终归是安宁而平和的。

到了东来岛之后，韩家主动废除了帝号，从此用岛主自称。韩梓言的变化最是出人意料，她一夕之间消沉下来，不再热衷于权柄，渐渐对任何事都不再关心，成日里就跟她的剑和马在一起。剑的名字是秋霜，马的名字是小风，两者都算是玉柳容的遗物，韩梓言对着它们，也算是睹物思人了。

在岛上的第三年，韩梓言无疾而终。众人猜测韩梓言是思念亡夫，终日郁郁寡欢，最后熬不住了，追随亡夫而去，一缕香魂飘散，也算是死得其所。

卢人为这位曾经的长公主收殓的时候，将马和剑当作了她的陪葬，希望她能骑着小风，带着秋霜，在黄泉路上找到自己的夫君。

因为韩梓言不理事，岛上的事务都是曾经的孟太后孟月娥一手打理。她是宽厚仁慈之人，岛屿不大，人口不多，管理起来并不费事，她有协理家事的经验，觉得如今更像是管理一个家，而不是一个国。

东来岛犹如与世隔绝的世外桃源，不知不觉过去了六年。

外面已经是征和八年了，昭朝派出的船队又如期启程。船队领头的人是一个名为刘瑜的四十余岁的男子，任监海使。这六年来，他几乎跑遍了附近大大小小的海域，根据从卢国收缴的航海图，是找到几座海岛，不过都是荒岛，并没有发现人烟，更没有发现前卢遗民的影子，那些人好像在茫茫大海上消失了。

刘瑜作为监海使，这六年里大半的时间在船上度过。皇命在身，他不得不继续过这样的生活。其实刘瑜也曾质疑，这样的找法到底有没有用？到头来会不会是竹篮打水一场空？谁知道前卢的遗民去了哪里？谁知道他们是不是还活着？大海上情况变幻莫测，遇上海啸全员覆没也不是没有可能的事。

突然间，部下的禀告拉回了刘瑜的思绪：“大人，据哨探来报，前面又发现一座岛屿，疑似有人居住。”

“那就上岸去看看。”刘瑜漫不经心地应道。他已经听了太多疑似，从当初的激动变成了如今的波澜不惊。

昭朝的船队很快抵达岛屿，刘瑜一行人乘着小船靠近沙滩。刘瑜本是不抱希望的，上岸之后却眼睛一亮。他看见了一群追逐打闹的孩子，大的七八岁，小的四五岁，都穿着粗布衣裳，挽着袖子和裤腿，有的还背着小篓，里面也许是沙滩上捡的小鱼小蟹。孩子们的脸蛋晒得黝黑，背脊更是油光发亮，跟小泥鳅似的，一看就知道是贫苦人家的孩子。

刘瑜吩咐手下道："去打探一下这些岛民的来历。"

这时候，刘瑜的眼光扫到了其中一个孩子，一时间竟然愣住了。那是个五六岁的男孩，皮肤雪白细腻，长得也极为清秀讨喜，粉雕玉琢，宛如雪团子一般，显得跟身边的一群小泥鳅格格不入，眼耳口鼻和面容轮廓竟像极了一个人……

刘瑜的脸色倏然一白，他想到了这孩子像谁。部下见他脸色发白，以为他是中暑了，于是说道："大人的气色不大好，不如回船上休息，打探此岛的事交给下属即可。"

刘瑜愣了一会儿，回过神来，并不理会部下，指着一个方向说道："你们过去，好生将那孩子领过来，千万别吓着他。"

那个在刘瑜眼中雪团子似的男孩名叫兕儿，这显然是一个小名，他只是像往常一样，和玩伴们在沙滩上玩耍，顺便捡一些退潮后留在地上的鱼虾贝类，没想到被几个穿着奇怪的大人围住了。那些人对他很客气，问他几岁了，家住哪里。

兕儿不肯说，认为这些是坏人，扭头就朝着家的方向跑去。

前去问话的人被吓了一跳，正要追过去，却被刘瑜喝止了："别追了。"

兕儿一路朝着家的方向跑，到了一处竹子建成的吊脚楼前。因为海岛的气候常年潮湿炎热，渔村里大多是吊脚楼。他看见门口的帘子半开着，房顶又有淡淡的炊烟，就知道娘在屋子里。他稍稍喘了几口气，用清脆的童音喊道："娘！娘！海边来了好多大船！"

屋子里有人应了一声，从帘子后走出一个少妇打扮的年轻女子，她看着面嫩，要不是被孩子喊了一声"娘"，会让人以为是哪一家的大闺女。她巴掌大的小圆脸上，眼睛是圆润的杏眼，鼻子、嘴巴都很小巧。

她一见兕儿就笑了，抿出了脸上的一对酒窝，这大概是最为她增色的地方，显得她的笑容甜甜的，仿佛漾着蜜糖。

她柔声唤道："兕儿，你回来了。"